ANNA PFEFFER

UNTER UNS NUR WOLKEN

atb aufbau taschenbuch

Ulrike Mayrhofer und Carmen Schmit, die beiden Autorinnen hinter dem Pseudonym ANNA PFEFFER, sind seit ihrer gemeinsamen Schulzeit in Wien befreundet und haben schon damals Geschichten geschrieben. Heute leben sie in Hamburg und Wien, sind zusammen 75 Jahre alt, haben zwei Männer, sechs Kinder und einen Hund.

Nach dem Tod seiner Frau Greta ist Florians Leben aus den Fugen geraten. Als bei ihm dann auch noch Alzheimer diagnostiziert wird, ist seine erste Reaktion: alles abstreiten! Doch sein Sohn will ihn ins Heim stecken. Nur Florians Enkel Tom ist auf seiner Seite und zieht kurzerhand bei ihm ein. Aber Florian braucht jemanden, der sich rund um die Uhr um ihn kümmert. Eine nahezu unlösbare Aufgabe, denn Florian vergrault jeden, der ihm zu nahe kommt. Bis Ani vor der Tür steht. Sie wurde gerade von ihrem langjährigen Freund verlassen, sucht dringend einen Job und eine Wohnung. Aber wie verzweifelt muss man sein, um es mit dem griesgrämigen Alten auszuhalten? Ani ist verzweifelt genug und bleibt. Damit hat Florian nicht gerechnet, und je mehr Versuche, Ani zu vergraulen, scheitern, desto größer wird der Respekt, den Florian für sie empfindet. Schon bald merkt auch Tom, dass er sich ein Leben ohne Ani nicht mehr vorstellen kann.

ANNA PFEFFER

UNTER UNS NUR WOLKEN

ROMAN

aufbau taschenbuch

MIX
Papier aus verantwortungsvollen Quellen
FSC® C083411

ISBN 978-3-7466-3430-2

Aufbau Taschenbuch ist eine Marke
der Aufbau Verlag GmbH & Co. KG

1. Auflage 2018

Dieses Werk wurde vermittelt durch
die Michael Meller Literary Agency GmbH, München.
Umschlaggestaltung www.buerosued.de, München
unter Verwendung eines Bildes von © www.buerosued.de
Gesetzt aus der Chaparral Pro durch die LVD GmbH, Berlin
Druck und Binden CPI books GmbH, Leck, Germany
Printed in Germany

www.aufbau-verlag.de

Für Claudia Winter,
die uns den Weg gezeigt hat.

TOM

Seit ich zu meinem Großvater Florian gezogen bin, schlafe ich weniger. Ich liege in meinem alten Zimmer, in dem Bett mit dem Geruch von früher, und die Gedanken ziehen wie blasse Wolken durch mein Hirn.

Ich kapiere jetzt, wie schnell sich alles ändern kann. Von einem Tag auf den anderen verschwindet die Welt, wie sie für dich war, und existiert dann einfach nicht mehr. Und plötzlich wird mir klar, dass sich die Zeit nicht zurückdrehen lässt, dass du nicht in eine beschissene Zeitmaschine steigen und an den Punkt zurückreisen kannst, an dem alles in Ordnung war. Du kapierst, dass du einen Weg finden musst, um mit der neuen Situation zurechtzukommen, und egal wie du es drehst und wendest, es wird nicht mehr sein wie früher. Das Einzige, was bleibt, ist der Geruch von früher, dieser Geruch voller Erinnerungen, der dich in deinem alten Schlafzimmer empfängt und dir leise Schmerzen bereitet.

Ich drehe mich unruhig auf die andere Seite, während die ersten Sonnenstrahlen durch die großen Fenster tanzen. Mein Kopf ist voll mit Zeug, das ich nicht vergessen darf, und während ich mich herumwälze, um noch etwas Schlaf abzubekommen, denke ich an die bescheuerten Bodenmarkierungen und Signalschilder, die ich erneuern muss. Die alten kann ich wegschmeißen, und bei den neuen muss ich auf ein paar Sachen achten: Besser ist es, mit Symbolen als mit Schrift zu arbeiten. Die letzte Neurologin hat Figuren aus der Kindheit empfohlen, zum Beispiel den Erdal-Frosch oder die Persil-Frau. Florian wird es hassen, die in seiner Wohnung zu haben. Grelle Farben verwenden. Er kann nur noch schwer Blau- und Grüntöne voneinander unterscheiden, auch wenn er es nicht zugibt. Die Bodenmarkierungen, die den Weg zur Toilette zeigen, sind nichts wert, wenn Florian nicht das Licht andreht. Also muss ich leuchtende Markierungen auftreiben.

Ich bin noch bei den leuchtenden Markierungen, nicke kurz ein, träume von blinkenden Manneken Pis, den kleinen pinkelnden Jungen, die sich an meiner Bar anstellen und alle alkoholfreie Drinks bestellen, wache wieder auf und weiß, dass wir jemanden finden müssen.

Allein halte ich das nicht länger aus. Ich muss wieder schlafen können, ich kann nicht die ganze Nacht in der Bar und den Tag über bei ihm sein. Wann war ich das letzte Mal in meiner Wohnung? Wann hab ich das letzte Mal die Nacht mit einer Frau verbracht?

Müde taste ich nach meinem Handy, tippe darauf herum und gebe schließlich die Anzeige auf, die nicht zu sehr nach Hilferuf klingen darf. Dann schlurfe ich gähnend zu dem anliegenden Badezimmer und bin dankbar, dass Florians Wohnung über 200 Quadratmeter groß ist und jedes Schlafzimmer über ein eigenes Bad verfügt.

Nach einer kurzen Dusche blicke ich in den Spiegel und sehe darin einen unrasierten Typen, der in den letzten Wochen sichtbar gealtert ist. Ich fahre mir mit den Handinnenflächen über das Kinn und habe keine Lust, die Bartstoppeln wegzurasieren. Stattdessen putze ich mir schnell die Zähne, benutze Deo und ziehe mir eine schwarze Jeans und ein schwarzes T-Shirt über, der Tag kann beginnen.

Florians Schlafzimmertür ist noch immer geschlossen, und ich höre sein Schnarchen bis auf den Flur. Es hört sich an, als würde er ganze Wälder roden. Baum für Baum. Das Geräusch beruhigt mich, hat es schon immer. Bereits mit vier, wenn ich zwischen den beiden gelegen habe und verschwitzt wach wurde, weil ich von Monstern oder meinen Eltern geträumt habe, half mir der gleichbleibend sägende Laut. Es war mein ganz eigenes Schlaflied. Ein tiefes, rhythmisches Schnarchen, das von Substanz und Konsequenz zeugt, Eigenschaften, die Florian besitzt. Oder besessen hat.

Es gibt gute und schlechte Tage. Und viele dazwischen.

Die Küche ist unaufgeräumt, überall stapeln sich dreckige Tassen und Teller, und ich verfluche Florian und die letzte Pflegerin. Die letzte Pflegerin dafür, dass sie sich von ihm hat verscheuchen lassen, und Florian, weil er Pflegerinnen wie Bonbons verschleißt. Der Geschirrspüler ist voll und sein Inhalt natürlich schmutzig. Ich stecke ein Tab in das Fach und schalte das Ding ein, das wild zu piepsen anfängt.

Das nicht auch noch.

Langsam reibe ich mir über die Augen und würde am liebsten irgendwo dagegenschlagen. Meine Hand ballt sich zu einer Faust.

»Du hast ihn kaputtgemacht«, murrt eine raue Stimme hinter mir. Ich drehe mich um. Keine Ahnung, wie er sich so schnell umgezogen hat, aber er steht mit Leinenhose und weißem Hemd vor mir. Dabei sieht er mich erwartungsvoll an, und seine dunklen Augen blitzen.

»Wahrscheinlich«, murre ich zurück und gehe in die Knie, um das Gerät besser inspizieren zu können. »Wann hast du ihn das letzte Mal verwendet?«

Florian reibt sich über seinen grauen Vollbart. »1968.«

»Blödsinn, da gab's noch keine Geschirrspüler.«

»Eben.«

Ich sehe Florian ungläubig an. »Du hast noch nie den Geschirrspüler benutzt?«

Florian zuckt mit den Achseln. »Kann ja nicht so schwer sein. Also«, er macht einen Schritt auf mich zu, »für dich vielleicht schon. Muss ich das jetzt in die Hand nehmen?«

Ich sehe ihn mir genau an, wie er da steht, überzeugt, selbstbewusst, als wenn nichts wäre.

»Du weißt, wie das geht?«

Er nickt. »Ein Kinderspiel.«

Fünf Minuten später reibt sich Florian die Hände. »Geschafft.«

»Das gilt nicht«, knurre ich, während der Geschirrspüler jetzt problemlos läuft.

»Was gilt hier nicht?«, fragt Florian entspannt zurück.

»Das Sieb war verstopft«, knurre ich weiter

»Na und?«

»Du kannst hier doch nicht von einer Reparatur sprechen.« Ich gehe zur Kaffeemaschine und mache mir einen Espresso.

Florian wäscht sich die Hände und trocknet sie ab. »Warum nicht?«

Ich nehme einen kräftigen Schluck. »Weil eine Socke im Sieb war.«

»Na und?«, fragt er leichthin und lehnt sich gegen den Küchentisch. »Repariert ist repariert.«

Ich seufze. »Hast du die Socke in den Geschirrspüler getan?«

Florian betrachtet mich und sein Mundwinkel zuckt. »Warum sollte ich eine Socke in den Geschirrspüler stopfen? Das macht doch keinen Sinn. Überleg doch, bevor du deine Fragen stellst.«

»Hast du?«

Florian verschränkt die Arme vor der Brust und in seinen Augen lodert ein schelmisches Feuer. »Ich kann mich nicht erinnern.«

Ich sehe ihn an. »Ist das dein Ernst?«, frage ich langsam.

Florian macht sich auch eine Tasse Kaffee und geht dann Richtung Esszimmer. Sein Gang ist sicher und konzentriert, er hat heute einen guten Tag. »Was soll mein Ernst sein?«

Ich folge ihm. »Dass du jetzt die Demenzkarte spielst.«

Er setzt sich an den schweren Mahagonitisch, an dem

meine Großeltern früher immer ihre Freunde bewirtet haben. Mittlerweile sind die meisten von ihnen schon tot, und der große Tisch wirkt in dem riesigen Esszimmer nur noch überflüssig.

Florian reibt sich über seinen Bart und sieht mich vorwurfsvoll an. »Demenz ist eine schwere Krankheit, mein Junge. Darüber macht man keine Scherze.« Seine Stimme klingt streng.

Ich nicke und setze mich auf einen grün gepolsterten Stuhl gegenüber von Florian, während er mich beobachtet, als wäre ich sein Gegenüber bei einem Verhör. »Stimmt. Und vor allem ist Demenz nicht dazu geeignet, um sie als Mittel gegen Pflegerinnen einzusetzen.«

Florian nippt genüsslich an seinem Kaffee. »Ich weiß nicht, wovon du sprichst.«

»Kannst du dich nicht erinnern, oder *willst* du nicht?«, brumme ich und hebe eine Augenbraue.

»Ich brauche keine Pflegerin, Tom. Ich kann gut auf mich selbst aufpassen.«

Ich schüttle den Kopf. »Das kannst du nicht«, seufze ich. »Und das weißt du.« Es tut weh, das auszusprechen, aber irgendwann kommt der Moment, an dem es gesagt werden muss. Und dieser Moment war schon vor einigen Wochen. Trotzdem versetzt es mir noch immer einen Stich.

»Du bist doch hier«, sagt Florian und greift nach meiner Hand. Seine Finger fühlen sich rau an, und ich lächle matt.

»Das bin ich, das habe ich versprochen. Aber wir brauchen Hilfe. Hör also auf, einen auf griesgrämiger alter

Mann zu machen, wenn sich die neuen Pflegerinnen vorstellen.«

Florian zieht die Hand weg. »Ich dachte, die Agenturen wollen niemanden mehr schicken?«, murrt er.

Ich nicke. »Es gibt aber nicht nur Agenturen, es gibt auch andere Möglichkeiten. Also benimm dich das nächste Mal.«

Florian presst die Lippen zusammen. »Die eine hat geklaut und die andere die ganze Zeit geredet, und der Rest, das willst du gar nicht wissen.«

»Das ist doch schön«, sage ich und ziehe mir die Zeitung heran. Ich reiche Florian einen Teil.

»Dass sie geklaut hat?«, fragt er und setzt sich seine Lesebrille auf.

»Dass sie mit dir reden wollte«, erkläre ich, und meine Augen gleiten über die neuesten Schlagzeilen.

»Sie hatte Mundgeruch«, bemerkt Florian trocken und blättert seinen Zeitungsteil auf. »Und jedes Mal, wenn sie gesprochen hat, kam eine Welle aus altem Fisch und Elefantenmist auf mich zugeflogen. Ich sage dir, Junge, da wünschst du dir, dass sie lieber den Mund hält.«

Ich blättere zum Sportteil. »Florian, die aus Rumänien hat dir auch nicht gepasst. Und die hat die meiste Zeit gar nichts gesagt.«

Florian schnauft, und seine Hand beginnt so zu zittern, dass die Tasse umfällt und der Kaffee auf den Tisch fließt. »Die hat doch mit der rumänischen Mafia zusammengearbeitet.«

»Mit der rumänischen Mafia?«, wiederhole ich ungläubig und sehe ihn eindringlich an.

Florian nickt mit einer Selbstverständlichkeit, die mich darüber nachdenken lässt, ob er den Schwachsinn absichtlich erfindet oder ob er das Ganze tatsächlich glaubt.

»Sie dachte, ich verstehe kein Wort. Deswegen hat sie beim Telefonieren dann doch reden können. Aber ich habe in meinem Job schon das eine oder andere Wort aufgeschnappt. Und ich weiß, was ›Drogen‹ und ›bewusstlos‹ auf Rumänisch heißt.«

»Du glaubst also, sie wollte dich unter Drogen setzen«, sage ich und nippe an meinem Kaffee. »Was für einen Grund hätte sie dafür?«

»Um mich zu vergewaltigen?« Er schiebt sich die Lesebrille hoch und sieht mich herausfordernd an.

»Oder um dich loszuwerden«, erwidere ich nüchtern. »Hast du wieder eins deiner Spielchen mit ihr abgezogen?«, frage ich und stehe auf, um einen Lappen zu holen.

»Welche Spielchen?«

»Du weißt, welche Spielchen.«

Florian setzt die eckige Brille wieder auf und verschränkt die Arme vor der Brust. »Ich kann mich nicht erinnern.«

Ich lege den Kopf schief und mache mich auf den Weg zur Küche. »Echt jetzt? Schon wieder?«

Nachdem ich uns Frühstück zubereitet habe, gehen Florian und ich nach draußen und machen einen kleinen Spaziergang. Eigentlich bin ich hundemüde und habe keine Lust auf einen Park voller schreiender Kinder und

Mütter, aber die Ärzte haben gesagt, dass Routine und Gewohnheit für ihn wichtig sind.

Früher war er oft mit Greta hier. Als ich klein war, sind sie mit mir regelmäßig auf den Spielplatz gegangen, und später, als ich mit den Jungs unterwegs war und hier spätabends meinen ersten Joint geraucht habe, hat mich Florian gefunden und nach Hause geschleift.

»Lauter alte Leute«, grummelt er, als wir unter den blühenden Bäumen den Kiesweg entlangspazieren. Auf den Parkbänken sitzen Frauen mit Stützstrümpfen und grauen Haaren, die sich mit anderen Damen ihrer Generation unterhalten.

»Die sind in deinem Alter«, entgegne ich und versuche, nicht zu grinsen. Langsam ziehe ich ein Zigarettenpäckchen aus meiner Hosentasche.

»Werd nicht frech«, gibt Florian zurück. »Ich bin noch immer fit genug, um dir eins überzuziehen.« Er hebt drohend die Hand.

»Du hast mir nie eins übergezogen.«

»Was nicht ist, kann ja noch werden«, sagt er, und ich höre das Lächeln in seiner rauen Stimme. »Außerdem ist eine Drohung manchmal effektiver als die Tat selbst. Du zum Beispiel mit deinen Pflegerinnen.« Er macht eine kurze Pause und sieht mich an, während ich mir eine Zigarette anzünde. »Die brauchen wir nicht.«

»Doch, die brauchen wir«, gebe ich zurück und nehme einen tiefen Zug. »Und du darfst sie nicht vergraulen. Ich habe schließlich noch die Bar.«

»Ach, die Bar«, antwortet er. »Wie läuft es denn so?«

»Ganz gut.« Ich versuche, ganz entspannt zu wirken,

obwohl es nicht stimmt. Vor allem jetzt nicht, da ich bei ihm wohne. Doch ich habe keine Lust, mit ihm darüber zu reden, denn das ist mein Problem, nicht seines. »Aber versuch nicht, das Thema zu wechseln«, sage ich, um selbst das Thema zu wechseln. »Heute Nachmittag kommen neue Pflegerinnen, die sich vorstellen, und eine davon nehmen wir, das schwöre ich dir.«

»Ach, das schwörst du mir?«, brummt er und zieht selbst ein Päckchen Zigaretten aus seiner Tasche.

»Der Arzt hat gesagt, du darfst nicht rauchen.« Ich schnappe nach dem Päckchen, das er sofort hinter seinem Rücken versteckt.

»Ich kann mich nicht erinnern«, behauptet der sture Hund.

»Ich aber schon«, entgegne ich scharf.

Er legt den Kopf schief, fast so, als würde es einen Unterschied machen.

»Das Gesicht nutzt bei mir nichts«, sage ich kalt.

»Hab ich dich bei Greta verpetzt, als du deinen ersten Joint geraucht hast?«, fragt er mich. »Die hätte dir die Hölle heißgemacht.«

Ich schnaufe und hasse es, dass er mich immer wieder rumkriegt. Aber er ist nun mal der einzige Mensch auf der Welt, der mir noch etwas bedeutet.

»Gut. Aber nur eine«, sage ich. »Und wehe, du kommst mir nachher mit dem ›Ich hab das Zählen vergessen‹-Scheiß, okay?‹

ANI

Ich renne. Meine Füße tragen mich nach draußen, und ich kann mich nicht erinnern, wann ich das letzte Mal so schnell war. Meine Beine überholen meine Gedanken, sie laufen von allein, sie fliegen, über die Treppe, in die Ungewissheit, durch die schwere Glastür. Über den Asphalt, vorbei an den hupenden Autos und dampfenden Bussen, bis ich nicht mehr weiterkann. Ich halte die Tasche fest an meinen Körper gepresst, mein Atem geht heftig, und ich bekomme kaum Luft, aber zumindest bin ich da raus. Sein Gesicht hätte ich nicht länger ertragen können, und trotzdem sehe ich es noch immer vor mir, mit seinem beschissenen Mitgefühl und seinen beschissenen Worten, und mein Verstand beginnt langsam zu kapieren, was gerade passiert ist. Meine Welt hat sich verändert, sie existiert nicht mehr, obwohl ich noch existiere. Ich stehe da und weiß nicht, wohin ich jetzt gehen soll, während die Leute ringsum es ganz genau zu wissen scheinen. Die meisten ignorieren mich, nur ein Mann mit einer schwarzen Aktentasche schaut mich lange an. Ich vermute, dass es an meiner verschmierten Wimperntusche liegt oder einfach daran, dass ich eine

Frau bin und Brüste habe, vielleicht reduziert sich alles darauf.

Und dann denke ich wieder an ihn und weiß, dass es sich nicht darauf reduzieren lässt, nicht auf ihre Brüste oder meine Brüste, auch wenn das irgendwie am einfachsten wäre. Natürlich ging es um mehr, um viel mehr, das konnte ich in seinem zerknirschten Gesicht ablesen, mit dem er noch immer so tat, als ob er nur das Beste für mich wollte.

Ich will nur ehrlich zu dir sein, Ani.

Als ob Ehrlichkeit das Beste wäre, diese Scheißehrlichkeit, die so verdammt weh tut, dass ich gerne schreien würde und toben, ich würde gerne zurück zu ihm und etwas zerstören, aber die Genugtuung gebe ich ihnen nicht. Ich bin nicht das labile Ding, für das sie mich halten, ich bin mehr, auch wenn ich gerade jetzt zu heulen anfange.

Zuerst ist es nur eine Träne, und dann sind es ganz viele, wie eine stille Armee, lautlos. Nur zehn Minuten liegen zwischen meinem alten und dem neuen Leben, zehn Minuten, das ist eigentlich nicht viel, aber genug, um alles umzuwerfen.

Ich wische die Tränen weg, er hat schon alles, mehr Tränen bekommt er nicht. Langsam öffne ich meine Tasche und suche zwischen den Klamotten und meinem Fotoapparat nach dem Portemonnaie. Gerade mal fünfzig Euro, mehr habe ich nicht. Wo soll ich jetzt hin?

Mir fallen meine Freunde ein, die alle mehr zu ihm als zu mir gehören, mir fällt meine beste Freundin ein, die es nicht mehr gibt, mir fällt meine Mutter ein, zu der ich garantiert nicht zurückgehen werde, das habe ich mir geschworen.

Seufzend stecke ich meine Geldbörse zurück und mache die Tasche zu. Vielleicht gibt es in der Nähe eine kleine Pension, aber wie lange werde ich dort mit fünfzig Euro bleiben können? Das Geld von dem Magazin bekomme ich erst in ein paar Wochen, darauf kann ich nicht zählen, und den Job in dem Café bin ich seit letztem Dienstag auch los.

Egal. Einfach weitergehen und darauf hoffen, dass mein Kopf schon eine Lösung finden wird, mit all seinen Gehirngängen und Synapsen, wofür sind die denn sonst da. Irgendwann tun mir meine Füße weh, und ich setze mich an eine Bushaltestelle, einfach nur um zu sitzen und nicht mehr zu gehen. Langsam ziehe ich mein Handy aus meiner Tasche und suche nach Pensionen unweit von hier. Pensionen, die ich mir leisten kann. Alles, was es hier gibt, beginnt bei vierzig Euro.

Ich atme tief ein und aus und versuche das Gefühl der Panik, das langsam in mir hochkriecht, zu ignorieren. Am liebsten würde ich aufstehen und mich auf die Straße legen, genau an die Stelle, wo der Bus hält. Ich würde mich einfach überrollen lassen, würde das Stückchen Leben, das noch in mir ist, aus mir herausquetschen lassen und müsste nicht darüber nachdenken, ob ich vielleicht doch zu meiner Mutter muss, für die das ein gefundenes Fressen wäre, oder die Nacht im Park verbringen will.

»Haben wir uns nicht vorhin schon getroffen?«, fragt eine Frau neben mir, und ich schrecke hoch. Sie hat hellblonde Haare und trägt eine Jeansjacke, doch sie meint nicht mich, sie meint das junge Mädchen mit dem Undercut und dem Nasenpiercing, das sich gerade neben mich setzt. Das gepiercte Mädchen runzelt kurz die Stirn, und dann nickt sie, wie einer dieser Wackeldackel, die auf der Rückbank von Autos sitzen.

»Stimmt. Du bist gerade aus der Wohnung gekommen, als ich meinen Termin hatte.« Sie macht eine kurze Pause. »Also ich weiß nicht, wie es bei dir war, aber für mich ist das nichts.« Sie zieht ihre grüne Jacke enger.

Die Blonde nickt jetzt auch und beißt von ihrem Sandwich ab. »Die Wohnung ist gigantisch, oder? Aber der Alte ist furchtbar. Hat er dich auch angeschrien?«

Das Mädchen neben mir verengt die Augen. »Er hat mich angespuckt. Und ich sage dir, das war mit voller Absicht.«

Die Blonde seufzt. »Ein Jammer, die Wohnung war wirklich unglaublich schön, und so hell!« Sie fährt sich durch die Haare. »Nachdem ich die Fotos im Internet gesehen hatte, dachte ich mir: Wow, so schlimm kann der Job gar nicht sein. Aber ... nein, das mache ich nicht.«

»Ich hab ihm auch gesagt, dass ich mir das noch überlegen muss, aber ich hatte das Gefühl, dass er mich sofort genommen hätte. Ich könnte gleich einziehen, hat er angedeutet. Das war alles irgendwie eigenartig, schließlich bin ich noch in der Ausbildung.« Sie zieht die gepiercte Nase kraus. »Ich hab kein gutes Gefühl dabei.«

»Der muss wirklich verzweifelt sein«, sagt die andere, und ich versuche gar nicht mehr, so zu tun, als würde ich die beiden nicht belauschen. Wohnung, heute einziehen, Verzweiflung – irgendwie habe ich das untrügliche Gefühl, dass sich das nach mir anhört. Ich nehme allen meinen Mut zusammen und drehe mich zu ihnen um. Viel schlimmer als eben bei Noah kann es nicht werden.

»Entschuldigung, sprecht ihr, wovon ich denke, dass ihr davon sprecht?«, mische ich mich ein.

Die beiden sehen mich an. »Du meinst die Anzeige? Wegen der Stelle?«

»Ich habe leider irgendwie die Adresse verschlampt … kommt ihr gerade von dort?«

Die blonde Frau mit der Jeansjacke nickt. »Ja, aber ich glaube nicht, dass du dort einziehen möchtest.«

Ich zucke mit den Schultern. »Ich würde es mir gerne ansehen.«

»Wie du willst, aber mach dich auf etwas gefasst«, sagt das Mädchen mit dem Nasenpiercing. »Es ist gleich um die Ecke, das Jugendstilhaus, oberste Wohnung. Ist die Nummer dreizehn.«

»Bei wem muss ich noch mal klingeln?«, frage ich unschuldig und stehe auf.

»Bei Hartmann«, sagt die Blonde, und dann gehe ich los, ihren zweifelnden Blick im Rücken.

Die Außenfassade des Hauses ist wunderschön, aber ich versuche, mich davon nicht blenden zu lassen. Wer weiß schon besser als ich, dass das Innen mit dem Außen oft nicht mithalten kann? Der Wind zerrt an mir, als ich den Kopf in den Nacken lege. Es ist ein typischer Jugendstilbau mit den geschwungenen Linien, ornamentalen Mustern und der unverkennbaren Symmetrie. Früher habe ich solche Gebäude geliebt, aber Liebe ist anscheinend etwas, das mir in den letzten Monaten abhandengekommen ist, wie ein Mantel, den man einfach irgendwo vergisst.

Zögerlich drücke ich die Klingel, neben der »Hartmann« steht, und dann fängt es zu regnen an, mit einer derart elementaren Wucht, die jeden Zweifel wegwäscht und mich nach drinnen drängt. Als der Summer angeht, drücke ich die schwere Tür auf und trete ein.

Drinnen ist es kühl und düster. Ich sehe einen Lift mit einem schmiedeeisernen Gitter, für den man einen Schlüssel braucht, und wende mich der Treppe zu. Das Mädchen hat gesagt, die Wohnung der Hartmanns liege in der obersten Etage, und als ich im vierten Stock ankomme, wartet schon ein großer, dunkelhaariger Typ vor der Tür. Er ist unrasiert, trägt schwarze Jeans mit einem schwarzen T-Shirt und wirkt müde, unglaublich müde. Er ist nicht viel älter als ich, vielleicht Anfang dreißig. Obwohl er ungewaschen aussieht, riecht er gut, aber das ist das einzig Positive an ihm. Seine ganze Körperhaltung strahlt etwas Kaltes und Ruppiges aus. Ich sehe ihn an und habe plötzlich das Gefühl, dass es ein Fehler war, hierherzukommen. Alles war ein Fehler, Noah war ein Fehler, diese Stadt war ein Fehler, mein Studium war ein Fehler. Was soll ich denn jetzt sagen, durchfährt es mich, und bevor ich noch länger hier stehen und ihn blöd anglotzen kann, mache ich auf dem Absatz kehrt.

»Warten Sie«, ertönt seine tiefe Stimme. »Wo wollen Sie denn hin?«

Er klingt eine Spur netter, als er aussieht, und ich bleibe stehen. »Tut mir leid, ich hätte nicht herkommen sollen«, sage ich über die Schulter.

Er mustert mich von oben bis unten. »Jetzt sind Sie schon mal da. Jetzt können Sie auch reinkommen«, erwidert er, dreht sich um und lässt die Tür offen stehen.

Ich höre, wie der Regen auf das Dach prasselt, mit seiner ganzen Kraft, ich höre das Eingangssignal einer SMS, die nach Noah klingt, und dann höre ich einfach auf zu denken und folge ihm in die Wohnung.

Drinnen empfängt mich der Geruch nach Vergangenheit, gemischt mit teurem Rasierwasser und alten Essensresten. Die Wohnung wirkt riesig, und ich erahne noch nicht einmal, wie groß sie ist. Die Räume sind stilvoll eingerichtet, viel Biedermeier, aber kombiniert mit modernen Stücken. Es sieht überraschend gemütlich aus, und ich frage mich, wie der Typ in dieses gediegene Ambiente passt – er wirkt wie ein Buch, das ins falsche Regal zurückgestellt wurde.

Nachdem er mich ins Wohnzimmer geführt hat, deutet er auf einen gepolsterten Stuhl, der zu dem kleinen Holztisch und den Wand- und Deckenlampen aus Bassano-Keramik passt. Ich setze mich auf die vordere Kante der Sitzfläche und versuche, ruhig zu wirken und nichts von dem Noah-Tsunami in mir preiszugeben, versuche, nicht darüber nachzudenken, ob ich das Schlimmste überhaupt schon überstanden habe.

Nicht die richtigen Gedanken für ein Vorstellungsgespräch, selbst wenn man nicht weiß, worum es eigentlich geht. Der Typ sitzt mir gegenüber und sieht mich an. Seine Augen sind stumpf und ausgelaugt.

»Ich hätte nicht damit gerechnet, dass heute noch jemand auftaucht«, erklärt er nüchtern.

Ich nicke nur, weil ich nicht weiß, was ich sagen soll.

»Wie ist Ihr Name?«, fragt er.

»Anika Bayer«, sage ich.

»Und ... welche Erfahrungen haben Sie?«

»Wie bitte?«, frage ich zurück und streiche mir eine dunkle Haarsträhne aus dem Gesicht. Es war eine blöde Idee, ich sollte aufstehen und gehen, denn ich bin auch nicht mehr als ein Buch, das nicht in dieses Regal passt.

Der Typ reibt sich die Augen. »Welche Erfahrungen haben Sie in der Pflege älterer Personen?«

Ich sehe ihn unbewegt an, während er auf eine Antwort wartet.

»Meine Mutter«, erkläre ich, ohne nachzudenken.

Er gähnt unterdrückt. »Ihre Mutter ist dement?«

»Nein, ist sie nicht«, sage ich und wünschte, sie wäre es. Dann könnte sie mich einfach vergessen. »Sie braucht nur besondere Pflege.«

Etwas piepst laut, ein schriller Ton, und der Typ zieht ein Handy aus seiner Hosentasche. »Shit«, sagt er und starrt auf das Display. Dann schaut er mich an. »Wir müssen das hier abkürzen. Ich erkläre Ihnen kurz, worum es geht.« Er beugt sich auf seinem Stuhl vor, und sein Gesicht nimmt einen ernsten Ausdruck an.

»Florian, meinem Großvater, wurde vor einigen Wochen Alzheimer diagnostiziert. Mir ist schon früher aufgefallen, dass er Sachen vergisst und verlegt, aber irgendwann ist er von der Polizei nach Hause gebracht worden, völlig verwirrt und desorientiert. Er hat Momente der vollkommenen Klarheit, und dann plötzlich geht er im Morgenmantel auf die Straße oder macht etwas«, er stutzt für einen Moment, »etwas Verrücktes.«

»Was?«, frage ich interessiert. »Also, welche verrückten Dinge tut er?«

Er räuspert sich, es ist ihm unangenehm, darüber zu sprechen. »Er verliert Sachen. Wäscht seine Socken im Geschirrspüler. Will sich etwas zu essen machen und dreht den Herd nicht mehr ab. Vergisst, wo er wohnt. Hören Sie«, er zieht tief die Luft ein und beugt sich noch etwas weiter nach vorne, »die meiste Zeit geht es ihm gut. Aber ich kann nicht verantworten, dass ihm etwas passiert. Daher brauche ich jemanden, der sich tagsüber um ihn kümmert, der auf ihn aufpasst, ihm etwas zu essen macht, den Haushalt in Ordnung hält und die Einkäufe erledigt.« Er richtet sich wieder auf. »Trauen Sie sich das zu?«

Ich zögere einen Moment, und dann höre ich das Gewitter, das draußen zu toben anfängt. Es ist ein hässliches Geräusch, ein lautes Krachen, das durch meinen Körper jagt und mich kurz zusammenzucken lässt. Das Bild einer nassen Parkbank zuckt durch meinen Kopf, und dann nicke ich, fast automatisch, wie einer dieser hässlichen Wackeldackel.

»Das wäre Ihr Zimmer«, sagt Thomas Hartmann und reibt sich über das stoppelige Kinn. Ich sehe in den Raum, der riesig ist und mehr Platz bietet, als mir wahrscheinlich guttut. Ein hübsches Doppelbett steht in der Mitte, ein kleiner Biedermeier-Sekretär und ein dazu passender Schrank, die Wände sind eierschalenfarben gestrichen. Eine Tür führt in ein kleines Bad mit Wanne und Tageslicht. Alles hier wirkt wie in einem Hotel.

»Wann lerne ich Ihren Großvater kennen?«, frage ich, es kommt mir komisch vor, dass ich ihn noch nicht gesehen habe.

»Sofort«, entgegnet Thomas Hartmann, ohne mich anzusehen. »Ich bringe Sie zu ihm.« Er geht voraus, durch einen langen Gang, der sich zu vielen anderen Räumen verzweigt und an dessen Wänden Gemälde aus den verschiedensten Epochen hängen, hauptsächlich Impressionisten und Expressionisten. Solche Wohnungen kannte ich bislang nur aus Filmen.

Wir bleiben vor einer zweiflügeligen Glastür stehen, er zögert. Als wäre er sich nicht sicher, ob er das hier wirklich tun soll. Will er mich vor dem Alten schützen oder den Alten vor mir? Von drinnen klingt klassische Musik an mein Ohr, und ich zupfe mit den Fingern an meinem Daumennagel, während ich immer nervöser werde und sich mein Gedankenkarussell voller Zweifel wieder in Gang setzt, das mit jeder Runde lauter und schriller wird.

»Florian«, sagt er, als wir den Raum betreten, und das kreischende Karussell kommt abrupt zum Stillstand. An den Wänden hängt wieder Kunst, vornehmlich Kubismus und Dadaismus in einer beeindruckend aufeinander abgestimmten Auswahl.

In der Mitte gibt es einige Sitzgelegenheiten, und auf der großen Kommode an der Wand stehen silberne Bilderrahmen. Ich brauche einen Moment, um den alten Herrn Hartmann zu entdecken, der in einem breiten Ohrensessel Richtung Fenster sitzt. Sein Kopf liegt reglos auf dem samtigen grünen Sessel, und sein Körper wirkt wie ein Mehlsack, den jemand in die Ecke geworfen hat. Er hat graue Haare und einen grauen Bart, wie ein alter Seemann. Früher muss er ein attraktiver Mann gewesen sein, die Ähnlichkeit mit seinem Enkel ist unverkennbar.

Seine dunklen Augen starren auf den Parkettboden. Ich folge seinem leeren Blick und erkenne eine tellergroße Pfütze auf dem braunen Parkett.

Automatisch blicke ich auf seine Hose und entdecke einen durchnässten Fleck auf der hellbraunen Leinenhose. Ich habe noch nie einen Erwachsenen gesehen, der sich eingepinkelt hat, aber ich habe schon Erwachsene gesehen, die gekotzt und geflucht und ihre Freunde verraten haben, deshalb finde ich es nicht so schlimm.

»Florian«, murrt der junge Hartmann, und seine Stimme klingt genervt. »Ist das dein Ernst?«

Ich schaue ihn überrascht an. »Ich glaube, er braucht Hilfe, keine Vorwürfe«, sage ich ruhig und sehe mich in dem Zimmer nach einem Lappen um.

»Aktuell braucht er keine Hilfe«, sagt der junge Hartmann trocken und atmet tief durch. »Florian, lass den Scheiß.«

»Lass den Scheiß?«, wiederhole ich. »Sie sind ja von der ganz netten Sorte.«

»Ach, denken Sie das?«, entgegnet er süffisant. »Der von der nicht so netten Sorte sitzt gerade vor Ihnen.« Er macht eine kurze Pause und richtet seine Aufmerksamkeit auf seinen Großvater.

»Florian, ich habe einen Notfall in der Bar. Filippa ist schon wieder ausgefallen, und ich muss Mark unterstützen, sonst dreht er durch. Die anderen Pflegerinnen hast du ja erfolgreich vergrault, aber jetzt ist genug. Mit dieser hier wirst du dich arrangieren müssen.«

Der alte Mann starrt noch immer ins Nichts, und ich fühle, wie ich wütend werde. Wie kann er seinen Großvater so behandeln? Ich atme tief durch, Wut ist nicht gut, Wut fühlt sich zwar besser an als Schmerz, aber sie führt dazu, dass ich dumme Sachen sage. Und das sollte ich jetzt besser nicht tun, wenn ich die Nacht nicht draußen im Regen verbringen will.

»Florian?!« Die Stimme des jungen Hartmann klingt bedrohlich, ich sehe, wie sich seine Finger zu einer Faust formen.

»Wollen Sie ihn jetzt etwa schlagen?«, zische ich, und alle guten Vorsätze, die Klappe zu halten, sind auf einen Schlag verpufft. »Und wenn Sie mal nicht da sind, soll ich ihn dann für Sie verprügeln, wenn er sich einpinkelt?«

»Ich habe schon des Öfteren daran gedacht, ihn zu schlagen, Frau Bayer, aber zwischen Denken und Tun liegt noch ein sehr großer Unterschied. Zum Beispiel jetzt – Sie denken, dass sich mein Großvater eingepinkelt hat? Schauen Sie mal auf seine Hose.« Er deutet auf den nassen Fleck. »Schauen Sie mal genau hin, und dann schauen Sie auf das Hosenbein. Müsste da nicht ein Rinnsal zu erkennen sein?« Mit zwei Schritten ist er neben seinem Großvater und zieht etwas hinter dem Sessel hervor.

»Apfelsaft? Naturtrüb?«, fragt er und hebt einen Saftkarton hoch. Die Mundwinkel des Alten beginnen zu zucken.

»Der andere war alle, du hast schließlich keinen neuen besorgt«, entgegnet er amüsiert.

Ich starre die beiden an. Sie scheinen total verrückt zu sein, und ich bin mir nicht sicher, ob ich dem gewachsen bin. Andererseits fühle ich mich einer Nacht auf einem Bahnhof oder im überdachten Wartebereich einer Bushaltestelle auch nicht gewachsen.

»Also die Pinkelhose«, murrt der junge Hartmann jetzt und reibt sich über die Augen. »Hast du dein sonstiges Repertoire schon verspielt? Kein Schreien, Schlagen oder Sabbern? Wir hatten doch ausgemacht, dass du wenigstens einmal normal bist. *Einmal*, Florian. Um mehr habe ich dich nicht gebeten.«

Der Alte zuckt mit den Schultern. »Muss ich vergessen haben.«

Mit einem Kopfschütteln wendet sich der junge Hartmann mir zu.

»Wenn Sie noch wollen, können Sie sofort anfangen«, sagt er rau. »Natürlich erhalten Sie nicht nur Kost und Logis, sondern auch ein Haushaltsgeld und ein Gehalt von«, er macht eine kurze Pause, »1000 Euro netto.«

Ich starre ihn an. Ist das Verzweiflung, dass er mir so viel anbietet, oder ein leuchtend rotes Warnsignal, das mir heulend dazu rät, möglichst schnell hier abzuhauen?

Der Alte schreckt ebenfalls auf. »1000? Du spinnst ja. Die anderen haben nicht so viel bekommen.« Er sieht mich abschätzig an und mustert mich von oben bis unten. »Willst du sie etwa flachlegen?«

Ich fühle, wie sich meine Augen verengen. Vielleicht hat er mir zu früh leidgetan.

»Florian«, sagt der junge Hartmann scharf.

Der Alte verschränkt die Arme vor der Brust. »Viel ist ja nicht dran an ihr.«

»Florian«, wiederholt er noch einmal, und seine Stimme klingt gefährlich. »Willst du ins Heim?« Er sagt die Worte langsam und gewählt, und ich habe nicht den Eindruck, dass er sie oft sagt.

Der Alte schnauft und reibt sich über den grauen Bart. »Hast du ihre Unterlagen gecheckt? Woher kommt sie? Was hat sie für Erfahrungen und Qualifikationen? Du kannst mich doch nicht irgendjemandem in die Hand drücken. Sie könnte eine Massenmörderin sein, die alte Menschen ersticht.«

»Richtig, das könnte ich sein«, erwidere ich, weil es mir reicht, dass sie über mich reden, als ob ich nicht da wäre.

Der junge Hartmann zündet sich eine Zigarette an. »Ja«, sagt er trocken. »Vielleicht wünsche ich mir das sogar.«

TOM

Ich hetze zur Bar. Die Neue hat taff ausgesehen und gleichzeitig zerbrechlich, eine seltsame Kombination. Ich kann nur hoffen, dass sie die erste Nacht übersteht und sich von Florian nicht vergraulen lässt. Hübsch ist sie ja, das könnte vielleicht ein Pluspunkt sein.

In der Eile habe ich ihr nur die wichtigsten Dinge erklärt, Küche, Badezimmer und Florian. So gut man den erklären kann.

Wie kann ein so kluger Mensch so schnell zu einem kleinen Kind mutieren? Macht er das mit Absicht, um mich schon darauf vorzubereiten, was noch kommen wird? Die Ärzte haben gesagt, dass das Gehirn nach dem »Last in – first out«-Prinzip funktioniert. Menschen mit Demenz verlieren zuerst die jüngsten Fähigkeiten und Erinnerungen. Mit Fortschreiten der Krankheit erkennen sie Gegenstände und Personen nicht wieder, verlernen die Sprache und alltägliche Bewegungen – sie entwickeln sich wieder zu einem Baby. Ich hätte nie gedacht, dass ich Florian so sehen muss. Nicht ihn.

Ich öffne die Tür, mache das Licht an und lasse meinen Blick über den polierten Holztresen und die Barhocker schweifen. Die Tische an der Wand stehen noch verlassen da, und ich genieße diesen kurzen Augenblick der Einsamkeit.

Einsamkeit ist das, was ich am meisten vermisse. Offensichtlich habe ich mich in den letzten Jahren zu sehr an das Leben allein gewöhnt, es ist seltsam, jetzt mit meinem Großvater in einer Wohnung zu leben. In der Wohnung, in der ich groß geworden bin, mit einem scharfsinnigen Florian und einer herzlichen Greta.

Greta. Ich vermisse meine Großmutter. Ihr Lachen, ihre weichen Berührungen und die Art, wie sie mit Florian umgegangen ist. Ihren berühmten Apfelkuchen, die Besuche im Museum, die Spaziergänge und ihre Geschichten, die mich getröstet und geleitet haben. Greta wusste zu jeder Lebenssituation die richtige Geschichte, und ich frage mich, was sie mir jetzt raten würde.

Ich gehe an die Bar, schnappe mir eine Flasche Whiskey und schenke mir ein Glas ein. Mann, ich bin so verzweifelt, dass ich Florian in die Obhut einer unbekannten Frau gebe, selbst auf die Gefahr hin, dass sie kriminell, vorbestraft oder eine Irre ist. Aber Florian weiß, dass ich die Bar nicht geschlossen lassen kann, schließlich muss ich doch die Raten bezahlen. Hoffentlich weiß er auch, dass ich ihn nicht im Stich lassen werde. Ich werde nicht gehen und so tun, als würde er nicht existieren, um ihn dann einmal im Monat in irgendeinem Pflegeheim zu besuchen. Ich habe es Greta versprochen, und ich werde mein Versprechen halten. Komme, was wolle, das bin ich ihr schuldig.

Mit einem großen Schluck stürze ich die goldene Flüssigkeit hinunter, schlucke sie mit meinen Zweifeln weg und verlasse mich darauf, dass die Nacht nicht noch beschissener wird.

»Einen Martini. Geschüttelt, nicht gerührt«, haucht die Blonde mit dem tiefen Dekolleté und beugt sich über den Tresen, bis ihre Brüste fast aus dem Kleid kippen.

Ich nicke, schenke ihr ein Glas ein und bin froh, dass der Laden voll ist. Die Leute von der Firmenfeier lachen und unterhalten sich, sind gut drauf und bestellen einen Drink nach dem anderen. Wenigstens eine Sache, die heute nicht vollkommen schiefläuft.

»Hast du Feuer?«, versucht es die Blonde noch mal mit meiner Aufmerksamkeit und schenkt mir einen lasziven Augenaufschlag. Sie steckt sich eine Zigarette in den Mund.

»Hier drinnen ist Rauchverbot«, sage ich trocken, ziehe ihr den Glimmstängel aus den Fingern und schmeiße sie in den Mülleimer.

»Hey, das war aber nicht nett«, entgegnet sie lächelnd. »Jetzt schuldest du mir was.«

Ohne sie anzusehen, mache ich die Drinks für Tisch drei fertig. »Ach ja?«

»Ja. Das ist Zerstörung von Eigentum gewesen.«

»Aha.«

Mark kommt vorbei, und ich stelle ihm die Drinks aufs Tablett. Danach beginne ich, die anderen Bestellungen fertig zu machen. Ein paar Cocktails und den guten Cognac. Es beruhigt mich, wie die goldene Flüssigkeit aus der Flasche rinnt, wenn der Cognac das Glas sanft berührt und die Eiswürfel ihm klirrend folgen. Das Geräusch, das sie dabei machen, ist wie Musik für mich. Bei den meisten Menschen ist es genau umgekehrt, die beruhigt es, wenn der Alkohol seinen Weg in ihren Körper findet, durch die Adern hindurch bis zu ihrem Gehirn, damit sie es endlich einmal abschalten können.

Es ist faszinierend, wie sich die Leute verändern, wie sie ihr Alltags-Ich ablegen und zu einem anderen, tiefer vergrabenen Selbst greifen. Ihnen dabei zuzusehen, wie sie ihre Hemmungen fallen lassen und dann Dinge tun, für die sie sich nachher in Grund und Boden schämen. Ich hab schon vieles gesehen: Betrug, Reue, Abgründe. Meistens sage ich gar nichts. Was kompliziert ist, weil die Leute bei einem Barmann immer an diesen Typen aus den Kitschfilmen denken, der seinen Gästen mit einem guten Rat zur Seite steht, immer die richtige Antwort parat hat und den entscheidenden Satz sagt, der das Leben wieder in die richtige Bahn bringt.

»Hey, du hast meine Zigarette gekillt«, versucht es die Blonde noch mal. Ich schraube die Cognacflasche zu.

»Das ist wohl eher umgekehrt«, erwidere ich kühl.

»Wie bitte?« Sie runzelt die Stirn.

Leider kann man als Inhaber Leute, die nerven, nicht einfach rausschmeißen. »Die Zigarette killt wohl langfristig eher dich«, sage ich.

»Tisch fünf, zwei Erdbeer-Daiquiris mit Schirmchen«, sagt Mark grinsend. Ich werfe ihm einen frostigen Blick zu.

»Was?«, fragt er und zuckt mit den Schultern. »Die wollen ein wenig Urlaubsfeeling.«

»Bei uns gibt es keine Schirmchen«, murre ich. »Und auch kein Urlaubsfeeling.«

»Willst du es ihnen sagen?«, fragt er, dann grinst er noch breiter. »Nein, lieber nicht – ich kann mich noch erinnern, was letztens passiert ist.«

Ich schnaufe.

»Was ist denn passiert?«, mischt sich die Blonde ein.

»Gar nichts«, brumme ich, und Mark bewegt sich lächelnd zu den Tischen.

Die Blonde fährt sich durch ihre Haare. »Das hört sich aber nicht nach gar nichts an.«

Ich wische mir die Hände an einem Tuch ab. »Nur eine kleine Auseinandersetzung.«

»Worüber?«

»Du bist neugierig.«

»Ich bin interessiert«, widerspricht sie und versucht dabei, verführerisch zu klingen.

Ruhig sehe ich in ihre katzenhaft geschminkten Augen. »Ich aber nicht«, erwidere ich kurz.

Ihre Augen verengen sich, und dann streckt sie den Rücken, knallt mir das Geld auf den Tresen und verschwindet in der Masse.

»Tisch sechs möchte noch eine Runde Kurze«, sagt Mark.

Ich nicke, reihe die Schnapsgläser nebeneinander auf und schenke den Alkohol mit einer schnellen Bewegung ein.

»So ein Scheißtag?«

»So ein Scheißtag«, sage ich und sehe ihn unbewegt an. »Wenn du dich unterhalten möchtest, sag Bescheid, dann mache ich die Bar dicht, und wir können mal so richtig quatschen.« Ich senke die Stimme. »Ansonsten geh wieder an die Arbeit.«

Mark hebt beschwichtigend die Hände. »Schon gut, schon gut. Ich hab ja nur gefragt«, grummelt er und schnappt sich das Tablett.

Ich kremple mir mein schwarzes Hemd auf und schiele auf mein Handy. Kein Anruf. Weder von Florian noch von der Neuen, und ich bin mir nicht sicher, ob das ein gutes Zeichen ist.

Mit dem Tod von Greta hat sich alles verändert, sie hat den Unterschied gemacht. Sie hat schon immer den Unterschied gemacht. Sie war die Einzige, die wusste, wie man Florian und mich nehmen musste, sie war der Kleber unserer Familie, und ich wünschte, ich hätte ihr das nur ein Mal gesagt.

Nur ein einziges Mal. Ich wünschte, ich hätte mich nur ein Mal dafür bedankt, dass sie mich zu sich geholt haben, dass sie gesehen hat, dass das Leben mit meinen Eltern nicht funktionierte, dass sie verstand, dass ich mehr brauchte. Dass sie mir ein Zuhause gab, zu einer Zeit, in der ich nichts anderes als neue Länder, andere Sprachen, unterschiedliche Währungen und fremde Gesichter kannte, dass sie das aussprach, was meine Eltern von allein niemals zugegeben hätten.

Ich weiß noch bis heute, wie es war, als sie sich zu mir aufs Bett setzte, das schon damals nach diesem besonderen Waschmittel roch, mir mit ihrer zarten Hand über die Stirn fuhr und die Haare zur Seite schob. Als sie sich nach vorne beugte und mir eine Frage zuflüsterte, fast als wäre es ein Geheimnis zwischen uns, das niemand erfahren sollte: »Tommy, was hältst du davon, nicht mehr umzuziehen?« Dabei lächelte sie. Dieses entwaffnende Lächeln, das selbst Florian fertigmachte. »Du würdest mir damit einen großen Gefallen tun. Dann muss ich mit deinem Großvater nicht immer allein sein.« Sie machte eine kurze Pause. »Er kann nämlich ziemlich anstrengend sein, weißt du. Vor allem beim Kartenspielen, da brauche ich deine Unterstützung – na, was hältst du davon?« Und dann lächelte sie noch weiter, und ich wusste, dass sie mich anlog, denn sie und Florian liebten sich über alles, aber es war egal, denn ich nickte nur und war glücklich.

Endlich hatte ich ein Zuhause.

Ein Zuhause, das jetzt aus einem kranken Florian besteht, der nicht mehr über Greta spricht und ihre Fotos nicht mehr ansieht. Der ohne Tränen aus dem Krankenhaus ging, der ohne Tränen an ihrem Grab stand und die Hände der wenigen schüttelte, die noch übrig waren. Der ohne Tränen zurück in die Wohnung ging, sich in das gemeinsame Bett legte und beschloss, nun einfach alles zu vergessen.

»Kannst du dem Typen von Tisch zwei ein Taxi rufen?«, fragt Mark. Ich nicke, telefoniere kurz und gehe dann zu dem Typen in der braunen Lederjacke mit den Straßenköterhaaren, die ihm ins Gesicht hängen.

»Ein Taxi bringt dich nach Hause«, erkläre ich. »Kannst du noch laufen?«

Aus halbgeschlossenen Lidern nickt der Typ »Ich kann sogar noch Auto fahren.« Er braucht einen Moment, aber dann zieht er mit einer langsamen Bewegung einen silbernen Schlüssel aus der Hosentasche und hält ihn mir triumphierend vors Gesicht.

»Ein Mercedes ist es«, lallt er stolz und wackelt mit dem Ding herum.

»Ein Mercedes *war* es«, entgegne ich und nehme ihm den Schlüssel aus der Hand.

»Hey! Das kannst du nicht machen! Die Karre hab ich von meinem Vater geschenkt bekommen!« Er steht schwankend auf und kann sich gerade noch am Tisch festhalten.

»Genau wie dein Leben«, erwidere ich müde und bugsiere ihn langsam aus der Bar hinaus, vorbei an den Tischen, während er beginnt, mir sein Leid zu klagen. Das geht immer ganz schnell. Die meisten bräuchten nur ein wenig Aufmerksamkeit, und ich vermeide es grundsätzlich, ihnen die zu geben.

Ich öffne die Tür, der Wagen steht zum Glück schon da. Es regnet in Strömen. Rasch bringe ich den Typen zum Taxi und schiebe ihn hinein. Dann drücke ich ihm den Autoschlüssel in die Hand und weise den Taxifahrer an, den Kerl nach Hause zu fahren.

Das klappt meistens.

Ich fahre mir durch die regennassen Haare, sehe, wie das Auto auf die Hauptstraße biegt, und gehe wieder in die Bar.

»Erledigt«, sage ich zu Mark, der nur schief grinst.

»Der wievielte war das die Woche?«

»Der sechste«, murre ich.

»Die Woche fängt gut an«, bemerkt Mark, und ich schüttle nur den Kopf. »Das würde ich nicht sagen.«

ANI

Wenn du fällst, dann ist es für einen Moment so, als könntest du fliegen, für einen Augenblick bist du in der Luft, ohne Boden unter den Füßen, fast schwerelos. Wenn du dann den Kopf ausschaltest und vergisst, dass du keine Flügel hast, wenn du nur in dieser Sekunde existierst und vergisst, was kommt, fühlst du dich frei, nicht unzerstörbar, aber leicht und unendlich.

Doch du schaltest den Kopf nicht aus, du spürst das Gewicht, das dich nach unten zerrt wie eine unsichtbare Hand, die sich als Schwerkraft in dich krallt, und irgendwann knallst du auf den harten Boden, den man Tatsachen und Realität und das Leben nennt, und kapierst, dass das Träumen vorbei ist.

Ich bin auch geflogen. Jedoch ohne Sicht, vollkommen blind, für einen Moment oder Jahre, in denen ich mich auf ihn verlassen habe, der nun entschieden hat, mich zu verlassen.

Jetzt presse ich meinen Körper gegen die weiße Wand, neben das Replikat von Delacroix, dem *Waisenkind auf dem Friedhof*, und ich muss die junge Frau nicht ansehen, um zu wissen, dass ich aussehe wie sie. Die Angst, die in ihrem erschrockenen Blick liegt, ist auch das, was ich jetzt fühle, hier allein in dieser Wohnung und doch nicht allein. Als der junge Hartmann mir auf die Schnelle alles gezeigt hat, habe ich einfach nur genickt und weiß schon jetzt nicht mehr, was es war. Was mache ich hier eigentlich?

Ich atme tief durch und versuche mich zu beruhigen. Draußen schüttet es, das Gewitter kracht, und ich habe hier ein Bett zum Schlafen, das muss reichen als Berechtigung, hier zu sein. Ich werde einen Tag durchziehen, das wird schon nicht so schwer sein, und dann einfach weitermachen, womit auch immer.

Der Alte wird dich schon nicht auffressen, geht es mir durch den Kopf, und ewig kann ich hier auch nicht stehen bleiben, platt gedrückt an der Flurwand. Wahrscheinlich hat er Hunger, er muss doch auch irgendwann mal essen, denke ich und öffne die zweiflügelige Tür mit der gleichen zögerlichen Bewegung, mit der es auch der junge Hartmann vorhin gemacht hat.

»Haben Sie Hunger?«, frage ich und blicke den Alten an, der mit einem aufgeschlagenen Buch und einer Lesebrille auf einem der Fauteuils sitzt. Chopin läuft leise im Hintergrund, und er setzt sich die Brille langsam ab. Nichts an ihm erinnert an einen senilen Tattergreis, er strahlt Stärke und Überlegenheit aus, wie er sich langsam die Nasenwurzel reibt.

»Sehe ich aus, als hätte ich Hunger?«, fragt er gedehnt und betrachtet mich überheblich. Ich kann diesen Blick nicht leiden, der mich schrumpfen lassen soll, der mir klar zu verstehen gibt, wo er steht und wo ich.

»Sehe ich aus, als wäre ich eine Wahrsagerin?«, gebe ich zurück, trotziger, als ich will, und gehe an einer Kommode vorbei auf ihn zu. Ich werde mich von ihm nicht einschüchtern lassen, nicht von einem alten Kerl, der sich für etwas Besseres hält und gerne Apfelsaft auf seine Hose schüttet.

Ohne meine Neugier zu verbergen, betrachte ich die in silberne Rahmen gefassten Fotografien, in denen immer wieder eine lachende Frau mit weißblonden Locken auftaucht, deren Lächeln nicht an einem vorbeigeht. Sie muss einmal eine sehr schöne Frau gewesen sein, denke ich, und erkenne sie auf ein paar Schwarzweißfotografien auf der Kommode weiter hinten wieder. Ein Bilderrahmen ist umgefallen und ich nehme ihn vorsichtig hoch.

»Fassen Sie das nicht an«, sagt der Alte scharf, es ist ein Befehl, keine Bitte.

»Ich wollte ihn doch bloß wieder aufstellen.«

»Sie sollen das nicht anfassen.«

»Wer ist das?«, frage ich, während ich den Standfuß auf der Rückseite wieder aufklappe. »Ihre Frau?«

Er springt auf, kommt auf mich zu und reißt mir den Bilderrahmen aus der Hand.

»Nein, unsere Nachbarin«, sagt er mürrisch und stellt das Bild zurück an seinen Platz. »Hat Ihnen Ihre Mutter nicht beigebracht, dass man fremde Sachen nicht anfasst?«

Ich ziehe eine Augenbraue hoch. »Dann werde ich aber

Schwierigkeiten haben, etwas zu essen zu machen oder die Wohnung sauber zu halten, wenn ich nichts anfassen darf.«

»Dann haben Sie eben Schwierigkeiten«, sagt er kalt. »Sie werden hier sowieso nicht lange bleiben.«

»Werde ich nicht?«, wiederhole ich.

»Sind Sie schwerhörig?«, fragt er bissig und geht wieder zu seinem Lesestuhl, um mich von dort aus zu ignorieren.

Ich drehe mich um, verlasse das Wohnzimmer und mache mich auf den Weg in die Küche, weg von dem Alten, der mich nicht um sich haben möchte. Auch die weiße Küche ist riesig, mit dem großen Kochfeld und dem hohen schwarzen Küchentisch, sie erinnert mich an die Küchen aus den Kochshows, in denen die Leute zeigen, wie toll sie Pfannen schwenken und Zucker und Basilikum kombinieren können.

Meine Mutter saß stundenlang vor diesen Sendungen, tut es heute noch, aber gekocht hat sie nie. Mit fünf habe ich begonnen, mir die Fertiggerichte selbst warm zu machen, meine Mutter war zu schwach, zu traurig, zu gebeutelt von der Arbeit, dem Leben und den Männern, um ihrer Tochter Frühstück, Mittag- und Abendessen zuzubereiten. Nur wenn es einen neuen Mann in ihrem Leben gab, dann gab es auch etwas auf dem Tisch, das zuvor nicht schockgefrostet worden war. Dann wurde die Wohnung geputzt, die Betten gemacht und Luft in die sechzig Quadratmeter gelassen.

Ich atme tief durch. Auch hier, in dieser feinen Küche, stapeln sich die Teller mit den Essensresten, die schmutzigen Gläser, Gabeln und Messer, so wie ich es von früher kenne.

Der Geschirrspüler blinkt, und als ich ihn öffne, dampft es noch ein wenig heraus. Das Geschirr ist warm, nicht mehr heiß, und ich beginne langsam, nach der Heimat jedes einzelnen Stücks zu suchen. Nacheinander öffne ich die hellen Küchenfronten. Es dauert nicht lange, dann weiß ich, wohin das Besteck, die Teller und die Gläser gehören. Mit der Knoblauchpresse, dem Sieb und einer Porzellanschale habe ich noch Probleme. Damit sie nicht im Weg rumstehen und weil mir der alte Hartmann sicher keine große Hilfe sein wird, stelle ich sie in die Schränke, die mir am passendsten scheinen, und gebe ihnen eine neue Heimat. Dann entferne ich die Essensreste, die schon pelzig sind, von den Tellern und räume sie mit den Gläsern in den leeren Geschirrspüler. Zum Schluss putze ich mit einem Lappen noch schnell über die Arbeitsfläche und schiele dann auf die Uhr.

Es sind nur fünfundfünfzig Minuten vergangen. Irgendetwas Naives in mir hatte gehofft, dass der ganze Nachmittag schon um sei, dass es bereits Abend und Zeit fürs Bett wäre, Zeit, den Tag zu beenden, aber es ist gerade mal fünf Uhr.

Ich beschließe, etwas zu essen zu machen, auch wenn es der Alte nicht essen wird, weil ich etwas Fremdes berührt habe. Im Kühlschrank finde ich Wurst, Käse und Margarine und in einer silbernen Brotbox mit Holzdeckel noch etwas Vollkornbrot. Ich schmiere drei Brote und stelle sie auf den Küchentisch. Dann brate ich das spärliche Gemüse, das sich im Kühlschrank befindet, in einer Pfanne und gebe die Zucchini- und Karottenstückchen in eine Schüssel, die ich zu den Broten anrichte.

»Davon werden Sie sicher fett«, bemerkt der alte Hartmann bissig, als er die Küche betritt. »Sie sollten das bloß nicht alles auf einmal verschlingen.«

»Die Brote und das Gemüse sind auch für Sie. Ihr Enkel hat gesagt, dass Sie etwas essen sollen.«

»Und Sie haben tatsächlich *etwas* gemacht«, konstatiert er trocken und reibt sich über seine grauen Augenbrauen. »Den Fraß esse ich nicht.«

»Ihr Kühlschrank ist nicht besonders ergiebig«, erwidere ich und lasse mich auf einen der Hocker sinken. Dann nehme ich mir demonstrativ eines der Brote und beiße herzhaft hinein.

»Wo ist die Wurst?«, fragt der Alte mürrisch.

»Ich esse keine Wurst«, sage ich, »außerdem ist sie abgelaufen.«

Die Augen des Alten verengen sich. »Sie essen keine Wurst?«

Ich fahre mir durch die dunklen Haare. »Sind Sie schwerhörig?«, frage ich.

Er atmet geräuschvoll aus, während er mich weiterhin anstarrt. »Warum essen Sie keine Wurst?«

»Weil ich Rücksicht nehme«, sage ich.

Das Gesicht des alten Herrn Hartmann zieht sich noch weiter zusammen und sieht unglaublich verkniffen aus. Er verschränkt die Arme hinter dem Rücken. »Sie glauben, dass Sie empathisch sind.«

Ich gehe zur Spüle und schenke mir ein Glas Wasser ein.

»Nein, das glaube ich nicht«, sage ich und nehme einen Schluck. »Ich esse nur einfach nicht gerne etwas, das mal Gefühle hatte.« Dass ich nach dieser Logik vielleicht ihn essen könnte, erwähne ich jetzt nicht, sonst bekommt er wieder Schiss, von wegen Massenmörderin und so.

»Aha. Was für ein Schwachsinn«, schnauzt er. »Ist das Ihre Ausrede, weil Sie nicht kochen können?«

»Wenn Sie Hunger haben, dann essen Sie. Wenn nicht – dann eben nicht.«

»Vegetarisch ist kacke«, sagt er.

»Massentierhaltung und Massenmord sind kacke«, erwidere ich.

»Ich brauche Fleisch, merken Sie sich das.« Der Alte reckt den Kopf über den Teller mit den Broten. »Ist das Salz?«

Ich nicke.

»Sie dumme Pute, wollen Sie mich umbringen?«

Ich unterdrücke den Drang, ebenfalls zu nicken.

»Sie vertragen kein Salz?«, frage ich und versuche, meine Stimme ruhig klingen zu lassen. Er ist einfach nur ein alter, verbitterter Mann, und mit alten, verbitterten Leuten, die alte, verbitterte Sachen sagen, kenne ich mich aus. Die schmeißen um sich mit den gemeinen Worten, und es ist ihnen vollkommen egal, wen sie damit treffen.

Wie aufs Stichwort klingelt mein Handy. Es ist meine Mutter. Der Alte geht kopfschüttelnd aus der Küche, und ich nehme ab, obwohl sich alles in mir dagegen sträubt.

»Ja?«, frage ich nur.

»Ich habe es soeben erfahren«, sagt meine Mutter mit ihrer Stimme, die ein einziger Vorwurf ist, ein Vorwurf darüber, dass ich es ihr nicht gesagt habe, dass sie es eigentlich schon immer wusste und dass ich auf sie hätte hören sollen, denn dann würde ich jetzt besser dastehen.

»Okay«, erwidere ich kurz.

»Ich wusste es von Anfang an. Was machst du jetzt? Wo bist du?«, fragt sie, und bevor ich überhaupt antworten kann, erklärt sie mir, dass ich leider nicht zu ihr könne, denn sie hat jemanden kennengelernt, aus der Firma, und der ist es jetzt, bei dem hat sie ein gutes Gefühl, bei dem ist es anders. Ich nicke stumm und irgendwann sage ich, dass ich leider arbeiten muss, und sie ist froh, dass ich eine Arbeit habe, denn dann kann ich sicher auch irgendwo anders schlafen. Zumindest in dem Punkt sind wir uns einig, denke ich, zumindest wir beide wollen, dass ich nicht zurückgehe, und dann höre ich die Tür, wie sie ins Schloss fällt, und beginne zu laufen.

Nein. Ist er jetzt einfach gegangen? Und das, obwohl der junge Hartmann gesagt hat, dass er eine Rund-um-die-Uhr-Betreuung braucht, weil er schon mal vergisst, wo er wohnt, ganz abgesehen davon, seine Hose anzuziehen? Ich darf ihn nicht verlieren, nicht gleich am ersten Tag.

»Halt!«, schreie ich über das Treppengeländer, weil

mir nichts Besseres einfällt. Ich sehe den Alten, wie er schleunigst das Haus verlässt, in einem Tempo, das ich ihm nicht zugetraut hätte.

Mit Herzklopfen stecke ich den Schlüssel ein, sprinte die Stufen hinab, raus auf die Straße. Ich strecke den Kopf nach links und rechts und kann ihn gerade noch sehen, wie er in seiner braunen Hose, der dunkelblauen Jacke und der grauen Schirmkappe um die Ecke biegt.

Es dauert ein paar Minuten, aber dann habe ich ihn.

»Sie können doch nicht einfach abhauen!«, sage ich schnaufend und halte ihn am Ärmel fest.

»Sie sollen doch keine fremden Dinge anfassen«, entgegnet er.

Ich ziehe meine Hand weg. »Sie können nicht einfach so aus der Wohnung verschwinden.«

Der Alte sieht mich überlegen an. »Sie haben doch gesehen, dass ich das kann.« Er ist wie ein bockiges Kind, und ich würde ihn jetzt am liebsten am Ärmel packen und in die Wohnung zurückschleifen. Aber dafür ist er zu groß und zu schwer.

»Sie müssen mit mir mitkommen«, sage ich und versuche, entschieden zu klingen.

Sein faltiges Gesicht ist wie aus Stein. »Nichts muss ich, sterben muss ich.«

Ich atme tief ein. »Wohin wollen Sie?«, versuche ich, zu einer Einigung zu kommen.

Sein Mundwinkel zuckt. »Ich will essen gehen, den Fraß da oben bekomme ich nicht runter.«

»Ani, bist du das?«, fragt plötzlich eine Stimme hinter mir. Ich drehe mich um. Es ist Melanie, mit den roten

Locken. Sie ist wieder einmal perfekt geschminkt, trägt einen knielangen Rock und ein geklebtes Lächeln im Gesicht.

»Hallo«, sage ich nur knapp und wünschte, ich könnte mich einfach in Luft auflösen und mit ihrem Parfüm davonfliegen.

»Wo ist denn Noah?«, fragt sie, und ich frage mich, warum sie es nicht weiß, es müsste sich doch schon rumgesprochen haben.

»Zu Hause«, antworte ich kurz. »Ich muss jetzt leider weiter.«

»Verstehe, es war schön, dich zu sehen«, entgegnet Melanie, und ich hasse diese Floskel, denn mich zu sehen, in meiner alten Jeans und dem abgefuckten T-Shirt, ist alles andere als schön.

»Ihre Freundin kann gerne mit uns essen gehen«, sagt der Alte charmant und lächelt, als wäre er ein netter Mensch, der auch noch ab und an eine Jüngere abkriegt.

»Das ist aber freundlich von Ihnen«, erklärt Melanie und lächelt süß. »Was genau habt ihr denn vor?«

Der Alte grinst und wirft mir einen kurzen Seitenblick zu. »Wir wollten so ein richtig dickes Steak essen gehen, ein schön blutiges.«

TOM

Ich ziehe noch einmal an der Zigarette, sie glüht ein letztes Mal auf, bevor ich sie auf der Straße austrete und den Schlüssel ins Schloss stecke. Die Tür knarzt leicht, als ich sie öffne, es ist mehr als ein einfaches Knarzen, es wird begleitet von einem Gefühl des Nachhausekommens, obwohl das Zuhause, in das ich jetzt komme, nicht mehr meins ist. Es fehlt etwas.

Greta fehlt. Und mit ihr der Geruch nach frisch gekochtem Essen. Immer wenn ich von der Schule zurückkam, erwartete sie mich mit einem Lächeln und einem herzhaften Essen, das ich beides in mich hineinschaufelte, Löffel für Löffel.

Aber was mich jetzt erwartet, ist kein Geruch, es ist eine Stille, eine drückende Leere, die mir auf den Magen schlägt. Ich schiele auf mein Handy. Es ist jetzt fast sechs Uhr, verdammt, schon wieder sechs, meine Beine sind müde, und ich gähne, als ich die Treppen hinaufsteige. Draußen taucht gerade die Sonne zwischen den Wolken auf, es ist nichts mehr da von dem Gewitter, das gestern noch den Weltuntergang ankündigte. Immerhin.

Ein neuer Morgen beginnt. Ein neuer Tag. Zeit für neu.

Vielleicht hatten Florian und die Neue eine gute Zeit. Vielleicht ist er endlich zufrieden mit jemandem in seinen eigenen vier Wänden, der nicht die gleichen Gene in sich trägt. Vielleicht. Vielleicht aber auch nicht.

Zumindest hat sie nicht angerufen, er hat sich auch nicht gemeldet, und die Wohnungstür wirkt unverbrannt und intakt.

Langsam schließe ich auf, betrete die Wohnung. Kein Geräusch, nichts. Entweder haben sie sich gegenseitig umgebracht, oder es hat tatsächlich funktioniert. Wobei – die meisten überstehen einen Tag, die wenigsten eine Woche.

Ich betrete den Flur, ziehe die Schuhe aus und hänge meine Lederjacke an den Haken. Ich bin hundemüde, und mein Hirn läuft nur noch auf Sparmodus.

Vorsichtig schleiche ich durch die Wohnung, wie ein Fremder, der nicht hierhergehört. Aber ich muss mich versichern, dass alles okay ist. Automatisch bringen mich meine Beine zu Florians Schlafzimmer, und ich bin erleichtert, als ich das rhythmische Schnarchen höre, das aus seinem Zimmer dringt. Wieder ein Stück Wald gerodet.

Müde fahre ich mir durch die Haare und gehe zu dem Gästezimmer, das sie bezogen hat. Natürlich öffne ich die Tür nicht, ich möchte nur sehen, ob es irgendein Anzeichen dafür gibt, dass sie geblieben ist. Kein Mucks dringt durch ihre Tür, nicht das leiseste Geräusch, nicht der Hauch einer Anwesenheit. Wahrscheinlich ist sie abgehauen, denke ich, lege meine Hand unbewusst auf die Türklinke, als mich eine Stimme herumfahren lässt.

»Was machen Sie da?«, fragt die Neue forsch, die hinter mir aufgetaucht ist. Sie trägt eine karierte Schlabberhose, eine von dem Typ Clownshose, die selbst die sexyste Frau scheiße aussehen lässt. Dazu ein ausgewaschenes graues T-Shirt, was die Sache auch nicht besser macht. Ihre Haare hat sie zu einem schlampigen Knoten gebunden, und dunkle Strähnen fallen ihr ins Gesicht.

»Ich wollte nur sehen, ob Sie noch da sind«, sage ich, weil es die Wahrheit ist, selbst wenn sich die Wahrheit ziemlich bescheuert anhört.

»Sie können doch nicht einfach in mein Zimmer gehen«, entgegnet sie, und aus ihrer Stimme klingen Vorwurf, Sturheit und eine ordentliche Portion Ärger.

»Woher soll ich sonst wissen, dass Sie noch da sind?«, knurre ich zurück, weil ich Vorwurf, Sturheit und Ärger nicht gebrauchen kann und mir so einen Scheiß nicht antun möchte.

»Schon mal was von Klopfen gehört?«, herrscht sie mich an und reibt ihre Finger an der Tasse Kaffee, die sie in ihren Händen hält. Wie hat sie sich nur so lautlos anschleichen können? Liegt es an ihrem Körper, der so leicht ist, dass seine Schritte kein Geräusch auf dem Parkett hinterlassen?

Ich habe keinen Bock auf so ein Gespräch, nicht jetzt, nicht hier, nur ein paar Schritte von Florian entfernt.

»Kommen Sie mit«, sage ich nur und mache mich auf den Weg zur Küche. Ich höre nicht, ob sie mir folgt, aber das bedeutet ja nichts.

Die Küche sieht besser aus als vorher, doch es steht

noch eine Pfanne mit Gemüse herum und ein Teller mit alten Butterbroten.

Ich öffne den Schrank, schnappe mir eine Flasche Whiskey, dann drehe ich mich um. Sie ist mir nicht gefolgt.

Erst beim fünften Schluck taucht sie auf.

»Also – wie war's?«, frage ich und lehne mich an den Küchentisch. Greta und ich haben die wichtigsten Gespräche genau hier geführt, über Gott und die Welt, die Erzieher, die Liebe und das Leben. Seit ihrem Tod wird in dieser Küche nichts Wichtiges mehr besprochen.

»Wie es war?«, fragt sie und schiebt sich ihre Haare aus dem Gesicht. Ihre Züge sind zart, fast erinnert sie mich an ein Reh, zerbrechlich und sanft, wäre da nicht diese Sturheit, die aus ihren Augen kommt.

»Ihr Großvater ist ein anstrengender Mann«, sagt sie geradeheraus, nicht der kleinste Versuch von Höflichkeit. Für einen Moment stocke ich.

»Ja, das ist er«, murre ich, »aber das habe ich nicht gefragt.«

»Er hat das Haus verlassen, nur weil ihm mein Essen nicht geschmeckt hat«, informiert sie mich und verschränkt die Arme vor der Brust. »Er hat nichts gesagt, ist einfach abgehauen. Wie ein trotziges kleines Kind.«

»Sie haben ihm ja auch ein Kinderessen serviert«, kommt es aus mir heraus, viel zu schnell. Mist, das liegt wahrscheinlich an den Nächten in der Bar, an den vielen Stunden, die seit Wochen an mir nagen. Diese ständigen Leute, in der Bar, hier zu Hause, immer fremde

Gesichter, immer unzufriedene Gesichter. Ich habe einfach keine Lust auf irgendwelche Leute mehr.

Mann, reiß dich zusammen, schießt es mir durch den Kopf. *Bei ihr ist es anders, die brauchst du. Keiner will mit Florian abhängen, selbst du willst ja nicht mehr mit Florian abhängen.*

»Ein Kinderessen? Weil ich ihm Butterbrote geschmiert habe?«, fragt sie und ihre Rehaugen verengen sich leicht, fast unmerklich. »Haben Sie sich schon mal den Kühlschrank angesehen? Die Hälfte musste ich wegschmeißen, weil die Sachen schon abgelaufen sind, pure Verschwendung.«

Ich ziehe ein paar Scheine aus meiner Hosentasche und lege sie auf den Küchentisch. »Sie können neue Lebensmittel einkaufen gehen«, sage ich und mache eine kurze Pause. »Und Florian haben Sie wieder eingefangen?«

Sie sieht mich genervt an. »Er wollte in ein Steakhouse.«

»Das ist doch schön«, sage ich und bin genauso genervt von dieser Unterhaltung wie sie. »Dann haben Sie doch einen kleinen Ausflug gemacht. Nett.« Ich nehme einen Schluck von meinem Whiskey.

»Ich bin Vegetarierin.«

Ich verschlucke mich fast. »Was?«

»Vegetarierin. Ich esse kein Fleisch.«

»Ich weiß, was ein Vegetarier ist.«

»Aber Florian ist das Gegenteil von einem Vegetarier.«

»Das habe ich gesehen«, sagt sie langsam. »Mindestens vierzig Minuten. Er hat sich beim Essen viel Zeit gelassen.«

»Und ist das ein Problem?«, frage ich und will nichts von neuen Problemen wissen, auch nichts von den alten.

Sie geht zur Kaffeemaschine, macht sich noch einen Kaffee. Kein Wunder, sie sieht auch aus, als hätte sie die Nacht kein Auge zugemacht. Hoffentlich hat sie nicht vor, einfach abzuhauen.

Für einen Moment ist es still, nur das Mahlen der Kaffeemaschine ist zu hören, sonst nichts, und dann nimmt sie einen kleinen Schluck aus ihrer Tasse.

»Ich weiß es nicht«, sagt sie irgendwann, und in ihrem Blick liegt etwas Ruhiges, etwas Überlegenes, das mich wütend macht. Ich habe keine Zeit für irgendwelche Spielchen oder irgendwelche Frauenthemen, ich will einfach nur ins Bett, ich will mich hinlegen und mein Hirn ausschalten, ich will nicht hier stehen und ihr die Sachen aus der Nase ziehen.

»Wie können Sie das nicht wissen?«, frage ich und fahre mir müde mit den Fingern über die Augen.

Sie sieht mir zu, wie ich mich auf den nächsten Stuhl fallen lasse, und ich mag es nicht, mit welcher Beharrlichkeit sie mich anstarrt.

»Ich weiß es einfach nicht, okay? Ich habe jetzt einen Tag mit ihm verbracht, ein Tag ist nicht viel und vielleicht doch genug.«

»Er braucht einen Moment, um aufzutauen«, sage ich, obwohl ich selbst nicht dran glaube, aber hier ehrlich zu sein und zu sagen, dass sie sich einen Scheißjob ausgesucht hat, dass sie ziemlich verzweifelt sein muss, weil sie noch immer da ist, das bringt uns jetzt nicht weiter. Das bringt mich nicht weiter, sondern nur wieder an den Punkt zurück, an dem ich schon war, ohne Hilfe, nur mit Florian allein.

»Einen Moment, bis er auftaut?«, wiederholt sie meine Worte und zieht dabei eine Augenbraue hoch, und dann schnauft sie. »Das glauben Sie doch wohl selbst nicht, Herr Hartmann.«

Sie sagt es, als hätte sie Florian durchschaut, als würden ihr die paar Stunden, die sie gemeinsam verbracht haben, schon reichen, um ihn besser zu kennen als ich ihn. Sie sagt es, als hätte sie *mich* durchschaut. Ich weiß nicht, was mich mehr nervt – dass sie meine Notlüge erkannt hat oder dass sie mit ihrem dünnen Körper, der karierten Clownshose und dem grauen, abgefuckten T-Shirt vor mir steht und sich gegen mich stellt. Sie ist so voller Trotz, nicht mehr so zurückhaltend wie gestern, und auch wenn es ein winziger Teil von mir beeindruckend findet, der Rest tut es nicht.

»Ich kenne Florian besser als Sie, Frau Bayer«, sage ich mit einer Stimme, die keine Widerrede duldet. »Glauben Sie mir das. Florian ist ein guter Kerl, und er vertraut nicht jedem, aber Sie selbst sehen auch nicht aus, als würden Sie jedem vertrauen.« Dann nehme ich noch einen Schluck von meinem Whiskey, stehe auf und stelle das Glas in die Spüle.

»Werden Sie also bleiben?«, frage ich direkt und ohne Umschweife, denn wenn sie abhauen will, dann soll sie, ich werde nicht betteln, ich werde mich nicht verbiegen, damit dieser dunkelhaarige Trotzkopf bleibt.

Sie starrt mich wieder an, es vergehen gefühlt Minuten, bis sie endlich reagiert. Sie stellt ihre Tasse in die Spüle, neben mein Glas, nickt kurz, und dann dreht sie sich um und geht.

ANI

Ich liege im Bett, während das rhythmisch-sägende Geräusch an mein Ohr dringt. Es ist nicht laut, unsere Zimmer sind zu weit entfernt, aber doch so nah, dass ich es höre. Ich will es nicht, aber meine gesamte Aufmerksamkeit, mein Denken und Hören ist auf dieses kontinuierliche Sägen gerichtet. Es hört sich an, als würde der Alte damit an meinen Kopf gehen, als würde er seine ratternde Säge direkt an meine Schädeldecke drücken, um loszulegen, um mich aufzuschneiden, durch all meine Schichten zu dringen und verrückt zu machen.

Es ist wirklich nicht laut, aber wenn du einmal hinhörst, wenn du einmal genau hinsiehst, wenn du siehst, was nicht passt, dann siehst du bald gar nichts mehr außer dem Fehler. Dann *kannst* du gar nichts anderes mehr sehen, und selbst wenn du die Augen schließt, selbst wenn du dich auf etwas anderes konzentrierst, mit aller Kraft, selbst dann ist er da.

Du siehst ihn, in jedem Detail. Den Fehler, der hier im Bett liegt und nicht mehr einschlafen kann, weil er dem sägenden Geräusch nicht entkommt, das der Alte wahrscheinlich auch noch mit Absicht von sich gibt. Schade, dass er das nicht vergessen hat.

Ich setze mich auf und nehme noch einen Schluck von meinem Kaffee. Mein Körper hat schon lange aufgehört, auf das Koffein zu reagieren. Kaffeetrinken ist mehr zu einer Routine geworden, an der ich festhalte, denn Routinen ermöglichen einen Alltag, Routinen geben mir das Gefühl, noch irgendwie normal zu sein.

Ich atme tief durch und wünsche mir die Stille zurück, die gestern in dem beschissenen Steakhouse zwischen mir und dem alten Hartmann herrschte. Diese erdrückende Leere, die sich vierzig Minuten über uns und das blutige Stück Fleisch spannte, das auf seinem Teller lag wie eine Trophäe, die er selbst geschossen hat. Dazu dieses überhebliche Gesicht, dieser Ausdruck der Kontrolle mit der Gewissheit, dass ich es nicht lange bei ihm aushalten werde.

Aber diesen Triumph gönne ich ihm nicht. Ich werde mich jetzt nicht von so einem alten Typen unterkriegen lassen, wo ich doch schon am Boden bin. Ich ziehe die Decke ein Stück weiter über meine Brust, denke an Noah und Claras Brust, an seine Hände, wie sie ihre und meine Brust berührt haben, nicht gleichzeitig, aber doch nicht lang voneinander entfernt, denke daran, dass ich jetzt verstehe, warum er mir nicht mehr nahe sein wollte. Ich dachte, es liegt an mir, *natürlich liegt es an mir, es liegt doch immer an mir*, aber dieses eine Mal liegt es auch an ihr.

An ihr. Ich sehe sie vor mir, mit ihren blonden Haaren, dem beschissenen Grübchenlachen, der Freundlichkeit, die nicht zu ihr gehört, genau wie auch Noah nicht zu ihr gehört, es aber jetzt doch tut. Mein Körper spannt sich an, und ich fühle das Gewicht, das mich noch weiter nach unten drückt, ich fühle, was die Gedanken und Erinnerungen mit mir machen, fühle, dass es nicht gut ist, ihnen zu folgen, dass es aber schon längst zu spät ist. Sie sind da, sie kommen immer wieder, sie klopfen nicht an, sie öffnen einfach die Tür, genau wie der junge Hartmann. Der junge Hartmann. Dieser mürrische Arsch, der mich mit seinen dunklen Haaren, dem schwarzen T-Shirt und den tiefen Worten mal kann. Ich spüre, wie meine Gedanken in eine andere Richtung steuern, wie sie weg von Noah und Clara hin zu dem Typen driften, der mir vorwirft, nicht vertrauen zu können, obwohl er mich gar nicht kennt, obwohl er nicht den leisesten Hauch einer Ahnung hat, wie es in mir aussieht. Den es nicht interessiert, sich mit mir zu unterhalten und mich richtig einzuweisen, mir eine ordentliche Anleitung für seinen Großvater zu geben, nein, der nur wissen will, ob ich ein weiteres Problem oder eine Lösung darstelle. Der Typ will nicht reden, er will nichts von dem grantigen Alten wissen, er will einfach nur seine Ruhe. Ihm ist es egal, ob der Alte abhaut oder mich in den Wahnsinn treibt, Hauptsache, sein Leben läuft weiter. Hauptsache, er kann in seiner Bar abhängen, wahrscheinlich schleppt er dort mit seiner ruppigen Art auch noch eine nach der anderen ab, der Arsch.

Für einen Moment fühle ich mich besser, Wut ist noch immer besser als diese lähmende Traurigkeit, doch dann kommen die Erinnerungen wie ein Bumerang zurück, rasend schnell, und sie treffen. Ich sehe Noah vor mir, wie er dasteht, mir erklärt, dass er mir *nicht weh tun will*, und mir dabei in mein Herz sticht, das ich wohl noch irgendwo haben muss.

Mein Körper atmet ein und aus, und am liebsten würde ich hier liegen bleiben, in diesem riesigen Bett, in dieser fremden Wohnung, bis die Säge des Alten meinen Kopf vollkommen zerstört hat. Was gäbe ich darum, einfach auch vergessen zu können.

Ein lautes Geräusch lässt mich hochschrecken. Es ist ein Klopfen, ganz ohne Vorsicht, es ist forsch und verlangend.

»Ja?«, sage ich.

Die Tür wird aufgestoßen. Der alte Hartmann steht vor mir. Er trägt einen dunkelblauen Morgenmantel und einen mürrischen Gesichtsausdruck. Seine grauen Haare sind vom Sägen und Schlafen noch etwas zerzaust, und in den Händen hält er einen Berg Wäsche, den er auf den Parkettboden fallen lässt.

»Das muss gewaschen werden«, sagt er, und es ist wieder ein Befehl, keine Bitte. »Und gebügelt.«

Ich kann bis hierher riechen, dass die Wäsche stinkt, es ist nicht der übliche Geruch getragener Kleidung, es ist mehr. Flecken sind überall zu sehen, auf den weißen Unterhosen und den Hemden.

Der Alte blickt mich abwartend an, und der unerträgliche Geruch wird immer intensiver.

»Haben Sie die ins Klo getunkt?«, frage ich harsch, weil es genau so riecht und weil der Alte das sehr wahrscheinlich auch getan hat. Langsam stehe ich auf.

»Hat Ihnen mein Enkel nicht gesagt, dass ich manchmal vergesse, aufs Klo zu gehen?«, antwortet er und sieht mich herausfordernd an. »Es ist jetzt acht Uhr. Wo ist mein Frühstück?«

»Hat Ihnen Ihr Enkel nicht gesagt, dass ich manchmal vergesse, das Frühstück zu machen?«, erwidere ich nur.

Der Alte stößt hörbar die Luft aus. »Witzig.« Dann kickt er mit dem Fuß die Wäsche in meine Richtung, dreht sich um und geht.

Ich schlüpfe schnell in frische Klamotten, trage dann den Berg Kleidung in die Waschküche.

Die Waschküche ist ein kleines Zimmer und verfügt über ein Waschbecken, eine Waschmaschine, einen Trockner und ein Bügelbrett. Ich trenne Bunt und Weiß und stopfe die Sachen in die Waschmaschine, 60 Grad. Dann wasche ich mir lange die Hände und sprühe mit einem Wäschespray mehrmals in die Luft, der Alte hat das doch mit Absicht gemacht hat.

Argwöhnisch betrachte ich das Bügelbrett, das an der Wand lehnt. Ich habe das letzte Mal mit sechs Jahren zu bügeln versucht, nachdem ich mir beigebracht hatte, meine Sachen zu waschen. Zwei Finger habe ich mir damals an der heißen Platte verbrannt und entschieden, es einfach sein zu lassen. *Es einfach sein zu lassen* ist schließlich auch das Motto meiner Mutter. Nur selten habe ich sie bügeln sehen, nur dann, wenn wieder ein Neuer anwesend war, einer, der Hemden hatte und einen guten Job, einer, bei dem sich nun alles ändern würde, und nach ein paar Wochen doch wieder alles beim Alten war.

»Wenn Sie ein Frühstück haben wollen, müssen wir einkaufen gehen«, sage ich zum alten Hartmann, der im Wohnzimmer sitzt. Er hat sich inzwischen angezogen, trägt ein kariertes Hemd und eine blaue Hose, die Beine hat er übereinandergeschlagen und liest gerade in einem Buch.

»Nehmen Sie eine Tageszeitung mit«, sagt er, ohne zu mir aufzublicken.

»Ich kann Sie hier nicht allein lassen. Sie müssen schon mitkommen, Florian«, sage ich. Meine Stimme klingt stärker, als sie es ist.

Er nimmt seine Lesebrille ab und sieht mich ungläubig an. Vielleicht liegt seine Reaktion an meiner Widerrede, vielleicht liegt sie aber auch daran, dass er das erste Mal seinen Namen aus meinem Mund hört.

»Ich werde aber nicht mitkommen, Agnes.«

Ich zucke mit den Schultern. »Dann werden Sie wohl kein Frühstück bekommen. Außer«, ich mache eine kurze Pause und sehe ihn eindringlich an, »Sie möchten noch die Butterbrote von gestern essen. Die stehen noch da. Erleichtert mir die Arbeit.«

Der alte Hartmann rümpft die Nase. »Dafür bezahlt Ihnen mein Enkel nicht so viel Geld, damit Sie mir alte Sachen vorsetzen, Annette.«

Nein, er zahlt mir so viel Geld, damit er mir *seine alte Sache vorsetzen kann*, geht es mir durch den Kopf, und dann versuche ich es mit Vernunft, obwohl das wahrscheinlich auch nichts bringt. Der Alte ist ein Sturkopf, der will mich einfach nur raushaben, und der junge Hartmann muss ziemlich verzweifelt gewesen sein, dass er mich genommen hat. Verzweiflung ist wohl das, was diese Wohnung zusammenhält.

»Wenn ich allein einkaufen gehe, suche ich auch allein die Lebensmittel aus«, bemerke ich, und mehr ist nicht nötig, damit der Alte aufsteht.

»Glauben Sie nicht, Anke, dass ich Sie nicht durchschaue«, grummelt er und sieht mich finster an. Seine grauen Augenbrauen haben sich zusammengezogen, als würden sie mich gleich anspringen. »Aber bevor Sie hier irgendeinen grünen Fraß anschleppen, werde ich lieber mitgehen.«

»Wenn Sie meinen«, sage ich nur, und dann ziehe ich mir im Vorzimmer die Schuhe an und folge dem Alten nach draußen, nachdem er sich seine Baskenmütze aufgesetzt und eine grüne Jacke übergezogen hat.

»Gehen Sie nicht hinter mir wie eine dieser türkischen Frauen«, knurrt er, als er das Haustor zufallen lässt, das mir fast in den Rücken donnert.

»Dann benehmen Sie sich nicht wie einer dieser Machotypen«, sage ich, als ich mir selbst die schwere Tür aufhalte.

Er dreht sich um. »Ach, Sie wollen, dass ich einen auf Gentleman mache?«, fragt er, und ich bemerke, wie seine Hand leicht zittert.

»Nein, ist schon gut«, murmele ich und schüttle den Kopf.

Seine Augen verengen sich, und ich sehe, dass er weiß,

warum ich zurückrudere, ich sehe, dass er es hasst, die Kontrolle über seinen Körper zu verlieren, und dass er es hasst, dass ich das mitbekomme.

Das nächste Lebensmittelgeschäft ist nicht weit weg, aber der Weg dorthin kommt mir unendlich lang vor. Florian sagt kein Wort, er hat entschieden, mich zu ignorieren, und als wir durch die Schiebetüren des Ladens treten und ich mir einen Einkaufswagen nehme, schnappt er auch nach einem. Er zieht und rüttelt daran, aber der Wagen löst sich nicht aus der Kette. In dem Moment empfinde ich Mitleid mit dem alten, mürrischen Mann. Automatisch will ich ihm helfen, aber Florian hebt abwehrend die Hand.

»Lassen Sie das«, faucht er. »Ich kann das allein.«

»Okay, schon gut«, sage ich. »Natürlich können Sie das allein.«

Er dreht sich zu mir um. »Ich brauche niemanden, der mir sagt, was ich kann«, zischt er und rüttelt so kräftig an dem Wagen, dass er sich endlich von den anderen löst. Dann geht er los, in einem Tempo, das mich ins Schwitzen bringt. Gekonnt schmeißt er die Lebensmittel in seinen Wagen, hauptsächlich Fleisch, Wurstwaren und Tiefkühlkost. Ich habe Schwierigkeiten, ihn nicht zu verlieren.

Als wir nach dem Lauf, bei dem Florian alles daransetzt, mich abzuhängen, endlich an der Kasse stehen, bin ich schweißgebadet. Ohne mich anzusehen, legt er zuerst seine Einkäufe und danach den Warentrenner demonstrativ auf das Fließband, der mehr ist als ein bloßer Warentrenner. Er soll uns beide voneinander trennen.

Ich packe die anderen Einkäufe dahinter, und als die Kassiererin seine Lebensmittel über den Scanner gezogen hat, schaut sie Florian an, der die letzte Packung Wurst in eine Einkaufstüte befördert. »Das macht 33 Euro und 49 Cent«, sagt sie.

Der Alte nickt in meine Richtung. »Sie bezahlt.«

Ruhig entferne ich den Warentrenner vom Förderband und lege ihn zurück in die Schiene. »Das kommt dann auch noch dazu«, sage ich zur Kassiererin und deute auf meine Einkäufe. Die Frau mit dem schwarzen Pferdeschwanz nickt und macht weiter, wie eine Maschine, die den ganzen Tag nichts anderes tut, als Waren über den Scanner zu ziehen.

Ich sehe, wie sich Florians Körper anspannt. Sein Plan, mich hier stehen und bezahlen zu lassen, während er sich mit seinen Einkäufen verzieht, ist soeben ins Wasser gefallen.

»Dann kann ich ja schon gehen«, murrt er und macht Anstalten, den Laden zu verlassen.

»Dann finden vielleicht nicht alle Lebensmittel den Weg nach Hause«, antworte ich und zucke unschuldig mit den Schultern

Florian hält in der Bewegung inne, sieht mich an wie ein trotziges Kind, das mich am liebsten mit seinen Blicken töten würde. Als ich alles bezahlt habe, nehme ich die drei Einkaufstüten hoch. Sie sind schwer.

»Können Sie mir vielleicht helfen?«, frage ich ihn.

»Sind Sie die Haushaltshilfe oder ich?«, fragt er barsch

zurück und geht so schnell voraus, dass ich ihm kaum folgen kann.

In der Wohnung angekommen, schichte ich die Einkäufe in den Kühlschrank. Florian hat sich mit einer riesigen Packung Salami und geschnittenem Brot ins Esszimmer zurückgezogen, und es ist mir egal, dass er diesen Mist in seinen Körper schaufelt.

»Brauchen Sie noch etwas?«, frage ich höflich, als ich die Tür zum Esszimmer öffne, das an einen Salon erinnert. Florian sitzt vor seiner ausgebreiteten Tageszeitung an dem langen Mahagonitisch, neben ihm liegen ein Teller mit Broten und die Wurstpackung, die schon beinahe leer ist.

»Meine Ruhe«, gibt er kalt zurück und stopft sich demonstrativ ein Stück Salami in den Mund.

Ich nicke nur, weil sich das auch für mich gut anfühlt. Dann gehe ich in mein Schlafzimmer, hole meinen Laptop und setze mich damit in die Küche, um ihn im Auge zu behalten. Die Tür zum Esszimmer habe ich extra einen Spalt offen gelassen, doch Florian hat sie in der Zwischenzeit wieder geschlossen. Kurz lausche ich an der Holztür, höre das Rascheln der Zeitung und bin beruhigt, dass er noch da ist.

Ich schneide mir etwas Gemüse, beschmiere ein Stück Brot mit Kräuteraufstrich und mache mir noch einen Kaffee. Am Küchentisch klappe ich meinen Laptop auf, um die Nachrichten des Onlinemagazins zu beantworten, für das ich arbeite. Es sind siebzehn neue Eingänge, die ich schnell mit den Augen scanne. Zehn zum Thema Verhütung, vier Liebeskummer-Mails, zwei Schreiben wegen Schulproblemen und eines zum Thema Selbsthass.

Ich öffne die erste E-Mail und beiße von meinem Brot ab.

Die Tür fliegt auf. »Was machen Sie da?«, fragt er und knallt seinen leeren Teller auf den Küchentisch.

»Nichts«, antworte ich schnell und klappe meinen Laptop zu.

»Das sieht aber nicht nach nichts aus, Anna«, murrt Florian und macht sich einen Kaffee. Während die Maschine läuft und rumort, lässt er mich nicht aus den Augen.

»Dann ist es eben nicht nichts. Aber es geht Sie *nichts* an«, erwidere ich so ruhig wie möglich, denn der Alte wird mich nicht aus der Fassung bringen. Langsam nippe ich an meinem Kaffee.

Florian wirft mir einen kurzen Seitenblick zu, zieht sein Handy aus der Hosentasche und tippt darauf herum, als es plötzlich zu klingeln beginnt. Er hebt ab, sieht mich noch einmal verstohlen an und geht dann ein paar Schritte, ohne die Küche zu verlassen.

»Hartmann«, höre ich ihn sagen und klappe wieder meinen Laptop auf, um das Gespräch nicht zu belauschen.

»Ja? Oh Gott, nein. Wie?« Ich versuche, mich auf den Text zu konzentrieren, tippe etwas über Selbstliebe ein, die ich nicht spüre, und höre noch immer Florians

Stimme neben mir, die auf einmal erschüttert und traurig klingt.

»Wann?« Er macht eine kurze Pause. »Wann genau ist es passiert? Musste er leiden?« Er fasst sich an die Stirn, und seine Atmung geht schnell und schwer. »Verstehe. Ja. Natürlich. Auf Wiederhören.«

Ich starre auf den Laptop, schäme mich dafür, dass ich das Gespräch gehört habe, ein Gespräch, das nicht für mich bestimmt war.

Florian hält einen Moment inne, dann lässt er sich mir gegenüber auf einen Stuhl sinken und nippt leblosan seinem Kaffee. Ich nehme ebenfalls einen Schluck, weil ich nicht weiß, was ich tun soll. So sitzen wir uns eine Zeitlang gegenüber, Kaffee nippend, ohne Worte.

»Ein Freund von mir ist gestorben«, sagt er irgendwann in die Stille hinein, die sich zerbrechlich über uns spannt. Sein Gesicht sieht müde und angeschlagen aus.

»Das tut mir leid«, murmele ich. Es ist nicht viel, aber das Einzige, was ich mich zu sagen traue.

Florian nickt, er nickt, als wäre er in Gedanken woanders, bei dem Freund, und ich weiß nicht, ob er jetzt Stille oder ein Gespräch braucht. Er starrt die ganze Zeit auf den Küchentisch, an einen Punkt, der keine Bedeutung hat.

»Dreiundsiebzig. Das ist doch kein Alter«, beginnt er und schnaubt. »Sein Name war Otto. Wissen Sie, er liebte das Wasser. Zumindest muss er jetzt endlich nicht mehr leiden«, fährt er etwas leiser fort. Er setzt seine Lesebrille ab, massiert seine Nasenwurzel und schüttelt sachte den Kopf, als könne er es noch immer nicht glauben. »Die Besten trifft es immer zuerst«, sagt er und blickt dann zu mir auf. Sein Blick ist anders als sonst, er ist nicht kalt und überheblich, darin liegen Erinnerungen und Wärme.

»Kann ich etwas für Sie tun?«, frage ich.

Er presst die Lippen zusammen. »Nein, wenn Sie ihn nicht von den Toten auferstehen lassen können, wohl kaum.« Er atmet tief ein. »Aber vielleicht könnte ich ein Stück davon probieren?«, fragt er und deutet auf meinen Kräuteraufstrich.

»Da ist aber kein Fleisch drin«, sage ich und entlocke ihm ein kurzes Lächeln.

»Witzig, Anika.«

Ich stehe auf, streiche ihm ein Brot und schiebe es langsam über den Küchentisch.

»Die Ärzte meinen, ich sollte mehr Gemüse essen«, sagt er etwas leiser und reibt sich über seine Augen, genau so, wie auch der junge Hartmann es tut.

»Das wäre sicher gut für Sie«, erwidere ich

Er beißt vom Brot ab. »Gar nicht mal so schlecht. Für mit ohne Fleisch.« Ich lächle, und er lächelt zurück. Es sieht merkwürdig und ungewohnt aus, wenn er lächelt, fast wie wenn man ein Möbelstück verrückt, das vorher woanders stand und dessen Anblick einem jetzt völlig seltsam erscheint.

Aber ich finde Gefallen an dieser neuen Seite.

»Was machen Sie da?«, fragt Florian und deutet auf meinen Laptop. »Arbeiten Sie?«

Ich nicke. »Ich arbeite für ein Onlinemagazin.«

»Was machen Sie genau?«

»Ich beantworte Briefe«, erkläre ich.

»Was für Briefe?«

Ich klappe den Laptop wieder auf. »Das ist unterschiedlich, mir schreiben Leute, die Probleme haben.«

»Was für Probleme?«, fragt er interessiert weiter und legt das Brot zur Seite.

»Liebesprobleme, Stress in der Schule oder im Job, oder einfach nur Probleme mit sich selbst.«

Florian reibt sich über das Kinn mit dem grauen Bart. »Das ist ja interessant«, sagt er, und ich sehe so etwas wie Anerkennung in seinen Augen aufblitzen. »Wie sind Sie zu diesem Job gekommen?«

Seine Stimme klingt weich, ganz anders als sonst, und ich fühle mich plötzlich wohl in dieser Wohnung.

»Ich habe früher selbst das eine oder andere Mal Rat in Anspruch genommen, und jetzt wollte ich einfach etwas zurückgeben.« Ich zucke unbeholfen mit den Schultern, und es stimmt, was ich sage, auch wenn es sich seltsam anhört. »Das Geld, das ich hier verdiene, ist nicht viel, aber wenn ich über die Probleme anderer nachdenke, lenkt es mich zumindest von meinen eigenen ab, meistens zumindest«, kommt es aus mir heraus. »Auch wenn sich das vielleicht selbstsüchtig anhört.«

Florian schüttelt den Kopf. »Das tut es nicht, das tut es überhaupt nicht, Anika. Wenn es anderen hilft, ist es nicht selbstsüchtig.« Er sieht mich aufmunternd an, und es hört sich gut an, wenn er meinen richtigen Namen sagt, schon zum zweiten Mal.

»Was für Probleme hatten Sie denn?«, fragt er und nippt an seinem Kaffee.

»Sie meinen, bevor mich mein Freund mit meiner besten Freundin betrogen hat?« Ich schiebe mir eine dunkle Haarsträhne aus dem Gesicht und stehe auf. »Ein wenig Selbsthass, eine Prise Selbstmordgedanken«, sage ich und versuche, lustig zu klingen, auch wenn es das nicht ist. »Ich bin einfach die meiste Zeit unglücklich.«

Florian nickt, steht auch auf. »Dann sind wir jetzt wenigstens zu zweit.«

TOM

Ich laufe, renne die Straße entlang, meine Füße donnern über den Asphalt, und fühle mich frei. Von einem Augenblick auf den anderen ist mein Kopf leer, weggewischt sind die schweren Gedanken an Florian und seine Ausbrüche, an diese dünne, sture Anika, an meine Eltern und den Termin, der mir bevorsteht.

Ich biege ab, laufe neben dem Wasser entlang, soweit mich meine Beine tragen, immer schneller und schneller, sie bewegen sich wie von selbst. Endlich spüre ich meinen Körper wieder, spüre, wie mein Herz pumpt, treibe die Müdigkeit aus mir heraus und höre nichts als Stille, die Stille, die durch meine Kopfhörer dringt und das Außen von mir fernhält. Die Leute auf dem Gehweg ziehen an mir vorbei, sie haben keine Gesichter, auch die Stadt hat keins, sie verschwimmt in meinem Sichtfeld und verliert ihre Bedeutung und Notwendigkeit. Mein Brustkorb hebt und senkt sich, und mein Atem geht schnell, immer schneller, bis ich irgendwann vor dem Haustor stehe und alles wieder seine erdrückende Kontur findet.

Ich gehe nach oben, schließe die Wohnungstür auf und streife die Kopfhörer ab, um die Geräusche wieder an mich ranzulassen. Es ist überraschend ruhig. Fast zu ruhig.

Nervös ziehe ich meine Sportschuhe aus, gehe schwer atmend durch den Flur und entdecke Anika in der Küche, wo sie gerade das Abendessen zubereitet. Sie wirkt überraschend entspannt, wie sie mit dem Messer und dem Gemüse hantiert, und für einen Augenblick habe ich Angst um Florian. Hoffentlich liegt er nicht irgendwo blutüberströmt am Boden, von einem scharfen Küchenmesser erstochen.

Anika hat mich noch nicht bemerkt, und ich mache mich auf die Suche nach Florian, er ist nirgends zu finden. Ich bleibe vor seinem Schlafzimmer stehen. Aus dem Raum dringt Stimmengewirr durch die Tür. Ich klopfe an. Nichts passiert, wahrscheinlich hört er mich nicht. Ich klopfe lauter, immer noch kein Mucks. Schnell öffne ich die Tür, um dieses dumpfe Gefühl der Unsicherheit loszuwerden.

Florian sitzt auf seinem Bett, die Beine ausgestreckt und eine halbvolle Chipspackung in der Hand. Der Fernseher läuft.

»Alles okay?«, frage ich.

»Die Krimis waren früher auch besser«, murrt er und stopft sich einen Kartoffelchip in den Mund, den er krachend zerkaut. Gelbe Brösel sammeln sich auf seiner Bettdecke, das macht er garantiert, um die Neue zu ärgern.

Ich wische mir über die schweißnassen Haare. »Hast du mein Klopfen nicht gehört?«

Sein Mundwinkel zuckt. »Ich dachte, es wäre diese Antonia.«

Unweigerlich schüttle ich den Kopf. »Du kannst es wohl nicht lassen.«

Er sieht mich an, so unschuldig, wie er nur kann, aber mich kann er nicht täuschen. »Ich weiß nicht, wovon du sprichst.«

»Natürlich«, antworte ich und schließe die Tür wieder, erleichtert, dass er noch lebt, und erleichtert, dass ich die Tür einfach wieder schließen kann.

Das Wasser plätschert über meine Haut, ich lasse es einfach laufen, doch die Gedanken sind wieder da, und dann, irgendwann, steige ich endlich aus der Dusche.

Ich schiele auf mein Handy. In weniger als einer Stunde muss ich in der Bar sein, und ich sollte mich auch noch um neue Getränkekarten kümmern, genauso wie um diese verdammten Beschilderungen für Florian. Das Kümmern liegt mir einfach nicht, im Gegensatz zu Greta, die auch den Goldfisch versorgte, den ich so unbedingt haben wollte. Ich weiß noch genau, wie sie ihn heimlich fütterte, damit Florian nichts davon mitbekam, wie sie es mit einem Lächeln tat, so wie sie alles, was uns anbelangte, mit einem Lächeln tat.

Ich ziehe mir eine Jeans und ein T-Shirt über, denke schon wieder an den bescheuerten Termin, der mir im Magen liegt, denke an meine Eltern und ihre Vorstellungen und an Greta und was sie wollen würde.

Dann gehe ich Richtung Küche, um nach dieser Anika zu sehen. Schon nach ein paar Schritten höre ich ihr leises Summen, das sich seltsam ungewohnt anhört. Schon lange hat niemand mehr in dieser Wohnung gesummt, für Summen gibt es auch keinen Anlass.

»Hallo«, sage ich steif, als ich die Küche betrete. Sie zuckt kurz zusammen, dann dreht sie sich um.

»Sie haben mich erschreckt«, sagt sie und blickt mich an. Ihre Haare trägt sie offen und wirkt dadurch fraulicher und erwachsener.

»War nicht meine Absicht«, erwidere ich knapp und gehe zum Kühlschrank, um mir eine Flasche Mineralwasser zu nehmen.

»Wie war's heute?«, frage ich, es klingt beiläufig, ist es aber nicht, und ich merke, wie ich mich leicht verkrampfe, weil ich Angst davor habe, was heute wieder passiert ist. Ich sehe aber auch, wie sie sich anspannt, fast als hätte ich sie bei etwas erwischt.

»Gut«, sagt sie, und es dauert einen Moment, bis mein Gehirn kapiert, was sie soeben gesagt hat.

Ich muss sie ziemlich dämlich ansehen, so wie sie mich betrachtet, und dann wiederholt sie noch einmal: »Ganz gut.« Sie sagt es, wie sie es einem Demenzkranken sagen würde, der nicht mehr ganz bei Verstand ist, und wahrscheinlich hat sie einfach schon zu viel Übung darin. Dann dreht sie sich wieder weg, schiebt das Gemüse mit dem Messer gekonnt von dem Schneidebrett in den großen Kochtopf. Es beginnt zu köcheln und riecht nach Gemüsesuppe, nichts für mich, und sicher nichts für Florian.

»Das ist ja super«, antworte ich, und es klingt wenig enthusiastisch, weil ich nicht an Wunder glaube. Ich glaube auch nicht an Spontanheilungen oder das Schicksal, und noch weniger glaube ich daran, dass Florian sich auf seine alten Tage irgendwie verändert. Er ist wie ein Baum, der sich nicht mehr verpflanzen und definitiv nicht beschneiden lässt.

»Ja, das ist es«, erwidert sie gedehnt, und ich merke an ihrer Stimme, dass sie mich nicht leiden kann. »Ich glaube, Ihr Großvater«, jetzt spricht sie zu dem Kochtopf, obwohl er ihr den Wasserdampf ins Gesicht qualmt, »wie sagten Sie letztens so schön ... er taut langsam auf.«

Da ist ein Hauch Zynismus in ihrer Stimme, und ich weiß nicht, ob sie mich gerade verarscht oder es tatsächlich ernst meint.

Ich schraube die Wasserflasche auf und schnappe mir anstandshalber ein Glas, das ich vollfülle. Mit gierigen Zügen trinke ich es aus und wische mir dann mit dem Handrücken über den Mund.

»Aha«, erwidere ich nur, jetzt zu ihrem Rücken. »Wie kommen Sie darauf, dass er auftaut?« Dass ich denke, dass eher der Nordpol auftaut als mein alter, sturer Florian, sage ich nicht.

Sie streicht sich die Haare aus dem Gesicht, macht mit dem Kochen einfach weiter, rührt etwas herum, und ich weiß nicht, ob sie überlegt, ob sie einfach länger braucht oder mich mit Absicht auf ihre Antwort warten lässt. Was ich jedoch weiß, ist, dass ich diese Art nicht leiden kann.

Endlich dreht sie sich zu mir um und wischt sich die Hände am Geschirrtuch ab. »Wir hatten heute ein ganz gutes Gespräch, und ich habe das Gefühl, dass er mich langsam nicht mehr als Bedrohung wahrnimmt.«

Ich nicke. »Verstehe. Und was genau gibt Ihnen das Gefühl?«

Sie hält kurz inne, und es scheint ihr nicht leichtzufallen, das mit mir zu teilen. »Er hat heute einen Anruf erhalten … und danach ein bisschen von sich erzählt.«

Ich streiche mir durch die Haare. »Nicht Otto, oder?«

Sie sieht mich irritiert an. »Sie wissen davon?«

Ich atme geräuschvoll aus. »Ist Otto tot?«

Sie nickt.

»Hat er Ihnen auch davon erzählt, dass Otto das Wasser liebte?«

Sie nickt nochmals.

»Otto war mein Goldfisch«, erkläre ich knapp.

Sie sieht mich misstrauisch an. »Es wird doch noch mehrere Ottos geben.«

»Nicht in Florians Leben«, sage ich und lasse mich auf den Küchenhocker sinken. »Er zieht diese Masche gerne ab. Hat er erzählt, dass er lange leiden musste?«

Sie nickt schon wieder, und das Nicken wird immer kräftiger. Dass eine zierliche Frau überhaupt so kraftvoll nicken kann.

»Ich habe Otto nicht regelmäßig gefüttert«, erkläre ich. »Aber das hat ihn nicht umgebracht, obwohl mir Florian das immer unter die Nase reibt. Meine Großmutter hat sich um den Fisch gekümmert, und irgendwann ist er einfach an Altersschwäche gestorben.«

Anikas Augen weiten sich, und sie sieht schockiert aus. Florian hat mal wieder einen Volltreffer gelandet.

Ich bin froh, als sie das Messer zur Seite legt und die Arme vor der Brust verschränkt.

»Er hat mich also verarscht?«, fragt sie, und die Art, wie sie es sagt, überrascht mich. Sie klingt nicht wütend oder gekränkt, sie klingt beherrscht und distanziert, kein Hauch von Hysterie und Drama.

»Er war früher bei der Polizei«, erwidere ich und schenke mir noch ein Glas Wasser ein.

Sie sieht mich an, und ich habe das Gefühl, dass sie mehr wissen will, vielleicht bilde ich mir das auch nur ein, und sie will am liebsten gar nichts mehr von uns wissen, aber ich mache einfach weiter.

»Hat unter anderem die Leute für die Verhöre ausgebildet. Wahrscheinlich hat er Sie während des Gesprächs um etwas gebeten, hat eine ähnliche Körperhaltung wie Sie eingenommen und das Gleiche getrunken oder gegessen«, erkläre ich knapp. »Florian versteht es, Leute zu manipulieren. Er beherrscht es nicht mehr ganz so gut wie früher, aber er hat noch einige Tricks auf Lager. Er weiß genau, wie er schnell eine Beziehung zu jemandem aufbaut und seine Sympathie erlangt, auch wenn er es heute nur noch selten einsetzt. Früher hat er damit Handwerker und Lieferanten dazu bewegt, ihm günstigere Preise und schnellere Lieferzeiten zu gewähren. Heute setzt er seine Superkraft vorzugsweise ein, um Pflegerinnen, die länger als ein paar Stunden bei uns überleben, in die Flucht zu schlagen.«

»Das erklärt einiges«, sagt sie mehr zu sich selbst als zu mir, und dann wendet sie sich wieder ihrem Gemüse zu, und ich überlege, ob ich noch irgendetwas sagen soll.

Dass es mir leidtut, dass mein Großvater sich wie ein alter Depp aufführt, dass er eigentlich, irgendwo tief in sich drin, ein netter Typ ist, der leidet, aber seine Trauer mit so viel Garstigkeit überschüttet, dass er sie selbst nicht mehr findet. Dass er früher anders war, als seine Frau noch gelebt hat, dass er noch immer Florian war, aber ein anderer Florian. Einer, der scharfsinnig und witzig und interessant sein konnte, der mir immer zur Seite stand, wenn es darauf ankam, und sich nie vor etwas Wichtigem gedrückt hat, selbst wenn sein eigener Sohn ganz anders war. Jemand, der einen klugen Sinn für Humor besaß und seine Grenzen kannte, zumindest meistens.

Doch ich sage nichts von alldem. Stattdessen schiele ich auf mein Handy, sehe, dass ich in die Bar muss, trinke mein Glas in einem Zug leer und bin schon wieder erleichtert, einfach gehen zu können.

ANI

Draußen zwitschern die Vögel. Ich liege hier in diesem fremden Bett und höre zu, wie sie den neuen Tag begrüßen. Mein Körper fühlt sich schwer an. Auch meine Gedanken fühlen sich schwer an, alles zieht an mir, zieht nach unten, und ich ziehe mir die Bettdecke nach oben und über den Kopf. Doch auch durch den Stoff kann ich noch ihr Zwitschern hören, auch durch die dicke Daunendecke dringt noch ihre erdrückende Fröhlichkeit, und ich frage mich, ob es auch depressive Vögel gibt. Solche, die einfach nur stumm auf ihren Ästen sitzen, während ihre Artgenossen rundherum aus vollster Kehle tirilieren.

Irgendwann stehe ich auf. Liegenbleiben hat in so einem Fall keinen Sinn, und ich muss an den Spruch aus meinem Poesiealbum denken, den mir meine Großmutter mit zittriger Hand hineingeschrieben hat. *»Fallen ist weder gefährlich noch eine Schande, Liegenbleiben ist beides.«* Ich stehe also auf und gehe ins Bad, atme tief in den Bauch, halte die Luft an, lasse sie vier Sekunden lang wieder entweichen und beuge mich über das Waschbecken. Ich lasse kaltes Wasser laufen, wasche mir das Gesicht, putze mir die Zähne, kämme mir die Haare. Ich schminke mich, benutze Deo, schlüpfe in meine Jeans und das ausgewaschene T-Shirt. Ich denke nicht an meine Mutter, denke nicht an Noah, denke nicht an Clara, denke nicht darüber nach, dass ich wahrscheinlich der letzte Mensch auf dem Planeten bin, der sich um jemand anderen kümmern sollte, denke nicht mehr an Florian und seinen schäbigen Versuch, mich zu verarschen. Ich denke nicht an sein anteilnehmendes Lächeln, die Traurigkeit, die er mir vorgespielt hat, denke nicht an den beschissenen Goldfisch mit dem beschissenen Namen und meine beschissene Leichtgläubigkeit, denke nicht an den jungen Hartmann und seine kühle Art, mir klarzumachen, dass der Alte auf mir spielt wie auf einem beschissenen Instrument. Ich denke nicht daran, dass er nicht der einzige Musiker in meinem Leben ist, der meine Saiten zupft und mich verarscht, ich denke wieder nicht an Noah und Clara und all die anderen, die davon wussten, und ich denke nicht einen Moment daran, in Selbstmitleid zu baden, denn dann bin ich nicht besser als meine Mutter, die mit ihrer aufgeweichten Haut gar nicht mehr aus der Wanne kommt.

Punkt acht Uhr klopfe ich an Florians Schlafzimmer. Dahinter höre ich ein Rumoren und Scharren, das mir zeigt, dass er schon wach ist. Ich werde mir nichts anmerken lassen, diesen Triumph werde ich ihm nicht gönnen.

»Hallo? Darf ich reinkommen?«, rufe ich halblaut, um den jungen Hartmann nicht zu wecken, obwohl es mir eigentlich egal sein sollte, aber ich will ihm nicht schon wieder begegnen. Ich lege meine Hand auf die Türklinke. Das Rumoren verstummt für einen Moment und setzt dann wieder ein.

Es erinnert mich an die Geräusche, mit denen meine Mutter die Antidepressiva gesucht hat, nachdem mein Vater gegangen war.

»Hallo?«, wiederhole ich unruhig, und weil nichts anderes passiert als das durchgängige Scharren, öffne ich einfach die Tür.

Florian steht mit Hemd und Unterhose bekleidet, vor dem antiken Kleiderschrank aus Kirschbaumholz und wühlt sich durch die Hemden. Ein Haufen Socken und Hosen liegt auf dem Boden, die Schubladen seines Nachtkästchens stehen offen.

Ich stehe einen Moment einfach nur so da und schweige, während Florian sich mit fahrigen Bewegungen umwendet und die Bettdecke hochzerrt, bevor er sie auf den Boden zu dem restlichen Haufen wirft.

Als er mich sieht, erstarrt er.

»Wer sind Sie?« Seine dunklen Augen blicken mich misstrauisch an, die grauen Augenbrauen sind zusammengezogen, der ganze Körper leicht geduckt und mitten in der Bewegung eingefroren.

»Ich bin Anika, Ihre … Haushaltshilfe«, erwidere ich nach einem Moment des Zögerns. Auch meine Augen verengen sich. Erkennt er mich wirklich nicht oder spielt er mir nur wieder etwas vor?

»Wir haben keine Haushaltshilfe. Wo ist Greta?«, fragt

Florian und richtet sich zu seiner vollen Größe auf. »Greta?«, ruft er etwas lauter, und ich mache unbewusst einen Schritt zurück. Greta muss der Name seiner Frau gewesen sein.

»Greta ist nicht hier«, erwidere ich nach einer Pause. Er starrt mich einfach nur an, und ich weiß nicht, was ich tun soll. Der junge Hartmann hat mir erklärt, dass Florian gute und schlechte Tage hat, aber bislang hatte er nur fiese Tage, noch keine wirklich kranken. Dass er Greta vor mir erwähnt, ist kein gutes Zeichen.

»Was suchen Sie denn?«, frage ich.

»Meine ... meine Handuhr.« Florians Finger schließen sich um sein Handgelenk. Er wendet nicht den Blick von mir. »Ich kann sie nirgends finden.«

»Haben Sie schon im Badezimmer nachgesehen?«, frage ich und hebe die Bettdecke vom Boden auf, bevor ich sie gefaltet zurück aufs Bett lege. Es ist seltsam, Florian so zu erleben.

»Wie ist Ihr Name?«, fragt Florian.

»Anika«, wiederhole ich.

»Haben Sie meine Uhr gestohlen, Anika?«, fragt Florian.

Ich habe mich gerade nach einer seiner Hosen gebückt und sehe ihn verblüfft an.

»Nein, das habe ich nicht.«

»Ich habe über vierzig Jahre Berufserfahrung mit Mördern und Kinderschändern. Glauben Sie ernsthaft, Sie könnten mich anlügen?«

»Warum sollte ich Sie denn anlügen?«, frage ich zurück und kann mir vorstellen, dass Florian bei seinen

Verhören wirklich gut war. Die Gedanken an gestern, an mein leichtsinniges Vertrauen, an meine eigene Blödheit schiebe ich schnell zur Seite.

»Sie lenken ab«, sagt der Alte. »Also. Wo ist …« Er unterbricht sich einen Moment.

»Ihre Armbanduhr? Ich weiß es nicht«, sage ich. »Aber ich weiß, wo Ihre Hose ist. Hier.« Ich halte ihm eine graue Hose hin, die zu seinem weißen Hemd passt. »Brauchen Sie Hilfe beim Anziehen?«

»Ob ich Hilfe beim Anziehen brauche?« Florians Mundwinkel nehmen einen spöttischen Zug an. »Brauchen Sie denn Hilfe beim Anziehen?«

Ich verenge meine Augen. »Ich bin nicht diejenige, die ohne Hose dasteht.«

»Dafür könnten Sie Hilfe beim Anziehen gebrauchen«, erwidert er trocken. »Haben Sie schon mal in den Spiegel geschaut? Sie sehen aus wie eine dieser bedauernswerten Kreaturen, die auf dem Bahnhof herumlungern und um Kleingeld betteln.«

Ich atme tief ein, er scheint ganz der Alte zu sein. »Sieht so aus, als würde es Ihnen wieder gutgehen.«

»Mir ging es nie schlecht«, erwidert er ruppig. Eine kurze Pause entsteht, bevor er mit einer unwirschen Handbewegung auf den Kleiderhaufen am Boden deutet. »Für eine Haushaltshilfe herrscht hier jede Menge Chaos. Und Frühstück haben Sie bestimmt auch wieder keines gemacht.«

»Sie haben recht«, erwidere ich ruhig, während ich mich nach den Kleidungsstücken bücke und sie nach und nach zurück in den Schrank räume. Die andere Wäsche ist noch immer in der Wäschekammer, irgendwann werde ich sie bügeln müssen.

»Worauf haben Sie denn heute Appetit?«, frage ich, weil es mein Job ist.

»Speck«, antwortet Florian wie aus der Pistole geschossen, und ich bin nicht sicher, ob er tatsächlich Lust darauf hat oder ob ihm einfach wieder eingefallen ist, dass ich Vegetarierin bin.

»Ich habe mich schlaugemacht«, erwidere ich, während ich seine Socken zurück in den Schrank schichte. »Im Internet steht, Sie sollten auf eine abwechslungsreiche Ernährung achten und auf tierische Fette verzichten.«

»Internet?«, fragt Florian. »Was ist das?«

Ich sehe ihn unbewegt an und sehe, wie sein Mundwinkel leicht zuckt. »Sie wissen, was das ist«, gebe ich zurück und schließe die Tür des Kleiderschrankes. Meine Finger streichen über das polierte Kirschholz. Frühes 17. Jahrhundert, schätze ich, und sicherlich ein Vermögen wert.

»Was? Wollen Sie den auch klauen?«, fragt Florian, der mich mit verschränkten Armen beobachtet. Immerhin trägt er jetzt eine Hose.

Ich streiche mir die Haare zurück und gehe in das angrenzende Badezimmer. Nach einem schnellen Blick entdecke ich die Armbanduhr.

»Hier«, sage ich zu Florian und halte ihm bei meiner Rückkehr ins Schlafzimmer die Uhr vor die Nase. »Lag im Zahnputzbecher.«

»Natürlich«, sagt Florian mürrisch und schnappt sie

mir aus der Hand. Beim Anlegen zittern seine Finger so sehr, dass es ihm nicht gelingt, den Verschluss zuzumachen.

»Ich helfe Ihnen«, sage ich, doch Florian zieht abrupt das Handgelenk weg.

»Ich kann das schon«, gibt er gereizt zurück und fummelt einige Zeit am Verschluss herum, bis die Uhr endlich an seinem Handgelenk liegt.

»Dann gehe ich jetzt in die Küche«, sage ich und drehe mich um.

»Ist mir egal, Alice«, murrt er nur, als ich schon halb aus dem Raum bin.

In der Küche steht noch immer die Suppe in dem silbernen Kochtopf. Nach dem Gespräch mit dem jungen Hartmann hat es mir gestern den Appetit verdorben, so dass ich kurz darauf mit leerem Magen ins Bett gegangen bin. Wie hatte ich nur glauben können, dass Florian einen Zugang zu mir findet, dass sein Interesse an mir echt war, dass es einfach *diesen Moment* gab, diesen Moment, der selten stattfindet, aber doch und der Menschen zusammenführt, die manchmal mehr miteinander teilen, als es am Anfang scheint?

Aber es gab diesen Moment nicht. Es gab nur den Moment, in dem Florian mich verarscht hat, auf höchstem Niveau, und ich unterdrücke den Impuls, es ihm gleichzutun. Dennoch brate ich den Tofu mit etwas Eiern an, denn die ausgewogene Ernährung ist wichtig, auch wenn er sie scheiße findet, aber er findet ja alles hier scheiße, und dann schnipple ich mit einem leichten Lächeln im Gesicht noch etwas Obst und Gemüse.

»Nein. Ist mir egal. Er ist dein Sohn«, höre ich Florian aus dem Esszimmer. Er klingt noch mürrischer als sonst, er klingt aufgeregt, und er wird immer lauter. »Nein, das ist nicht meine Verantwortung«, schnauzt er. »Komm mir bloß nicht mit Verantwortung, mein Guter, ich war es, der ihn großgezogen hat!« Eine Pause entsteht. »Jetzt lass sie da raus!«, brüllt er, und dann höre ich nur, wie etwas umgestoßen wird, wahrscheinlich ein Stuhl.

Ich mache einfach weiter, schneide die Karotten klein und richte einen Gemüse-Dip an.

Florian betritt die Küche und sieht mich argwöhnisch an. »Haben Sie etwa gelauscht?«

»Sie haben geschrien«, sage ich nur und hole zwei Teller aus den weißen Schränken.

»Was soll das hier?«, faucht er mich an und deutet auf die Frühstücksteller mit dem geschnittenen Gemüse, Obst, den gebratenen Eiern und dem Tofu.

»Weil es Ihnen gestern so gut geschmeckt hat«, sage ich mit einem Lächeln. »Da dachte ich mir, dass wir hier gleich weitermachen können.« Ich mache eine kurze Pause und genieße es, mit welcher Abscheu er das Essen betrachtet. »Und für das Mittagessen habe ich eine Gemüsesuppe vorbereitet. Die Ärzte meinten doch, dass Sie mehr Gemüse essen sollten. Nicht, dass Sie wie Otto enden.«

Florians Kopf zuckt zu mir, und er mustert mich von oben bis unten. »Mein Enkel hat mit Ihnen gesprochen«, knurrt er nur und fährt sich über seine grauen Haare.

»Und jetzt glauben Sie, Sie hätten mich durchschaut?«, lacht er, und das Lachen klingt böse, wie das Lachen in einem dieser Gruselfilme, bevor etwas Schreckliches passiert. Er geht zu den Küchenschränken und reißt einen nach dem anderen auf.

»Was suchen Sie denn?«, frage ich.

Er ignoriert mich und beginnt, wahllos Teller, Gläser und Töpfe aus den Schränken zu räumen.

»Wenn Sie mir sagen, was Sie suchen, kann ich Ihnen helfen.«

Er reagiert nicht. Stattdessen geht er in die Hocke und beginnt, die unteren Schränke ebenfalls auszuräumen. Ich lasse ihn einfach machen.

Ich nehme die Teller in die Hand und bringe sie ins Esszimmer. Dann mache ich mir einen Kaffee.

»Ha!«, höre ich Florian irgendwann freudig rufen, und im nächsten Moment zieht er von ganz weit hinten einen Flachmann heraus. »Wusste ich doch, dass der noch irgendwo ist«, sagt er zu sich selbst.

»Ich glaube nicht, dass dies das richtige Getränk für Sie ist«, bemerke ich und sage es nur, um ihn zu nerven, denn natürlich nervt ihn die Bevormundung, damit kann er gar nicht umgehen, warum auch. Es sieht auch so aus, als hätte unsere Beziehung doch eine neue Ebene erreicht: Ich habe vor Florian kaum noch Hemmungen, genau wie er, weil er nicht der nette Alte ist und ich nicht die nette Pflegerin. Wir zeigen beide unser wahres Gesicht, das nicht besonders hübsch ist.

Ich nippe an meinem Kaffee, während Florian ungeniert aus seinem Flachmann trinkt und sich dann mit dem Handrücken den Mund abwischt. »Ahh«, macht er, und es ist ein Laut der Wohltat, aber er sieht nicht glücklich aus, nur befriedigt, aber anscheinend noch nicht genug.

»Die Sache mit Otto.« Er schüttelt seinen Kopf und beginnt zu lächeln, es ist tatsächlich ein ernst gemeintes Lächeln, eines voller Freude und Überlegenheit. »Sie hätten Ihr Gesicht sehen müssen. Ich hätte mich beinahe totgelacht.«

Unwillkürlich presse ich meine Lippen aufeinander.

»Schön, dass Sie sich so gut unterhalten haben«, sage ich nur und deute zum Esszimmer. »Sie können jetzt gerne frühstücken.«

»Den Fraß esse ich nicht«, sagt er, nimmt noch einen Schluck und sieht mich herausfordernd an. »Was ist es? Ritzen, Bulimie?«

»Wie bitte?«, frage ich nur.

»Ihr Unglücklichsein, in dem Sie sich so wohl fühlen. Wie äußert es sich?«

Für einen Moment spüre ich den Stich, und ich versuche, ihn einfach zu ignorieren, genauso wie Florian.

»Spüren Sie Ihren Körper überhaupt?«, fragt er belustigt. »So dürr, wie Sie sind, wahrscheinlich nicht, oder befriedigt es Sie, das ganze Zeug wieder auszukotzen, wenn Sie sich in Ihrem Ach-mein-Leben-ist-so-traurig suhlen, nur weil Ihr Papa sie nicht liebhatte?« Sein Blick ist voller Geringschätzung.

Automatisch straffe ich die Schultern.

»Sie gehen das hier vollkommen falsch an«, sage ich und versuche, meinen Herzschlag unter Kontrolle zu halten. »Sie wollen mich loswerden?«, frage ich so kühl wie möglich und mache dann einen Schritt auf den Alten zu, der seine Augenbrauen zusammenzieht.

»Ja, ich bin unglücklich. Aber wissen Sie, was mich davon ablenkt?«, frage ich, und der Alte sieht mich abwartend und voller Abscheu an. »Dass Sie meine Anwesenheit auch unglücklich macht.«

TOM

Ich dränge mich aus der U-Bahn und laufe, immer zwei Stufen auf einmal nehmend, die Treppe hoch. Den Blick auf die Armbanduhr erspare ich mir, ich weiß auch so, dass ich spät dran bin.

Dieser verdammte Termin. Alles in mir wehrt sich dagegen, hinzugehen, und ich fühle mich zurückversetzt in meine Kindheit, als mich meine Eltern zu dem Scheißflötenkurs genötigt haben, angeblich um mein musikalisches Talent zu fördern. In Wirklichkeit wollten sie meine Freizeit mit so vielen Terminen wie möglich zupflastern, damit sie weniger Zeit mit mir verbringen müssen. Die Kanzlei liegt noch drei Häuserblöcke entfernt, und ich fluche unterdrückt, als ich nun doch einen Blick auf die Uhr werfe. Verdammt, ich hätte einfach früher weggehen sollen.

Wenigstens habe ich die Unterlagen der Ärzte noch gefunden, die Florian in das Album mit den Familienfotos gelegt hat. Vielleicht sollte ich beginnen, diese Dinge wegzuschließen. Der Gedanke fühlt sich nicht gut an, aber das ist ja auch nichts Neues mehr.

Ich habe gerade das schwere Eingangstor der Anwaltskanzlei erreicht, als ein Taxi neben mir auf der Straße hält und meine Eltern aussteigen.

Beide tragen Businesslook und sind wie immer aus dem Ei gepellt, was uns schon mal rein äußerlich voneinander unterscheidet. Innerlich trennen uns jedoch Welten.

Der Blick meines Vaters fällt auf meine Jeans und die Lederjacke, er zieht eine Augenbraue hoch, drückt die Laptoptasche enger an sich und schlägt die Tür des Taxis zu.

»Du bist spät dran«, begrüßt er mich, während meine Mutter ihr dunkelblaues Kostüm zurechtzupft und mit der Hand ihre Hochsteckfrisur prüft. Ihre glänzenden schwarzen Haare sind von keinem einzigen grauen Haar durchzogen, was sie nicht ihren guten Genen, sondern ihrem guten Friseur zu verdanken hat.

»Ihr wart auch keine Sekunde früher da«, erwidere ich und versuche, meine Stimme nicht zu feindselig klingen zu lassen.

»Wir hatten noch einen Notfall bei einem Kunden«, antwortet meine Mutter und drückt ihre Wange routiniert gegen meine. Es ist irgendein Mittelding zwischen einem Kuss und einer Umarmung, etwas, das sie sich vor ein paar Jahren angewöhnt hat und von dem ich weiß, dass sie es auch bei ihren Mitarbeitern macht. Vor allem aber geht es schnell, und das ist im Leben meiner Eltern sowieso das Wichtigste.

»Trotzdem wären wir rechtzeitig gekommen, wenn dieser Taxifahrer nicht den umständlichsten Weg durch die Stadt genommen hätte«, beschwert sich mein Vater.

»Kann halt nicht jeder so perfekt sein wie ihr«, bemerke ich hart. Es ist fast schon so was wie ein Reflex, dass mich alles auf die Palme bringt, was sie sagen.

Mein Vater zieht verärgert die Augenbrauen zusammen und erinnert mich damit für einen Moment an Florian. Was auch nicht verwunderlich ist: Beide sind groß und schlank und haben das gleiche energische Kinn – doch außer der Optik verbindet sie nicht viel.

»Lasst uns reingehen«, sagt meine Mutter und drückt die schwere Tür des Gebäudes auf, in dem die Anwaltskanzlei ist. Sie war schon immer die Problemlöserin von den beiden und hat stets das Ziel im Blick, während sich mein Vater auf die Kundenakquise spezialisiert hat. Er streicht sich den anthrazitgrauen Anzug glatt, rückt den Krawattenknoten zurecht und bedeutet mir mit einer Handbewegung, meiner Mutter zu folgen.

Schweigend laufen wir durch das hallende Treppenhaus. Die hohen Absätze meiner Mutter klackern auf dem schwarzweiß gekachelten Marmorboden und verstummen, als sie vor dem alten Lift mit dem schmiedeeisernen Gitter angekommen ist. Sie drückt mit ihrer sehnigen Hand auf den Rufknopf und kontrolliert ein zweites Mal den Sitz ihrer Frisur.

Ich rücke mir die abgewetzte Umhängetasche auf der Schulter zurecht, bevor ich die Hände in den Hosentaschen vergrabe und auf den Boden starre. Mein Vater räuspert sich leise neben mir, und dann ist es wieder still.

Es dauert eine gefühlte Ewigkeit, bis der Lift kommt.

Als wir alle eingestiegen sind und nach oben fahren,

vermeiden wir konsequent den Blickkontakt. Genauso gut könnte ich mit Fremden im Aufzug stehen.

Ich bin erleichtert, als wir den Vorraum der Kanzlei betreten, der mit einem dicken Perserteppich und einer gediegenen Einrichtung aufwartet.

»Guten Tag. Sie können gleich reingehen, Herr Doktor Loydolt erwartet Sie schon«, lässt uns die junge Empfangsdame wissen. Als sich unsere Augen treffen, lächelt sie kurz und errötet sanft.

An einem anderen Tag hätte ich das vielleicht schmeichelhaft gefunden, heute ist es mir egal. Alles, was ich möchte, ist, diesen Scheißtermin schnell hinter mich zu bringen.

»Ah, Familie Hartmann«, begrüßt uns der Anwalt und steht hinter seinem Schreibtisch auf. Wie mein Vater trägt auch er einen maßgeschneiderten Anzug mit Krawatte. Er hat eine eckige Brille und dunkles Haar mit graumelierten Schläfen. Das Büro liegt in einem Altbau mit hohen Räumen und einer breiten Fensterfront hinter seinem Arbeitsplatz. An der rechten Wand befindet sich ein deckenhohes Bücherregal aus dem gleichen rot glänzenden Holz, aus dem auch der Schreibtisch gemacht ist. Der Anwalt weist mit ausgestreckter Hand auf drei Besucherstühle und meine Eltern nehmen nach einem kurzen Händeschütteln Platz.

Ich gebe ihm ebenfalls die Hand und lasse mich in den rechten Stuhl fallen. Mein Herz klopft.

Das hier muss gut laufen. Keine Aussetzer, kein ruppiges Verhalten. Florians Zukunft hängt davon ab.

»Also«, sagt der Anwalt und lehnt sich in seinem Stuhl zurück. »Was kann ich für Sie tun?«

»Es geht um die Vormundschaft für meinen Schwiegervater«, sagt meine Mutter und schlägt die schlanken Beine übereinander. »Er kann inzwischen nicht mehr für sich selbst sorgen, und wir würden ihn gerne in einem Pflegeheim unterbringen lassen, wo man sich gut um ihn kümmert.«

»Ich kümmere mich gut um ihn«, werfe ich gereizt ein und scheitere schon beim ersten Satz daran, höflich zu sein.

»Ich weiß, dass du dich bemühst, Tom«, entgegnet sie kühl. »Aber das, was du ihm gibst, ist nicht die Pflege, die er braucht.«

»Gibt es denn eine Vollmacht von Herrn Hartmann senior?«, will der Anwalt wissen und zieht fragend die Augenbrauen hoch.

»Nein«, presse ich hervor. »Er weigert sich, so ein Ding zu unterschreiben.«

»In so einem Fall muss ein Antrag auf rechtliche Betreuung beim Amtsgericht gestellt werden«, erklärt der Anwalt und rückt sich die eckige Brille zurecht. »Die Aufgabe des Betreuers liegt darin, die gesetzlichen Angelegenheiten des Betroffenen zu regeln und seinen Wünschen so weit wie möglich zu entsprechen. Natürlich nur dann, wenn die Wünsche des Kranken nicht seinem Wohl entgegenstehen.«

»Und wer entscheidet, wann die Wünsche meines Vaters seinem Wohl entgegenstehen?«, wirft mein Vater ein.

»Sobald ein Betreuungsverfahren eingeleitet wurde, wird diese Entscheidung von einem Betreuungsrichter nach seinem persönlichen Eindruck getroffen«, erwidert der Anwalt ruhig.

»Tom«, meine Mutter wendet sich an mich. »Du solltest diese Sache in unsere Hände legen. Wir sind schließlich darauf geschult, mit schwierigen Situationen umzugehen.«

»Ihr seid darauf *geschult*? Ist das dein Ernst?« Mit einem Schnauben fahre ich mir durch die kurzen Haare. »Denkt ihr, mit euren Laptops quer um die Welt zu jetten schult euch darin, das Richtige für Florian zu tun?«

»Fühlst du dich denn qualifizierter?«, fragt mein Vater und zieht eine Augenbraue hoch. »Sieh dich doch mal an. Du siehst aus, als hättest du seit einer Woche nicht geschlafen, was du wahrscheinlich auch nicht hast, weil du Tag und Nacht in der Bar verbringst. Und da willst du dich noch zusätzlich um einen Alzheimerkranken kümmern?«

»Ich will es nicht nur tun, ich tue es bereits«, gebe ich mühsam beherrscht zurück. »Außerdem werde ich von einer Pflegefachkraft unterstützt.« Entschlossen halte ich den Augenkontakt. Was ich da erzähle, ist absoluter Bullshit, aber ich darf nicht unsicher wirken. Sonst verlangen sie am Ende noch, dass ich ihnen irgendwelche Zeugnisse dieser Pflegefachkraft vorlege, und ein Gefühl sagt mir, dass ich die von Frau Bayer nicht kriegen werde.

»Tom«, sagt meine Mutter und legt mir ihre Hand auf

den Unterarm. »Wir wollen doch nur das Beste für dich.« Ich blicke auf ihre lackierten Fingernägel. Der Körperkontakt fühlt sich seltsam an.

»Falscher Ansatz«, sage ich. »Hier sollte es um das Beste für Florian gehen.«

»Wir wollen das Beste für euch beide. Es ist keine Schmach, zuzugeben, dass man überfordert ist. Und du *bist* überfordert, Tom. Florian war schon immer ein schwieriger Mensch, doch jetzt ...« Sie stockt. »Darf ich dich daran erinnern, was mit Watson passiert ist?«

Ich schüttle den Kopf. »Fang jetzt nicht davon an.«

»Wer ist Watson?«, mischt sich der Anwalt ein.

»Die Frage müsste wohl eher lauten: Wer *war* Watson?«, antwortet meine Mutter und zupft am Saum ihres dunkelblauen Rockes.

»So wie du das sagst, klingt es, als hätte er ihn umgebracht«, knurre ich.

»Das hat er wahrscheinlich auch«, gibt mein Vater trocken zurück.

»Das wissen wir nicht«, fauche ich ihn an

Der Anwalt sieht mich konsterniert an, und ich atme tief durch.

Scheiße. Ich muss mich besser unter Kontrolle halten, sonst wird das hier nichts.

»Du kannst für deinen Großvater nicht sorgen«, erklärt mein Vater mit Bestimmtheit. »Es wird Zeit, dass du dir das eingestehst. Das Leben besteht nicht nur aus Träumereien, irgendwann kommt der Punkt, an dem du dich der Realität stellen musst, so unangenehm sie auch sein mag.«

»Glaub mir, das habe ich schon als Kind gelernt«, gebe ich bitter zurück.

Der Anwalt beugt sich nach vorne und stützt die Unterarme auf der Tischplatte auf.

»Familie Hartmann«, beginnt er bedächtig. »Die Konfrontation mit so einer schweren Diagnose wie im Fall Ihres Angehörigen fordert jedem Familiengefüge viel Kraft ab. Ich sehe es so, dass Sie alle nur das Beste für Herrn Hartmann senior im Blick haben, Ihre Vorstellungen darüber, was das Beste ist, aber auseinanderdriften.«

»Er muss in eine geschlossene Einrichtung«, sagt meine Mutter. »Seine Krankheit schreitet fort, heute geht er nackt aus der Wohnung, morgen vergisst er vielleicht, das Wasser abzudrehen. Er bringt sich und andere in Gefahr. Was passiert, wenn er nicht daran denkt, den Herd auszuschalten, und die Wohnung anzündet? Glaubst du, dass das seinen Wünschen entspricht?« Den letzten Satz faucht sie mir entgegen, und ich ziehe eine Augenbraue hoch.

»Wow. In diesem Gespräch hat bisher eindeutig die Dramatik gefehlt.«

»Mach dich nicht über deine Mutter lustig«, weist mich mein Vater zurecht.

»Keine Sorge. Mir ist nicht zum Lachen zumute«, gebe ich hart zurück. »Aber seid wenigstens ehrlich. Hier geht es nicht um Florian, es geht nicht um sein Wohl oder das Wohl der anderen Mieter. Hier geht es einzig und allein um euch. Ihr wollt keine Umstände haben, ihr wollt keine Schadenersatzansprüche, ihr wollt euch zurücklehnen und euch nicht verantwortlich fühlen, weil euch das Energie kosten würde. Energie, die ihr lieber in eure Projekte stecken wollt oder in die Projekte eurer Kunden, denn das ist ja das Einzige, was in eurem Scheißleben zählt!«

Meine Eltern starren mich mit eingefrorenen Mienen an.

»Ich glaube, wir werden hier zu keiner Einigung kommen«, sagt meine Mutter kühl und steht auf. »Bitte stellen Sie beim Vormundschaftsgericht einen Antrag auf rechtliche Betreuung. Es ist uns ein Anliegen, dass die Sache so schnell wie möglich über die Bühne geht.«

»Dann möchte ich ebenfalls einen Antrag auf rechtliche Betreuung stellen«, sage ich und verschränke die Arme vor der Brust.

Der Anwalt sieht zwischen uns hin und her. »Ich muss Ihnen dringend davon abraten, sich in dieser Angelegenheit in zwei Lager zu spalten, Familie Hartmann. Ich kenne einige sehr gute Mediatoren. Vielleicht wäre es angeraten, dass ich für Sie einen Termin vereinbare.«

»Vielleicht wäre es angeraten, dass Sie Ihren Job erledigen«, erwidert meine Mutter, während sich mein Vater ebenfalls erhebt. Mich trifft der Geruch ihres Parfüms, und ich spüre ihre Wange routiniert an meiner, bevor sie dem Anwalt die Hand schüttelt.

»Das war's?«, presse ich hervor.

Mein Vater sieht mich ernst an. »Stell dich in dieser Sache nicht gegen uns, Tom. Du kannst nur verlieren.«

Mit diesen Worten dreht er sich um, legt die Hand sanft auf die Hüfte meiner Mutter und geht

ANI

Der Tag ist bestens gelaunt, als wir auf die Straße treten. Keine einzige Wolke steht am Himmel, und die Sonne knallt mir ins Gesicht. Ich schließe geblendet die Augen und habe das Bedürfnis, eine Sonnenbrille aufzusetzen, aber da meine Sonnenbrille bei Noah auf der Vorzimmerkommode liegt, wird daraus nichts. Um mich aufzuheitern, hole ich meine Kamera aus der Tasche und schieße ein paar Fotos.

»Dieser Ausflug ist kacke«, bemerkt Florian. »Und hören Sie auf, zu knipsen, Sie sind ja schlimmer als ein verdammter Paparazzo.«

»Ich fotografiere eben gerne. Und Sie brauchen frische Luft«, entgegne ich.

»Ich habe Hunger.«

»Sie wollten das Frühstück nicht essen. Und auch das Mittagessen nicht. Es war Ihre Entscheidung.« Widerwillig stecke ich die Kamera wieder ein.

Florian sieht mich argwöhnisch an. »Ich will jetzt etwas essen gehen, sonst bewege ich mich keinen Schritt weiter.«

Er verschränkt die Arme vor der Brust und sieht wieder aus wie ein bockiges Kind. Die Leute um uns herum werfen uns neugierige Blicke zu und wahrscheinlich rechnet er damit, dass ich einknicke. Am liebsten würde ich stur bleiben, aber ich weiß nicht, wie lange der Alte ohne Essen auskommt – und möchte es auch nicht ausprobieren.

»Haben Sie denn ein Lieblingslokal?«

»Ja, es ist …« Florian stockt und blickt einmal links und einmal rechts die Straße hinunter. Er schiebt sich die Baskenmütze ein Stück weit zurück und reibt sich die Stirn. Die Sekunden dehnen sich zu einer halben Ewigkeit, und ich habe das Gefühl, wieder vor dem kranken Florian zu stehen.

»Vermeiden Sie es, den Betroffenen in Situationen zu bringen, die ihn überfordern«, stand auf irgend so einer Internetseite, und ich versuche, diese ganzen Regeln zu verinnerlichen, versuche, diese ellenlange Liste an Do's & Dont's zu berücksichtigen, die einem empfiehlt, *»freundlich und geduldig«* zu bleiben, *»nichts persönlich zu nehmen«* und sich auf *»keine Streitgespräche einzulassen«*, weil der Patient sie sowieso wieder vergisst.

»Ich kenne ein sehr nettes Café nicht weit von hier«, sage ich so beiläufig wie möglich und zupfe mir einen Fussel von meiner Jacke.

»Von mir aus«, knurrt Florian und rückt seine Mütze zurecht. »Wohin?«

Ich deute nach links die Straße hinunter. »Hier lang.«

Als wir das Café betreten, steuert Florian sofort einen Tisch am Fenster an, als ob es sein Stammplatz wäre.

»Ich nehme einen Kaffee, schwarz, zwei Stück Zucker. Dazu ein Omelette mit Speck und Pilzen. Und wagen Sie ja nicht, mir ein vegetarisches unterzujubeln«, wirft er mir zu. Er schnappt sich im Vorbeigehen eine Zeitung, setzt sich auf den Stuhl und schlägt die Beine übereinander. Ich gebe die Bestellung direkt an der Theke auf, glücklicherweise servieren sie Frühstück den ganzen Tag. Dann folge ich Florian an den kleinen, eckigen Holztisch. In den Korbstühlen liegen farbenfrohe Kissen, und auf jedem Tisch steht eine schmale Vase mit einer orange Tulpe. Das Café ist gut besucht, und das Murmeln der Leute mischt sich mit dem Zischen der Kaffeemaschine. Die Sonne scheint durch das große Fenster und malt geheimnisvolle Muster auf die Tischplatte. Ich lasse mich auf den Stuhl fallen und weiß nicht so recht, ob es okay war, mit Florian hierherzukommen. Der junge Hartmann hat davon gesprochen, wie wichtig die tägliche Routine für ihn sei, doch statt das Frühstück zu Hause einzunehmen, sitzen wir jetzt in dem Café, am Nachmittag. Noch dazu in dem Café, in dem ich auch oft mit Clara und Noah war.

»Sie denken an Ihren Freund«, sagt Florian in diesem Moment und blättert raschelnd die Zeitung um.

»Was? Nein«, erwidere ich einen Tick zu schnell.

»Woran denken Sie dann?«, fragt der Alte und beobachtet mich über den Rand der Zeitung hinweg eindringlich.

Ich atme ein und erwidere den Blickkontakt, so gut ich kann. »Dass es zu spät für Frühstück ist.«

»Blödsinn.«

»Ein Kaffee, schwarz, mit Zucker, und ein Latte macchiato«, sagt eine Kellnerin mit einer roten Schürze in diesem Moment und stellt die Getränke auf unserem Tisch ab.

Florians Augen huschen zu ihrem Ausschnitt, bevor er ihr zulächelt. »Danke, das ist sehr freundlich von Ihnen.«

Sie erwidert das Lächeln und lässt das leere Tablett locker neben der Hüfte baumeln. »Aber gerne doch. Der Obstsalat und das Omelette kommen sofort«, flötet sie und wendet sich ab.

Ich nehme einen langstieligen Löffel und rühre lustlos in meinem Kaffee herum, während die Erinnerungen an Noah und Clara einfach nicht aus meinem Kopf wollen.

Florian faltet die Zeitung zusammen und lacht. »Ihre Laune lässt heute wirklich zu wünschen übrig, Andrea.«

»Ich heiße Anika. Noch immer.«

»Stimmt, Andrea hatte größere Brüste.«

Ich ziehe eine Augenbraue hoch. »Das haben Sie also nicht vergessen.«

»Natürlich nicht.«

Ich schnaube spöttisch.

Er rührt in seinem Kaffee. »Mehr als ein Schnauben fällt Ihnen dazu nicht ein?«

Ich schlage die Beine übereinander. »Bitte schön. Ich habe geschnaubt, weil Sie das Vergessen benutzen, wie es Ihnen passt. Sie sehen nicht, was Sie damit anderen antun – weil Sie sich nur für sich selbst interessieren.«

Er überlegt einen Moment und streicht sich dabei über den grauen Bart. »Was interessiert denn Sie, Anika?«

Ich schüttle den Kopf. »Lassen Sie das. Ein zweites Mal falle ich nicht darauf herein.«

Er hebt die Augenbrauen. »Ihnen wurde anscheinend sehr weh getan«, sagt Florian und nimmt einen Schluck von seinem Kaffee. »Lassen Sie mich raten. Sie sind ohne Vater aufgewachsen?«

Ich erwidere seinen Blick, ohne mit der Wimper zu zucken.

Florians Mundwinkel zuckt nach oben. Die Tasse in seiner Hand beginnt zu zittern, und er stellt sie mit einem Klirren auf dem Tisch ab. »Und nun hat Sie also auch Ihr Freund verlassen. Ihre Geschichte wiederholt sich. Als wollte Ihnen das Schicksal damit etwas sagen.«

Ich starre in den Milchschaum meines Getränks und sage kein Wort. Ich weiß genau, dass er mich wieder nur provozieren will, und es ist ein Thema, das mich provoziert. Ich will nichts von meinem Vater hören, der damals einfach verschwunden ist und den ich irgendwie sogar verstehen kann, obwohl ich ihn gleichzeitig dafür verachte.

»Sie werden doch jetzt nicht weinen?«, fragt er, und der spöttische Ton in seiner Stimme lässt mich wütend aufblicken.

»Erzählen Sie mir doch von Ihrer verstorbenen Frau«, erwidere ich mit trockener Kehle. »Im Verlassenwerden scheinen wir uns ja beide auszukennen.«

Für einen Moment ist er ganz still, und ich nehme

rasch einen Schluck von meinem Kaffee, der sich bitter anfühlt, genauso wie die Schuldgefühle.

Da sitzt ein alter, an Demenz leidender Witwer, und ich schaffe es einfach nicht, mich am Riemen zu reißen.

»Tut mir leid«, presse ich hervor. Die Kellnerin kommt und stellt eine Schale mit Obstsalat und ein Omelett auf den Tisch.

»Guten Appetit«, wünscht sie freundlich und verschwindet. Ich habe keinen Hunger und starre aus dem Fenster.

»Und dafür zahlt mein Enkel 1000 Euro eine Verschwendung«, stellt Florian trocken fest, bevor er mit der Gabel in sein Pilzomelette mit den Speckwürfeln sticht. Ich halte den Blick noch immer regungslos aus dem Fenster gerichtet und nehme nur aus dem Augenwinkel wahr, dass er isst. Dann plötzlich sehe ich sie: Clara.

Sie trägt ein buntes Sommerkleid und lächelt ihr verdammtes Grübchenlächeln, während sie ihr Handy zwischen Schulter und Ohr einklemmt und mit raschen Schritten über die Straße auf das Café zuläuft. Ich hätte es wissen müssen. Genau jetzt kreuzt sie natürlich auf, genau jetzt, wenn ich hier sitze, mit Florian. Die glatten blonden Haare fallen Clara offen über die Schultern, und sie sieht so verdammt glücklich aus, dass ich sofort den Blick abwenden muss.

»Wer ist das?«, fragt Florian, und ich zucke zusammen. Er wischt sich mit einer Serviette den Mund ab und stützt die Unterarme auf dem Tisch auf.

»Niemand«, erwidere ich und spieße mit der Gabel ein Stück Melone auf.

»Sie sind eine furchtbare Lügnerin«, bemerkt Florian und pult mit seiner Zunge Essensreste aus seinen Zähnen. Ich höre die Türglocke des Cafés in meinem Rücken und habe das Gefühl, Claras Anwesenheit bis an diesen Tisch zu spüren. Unwillkürlich senke ich meinen Kopf.

Florians dunkle Augen richten sich forschend auf einen Punkt hinter meiner Schulter, und ich fühle mich von Sekunde zu Sekunde unbehaglicher, während Claras Stimme inzwischen unverkennbar an mein Ohr dringt.

»Und ob du heute kochst.« Sie lacht. »Keine Ausreden. Ich weiß, dass du es kannst. Außerdem revanchiere ich mich auch dafür«, schnurrt sie etwas leiser. Inzwischen ist ihre Stimme so nah, dass ich das Gefühl habe, sie müsste jeden Moment in mich hineinlaufen.

»Hallo«, sagt Florian laut und beginnt zu grinsen. »Kennen wir uns nicht?«

Ich lasse beinahe die Gabel fallen und starre ihn wütend an. Das leise Lachen hinter mir verstummt, und einen Moment lang ist es trotz des Gemurmels der anderen Gäste erstaunlich still in dem Café.

»Ich muss Schluss machen«, sagt Clara, und ich höre am Rascheln ihrer Tasche, dass sie das Handy einsteckt.

»Tut mir leid, Sie müssen mich verwechseln«, sagt sie dann an Florian gewandt, und ich höre das leichte Stocken in ihrem Satz und weiß, dass ihr Blick nun auf mich gefallen ist.

»Oh. Entschuldigen Sie, das passiert mir in letzter

Zeit öfter. Muss wohl am Alter liegen«, erklärt Florian freimütig.

»Ani?«, höre ich sie im nächsten Moment leise fragen und fühle, wie das Adrenalin durch meine Adern schießt. Florian beobachtet mich mit einem kaum wahrnehmbaren Lächeln auf den Lippen, und ich schlucke trocken, bevor ich mich halb umdrehe.

»Hallo, Clara.« Meine Stimme hört sich fremd an.

Sie lächelt verzerrt und bleibt wie angewurzelt stehen.

»Wie geht es dir?«

»Super. Und dir?«, frage ich zurück, während das Unausgesprochene zwischen uns wie ein brüllendes Ungeheuer immer größer und lauter wird.

»Großartig«, erwidert sie rasch und fährt sich unbehaglich durch die Haare. Mit einem Mal sieht sie nicht mehr glücklich aus, und es erfüllt mich mit einer kindischen Befriedigung, obwohl ich weiß, dass sie schon bald wieder glücklich sein wird, spätestens dann, wenn sie am Abend zu ihm geht und sich für sein Essen revanchiert.

»Wollen Sie sich nicht zu uns setzen?«, fragt Florian und zieht einladend den freien Korbsessel neben unserem Tisch zurück.

Clara schaut ihn an, als hätte er sie gefragt, ob sie sich jetzt gleich eine Kugel in den Kopf jagen will.

»Sie sind eine Freundin von Anika?«, fährt Florian im Plauderton fort, und ich hasse ihn dafür.

»Ich ... ich muss jetzt leider gehen«, sagt Clara, und Florian schnalzt mit der Zunge.

»Das ist aber schade. Dabei hat mir Anika schon so viel von Ihnen erzählt.«

»Hören Sie auf damit«, zische ich Florian zu. Mein Herz klopft mir bis zum Hals, und ich schaffe es nicht, Clara länger anzusehen.

»Ich … hab noch einen Termin«, sagt Clara lahm, und ihre Hand krampft sich um den Henkel ihrer Tasche. »Mach's gut.«

Ich nicke, weil ich mich zu schwach fühle, um zu antworten.

»Wie schade«, sagt Florian. »Es wäre sicher ein interessantes Gespräch geworden.«

Clara wirft ihm einen letzten irritierten Blick zu, dreht sich auf dem Absatz um und verschwindet hastig aus dem Café. Ich sehe, wie ihre Hand auf dem Weg nach draußen in ihre Tasche fährt und das Handy herausfischt. Der Gedanke, dass sie ihn gleich anrufen wird, um ihm zu erzählen, was für eine schreckliche Begegnung sie gerade mit mir hatte, macht mich unsäglich wütend. Mein Blick fällt auf den Obstsalat, von dem ich keinen Bissen gegessen habe, und mir wird übel. Mit einem Mal ist es mir viel zu voll hier, und ich will einfach nur raus.

»Zahlen, bitte!«, werfe ich der vorbeikommenden Kellnerin drängend zu, und sie revanchiert sich mit einem feindseligen Blick.

»Jetzt beruhigen Sie sich doch«, sagt Florian und weist mit der Gabel auf meinen Stuhl. »Sie haben doch noch gar nichts gegessen.«

»Ich habe keinen Hunger mehr.«

»Ach. Was ganz Neues.« Er legt die Gabel auf seinen leeren Teller und grinst.

Ich balle die Hand zu einer Faust. »Zahlen!«, rufe ich noch etwas schärfer.

Die Kellnerin kommt zu uns und hält mir mit einem eisigen Blick die Rechnung entgegen.

»Zusammen?«, fragt sie.

Ich nicke und drücke ihr einen Geldschein in die Hand.

»Stimmt so«, murmele ich.

Sie nickt mir knapp zu und räumt unseren Tisch ab.

»Beeindruckend, Alexis«, sagt Florian, der mich still gemustert hat. »Sie haben ein ganz außergewöhnliches Talent, unangenehmen Situationen aus dem Weg zu gehen.«

»Stehen Sie auf. Wir gehen jetzt.«

Florian hält sich an der Tischkante fest, bevor er sich mit Schwung aus dem Stuhl hievt, und ich sehe ein junges Pärchen, das mir abschätzige Blicke zuwirft, weil ich ihm nicht helfe. Ohne noch einmal in ihre Richtung zu sehen, drehe ich mich um und gehe aus dem Café hinaus. Als die silberne Glocke über mir klingelt und ich die türkis gestrichene Tür mit der abblätternden Farbe hinter mir zufallen lasse, fühlt es sich an, als würde ich zum ersten Mal wieder richtig durchatmen.

Ich ziehe mein Handy aus der Hosentasche und werfe einen Blick darauf. Es sind erst zwanzig Minuten vergangen, erst zwanzig Minuten, und die reichen mir schon. Mir steht noch ein ganzer Nachmittag mit Florian bevor, bis es an der Zeit ist, nach Hause zu gehen.

Wieder ertönt das Klingeln des Glöckchens und mir steigt der Geruch von Florians Rasierwasser in die Nase, als er neben mir auf die Straße tritt.

»Und, haben Sie jetzt endlich vor, alles hinzuschmeißen?«, fragt er mich mit unverkennbarem Amüsement in der Stimme. »Denn gerade haben Sie mich ganz und gar nicht unglücklich gemacht.«

Ich zähle innerlich bis drei und schüttle den Kopf.

»Nein. So schnell gebe ich nicht auf.«

»Gut«, erwidert er. »Den Park lassen wir heute übrigens ausfallen.«

»Und was wollen Sie stattdessen machen?«, erwidere ich schwach. Körperlich bin ich zwar anwesend, doch in meinem Geist sehe ich Claras blonde Haarspitzen über Noahs Brust streichen. Mir ist übel.

Er tastet sein Sakko mit beiden Händen ab und fördert ein Päckchen Zigaretten zutage.

»Sie sollen doch nicht rauchen«, murmle ich müde.

»Und Sie sollten was essen«, erwidert er. »Einigen wir uns darauf, dass wir beide erwachsene Menschen sind und beide die Ver... Ver...«

»Verantwortung?«

»... für unser eigenes Leben übernehmen«, fährt Florian nach einem kurzen Stocken fort und zündet sich die Zigarette mit zitternden Fingern an. »Ich möchte jetzt nicht in den Park, sondern in einen Stripclub.«

Automatisch schüttle ich den Kopf. »Das können Sie mit Ihrem Enkel machen. Nicht mit mir. Sicher nicht.«

»Sie werden dafür bezahlt. Außerdem vergesse ich es sowieso gleich wieder, was ich dort zu sehen bekomme.«

»Aber ich vergesse es nicht.«

Er mustert mich vergnügt. »Dann machen Sie halt die Augen zu.«

»Es ist früher Nachmittag«, sage ich und hoffe, dass kein Stripclub in der Stadt schon geöffnet hat.

»Na und?«

Florian steckt zwei Finger in den Mund und stößt einen schrillen Pfiff aus. Innerhalb von Sekunden bleibt ein Taxi in zweiter Spur neben den parkenden Autos stehen, und ich fühle leise Zweifel in mir aufsteigen.

»Steigen Sie ein«, verlangt Florian und öffnet mir galant die hintere Tür zum Fond des Wagens. Ich will im ersten Moment widersprechen, lasse es aber, da mir die Energie dazu fehlt und ich den Nachmittag einfach hinter mich bringen möchte, um dann wieder in mein Bett zu finden. Mit einem Kopfschütteln rutsche ich auf den mit Leder bezogenen Sitz. Im Inneren des Taxis riecht es nach einer Mischung aus Leder, Zigarettenrauch und Lufterfrischer.

»Entschuldigen Sie«, sagt Florian und beugt sich zum offenen Fenster des Fahrers hinunter. »Könnten Sie vielleicht mein Jackett in den Kofferraum legen?«

»Klar doch«, erwidert der Taxifahrer und steigt aus. Florian entledigt sich bedächtig seines Jacketts und übergibt es dem Fahrer, während ich auf der Rückbank zur Seite rutsche und mich schon mal anschnalle.

Ich höre, wie der Taxifahrer nach hinten geht und den Kofferraum öffnet, während Florian geschmeidig auf den Fahrersitz gleitet und die Tür schließt.

Er reibt sich die Hände und dreht den Zündschlüssel

mit einer raschen Bewegung um, der Motor erwacht brummend zum Leben, und der Alte lächelt zufrieden.

»Hey!«, schreie ich. »Was tun Sie da?«

»Hey!«, brüllt auch der Taxifahrer von hinten. »Steigen Sie sofort aus dem Wagen!« Er knallt den Deckel des Kofferraums zu, und Florian tritt aufs Gas. Das Taxi schießt nach vorne, hinter uns hupt ein Auto, und ich fühle, wie ich in den Sitz gepresst werde.

»Sie können doch nicht einfach ein Taxi klauen!«, brülle ich.

»Sie haben doch auch meine Uhr geklaut«, gibt Florian seelenruhig zurück, während er schaltet, den Blinker setzt und die Spur wechselt. Die Autos und Häuser zischen an uns vorüber, und ich presse eine Hand auf den Magen.

»Halten Sie sofort den Wagen an, Florian!«

»Ach, ich habe das Autofahren schon immer geliebt«, seufzt er und beginnt am Radio herumzufummeln.

»Bitte.« Mir ist übel, und ich hole tief Luft. »Bitte halten Sie an. Und sehen Sie um Himmels willen auf die Straße!«

»Wussten Sie, dass die Ärzte meinen, ich könnte nicht mehr fahren?« Florian stößt schnaubend die Luft aus. »Die sollten mich jetzt mal sehen, diese Holzköpfe.«

»Sie werden Schwierigkeiten bekommen«, versuche ich es mit Vernunft. »Man wird Sie verhaften.« Florian überholt den Wagen vor uns in einem waghalsigen Manöver und rauscht bei Gelb über die Ampel. Ich klammere mich am Haltegriff der Tür fest und versuche, mein Herzrasen in den Griff zu bekommen.

»Ich? Ich bin nur ein alter, demenzkranker Mann«, gibt Florian entspannt zurück. »Wenn jemand Schwierigkeiten bekommt, dann sind Sie das.«

»Florian, bitte. Das ist lebensgefährlich«, stoße ich hervor, als er bei der zweiten gelben Ampel über eine Kreuzung brettert.

Florian beachtet mich nicht und dreht weiter an dem Knopf des Radios herum. Als er einen Sender findet, der gerade ein Lied von Frank Sinatra spielt, beginnt er vergnügt mitzusummen.

»*You Make Me Feel So Young* – ein wunderbarer Song.« Er hält das Lenkrad nur noch mit einer Hand fest und dirigiert mit der zweiten in der Luft mit.

Ich höre das Blut in meinen Ohren rauschen und schließe für einen Moment die Augen. Dabei versuche ich mich zu beruhigen, aber es klappt nicht. Nichts klappt hier.

»Florian, halten Sie sofort an!«, brülle ich ihn an, und er wirft mir im Rückspiegel einen irritierten Blick zu.

»Wer sind Sie?«

Schlagartig wird mir so kalt, als hätte jemand einen Kübel Eiswasser über mir ausgekippt.

»Verarschen Sie mich nicht«, entgegne ich mit so ruhiger Stimme wie möglich. Die Ampel vor uns springt auf Rot, und Florian macht keine Anstalten zu bremsen.

»Bleiben Sie stehen! Stehen bleiben!«, kreische ich, und Florian sieht sich in dem Taxi um, als ob er es zum ersten Mal sähe.

»Sie müssen stehen bleiben!«, brülle ich mit überschnappender Stimme, und endlich tritt Florian auf die Bremse. Ich werde nach vorne geworfen, die Reifen quietschen, und der Wagen kommt schlitternd vor der Ampel zum Stehen.

Hinter uns höre ich leises Sirenengeheul und löse mit zitternden Fingern den Verschluss des Gurts. Dabei laufen mir Tränen über die Wangen, und ich beuge mich nach vorne, um so schnell wie möglich den Autoschlüssel abzuziehen.

»Was machen Sie da?«, fragt Florian, als der Motor erstirbt, doch ich fühle mich nicht in der Lage, zu antworten. Als ich aus dem Wagen taumele, sind meine Knie so weich, dass ich das Gefühl habe, beim ersten Schritt einzuknicken. Mit dem Autoschlüssel in der Hand stütze ich mich am Dach des Wagens ab und atme tief durch. Mein Herz klingt wie ein Trommelfeuer in meinen Ohren, und mir ist schlecht. Wackelig umrunde ich den Wagen und öffne die Fahrertür.

»Steigen Sie aus.«

Florian sieht mit einem entspannten Lächeln zu mir auf.

»Alles in Ordnung, Antje? Sie sehen etwas blass um die Nase aus.«

Ich starre ihn an. »Sie … Sie haben Ihren Gedächtnisverlust nur vorgetäuscht?«

Er schürzt bedauernd die Lippen. »Ich habe keine Ahnung, wovon Sie sprechen.«

»Sie haben keine Ahnung, wovon ich spreche? Ich dachte, Sie bringen uns um!«, gebe ich wutentbrannt zurück.

»Wirklich? Ich kann mich nicht erinnern«, erwidert Florian.

»Sie sind so ein Arschloch.« Die Worte kommen einfach aus mir heraus, genau wie die Tränen, diese verdammten Tränen, die eine Folge des Schocks sein müssen.

Florian lächelt. »Verstehe ich Sie richtig, dass Sie gerade Ihre Kündigung eingereicht haben?«

TOM

Ich werde von einem lauten Poltern geweckt, gefolgt von schnellen Schritten und dem Zuschlagen einer Tür. Etwas an dem Geräusch klingt nach Endgültigkeit, und ich rubble mir mit den Fingern über das Gesicht. Der Alte hat es offenbar wieder geschafft. Keine Ahnung, was er angestellt hat, aber es muss schlimm genug gewesen sein, um sie in die Flucht zu schlagen.

Ich seufze, es ist ein tiefes, schweres Seufzen, bei dem sich mein ganzer Brustkorb hebt und senkt. Müde linse ich auf das Handy neben meinem Bett.

Kurz nach fünfzehn Uhr, ich habe also knappe drei Stunden geschlafen.

Drei Stunden, Napoleon brauchte auch nicht mehr Schlaf, denke ich und werfe die Bettdecke zur Seite, bevor ich mich in die Höhe quäle.

Florian steht summend in der Küche und öffnet wahllos irgendwelche Schubladen, die er gleich danach wieder schließt.

»Was ist passiert?«, frage ich ruppig.

»Oh, dir auch einen guten Tag«, erwidert Florian,

ohne mich anzusehen, und steckt seinen Kopf in den Kühlschrank. »Hast du eine Ahnung, wo der gute Cognac ist?«

»Der gute Cognac?«, wiederhole ich hart. »Mit Sicherheit nicht im Kühlschrank. Außerdem habe ich dir eine Frage gestellt.«

»Ja, ich habe es gehört«, gibt Florian unbeeindruckt zurück. »Ich habe nur keine Lust, darauf zu antworten.«

»Und ich habe keine Lust auf deine Spielchen. Also. Was ist passiert?«

Florian stellt eine Flasche mit Himbeersirup in den Kühlschrank und schließt die Tür.

»Das gehört da nicht rein.«

»Ich will es aber kalt.«

»Sag mir endlich, was passiert ist«, schnauze ich ihn an.

Florian hält inne, und in seinen dunklen Augen flackert Zorn auf.

»So redest du nicht mit mir, Junge.«

»Wie soll ich denn dann mit dir reden?«

»Wie wäre es mit etwas Respekt? Schließlich habe ich dich großgezogen.«

»Respekt? Du kommst mir mit Respekt? An diesem Punkt waren wir schon mal.« Mit einem Mal fühle ich mich einfach nur matt und ausgelaugt. Schwerfällig lasse ich mich auf den Küchenstuhl fallen. »Man kann keinen Respekt erwarten, wenn man sich so benimmt wie du. Und jetzt sag mir, was du getan hast.«

Florian verschränkt die Arme vor der Brust. »Ich kann mich nicht erinnern.«

»Klar«, sage ich und unterdrücke den Wunsch, nach einem leeren Glas zu greifen und es gegen die nächste Wand zu werfen.

»Wir haben nur einen Ausflug gemacht«, sagt Florian.

»Und wieso ist sie türenknallend in ihrem Zimmer verschwunden?«

»Keine Ahnung, das musst du schon sie fragen.« Er beginnt wieder, seine Runde durch die Küche zu drehen und die Schubladen und Schränke zu öffnen.

»Ich frage aber dich.«

Florian fährt herum, und in seinen Augen ist ein paranoides Funkeln. »Sag mal, hast du den Cognac vor mir versteckt?« Seine rechte Hand zittert, und ich sehe, wie er sie rasch in die Hosentasche steckt. In diesem Moment wünschte ich wieder einmal, Greta wäre da. Ich vermisse sie so stark, dass ich schreien könnte. Sie wüsste, wie sie mit ihm umzugehen hätte, sie würde jetzt das Richtige tun, das Richtige sagen. Ich sitze nur da und bin genervt und überfordert. Gleichzeitig empfinde ich Scham, weil ich mir gewünscht habe, die Verantwortung für ihn einfach abgeben zu können. Greta hat sich ihr Leben lang um andere gekümmert, es ist gut, dass sie seinem Verfall jetzt nicht zusehen muss.

»Sieh mich nicht so an«, knurrt Florian.

Ich stehe auf und gehe in die Küche, um die offenstehenden Schranktüren wieder zu schließen. »Wie soll ich dich nicht ansehen?«

»Als ob du Mitleid mit mir hättest. Ich brauche dein verdammtes Mitleid nicht.«

»Doch, das brauchst du«, sage ich leise, während ich eine

Schublade nach der anderen zuschiebe. »Denn wenn ich kein Mitleid mit dir hätte, bei Gott, ich weiß nicht, ob ich dich dann nicht einfach ins Heim stecken würde, Florian.«

»So schlimm steht es aber noch nicht um mich!«, brüllt er mich plötzlich an. Seine Augen funkeln empört, und ich höre seinen pfeifenden Atem. »Also nimm dir dein Mitleid, und steck es dir sonst wohin, ich brauche es genauso wenig wie dieses Mädchen, das du mir da herangeschafft hast und das innerlich noch kaputter ist als wir beide zusammen!« Er stützt sich mit einer Hand auf der Arbeitsfläche ab und wischt sich mit dem Handrücken über den Mund. Wie er da so steht, den Rücken leicht gebeugt und trotzdem voller Kampfesgeist, erinnert er mich an einen verletzten Löwen, und ich weiß nicht, was ich tun soll.

Ich blicke auf meine Hände, die noch immer auf dem Griff der Schublade liegen. »Wir kriegen das schon hin«, sage ich mehr zu mir selbst als zu ihm. »Irgendwie kriegen wir das schon hin.«

Vor ihrer Zimmertür verharre ich für einen Moment. Ich lege die Hand auf das kühle Holz, fahre mit dem Finger die Maserung nach und hoffe, die richtigen Worte zu finden.

Das ist nicht gerade meine Stärke. Bei Greta brauchte ich mich nicht anzustrengen, sie verstand mich auch ohne Worte.

Ich hebe die Hand, um anzuklopfen, in dem Moment klingelt in ihrem Zimmer das Handy. Unschlüssig bleibe ich vor der Tür stehen.

»Ja bitte?«, ertönt ihre Stimme einen Augenblick später dumpf durch das Holz. Ich balle die ausgestreckte Hand zu einer Faust. Eigentlich sollte ich mich umdrehen und gehen, es gehört sich nicht, fremde Gespräche zu belauschen.

»Sie wollen mich feuern?«, höre ich sie tonlos fragen.

Pause.

»Und wie lange noch?«

Wieder Pause.

Sie lacht trocken auf. »Großartig. – Nein, nein, wirklich großartig. Genau das hat mir heute noch gefehlt. – Ja, toll, danke.«

Danach herrscht Stille, und ich spüre einen Anflug von Erleichterung, der eigentlich nicht hierhergehört. Aber wenn sie wo auch immer gefeuert wurde, ist sie wahrscheinlich zugänglicher für die Stelle hier.

Von drinnen erklingen schnelle Schritte, und weil ich nicht sicher bin, ob sie jetzt gleich rauskommt und mich dabei erwischt, wie ich vor ihrer Tür herumlungere, klopfe ich forsch mit den Fingerknöcheln gegen das Holz.

Die Geräusche verstummen. »Herein«, sagt sie eine Sekunde später. Es klingt erschöpft.

Ich drücke die Klinke hinunter und betrete ihr Zimmer.

Anika steht vor dem Fenster und blickt nach draußen. Die dunkelbraunen Haare hat sie zu einem schlampigen Knoten hochgebunden, der ihren schlanken Nacken betont. Ihre schmalen Schultern sind hochgezogen, und ich sehe, wie sie sich verstohlen mit dem Handrücken über die Wange wischt.

Mit einem Mal fühle ich mich verdammt unwohl. Einerseits weckt ihr Anblick meinen Beschützerinstinkt, gleichzeitig vermute ich, dass es eher ich bin, der sich vor ihr in Acht nehmen sollte.

Meine Vermutung wird bestätigt, als sie sich mit entschlossenem Blick zu mir umdreht.

»Ich mach das nicht mehr«, sagt sie ruhig.

Genau der Satz, den ich nicht hören wollte

Ich versuche, weder verärgert noch verzweifelt zu wirken, und bemühe mich um eine entspannte Körperhaltung.

»Was ist denn passiert?«

»Er hätte uns fast umgebracht, das ist passiert.«

Ich fühle, wie mein Magen eine Etage tiefer sackt.

»Er hat was?«, frage ich rau.

»Er hat ein Taxi geklaut und ist damit auf eine rote Ampel zugerast.« Sie sieht mich aus ihren großen Rehaugen an. »Dabei hat er einen auf dementer Verrückter gemacht, damit ich von hier verschwinde.«

Ich fühle, wie sich meine Fingerknöchel verspannen und mich eine unglaubliche Wut auf den Alten überkommt. Das ist eine neue Liga, das ist weit über jeder Grenze und längst kein harmloser Streich mehr. Mein Mitleid, das ich noch vor wenigen Minuten mit ihm hatte, ist schlagartig weg, und ich höre mich selbst leise knurren.

Sie kneift die Augen zusammen, und ich bemerke, wie sich ihr ganzer Körper anspannt, als wäre er auf Flucht eingestellt.

»Das wird nie wieder vorkommen«, sage ich mit Nachdruck.

»Ja, weil ich gehe«, erwidert sie ebenso nachdrücklich und hebt das Kinn.

Mist, und ich dachte, es würde nach ihrem Rauswurf, von wo auch immer, einfacher werden.

»Wer war das vorhin am Telefon?«, frage ich aus purer Verzweiflung.

Sie starrt mich an. »Haben Sie mich etwa belauscht?«

»Ich war nur zufällig vor Ihrer Tür, als Sie telefoniert haben.«

»Das nennt man lauschen«, entgegnet sie frostig. »Genauso gut könnte Ihr Großvater sagen, er war nur zufällig in dem Taxi, mit dem er durch die Stadt gebrettert ist. Trotzdem hat er es geklaut.« Ich finde den Vergleich so absurd, dass ich unwillkürlich grinsen muss.

»Wischen Sie sich das Grinsen aus dem Gesicht, Herr Hartmann«, sagt sie verärgert und macht einen Schritt auf mich zu. Obwohl sie mir nur bis zur Brust reicht, ist da etwas in ihren Augen, das sie größer wirken lässt.

»Hören Sie«, beginne ich und atme tief durch. »Ich wollte Sie nicht provozieren.« Ich mache eine kurze Pause, und es fällt mir schwer, es so offen auszusprechen. »Ich bitte Sie, hierzubleiben. Wir brauchen Ihre Hilfe.«

»Ihr Großvater braucht einen Therapeuten«, entgegnet sie hart. »Er ist ein Sadist, der es genießt, andere zu demütigen oder ihnen Angst einzujagen.«

Ich will es nicht hören, aber sie hat irgendwie recht, zumindest zum Teil. Florian hat sein Leben damit verbracht, die Grenzen anderer Menschen auszuloten und sie auszureizen, zumindest für seinen Beruf. Inzwischen ist es andersrum, inzwischen lotet die verdammte Krankheit *seine* Grenzen aus, sie reizt ihn aus, bis er nicht mehr kann, und verdammt, ich weiß nicht, wo das alles endet, ich weiß es wirklich nicht.

»Wollen Sie mehr Geld?«, frage ich rundheraus, da mir sonst nichts mehr einfällt.

Sie starrt mich einen Moment lang wütend an. »Denken Sie, das ist alles, worum es hier geht?«

Ihr Handy klingelt erneut, und sie wirft einen kurzen Blick auf das Display, bevor sie den Anruf wegdrückt.

»Überlegen Sie es sich noch mal«, sage ich und bemühe mich wirklich, meine Stimme höflich klingen zu lassen, obwohl ich ihr am liebsten befehlen würde, hierzubleiben. Zumindest so lange, bis ich einen Ersatz gefunden habe, der auch bei der erstbesten Gelegenheit wieder abhaut.

Das Eingangssignal einer SMS ertönt, und sie überfliegt die Zeilen. Ich sehe, wie ihr Gesicht von Sekunde zu Sekunde härter wird, und spüre, dass es keinen Sinn hat, weiter mit ihr zu reden. Wütend auf sie, wütend auf Florian und wütend auf mich selbst, drehe ich mich um und verlasse den Raum.

Draußen bleibe ich für einen Moment stehen und atme tief durch. Dann gehe ich ins Wohnzimmer. Florian sitzt in seinem Lieblingsstuhl und hört Beethovens Fünfte. Seine Augen sind geschlossen, und er sieht aus wie ein kultivierter alter Mann, der er definitiv nicht ist.

»Florian.« Meine Stimme klingt hart.

»Florian!«, wiederhole ich lauter. »Steh auf, wir müssen los.«

»Ich habe schon gegessen. Glaube ich zumindest«, gibt er grinsend zurück. »Du weißt ja, bei meinem Gedächtnis kann ich mir da nie so sicher sein.«

Ich gehe zum CD-Player und hämmere gegen den Aus-Knopf.

»Wir gehen auch nicht essen. Wir gehen zur Polizei«, knurre ich ihn an.

Florian grinst und öffnet ein Auge. »Wieso denn das? Hast du was angestellt?«

Ich starre ihn an und weiß nicht, ob er inzwischen so krank ist, dass er den Ernst der Lage nicht erkennt, oder einfach so ignorant, ihn nicht erkennen zu wollen.

»Du musst Selbstanzeige erstatten«, sage ich mühsam beherrscht.

»Selbstanzeige?« Er schnaubt leise. »Das ist doch nicht dein Ernst, Junge.« Seine Stimme nimmt diesen maßregelnden Ton an, als wäre ich derjenige, der gerade Scheiße gebaut hat, als wäre ich der, der sich entschuldigen sollte.

»Es ist mein voller Ernst«, erwidere ich so beherrscht wie möglich und sehe ihm dabei direkt in die Augen.

Ein paar Sekunden lang sagt keiner von uns ein Wort, und ich bin mir nicht sicher, ob ihm die Krankheit gerade seine Schlagfertigkeit nimmt oder ob er innerlich eine Strategie ausarbeitet, um mich am besten in die Knie zu zwingen.

Florian schnaubt erneut, diesmal etwas lauter und beugt sich in seinem Stuhl nach vorne. »Glaubst du ernsthaft, ich hätte das Taxi genommen, wenn ich mich nicht unter Kontrolle gehabt hätte?«

»Du hast nichts mehr unter Kontrolle, genau darum geht es doch!«, bricht es viel zu laut aus mir heraus. Florian zieht nur eine Augenbraue hoch und lehnt sich wieder zurück, während mir die plötzliche Stille umso deutlicher bewusst wird. »Du kannst … die Konsequenzen deiner Handlungen nicht mehr einschätzen«, fahre ich wesentlich ruhiger fort. »Und deshalb müssen wir zur Polizei.«

»Müssen wir das?«

Ich nicke. »Oder glaubst du, die lassen zu, dass ich dein rechtlicher Betreuer werde, wenn du herumläufst und Taxis klaust?«

Er winkt ab und wirkt dabei so unbekümmert wie ein kleiner Junge. »Ich war längst weg, bevor die Jungs von der Polizei aufgekreuzt sind.«

»Das ist nicht der Punkt«, erwidere ich heftig und habe Mühe, ihn nicht schon wieder anzuschreien. »Du wohnst hier seit vierzig Jahren. Glaubst du nicht, dass dich vielleicht irgendjemand gesehen haben könnte, der dich identifizieren kann? Wir müssen die Sache jetzt in Ordnung bringen!«

Florian rollt mit den Augen und seufzt. »Gut, wenn du meinst. Bei der Gelegenheit kann ich ihnen auch gleich sagen, dass sie zu meiner Zeit wesentlich schneller am Tatort gewesen sind.«

Als ich mit Florian vom Polizeirevier zurückkomme, ist es schon nach sechs. Ich fühle mich wie ein Hundertjähriger, als ich die Wohnungstür aufschließe. Die letzten

Stunden waren anstrengend, sehr sogar, und ich werfe einen besorgten Blick auf Florian, der ungewöhnlich still ist.

»Möchtest du dich hinlegen?«, frage ich, als ich ihm im Vorzimmer die Schuhe ausziehe. Er sieht einen Moment durch mich hindurch, bevor er nickt.

»Brauchst du Hilfe?«

Er schüttelt den Kopf.

»Okay.« Ich stehe auf und wische mir die Hände an den Jeans ab. »Wenn du was brauchst, ich bin hier.« Es ist eine Lüge – oder zumindest eine zeitlich begrenzte Wahrheit –, denn eigentlich muss ich in ein paar Stunden wieder in die Bar, und nach dem Blick, den mir die Kleine bei unserem letzten Gespräch zugeworfen hat, hat sie unsere Abwesenheit mit Sicherheit genutzt, um ihre Tasche zu packen und abzuhauen.

Vielleicht muss ich die Bar verkaufen, schießt es mir durch den Kopf, und der Gedanke tut einfach nur scheiße weh. Aber vielleicht ist es die einzige Lösung, vielleicht sollte ich mich einfach vollzeit um Florian kümmern.

Langsam gehe ich in die Küche und schenke mir ein Glas Wasser ein. Der Himbeersirup steht wieder an seinem Platz neben dem Waschbecken. Sie hat also noch aufgeräumt, bevor sie gegangen ist. Wie nett.

Voller Bitterkeit drehe ich mich um und lasse beinahe das Glas fallen, als ich hinter mir jemanden stehen sehe.

ANI

Er starrt mich an, als wäre ich ein Geist. Und vielleicht bin ich das auch, denn gerade jetzt fühle ich mich unglaublich durchsichtig, ich fühle mich wie aus Glas, und ich hab eine Scheißangst, bei der nächsten Erschütterung zu zerbrechen. Aus den schlauen Büchern weiß ich aber, dass die Angst irreal ist, und wegen meines gesunden Menschenverstandes weiß ich, dass man nicht so leicht zerbricht. Man tut sich vielleicht weh, man leidet, man knickt ein, kriegt Dellen und blaue Flecken, aber am Ende des Tages steht man noch immer aufrecht, selbst wenn man sich wünscht, irgendeiner hätte einem das Licht ausgepustet.

»Sie sind noch da«, sagt er rau und seine Worte holen mich aus den Gedanken.

»Ich bin noch da«, bestätige ich ruhig.

Das ist eines der Dinge, die ich beherrsche: ruhig wirken, selbst wenn meine Gedanken laut durcheinanderschreien. Mir davon einfach nichts anmerken lassen.

Mir nicht anmerken lassen, dass ich meinen Job bei dem Onlinemagazin wegen Budgetkürzungen verloren habe, mir nicht anmerken lassen, dass meine Mutter mir geschrieben hat und Geld braucht, mir nicht anmerken lassen, dass ich deshalb diesen Job brauche. Auch wenn es mir Schiss macht, bei dem Irren bleiben zu müssen.

»Soll ich Ihnen was mixen?«, fragt er mich, und ich runzle die Stirn.

»Einen Cocktail«, ergänzt er rasch. Seine Stimme klingt rau, als hätte er viel zu wenig geschlafen. »Ich hab 'ne Bar, vergessen?«

»Ja, ich weiß«, erwidere ich matt. »Was steht denn zur Auswahl?«

Er wendet sich wortlos um, stellt das Wasserglas neben der Spüle ab und öffnet einen der Hängeschränke. Nach kurzem Kramen überreicht er mir eine schwarze Barkarte.

»Ich kann Ihnen alles mixen, was da drinsteht.«

Ich nehme die abgegriffene Karte entgegen und schlage sie in der Mitte auf.

»Da sind ja gar keine Bilder drin.«

»Sorry, ich dachte, Sie können lesen.«

»Sorry, ich dachte, Sie haben schon mal was von Marketing gehört«, gebe ich im gleichen Tonfall zurück.

Er lacht auf, und irgendwie mag ich den Ton.

»Können Sie mir einen Swimmingpool mixen?«, frage ich, weil ich Alkohol nach dem Trip mit dem Alten jetzt echt gebrauchen kann.

»Wenn es da drinsteht«, gibt er zurück, und ich erkenne die Andeutung eines Lächelns auf seinem Gesicht. Ich betrachte seinen dunklen Dreitagebart, merke, dass er mich noch immer ansieht, und habe plötzlich das Gefühl, ihn schon viel zu lange anzustarren.

»Gut«, sage ich einen Tick zu schnell. »Dann also einen Swimmingpool, bitte.«

»Kommt gleich.« Er nimmt mir die Karte aus der Hand und bedeutet mir mit einer Bewegung, auf dem Küchenstuhl Platz zu nehmen.

Ich setze mich und fühle mich etwas nervös. Vielleicht liegt es daran, dass es in dieser Wohnung so still ist, aber ich werde ihn nicht bitten, Musik einzulegen, denn am Ende missversteht er das noch.

Der junge Hartmann geht zum Kühlschrank, nimmt einen Beutel Eiswürfel aus dem Gefrierfach, und ich sehe zu, wie er schweigend eine Flasche Wodka und eine Flasche Blue Curacao auf die Arbeitsfläche stellt, bevor er eine frische Packung Ananassaft sowie irgendwas mit einer Kokosnuss vorne drauf aus einer der unteren Schubladen holt.

»Was hat Sie umgestimmt?«, fragt er über die Schulter, während er alle Zutaten bis auf den Blue Curacao nach und nach mit ein paar Eiswürfeln in den Shaker füllt.

»Mein gutes Herz«, erwidere ich trocken, weil ich keine Lust habe, meine Lebensgeschichte vor ihm auszubreiten.

Er nimmt noch Sahne aus dem Kühlschrank, kippt sie in den Shaker und schüttelt kräftig, während er mich ansieht. »Ich verspreche Ihnen, dass so etwas nicht mehr vorkommt.«

»So etwas können Sie mir nicht versprechen, Herr Hartmann.«

»Und trotzdem tu ich's.« Er leert die restlichen Eiswürfel in den elektrischen Crusher, drückt auf den Knopf, und für ein paar Sekunden ist nur das Geräusch der Maschine zu hören, die die Eiswürfel zerkleinert.

»Ich weiß, dass er nicht einfach ist«, sagt er über den Krach hinweg.

»Jeder, der fünf Minuten mit Ihrem Großvater verbringt, weiß das.«

Er sieht mich an, und ich habe das Gefühl, als würde er mit sich ringen.

»Danke, dass Sie geblieben sind«, ergänzt er nach einer merklichen Pause, bevor er sich abwendet und ein hohes Cocktailglas zur Hälfte mit dem zerkleinerten Eis füllt. »Ich habe leider keine frische Ananas«, fügt er hinzu. »Mögen Sie Cocktailkirschen?«

Ich nicke und streiche mir die Haare hinters Ohr.

»Hier, bitte. Ich hoffe, es schmeckt Ihnen.« Er hält mir das Getränk hin, das vom Blue Curacao eine türkisgrüne Färbung angenommen hat.

»Danke.« Ich koste davon, und obwohl es so süß ist, schmeckt es sehr gut, und ich nehme gleich noch einen Schluck und dann noch einen.

Er lehnt sich mit verschränkten Armen an die Arbeitsplatte und betrachtet mich amüsiert.

»Was?«, frage ich.

»Nichts.«

»Ich sehe doch Ihren Blick.«

Er lacht, schon zum zweiten Mal an diesem Abend, und irgendwie hilft es mir, mich wohler damit zu fühlen, dass ich nur wegen des Geldes noch hier bin und weil es einfach keine Alternative gibt.

»Ich dachte nicht, dass Ihnen so was schmeckt«, gibt er mit einem schiefen Grinsen zu.

»Was meinen Sie?«

»So was Süßes. Ich dachte, Sie sind eher der herbe Typ.«

Ich ziehe eine Augenbraue hoch, weil ich nicht weiß, wie er das meint. »Ist das eine Beleidigung oder ein Kompliment?«

Er zuckt mit den Schultern. »Eine Tatsache.«

Ich verenge die Augen und betrachte ihn still.

»Wenn Ihr Großvater so etwas wie heute noch einmal macht, bin ich weg.«

Er sieht mich einen Moment lang an, bevor er nickt.

»Ich weiß.«

»Sie sind ja immer noch da«, begrüßt mich der Alte am nächsten Morgen. Ich räume gerade die Einkäufe aus den Tüten und nicke nur knapp. Schon allein seine Stimme zu hören, holt die Wut von gestern wieder hervor.

»Haben Sie Hunger?«, frage ich, ohne ihn anzusehen.

»Ich könnte tatsächlich etwas Rührei mit Speck vertragen.«

»Kommt sofort«, erwidere ich und hole aus dem unteren Küchenschrank eine Pfanne hervor. Aus dem Augenwinkel bemerke ich, dass Florian stutzt. Offenbar hat er mit mehr Widerstand gerechnet.

»Kaffee?«, frage ich, nachdem ich die Pfanne auf den Herd gestellt habe und die Eier aufschlage.

»Gerne«, erwidert Florian mit einem überlegenen Grinsen. Ich lächle freundlich zurück und hole eine Packung Milch aus dem Kühlschrank.

»Mein Enkel hat Ihnen also genug Geld geboten, dass Sie geblieben sind«, beginnt der Alte, während er sich in seinem dunkelblauen Morgenmantel an den Küchentisch setzt. »Ich hoffe, Sie fühlen sich deswegen nicht wie eine Prostituierte.« Seine dunklen Augen fixieren mich vergnügt.

»Ich hoffe, Sie fühlen sich wegen gestern nicht wie ein Psychopath«, erwidere ich und stelle ihm eine Tasse warme Milch vor die Nase.

»Das ist kein Kaffee.«

»Nein, das ist warme Milch.«

»Ich wollte aber einen Kaffee.«

»Nein, Sie wollten warme Milch«, gebe ich ruhig zurück.

Der Alte verengt die Augen. »Ich rate Ihnen davon ab, das zu tun, Amelie.«

Ich drehe mich zur Pfanne und rühre im flüssigen Ei herum. »Ich habe keine Ahnung, wovon Sie sprechen.«

Er nickt mit dem Kinn auf das Essen. »Und was ist mit dem Speck?«

»Sie haben mir doch eben gesagt, Sie wollen aufgrund Ihres Cholesterinwertes darauf verzichten.«

»Das habe ich nie gesagt.«

Ich hebe den Kopf und begegne seinem wütenden Blick. Für einen Moment fühle ich mich schlecht, doch dann erinnere ich mich an die Todesangst, die er mir gestern mit voller Absicht eingejagt hat, und das Gefühl verfliegt.

»Doch, haben Sie. Aber es ist nicht schlimm, wenn Sie

es vergessen haben. Dafür haben Sie ja mich.« Ich lächle wieder und glaube tatsächlich, neben der Verärgerung beinahe so etwas wie Bewunderung in seinen Augen zu erkennen.

»Ups«, sagt er im nächsten Moment und fegt die warme Milch mit einer Sekunde Verzögerung vom Tisch.

Ich hebe die Pfanne von der heißen Herdplatte und kippe den Inhalt auf einen Teller.

»Bitte schön«, sage ich und stelle den Teller auf den Tisch. »Und hier haben Sie einen Löffel, damit Sie sich nicht verletzen.« Ich drehe mich zur Besteckschublade um und hole einen Suppenlöffel daraus hervor.

»Salz?«, fragt der Alte.

Ich hebe die Schultern. »Habe ich weggeworfen. Sie sagten doch, Sie vertragen kein Salz.«

Er starrt mich an, und für einen Moment bin ich mir nicht sicher, ob ich es zu weit treibe, doch dann schiebt er auch noch den Teller mit einer langsamen, beinahe schon eleganten Bewegung vom Tisch, und die Zweifel verschwinden.

Ruhig sehe ich in sein Gesicht. Der graue Bart gehört etwas gestutzt, trotzdem ist er noch immer ein sehr attraktiver Mann. Früher war es ihm wahrscheinlich ein Leichtes, die Frauen um den Finger zu wickeln.

»Haben Sie jetzt Lust auf Ihren Ausflug in den Park?«, frage ich, ohne das Chaos aus vergossener Milch, Scherben und Rührei auf dem Boden zu beachten.

Florian grinst. »Ja, so ein Ausflug wäre jetzt wirklich wunderbar.«

Nachdem er in sein Zimmer gegangen ist, um sich anzuziehen, hocke ich mich nieder und klaube die größten Scherben vom Boden auf, bevor ich den Rest des Frühstücks mit einer dicken Schicht Küchenpapier zusammenschiebe und in den Mülleimer werfe. Es tut mir leid um die verschwendeten Lebensmittel, aber ich versuche, nicht daran zu denken. Wenn ich hierbleiben will, muss der Alte lernen, mich zu respektieren, und anscheinend funktioniert das bei ihm nur auf die harte Tour.

»Können wir?«, ertönt in dem Moment seine vergnügte Stimme aus dem Vorzimmer, und ich richte mich rasch auf und wische mir die Hände an einem Geschirrtuch ab. Dann setze ich mein falsches Lächeln auf, straffe die Schultern und denke an das Geld.

Florian erwartet mich in demselben dunkelblauen Morgenmantel, mit dem er auch zum Frühstück erschienen ist. Dazu trägt er seine übliche Baskenmütze und einen Spazierstock.

»Sie haben sich heute gegen ein Hemd, eine Hose und ein Jackett entschieden?«, frage ich unbeeindruckt.

»Gefällt Ihnen nicht, was ich trage?«, fragt Florian mit einem lauernden Glitzern in den Augen, und ich lächle wieder.

»Doch. Eine ausgezeichnete Wahl, Herr Hartmann. Ich freue mich schon sehr auf den Park. Und Sie?«

»Ach, ich liebe den Park«, erwidert er. »Besonders die Kinder. Es macht so eine Freude, mit den Kindern zu spielen.«

Ich nicke und versuche, mir das Unbehagen nicht anmerken zu lassen, das mich bei seinen Worten überkommt. Ein alter Mann im Schlafrock wird sicher für einige irritierte Blicke bei den Müttern sorgen.

Er will dich nur aus der Reserve locken, sage ich mir vor. *Er will dir Angst einjagen und eines seiner Spielchen abziehen, doch diesmal steigst du nicht darauf ein, diesmal spielst du mit.*

Florian schlurft mit seinen Pantoffeln zu einer kleinen Anrichte und zieht eine Schublade auf. Ich höre das Klimpern eines Schlüsselbundes, den er in der Tasche seines Morgenmantels verschwinden lässt.

»Ich habe einen Wohnungsschlüssel«, lasse ich ihn wissen.

»Wunderbar«, entgegnet er. »Ich habe nun auch einen.«

Auf seine Worte folgt eine Pause, in der nur das Ticken der alten Standuhr zu hören ist.

»Möchten Sie noch andere Schuhe anziehen oder bleiben Sie so?«, frage ich.

»Ach, ich bleibe so.«

»Gut.« Vom falschen Lächeln tun mir schon die Wangenmuskeln weh. »Dann auf in den Park.«

Wir haben gerade den zweiten Stock erreicht, als uns der Nachbarsjunge entgegenkommt. Er ist etwa 14 Jahre alt und hat die Stöpsel für sein iPhone in den Ohren. Als er Florian und mich die Treppe runterkommen sieht, verzieht sich sein Gesicht zu einem amüsierten Grinsen.

»Cooles Outfit, Opa«, ruft der Junge und streicht sich

selbstbewusst durch die blonden Locken. »Bist du heute in Aufreißer-Stimmung?«

»Selber cooles Outfit, Anton«, gibt Florian scharf zurück. »Hast du dir in die Hose gemacht, oder wieso hängt deine … deine …«

»Ich heiße Alex. Und das sind Jeans«, entgegnet der Nachbarsjunge mit einem gelangweilten Unterton.

»Ich weiß«, schnaubt Florian. »Und wieso hängt deine *Jeans* bis zu den Kniekehlen?«

»Das nennt man Mode«, belehrt ihn Alex unbeeindruckt. »Und du solltest den Mund nicht zu voll nehmen, Opa. Ich bin nicht derjenige, der eine Pinkelspur im Treppenhaus hinterlassen hat.« Mit diesen Worten schließt er die Tür zu seiner Wohnung auf und zieht sie mit einem Ruck hinter sich zu.

Florian schnaubt, und obwohl ich Alex nicht gerade sympathisch finde, erleichtert es mich, dass er in diesem Moment das größere Feindbild darstellt.

»Zu meiner Zeit hatten die Jungen noch Respekt vor dem Alter«, grummelt Florian, während er die Treppe hinunterstapft und das schwere Eingangstor aufdrückt.

»Wollen Sie sich jetzt vielleicht doch noch umziehen?«, frage ich, als wir auf die Straße treten und die Leute ringsum Florian in seinem Morgenmantel seltsam ansehen.

Der Alte grinst mich an. »Nein, jetzt habe ich Lust auf eine Spritztour.«

»Dann lassen Sie uns eine Spritztour in den Park unternehmen«, gebe ich ebenso gutgelaunt zurück, entschlossen, mich diesmal nicht von ihm unterkriegen zu lassen.

»Ich dachte eher an eine andere Spritzfahrt«, sagt er.

Noch während ich überlege, was genau eine »Spritzfahrt« sein soll, zieht Florian einen Autoschlüssel aus seinem dunkelblauen Morgenmantel und hält ihn diabolisch grinsend in die Höhe. »Sie haben sicher Lust, mich zu begleiten, nicht wahr, Adelheid?«

Ich starre ihn an, und mein Herz beschleunigt den Takt. Ich weiß genau, dass er mich wieder testet, und eine ungeheure Wut überkommt mich. Eine Wut auf ihn, weil er so ein verdammt schwieriger Mensch ist, eine Wut auf meine Mutter, weil sie mich genau in dem Moment um Hilfe gebeten hat, in dem ich abhauen wollte, eine Wut auf den jungen Hartmann, der die Autoschlüssel nicht besser versteckt hat, und eine Wut auf das ganze beschissene und ungerechte Leben, das mich immer wieder in Situationen bringt, in denen ich nicht weiß, was ich tun soll.

»Geben Sie mir den Autoschlüssel«, sage ich und halte ihm ruhig meine Handinnenfläche hin. Nur keine Angst zeigen. Es ist wie bei einem Tiger im Käfig, da darf man auch keine Angst zeigen, unter keinen Umständen, niemals.

»Es ist aber nicht Ihr Auto, Amber.«

Ich bewege mich blitzschnell nach vorne und versuche, nach dem Schlüssel zu schnappen.

»Amber, so schnell wie eine schwarze Mamba«, lacht Florian und hält den Schlüssel hoch, so dass er außerhalb meiner Reichweite ist. Dann drückt er den Knopf, und ein silberner Volvo neben uns entriegelt sich mit einem kurzen Piepen.

»Sie dürfen nicht fahren«, sage ich zu Florian.

»Wollen Sie es mir etwa verbieten?«, fragt er zurück, öffnet die Fahrertür und steigt ein. Ich stehe auf dem Bürgersteig und bewege mich keinen Millimeter.

Florian startet den Wagen und lässt das Fenster runter.

»Wollen Sie nicht mitfahren? Kommen Sie. Das wird lustig.«

Es ist ein Test, schießt es mir durch den Kopf. *Es ist ein gottverdammter Test. Und wenn ich mich jetzt darauf einlasse, wenn ich mich jetzt manipulieren lasse, wird er nie wieder damit aufhören, mich zu quälen.*

»Ich wünsche Ihnen viel Spaß bei Ihrem Ausflug«, höre ich meine Stimme ruhig sagen.

Er zwinkert mir zu. »Wirklich? Sie lassen mich einfach so fahren?«

»Ich kann Sie wohl nicht aufhalten«, erwidere ich und rücke den Tragegurt meiner Handtasche auf der Schulter zurecht.

»Nein, das können Sie nicht«, sagt der alte Mann. Und bevor mein Hirn noch richtig mitkriegt, was hier eigentlich gerade passiert, setzt er den Blinker und tritt aufs Gas. Ich sehe ihm zu, wie er aus der Parklücke schießt, sehe ihm zu, wie er die Straße entlangfährt, und warte darauf, dass er langsamer wird und stehen bleibt. Ich warte darauf, warte darauf, bis er die nächste Kreuzung erreicht hat, warte noch immer darauf, nachdem er schon um die Ecke gebogen und außer Sicht ist.

TOM

Ich werde davon geweckt, dass jemand an meiner Schulter rüttelt. Mir steigt der Geruch von Kokosnussshampoo in die Nase. Es riecht gut, irgendwie nach einsamer Insel, Sandstrand und Urlaub.

»Herr Hartmann«, sagt eine weibliche Stimme drängend in mein Ohr. »Herr Hartmann!«

Ich schrecke hoch. Anika beugt sich über mich. Ihre Rehaugen haben einen gehetzten Ausdruck, und schlagartig bin ich wach.

»Was ist passiert?«

»Ihr Großvater ...« Sie stockt.

»Was ist passiert?«, frage ich lauter.

»Er ist weg.«

Ich schwinge die Beine aus dem Bett und fahre mir mit den Händen durch die Haare. »Wann?«

»Vor einer Viertelstunde.«

»Und wo waren Sie?«

»Ich ... ich war bei ihm«, erklärt sie und spielt nervös mit ihrem grauen T-Shirt.

»Wie konnte er dann abhauen, wenn Sie bei ihm waren?«, frage ich hart.

Sie schließt für einen Moment die Augen und ein kaltes Gefühl überkommt mich. »Spucken Sie es aus«, herrsche ich sie an, da ich keine Sekunde länger die Geduld aufbringe, auf ihre Antwort zu warten.

»Er ist mit einem silbernen Volvo weggefahren«, sagt sie leise.

Ich starre sie an. In diesem Moment würde ich gerne schreien. Oder toben. Beides.

»Er ist mit seinem Auto unterwegs?«

Sie nickt. Ich stütze meine Ellbogen auf meinen Knien ab und vergrabe für einen Moment das Gesicht in meinen Händen.

Eine Flut an Bildern prasselt auf mich ein. Ich sehe Florian blutend über dem Lenkrad hängen, ich sehe ein silbernes Autowrack um einen Laternenmast gewickelt, ich sehe ihn auf einer Trage, ich sehe ihn in einem Leichensack.

»Wie konnten Sie das nur zulassen?!«, brülle ich sie an.

Sie weicht unwillkürlich einen Schritt zurück, und ich sehe Angst in ihren Augen aufflackern.

»Er ist einfach weggefahren«, flüstert sie.

Ich atme geräuschvoll aus und stehe auf. Dass ich nicht mehr als Boxershorts trage, ist mir in dem Moment egal. In meinem Hirn rattern die Gedanken durcheinander.

Ich muss ihn finden. Ich hab keine Ahnung, wo ich ihn suchen soll. Was passiert, wenn er während der Fahrt plötzlich einen Schub bekommt? Ich gehe zu dem Stuhl, über dessen Lehne meine Kleidung von gestern hängt, und versuche, die Scheißangst zur Seite zu drängen. Ich muss einen kühlen Kopf bewahren.

»Hat er sein Telefon dabei?«, frage ich, während ich in meine schwarze Jeans schlüpfe. Sie starrt mich an. Ich weiß nicht, ob es am Schock liegt, aber in dem Moment möchte ich sie am liebsten nur schütteln.

»Ich habe gefragt, ob er sein Telefon dabeihat«, wiederhole ich lauter.

Sie zuckt zusammen. »Ich denke nicht.«

»Sie denken? Haben Sie heute überhaupt schon gedacht, Frau Bayer?«

Sie strafft die Schultern und hebt das Kinn. Ich sehe, wie sich ihre ganze Haltung ändert, und die Energie im Raum ändert sich mit.

»Hören Sie auf, so mit mir zu reden«, faucht sie mich an.

Ich schnappe mir ein schwarzes T-Shirt und ziehe es mir über den Kopf. »Dann hören Sie auf, Ihren Scheißjob zu vernachlässigen!«

»Ich bin nicht daran schuld, dass die Autoschlüssel offen zugänglich in der Vorzimmerschublade gelegen haben!«, gibt sie heftig zurück. »Sie können mich nicht einstellen, mir eine fünfminütige Einweisung geben und dann erwarten, dass ich alle Gefahren erschnüffle!«

»Wo, bitte schön, liegt denn da das Erschnüffeln, wenn Sie sehen, dass er einen Autoschlüssel aus der Kommode nimmt?«, brülle ich. »Es wäre Ihre Aufgabe gewesen, ihm den wegzunehmen und dafür zu sorgen, dass er ihn nicht benutzt.«

»Ihr Großvater ist ein erwachsener Mann!«, schreit

sie zurück. »Was erwarten Sie eigentlich von mir? Dass ich mich auf ihn werfe und ihn zu Boden ringe?«

»Ich hätte zumindest erwartet, dass Sie nicht eine Viertelstunde warten, bevor Sie mir Bescheid geben, dass er sich in Lebensgefahr begeben hat«, erwidere ich hart, bevor ich mich an ihr vorbei ins Vorzimmer dränge, um mir die Schuhe anzuziehen. Dann schnappe ich mir meine Jacke, Handy und Autoschlüssel. Sie steht bleich in der Ecke und beobachtet mich. Ich ziehe die Tür auf und nicke mit dem Kinn nach draußen. »Was stehen Sie da noch so rum? Zeigen Sie mir, wohin er gefahren ist.«

Die Stimmung im Auto ist eisig. Sie sitzt stocksteif neben mir auf dem Beifahrersitz und starrt aus dem Fenster, ohne ein Wort zu sagen. Und auch ich habe keine Worte mehr. Die Schreckensszenarien haben wieder begonnen, durch meinen Kopf zu geistern, und meine Hände krallen sich um das Lenkrad.

Mein Gott, wenn ihm etwas passiert ist, ich weiß nicht, was ich machen soll.

»Sie haben mir noch immer nicht gesagt, warum Sie so lange gewartet haben«, stoße ich frustriert hervor, als die nächste Ampel auf Rot schaltet.

»Ich dachte, er kommt zurück«, erwidert sie nach einigen Sekunden des Schweigens. »Ich dachte, es ist ein Test.«

»Ein Test«, schnaube ich und halte das Lenkrad so fest, dass meine Fingerknöchel weiß hervortreten.

»Ja, ein Test«, wiederholt sie hart. »Ist ja nicht so, als

ob Ihr Großvater ein netter alter Mann wäre, der dankbar für jedes bisschen Zuwendung ist.«

Ich presse die Lippen aufeinander.

»Sie sind sich sicher, dass er bei der Ampel rechts abgebogen ist?«, frage ich und halte angespannt nach einem rauchenden silbernen Volvo Ausschau. Ich schwitze und bin mir nicht sicher, was schlimmer ist: den Unfallwagen von Florian zu finden oder weiter durch die Straßen zu fahren und keine Ahnung zu haben, wo er sich aufhält.

»Gibt es irgendwelche Lieblingsplätze, die Ihr Großvater gerne aufsucht?«, fragt sie beherrscht, und im Moment bin ich so wütend auf sie, dass mich sogar der Klang ihrer Stimme aufregt.

»Keine Ahnung«, schnauze ich, während mein Gehirn den Gedanken aufnimmt. Welche Lieblingsplätze hat Florian? Der Park ist es mit Sicherheit nicht. Sein früheres Stammlokal hat um die Zeit geschlossen. Aber das weiß er womöglich nicht. Ein Satz aus der Alzheimer-Broschüre poppt vor meinem inneren Auge auf: *Betroffene können verwirrt darüber sein, welcher Tag heute ist oder an welchem Ort sie sich befinden.*

Aber vielleicht hat er einen guten Tag, hält die Hoffnung dagegen. Vielleicht ist er heute ganz der alte Florian, vielleicht fährt er seinen Kumpel im Heim besuchen oder sieht sich eine Kunstausstellung an.

»Was ist mit Ihrer Großmutter?«, fragt Anika in dem Moment.

»Meine Großmutter ist tot«, knurre ich.

»Ich weiß.«

»Herrgott, wieso fragen Sie dann?«, fauche ich, bevor der Groschen fällt. Ich starre sie kurz an. Dann setze ich den Blinker und wechsle augenblicklich die Spur, einen Scheiß darauf gebend, dass mich mein Hintermann wütend anhupt.

Der Friedhof liegt auf einem Hügel in einem Randbezirk der Stadt. Ich rase zu dem Eingangstor, und der helle Kies spritzt zu beiden Seiten hoch, als ich bremse.

Da steht Florians Wagen. Der silberne Volvo raucht nicht, er hat sich auch nicht um den nächsten Baum gewickelt, er parkt nur ziemlich schief mitten in der Einfahrt und hat einen der schweren Terrakottatöpfe mit dem grünen Busch darin umgeworfen. Ich komme schlitternd zum Stehen, ziehe den Schlüssel ab und springe aus dem Wagen.

Der Volvo ist verlassen, der Schlüssel steckt noch, und das Radio läuft. Ich stecke den Kopf in den Innenraum – kein Blut, zum Glück, kein aufgeblasener Airbag und kein Florian. Anscheinend konnte er selbständig aussteigen, was bedeutet, dass es ihm halbwegs gutgehen muss.

Erleichterung durchströmt mich, gepaart mit Besorgnis, schließlich haben wir ihn noch nicht gefunden. Ich beuge mich am Lenkrad vorbei und ziehe den Schlüssel des Volvos ab. Augenblicklich verstummt die Musik, und nur das Zwitschern der Vögel ist noch zu hören.

»Soll ich den Wagen für Sie parken?«, fragt Anika hinter mir.

»Nein, Sie sollen den verdammten Wagen nicht für

mich parken. Sie sollen mir helfen, meinen Großvater zu finden«, fahre ich sie an.

Sie atmet hörbar ein. »Ich dachte, Sie wollen sich vielleicht die Scherereien mit dem Abschleppdienst ersparen. Immerhin blockiert der Volvo die komplette Einfahrt.«

Ich werfe ihr einen tödlichen Blick zu und steige in den Wagen. Mit einer heftigen Drehung starte ich den Motor, trete aufs Gas und schieße rückwärts aus der Einfahrt. Dann stelle ich das Auto an einem legalen Parkplatz auf der Straße ab. Wortlos steige ich wieder aus und knalle die Tür zu.

»Haben Sie Ihr Handy dabei?«

Sie nickt.

»Gut. Dann teilen wir uns jetzt auf.«

Ich laufe an den Gräbern vorbei und versuche, meine Wut in den Griff zu bekommen. Mein Herz rast, als wäre ich den ganzen Weg von zu Hause bis hierher gerannt, und ich habe das Bedürfnis, irgendwo dagegen zu treten. Vor mir hüpft ein Eichhörnchen über die Allee, die Sonne leuchtet durch die dichten Blätter der Kastanienbäume rechts und links des Weges, und der Wind trägt den Duft nach feuchter Erde und Blumen mit sich. Normalerweise würde mich das beruhigen, normalerweise mag ich diese Stimmung hier, die irgendwie friedlich und voller Leben zugleich ist.

Ich sehe eine gebückte alte Frau in einem schwarzen Kleid durch die Allee schlurfen und wünschte, ich würde ihn endlich finden. Mein ganzer Körper besteht aus

Wut, Wut auf Anika, weil sie ihn hat wegfahren lassen, Wut auf Florian, weil er in dieses Auto gestiegen ist, und Wut auf mich selbst, weil ich die verdammten Wagenschlüssel nicht weggeschlossen habe.

Sie hat recht, ich hätte es tun müssen, aber genauso hätte sie mir früher Bescheid geben müssen. Und dieser alte Bock. Wieso muss er so scheißschwierig sein, wieso muss er sich so auflehnen, wieso muss er ständig kämpfen, denkt er denn, es wäre für mich einfach? Weiß er denn nicht, dass ich mich für ihn abrackere, jede Nacht in der Bar, weil seine Rente nach ihrem Tod für den Wohnungskredit draufgeht und ich ihm nicht auch noch seine vertraute Umgebung wegnehmen möchte?

Ich balle die Fäuste und biege bei der nächsten Gabelung links ab, meine Füße finden von allein den Weg, auch ohne nachzudenken. Fünf Minuten später stehe ich vor ihrem Grab. Es sieht nicht besonders schön aus, wir haben uns seit der Diagnose nicht genug darum gekümmert. Die Blumen sind verwelkt, wir haben kein Unkraut mehr gejätet, und das Laub der Kastanien hat sich in einer dicken Schicht darauf gesammelt.

Ich blicke auf den marmornen Gedenkstein. *Greta Hartmann* steht da. Sonst nichts. Florian wollte nicht mehr, er wollte nicht, dass jeder sehen könnte, wann sie in die Welt gekommen und wieder daraus verschwunden war.

»Ich weiß es sowieso«, hatte er damals geknurrt. Jetzt weiß er es wahrscheinlich nicht mehr, und zum ersten Mal frage ich mich, ob die Krankheit auch ein Segen sein kann.

»Es tut mir leid«, sage ich leise zu ihrem Grab.

Meine Augen brennen, und ich weiß gar nicht genau, wofür ich mich bei ihr entschuldige. Der Wind streicht mir kühl über den Nacken, ich sehe mich unschlüssig um und rufe seinen Namen.

Ein Mann in einer grünen Gärtneruniform und einer Gießkanne blickt vom Blumenwässern auf und sieht mich an. Ich setze mich in Bewegung, vielleicht hat er Florian ja gesehen, vielleicht hat er eine Ahnung, wo er steckt, als mein Handy klingelt. Es ist Anika.

»Ja?«, frage ich und versuche, diesen unguten Cocktail aus Hoffnung und Angst in Schach zu halten.

»Ich hab ihn gefunden«, sagt sie.

Ich bleibe stehen, atme tief durch. Es fühlt sich an, als wäre es mein erster richtiger Atemzug, seit ich heute Morgen von ihr wachgerüttelt wurde.

»Geht es ihm gut?«, frage ich.

Sie zögert.

Ich spüre meine Kieferknochen mahlen. Ich hasse es, wenn jemand zögert, es macht mich wahnsinnig.

»Er ist körperlich unversehrt«, sagt sie.

»Wo sind Sie?«

»In Gang 3«, erwidert sie. Ihre Stimme klingt anders als sonst, irgendwie zaghafter. Ohne mich zu verabschieden, lege ich auf und renne los.

Als ich in Gang 3 einbiege, sehe ich die beiden neben einem der Gräber stehen. Florian trägt seinen dunkelblauen Morgenmantel mit den Hauspantoffeln, und sein Anblick gibt mir einen Stich. Mit großen Schritten nähere ich mich ihnen und berühre Florian an der Schulter.

»Geht es dir gut?« Ich sehe ihm forschend ins Gesicht.

Er braucht einen Moment, um mich zu erkennen.

»Tom?«, sagt er leise, und die Hilflosigkeit in seiner Stimme schneidet mir ins Herz.

»Ja, ich bin es. Es ist alles in Ordnung. Komm, ich bringe dich nach Hause«, sage ich so sanft wie möglich.

»Ich wollte …« Er sieht sich verwirrt auf dem Friedhof um. »Ich wollte …«

»Du wolltest Greta besuchen.«

Er greift nach meinem Oberarm und drückt zu. Seine Augen schimmern feucht, und er nickt mehrmals. »Ich wollte …«

»Ich weiß«, sage ich und versuche, diese junge Frau nicht zu hassen, die nicht verhindert hat, dass er im Morgenmantel auf dem Friedhof herumirrt und das Grab seiner verstorbenen Frau nicht findet, versuche, diese Krankheit nicht zu hassen, die so viel nimmt und nichts zurückgibt, versuche, mich selbst nicht zu hassen, weil ich so unzulänglich bin und es nicht geschafft habe, mich besser um ihn zu kümmern.

»Ich bringe dich nach Hause«, wiederhole ich ruhig.

»Wo ist sie?« Florian sieht mich verzweifelt an.

»Greta ist …« Verdammt, ich habe keine Ahnung, was ich sagen soll.

»Die Kette, wo ist die Kette?« Er sieht sich suchend auf dem Friedhof um, als läge hier irgendwo eine Kette im Gras herum.

»Ich weiß es nicht«, antworte ich überfordert.

Florian fährt sich durch seine grauen Haare. »Ich habe sie ihr geschenkt, sie hat gesagt, sie würde sie tragen …«

Ani schaut von ihm zu mir, und mir fällt ein, welche Kette er meint. Er spricht von der Kette, die Greta in ihrem Schmuckkästchen aufbewahrt hat, die Kette, die Florian ihr vor vielen Jahren geschenkt hat. Greta wollte nicht damit beerdigt werden. Sie wollte, dass er die Kette als Erinnerung an sie behalten würde. Es war absurd. Nicht nur die verdammte Kette war verschwunden, sondern auch die Erinnerungen, Stück für Stück. Das Verschwinden gehörte inzwischen zu uns, es war ein Teil von uns. Gretas Lachen, die Kette, Watson und die Erinnerungen gingen von uns und ließen Florian und mich einfach zurück.

»Welcher … welcher Tag ist heute?«, fragt er schließlich.

»Heute ist Mittwoch.«

»Mittwoch also.« Florian nickt, als würde ihm diese Information Halt geben und ihm alles sagen, was er zu wissen braucht. Ich sehe ihm an, dass er nicht weiß, wie er hierhergekommen ist, ich sehe es an seinen unsteten Blicken, die von den Kastanien zu den Gräbern und den Besucherbänken schweifen.

»Komm«, sage ich und lege den Arm um seine Schultern, als wäre das ein netter kleiner Sonntagsausflug. »Hast du schon was gegessen?«

»Ich glaube nicht«, erwidert Florian und setzt sich mit mir in Bewegung. Schweigend werfe ich Anika einen

Blick über die Schulter zu, und sie erwidert ihn stumm, bevor sie die Augen senkt.

»Was haben Sie sich dabei gedacht?«, fahre ich sie an, als Florian sicher in meinem Wagen sitzt und die Tür geschlossen ist. Sie steht da und sieht aus, als hätte man ihr jede Kraft geraubt. Ihre Wangen sind bleich und die Rehaugen riesig. Dennoch klingt ihre Stimme beherrscht, als sie antwortet.

»Ich habe ihn noch nie so erlebt.«

»Nun, ich schon«, gebe ich hart zurück. »Oder glauben Sie, ich stelle zum Spaß jede Woche eine neue Pflegekraft für ihn ein, der ich 1000 Euro im Monat nachwerfe?«

Sie schlingt die Arme um ihren dünnen Körper und sieht mich verzweifelt an.

»Er war nicht verwirrt, als wir aus der Wohnung raus sind. Er hat den Morgenmantel mit Absicht anbehalten, es war ein Versuch, mich zu provozieren, Sie kennen ihn doch!«

»Das ändert aber nichts daran, dass er krank ist!«, fauche ich und habe Mühe, die Lautstärke meiner Stimme unter Kontrolle zu halten. »Das ist ja das Schwierige an dieser Krankheit, sie verläuft in Stufen und bei keinem gleich. Manchmal hat er gute Tage, dann hat er schlechte Tage, und manchmal gibt es in seinem Hirn einfach einen Kurzschluss, und er weiß nicht mehr, was er tut. Ich dachte, Ihnen ist die Verantwortung bewusst, wenn Sie sich um einen Alzheimerkranken kümmern, Frau Bayer, ich dachte, Sie hätten das verstanden, aber offensichtlich habe ich mich dabei geirrt!«

»Ja, offensichtlich«, gibt sie gepresst zurück, und ich bin nicht sicher, ob sie gleich zu heulen beginnt oder mir die Augen auskratzen möchte. »Ich denke, wir sollten das hier besser schnell beenden.«

Ihre Worte klingen sachlich, so verdammt sachlich, und ich hasse sie dafür, jetzt so ruhig zu bleiben.

»Ja, das sehe ich ebenso«, gebe ich genauso beherrscht zurück, selbst wenn es mich meine ganze Überwindung kostet.

»Soll ich Ihnen mit dem Volvo nachfahren oder lieber zu Fuß meine Sachen abholen?«, fragt sie und sieht mich starr an.

Wortlos greife ich in meine Jeanstasche und fische den Autoschlüssel heraus, den ich ihr zuwerfe. Dann drehe ich mich um und setze mich in meinen Wagen, wo Florian auf dem Rücksitz wartet. Die Tür fällt mit einem satten Ton ins Schloss, und ich starte den Wagen, um Florian nach Hause zu bringen.

ANI

Die nächste halbe Stunde erlebe ich wie im Traum. Ich setze mich in den silbernen Volvo, ich fahre dem jungen Hartmann nach, ich parke den Wagen mit zitternden Händen in einer Lücke vor dem Haus. Ich steige aus, schließe ab, drücke die schwere Eingangstür auf und haste noch vor ihnen die Treppe hinauf. Im zweiten Stock stoße ich mit dem blonden Nachbarsjungen zusammen. Ihm fällt ein durchsichtiges Päckchen mit tabakähnlichem Inhalt auf den Boden, das er hastig und mit knallrotem Kopf wieder einsteckt. Als ob es mich interessieren würde, wenn er sich einen Joint dreht. Ich renne einfach weiter die Treppe hinauf, bis in die Wohnung. Der alte und der junge Hartmann sind noch unten auf der Straße, und ich möchte am liebsten bereits verschwunden sein, bevor sie mit dem Lift nach oben fahren.

Es fühlt sich an wie ein Déjà-vu, als ich meine Tasche unter dem Bett hervorziehe und alle meine Sachen hineinstopfe, ich fliehe, schon wieder, und ein kleiner Teil von mir fragt sich, ob sich das jemals ändern wird oder einfach zu mir gehört, wie meine Nase und meine Sturheit und meine Vorliebe für Kokosnussshampoo.

Nicht darüber nachdenken, einfach nicht nachdenken, sondern tun.

Ich höre den jungen Hartmann mit Florian durch die Tür kommen und ich fühle, wie meine Bewegungen hastiger werden. Ich muss hier raus. Meine Tasche ist fertig gepackt, ich sehe mich in dem Zimmer um. Nichts weist darauf hin, dass ich hier war, bis auf die Falten in der Bettdecke. Ich gehe hin und streiche sie glatt, obwohl ich weiß, dass es umsonst ist, weil er den Bezug sowieso waschen lassen wird.

Egal. Ich streiche die Falten glatt, ich streiche meine Haare glatt, ich straffe die Schultern, nehme die Tasche.

Wenn ich da rausgehe, dann anders als beim letzten Mal, nicht mit tränenverschmiertem Gesicht, nicht rennend, nicht mit einem Gefühl, als würde mir mein Herz jeden Moment aus der Brust springen, nicht weinend, schwach, ängstlich und labil. Wenn ich da rausgehe, dann mit Würde. Ich atme tief ein, schlucke die verdammten Tränen hinunter und hebe das Kinn.

Das Gemurmel des jungen Hartmann wird leiser, ich schätze, dass er mit Florian jetzt ins Badezimmer gegangen ist, und obwohl ich stark sein möchte und würdevoll und was weiß ich noch alles, nutze ich einfach diesen Moment, um lautlos wie ein Schatten die Wohnung zu verlassen.

Auf der Straße wende ich mich nach links. Und dann gehe ich einfach. Einfach mal losgehen und so tun, als hätte man ein Ziel, einfach mal losgehen und nicht heulen, einfach mal unterwegs sein auf dieser Reise durch das Leben, das dich immer wieder in Situationen bringt, von denen du dachtest, dass du sie doch endlich auch mal hinter dir lassen könntest.

Ich gehe auf direktem Weg zum Kiosk. In meiner Tasche habe ich 257 Euro, das ist das Haushaltsgeld plus meine Ersparnisse, und ich bin fest entschlossen, diesmal nicht in Panik zu verfallen. Dass ich das Geld behalten habe, fühlt sich nicht falsch an, da ich von meinem vereinbarten Lohn bisher noch nichts gesehen habe. Und diesmal mache ich es richtig. Keine Kurzschlussreaktionen, keine verzweifelten Bauchentscheidungen. Ich suche mir eine günstige WG, ich fange wieder an, als Kellnerin zu jobben, ich bleibe ruhig, ich lasse die Gedanken nicht zu laut werden, und ich verdränge die Sache mit meiner Mutter.

»Ja?«, fragt die blonde Frau in den zerrissenen Jeans gelangweilt, als sie die schäbige Tür zu der Wohnung im dritten Stock öffnet. Sie steht in einem engen, dunklen Vorraum, aus dem mir ein abgestandener Mief entgegenkommt, aber ich verziehe keine Miene, da ich gerade nicht in der Position bin, wählerisch zu sein.

»Hallo. Ich bin wegen der Wohnungsanzeige hier«, sage ich und versuche, aufgeschlossen und freundlich auszusehen.

»Du willst hier wohnen?« Sie mustert mich einmal von oben bis unten aus ihren schwarzgeschminkten Augen. Ich erwidere ihren Blick. Sie scheint ungefähr in meinem Alter zu sein, obwohl sich das mit der starken Schminke schlecht beurteilen lässt. Ihre gebleichten Haare sehen kaputt aus, und von ihren kurzen Fingernägeln blättert der dunkelrote Lack ab.

»Darf ich reinkommen?«

»Ja, wenn du meinst.« Sie öffnet die Tür und lässt mich herein. Ich betrete den winzigen Vorraum und befinde mich mitten im Chaos. Auf dem Boden liegen mindestens zehn Paar Schuhe kreuz und quer durcheinander, und in einer Ecke türmt sich ein riesiger Berg aus Jacken auf einem Stuhl. Ich folge ihr durch einen schmalen Korridor ins Wohnzimmer. Es wird von einem riesigen Flachbildfernseher und einem abgenutzten schwarzen Ledersofa dominiert. Auf dem Couchtisch liegen leere Pizzaschachteln und Bierdosen, und ich bin nicht überrascht, als ich einen kurzen Blick in die angrenzende Küche werfe.

Dreckige Teller und Tassen stapeln sich in der Spüle, und auch hier sind überall die leeren Bierdosen zu sehen. Der Kühlschrank aus Chrom ist total zerkratzt, und der Küchenboden sieht aus, als würde man bei jedem Schritt festkleben.

»Sorry, wir haben nicht aufgeräumt«, sagt die platinblonde Frau und sieht mich an. »Möchtest du was trinken?«

»Nein danke«, antworte ich rasch und streiche mir eine dunkle Haarsträhne hinters Ohr. »Ich heiße übrigens Ani.«

»Jessica«, antwortet sie knapp.

»Wo … wo würde ich denn schlafen?«

Sie steckt einen abgekauten Nagel in den Mund und knabbert an ihrer Nagelhaut. »Ich zeig's dir, komm mit.«

Ich folge ihr durch das dreckige Wohnzimmer zurück in den schmalen Korridor, von dem mehrere Türen abzweigen.

»Das Badezimmer, mein Zimmer, das Zimmer der Jungs, dein Zimmer«, zählt sie gelangweilt auf und weist auf die verschiedenen Türen.

»Gibt es nur ein Bad?«

»Natürlich gibt es nur ein Bad, hast du das Hilton erwartet?«, entgegnet sie.

Ich halte meinen Mund und ziehe die Tür auf. Das Badezimmer ist winzig und stinkt so penetrant nach feuchter Wäsche und verschwitzten Sportklamotten, dass ich unwillkürlich die Luft anhalte. An der rechten Wand gibt es eine alte Duschkabine und links eine Waschmaschine, neben der ein riesiger Haufen dreckiger Wäsche direkt auf dem Boden liegt.

»Wie viele Leute wohnen denn hier?«, frage ich und mache rasch wieder einen Schritt zurück.

»Im Moment sind wir zu dritt«, sagt Jessica. »Die beiden Jungs teilen sich ein großes Zimmer, und deines wäre hier.« Sie stößt die Tür zu einer engen Kammer auf. Der Raum ist düster, was nicht nur an den schmierigen Fenstern, sondern auch an dem hohen Backsteingebäude liegt, das meine einzige Aussicht darstellt und die ganze Sonne wegnimmt. An der linken Wand befindet sich ein schmales braunes Bett und schräg gegenüber ein ebenfalls brauner Kleiderschrank von Ikea. Eine leichte Note aus altem Zigarettenrauch hängt in der Luft und zeigt mir, dass hier schon lange nicht mehr gelüftet wurde.

»Wie viel soll es denn kosten?«, frage ich, während ich mich in dem Dreckloch umsehe.

»230 im Monat«, erwidert Jessica und lässt sich gegen den Türrahmen fallen. »So viel hat die vor dir auch bezahlt. Ist aber vor zwei Wochen zu ihrem Freund gezogen.«

Ich versuche, nicht an Florians Wohnung mit den lichtdurchfluteten Räumen zu denken, ich versuche, gar nicht an Florian und seinen Enkel zu denken, stattdessen denke ich an das bisschen Geld in meiner Tasche und dass es ewig dauern kann, bis sich wieder so eine günstige Gelegenheit ergibt.

»Ich gebe dir 150«, sage ich. »Dafür putze ich einmal pro Woche die Gemeinschaftsbereiche.«

Sie sieht mich nachdenklich an. »180. Und nur, wenn die Jungs nichts dagegen haben. Bezahlt wird immer im Voraus.« Sie hält mir die Handfläche mit den abgekauten Fingernägeln entgegen.

»Kann ich auch jede Woche zahlen?«

Sie verengt ihre schwarzgeschminkten Augen und betrachtet mich einen Moment lang skeptisch. Dann zuckt sie mit den Schultern.

»Von mir aus.«

Erleichtert fische ich 45 Euro aus meiner Geldbörse und drücke sie ihr in die Hand.

»Willkommen bei uns«, sagt Jessica stumpf, und ich bin mir nicht sicher, ob sie es ironisch meint. Dann dreht sie sich um und verschwindet durch den dunklen Flur.

Ich sehe ihr noch kurz hinterher, bevor ich langsam

in mein neues Zimmer gehe und die Tasche mit meinen Habseligkeiten auf den Boden stelle. Dann setze ich mich auf das Bett. Die Matratze hängt leicht durch, ich registriere es, wie ich den rostroten Fleck an der Wand registriere, aber es weckt keinerlei Empfindungen in mir. Ich fühle mich leer und abgestumpft.

Mein Handy piepst, und ich ziehe es müde aus meiner Jackentasche. Meine Mutter hat mir geschrieben, und ich schließe kurz die Augen, als ich den Sinn der Worte erfasse. Dann stehe ich auf und mache mich auf den Weg ins Krankenhaus.

Ihr Zimmer hat die Nummer 8 und liegt im zweiten Stock. Ich klopfe leise mit den Fingerknöcheln gegen die dunkelgrüne Tür, bevor ich sie öffne. In dem Raum ist es diesig, und mir schlägt diese typische Mischung aus Desinfektionsmittel und Krankenhausgeruch entgegen.

Als ich eintrete, sind die Augen meiner Mutter geschlossen. Ich trete an ihr Bett und betrachte sie stumm. Ihre Haut wirkt abgespannt und blass, trotzdem ist sie noch immer eine schöne Frau. Und das, obwohl sie heute einen ihrer schlechten Tage hat und sich nicht die Mühe gemacht hat, Make-up aufzutragen. Schon früher war das so – waren ihre Augenbrauen gezupft, der Lidstrich nicht verschmiert und die langen dunkelbraunen Haare gebürstet, wusste ich, dass ich auf ein Pausenbrot hoffen konnte, womöglich sogar auf ein Mittagessen. Sah sie aus wie heute, wusste ich, dass ich mich um mich selbst zu kümmern hatte.

Ich setze mich leise auf den Besucherstuhl neben ihrem Bett und sehe mich kurz um. Es handelt sich um ein Vierbettzimmer, von dem jedoch nur zwei Betten belegt sind. Neben dem Fenster schläft eine gebrechlich wirkende alte Frau mit offenem Mund. Ihre Atemzüge klingen pfeifend, als würde sich ihr Körper sehr plagen, die Luft in die Lungen und wieder hinaus zu zwängen. Ich glaube nicht, dass sie noch sehr lange leben wird, und für einen Moment beneide ich sie darum.

Als ich wieder zu meiner Mutter sehe, bemerke ich, dass ihre Augen geöffnet sind. Sie betrachtet mich stumm und stemmt sich dann schwerfällig in die Höhe.

»Ich dachte nicht, dass du kommst«, sagt sie zur Begrüßung.

Ich ignoriere den Vorwurf in ihrer Stimme und setze mich automatisch aufrechter hin.

»Wie geht es dir, Mama?«

Sie lacht kurz auf. »Ich bin im Krankenhaus, wie soll es mir da gehen?«

»Hast du Schmerzen?«

»Ja, Anika, ich habe Schmerzen«, gibt sie bitter zurück. »So eine Zyste in der Brust tut verdammt weh.«

Ich nicke, obwohl ich keine Ahnung habe, wie weh das tut.

»Kann ich irgendwas für dich tun?«, frage ich leise.

Sie schüttelt stumm den Kopf und blickt angespannt auf ihre Bettdecke. Ich sehe, dass ihre Augen feucht zu schimmern beginnen.

»Willst du darüber reden?«, frage ich und weiß schon jetzt, dass ich diesen Satz bereuen werde.

»Worüber? Dass mein Leben ein Scherbenhaufen ist?«, stößt sie hervor.

Ich greife nach ihrer Hand. »Du wirst sicher wieder gesund, Mama. So ein Eingriff ist heutzutage keine große Sache mehr.«

»Darum geht es doch gar nicht«, schnieft sie und zieht verärgert die Hand weg. »Stefan hat mich verlassen. Ich war beim Arzt, und als ich gerade aus der Praxis raus bin, hat er mich angerufen und mir erklärt, dass wir uns außerhalb der Firma nicht mehr sehen sollten. Das war alles. Keine Erklärung, keine Entschuldigung, nichts.«

Ich schaue sie an und versuche, Mitleid zu empfinden, aber ich habe diese Geschichte in unzähligen Varianten schon so oft gehört, dass da nicht mehr viel ist außer gähnender Leere. Ich seufze leise, und sie starrt mich böse an.

»Oh, bitte entschuldige, dass ich dich mit meinen Problemen langweile«, faucht sie.

»Mama ...«, beginne ich.

»Was, Mama?«, gibt sie zornig zurück. »Ich habe siebzehn Stunden in den Wehen gelegen, um dich auf die Welt zu bringen! Dein Vater hat mich sitzenlassen, da warst du gerade mal vier Jahre alt!«

»Fünf«, korrigiere ich sie automatisch, doch sie redet schon weiter, als ob ich gar nichts gesagt hätte.

»Glaubst du, es ist einfach als alleinerziehende Mutter? Glaubst du, es ist leicht, einen Mann zu finden, dem das egal ist?«

Ich sehe sie ausdruckslos an. »Willst du damit sagen,

ich bin daran schuld, dass alle deine Beziehungen gescheitert sind?«

Sie streicht sich die dunkelbraunen Haare aus dem Gesicht und schüttelt verärgert den Kopf. »Toll, Anika. Und schon wieder dreht sich alles nur um dich. Ich könnte wahrscheinlich im Sterben liegen, und trotzdem würdest du mir vorwerfen, dass ich mich zu wenig um dich kümmere.«

»Das ist nicht wahr.«

»Und ob das wahr ist. Aber bitte, lass uns über dich sprechen. Ich habe dir von Anfang an gesagt, dass eine Beziehung zu einem Schauspieler nicht funktioniert.«

Ich starre sie an. »Es hat fast drei Jahre funktioniert. Das ist länger als deine letzten zehn Beziehungen zusammen, Mutter.«

»Womöglich sind deine Ansprüche einfach niedriger als meine«, erwidert sie hart.

»Nein, das kann ich mir nicht vorstellen.«

»Was willst du damit sagen?«

Ich fahre mir durch die Haare und atme tief durch.

»Mama, ich bin nicht gekommen, um mit dir zu streiten.«

»Ja, aber da endet es immer, oder?«, fragt sie bitter. »Ich muss ein furchtbarer Mensch sein, wenn du es nicht mal fünf Minuten mit mir aushältst.«

In diesem Moment geht die Tür auf, und eine ältere Krankenschwester kommt herein. Sie geht zu der schlafenden alten Frau am Fenster und überprüft deren Tropf. Als sie fertig ist, wendet sie sich an meine Mutter.

»Alles in Ordnung, Frau Bayer? Brauchen Sie irgendwas?«

»Nein, vielen Dank, ich habe alles«, gibt meine Mutter höflich zurück.

»Wunderbar, dann sehe ich in einer Stunde wieder nach Ihnen«, gibt die Krankenschwester zurück und verlässt in ihren weißen Gesundheitspantoffeln den Raum.

Ich sehe ihr nach und wünschte, ich könnte das Gleiche machen.

»Und jetzt?«, fragt sie und sieht mich an. »Überlegst du, ob du lange genug hier warst, um wieder verschwinden zu können?«

Ich erwidere nichts.

»Ach, wieder die Schweigenummer«, sagt sie. »Das ist natürlich praktisch. Sag einfach gar nichts mehr.«

Langsam greife ich in die Handtasche und ziehe meine Geldbörse daraus hervor.

»Hier«, sage ich und lege ihr 100 Euro auf den Nachttisch. »Du hast am Telefon gesagt, dass du Geld für die Medikamente brauchst. Mehr kann ich im Moment leider nicht entbehren. Ich ruf dich morgen nach der Operation an.«

»Brauchst du nicht. Ich komm schon allein zurecht, wie immer.«

Ich weiß, dass das nicht stimmt. Aber es bringt nichts, das auszusprechen.

»Wenn du was brauchst, ruf mich an«, sage ich nur. Und dann gehe ich und ziehe die Tür leise hinter mir zu.

Auf der Straße bleibe ich stehen und lehne mich gegen die Mauer des Krankenhauses. Fußgänger gehen vorbei, ein Fahrradfahrer klingelt, und irgendwo kläfft ein Hund. Ich will einfach nur ins Bett, ich will mir die Decke über den Kopf ziehen und vergessen, dass ich überhaupt am Leben bin.

Als ich die Wohnungstür aufschließe, dröhnen mir laute Musik und männliches Gegröle aus dem Wohnzimmer entgegen. Das müssen die »Jungs« sein, von denen Jessica gesprochen hat. Ich überlege, direkt an ihren vorbei in mein Zimmer zu schleichen, aber dann denke ich an den günstigeren Mietpreis und bleibe im Türrahmen des Wohnzimmers stehen, um wenigstens kurz Hallo zu sagen. Auf dem Sofa sitzt eine rothaarige junge Frau in BH und Slip und lackiert sich die Fußnägel. Neben ihr lümmeln zwei junge Männer in Boxershorts und T-Shirt und spielen irgendein Fußballspiel auf der Spielkonsole.

»Hallo«, sage ich und winke kurz in die Runde. Die Rothaarige sieht mich skeptisch an.

»Wer bist du denn?«, fragt sie unfreundlich.

»Ich bin Anika, die neue Mitbewohnerin.«

»Hallo«, sagt der eine, ohne die Augen vom Bildschirm zu nehmen. »Ich bin Piet, das ist Uwe.«

Uwe nickt mir kurz zu, bevor er laut aufstöhnt und den Controller in die Ecke pfeffert. »Scheiße.«

»Sieg!«, grölt Piet. »Du schuldest mir zwanzig Euro.«

»Ja, verdammt«, knurrt Uwe, während das Mädchen aufsteht und in die dreckige Küche geht, um sich ein Bier zu holen.

Ich habe das Gefühl, dass alles gesagt ist, und wende mich ab, um in meinem Zimmer zu verschwinden.

»Hey!«, ruft mir einer der beiden hinterher. »Jessica hat gesagt, du putzt hier, stimmt das?«

»Ich dachte, sie ist eure *Mitbewohnerin*«, lässt sich die Rothaarige feindselig vernehmen. »Was nun? Mitbewohnerin oder Putzfrau?«

»Keine Ahnung«, antwortet einer der Typen. »Hat sie wie 'ne Putzfrau ausgesehen? Ich hab nicht hingeguckt.«

TOM

Ich helfe Florian unter die Dusche, kontrolliere die Wassertemperatur, nehme seinen blauen Morgenmantel und die Pantoffeln und gehe aus dem Bad. Die Wohnung fühlt sich verlassen an und ich lenke unbewusst meine Schritte zu ihrem Zimmer, bei dem die Tür halboffen steht. Ihre Sachen sind verschwunden, die Strickweste, die über der Stuhllehne hing, ist weg und auch die Bürste auf ihrem Nachttisch. Ich drücke die Tür weiter auf und bleibe vor der Schwelle stehen. Die Sonne fällt durch die hohen Fenster auf das gemachte Bett, und ich merke, dass meine Wut auf sie verschwunden ist. Übrig geblieben ist ein dumpfer Ärger darüber, dass sie sich einfach so rausgeschlichen hat und dass ich gezwungen bin, von vorne anzufangen.

Ich stopfe den blauen Morgenmantel gemeinsam mit den Hauspantoffeln in die Waschmaschine und schalte sie ein. Keine Ahnung, ob die Pantoffeln den Schleudergang in der Maschine überleben werden, aber es ist mir egal. Ich habe das Bedürfnis, diesen ganzen Dreck vom Friedhof ein für alle Mal abzuwaschen. Danach gehe ich in die Küche, um mir einen Kaffee zu machen. Mein Schädel dröhnt, und ich versuche, einen Überblick über die Dinge zu behalten, die ich noch erledigen muss.

Am wichtigsten ist jetzt, eine neue Betreuung für Florian zu finden. Vielleicht ist es sein persönliches Auflehnen gegen die Krankheit, vielleicht sind seine Spielchen der einzige Weg, wie er damit zurechtkommt, von Woche zu Woche unselbständiger zu werden, bis er sich irgendwann weder an mich noch an Greta noch an seinen eigenen Namen erinnern kann. Ich kippe den Rest des Kaffees hinunter und stelle die leere Tasse in den Geschirrspüler. Das Geräusch der zufallenden Eingangstür jagt mir einen Stich ins Herz.

Nicht schon wieder.

Ich erwische ihn gerade noch, als er mit einem Handtuch um die Hüften die Treppe hinunterwill.

»Wo möchtest du hin, Florian?« Ich versuche, meine Stimme ruhig klingen zu lassen, aber es fällt mir schwer, da die Angst an mir nagt. Es ist das erste Mal, dass ein Schub bei ihm so lange dauert.

Florian dreht sich zu mir um und sieht mich mit gerunzelter Stirn an. »Ich muss.«

»Was musst du?«

Er öffnet den Mund und sucht nach den richtigen Worten.

»Ich muss …«

»Musst du auf die Toilette?«

Florian nickt erleichtert, und ich fühle einen Kloß im Hals.

»Komm«, sage ich und halte ihm die Tür zur Wohnung auf. »Ich zeig dir den Weg auf die Toilette.« Ich gehe ins Vorzimmer, und er folgt mir.

»Die Toilette ist gleich hier. Da sind auch Markierungen auf dem Boden. Die Markierungen zeigen den Weg zur Toilette.«

Bei einem unserer ersten Gespräche hat mir der Arzt erklärt, dass es wichtig sei, bei Fortschreiten der Krankheit in kurzen Sätzen zu reden und alle relevanten Informationen hineinzupacken.

Florian sieht auf den Boden und folgt den Markierungen, die sich teilweise schon wieder ablösen. Ich mache mir eine Notiz im Kopf, sie so bald wie möglich zu erneuern und endlich dieses leuchtende Klebeband für die Nacht zu besorgen.

Als Florian auf dem Klo ist, gehe ich zur Wohnungstür und schließe ab. Es gefällt mir nicht, aber es ist einfach sicherer so. In dem Moment klingelt mein Handy, und ich werfe einen schnellen Blick auf das Display. Dann seufze ich, denn die Anruferin ist so ziemlich der letzte Mensch auf der Welt, mit dem ich jetzt reden möchte.

Fünf Stunden später sitzt mir eine kräftige Frau mit streng zurückgekämmten schwarzen Haaren im Wohnzimmer gegenüber. Sie hat grobe rote Hände die aussehen, als ob sie ordentlich zupacken könnten. Es ist die einzige Bewerberin, die sich so kurzfristig auf meine neu eingestellte Anzeige gemeldet hat. Ich überlege, ob es vielleicht so etwas wie eine schwarze Liste im Netz gibt, auf der Florians Name draufsteht. Bei der einen Rothaarigen, die so hysterisch war, kann ich mir gut vorstellen, dass sie ihre Kollegen vor ihm warnen wollte.

Paranoid. Ich werde schon paranoid.

»Und Sie haben Erfahrung im Umgang mit Alzheimerpatienten?«, frage ich abgelenkt und versuche, mich wieder auf das Bewerbungsgespräch zu konzentrieren.

»Ja. Sie mich eben schon gefragt«, gibt die Frau in gebrochenem Deutsch zurück. Ihr ganzer Körper erinnert mich an einen Schrank.

»Haben Sie auch Referenzen?« Ich betrachte sie skeptisch und versuche, das ungute Gefühl loszuwerden, das ich bei ihr habe.

»Ja. Aber sind auf Russisch. Komme aus Moskau«, sagt sie mit einem leicht genervten Unterton. Ihre Stimme erinnert mich an das Telefongespräch mit meiner Mutter, die mir ebenso genervt erklärt hat, dass es jetzt reiche und ich endlich das tun solle, was am besten für Florian sei.

Als ob sie und mein Vater eine Ahnung hätten, was das Beste für irgendjemanden außer ihnen selbst ist.

Die Russin blickt sich in der Zwischenzeit im Wohnzimmer um. »Schöne Wohnung«, sagt sie.

Ich nicke müde. »Mein Großvater ist kein einfacher Patient, Frau Koslow«, erkläre ich. »Er ist manchmal verwirrt, aber nicht immer. Außerdem ist er stur und neigt dazu, die Wohnung zu verlassen. Heute Morgen ist er allein mit dem Auto weggefahren. Ich brauche jemanden, der gut auf ihn aufpasst und mit seinen wechselnden Verfassungen umgehen kann.«

Die Russin blickt mich mit leicht schräg geneigtem Kopf an.

»Sie sagen, er haut gerne ab?«, hakt sie nach.

Ich nicke.

»Kein Problem. Wenn er läuft weg, ich ihn anbinden.«

»Sie binden ihn an?«, wiederhole ich.

Sie nickt selbstbewusst. »Wie sagen in Deutschland? Fixieren. Üblich bei schwierigen Patienten.«

Ich schüttle den Kopf. »Ich möchte nicht, dass mein Großvater fixiert wird.«

Sie sieht mich ausdruckslos an.

»Okay«, sagt sie nach einer sehr langen Pause, und ich weiß genau, dass es für sie nicht okay ist.

»Du hast die Russin weggeschickt?«, fragt Florian, als sie gegangen ist. Ich habe den Kopf in die Hände gestützt und sehe zu ihm auf. Er trägt ein gebügeltes Hemd und eine graue Hose. Es scheint ihm wieder besserzugehen.

»Ja«, erwidere ich und stehe auf, um mir einen Kaffee zu machen. Es ist der vierte oder fünfte heute.

»Was ist mit ...« Er schnalzt mit der Zunge. »Mit dieser Kleinen?«

»Anika«, sage ich, und ihren Namen auszusprechen macht etwas mit mir. »Sie ist fort, Florian.« Ich hole eine Tasse aus dem Schrank und drücke auf den Knopf für den Espresso.

Florian starrt mich an. Ich sehe, wie es hinter seiner Stirn arbeitet, sehe, dass er sich nicht erinnert, warum sie gegangen ist, und auch das macht etwas mit mir. Die

Maschine dampft und zischt, bevor der Kaffee in einem dünnen Rinnsal in meine Tasse tropft. Es ist das einzige Geräusch in der Wohnung, und schließlich spreche ich die Worte aus, die schon länger in meinem Kopf sind, genau genommen seit dem Moment, als ich vor ihrem leeren Zimmer stehen geblieben bin.

»Soll ich Anika anrufen, Florian?«

Er schaut mich an und schnaubt verärgert. »Ich brauche keinen Babysitter.«

Ich bitte Mark, an diesem Abend die Bar zu übernehmen. Er zögert, und ich weiß genau, dass er mich nicht hängenlassen will, aber auch seine Grenzen hat.

»Ich hab eine Familie, Mann«, sagt er leise, und ich höre seine Kinder im Hintergrund toben.

»Ich weiß«, sage ich und schließe die Augen. »Ich würde nicht fragen, wenn ich eine andere Möglichkeit sähe.«

»Ich weiß, dass du deinen Großvater gernhast«, setzt er an, und ich will nicht hören, was jetzt kommt, will nicht hören, was ich irgendwo tief in mir selber weiß.

»Ich komme morgen wieder«, verspreche ich ihm. »Spätestens übermorgen. Ich überleg mir was, ich kann ihn nur heute Abend nicht allein lassen.«

»Und übermorgen kannst du ihn allein lassen?«, fragt Mark skeptisch. »Das ist kein Zustand, Tom. Du kannst so nicht weitermachen, du wirst noch selber krank.«

»Hilfst du mir oder nicht?«

Eine Pause entsteht.

»Ja, ich helfe dir, aber nur wenn Filippa nicht wieder

ausfällt«, knurrt er. »Und es ist das letzte Mal. Ich hab hier selber Menschen, um die ich mich kümmern muss, Tom.«

Ich presse ein Danke hervor, lege auf und unterdrücke den Wunsch, das Handy an die Wand zu donnern. Stattdessen atme ich tief durch.

Ich will schreien, ich will rennen, ich will irgendwo dagegen schlagen, ich will weg von hier, ich will hierbleiben, will alles richtig machen und aufhören, mich so verdammt schuldig zu fühlen, ich will die Bar nicht verlieren, will Florian nicht verlieren, ich will mein Leben zurück, ich will meine Unbeschwertheit zurück, ich will Greta zurück, und ich will …

Mein Blick fällt auf das Telefon in meiner Hand, und ich schlucke schwer.

Als ich sie anrufe, bin ich so nervös, dass ich dabei im Zimmer auf und ab laufe. Das Freizeichen ertönt, und nach dem fünften Klingeln geht die Mailbox ran. Es ist die automatische Telefonansage, die ihre Nummer wiederholt und mir dann anbietet, eine Nachricht zu hinterlassen. Ich lege auf und versuche es noch mal. Und dann noch mal. Dann knalle ich das Handy auf den Couchtisch und lasse mich aufs Sofa fallen.

Mein Körper reagiert auf das Sitzen, ich merke plötzlich, wie müde ich wirklich bin, und lehne den Kopf zurück. Ich hätte sie nicht so anbrüllen dürfen. Es war meine Schuld. Woher hätte sie wissen sollen, dass er an die Autoschlüssel kommt? Ich denke an ihr Gesicht, das so erschrocken ausgesehen hat. Ich denke an ihre Haare. Ich denke an die schrecklichen Clownshosen. Ich schließe die Augen. Ich hätte sie nicht so anbrüllen dürfen.

Ich werde von Sonnenstrahlen in meinem Gesicht geweckt. Florian ist anscheinend schon wach, denn ich höre den Fernseher in seinem Zimmer laufen. Gähnend rapple ich mich auf und spüre meinen Nacken, dem die Nacht auf der Couch nicht gutgetan hat. Dann greife ich nach meinem Telefon. Keine verpassten Anrufe. Scheiße.

Unschlüssig stehe ich auf und gehe in die Küche. Alle Schubladen stehen offen, und ich finde seine Lesebrille in der Besteckablage bei den Löffeln. Ich lege sie zurück auf die Arbeitsfläche, schließe die Schubladen, mache mir einen Kaffee und schlage ein paar Eier in die Pfanne. Als das Rührei fertig ist, gehe ich zu Florian ins Zimmer.

»Hast du Hunger?«, frage ich und halte ihm den Teller mit dem Rührei unter die Nase.

»Hast du mir da Gemüse reingeschnippelt?«, fragt er skeptisch zurück.

Ich schüttele den Kopf.

»Dann habe ich Hunger.«

»Wo möchtest du essen?«

»Stell es hierher«, sagt er und deutet auf seinen Nachttisch. Ich bin nicht begeistert davon, dass er im Bett frühstückt, habe aber auch nicht die Energie, mich deswegen mit ihm zu streiten.

»Kaffee gibt es in der Küche«, sage ich und stelle den Teller ab. Er nickt und widmet sich weiter seiner Sendung.

Ich verlasse den Raum und komme wieder an ihrem Zimmer vorbei. Meine Beine werden langsamer, und mein Herz schneller. Einem Impuls folgend, trete ich ein. Ein kaum wahrnehmbarer Duft von ihr hängt noch immer in der Luft, und ich wünschte, es wäre gestern anders gelaufen. Meine Hand greift wie von allein nach dem Telefon in meiner Jeans, und in dem Moment sehe ich, dass sie ihr Ladekabel in der Steckdose vergessen hat.

Sie meldet sich nach dem dritten Klingeln.

»Was wollen Sie, Herr Hartmann?«, fragt sie leise. Ihre Stimme klingt angespannt und ablehnend.

Ich schlucke kurz. »Sie … Sie haben Ihr Ladekabel hier vergessen.«

Sie schweigt.

»Ich dachte, Sie wollen es vielleicht wiederhaben«, sage ich, weil mir nichts Besseres einfällt.

»Behalten Sie es doch einfach«, murmelt sie. Ich spüre, dass sie kurz davor ist, aufzulegen, und halte den Telefonhörer fester.

»Nein! Ich kann es Ihnen doch schicken«, sage ich rasch. »Ich muss sowieso zur Post.« Das ist gelogen, aber mein Mund formt einfach irgendwelche Sätze, und ich stehe daneben und schaue zu.

»Das ist nicht nötig«, sagt sie abwehrend.

»Jetzt stellen Sie sich nicht so an.«

Sie schnaubt, und es vergehen mehrere Sekunden.

»Ich schicke Ihnen die Adresse per SMS.« Mit diesen Worten legt sie auf. Ich lasse das Handy sinken und starre auf das Display. Ich starre mindestens drei Minuten darauf, bis das Eingangssignal einer Kurznachricht ertönt. Nur ein Straßenname und eine Nummer, aber genug, um mich besser zu fühlen.

Das Haus ist alt und grau. Drinnen ist es düster, und mir steigt der Geruch von gebratenen Zwiebeln in die Nase. Als ich vor der schäbigen Tür im dritten Stock stehe, kontrolliere ich noch einmal die Nummer. 32. Das ist es.

Ich hebe die Hand und klopfe energisch gegen das Holz. Drinnen wummert laute Musik, es ist also jemand zu Hause. Als niemand auf mein Klopfen reagiert, balle ich die Faust und hämmere dagegen.

»Fuck, wer ist das?«, höre ich eine verkaterte Männerstimme und möchte dem Kerl spontan in die Eier treten. Ich hämmere noch lauter und höre erst auf, als die Tür geöffnet wird. Vor mir steht ein fertig aussehender Typ in weißen Boxershorts. Sein Oberkörper ist nackt, seine braunen Haare stehen wüst in die Luft ab, und ich fühle, wie mein Puls bei seinem Anblick in die Höhe schnellt.

»Wo ist Anika?«, frage ich.

»Wer?«, gibt er verwirrt zurück.

»Anika«, wiederhole ich lauter und schiebe mich an ihm vorbei in die Wohnung.

»Hey«, protestiert er. »Du kannst hier doch nicht einfach so –« Er bricht ab, als ich herumfahre. »Was kann ich nicht?«

»Alter, jetzt chill mal«, ertönt eine schleppende weibliche Stimme hinter mir, und ich drehe mich um. Eine platinblonde Frau mit abgebissenen Nägeln und verschmierten schwarzgeschminkten Augen sieht mich verschlafen an. »Er meint die Neue«, sagt sie zu dem Typen.

»Ach, die Putzfrau«, gibt der zurück und will an mir vorbei in den Flur schlurfen. Ich halte ihn an der Schulter fest.

»Wie hast du sie genannt?«

Er schüttelt meinen Griff ab. »Sag mal, geht's dir noch gut?«

»Dir wird es gleich nicht mehr gutgehen, wenn du sie weiter so nennst«, knurre ich ihn an.

Er schüttelt den Kopf. »Du hast sie ja nicht mehr alle.«

Meine Hand schließt sich schneller um seine Kehle, als ich nachdenken kann. Ein kleiner Bereich in meinem Hirn meldet, dass ich überzogen reagiere, aber die restlichen 98 Prozent sind dafür, dem Kerl so lange eine reinzuhauen, bis er sie mit dem Respekt behandelt, der ihr zusteht.

»Anika!«, brüllt die Blonde. »Beweg deinen Hintern her, dein Freund dreht hier gerade durch.«

Eine Tür geht auf und noch ein Typ, der wie der Bruder vom ersten aussieht, linst mit verquollenen Augen in den Flur. Hinter ihm sehe ich einen schlanken, nackten Frauenkörper vorbeihuschen und höre, wie der Kerl neben mir röchelt und gegen meinen Unterarm schlägt.

»Lass ihn sofort los, du Arschloch!«, faucht mich die Blonde an und tritt mir gegen das Schienbein. Ich spüre es nicht, ich spüre gar nichts mehr. Meine Hand liegt noch immer auf der Kehle des ersten Typen, als sich eine weitere Tür öffnet und ich in Anikas blasses Gesicht sehe. Sie starrt mich aus ihren riesigen Rehaugen an, und ich lasse den Kerl los. Dabei versuche ich, nicht darüber nachzudenken, warum ich so erleichtert bin.

»Packen Sie Ihre Sachen«, sage ich. »Wir gehen.«

Sie bleibt wie angewurzelt stehen, und ich presse die Kieferknochen aufeinander. So hatte ich das nicht geplant. Ich wollte sie höflich bitten, wieder bei uns einzuziehen, und ihr nicht wie einer Dienstmagd befehlen, mitzukommen.

»Ja, pack deine Sachen«, zischt die platinblonde Frau und funkelt Anika an. »Auf so eine Scheiße können wir hier echt verzichten.«

»Ich habe ihn nicht darum gebeten, herzukommen«, entgegnet sie wütend. Ihre Reaktion ärgert mich, aber noch mehr ärgere ich mich über mich selbst, weil ich sie gestern vertrieben habe und sie in diesem Drecksloch gelandet ist. Rasch überwinde ich die paar Schritte zwischen uns und greife nach ihrem Handgelenk.

ANI

Er sieht mich so verärgert an, als ob ich etwas falsch gemacht hätte, dabei hat er sich wie ein Wahnsinniger aufgeführt. Ich halte den Rücken gerade und sehe ihm fest in die Augen. Mit wenigen Schritten ist er bei mir. Seine Finger greifen nach meinem Handgelenk, doch ich ziehe es rasch zurück. Er bleibt stehen, als hätte ich ihm eine Ohrfeige verpasst.

Rundherum ist es unglaublich still, nur Piet, den er im Vorzimmer festgehalten hat, taumelt ins Bad und übergibt sich geräuschvoll. Dem jungen Hartmann scheint es egal zu sein. Er beugt sich zu mir runter, und er riecht so viel besser als alles in dieser Wohnung hier, dass ich automatisch die Luft einziehe.

»Es tut mir leid, okay?«, murmelt er in mein Ohr. »Du kannst mich hassen, das ist völlig okay, aber du hast was Besseres verdient als das hier.« Mit dem Kinn nickt er in Richtung meiner Mitbewohner. Er scheint mit sich zu ringen, bevor er weiterspricht. »Ich hab auch eine leerstehende Wohnung, falls du einen Platz zum Schlafen brauchst. Aber es wäre mir lieber – *uns* wäre es lieber –, wenn du zurückkommst.«

Ich lasse seine Worte für einen Moment wirken.

Dass er mich plötzlich duzt, schafft eine seltsame Vertrautheit zwischen uns, die sich besser anfühlt, als sie wahrscheinlich sollte. Trotzdem kann ich mir beim besten Willen nicht vorstellen, dass der alte Hartmann mich zurückhaben will. Aber nach einer schlaflosen Nacht, in der die beiden Typen abwechselnd die Rothaarige gevögelt haben und mir ihre Schreie noch immer in den Ohren klingen, ist mir das schon beinahe wieder egal. Dennoch zögere ich. Ich senke die Augen und finde es selbst bescheuert, aber alles in mir wehrt sich dagegen, von ihm gerettet zu werden. Ich bin keine Scheißprinzessin, und er ist alles andere als der Ritter in strahlender Rüstung. Er ist nur ein verzweifelter Mann mit einer vermögenden Familie, und ich bin nicht mehr als eine arbeitslose Kellnerin. Da ist nichts, was uns verbindet, und ich bin mir nicht sicher, ob es nicht besser ist, einfach liegenzubleiben.

Er sieht mich an, ich höre Jessica irgendetwas sagen, aber ihre Worte dringen nicht zu mir durch. Ich sehe nur in sein Gesicht, das zunehmend bitterer wird, bevor er sich langsam abwendet. Ich sehe, wie er sich resigniert durch die schwarzen Haare fährt und einen Schritt von mir weg macht. Sehe, dass er der halbnackten Frau neben sich keine Beachtung schenkt, die immer noch wie eine Furie auf ihn losgeht. Seine große Gestalt entfernt sich einen weiteren Schritt, und plötzlich stehe ich nicht mehr auf meiner Türschwelle, plötzlich bewegen sich meine Beine. Ich will etwas sagen, aber meine Kehle ist wie zugeschnürt, und ich strecke den Arm aus und berühre seine Hand. Es ist nur ein kurzer Kontakt, nicht länger als eine Sekunde, aber sie reicht, damit er stehen bleibt und sich wieder zu mir umdreht. Ich sehe ihn an und hab keine Ahnung, was jetzt passiert. Und es passiert auch nicht viel, außer dass er mich ruhig ansieht und nickt. Ich nicke zurück, und dann drehe ich mich um und hole meine Sachen.

Als ich neben ihm im Auto sitze und die Bäume an uns vorüberfliegen, schweigen wir beide auf eine Art, als wären alle Worte bereits gesagt, obwohl wir kaum miteinander gesprochen haben. Ich streiche mir die Haare hinters Ohr und suche nach einem Gesprächsanfang, nach irgendetwas, um diese stille Verlegenheit aufzusprengen.

»Es tut mir leid, dass ich so reingeplatzt bin«, sagt Tom unerwartet. Ich sehe ihn an.

»Nein, tut es nicht«, fügt er nach einem Moment hinzu.

»Mir auch nicht«, erwidere ich nach einer kurzen Pause und muss über seinen amüsierten Blick lächeln.

»Was macht sie denn hier?«, ist das Erste, was Florian fragt, als wir das Wohnzimmer betreten. »Ich dachte, du bist nur kurz einkaufen.«

»War ich auch«, erwidert Tom und hebt eine Tüte vom Baumarkt in die Höhe.

»Und dabei ist dir die Kleine in den Wagen gesprungen?« Er sagt es auf eine Art, dass ich mir nicht sicher bin, ob er mich vergraulen oder extrem ruppig willkommen heißen möchte.

»Hör sofort auf damit«, befiehlt Tom und sein harscher Tonfall überrascht mich.

»Womit soll ich aufhören?« Florian legt die Lesebrille beiseite, stemmt sich aus dem Ohrensessel in die Höhe und macht einen Schritt auf Tom zu. »Du hättest besser diese … diese Russin eingestellt, die hat wenigstens ausgesehen, als ob sie kochen könnte. Von der hier bekomme ich doch nur Grünfutter und … und Vogelzeug.«

Ich fühle, wie meine Hoffnung auf ein friedlicheres Miteinander Stück für Stück von dem Alten demontiert wird. Es hat sich nichts geändert, es wird sich auch nichts ändern, denn hier zu sein bedeutet, mit ihm zu kämpfen, seine Spielchen zu spielen und ständig gewappnet zu sein. Das ist offenbar der Preis für dieses Leben hier, und wenn man sich das einmal bewusst macht, ist es eigentlich auch okay hier, okay im Vergleich zu dem, wo ich vorher war.

»Es reicht«, sagt Tom mit eisiger Stimme. »Du wirst dich jetzt bei ihr entschuldigen.«

Florian kneift die Augen zusammen. »Ich werde was?«

»Du hast mich verstanden. Ich will, dass du dich bei Anika entschuldigst.«

»Und wofür?« Der Alte verschränkt die Arme vor der Brust.

Tom holt tief Luft. »Einfach für alles. Dafür, dass du dich wie ein Kleinkind aufführst, selbst wenn du einen guten Tag hast. Dafür, dass du sie in einem Taxi entführt und ihr eine Höllenangst eingejagt hast. Dafür, dass du sie ununterbrochen beleidigst, als wäre es ein Spiel, bei dem man Punkte sammeln kann. Dafür, dass du in dein

Auto gestiegen bist, obwohl du wusstest, dass du jederzeit wieder einen Alzheimerschub haben kannst. Dafür, dass du dich benimmst, als hätte dir die Krankheit jegliche Eigenverantwortung geraubt.« Er macht eine kurze Pause. »Aber soll ich dir was sagen? Das hat sie nicht. Solange du weißt, wer du bist, solange du intelligent genug bist, um dir den ganzen kranken Scheiß auszudenken, solange du Geschichten von meinem toten Goldfisch erfinden und deine Spielchen spielen kannst, so lange hast du auch die Verpflichtung, dich wie ein mündiger Erwachsener zu benehmen.«

Stille folgt auf seine Worte, in der Florian seinen Enkel einfach nur anstarrt. Ich fühle mich verdammt unbehaglich in meiner Haut und sehe auf meine Füße hinunter.

»Ich werde mich nicht entschuldigen«, gibt Florian schließlich zurück. »Ich habe nämlich keine Ahnung, wovon du überhaupt sprichst.«

»Blödsinn«, stößt Tom wütend hervor.

Florian streicht sich überlegen lächelnd über den grauen Bart. »Du glaubst mir nicht?«

Tom macht einen Schritt auf ihn zu. »Florian«, sagt er leise, und seine Stimme hat einen drohenden Unterton. »Du wirst dich jetzt bei ihr entschuldigen oder, bei Gott, ich engagiere die dicke Russin, die dich den ganzen Tag ans Bett fesselt und mit Haferschleim füttert.«

Ich finde die Vorstellung so absurd, dass ich schmunzeln muss. Florian wirft mir einen bösen Blick zu, und ich versuche, meine Mundwinkel unter Kontrolle zu bekommen.

»Ich kann auch einfach zulassen, dass meine Eltern die rechtliche Betreuung für dich beantragen und dich ins Heim abschieben, wie sie es schon die ganze Zeit wollen«, sagt Tom leise, und es fühlt sich an, als hätten seine Worte die ganze Luft aus dem Zimmer gesaugt.

Florian streckt den Rücken und hebt das Kinn.

»So weit sind wir also schon?«

»Ja, so weit sind wir«, erwidert Tom.

»Gut. Wenn du meinst.« Florian wendet sich mir zu und macht eine übertriebene Verbeugung. »Mein liebes Fräulein. Ich habe gerade Ihren Namen vergessen, aber Sie nehmen es mir hoffentlich nicht übel. Ich möchte mich in aller Form für das seelische Leid entschuldigen, das Sie durch mich erlitten haben, auch wenn ich mich nicht daran erinnern kann. Falls Sie eine Psychotherapie benötigen, um das Erlebte zu verarbeiten, wird mein Enkel sicher gerne dafür aufkommen.« Seine Stimme trieft vor Hohn, und ich sehe, wie Toms Wangenmuskel zuckt.

»Florian«, sagt er drohend, und ich falle ihm schnell ins Wort.

»Entschuldigung angenommen«, sage ich. »Mein Name ist übrigens Anika. Aber Sie können mich auch gern Adelheid oder Prinzessin Amidala nennen.« Ich beuge mich etwas nach vorne und flüstere: »Es liegt ganz bei Ihnen, Herr Haribert.«

TOM

Ich sehe Florians Gesichtsausdruck entgleisen und muss grinsen. Ani macht ihre Sache gut, sie fordert ihn heraus, aber nur so viel, wie er verträgt. Spontan muss ich an Greta denken. Greta hat Florian auch herausgefordert, sie hat sich nichts gefallen lassen, aber in allem, was sie tat, war ihre Liebe für diesen alten Sturbock zu erkennen, der sie seinerseits auf Händen getragen hat, zumindest meistens.

Florian ist eingeschnappt, ich sehe es an seinen verkniffenen Mundwinkeln und den zusammengezogenen Brauen, aber er tut mir nicht leid.

»Ich geh mal unter die Dusche«, sagt Anika und sieht mich an. »Ist das okay?«

Ich denke an den Dreck aus der versifften Wohnung und nicke schnell. »Klar, ich muss erst am Abend in die Bar.«

Sie lächelt mich scheu an, nimmt ihre Tasche und geht in ihr Zimmer. Ich sehe ihr nach und bin einfach nur erleichtert, dass sie wieder da ist. Mark wird auch froh sein, den Abend mal mit seiner Familie verbringen zu können.

Florian hat wieder in seinem Ohrensessel Platz genommen und beobachtet mich über den Rand der Zeitung hinweg.

»Du hast ja gute Laune«, knurrt er.

»Die wirst du auch in Kürze haben, wenn du in der Nacht aufs Klo musst und dich an den leuchtenden Pfeilen am Boden orientieren kannst.« Ich halte mit einem zufriedenen Lächeln die Tüte vom Baumarkt hoch. »Phosphorbänder. Ich hab auch ganz breite genommen. Vielleicht krieg ich ja die Silhouette eines pinkelnden Jungen hin, wenn ich mich anstrenge.«

»Spar dir die Mühe«, erwidert Florian. »Ich mach in Zukunft einfach ins Bett.«

Ich grinse nur und mache mich daran, die alten Bodenmarkierungen abzulösen. Als ich fertig bin, kommt Anika gerade aus ihrem Zimmer. Sie trägt eine hellblaue Jeans mit einer weißen Bluse und hat so einen riesigen Handtuchturban auf dem Kopf, den sich die Frauen nach dem Haarewaschen gerne machen.

»Brauchst du Hilfe?«, fragt sie mich. Es ist das erste Mal, dass sie mich duzt, seit mir das Du vorhin in der versifften Wohnung einfach so rausgerutscht ist. Lächelnd sehe ich zu ihr hoch.

»Sehe ich etwa so aus?«

»Ja«, sagt sie direkt.

Ich schnaube leise. »Bist du denn künstlerisch begabt?«

Sie verengt die Augen. »Ich interessiere mich für Architektur und fotografiere viel. Zählt das?«

»Das kommt drauf an, wie gut die Fotos sind«, erwidere ich trocken. Sie geht schmunzelnd neben mir in die Hocke und mich trifft ihr frischer Geruch.

»Das ist eine gute Idee mit den Markierungen.« Sie nimmt eines der leuchtenden Klebebänder in die Hand.

Ich schweige einen Moment, denn es ist lange her, dass mir jemand ins Gesicht gesagt hat, ich hätte etwas gut gemacht. Der letzte Mensch, von dem ich das gehört habe, war wahrscheinlich Greta.

Ich räuspere mich. »Kriegst du einen pinkelnden Jungen an der Klotür hin?«

Anika zuckt mit den Schultern. »Wenn es kein Meisterwerk werden muss.« Sie zieht ihr Handy aus der Jeans und googelt nach »Manneken Pis WC«.

»Soll der Junge in einen Topf oder auf den Boden pinkeln?«, fragt sie.

»Lieber in den Topf«, erwidere ich.

»Lieber auf den Boden«, mischt sich Florian mürrisch ein. »Am besten in einer großen Lache.«

Nachdem wir die ganzen Markierungen erneuert haben, kocht Anika eine vegetarische Lasagne, und ich spiele mit Florian eine Partie Schach.

»Bist du sicher, dass du das tun willst?«, fragt mich Florian mit hochgezogenen Augenbrauen, als ich nach der Dame greife.

Ich zögere.

»Berührt, geführt«, bemerkt er stoisch und lehnt sich mit einem zufriedenen Lächeln in seinem Stuhl zurück.

Ich seufze, da ich jetzt schon weiß, dass er mich schlagen wird. Hat er schon immer – und ich hoffe, dass das noch eine Weile so bleibt. Ich mache meinen Zug und spüre mein Handy in der Gesäßtasche vibrieren.

»Du bist dran«, sagt Florian zu mir. Ich ziehe das Telefon hervor und nicke abgelenkt. »Herrgott, Tom, worauf wartest du denn?«, knurrt er mich an.

»Moment«, sage ich und lese die Kurzmitteilung.

»Wenn du nicht spielen willst, dann lassen wir es eben bleiben!«, brüllt er plötzlich.

Überrascht sehe ich zu ihm auf. Florian stemmt sich mit zornrotem Gesicht in die Höhe und rauscht in sein Zimmer ab.

Langsam fahre ich mir mit den Fingern durch die Haare und stütze meinen Kopf in die Hand. Anika kommt aus der Küche und stellt sich neben mich.

»Alles in Ordnung?«, fragt sie leise.

»Stimmungsschwankungen«, gebe ich knapp zurück. »Werden in letzter Zeit häufiger bei ihm.«

»Ich meinte dich, nicht ihn.«

Ich lasse das Handy sinken und sehe sie an. »Ja.«

»Nein«, korrigiere ich mich einen Augenblick später. »Mein Vater hat sich angekündigt. Er möchte heute Abend zum Essen kommen und sehen, wie es läuft.«

Sie zieht ein Haargummi aus ihrer Jeans und bindet sich einen Pferdeschwanz. »Magst du deinen Vater denn?«

»Keine Ahnung«, sage ich nach einem Moment des Nachdenkens.

»Dann ist es auch okay, wenn ihm die vegetarische

Lasagne nicht schmeckt«, sagt sie kühl, und ich muss unwillkürlich grinsen.

Ein paar Stunden später ist die Wohnung dank Anikas Hilfe tipptopp aufgeräumt, und ich habe Florian mit einer weiteren Partie Schach – die ich natürlich verloren habe – so weit besänftigt, dass er einverstanden war, sich von mir den Bart stutzen zu lassen.

»Wer besucht uns noch mal?«, fragt Florian bereits zum dritten Mal, und ich bin mir nicht sicher, ob er es wirklich vergessen hat oder mich einfach nur ärgern möchte.

»Dein Sohn«, erkläre ich angespannt. »Er will wissen, ob wir alles im Griff haben.«

»Ach, dieser Nichtsnutz«, entgegnet Florian. »Und ich dachte, es wäre der Kaiser von China, so nervös, wie du bist.«

Punkt 17 Uhr ist von meinem Vater noch nichts zu sehen. Florian sitzt im Wohnzimmer und hört den Boléro von Ravel, weil er meint, das würde zu meiner Stimmung passen.

»Das Essen ist jetzt fertig«, sagt Anika, als sie eine große, dampfende Schale auf den Tisch stellt.

»Doch keine aufgewärmte Lasagne?«, frage ich und ziehe eine Augenbraue hoch, während ich die Eiernocken in der Schüssel betrachte.

Anika wischt sich die Finger an der rotkarierten Schürze ab, die sie um die Hüfte trägt.

»Ich habe ein handgeschriebenes Rezeptbuch in einem

der Küchenschränke entdeckt«, erklärt sie, und ich denke an Gretas Buch, das beim Kochen immer aufgeschlagen auf dem dunklen Küchentisch lag. Es war dick, denn sie füllte es regelmäßig mit neuen Rezepten, die sie irgendwo aufgeschnappt hatte. Greta kochte immer mit sehr viel Leidenschaft, sie mixte und wirbelte zwischen den Pfannen herum, und der Teig klebte schon zwischen den Seiten des Kochbuches – aber Greta tat einfach nichts ohne Leidenschaft.

»Ich habe das Rezept einfach ausprobiert. Ich hoffe, das ist okay.«

Ich stehe neben dem langen Mahagonitisch und suche nach den richtigen Worten. »Klar.«

Dann sehe ich sie an. »Aber die Mühe hättest du dir für meinen Vater nicht machen brauchen.«

»Warum? Weil er so ein sympathischer Kerl ist wie du?«

Sie sagt es geradeheraus, ihre Direktheit beeindruckt mich immer wieder.

Ich schüttle den Kopf. »Nein, weil er wahrscheinlich nicht auftaucht. Das ist meistens so.«

Sie sieht mich fragend an.

»Meine Eltern sind beide sehr erfolgreich«, sage ich nach einer Weile, da ich das Gefühl habe, ihr eine Erklärung zu schulden. Immerhin hat sie aufgeräumt und gekocht, für jemanden, der wahrscheinlich etwas Besseres zu tun hat. »Sie führen eine erfolgreiche internationale Consultingfirma. Seit ich denken kann, hat sich alles in ihrem Leben immer nur um die Firma und ihre Projekte gedreht – und darum, wie man sie optimieren kann.«

Anika stellt sich neben mich. »Klingt anstrengend.«

»Es ist das Einzige, was sie glücklich macht«, entgegne ich nachdenklich. »Das Kinderkriegen war auch nur so ein Projekt, bei dem sie den Arbeitsaufwand nach dem Meilenstein ›Geburt‹ deutlich unterschätzt haben.« Meine Stimme klingt etwas bitter, und ich frage mich, warum ich ihr das überhaupt erzähle.

»Deswegen bist du zu deinen Großeltern gezogen?«

Ich stecke die Hände in die Hosentaschen und nicke. Und dann denke ich wieder an Greta und bin dankbar, dass sie in meinem Leben war. Und traurig, dass sie es nicht mehr ist.

»Meine Eltern hatten kaum Zeit«, schnaube ich. »Alles bei ihnen ist getaktet. Selbst mein Name ist zeitsparend.«

»Inwiefern? Wenn sie dich auf dem Spielplatz gerufen haben?«

Ich lache auf. »Du glaubst nicht ernsthaft, dass meine Eltern mit mir auf dem Spielplatz waren?«

Anika lächelt ein wenig traurig und greift nach der Weinflasche, um sich ein Glas Rotwein einzuschenken. »Willst du auch?«

Ich nicke, und sie füllt mein Glas. Es ist irgendwie seltsam, so vertraut neben ihr zu stehen.

»Und wie war es bei dir?«, frage ich, als wir beide einen Schluck genommen haben. Ich möchte hier nicht der Einzige sein, der etwas über sich preisgibt.

»Anders«, sagt sie, und ich sehe, wie sich ihr Rücken versteift.

»Gut anders oder schlecht anders?«

»Anders anders«, erwidert sie und blickt auf die große Standuhr. Es ist bereits zwanzig Minuten nach fünf.

Ich kenne ihr Verhalten. »Du redest nicht gerne darüber«, sage ich.

Sie fährt sich mit dem Handballen über die Stirn. »Da gibt es nicht viel zu reden. Mein Vater ist weg, da war ich fünf. Meine Mutter hat ihn seitdem gehasst und alles unternommen, damit ich ihn auch hasse.«

»Klingt nicht gut.«

Sie schüttelt den Kopf. »So schlimm ist es nicht, meistens zumindest nicht. Außerdem bin ich nicht der Typ, der gerne bemitleidet wird.«

Mein Handy vibriert in meiner Jeanstasche. Es ist mein Vater, der mir mitteilt, dass er es heute leider doch nicht schafft. Stress in der Firma. Oh Wunder.

»Die Eiernocken können wir wohl selbst essen«, sage ich ruhig und lege mein Handy auf den Tisch.

»Kommt er nicht?«

Ich schüttle den Kopf. »Keine Zeit.«

Anika nickt und streicht sich eine dunkle Haarsträhne aus ihrem Gesicht. »Jetzt verstehe ich die Sache mit Florian.«

»Wie meinst du das?«

Sie sieht mich an. »Dass er unbequem ist. Besonders für Menschen wie deine Eltern.« Sie nimmt die Schüssel mit den kalten Eiernocken und trägt sie zurück in die Küche. »Deshalb drängen sie doch so auf ein Pflegeheim, nicht wahr?«

Ich räume das Gedeck für meinen Vater ab und folge ihr mit einem Nicken in die Küche. »Sie sind nicht die

Menschen für Extraaufwand. Deswegen haben sie mir auch nie einen Hund erlaubt.«

Sie wirft mir einen Blick über die Schulter zu. »Das ist traurig«, erwidert sie, und die Art, wie sie es sagt, klingt, als würde sie mich verarschen.

»Du musst nicht traurig sein. Ich bin nicht der Typ, der gern bemitleidet wird.«

Sie grinst, und ich muss auch grinsen.

Anika stellt die Schüssel mit dem Essen in die Mikrowelle. Ich sehe ihr zu. »Außerdem hat Greta mir einen Hund gekauft«, füge ich hinzu. »Und als der starb, wieder einen neuen. Ich hatte immer einen Hund, sie fand, ein Hund sei gut, um Verantwortung zu übernehmen.«

Anika schaltet die Mikrowelle ein und sieht mich von der Seite an. »Und wo ist dein Hund jetzt?«

Ich räuspere mich. »Florian hat sich schon seit Monaten um ihn kümmert, weil ich viel mit der Bar zu tun hatte. Irgendwann ist er mit ihm spazieren gewesen und nur mit der Leine zurückgekommen. Er sagt, Watson wurde von einem Auto überfahren.«

Sie runzelt die Stirn. »Und du glaubst das nicht.«

Ich presse die Lippen aufeinander. »Es spielt keine Rolle, was ich glaube. Er ist weg.«

ANI

Ich sehe, dass es ihm schwerfällt, über Greta, den Hund und Florian zu sprechen, dass er Dinge lieber mit sich selbst ausmacht, als sie mit anderen zu teilen.

»Willst du noch was essen?«, frage ich, als die Mikrowelle piepst. Er wirkt gedankenverloren, bevor er schließlich den Kopf schüttelt.

»Nein danke – mir liegt noch die Lasagne im Magen.« Dabei grinst er schief, und irgendwie finde ich es nett mit ihm. Ich schüttle nur den Kopf.

»Florian, wollen Sie etwas essen?«, rufe ich ins Wohnzimmer, da der Alte meine vegetarische Lasagne heute Mittag hartnäckig verschmäht hat. Lieber würde er sich gleich hier erhängen, als diese Matsche zu essen, hat er gesagt.

»Gibt es wieder diesen To… To…«

»Tofu«, murmele ich.

»Diesen Ofenfraß?«, behilft sich Florian, weil ihm das Wort nicht einfällt.

»Nein, es gibt Eiernocken nach Gretas Rezept.«

Schneller, als ich es ihm zugetraut hätte, steht er in der Küche. »Wenn Sie das Rezept meiner Frau verhunzt haben, setze ich Sie eigenhändig auf die Straße, Astrid.« Er schnappt sich den Teller mit dem dampfenden Essen und verschwindet damit im Esszimmer.

»Du kommst mit ihm zurecht, wenn ich weg bin?«, fragt der junge Hartmann, und das kurze Zögern in seiner Stimme lässt mich zu ihm aufblicken.

»Sorgst du dich um ihn oder um mich?«, frage ich zurück.

»Das weiß ich gar nicht so genau«, erwidert er, und durch die Art, wie er es sagt, so verhalten und nachdenklich, fühle ich mich plötzlich unwohl. Unwohl, weil er offenbar glaubt, mich beschützen zu müssen, seit er mich aus der versifften WG geholt hat wie ein bescheuerter Ritter in Schwarz, ohne Pferd, aber mit der guten Absicht, die holde Maid zu retten, die sich von einem Unglück ins nächste stürzt. Und ich blöde Kuh habe mich retten lassen wie eine beschissene Prinzessin, die es allein nicht hinbekommt.

»Ich komme allein zurecht«, erwidere ich und strecke den Rücken, ich bin schließlich immer allein zurechtgekommen.

Er seufzt. »Das glaube ich gerne.«

»Wie meinst du das?«

»Wie ich es sage«, erwidert er trocken und runzelt die Stirn. Dabei betrachtet er mich aus seinen dunklen Augen, und ich hasse es, dass er wirklich gut aussieht und mir das genau in diesem Moment auffällt und dass er anscheinend innerlich abwägt, wie viel er mir von dem, was hinter seiner Stirn vor sich geht, ins Gesicht sagen kann, ohne dass ich gleich wieder abhaue.

»Du bist der Typ Frau, dem es wahrscheinlich tierisch auf die Nerven geht, dass ich dich aus der Wohnung geholt habe, richtig?«

Meine Augen verengen sich. »Worauf willst du hinaus?«

»Darauf, dass du vermutlich nie zugeben würdest, dass es dir auch ein bisschen gefallen hat.«

Ich sehe ihn ungläubig an und bemerke, dass Florian uns aus dem Esszimmer beobachtet, als wäre das hier ein Tennismatch.

»Das hat es nicht«, sage ich kühl. »Es hat mir nicht gefallen. Es war auch nicht notwendig.«

»Sag ich's doch«, erwidert Tom und wirft einen Blick auf die Armbanduhr. »Du gibst es nicht zu.« Mein Puls schießt in die Höhe, als er mir direkt in die Augen sieht.

»Und natürlich war es notwendig«, erklärt er mit Nachdruck. Dann geht er ins Esszimmer, noch bevor ich etwas erwidern kann, und drückt mit der Hand Florians Schulter. »Ich muss in die Bar. Mach's gut.«

»Jetzt schon?«, fragt Florian erstaunt.

»Ja, jetzt schon«, sagt Tom. »Und benimm dich, sonst fliegt das nächste Mal nicht sie raus, sondern du.«

»Sie sind jetzt hoffentlich zufrieden«, schnaubt der Alte, als die Tür ins Schloss fällt. »Ganz fabelhaft. Machen Sie nur weiter so.«

»Womit soll ich weitermachen?«, frage ich irritiert.

Er sieht mich böse an. »Damit, einen Keil zwischen meinen Enkel und mich zu treiben.«

Ich öffne den Mund, um zu protestieren, aber er wedelt nur mit seiner alten, von blauen Adern durchzogenen Hand.

»Sparen Sie sich Ihre Worte. Ich nehme jetzt ein Bad«, meint er mürrisch.

Ich räume seinen leeren Teller vom Tisch.

»In Ordnung«, sage ich. »Ich lasse Ihnen ein Bad ein.«

»Machen Sie sich nicht die Mühe«, erwidert Florian. »Das schaffe ich noch selbst.« Mit diesen Worten steht er auf und macht sich auf den Weg in sein Zimmer.

Ich seufze lautlos, räume das benutzte Geschirr in den Geschirrspüler, decke die restlichen Eiernocken mit einer Frischhaltefolie ab, reinige den Esszimmertisch mit einem feuchten Tuch und versuche dabei, nicht an die Verbitterung des alten und die Selbstgefälligkeit des jungen Hartmann zu denken, was natürlich nicht klappt. Und dann denke ich nicht nur an die beiden, sondern auch an meine Mutter, die ihr Leben lang darauf gewartet hat, dass jemand kommt und sie rettet, sie aus ihrem Sumpf zieht, sie glücklich macht und sich um sie kümmert, weil sie es allein nicht schafft.

Ich gieße mir ein Glas Wasser ein und trinke mit großen Schlucken. So möchte ich nicht sein, so war ich nie, und so werde ich auch nie sein, und dann höre ich plötzlich Florian schreien.

Der Schrei ist kurz, mehr ein Stöhnen, und bricht auch schnell wieder ab. Danach ist nur noch das leise Wasserrauschen aus dem Badezimmer zu hören, und mein Puls schießt in die Höhe, während sich meine Beine endlich aus ihrer Erstarrung lösen und in Bewegung setzen. Hastig renne ich durch den Flur mit den Gemälden bis in sein Schlafzimmer und von dort aus weiter in sein Bad.

Der Anblick, der sich mir dort bietet, lässt mich zurückprallen. Er hängt in der vollen Wanne, sein Körper zuckt im Schaumwasser, die Augen sind so weit nach oben verdreht, dass man das Weiße in ihnen sehen kann. Ich starre entsetzt auf seinen zuckenden Körper, starre auf das schwarze Kabel, das zu einem schwarzen Fön führt, der in der Wanne liegt.

Dann stürze ich nach vorne, um den Fön aus der Wanne zu ziehen. Ich reiße ihn am Kabel in die Höhe, während ich am ganzen Körper zittere und keinen Plan habe, was ich jetzt tun soll – soll ich zuerst den Rettungswagen rufen oder versuchen, ihn aus der Wanne zu ziehen, *kann* ich ihn überhaupt aus der Wanne ziehen, oder ist er mir zu schwer? Tausend Gedanken rasen mir gleichzeitig durch den Kopf, ich denke an meinen versäumten Erste-Hilfe-Kurs, ich denke an den jungen Hartmann, ich denke an Strom und Wasser und Physik, und dabei bemerke ich, dass der Fön nicht am Stromkreis angeschlossen ist.

Das schwarze Kabel liegt einfach nur am Boden.

Ich starre es an, lasse den Fön wieder fallen und weiche ungläubig an die Wand zurück. Dieser Mistkerl. Dieser verdammte Mistkerl zieht schon wieder so eine Scheißaktion ab.

Ich will schreien, will ihn anbrüllen, will ihm weh tun, will mich rächen, aber alles, was aus mir rauskommt, ist ein verdammtes Wimmern, und dann stolpere ich aus dem Bad, direkt in sein Zimmer, zum Fenster, das ich mit zitternden Händen aufreiße. Ich inhaliere die frische Luft mit tiefen Zügen und versuche, mich zu beruhigen, während die abendliche Straße kühl und still unter mir liegt. Von hier aus sind die Autos so klein wie Spielzeugmodelle, und ich habe mir schon öfter vorgestellt, wie es wäre, auf ein Fensterbrett zu steigen, die Augen zu schließen und einfach loszulassen. Auch jetzt stelle ich es mir vor, ich stelle es mir haarklein vor, und dann stelle ich mir vor, wie es wäre, wenn der Alte denken würde, dass ich mich jetzt seinetwegen wirklich umbringen würde. Ich werfe einen Blick über die Schulter. Das Badezimmer liegt schräg versetzt hinter mir, ich kann die Wanne von hier aus nicht sehen, was bedeutet, dass er mich auch nicht sehen kann, aber er kann mich hören. Und während ich da stehe, merke ich, dass diese Schranke, diese filigrane Schranke, die einen normalerweise davon abhält, etwas Unmoralisches zu tun, gerade zersplittert ist, dass der Alte sie mit seiner Badewannenaktion regelrecht in die Luft gejagt hat, und dann gebe ich dem Impuls nach, ich lasse einfach los, lasse alles raus, brülle mir den ganzen Scheiß von der Seele und schließe mit einem theatralischen Wimmern, bevor ich abrupt verstumme. Danach ziehe ich mich lautlos in die nächste dunkle Ecke zurück. Und dann warte ich.

Es dauert einige Sekunden, bis ich das Wasser auf den Badezimmerboden schwappen höre. Ich stehe in dem dunklen Zimmer und fühle nichts außer meinem Herzen, das heftig in meiner Brust schlägt. Meine Hände zittern noch immer von dem Adrenalinstoß, den mir sein Anblick versetzt hat, und ich wünsche mir nichts sehnlicher, als dass er jetzt die gleiche Scheißangst spürt, die er mir gerade eingejagt hat.

»Anika?«, höre ich seine Stimme aus dem Badezimmer dringen.

Das Wasserplätschern wird lauter, ich höre, wie er aus der Wanne steigt. »Anika?«, ruft er ein zweites Mal, und diesmal klingt seine Stimme deutlich hektischer.

Ich verschränke die Arme vor der Brust und sage kein Wort. Im nächsten Moment wird die Tür vom Bad aufgestoßen, und ein nackter, mit Schaum bedeckter Florian erscheint im Türrahmen. Seine nassen Haare stehen ihm zu Berge, und er starrt schweratmend auf das offene Fenster.

»Anika?!« Diesmal brüllt er meinen Namen. Keuchend rennt er zum Fenster, eine Spur aus Wasser und Schaum hinter sich herziehend.

Ich warte, bis er das Fensterbrett erreicht hat und mit schreckgeweiteten Augen auf die Straße hinunterstarrt.

»Was kann ich für Sie tun, Herr Hartmann?«

Meine Stimme klingt kalt.

Er fährt so stark zusammen, dass ich für einen Moment befürchte, dass er nun wirklich einen Herzanfall bekommt.

Einige Sekunden lang starren wir einander in die Augen. Dann gehe ich an ihm vorbei ins Badezimmer und hole ein Handtuch aus dem Schrank.

»Hier«, sage ich, als ich wieder zurück bin. »Trocknen Sie sich ab, sonst holen Sie sich noch den Tod.«

Er nimmt wortlos das Handtuch entgegen und bedeckt damit seine Blöße.

Ich deute mit dem Kinn auf den Boden. »Und passen Sie auf, dass Sie auf dem nassen Boden nicht ausrutschen.«

Er starrt noch immer, und ich verlasse den Raum. Als ich eine Minute später mit einem Wischmopp in der Hand wiederkomme, trägt er seinen blauen Morgenmantel und sitzt auf dem Bett. Ich mache schweigend den Boden sauber, gehe ins Bad und lasse das Wasser aus der Wanne abfließen. Dann rolle ich das Kabel des Föns auf und nehme ihn mit nach draußen. Sicher ist sicher.

Florian sitzt auf dem Bett und starrt auf das Parkett.

Einem Impuls folgend, setze ich mich neben ihn. Es ist dunkel in dem Zimmer, und nur der Straßenlärm dringt leise durch das offene Fenster. Ich höre Florian unterdrückt schnaufen und werfe ihm einen kurzen Blick zu. Seine Schultern zucken. Weint er etwa?

Unschlüssig bleibe ich sitzen. Was soll ich jetzt tun? Ihn ansprechen? Ihn berühren? Im Internet stand, dass heftige Gefühlsausbrüche nichts Ungewöhnliches seien. Wobei ich bezweifle, dass es viele Alzheimerpatienten gibt, die zuerst ihren Tod inszenieren und dann den vermeintlichen Selbstmord der Pflegerin verdauen müssen.

Das Schnaufen und Schulterzucken von Florian werden immer stärker, und nun merke ich, dass er nicht weint. Der alte Mann lacht. Schließlich wirft er glucksend den Kopf in den Nacken und schaut hoch zur Decke.

»Hast du das gesehen, Greta?«, ruft er nach oben und

fährt sich, noch immer kichernd, mit der Hand über die Augen. »In Ihnen steckt mehr Mumm, als ich dachte«, murmelt er, und ich höre so etwas wie Anerkennung in seiner Stimme.

»Sind wir jetzt durch mit den Spielchen?«, frage ich beherrscht zurück und hoffe inständig, dass er ja sagt.

Er wirft mir einen belustigten Blick von der Seite zu.

»Ich kann Ihnen nichts versprechen. Sie wissen ja, es ist möglich, dass ich dieses Gespräch morgen schon wieder vergessen habe.«

Ich schüttle den Kopf. »Das glaube ich Ihnen nicht.«

»Oh doch, das können Sie mir glauben«, sagt er matt. Florian zieht den Morgenmantel enger, und ich habe das Gefühl, ihm noch nie zuvor so nahegekommen zu sein.

»Ist es so schlimm?«, frage ich leise, weil ich Angst habe, diese fragile Nähe zwischen uns durch ein zu lautes Wort wieder zu zerstören.

Er schweigt lange. So lange, dass ich nicht mehr mit einer Antwort rechne, als er doch anfängt zu sprechen.

»Manchmal kann ich mich an ihr Gesicht nicht mehr erinnern«, murmelt er mit rauer Stimme. »Dann …« Er stockt. »Dann muss ich ein Foto von ihr suchen, um wieder zu wissen, wie sie ausgesehen hat.«

Die Traurigkeit in seinen Worten hängt über uns. Ich habe das Bedürfnis, etwas Tröstendes zu sagen, und spüre gleichzeitig, dass er nichts dergleichen hören will.

»Wie war sie so?«, frage ich stattdessen und setze mich ein bisschen bequemer hin.

Florian stößt die Luft aus.

»Worte. Worte sind so unzu-« Er stockt. »Un…«

»Unzureichend?«, frage ich.

Er nickt und schließt die Augen. »Ich könnte die ganze Nacht von ihr erzählen. Es wäre nicht genug.«

»Sie müssen sie sehr geliebt haben.«

Florian nickt wieder, und ich sehe an seinen Augen, dass er weit in der Vergangenheit ist. »Manchmal vergesse ich ihr Gesicht. Aber ich habe noch nie das Gefühl vergessen, wie es war, in sie verliebt zu sein.«

»Wie war es denn?«, frage ich atemlos.

Er lächelt sanft. »Es war der Himmel, nein, es war noch viel weiter oben.« Er macht eine kurze Pause. »Es war, als wären unter uns nur Wolken.«

TOM

Der Abend in der Bar ist hektisch und laut. Die Leute bestellen ohne Pause, und ich sollte froh sein, dass der Laden endlich läuft, aber ich bin vor allem genervt von Filippa, die vor fünf Minuten gegangen ist. Angeblich, weil ihr übel ist und sie Migräne hat, und vielleicht stimmt das auch. Vielleicht hat sie aber auch einfach gerade keine Lust, hier zu sein und möchte sich lieber mit ihrem Freund treffen. Vielleicht ist sie auch schwanger, und ihr ist deswegen ständig übel, vielleicht ist sie eine notorische Lügnerin oder auch nur krank, ich habe keine Ahnung. Ich weiß nur, dass mich Filippa mit ihrer Unzuverlässigkeit rasend macht und dass ich mir eine neue Kellnerin suchen muss, wenn das so weitergeht.

»Hey, Barkeeper, gibt's hier auch mal was Anständiges zu trinken, oder hortest du das gute Zeug nur für dich selber?«, dröhnt eine tiefe Stimme über den Tresen, und ich drehe mich um.

Lars lümmelt sich auf einem Barhocker und grinst mich an. Seine Geheimratsecken sind höher geworden, aber sein Lächeln ist das gleiche. Ich grinse zurück und begrüße ihn mit Handschlag.

»Was verschlägt dich denn in meine Bar?«, frage ich und freue mich ehrlich, ihn zu sehen.

»Die anderen haben mich geschickt. Haben gesagt, ich muss mal bei dir vorbeischauen und die Lage sondieren. Sehen, ob du überhaupt noch lebst.«

»Klar leb ich noch«, antworte ich und habe ein komisches Gefühl bei dem Satz, weil es stimmt und doch wieder nicht stimmt. »War einfach ein bisschen stressig in letzter Zeit.«

Lars schiebt sich die eckige Brille hoch und sieht sich anerkennend in der Bar um. »Der Laden läuft, Mann. Hab ich dir aber schon immer gesagt, dass das funktionieren wird.«

Ich schüttle den Kopf. »Du hast gesagt, ich werde mein gesamtes Erspartes verlieren und mit 'nem Tripper in der Gosse landen.«

Er sieht mich ungläubig an. »Das hab ich gesagt? Klingt gar nicht nach mir.«

Ich lache. »Das klingt verdammt nach dir. Was willst du trinken?«

»Einen Single Malt«, sagt Lars und stützt die Unterarme auf der Bar ab. »Aber erzähl, wie läuft's bei dir?«

Ich gieße ihm den Whiskey ein und überlege, wie viel ich sagen soll, dann denke ich an Florian und Anika und daran, dass sie mich verwirrt mit ihrer verdammten Sturheit.

»Geht so«, erwidere ich.

Er nickt. »Hab mir gleich gedacht, dass du noch beschissener aussiehst als sonst«, meint er mit zuckenden Mundwinkeln. »Tut trotzdem gut, dich zu sehen.«

»Gleichfalls, Lars. Du siehst auch scheiße aus. Die Haare kommen auch nicht wieder, oder?«

Er lacht dröhnend, und ich grinse ihn schief an.

»Hey, gibt es hier vielleicht auch so was wie eine Bedienung?«, schreit ein angetrunkener Typ von Tisch Nummer sechs, und ich seufze.

»Alle Getränkebestellungen heute direkt an der Bar«, brülle ich, so laut ich kann, zurück.

»Was ist denn das für eine Scheiße?«, ruft ein anderer.

Lars nippt an seinem Single Malt und sieht mich aus zusammengekniffenen Augen an. »Gibt's für so was normalerweise keine Kellnerinnen?«

Eine hübsche Brünette im Minikleid drängt sich nach vorne und wirft mir eine Bestellung für vier Cocktails zu. Ich nicke und beginne, den ersten zu mixen. Dabei antworte ich Lars über die Schulter.

»Meine Kellnerin ist vor zehn Minuten abgehauen, weil sie meinte, es könnte sonst passieren, dass sie einem Gast in den Schoß kotzt.«

»Weiber«, meint Lars nur und schüttelt den Kopf.

Ich kippe in schneller Abfolge Ananassaft, weißen Rum, Kokossirup und Sahne zusammen mit ein paar Eiswürfeln in den Shaker und zucke mit den Schultern. »Wird auch ohne sie schon irgendwie gehen.«

»Und wie geht's deinem Opa?«, fragt Lars, und ich stelle den fertigen Pina Colada auf den Tresen und greife nach dem Messer, um eine Limette zu vierteln.

»Mal besser, mal schlechter«, antworte ich vage und werfe zwei Limettenstücke in ein Longdrinkglas.

»Dauert das noch lange?«, beschwert sich ein langer, dünner Typ mit Oberlippenbart, und ich zerquetsche die Limette mit mehr Druck als nötig im Glas.

»Es dauert genau so lange, wie es dauert«, knurre ich ihn an und greife nach dem weißen Rohrzucker.

»Du musst echt mal wieder zu einem Spiel kommen«, sagt Lars, und ich merke, wie er versucht, die schlechter werdende Stimmung unter den Gästen zu überspielen. »Ist einfach nicht das Gleiche ohne dich.«

»Wie geht's den Jungs?«, frage ich und nehme mir den dritten Cocktail vor.

Lars rückt seine eckige Brille zurecht und zuckt mit den Schultern. »Keine Ahnung, was ich da erzählen soll. Michel ist wie immer, Titus macht jetzt einen auf Selbstfindungstrip, und Chris wird immer fetter.«

Ich nicke. Lars zuzuhören, macht mir bewusst, wie sehr mir die Pokerabende mit den Jungs fehlen.

»Schick mir eine Nachricht, wenn ihr das nächste Mal spielt. Ich versuch zu kommen«, sage ich und greife nach einem frischen Glas.

»Ist gut«, sagt Lars und nippt an seinem Whiskey. »Sag mal, ist das nicht dein Opa?«

Ich folge seinem Blick und reiße die Augen auf. Tatsächlich entdecke ich Ani und Florian an der Tür stehend. Sie sieht sich prüfend in dem vollen Lokal um und lächelt, als sie mich entdeckt.

»Wer ist denn die Schnecke?«, fragt Lars.

»Das ist unsere neue Pflegerin«, sage ich kühl. »Und du lässt gefälligst deine dreckigen Pfoten von ihr.«

Lars hebt die Augenbrauen. »*Unsere* neue Pflegerin?

Was pflegt die denn so? Pflegt sie auch den kleinen Tom?«

»Hör auf damit.«

Lars grinst. »Mann, du bist aber heute empfindlich.«

»Hallo«, sagt Anika in dem Moment, die sich ohne Florian bis zur Bar durchgequetscht hat. Der Alte hat sich an einen kleinen Tisch in der Ecke gesetzt und wippt zufrieden im Takt der Musik. »Ich hoffe, es stört dich nicht, dass wir heute hier aufgekreuzt sind. Dein Großvater wollte unbedingt noch ein bisschen rauskommen.«

»Wollte er das?«, gebe ich zurück, während ich weiter Cocktails mixe und nicht sicher bin, ob mir der Überraschungsbesuch gefällt oder nicht.

Ani senkt die Stimme. »Es ging ihm gut, da wollte ich ihn nicht wie ein kleines Kind behandeln.«

»Verstehe«, sage ich.

»Hallo«, mischt sich Lars ein und setzt sich aufrechter hin. »Ich bin Lars, einer von Toms besten Freunden.«

»Hallo. Nett, dich kennenzulernen«, erwidert Anika und gibt ihm die Hand.

»Kann hier mal irgendeiner unsere Bestellung bringen?«, grölt ein Typ von Tisch Nummer acht, und seine Freunde fallen mit ein. Anika blickt über die Schulter in den Raum und dann wieder mich an.

»Gibt's hier keine Kellnerin?«

»Ist krank. Migräne«, erwidere ich knapp und bücke mich nach einer Flasche Sodawasser.

»Das heißt, du schmeißt den Laden ganz allein?«, fragt sie.

»Ich versuch's.«

Sie starrt mich an und beißt sich auf die Lippen.

»Hast du noch eine Schürze?«

»Eine Schürze?«, frage ich abgelenkt.

»Ja, eine Schürze. Mit einem Stift und einem Block und Platz für eine Börse. Ich kann einspringen«, erwidert sie sachlich.

Ich bin so überrascht von ihrem Vorschlag, dass ich sie einen Moment lang einfach nur anstarre.

»Natürlich achte ich in erster Linie auf Florian«, spricht sie schnell weiter. »Wenn er sich nicht mehr wohl fühlt, bringe ich ihn nach Hause. Aber ich kann dir zumindest helfen, mit dem schlimmsten Andrang fertigzuwerden.« Ich sehe zu Florian in der Ecke dem es in der Bar sichtlich gefällt.

»Du bist ein Depp, wenn du jetzt nicht ja sagst«, raunt mir Lars zu, und da wird mir bewusst, dass ich noch immer nicht geantwortet habe.

»Klar«, sage ich. »Ich meine – danke.«

Sie nickt, als wäre es das Selbstverständlichste auf der Welt. »Also. Die Schürze?«, wiederholt sie.

Zehn Minuten später ist die Stimmung in der Bar schon wesentlich entspannter, und das ist allein Anka zu verdanken. Sie wirbelt wie eine frische Windbö durch den Raum, nimmt Bestellungen auf, liefert Cocktails aus und zapft das Bier selbst. Obwohl sie hier völlig fremd ist, schmeißt sie den Laden, als wäre es ihr eigener, und ich ertappe mich dabei, sie immer wieder verstohlen anzustarren. Vor allem die jüngeren Typen reißen sich um sie, doch sie hat es einfach drauf, die Avancen zurückzuweisen, ohne die Kerle damit zu beleidigen.

»Ganz schön taff, die Kleine«, sagt Lars, und irgendwie stört es mich, dass er überhaupt über sie redet.

»Zwei Mojito-Soda und einen Cosmopolitan«, ruft mir Anika über den Lärm der sich unterhaltenden und lachenden Gäste zu. Ich nicke und beginne, die Drinks zu mixen.

»Weißt du, was scheiße ist?«, sagt Lars in dem Moment und sieht die Karte an. »Deine Barkarte hat überhaupt keine Bilder.«

»Ist nur für Leute, die lesen können«, erklärt Anika trocken, die hinter den Tresen kommt und zwei Gläser Sodawasser einschenkt.

Ich kneife die Augen zusammen. »Ich bin an der Sache dran. Ich hab bisher nur noch keinen günstigen Fotografen gefunden.«

»Ich könnte die Fotos machen«, schlägt Ani beiläufig vor und streicht sich eine dunkle Haarsträhne hinters Ohr. »Als Revanche fürs Retten.« Sie sieht mich herausfordernd an.

Lars lässt seinen Blick interessiert zwischen uns hin und her schweifen. »Das heißt, Tom muss jeden Cocktail von der Karte mixen?«, hakt er nach. »Da bin ich sofort dabei. Schließlich muss irgendwer die ganzen Cocktails ja auch trinken. Könnten wir zum Beispiel gemeinsam tun.« Er grinst Anika charmant an, oder zumindest glaubt er das. Ich reiße ihm die Karte aus der Hand.

»Vergiss es«, murre ich. »Wenn du jemanden betrunken machen willst, dann mach das bei deiner Frau.« Lars bedenkt mich mit einem zutiefst verärgerten Blick, der von Anika mit einem Lächeln quittiert wird.

»Du bist verheiratet?«, fragt sie.

»Ja«, seufzt Lars und kippt den Rest seines Drinks runter. »Und wenn ich dich so ansehe, muss ich sagen: leider.«

ANI

Das Pflegeheim, das sich mit den vier weißen Säulen im Eingangsbereich aus der parkähnlichen Anlage in den blauen Himmel erhebt, sieht aus wie ein Urlaubsresort aus einem Hochglanzmagazin. Ich hole meinen Fotoapparat und mache ein paar Aufnahmen. Es sieht nicht wie ein Ort aus, an dem es einem nicht gefallen kann.

»Wow«, sage ich, als wir die geschwungene Einfahrt hinaufspazieren.

»Alles nur Lug und Trug«, murrt Florian, während sein Spazierstock auf dem Kiesboden knirscht. »Außen hui und innen pfui, Sie werden sehen.«

»Schauen Sie mal«, sage ich und beschatte mit der Hand meine Augen vor der Sonne. »Die haben sogar einen eigenen Tennisplatz.«

Florian runzelt die Stirn und brummt.

Ich merke, dass er keine Lust hat, über die Vorzüge dieses Pflegeheims zu reden, und lasse ihn in Ruhe.

»Erzählen Sie mir von Ihrem Freund«, sage ich. »Wo haben Sie sich kennengelernt?«

»Keine Ahnung«, gibt Florian zurück.

»Wollen Sie nicht darüber reden, oder wissen Sie es wirklich nicht mehr?«, hake ich nach.

»Keine Ahnung«, knurrt Florian.

Florians Freund Gunther erwartet uns auf einer großen Terrasse mit weißen Markisen. Wir nehmen in weißen Korbstühlen Platz und bestellen unsere Getränke bei einer hübschen Kellnerin, der sowohl Florian als auch sein Freund Gunther auf den Hintern starren, als sie weggeht.

»Also. Sie beide haben ja jede Menge Gemeinsamkeiten, wie ich sehe«, sage ich.

»Aber natürlich«, bestätigt Gunther. »Wir kennen uns ja auch schon seit fünfzig Jahren.«

»Zweiundfünfzig«, berichtigt ihn Florian und streckt unter dem Tisch die Beine aus.

»Ich dachte, um dein Hirn steht's nicht mehr so gut?«, frotzelt Gunther. Er ist ungefähr genauso groß wie Florian, aber deutlich breiter und hat deutlich weniger Haare. Genau genommen hat er gar keine mehr. Seine blauen Augen funkeln schelmisch, wenn er spricht.

»Um mein Hirn steht es immer noch besser als um deine Hand«, gibt Florian zurück. »Einmal zu oft in die Steckdose gegriffen, oder warum zitterst du so?«

Gunther lacht schallend und schlägt sich mit der Hand auf den Oberschenkel.

»Parkinson«, erklärt er mir mit einem gelassenen Lächeln, als ob wir uns nur über das Wetter unterhalten würden.

»Da kenn ich einen Witz«, sagt Florian. »Was ist schlimmer, Alzheimer oder Parkinson?«

Ich schaue ihn an. Gunther hebt ebenfalls die Augenbrauen und wartet.

»Mist«, murrt Florian.

Gunther schaut seinen Freund ungläubig an und beginnt wieder schallend zu lachen. »Du hast das Ende vergessen, stimmt's?«

Florian presst die Lippen aufeinander, und ich sehe, wie er verzweifelt nachdenkt.

»Alzheimer hat auch was Gutes«, grinst Gunther. »Man lernt jeden Tag neue Leute kennen.«

»Witzig«, murrt Florian. »An deine Frau Erika kann ich mich jedenfalls noch erinnern, vor allem an ihren Hackbraten.«

Gunther seufzt und starrt der Kellnerin in den Ausschnitt, als sie unsere Getränke bringt.

»Erinnere mich nicht daran. Du hast ja keine Ahnung, wie lange ich mir das Gemecker von Erika anhören konnte, weil du ihre Kochkünste durch den Dreck gezogen hast.«

»Welche Künste?«, knurrt Florian. »Den Fraß von deiner Frau wollten doch nicht mal die Hunde.«

»Das ist leider wahr«, sagt Gunther. »Es hat sie immer gewurmt, dass Greta so viel besser kochen konnte.«

Florian schmunzelt. »Dafür, dass das Essen so schlecht war, bist du aber ganz schön auseinandergegangen.«

»Erika hat mich ja auch nicht jede Woche zum Tanzen geschleppt«, erwidert Gunther, und Florian grinst noch breiter.

»Wie haben Sie beide sich denn kennengelernt?«, frage ich und beschatte meine Hand mit den Augen.

»Eigentlich sind die Frauen dran schuld«, sagt Gunther. »Wenn sie nicht miteinander befreundet gewesen wären, hätte ich wahrscheinlich keine zwei Worte mit dem sturen Hund gewechselt.«

»Und wenn du nicht zwei linke Füße gehabt hättest, hätte ich nicht immer mit Greta *und* Erika tanzen müssen«, gibt Florian wie aus der Pistole geschossen zurück.

Gunther verzieht das Gesicht. »Ich hab diese Tanzveranstaltungen schon immer gehasst. Aber früher gab es ja nicht so viele Möglichkeiten, um mit einer hübschen Frau ins Gespräch zu kommen.«

Interessiert schaue ich zu Florian. »Haben Sie Greta so kennengelernt?«

Er greift nach seiner Limonade und nickt. »Sie war eine höllisch gute Tänzerin, auf die jeder ein Auge geworfen hat. Ihre Beine waren«, er holt tief Luft, »die schönsten Beine, die ich je gesehen habe. Hat acht Wochen gedauert, bis sie mit mir ausgehen wollte.«

Gunther hustet. »Stimmt, Greta wurde immer umschwirrt von den Männern, sie waren wie Bienen, die um die prächtigste Blume surrten – keine Ahnung, warum Greta sich den alten Deppen hier ausgesucht hat.«

»Weil sie Geschmack hatte«, grunzt Florian.

»Wohl eher Mitleid.«

»Du kannst nur froh sein, dass deine Erika nicht so wählerisch war.« Florian sieht Gunther herausfordernd an, der zuckt nur mit den Schultern. »Stimmt, da hast du wohl recht.« Sein Blick schweift zu mir. »Aber wir sollten deine nette Begleitung hier nicht mit unseren alten Geschichten langweilen.«

»Sie langweilen mich doch nicht«, erwidere ich schnell. »Ich finde es großartig hier. Erinnert mich an Urlaub.«

Gunther nimmt einen Schluck von seiner eisgekühlten Limonade und nickt. »Die Hütte ist der reinste Luxus. Erika und ich haben uns schon vor zehn Jahren für einen Platz angemeldet.«

»Vor zehn *Jahren*?«, hake ich nach.

»Ja, das sind die Wartezeiten. Und das Ding ist zwar schweineteuer, dafür hat jeder ein riesiges Zimmer mit allem Schnickschnack, es gibt einen eigenen Golfplatz, eine Schwimmhalle, einen Tennistrainer, einen Friseur, einen Schachclub ...«

»Die haben hier einen Schachclub?«, unterbricht ihn Florian interessiert.

Gunter nickt. »Es gibt hier fast alles. Sogar Therapiehunde. Sieh mal, da ist gerade einer.« Der alte Mann beugt sich nach vorne und deutet mit zitternden Fingern auf einen großen Golden Retriever, der schwanzwedelnd an den Tischen vorbeiläuft.

»Das ist ... das ist doch Watson!«, stößt Florian hervor.

»Das ist Watson?«, frage ich ungläubig.

Gunther legt Florian die zitternde Hand auf den Arm. »Nein, Florian, das ist nicht Watson. Das ist Thor.« Er stößt einen melodischen Pfiff aus, und Thor spitzt die Ohren und kommt zu uns herüber, um sich ein paar Streicheleinheiten abzuholen. Ich fahre ihm mit den Fingern durch das wuschelige Fell und blicke auf Florian, der den Hund anstarrt, als handele es sich dabei um einen Geist.

»Wo ist denn Ihre Frau, Gunther?«, wechsele ich das Thema, um auch Florians Geist zu vertreiben, und sehe zu, wie der Hund zum nächsten Tisch trottet. »Erika, richtig?«

»Ach, ich nenne sie auch gern ›die alte Hexe‹«, murrt Gunther.

Florian kratzt sich an seinem grauen Bart. »Ärger im Paradies?«

»Ein Paradies war das schon lange nicht mehr«, gibt Gunther unumwunden zu. »Deswegen haben wir uns vor einem halben Jahr scheiden lassen.«

»In deinem Alter?« Florian schüttelt den Kopf.

»Natürlich. Auch in meinem Alter«, erklärt Gunther.

Der Wind weht ein Prospekt für Gesundheitsmatratzen beinahe vom Tisch, und ich halte es gerade noch mit der Hand fest. »Recht haben Sie«, sage ich, »es hat doch keinen Sinn –«

Weiter komme ich nicht, denn da fällt mein Blick auf das männliche Model des Prospekts.

»Hab ich den Rest Ihres Satzes sofort wieder vergessen oder haben Sie einfach mittendrin aufgehört zu sprechen?«, fragt Florian.

»Sie hat mittendrin aufgehört«, erklärt Gunther seinem Freund völlig ernst. »Muss sich um ein mächtig spannendes Prospekt handeln.«

Florian und Gunther recken synchron die Hälse, um auf die Matratzenwerbung zu schielen.

»Haben Sie Rückenprobleme oder starren Sie den Kerl auf dem Bild an?«, fragt Florian und ich spüre, wie ich leicht erröte, ich spüre, wie das Blut in meine Wangen schießt, weil ich nicht gedacht hätte, ihn so schnell wiederzusehen. Und auch nicht so.

»Das ist … ich …« Ich räuspere mich. »Entschuldigung. Ich war kurz abgelenkt.«

Florian schnappt sich den Flyer und betrachtet das Bild von Noah. »Sagen Sie bloß, das ist Ihr Exfreund.«

Gunther nimmt noch einen Schluck von seiner Limonade und verschüttet dabei etwas, weil seine Hand so sehr zittert. Dabei mustert er mich die ganze Zeit genauestens.

»Ganz offensichtlich ist es ihr Exfreund«, meint er an Florian gewandt, als ob ich gar nicht da wäre.

Ich seufze. »Gut. Okay, es ist mein Exfreund. Können wir jetzt wieder aufhören, über ihn zu reden?«

»Stimmt, Sie wollten ja lieber über meine Exfrau reden«, sagt Gunther, und Florian kichert.

»Ich wollte nur sagen, dass es keinen Sinn hat, mit jemandem zusammen zu sein, mit dem man nicht glücklich ist …«

»Wieso ist Ihr Exfreund eigentlich auf einer Matratzenwerbung zu sehen?«, unterbricht mich Florian.

Gunther beugt sich vor. »Würde mich auch mehr interessieren, als über die alte Hexe zu reden, die mit ihrem neuen Liebhaber nach Florida abgezischt ist.«

Beide starren mich an, als wäre mein Leben eine Soap und sie die Zuschauer, als wäre irgendwas an dem, was ich erlebt habe, wirklich interessant.

»Lassen Sie es raus, Kleine. Vorher geben wir sowieso nicht auf«, erklärt Gunther.

»Ja, aber die Kurzfassung«, pflichtet Florian bei. »Wer

weiß, wie lange Gunther noch durchhält.« Gunther beginnt schallend zu lachen, und die beiden sehen mich noch immer abwartend an.

»Noah, mein Ex, ist Schauspieler, aber es lief nicht so gut bei ihm«, sage ich. »Er wollte ans Theater oder in einer Fernsehserie mitspielen, aber das hat nicht geklappt. Also musste er Modeljobs annehmen, selbst wenn er die dämlich fand.«

»Und?«, fragt Gunther weiter.

»Was und?«

»Na, warum Sie so seltsam geguckt haben«, murrt Florian.

Ich zucke mit den Schultern. »Ich war einfach nur überrascht, ihn auf dem Prospekt zu sehen.«

»Oder Sie sind noch nicht über ihn hinweg«, sagt Gunther.

»Wahrscheinlich«, stimmt Florian zu. »Hat er Sie betrogen?«

Ich atme tief ein und sage kein Wort.

Die alten Männer sehen einander an und nicken.

»Seien Sie froh, dass Sie ihn los sind«, sagt Gunther und will nach meiner Hand greifen. Dabei zittern seine Finger so sehr, dass er seine Limonade umstößt.

»Ha!«, schreit Florian und grinst. »Jetzt weiß ich es wieder: Was ist schlimmer, Alzheimer oder Parkinson?«

Wir sehen ihn beide fragend an.

Triumphierend fährt er fort: »Parkinson, denn lieber ein Bier vergessen als eins verschütten.«

Danach führt Gunther uns noch ein wenig in dem Pflegeheim herum und lädt uns zu einem spontanen Karaoke-Nachmittag mit ein paar anderen Senioren ein, der mit den alten Herrschaften noch wirklich lustig wird.

Auf dem Weg nach Hause wirkt Florian gelöst und entspannt. Ich bin auch zufrieden, denn der Besuch bei seinem Freund scheint ihm gutgetan zu haben. Vielleicht ist Florian auch einfach nur einsam, wahrscheinlich vermisst er seine Greta jeden Tag, denke ich und beneide ihn ein wenig dafür, die Liebe seines Lebens getroffen zu haben.

»Ich hätte nicht gedacht, dass Sie so gut singen können«, sage ich, als wir an der Haltestelle angekommen sind und auf den Bus warten. »Ist Ihnen die hübsche Frau mit der blauen Bluse aufgefallen? Die konnte gar nicht mehr wegsehen.«

Florian stützt sich auf seinen Spazierstock und sieht mir direkt in die Augen. »Wovon reden Sie eigentlich?«

Ich schüttele lachend den Kopf. »Sie können mir nicht erklären, dass Sie die ältere Dame mit der blauen Bluse vergessen haben!«

»Ich erinnere mich nur an die Karaoke-Maschine«, murmelt Florian.

Ich bekomme eine SMS von Nadja, die mich fragt, ob wir uns in nächster Zeit wieder mal treffen wollen, und weil ich mich gerade gut fühle, antworte ich mit einem »Ja«.

»Und die ›Love me tender‹-Interpretation von Ihrem

Freund Gunther haben Sie vergessen?«, frage ich, nachdem ich die SMS an Nadja abgeschickt habe.

Florian nickt. »Zum Glück.«

Als wir zu Hause die Treppe hinaufgehen, merke ich, dass der Ausflug Florian doch mehr angestrengt hat, als er zugeben möchte. Auf jedem Treppenabsatz bleibt er stehen und braucht ein paar Sekunden, bis er weitergehen kann. Ich warte jedes Mal geduldig, bis er sich erholt hat, und biete ihm meinen Arm als Stütze, den er jedoch konsequent ablehnt. Wir haben gerade den zweiten Stock erreicht, als der blonde Nachbarsjunge aus der Tür kommt. Er hat wieder die Stöpsel für sein iPhone im Ohr, und ich höre die Bässe der Musik bis hierher.

»Komm schon, Opa, ich hab's eilig«, faucht der Junge und versucht, sich an uns vorbeizudrängen.

»Hey«, sage ich und halte ihn an der Schulter fest. »Was soll das?«

»Ich sagte doch schon, dass ich es eilig hab«, murrt er und schüttelt meine Hand ab.

»Wieso? Willst du dir mit deinen Freunden wieder ein paar Joints reinziehen?«, frage ich laut. So laut, dass man meine Worte eventuell auch in der Wohnung seiner Eltern verstehen kann.

Er starrt mich an und wird knallrot. »Erzähl keinen Blödsinn«, murmelt er.

»Junge, dein Hasch rieche ich bis hierher«, erklärt Florian staubtrocken.

»Wusstest du eigentlich, dass Herr Hartmann früher bei der Polizei gearbeitet hat?«, frage ich weiter.

Alex sieht hektisch zwischen uns hin und her.

»Ich hab jetzt noch ein paar gute Freunde bei der Drogenfahndung.« Florian lächelt Alex auf eine leicht irre Art an.

Ich runzle die Stirn. »Sagen Sie, ab welchem Alter ist man eigentlich strafmündig?«

»Mit vierzehn«, erwidert Florian und beugt sich über seinen Spazierstock nach vorne, bis sein Gesicht ganz nah an dem von Alex ist. »Sag mal, Bürschchen ... Ich hab leider Alzheimer und es deshalb vergessen, aber hilf mir doch mal auf die Sprünge: Wie alt bist du noch mal?«

TOM

Als ich nach Hause komme, höre ich die beiden im Wohnzimmer miteinander lachen. Es ist lange her, dass ich Florian lachen gehört habe. Nicht auf die gemeine oder gehässige Art. Ein echtes Lachen. So wie früher mit Greta.

Ich bleibe im Vorzimmer stehen und lasse die Tür offen, ich ziehe mir nicht die Schuhe aus und mache keinen Mucks. Ich will noch ein bisschen länger hier stehen bleiben und ihrem Lachen zuhören, auch wenn sich das selbst für mich ein wenig seltsam anfühlt.

Irgendwann sagt Anika etwas zu ihm und steht auf. Ich mag es, wie sie mit ihm umgeht. Als ob ihr seine Gesellschaft wirklich Spaß machen würde, zumindest so lange, wie er sich mit seinen Streichen und Beleidigungen zurückhält. Ich höre ihre leisen Schritte im Flur und schließe die Eingangstür. Dann ziehe ich mir die Schuhe aus und gehe ins Wohnzimmer.

Florian sitzt mit einem Haufen alter Fotoalben auf dem Schoß in seinem geliebten Ohrensessel und hört »Die vier Jahreszeiten« von Vivaldi.

Das Schachbrett steht neben ihm, und ich sehe, dass

sie mitten in einer Partie sind. Schach ist gut gegen Demenz, und ich bin Anika dankbar, dass sie mit ihm spielt, obwohl er bei Schach ein furchtbarer Besserwisser ist und es kein Vergnügen ist, gegen ihn zu verlieren.

»Ah«, sagt Florian, als ich ins Zimmer komme. »Hallo –« Er stockt. »Hallo …« Seine Stirn zieht sich in Denkerfalten zusammen.

»Tom«, sage ich.

Seine Augen verdunkeln sich für einen Moment. »Das weiß ich doch«, faucht er mich an.

»Hallo«, sagt Anika fröhlich, die hinter uns aufgetaucht ist. Sie trägt heute zum ersten Mal, seit ich sie kenne, ein Kleid. Es ist blau mit weißen Streifen, und es steht ihr echt gut.

»Wie war's heute?«, frage ich schnell, um keine verlegene Pause aufkommen zu lassen. Sie streicht sich die dunklen Haare hinters Ohr, geht zu Florian und klappt ein paar der offenen Fotoalben zu.

»Es war gut«, antwortet sie über die Schulter. »Wir haben Gunther besucht. Florian hat Karaoke gesungen. Ich hätte nie gedacht, dass dein Großvater so gut singen kann.«

»Wieso habt ihr vorhin gelacht?«, frage ich und lasse mich aufs Sofa fallen.

»Ich hab ihr ein paar deiner Fotos gezeigt«, erwidert Florian.

Ich schließe kurz die Augen. »Nicht die in dem Marshmallow-Kostüm, oder?«

Anika prustet und schlägt sich die Hand vor den Mund.

»Greta hat es mir genäht«, verteidige ich mich.

»Weil du es dir eingebildet hast«, sagt Florian. »Ein rosa Marshmallow-Kostüm für den Fasching, er war nicht davon abzubringen.«

»Ich war vier Jahre alt, Florian.«

Er zuckt mit den Schultern. »Du hattest damals schon deinen eigenen Kopf.«

»Ich bin sicher, von dir gibt es auch schreckliche Kinderfotos«, sage ich zu Ani.

Sie lächelt, aber es sieht traurig aus. »Von mir gibt es nicht viele Kinderfotos.«

»An diesen Urlaub erinnere ich mich noch«, sagt Florian in diesem Moment und streicht mit seiner Hand über eine Seite im Fotoalbum. Ich gehe zu ihm und sehe mir das Foto an. Es zeigt mich mit 18 oder 19 Jahren mit einer Gitarre an einem See.

»Wo war das noch mal, Tom?«, fragt Florian und die leise Unsicherheit in seiner Stimme tut mir weh.

»Ich weiß nicht mehr genau«, sage ich betont ungezwungen. »Irgendein Campingurlaub in Österreich.«

»Stimmt, ja«, murmelt Florian.

»Du kannst Gitarre spielen, Tom?«, fragt Anika, die sich neben uns gestellt hat.

Ich nicke. »Florian hat es mir beigebracht, da war ich noch in der Grundschule.«

Sie sieht mich an. »Spielst du uns etwas vor?«

Fünf Minuten später sitze ich mit meiner alten Gitarre auf den Oberschenkeln im Wohnzimmer. Das Ding ist gnadenlos verstimmt, und Florian korrigiert jede einzelne Note. Es dauert gefühlt eine Stunde, bis der alte Bock endlich zufrieden ist, aber es scheint Anika nichts auszumachen. Sie sitzt auf dem Sofa, die Knie bis zum Kinn herangezogen, und sieht uns lächelnd zu.

Ich spiele ein paar Akkorde, um wieder hineinzukommen, und schaue Florian fragend an. »Welches Lied?«

»Das fragst du mich? Ich dachte, ich bin hier derjenige mit Alzheimer.«

»Okay. Wie wär's mit ›You are so beautiful‹ von Joe Cocker?« Ich sage es leise und sehe ihn fragend an. Es war Gretas Lieblingslied, aber ich bin nicht sicher, ob er sich daran erinnern kann.

Er stockt kurz und nickt dann. Meine Finger finden die Saiten wie von allein, es ist, als hätte ich nie aufgehört, dieses Lied zu spielen. Florian setzt genau zum richtigen Zeitpunkt ein, und als er singt, liegt so viel Gefühl in seiner Stimme, dass ich ein paarmal blinzeln muss. Gemeinsam spielen wir das Lied zu Ende, und es bringt mich zurück in eine Zeit, die nicht mehr ist. Eine Zeit, in der Florian glücklich war und Greta gelacht hat, eine Zeit, in der alles noch in Ordnung war.

Als die letzten Takte verklingen und ich langsam wieder aus der Musik auftauche, blicke ich direkt in Anikas schimmernde Augen.

»Das war wunderschön«, sagt sie nach einer Pause.

Ich lege die Gitarre beiseite und sehe Florian an, der Anika anstarrt, als hätte er sie noch nie zuvor gesehen.

»Er schläft jetzt«, informiere ich sie eine halbe Stunde später, während ich das Wohnzimmer betrete. Sie sitzt im Schneidersitz auf dem Boden, noch immer die Fotoalben aus meiner Vergangenheit um sich herum.

»Er wusste nicht mehr, wer ich bin«, sagt sie.

»Last in – first out«, erwidere ich. »Du darfst das nicht persönlich nehmen.«

»Das tue ich nicht. Ich mache mir nur Sorgen um ihn.«

Ich lasse mich neben ihr auf dem Boden nieder. »Ich auch«, stimme ich ihr zu. »Die Ärzte sagen, dass sein Krankheitsverlauf unüblich ist. Er baut nicht sukzessive ab, wie es für Alzheimer typisch ist, sondern kehrt immer wieder zu starken Momenten zurück, in denen er fast wie früher ist.« Ich lächle schwach. »Vielleicht spielt er mir aber auch nur was vor. Auf alle Fälle«, ich mache eine kurze Pause, »beginnt der Unterschied zwischen den guten und den schlechten Tagen immer größer zu werden.« Ich schlucke und merke, dass ich das Thema wechseln muss. »Erzähl mir von deinem heutigen Tag.«

Sie beginnt zu lächeln. »Er hat sich gut unterhalten. Und wir haben diesem Bengel aus dem zweiten Stock einen ordentlichen Schrecken eingejagt.«

Ich grinse. »Wir? Du weißt schon, dass er sich immer mit seiner Demenz rausreden kann, wenn es hart auf hart kommt.«

Anika lacht, und ich mag das Geräusch. »Es war völlig legal, was wir getan haben.«

»Noch«, präzisiere ich.

»Noch«, stimmt sie mir mit einem Lächeln zu.

Plötzlich wird sie wieder ernst.

»Er wird sich morgen doch wieder an mich erinnern, oder?«

Ich muss dem Impuls widerstehen, nach ihrer Hand zu greifen, und nicke stattdessen. »Davon bin ich überzeugt.«

ANI

»Du siehst gut aus«, sagt Nadja jetzt schon zum dritten Mal in den drei Minuten, in denen wir uns gegenübersitzen. Sie hat sich nicht verändert, mit ihrem schwarzen Pagenkopf, den schwarzen Klamotten und dem durchdringenden Blick.

»Das sagtest du schon«, erwidere ich kurz und nehme einen Schluck von meinem Chai, der viel zu süß schmeckt.

Nadja zieht ihre feingezupften Augenbrauen zusammen. Sie bewegen sich nicht viel, aber in der Bewegung liegt viel. Es ist ein Zeichen der Skepsis hinsichtlich dessen, was ihre Augen an ihr Gehirn weitergeben: Da sitzt eine verlassene junge Frau mit braunen gekämmten Haaren, etwas Make-up und einem Lächeln im Gesicht. Kein großes Die-Welt-ist-wunderschön-ich-möchte-sie-umarmen-Lächeln, sondern ein leises, zartes Lächeln, das dir in dem Frühstückscafé gar nicht auffällt, wenn du nicht genau hinsiehst. Aber Nadja entgeht nichts, jede Form der Fröhlichkeit wird von ihrem Radar aufgenommen, denn Fröhlichkeit gehört nicht in das Leben einer wahren Künstlerin, es zerstört nur die Dramatik und den Höhepunkt. Wahre Künstler besitzen Tiefgang, wahre Künstler besitzen Seele und ein Wesen, das einfach nicht glücklich sein kann in dieser Welt, die so voller Leid ist. Eine Seele, die genau hinsieht und die unerträgliche Last der Existenz erkennt.

Und Nadja ist eine Künstlerin.

»Denkst du noch an ihn?«, fragt sie direkt und spießt ein Stück Rührei auf die Gabel, ohne den Blick von mir zu nehmen.

»An wen?«

Die gezupften Augenbrauen wandern noch einen Millimeter weiter zusammen. »Du weißt, an wen.«

Ihre Stimme klingt tiefer als sonst.

»Selten«, sage ich, und es stimmt, und das fühlt sich gut an. Die ganzen Aufregungen mit Florian, in denen ich zu Andrea, Alexis und Annette wurde, die Wochen mit ihm, in denen ich mich um jemand anderen kümmern musste als um mich selbst, haben meinen Blick verschoben. Vielleicht liegt es an der Beschäftigung an sich, vielleicht liegt es auch an Florian, aber es fühlt sich an, als wäre Noah nicht mehr wirklich real, als würde das, was einmal war, nicht mehr existieren. *Es existiert auch nicht mehr*, schießt es mir durch den Kopf, denn Noah existiert nur noch mit Clara, und selbst das versetzt mir nur einen kleinen Stich, wie von einem Taschenmesser. Es ist nicht mehr das riesige, blitzende Messer, das mit voller Wucht in meinen Brustkorb gerammt wurde, um dann zwischen meinen Rippen herumzustochern.

Nadja sieht mich an, mit ihrer blassen Haut und den erwartungsvollen Augen. »Das kaufe ich dir nicht ab.

Immerhin hat er dich mit ihr betrogen«, sagt sie und nippt an ihrem Espresso. »Die ganze Zeit.«

»Und die ganze Zeit hast du nichts gesagt«, erwidere ich nüchtern, denn keiner hat etwas gesagt, wieso auch, und weshalb sollten wir dann jetzt etwas sagen. Ruhig schmiere ich mir ein Brötchen mit Butter und tupfe goldgelben Honig darauf. Das Café mit den kleinen weißen Holztischen und den farbenfrohen Kissen ist gut besucht. Weiches Licht fällt durch die kuppelförmige Glasdecke, die ich schon immer mochte, und unsere Unterhaltung geht im Stimmengewirr der Leute unter, die mit sich selbst beschäftigt sind.

»Was hätte ich denn sagen sollen?«, bemerkt Nadja nach einer perfekt gewählten Pause und strafft die Schultern. Der Hauch der Empörung, den sie in diese Worte legt, ist nur gespielt. Nadja liebt das Drama und die Reibung, Reibung ist Kraft und Inspiration, behauptet sie. Ich habe das Gefühl, dass ich mich die letzten Wochen zu viel gerieben habe.

»Hör auf damit«, sage ich und lege das Messer zur Seite.

»Womit?«

»Du weißt, womit.«

Sie sieht mich unbewegt an, und jetzt lasse ich meine Augenbrauen nach oben wandern. »Damit, die Gefühle aus mir herauszukitzeln, damit du Inspiration für deine nächste Skulptur oder deine nächste Leinwand hast«, sage ich sachlich und beiße von meinem Brötchen ab. Ein Moment der Stille entsteht, in einem Café, in dem es fast zu laut ist.

»Es war scheiße«, sage ich irgendwann etwas versöhnlicher, »wenn du es genau wissen willst. Es war total beschissen, ich stand plötzlich allein da, ohne etwas. Seine Wohnung, seine Freunde, sein Leben … und ohne Leben dazustehen, ist einfach nur scheiße.«

Nadja nickt. »Es tut mir leid, Ani.« Sie atmet tief ein. »Noah ist einer meiner ältesten Freunde, ich hatte nicht das Recht, etwas zu sagen. Es war so offensichtlich, dass da etwas zwischen den beiden läuft, und ich dachte nicht, dass du das nicht sehen kannst.« Sie streicht sich eine schwarze Haarsträhne aus dem Gesicht. »Aber vielleicht wolltest du es einfach nicht sehen.«

»Vielleicht«, sage ich nur und will die Gedanken nicht zulassen, die mich wieder dorthin zurückbringen, wo ich schon war. In mein Lieblingslokal, den kleinen Italiener einige Straßen entfernt, der für besondere Momente stand, Momente, die nur uns beiden gehörten. Das erste Date, der Jahrestag und der ganze Scheiß, das alles wurde dann von einem *anderen Moment* überrollt, von einem Moment wie eine schwere schwarze Bowlingkugel, die alles, was ihr in den Weg kommt, geradewegs niederdonnert. Ich wollte sie nicht hören, diese Sachlichkeit, mit der er mir sagte, dass es jemanden anderen in seinem Leben gebe, jemanden, der mir nahe sei, aber ihm jetzt *noch viel näher*. Mir wurde schlecht, das ganze gute Essen steckte mir im Hals, die Pasta und die Antipasti, natürlich hatte er es mir auf vollen Magen gesagt, weil es ihn *viel Kraft* kostete und es *ihm nicht leichtfiel*, und dabei hat er an der Serviette herumgefummelt, so wie er es bei mir nicht mehr getan hatte, zumindest die letzten Wochen nicht mehr.

Ich muss es doch selbst gemerkt haben, wir waren uns doch nicht mehr nahe, aber er kann nichts tun, denn gegen die Liebe kann man nichts tun … Die Worte kamen mir bekannt vor, und dann funktionierte mein Hirn noch so weit, dass mir klarwurde, dass er die Rede aus einer seiner Rollen geklaut hatte, für die wir gemeinsam geübt hatten, immer und immer wieder, bis ich selbst darin hätte mitspielen können.

Aber bei dem neuen Stück war ich nicht mehr eingeladen, ich war nicht mal mehr die Zweitbesetzung, ich wurde rausgeschmissen, auf die Straße gesetzt, einfach abgeschoben. Und ich wollte nur noch raus, raus aus dieser Demütigung, dem Verlust meiner Liebe und der Anwesenheit meiner akuten Dummheit, *weil ich einfach nicht genau hingesehen hatte.*

»Es ist auch egal, Nadja. Es ist vergangen«, sage ich und nehme einen großen Schluck von meinem viel zu süßen Chai, der mir immer besser schmeckt. »Irgendwie fühlt es sich jetzt richtig an.«

Nadja lehnt sich auf dem weißen Stuhl zurück, die gezupften Augenbrauen wandern auseinander, wieder zurück an ihren Platz. »Wow. Das hätte ich nicht gedacht.«

»Was? Hättest du gedacht, dass ich mich umbringe?«

Sie nickt, fast zu schnell. »Nachdem du so lange auf keinen meiner Anrufe reagiert hast, hielt ich das sogar für eine sehr wahrscheinliche Möglichkeit. Natürlich hätte es mich traurig gemacht, aber jeder soll das Recht haben, sich aus dieser hässlichen Welt zurückzuziehen.«

Ich lächle und beiße von meinem Brötchen ab.

»Und wo existierst du jetzt? Wo bist du gelandet?«,

fragt sie, und dann erzähle ich von Florian und lasse den Großteil weg, denn der Großteil ist verwirrend und zu inspirierend für sie, der Großteil ist irgendwie meins und will nicht geteilt werden.

Nadja winkt die Kellnerin zu uns. »Eine Runde Prosecco für uns.«

»Jetzt?«, frage ich.

»Natürlich jetzt. Wann sonst?«, erwidert Nadja und fährt mit ihren lackierten Fingernägeln über den weißen Tisch, als wäre es das Selbstverständlichste, um zehn Uhr morgens Alkohol zu trinken. Die Kellnerin mit den kurzen blonden Haaren nickt lächelnd und verschwindet dann wieder.

Nadja sieht mich intensiv an. »Du magst ihn.«

Unwillkürlich weiche ich ein Stück zurück, mein Herz schlägt auf einmal ganz anders. »Wen?«

»Na, diesen Florian.«

Ich nicke und bin seltsam erleichtert. »Irgendwie schon.«

»Wo ist er jetzt?«

»Er ist bei einem Freund. Ich muss ihn nachher abholen.« Ich schiele auf die Uhr, ein wenig Zeit habe ich noch.

Nadja legt den Kopf schief. »Und es macht dir nichts aus, den Babysitter zu spielen?«

»Nein, überhaupt nicht«, entgegne ich und bin mir nicht sicher, wer hier manchmal für wen den Babysitter spielt, ich bin mir nicht sicher, wo ich gelandet wäre, mit dem Nichts an Leben, das ich hatte, wenn ich nicht das Gespräch an der Bushaltestelle belauscht hätte und in die Wohnung geflüchtet wäre, in diese fremde Wohnung mit diesen zwei Fremden, die mir auf einmal viel zu nah sind.

Die Kellnerin bringt die beiden Proseccos vorbei, und Nadja und ich stoßen an, wahrscheinlich auf unterschiedliche Dinge, sie auf meinen Nichttod und ich auf mein Nichtleben, und dann erzählt sie mir von ihrer Vernissage und sagt, dass ich unbedingt kommen muss und dass es dann ja ganz entspannt ist, wenn auch Noah und Clara da sind, da ich ja so entspannt bin, und dann bin ich plötzlich doch nicht so entspannt, als sich jemand neben uns räuspert.

»Ani«, sagt er nur, und ich will nicht, dass er meinen Namen ausspricht, er soll mich Andrea, Alexis und Annette nennen, er soll nicht so viel Gefühl in diese wenigen Buchstaben legen.

»Was machst du hier?«, frage ich steif und werfe Nadja einen finsteren Blick zu.

»Nein, Nadja kann nichts dafür. Ich wollte dich einfach nur sehen«, sagt er und zieht sich vom Nachbartisch einen Stuhl herbei, ohne zu fragen, ob er sich setzen, ob er sich irgendwie wieder in mein Leben begeben darf.

»Aber vielleicht habe ich keine Lust, dich zu sehen«, sage ich, und Nadja steht auf, erklärt, dass sie uns lieber allein lässt und dass sie die Rechnung übernimmt, und dann drückt sie mir einen Kuss auf die Wange und auch Noah, und dann geht sie, es ist wahrscheinlich das erste Drama, auf das sie freiwillig verzichtet.

Und ich sehe Noah nur an, wie er vor mir sitzt mit der

blauen Jeans und dem Bandshirt, den blonden, verstrubbelten Locken und dem schüchtern-schelmischen Lächeln, das ich früher so nett fand und bei dem ich jetzt einfach nicht mehr hinsehen möchte.

»Ani«, sagt er noch einmal, und ich wische mir unauffällig Nadjas Lippenstift von meiner Wange, den ich auch bei Noah sehe. »Ich wollte nur sichergehen, dass es dir gutgeht.«

Ich spüre, wie der Atem durch mich fließt, versuche zu spüren, wie es mir geht, versuche, *mich zu spüren* und herauszufinden, ob mich etwas berührt, und wenn ja, was genau, der mitleidige Tonfall, der Satz an sich oder einfach nur seine Anwesenheit.

»Mir geht es gut«, sage ich nur. Es klingt zurückhaltend, denn es ist immer beschissen, die Verlassene zu sein, egal was du dir sonst einredest. Bist du diejenige, die abserviert wurde, dann bist du das Opfer, bist der Teil, der nicht ins Puzzle gepasst hat. Und dann rennst du gefühlt mit einem neonfarbenen Leuchtpfeil über dem Kopf durch die Gegend, der blinkt und klarmacht, dass du einfach *zu wenig* warst.

»Was machst du so?«, fragt Noah und rauft sich die Haare. »Ich meine, du bist so schnell verschwunden und erreichen konnte ich dich auch nicht.« Er macht eine kurze Pause, es wirkt, als wäre er vorsichtig mit dem, was er sagt. »Und dann dachte ich, dass du deine Ruhe brauchst und dich schon melden wirst, wenn es dir gutgeht.«

»Nur weil ich mich nicht gemeldet habe, heißt es nicht, dass es mir nicht gutgeht«, sage ich ruhig. »Das meiste Zeug in der Wohnung ist sowieso von dir.«

Die kurzhaarige Kellnerin kommt vorbei. »Was willst du trinken?«, fragt sie und lächelt Noah an, anders, als sie es bei Nadja und mir getan hat. Es ist kein aufmerksames, sondern ein *gefallenwollendes* Lächeln, denn Noah sieht gut aus, solange man ihn nicht kennt.

»Ich glaube, ich könnte jetzt auch so einen gebrauchen«, sagt er, und auch seine Augen lächeln die Kellnerin an, und sie lächelt zurück, und ich bin die Einzige an diesem verdammten Tisch, die nicht mehr lächelt.

»Ist das okay? Willst du noch kurz mit mir reden?«, fragt er an mich gewandt, ganz zaghaft.

»Klar ist das okay«, sage ich, obwohl es sich nicht okay anfühlt, es fühlt sich seltsam und merkwürdig an, hier zu sitzen, in diesem freundlichen Café mit den bunten Kissen, Noah hier gegenüberzusitzen, wo ich ihn doch vor ein paar Wochen noch mit einem der Kissen hätte ersticken können. Aber ich möchte irgendwie nicht die trotzige Verlassene mit dem Neonschild sein.

»Wo bist du hin? Was machst du jetzt?«, fragt er unverbindlich, wie ein Freund, den ich lange nicht mehr gesehen habe. »Du siehst echt … wow, du siehst echt super aus, Ani.«

Ich atme ein, es fühlt sich zu seltsam an, die Puzzleteilchen passen wirklich nicht mehr, beide nicht.

»Noah.« Ich spreche seinen Namen langsam aus, wie eine Granate, die ich nicht fallen lassen darf. »Ich glaube nicht, dass wir das hier tun sollten.«

Die Kellnerin kommt und stellt das Glas Prosecco auf den Tisch, lächelt noch einmal und geht dann wieder.

Noah nimmt einen Schluck. »Warum nicht?«

»Weil es sich nicht richtig anfühlt«, sage ich geradeheraus. »Ich möchte mit dir nicht plaudern, wie ich es mit einem alten Freund tun würde. Du hast dich von mir getrennt. Du hast mich mit Clara betrogen, und ihr seid jetzt verliebt. Das ist das Ende vom Film. Einem ziemlich schlechten, wohlgemerkt«, sage ich, und das ohne Verletztheit, voller Sachlichkeit, wie ein Rechtsanwalt, der die Fakten zusammenträgt.

Noah reibt sich den Nacken. »Es ist einfach scheiße gelaufen, Ani, und es tut mir leid, wie es gelaufen ist. Aber du musst selbst zugeben, dass es zwischen uns einfach nicht mehr so war wie früher.«

Ich atme tief ein und sehe ihn an, ohne Wehmut in den Augen. Das, was ich sage, klingt so verdammt erwachsen, obwohl ich mich doch gar nicht danach fühle. »Darum geht es doch nicht. Es ist an sich schon scheiße, verlassen zu werden, aber hintergangen zu werden von den beiden Menschen, denen du am meisten vertraust? Noah, das«, ich merke, wie sich mein Herzschlag beschleunigt, »das war richtig beschissen.«

Er nickt. Immer und immer wieder. »Ich weiß«, erwidert er gedämpft. »Könnte ich die Zeit zurückdrehen … Mann, Ani. Es war einfach alles zu viel. Als du deinen Job im Café verloren hast und es bei mir mit den Buchungen nicht so lief, war Clara einfach für mich da, und dann führte eins zum anderen …«

»Ich möchte das nicht hören, Noah. Das kannst du gerne deinem Therapeuten erzählen, aber nicht mir. Werde mit Clara glücklich, aber lass mich da raus.«

Ich stehe auf, kippe das Glas Prosecco in einem Zug runter, lächle noch immer nicht. »Leb wohl«, sage ich, dann gehe ich aus dem Café, ganz erwachsen.

»Ani!«, höre ich ihn hinter mir schreien, als ich schon auf der Straße bin. »Ani! Warte doch ...« Er schnappt nach meinem Arm und hält mich fest. »So bleib doch stehen.«

Ich drehe mich um. »Was?«, fahre ich ihn an.

Noah sieht ziemlich abgehetzt aus. »Ich ... ich habe ein Vorsprechen. Für eine Rolle bei einer neuen Fernsehsendung, das wäre mein Durchbruch, Ani.«

»Na und?«, frage ich und denke, dass ich nicht zu spät zu Florian kommen darf. Er ist zwar bei Gunther im Heim, aber ich weiß nicht, was die zwei Herren zusammen anstellen werden, wenn man sie zu lange allein lässt. Und ich habe Tom versprochen, ihn in einer halben Stunde abzulösen.

»Ich brauche deine Hilfe«, schiebt sich Noah in meine Gedanken.

»Du brauchst was?«, frage ich ungläubig.

»Ich ... ich schaff das mit dem Text nicht. Es ist ... ich bin irgendwie blockiert, dabei ist die Rolle so entscheidend für mich, ich sitze vor dem Text, aber ich kann ihn nicht behalten. Mein Coach hat mir empfohlen, mit dir zu üben, wir haben das doch immer so super miteinander gemacht.«

»Ja, aber jetzt machst du es doch so super mit Clara«, sage ich, und es klingt bissiger, als es gemeint ist. Ich blicke auf die Uhr. »Noah, ich muss jetzt wirklich los.«

»Bitte, Ani. Das Vorsprechen ist morgen.«

»Ich kann nicht. Nein«, sage ich nur und sehe ihn an, »das ist es nicht. Ich will nicht.«

Noah atmet geräuschvoll aus. »Ani, sei doch nicht so.«

»Frag doch Clara.«

Er schüttelt den Kopf. »Ani, ich brauche deine Hilfe, mit Clara funktioniert das irgendwie nicht.«

Ich schüttle ebenfalls den Kopf. »Ich soll mit dir üben, damit ich dich später regelmäßig im Fernsehen sehen kann? Nein danke.«

»Du siehst doch eh kaum fern.«

»Das weißt du doch gar nicht.«

»Ani.«

»Noah, ich muss jetzt wirklich los«, sage ich und drehe mich um.

Er hält mich fest, die Berührung ist seltsam, inzwischen so fremd.

»Bitte, Ani.« Er sieht verzweifelt aus. »Nur eine Stunde gemeinsam üben. Du kannst dann auch alles von mir haben, was du willst. Sogar meine Seele.«

»Und die Karaokemaschine ist sein Geschenk?« Florian runzelt argwöhnisch die Stirn und fährt sich über seinen grauen Bart.

»Es ist so etwas *wie ein Geschenk*«, sage ich und schiebe die Karaokeanlage an die Wand neben den antiken Kleiderschrank aus Kirschbaumholz. Dann trete ich einen Schritt zurück. »Gut so?«, frage ich und betrachte das Bild, das sich mir bietet. Die schwarze Maschine passt nicht zur antiken Einrichtung, aber ich glaube, in Florians Augen Freude aufblitzen zu sehen.

»Aha«, entgegnet Florian, und sein Mundwinkel zuckt, während er die Maschine taxiert. »So etwas *wie* ein Geschenk«, murmelt er. »Erpressung?« Er verschränkt die Arme hinter seinem Rücken, beugt sich mit dem grünkarierten Hemd und der dunkelblauen Jeans hinunter und streicht über die Knöpfe der Anlage.

Ich schiebe mir eine Haarsträhne aus dem Gesicht. »Nennen wir es einen Tausch.«

Florians Körperhaltung verändert sich, wahrscheinlich eine Gewohnheit aus seinem alten Job. Er dreht seinen Kopf in meine Richtung. »Was tauschen Sie denn mit dem Idioten? Hoffentlich keine Körperflüssigkeiten«, murrt er.

Ich schüttle den Kopf. »Ich helfe ihm beim Üben für ein Vorsprechen, für eine Fernsehproduktion.«

»Sie wollen den Trottel im Fernsehen sehen?«

Ich grinse leicht. »Ich sehe doch kaum fern.«

»Aber ich«, grummelt er.

»Aber Sie kennen ihn doch gar nicht.«

Florian steht auf, geht ein paar Schritte und setzt sich aufs Bett. »Zum Glück.« Er macht eine kurze Pause, schielt dann auf seinen Fernseher. »Aber der Verfall des Fernsehens ist nun nicht mehr aufzuhalten.«

»Es ist schön hier«, sagt Noah, als er wenig später das Wohnzimmer betritt. »Tolle Möbel.« Sein Blick schweift anerkennend über die antike Einrichtung, und er deutet auf einen grünen Fauteuil. »Darf ich?«, fragt er höflich.

Ich nicke und höre Florian in seinem Zimmer »Stayin' Alive« trällern und muss schmunzeln.

»Scheint deinem Freund viel Freude zu bereiten, die Karaokemaschine«, sagt Noah und setzt sich.

»Du benutzt sie doch sowieso nicht«, entgegne ich und setze mich auf einen gestreiften Biedermeiersessel gegenüber von ihm hin. »Außerdem wolltest *du*, dass ich mit dir übe.«

»Ist schon gut, Ani«, entgegnet Noah und reicht mir das Skript. »Ich bin wirklich froh, dass du das für mich tust.«

»Ich tue das nicht für dich«, erwidere ich trocken. »Ich tue das für die Karaokemaschine.«

Er lacht. »Ich mag deinen Humor, den habe ich immer gemocht.«

»Lass uns anfangen«, sage ich schnell und ignoriere den leichten Taschenmesserstich in meiner Brust.

Noah lehnt sich auf dem Stuhl nach vorne. »Es geht um eine neue Arzt-Serie. Ich spreche für einen Assistenzarzt vor, der sich in eine Ärztin verliebt hat.«

»Wie anspruchsvoll«, bemerke ich kurz.

»Es ist ein wenig wie ›Greys Anatomy‹, eine deutsche Version eben«, übergeht Noah meinen Kommentar, und ich schiel aufs Skript. Es handelt sich eindeutig um eine Liebesszene, die er vortragen soll, der Zufall hat einen seltsamen Sinn für Humor.

»Lass es uns hinter uns bringen«, erwidere ich nur, und er nickt, und dann setzt er seinen Schauspielerblick auf, ich erkenne ihn sofort, und dann schiebe ich alle Erinnerungen an das gemeinsame Üben, Lachen und Weinen zur Seite, um Noah so schnell wie möglich wieder aus der Wohnung zu bringen.

»Sarah. Rede mit mir«, beginnt er. »Ich will nicht mehr mit dir reden, Phillip. Es ist alles gesagt«, lese ich vor.

»Nein, sag das nicht«, fleht er. »Wir … ach, Scheiße, ich bin nicht gut in solchen Dingen.« Er steht auf und fährt sich durch die blonden Locken. »Als ich dich mit dem Chefarzt nach der OP gesehen habe, da dachte ich – nein, da dachte ich nicht mehr, da hat mein Körper nur noch reagiert. Ich bin einfach ausgerastet, denn dich mit einem anderen zu sehen, hat mich wahnsinnig gemacht.«

»Wir sind nur Freunde, das hättest du wissen müssen«, sage ich und hasse den Text jetzt schon. »Du müsstest mich kennen, aber ich glaube, du kennst mich gar nicht.«

Die Worte fühlen sich eigenartig an.

Noah setzt sich wieder hin, lehnt sich ein Stückchen weiter nach vorne und greift nach meiner Hand. Ich widerstehe dem Impuls, sie einfach wegzuziehen.

»Bitte hör mir zu. Ich habe einen Fehler gemacht, aber ich will, dass es zwischen uns wieder so ist wie früher.« Er stockt kurz, und sein Schauspielergesicht verschwindet.

»Was machen Sie hier?«, fragt plötzlich eine tiefe Stimme hinter uns, und ich fahre erschrocken herum.

TOM

Ich glaube, ich sehe nicht richtig. Vor mir sitzt Anika mit diesem Typen, wahrscheinlich ihr Ex, der hier einen auf Liebeserklärung macht. Hier, auf Florians und Gretas Stühlen, in einer Wohnung, die nicht ihm gehört, einer Wohnung, in der er absolut nichts zu suchen hat.

»Was machen Sie hier?«, frage ich, und am liebsten würde ich den Typen einfach hier rausprügeln.

Anika und der Arsch mit den blonden Haaren drehen sich zu mir um, fast synchron. Sie wirkt erschrocken. Ihre braunen Rehaugen sind geweitet, und sie sieht aus, als hätte ich sie beim Stehlen erwischt.

»Ich komme gleich wieder«, sagt sie zu ihm, und ihre sanfte Stimme macht mich noch rasender, und dann macht sie ein paar Schritte auf mich zu, und wir gehen hinaus in den Flur, als müssten wir uns vor dem Typen verstecken. Alles in mir wehrt sich dagegen, das Wohnzimmer zu verlassen, der Arsch soll sich verziehen, aber ich mache es und versuche, ruhig zu bleiben, obwohl plötzlich alles in mir kocht.

Anika schließt die Tür. »Ich helfe Noah nur kurz beim

Textlernen für ein Casting«, sagt sie, und dabei sieht sie mich an, als wäre es absolut okay, als müsste ich es okay finden, dass sie irgendwelche Typen anschleppt.

»Wo ist Florian?«, frage ich hart und höre natürlich, wie er unweit entfernt »Fly me to the moon« singt, seine Stimme ist unverkennbar.

»Er singt gerade«, sagt sie, und die Art, wie sie es sagt, ohne weitere Erklärung, ohne Versuch, sich zu entschuldigen, diese Sturheit, macht noch mehr mit mir.

»Wie kannst du dir so sicher sein, dass es Florian ist? Es könnte auch eine Scheiß-CD sein!« Ich atme geräuschvoll aus. »Anika, ich bezahle dich dafür, dich um ihn zu kümmern, nicht, um hier mit irgendwelchen Typen rumzumachen.« Meine Stimme klingt vorwurfsvoll und aggressiv, und das soll sie auch.

Ihre Wangen färben sich, und ihr ganzer zierlicher Körper spannt sich an. »Florian geht es gut. Du kannst dich gerne selbst vergewissern«, faucht sie.

»Ich will mich dessen nicht selbst versichern. Du sollst das tun. Willst du, dass wieder so etwas passiert wie mit dem Auto?« Schon als ich es ausgesprochen habe, weiß ich, dass es nicht richtig ist, aber mir ist nicht nach richtig zumute.

»Es geht ihm gut«, presst sie hervor, »und es ist für ihn okay, dass Noah da ist.«

»Aber für mich ist es das nicht«, knurre ich und sehe sie wütend an. »Das hier ist deine Arbeitszeit, und du kannst während deiner Arbeitszeit nicht einfach tun und lassen, was du willst. Du hast eine Verantwortung, und der sollst du auch nachkommen. Also tu das verdammt noch mal.« Und dann drehe ich mich um und gehe.

»Hey, Mann, schön, dass du es geschafft hast«, sagt Michel, als er mit seinen kurzgeschorenen braunen Haaren die Tür öffnet. Er betrachtet mich mit einem herausfordernden Grinsen. »Willst du dir heute eine Abreibung holen?«

Ich trete in seinen Flur und klopfe ihm auf die Schulter. »Soweit ich mich erinnern kann, hast du dir letztens die Abreibung geholt.«

Sein Grinsen wird breiter. »Du kannst dich eben nicht mehr erinnern.«

Ich schüttle nur den Kopf.

»Sorry, so war das nicht gemeint«, bemerkt er, als der Groschen fällt. Er presst kurz die Lippen aufeinander. »Hey, es tut gut, dass du dabei bist.«

Ich nicke und gehe ins Wohnzimmer, in dem die Couch an die Wand gestellt wurde, um dem kreisrunden Eichentisch Platz zu machen, an dem schon Titus, Lars und Chris sitzen.

Alle beginnen zu grinsen, als sie mich sehen.

»Shit, du hier? Lange nicht mehr gesehen … aber bitte zieh Michel nicht wieder so ab, sonst heult der wieder wie ein Baby«, sagt Titus zu meiner Begrüßung und fährt sich durch die halblangen Haare. Ich gehe zu den Jungs und begrüße sie nacheinander.

»Schwachsinn«, bemerkt Michel.

»Erzähl's nicht meiner Frau«, macht Lars wimmernd Michel nach und pafft an seiner Zigarre. Michel schnappt nach dem qualmenden Ding. »Du weißt, was sie von diesen Dingern in der Wohnung hält«, sagt er und dann fügt er leiser hinzu, als Gelächter aus der Küche dringt: »Die hatte heute ihren Mädelsabend geplant, irgend so eine Backscheiße, irgendwie sind die Termine durcheinandergeraten. Also kurz: Sie ist da, benehmt euch also, Jungs.«

»Natürlich«, erwidert Chris, der mit seinem Vollbart noch fetter wirkt als das letzte Mal, nippt an seinem Bier und rülpst laut.

»Ehrlich?«, fragt Michel.

Chris grunzt nur. »Willst du's noch mal hören?«

»Mann, lass stecken«, murrt Michel genervt und dreht sich dann zu mir um. »Setz dich einfach. Willst du was trinken? Cognac, Whiskey, Babymilch?«

»Ich nehme den Whiskey«, sage ich und lasse mich auf einem der zwei freien Plätze nieder. Sie haben mit meinem Auftauchen gerechnet, denke ich, lächle innerlich und sehe mir die Kerle an, wie sie da sitzen, an Michels Pokertisch. Das letzte Spiel ist ganz schön lange her. Das war noch vor Florians Diagnose, danach hat sich viel geändert.

»Alles okay bei dir, Mann?«, fragt Lars und rückt sich seine Brille zurecht.

»Es läuft.«

»Gut, dass du mal wieder da bist«, sagt er, und ich nicke nur.

»Ist ja ekelhaft das Gesülze«, sagt Chris grinsend.

»Dein Bart ist ekelhaft«, sage ich nur, und Chris grinst noch breiter. »Ist mein bestes Stück.«

Ich schüttle nur den Kopf und reibe mir über die Augen.

»Mann, das will ich nicht wissen.«

»Das will auch keine Frau wissen«, lacht Titus.

Michel kommt mit zwei Schüsseln Chips an den Tisch und nimmt den letzten Platz ein. »Also, meine Herren, lassen wir das Spiel beginnen.«

Er mischt die Karten und eine plötzliche Ruhe kehrt ein, ab und zu fällt ein blöder Kommentar, aber das war's dann schon. Es tut gut, einen Abend mit den Jungs zu verbringen und meine Gedanken zu leeren und nicht mehr an Anika und ihren beschissenen Freund denken zu müssen. Ich hätte nicht gedacht, dass sie Florian wie ein Kind mit einer Karaoke-Maschine in sein Zimmer schickt, damit sie ihre Ruhe haben kann mit ihrem beschissenen Typen. Ich nehme einen Schluck von meinem Whiskey und erkenne an Titus' betont coolem Blick, dass er ein Scheißblatt in der Hand hält.

»Ich erhöhe«, sage ich und schiebe den Haufen Jetons in die Mitte.

»Da bin ich raus«, bemerkt Lars, der viel zu oft an seiner eckigen Brille herumgefummelt hat, und schmeißt die Karten auf den Tisch.

»Ich gehe mit«, meint Michel und wirft seine Chips in die Mitte.

Titus tut, als würde er überlegen, und schwenkt das Cognacglas in seiner Hand. »Bin auch raus, Jungs«, sagt er nach einem bedächtigen Augenblick, den ihm keiner abkauft. Natürlich sagt aber auch keiner was.

»Bin dabei«, meint Chris und reibt sich über seinen

Vollbart. »Und ich will sehen.« Er schiebt seine Jetons auf den bunten Haufen, der bereits in der Tischmitte liegt.

Ich nicke, drehe mein Blatt um, und die Jungs starren auf meine Herzen.

»Ein Royal Flush, Mist«, knurrt Michel. »Und ich dachte, ich bin hier mit meinem Straight Flush der Hero.« Er schmeißt die Karten auf den Tisch. Er klingt angepisst. Ich muss grinsen.

»Mein Full House kackt dagegen aber ganz schön ab«, bemerkt Chris und fährt sich stöhnend über seinen Vollbart. »Alter, damit hätte keiner gerechnet.«

Ich nicke und bin gedanklich bei *meinem* Full House, mit dem ich auch nicht gerechnet hätte. Ich bin schon wieder bei Anika und dem Scheißtypen, dann bei Florian und der Scheißkaraokeanlage, dann bei Greta und ihrem Scheißtod. Alles hat sich damit verändert, und wenn sie da wäre, dann würden ihr die richtigen Worte einfallen, sie würde mich verstehen, auch wenn ich es selbst kaum tue.

Ich leere mein Glas, als Birgit mit ihrer Freundin Mirjam aus der Küche kommt. Die letzte Begegnung mit Mirjam war stürmisch, und ich weiß nicht, ob sie es mir übelnimmt, dass ich sie nicht angerufen habe. Aber es war von Anfang an klar, was es war.

»Wollt ihr noch ein paar Chips? Also zum Essen?«, fragt Birgit und streicht Michel sanft über die Schulter.

»Danke, Schatz, ich brauche jetzt etwas Stärkeres.« Er lässt den Kopf fallen und rauft sich die Haare. »Was Tom aber auch immer für ein Glück hat«, murrt er vorwurfsvoll, das bin ich schon gewohnt. Aber das Glück nicht wirklich.

Mirjam lächelt mich an und kommt mit einem verführerischen Gang auf mich zu. Sie trägt eine enge schwarze Bluse, und ihre dunklen Haare fallen ihr in Wellen über die Schulter. Sie sieht nicht aus, als hätte sie in der Küche viel gebacken, wie sie dasteht mit ihrem Rotweinglas in der Hand. Ihr Blick ist bestimmt, und sie erinnert mehr an eine Jägerin als an eine Bäckerin. Mit geschmeidigen Bewegungen lehnt sie sich von hinten über meinen Stuhl.

»Hallo Tom«, flüstert sie in mein Ohr, und ich rieche ihr Parfüm. Titus starrt mich an, und ich weiß, dass er am liebsten mit mir tauschen würde, zu Hause warten Frau und Kind auf ihn. Auch Chris starrt, aber er starrt anders, während er mit seinen Fingern abwesend in die Chipsschüssel fährt, die schon leer ist.

»Hey«, sage ich nur und gebe die nächste Runde Karten aus.

»Vielleicht bringt es dir noch mehr Glück, wenn ich mich zu dir setze.«

Ich nicke und reibe mir über das Kinn. »Vielleicht.«

Ihr Atem fährt über meinen Nacken. »Vielleicht bringt es dir noch mehr Glück, wenn ich mich auf dich setze.«

ANI

Die Tage mit Florian werden immer besser, und es schleicht sich eine sanfte Vertrautheit ein, ein zartes, zerbrechliches Band, das mir guttut und mir das Gefühl gibt, das Richtige zu tun. Aber ihm geht es oft schlechter, und die Anstrengungen, seine Krankheit vor mir zu verbergen, werden immer geringer.

Ich merke, dass ich mir Sorgen mache, Sorgen um diesen alten, mürrischen Kerl, der vor ein paar Monaten noch nicht in meinem Leben war und jetzt dazugehört wie das tägliche Zähneputzen oder Haare kämmen. Wenn ich aufstehe, sehe ich nach ihm, im Schlaf werde ich unruhig, wenn das Schnarchen für einen Moment aussetzt, und am Mittagstisch vorsichtig, wenn er keine blöde Meldung über meine vegetarische Küche schiebt.

»Gut geschlafen?«, frage ich, als er mit seinem blauen Morgenmantel in die Küche stapft. Er nickt bloß, und seine grauen Haare stehen ihm wild vom Kopf ab, als hätte er in eine Steckdose gegriffen. Automatisch reiche ich ihm seine Tasse Kaffee, auf die wir uns geeinigt haben. Dafür verzichtet er auf die Flachmänner, die in den

Regalen versteckt sind und deren Anwesenheit er noch immer verneint.

Er gähnt, nimmt einen Schluck von seinem Kaffee. Seine Finger zittern leicht. »Guten Morgen, Abby.«

»Guten Morgen, Heribert. Wollen wir heute in den Park?«

»Wollen wir das?«, murrt er und reibt sich seinen Bart.

»Sie haben es gestern gesagt. Darauf bestanden, würde ich sagen.«

»Das erfinden Sie doch nur wieder«, grummelt er und grinst.

Die Sonne scheint durch das Blätterwerk der hohen Bäume und wirft lustige Muster auf den Gehweg. Wir sind schon einige Zeit unterwegs, immer vorbei an den grünen Wiesen, den lachenden und weinenden Kindern und den entspannten und nervösen Müttern.

Ich mag die Spaziergänge mit Florian. Es sind leise Spaziergänge, ohne viele Worte. Es sind Spaziergänge, die mich zum Nachdenken anregen, zum Nachdenken über die Zeit, das Leben und seine Endgültigkeit.

»Die Luft ist angenehm«, sagt Florian irgendwann und bleibt für einen Moment stehen, um sich dann auf einer Bank niederzulassen. Er kratzt sich am Kinn. »Ohne die kreischenden Fratzen wäre die Luft noch angenehmer.«

Ich setze mich neben ihn und strecke die Beine aus. Florian hat einen guten Tag, wir sind viel gegangen, haben uns einfach treiben lassen im Sonnenlicht. Ich schiebe mir meine Sonnenbrille in die Haare. »Tun Sie nicht so, Sie mögen doch Kinder.«

»Das ist eine Lüge.«

»Sie haben doch Ihren Enkel großgezogen«, sage ich und denke an Tom, den ich in letzter Zeit nicht oft gesehen habe. Vielleicht hat er viel in der Bar zu tun, vielleicht nimmt er mir die Sache mit Noah noch immer übel, vielleicht geht er mir deswegen auch aus dem Weg, ich weiß es nicht, aber ich denke viel zu viel darüber nach, das weiß ich.

»Das war Gretas Idee«, sagt Florian nach einem Moment des Schweigens. Er lächelt kurz. »Das meiste war Gretas Idee.«

Es passiert nicht oft, dass Florian mit mir über seine verstorbene Frau spricht, und ich habe das Gefühl, jedes meiner Worte ist dann falsch, denn von dem, was zwischen ihnen war, habe ich keine Ahnung. Ich kenne Affären und Beziehungen, in denen man sich etwas vormacht, ich kenne Sehnsüchte und Hoffnungen, aber ich kenne diese Greta-Florian-Sache nicht, die nach einer ganz anderen Endgültigkeit klingt.

»Sie sprechen nicht oft über sie«, sage ich nur.

Er atmet tief ein. »Es tut noch immer weh.« Langsam fährt er sich mit den Fingern über die Augen und lehnt sich dann auf der Bank zurück.

In dem Moment klingelt mein Handy, und schon an dem Klingeln höre ich, dass es meine Mutter ist, die mich aus dem berührenden Augenblick reißt, denn es klingelt tiefer und deprimierender als sonst. Die OP ist gut verlaufen, der Heilungsprozess geht schneller voran, aber sie hat ihren Job gekündigt, weil sie Stefan nicht mehr begegnen will, nachdem er sie abserviert hat. Und jetzt sitzt sie allein in ihrer Wohnung, jammert über ihre Zyste und die Medikamente, die Arbeitslosigkeit, das Leben und die Männer, auf die kein Verlass ist.

Natürlich habe ich keine Lust, ans Telefon zu gehen. Es ist wie ein Pflaster, das du entweder schnell oder langsam abziehen kannst, aber es muss ab, egal was du willst, du kannst es nicht ewig auf der Haut kleben lassen. Ich starre auf das Display, als mir Florian mit dem Ellbogen leicht in die Seite stößt. »Jetzt gehen Sie schon ran, das Klingeln nervt.«

Ich hebe ab. »Ja?«

Meine Mutter seufzt, das ist das erste Geräusch, das ich von ihr höre.

»Du bist gestern nicht mehr vorbeigekommen«, sagt sie.

»Ich habe es nicht mehr geschafft«, antworte ich und sehe auf die grüne Wiese, über die zwei kleine Hunde tollen.

»Du hast es nicht mehr geschafft?«, wiederholt sie meine Worte. »Was wäre gewesen, wenn ich die Wehen nicht mehr geschafft hätte? Dann würdest du nicht existieren. Anika, ich bin hier allein in der Wohnung, ohne Unterstützung.«

Ich lehne mich auf der Bank nach vorne. »Die Ärzte haben doch gesagt, dass alles okay ist.«

»Ach, die Ärzte«, schnauft sie. »Die sollen wissen, wie es mir geht.«

Ich schließe für einen Moment die Augen und atme tief durch, weil ich weiß, dass es kein gutes Ende bei dem Gespräch gibt. Als ich meine Augen wieder öffne, hat sich Florian auf der Parkbank ebenfalls nach vorne gelehnt. Mit einer raschen Bewegung greift er nach meinem Handy, ich will etwas entgegnen, aber er schüttelt nur den Kopf.

»Hallo?«, fragt er. »Ist das Anikas Mutter? Ach ja. Dachte ich mir.« Er nickt. »Ich bin der Typ, mit dem Anika viel Zeit verbringt, ja. Und ich habe verstanden, Sie hatten eine OP«, sagt er, und eine Pause entsteht, ich höre meine Mutter sprechen, verstehe aber nicht, was sie sagt. Aber mit Männern spricht sie grundsätzlich gerne. »Was haben Sie denn? Parkinson? Alzheimer? Krebs?«, fragt er, und es klingt belanglos, wie er es sagt, als würde er fragen, was sie gerne zu Mittag essen möchte.

»Verstehe. Dann spielen Sie in einer anderen Liga, Frau Bayer«, murrt er. »Mit so einer Zyste können Sie leider nicht mithalten. Melden Sie sich erst, wenn Sie wirklich todkrank sind. Ansonsten lassen Sie Ihre Tochter in Ruhe, Sie sind alt genug, um sich um sich selbst zu kümmern. Versuchen Sie das mal. Es wird überraschende Ergebnisse bringen.« Dann legt er auf.

Ich sehe ihn an, sehe in Florians grummelndes Gesicht, sehe das verdutzte Gesicht meiner Mutter vor mir, die wahrscheinlich noch immer das Telefon anstarrt.

»Ihre Mutter hat ein Aufmerksamkeitsproblem«, knurrt er und schürzt abfällig seine Lippen. »Ich kenne solche Leute wie sie, Anika. Und ich habe gesehen, wie Sie bei jedem Telefonat mit ihr ein Stück Ihrer Lebensfreude verlieren, und davon haben Sie ja sowieso nicht besonders viel. Anfangs«, beginnt er zu erklären und lehnt sich wieder auf der Bank zurück, um die Beine übereinanderzuschlagen, »anfangs hatte ich nichts dagegen, aber mittlerweile sind Sie zu … zu …« Er stockt.

»Zu wichtig?«

»Zu viel da, um Ihnen dabei zuzusehen«, sagt er und richtet sich seine graue Baskenmütze.

Ich lächele, denn ich höre das Kompliment, das sich zwischen den Worten versteckt, ich höre es an seinem Tonfall, der weniger mürrisch als üblich klingt. Und ich bin erleichtert darüber, dass er das Pflaster so schnell abgezogen hat, und schiebe die Gedanken an meine Mutter einfach weg, während ich aufstehe. »Wollen wir noch ein Stückchen gehen, oder wollen Sie sich niederlegen?«

»Hier?« Er sieht mich argwöhnisch an.

»Natürlich in Ihrem Bett.«

»Also liegen kann ich noch immer im Sarg«, sagt er und steht auf. Wir spazieren weiter durch die Gegend und kommen irgendwann an einer riesigen Hundewiese vorbei, auf der große und kleine Hunde herumlaufen.

»Watson!«, ruft Florian auf einmal aufgeregt und geht in die Knie. »Watson! Wusste ich doch, dass ich dich hiergelassen habe!« Seine Stimme klingt erleichtert, und er schaut einen Golden Retriever an, der einem Ball hinterherläuft.

»Das ist nicht Watson«, erkläre ich ruhig und berühre

Florian vorsichtig am Arm. »Watson ist doch überfahren worden.«

»Papperlapapp«, gibt Florian zurück. »Ich habe ihn hiergelassen, und er ist noch da, er hat auf mich gewartet, braver Hund.« Er klopft auf seinen Oberschenkel, aber der Hund rennt zu seiner Besitzerin, einer Dame mit Hut.

»Watson! Watson, komm her!«, schreit Florian.

»Florian, lassen Sie uns gehen«, sage ich nach ein paar Minuten. Kopfschüttelnd steht Florian auf. »Warum hört er nicht auf mich?«, flüstert er gedämpft, und ich helfe ihm auf, um ihn nach Hause zu bringen.

Als wir in der Wohnung ankommen, ist Florian so müde, dass er sich gleich hinlegt. Nachdem ich ihn in sein Bett gebracht habe, führe ich ein paar Telefonate. Vielleicht habe ich ja Glück, denke ich, auch wenn das Glück grundsätzlich nicht mein Begleiter ist. Aber unser heutiger Ausflug hat mich auf eine Idee gebracht, und selbst wenn die Chancen nicht gut stehen, will ich es zumindest versuchen. Ein paar Heime erreiche ich nicht, denen spreche ich auf den Anrufbeantworter, damit sie später zurückrufen.

Danach gehe ich in die Küche, um mir einen Kaffee zu machen, als es an der Tür klingelt.

Irritiert wechsele ich die Richtung. Es ist nicht die richtige Uhrzeit für die Post, und Besuch hat sich auch keiner angemeldet.

Als ich die Tür öffne, sehe ich eine schlanke Frau vor mir stehen. Sie ist stark geschminkt und hat glänzende dunkle Haare, die ihr in weichen Wellen über den Rücken fallen.

»Ja, bitte?«, sage ich.

»Ist Tom zu Hause?«, fragt sie und taxiert mich misstrauisch von oben bis unten.

»Nein«, erwidere ich und versuche, das seltsame Gefühl in meiner Brust zu ignorieren. »Soll ich ihm etwas ausrichten?«

Sie zögert einen Moment lang. »Und Sie sind …?«

»Ich bin die Pflegerin von Herrn Hartmann«, antworte ich sachlich. Natürlich könnte ich ihr auch sagen, wie ich heiße, aber da ist ein Widerstand in mir, der mich davon abhält.

»Ach so«, meint sie und klingt beinahe ein wenig erleichtert. »Ich war nur in der Gegend und wollte fragen …« Sie stockt kurz.

Ich blicke sie abwartend an.

»Ich wollte fragen, ob ich meinen Ohrring vielleicht bei ihm vergessen habe. Ich vermisse ihn seit ein paar Tagen.«

Ihre Worte haben zwar nichts mit mir zu tun, aber ich spüre trotzdem ein Stechen, wo ich es nicht spüren sollte. Es ist unangebracht und blöd, aber es bohrt sich in mich hinein.

»Ich werde es ihm ausrichten«, erwidere ich ruhig. »Sonst noch etwas?«

Sie kneift leicht die Augen zusammen. »Nein. Das war alles.«

Ich nicke und schließe die Tür vor ihrer Nase, aber das Stechen ist noch immer da.

TOM

Als ich nach Hause komme, ist es in der Wohnung still. Die Stille macht mir Angst, sie zieht meinen Magen zusammen, ich spüre, wie ich mich automatisch versteife.

Rasch streife ich die Schuhe ab und mache mich auf den Weg zu seinem Zimmer, als ich Anika in der Küche sitzen sehe. Sie hat eine Tasse Kaffee vor sich stehen und starrt ins Nichts. Alles an ihr wirkt verspannt, und ich merke, wie die Panik, die eben abgenommen hat, wieder größer wird.

»Wo ist Florian?«, frage ich statt einer Begrüßung. Sie wendet mir langsam ihr Gesicht zu, und mir fällt auf, wie barsch das eben gerade geklungen hat, aber verdammt, ich mache mir nun mal Sorgen um ihn.

»Er schläft«, antwortet sie distanziert, und auch der Ton ihrer Stimme ärgert mich. Als hätte ich etwas falsch gemacht, nur weil ich mich nach dem Wohlbefinden meines Großvaters erkundigt habe.

»Wie lange schon?«

»Ich weiß es nicht genau«, antwortet sie müde. »Willst du, dass ich jetzt auch seinen Schlaf überwache? Oder darf ich mich während meiner Arbeitszeit für fünf

Minuten in die Küche setzen und einen Kaffee trinken?«

Ich sehe sie an, sehe in ihr schönes, unbeugsames Gesicht und weiß nicht, was ich fühlen soll. Da ist zum einen die Wut über ihr provokantes Verhalten und zum anderen der Hauch eines schlechten Gewissens, weil ich sie das letzte Mal so angefahren habe.

Aber das hat sie auch verdient, meldet sich eine trotzige Stimme in mir. Schließlich hatte sie diesen Typen mitgebracht, und ich habe wirklich keine Lust, dass das einreißt und sie ständig mit irgendwelchen Kerlen auftaucht.

»Eine Frau war heute hier«, sagt sie plötzlich, da sie offenbar mit keiner Antwort mehr von mir rechnet. »Sie lässt fragen, ob sie ihren Ohrring bei dir vergessen hat.«

»Eine Frau?«, wiederhole ich irritiert und habe keine Ahnung, von wem sie spricht. »Hat sie ihren Namen gesagt?«

Anika steht ruckartig auf und geht zur Spüle, wo sie den Rest ihres Kaffees ausschüttet. »Nein, hat sie nicht.«

»Großartig. Und woher soll ich dann wissen, wen du meinst?«

Sie stellt ihre Kaffeetasse in den Geschirrspüler und dreht sich zu mir um. »Kommen denn so viele Frauen in Frage, die ihren Ohrring bei dir vergessen haben können?« Ihre Stimme klingt kalt.

»Ich arbeite in einer Bar. Da gibt es jede Menge Frauen«, erwidere ich ebenso unfreundlich.

»Sie hat nicht so gewirkt, als hätte sie den Ohrring in der Bar vergessen.«

Ich ziehe die Augenbrauen zusammen. »Wie hat sie denn ausgesehen?«

»Groß, schlank, dunkle Haare, teures Parfüm«, beginnt sie aufzuzählen, und endlich fällt der Groschen. Das kann nur Mirjam gewesen sein. Keine Ahnung, wie sie auf die Idee kommt, dass ich ihren Ohrring haben könnte, schließlich sind wir nach dem Pokerspiel getrennte Wege gegangen – obwohl sie deutlich gemacht hatte, dass sie nichts dagegen hätte, mich in meine Wohnung zu begleiten.

»Okay. Ich kümmere mich darum«, knurre ich und gehe zum Kühlschrank, um mir was zum Essen zu machen. Anika bewegt sich nicht von der Stelle, und ich glaube, einen stummen Vorwurf in ihren Rehaugen zu sehen. Einen Vorwurf, der ihr absolut nicht zusteht. Sofort drängt sich wieder das Bild von ihr und diesem blonden Schnösel vor mein inneres Auge. Diesem blonden Idioten, den sie in unsere Wohnung gelassen hat. Als wäre das hier eine verdammte Datingplattform.

»Was hast du heute mit Florian gemacht?« frage ich und greife nach dem Käse. Ich bin müde und habe Hunger – und das macht meine Laune noch schlechter, als sie ohnehin schon ist.

Sie strafft die Schultern. »Wir haben heute einen langen Spaziergang gemacht. Es war alles gut, er hat auch von Greta gesprochen.«

Ich spüre, wie mein Herz einen Stolperer macht, und starre für einen Moment in den Kühlschrank, ohne etwas zu sehen. »Er hat von Greta gesprochen?«

Sie nickt, als ob das nichts Besonderes wäre.

Ich greife nach dem Glas mit Gurken und sage nicht, wie weh es tut, dass er mit ihr über Greta spricht, mit mir aber nicht.

»Und weiter?«, sage ich, als ich meiner Stimme schließlich wieder traue.

»Dann hat er einen Hund gesehen und dachte, es sei Watson.«

»Was hast du gemacht?«, frage ich und ignoriere das schlechte Gewissen, weil meine Sätze wie ein Verhör klingen.

»Ich habe ihm gesagt, dass es nicht Watson ist, und bin mit ihm wieder nach Hause gegangen.«

»Und seitdem schläft er?«

»Ich habe ihm vorher noch etwas zu essen gemacht«, antwortet sie, und es ist seltsam, so eine distanzierte Unterhaltung mit ihr zu führen nach der Nähe, die wir schon zueinander aufgebaut hatten.

In diesem Moment klingelt ihr Handy, und sie zieht es aus der Tasche. Als sie auf das Display blickt, zögert sie, den Anruf anzunehmen. Wahrscheinlich ist es wieder dieser Typ, der im Wohnzimmer nicht seine Finger von ihr lassen konnte.

Ich überlege gerade, ob ich etwas sagen soll, als Florian in seinem Zimmer zu brüllen anfängt. Anika blickt erschrocken von ihrem Telefon hoch, als ich schon in Florians Zimmer renne. Kurz darauf sehe ich, wie er mit den Decken kämpft.

»Wo bin ich? Wo, verdammt, bin ich?!«, kreischt er.

»Zu Hause«, sage ich schnell. Seine Hände sind eiskalt, aber die Haare stehen ihm verschwitzt vom Kopf ab.

»Wann hast du das letzte Mal nach ihm gesehen?«, herrsche ich Anika an, die in diesem Moment die Vorhänge zur Seite schiebt, um Licht in den Raum zu lassen. Florian setzt sich halb in seinem Bett auf und blinzelt in die plötzliche Helligkeit.

»Wo ist Greta?«, wimmert er und sieht sich orientierungslos im Zimmer um. Sein Blick fällt auf Anika. »Wo ist Greta?! Wer sind Sie?«

»Greta ist nicht da«, murmele ich und wünschte, es wäre anders.

»Aber sie muss doch ... sie muss doch wissen, wo Watson ist«, schluchzt Florian und wirkt trotz seines Alters wieder wie ein kleiner Junge. Sein Blick zuckt verzweifelt durch das Zimmer, und dann lässt er sich in sein Bett fallen und beginnt bitterlich zu weinen.

»Florian«, sagt Anika und macht einen Schritt auf ihn zu. »Beruhigen Sie sich. Wir werden Watson zusammen suchen.«

»Hör auf damit!«, fauche ich sie an. »Was fällt dir ein, ihm solche Versprechungen zu machen. Du kannst ihn doch nicht wie ein kleines Kind behandeln!«

»Ich behandle ihn nicht wie ein kleines Kind«, gibt sie verärgert zurück. »Ich weiß genau, dass dein Großvater erwachsen ist.«

»Ach ja?«, schnaube ich.

»Ja«, bestätigt sie eisig, während Florian zu weinen aufhört und mit feuchten Augen zwischen uns hin- und hersieht. »Denn der Einzige, der sich gerade wie ein kleines Kind benimmt, bist du, Tom.«

ANI

»Sie haben schlechte Laune«, sagt Florian, als ich am nächsten Tag mit ihm aus der Wohnung trete und auf das Auto zusteuere.

»Das ist nicht wahr«, entgegne ich, obwohl es durchaus wahr ist. Seit dem Streit mit Tom gestern, fühlt es sich an, als würde ein Stein auf meiner Brust liegen. Zuerst hatte ich mir eingeredet, dass es daran liegt, weil er mein Chef ist und ich ihm an den Kopf geworfen hatte, sich wie ein kleines Kind zu benehmen. Aber es ist mehr als das, da sind Gefühle, die keinen Sinn ergeben, Gefühle, die ich nicht näher ergründen möchte.

Ich entsperre das Auto mit einem Knopfdruck, und drehe mich dann zu Florian um, der so still war, dass ich einen Moment lang Angst hatte, er sei abgehauen.

»Alles okay?« frage ich, da er nachdenklicher wirkt, als sonst. Das war schon heute Morgen so. An wie viel von gestern Abend kann er sich erinnern? Ausnahmsweise hoffe ich, dass die Krankheit gnädig war, und ihn vergessen ließ, dass er vor mir geweint hat.

»Ich habe Alzheimer«, sagt er, als wäre das eine Antwort auf meine Frage. »Wohin fahren wir?

»Das ist … eine Überraschung«, erwidere ich, obwohl es das Gegenteil von dem ist, was in der Alzheimer-Infobroschüre geraten wird. Beständigkeit ist wichtig, Routine ist angesagt, neue Situationen sollten vermieden werden. Aber ich hoffe, dass der Nutzen heute größer ist als der Schaden, den ich anrichten könnte.

»Ich bin zu alt für Überraschungen«, murrt Florian.

»Niemand ist zu alt für Überraschungen«, entgegne ich und fahre los.

Das Tierheim liegt etwa zwanzig Minuten entfernt, ein modernes sonnengelbes Gebäude mit einem geschwungenen Flachdach. Bunte Kreise bedecken die Fassade, und Florian rümpft bei diesem Anblick die Nase.

»Wo sind wir hier? In einem Kindergarten?«

»Fast richtig«, antworte ich und ziehe den Schlüssel ab. »Nur, dass es sich hierbei um Tierkinder handelt.«

Florian schweigt verwirrt, als ich mit ihm den Eingangsbereich des Gebäudes betrete und auf einen großen Empfangstresen zusteuere. Alles wirkt hier frisch und modern, ganz anders, als ich mir ein Tierheim vorgestellt habe.

»Hallo«, sage ich. »Mein Name ist Anika Bayer. Ich hatte wegen des vermissten Golden Retriever angerufen.«

»Ah, Sie hatten das Bild geschickt?«, fragt die ältere Frau hinter dem Tresen und setzt eine goldumrandete Brille auf.

»Ja, dieses hier«, antworte ich und ziehe Watsons Foto aus meinem Portemonnaie, das ich in einem von Florians Alben entdeckt habe.

Die blonde Dame nickt und greift nach dem Telefonhörer. »Einen Moment, ich gebe nur rasch meiner Kollegin Bescheid.« Nachdem sie telefoniert hat, öffnet sie eine Schublade und zieht eine goldene Kette mit einem gravierten Anhänger daraus hervor. »Die hier war am Halsband des Hundes befestigt«, erklärt sie mir. »Leider fehlte die Hundemarke, weshalb wir seinen Besitzer nicht ermitteln konnten.«

Ich nicke, als Florian neben mir plötzlich scharf die Luft einzieht. »Das ist … Gretas Kette«, stößt er hervor und klammert sich an dem Empfangstresen fest.

»Wir dachten uns schon, dass Sie die gern wiederhaben würden«, sagt die ältere Frau lächelnd und reicht die Kette an Florian weiter, der sie mit schimmernden Augen anstarrt. In diesem Moment ist hinter einer doppelflügeligen Glastür ein Bellen zu hören, und im nächsten Moment kommt eine kräftige junge Frau mit einem Golden Retriever in den Empfangsraum gestolpert. Als der Hund Florian sieht, beginnt er wie verrückt an der Leine zu ziehen und springt schließlich winselnd an ihm hoch.

»Watson«, stößt Florian hervor und streicht dem wuscheligen Hund mit zitternden Händen über den Kopf. »Watson, da bist du ja.«

»Soll ich Gretas Kette nehmen?«, frage ich Florian. Er nickt überwältigt, bevor er sich zu Watson hinunterbeugt, der ihm voller Freude die Wangen ableckt.

»Er wurde vor ein paar Monaten auf der Straße aufgegriffen, als er orientierungslos herumirrte«, sagt die kräftige junge Frau, die Watson noch immer an der Leine hält. »Wir haben zweimal versucht, ihn zu vermitteln, aber er ist immer wieder abgehauen. Offenbar hat er gespürt, dass sein richtiger Besitzer noch kommen würde.«

»Sie müssen die Übernahme hier noch unterzeichnen«, sagt die blonde Dame hinter dem Empfangstresen zu mir. Ich nicke und bezahle die Schutzgebühr, bevor ich die Papiere unterschreibe.

»Passen Sie gut auf ihn auf«, sagt die kräftige junge Frau noch, als wir uns mit Watson auf den Weg zum Auto machen.

Ich sehe Florian an. »Das werden wir, versprochen«, erwidere ich lächelnd.

»Du bist also orientierungslos herumgelaufen«, murmelt Florian kopfschüttelnd. »Das kenne ich, alter Freund, das kenne ich.«

Auf dem Weg nach Hause sitzt Florian bei Watson auf der Rückbank. Immer wieder streichelt er den hechelnden Golden Retriever über den Kopf. Er kann es anscheinend noch gar nicht glauben, und es macht mir Freude, zu sehen, wie glücklich Florian ist, da ist eine Ruhe und Zufriedenheit, die ich neu bei ihm entdecke.

Als wir an einem Park mit einem großen Hundeauslaufplatz vorbeikommen, halte ich am Straßenrand. »Lust auf einen kleinen Spaziergang?«, frage ich über die Schulter. Florian nickt und wenig später tobt Watson glücklich mit ein paar anderen Hunden über die Wiese.

»Ich hatte befürchtet, ihn nie wiederzusehen«, sagt Florian leise.

Ich greife nach seiner Hand und drücke sie kurz, es ist nur eine vorsichtige Berührung, aber ich habe das Gefühl, dass sie uns beiden guttut.

»Danke, Anika.«

»Es war mir ein Vergnügen, Florian.«

Er nickt, immer wieder. »Darf ich die Kette haben?«

»Natürlich.« Ich hole sie aus meiner Tasche, und er nimmt sie ehrfürchtig in die Hand. Die Sonne blitzt auf dem filigranen Anhänger aus Gold, drei Wörter sind darauf eingraviert, aber die Gravur ist zu schwach, um sie von hier aus zu erkennen.

»Es war nicht Liebe auf den ersten Blick«, sagt Florian, der mit dem Daumen über den Anhänger streicht. »Das zwischen mir und Greta, meine ich. Ich hatte von Anfang an ein Auge auf sie geworfen, aber sie hatte sich wohl ein wenig in Gunther verguckt.«

»In Gunther?«, stoße ich fassungslos hervor.

Florian grunzt. »Unvorstellbar, wenn man ihn heute so sieht, nicht wahr? Aber damals war er noch rank und schlank – und er hatte jede Menge Haare auf dem Kopf.«

»Und was ist passiert?«, frage ich und versuche, mir einen jungen, unglücklich verliebten Florian vorzustellen.

»Ich konnte besser tanzen«, erwidert er schelmisch. »Und ich habe einfach nicht aufgegeben. Nach jedem Tanzabend hab ich sie gefragt, ob sie mit mir ausgeht, so lange, bis sie es schließlich getan hat.«

»Wahrscheinlich haben Sie ihr wirklich leidgetan.« Dabei denke ich an Gunthers Worte und daran, dass er gespürt haben musste, dass Florian und Greta füreinander bestimmt gewesen waren.

»Womöglich«, antwortet Florian grinsend. »Aber als sie sich dann in mich verliebt hat, da wusste ich …« Er stockt. »Ich wusste, dass es für mich niemals wieder eine andere Frau geben würde.« Seine Stimme klingt anders als sonst, viel weicher, und sie berührt etwas in mir, ganz tief drinnen. Ich frage mich, ob ich auch jemals so eine Liebe erleben werde, eine Liebe, die meine Stimme und meine Gedanken ebenso weich klingen lässt. Kurz blitzt Toms Gesicht vor mir auf, ich scheuche das Bild schnell fort, während ich mir unseren gestrigen Streit wieder ins Gedächtnis rufe.

»Ich hab Greta die Kette zu unserem ersten Hochzeitstag geschenkt«, murmelt Florian und hält mir den Anhänger hin. Ich sehe die Wörter *Gelassenheit*, *Mut* und *Weisheit* untereinander stehen. Sanft streiche ich mit den Fingerspitzen über die Gravur.

»Kennen Sie den Spruch?« Florian runzelt die Stirn und denkt nach, er muss sich die Wörter wieder ins Gedächtnis rufen. »*Habe die Gelassenheit, jene Dinge zu akzeptieren, die du nicht ändern kannst, den Mut die Dinge zu ändern, die du ändern kannst – und die Weisheit, das eine vom anderen zu unterscheiden.* Greta hat immer versucht, danach zu leben.«

Ich gebe ihm die Kette zurück, die zarten goldenen Glieder verschwinden beinahe in seinen schwieligen Händen.

»Und ist es ihr gelungen?«, frage ich, weil ich weiß, dass es nicht einfach ist.

»Meistens. Nur ab und an musste ich sie daran erinnern.«

»Und wann zum Beispiel?«, frage ich und lehne mich auf der Bank zurück, während ich Watson beobachte. Er kommt in diesem Moment zu Florian galoppiert und schleckt ihm kurz über die Finger, bevor er sich wieder in das Spiel mit den anderen Hunden stürzt.

»Das eine Mal war Tom gerade 13 geworden«, erzählt Florian und wischt sich die feuchten Finger an der Hose ab. »Der Kerl hatte ein paar wirklich üble Freunde, die ständig nur Ärger gemacht haben, Schaufensterscheiben einschlagen und so einen Mist. Greta wollte, dass ich ein Machtwort spreche, damit er sich von ihnen fernhält. Anfangs hab ich das auch getan, aber irgendwann hab ich kapiert, dass das zu gar nichts führt, außer, dass sich der Junge heimlich mit seinen Kumpels trifft. Es war klar, dass er es selbst verstehen musste – wir mussten ihm den Freiraum geben, seine eigenen Entscheidungen zu treffen.«

Ich blicke Florian von der Seite an. Ich bin mir nicht sicher, ob ich genug Gelassenheit aufbringen würde, einen 13-Jährigen seine eigenen Entscheidungen treffen zu lassen.

»Genauso hat Greta mich auch angesehen«, murmelt Florian. »Als ob ich verrückt geworden wäre, aber ich hab ihr gesagt, dass Tom seinen Weg gehen wird. Damals bei seinem Vater hab' ich viel falsch gemacht«, sagt er mit leiser Stimme. »Ich dachte, Druck sei der richtige Weg, damit er es später mal zu etwas bringt – und das hat er auch. Aber der Preis dafür war hoch.«

»Denken Sie, dass es an Ihnen liegt, wie Ihr Sohn geworden ist?« Die Frage ist vielleicht nicht angemessen, aber sie rutscht mir einfach so über die Lippen, und Florian scheint sie mir nicht übelzunehmen.

»Wahrscheinlich. Zum Teil. Was weiß ich schon«, antwortet er nach einer merklichen Pause. »Ich war selber noch jung, habe Fehler gemacht. Dafür hab ich versucht, es bei Tom besser zu machen. Er war ein guter Junge, und mir war bewusst, dass wir ihm in dieser Sache vertrauen mussten. Die Zeit war reif.« Er blickt wieder auf die Kette in seiner Hand. »Manchmal muss man loslassen, damit die Menschen wieder zu einem zurückkommen.«

»Das finde ich ziemlich schwierig«, sage ich nach einem Moment.

Florian schlägt mit einem mürrischen Nicken die Beine übereinander. »Wahrscheinlich das Schwierigste auf der Welt. Tom zu diesem Zeitpunkt loszulassen, damit er seinen eigenen Weg finden konnte, hat uns beide viel Mut und Überwindung gekostet, aber wir haben es getan.« Er räuspert sich und sieht hinauf in den wolkenbedeckten Himmel. »Wir haben akzeptiert, was wir nicht ändern konnten.«

»Und was ist dann passiert?«, frage ich, als er nicht weiterspricht.

»Dann hat er sich von den Jungs zu einer Dummheit anstiften lassen und sich eine verdammt blutige Nase geholt«, sagt Florian. »Seine Eltern haben uns die Hölle heißgemacht, von wegen, dass wir unfähig seien, Verantwortung für ihn zu übernehmen.« Er schnaubt kopfschüttelnd. »Doch an dem Tag hat Tom gelernt, Verantwortung für sich selbst zu übernehmen.« Er sieht mich an, auf eine andere Art als sonst, und plötzlich wird es ganz still um uns herum, nur der Wind ist noch zu hören und das Rauschen der Blätter in den Bäumen. »Und vielleicht muss ich das jetzt ebenfalls, Anika.«

TOM

Als ich aufwache, fühle ich mich, als wäre ein Vierzigtonner über mich gebrettert. Die Nacht in der Bar war anstrengend, wie immer, und Filippa hat jetzt auch noch gekündigt. Mark wird das nicht lange mitmachen, und ich brauche dringend Unterstützung, ich brauche Schlaf, und ich brauche einen gesunden Florian. Verdammt, den brauche ich am meisten.

Es tut noch immer höllisch weh, wenn ich an gestern denke, wenn ich ihn vor mir sehe, diesen zitternden alten Florian, der sich die Seele aus dem Leib heult. Und ich saß nur hilflos daneben und konnte nichts tun.

Müde stehe ich auf und wanke in die Küche. Es ist früher Nachmittag, und die Sonne wirft schnurgerade Schatten durch die halbheruntergelassenen Jalousien. Ich brauche jetzt einen Kaffee, manchmal habe ich das Gefühl, mich nur noch von der schwarzen Brühe zu ernähren. In diesem Moment piepst mein Handy. Müde schiele ich auf das Display, Mirjam hat eine SMS geschrieben, ob wir uns später vielleicht treffen wollen.

Ich will die Nachricht schon wegdrücken, als ich mir vorstelle, wie sie gestern hier aufgekreuzt ist und Anika erzählt hat, dass sie ihren Ohrring bei mir vergessen hat. Wahrscheinlich hat sie mit voller Absicht gelogen, auch wenn ich damals recht deutlich gewesen war. Aber vielleicht nicht deutlich genug.

Rasch öffne ich die SMS und schreibe ihr zurück, dass ich weder die Zeit noch die Absicht habe, mich mit ihr zu treffen. Als ich auf Senden drücke, fühle ich mich irgendwie besser.

In diesem Moment höre ich das Geräusch des Schlüssels in der Eingangstür, ein paar Sekunden später stürmt ein riesiges dunkelblondes Fellknäuel in die Küche und springt glücklich bellend an mir hoch.

»Watson?«, flüstere ich und fahre ihm über seine weichen Schlappohren. »Watson, bist du es wirklich?«

»Und ob er es ist«, sagt Florian, der plötzlich hinter ihm auftaucht. Mein perplexer Blick wandert zu Anika, die nur nickt.

»Er war in einem Tierheim«, sagt sie, als wäre es das Normalste, mit unserem Hund zurückzukommen.

»Aber ...«, beginne ich, »ich hatte doch damals alle Heime in der Umgebung abtelefoniert.«

»Er ist anscheinend noch eine ganze Zeit lang orientierungslos herumgeirrt, über eine Woche«, erklärt sie und zieht sich ihre Jeansjacke aus. »Aber als wir das letzte Mal bei einer weiter entfernten Hundewiese waren und Florian darauf bestanden hat, dass einer der Hunde Watson ist, habe ich einfach die Heime rundherum angerufen. Und Glück gehabt.« Sie zieht ein Foto von Watson aus ihrer Tasche und legt es auf die Küchenanrichte.

Ich bin völlig sprachlos.

»Komm, Junge, ich zeig dir meine neue Karaokeanlage, da kannst du ordentlich hineinbellen«, sagt Florian zu dem Hund, der ihm bereitwillig in sein Zimmer folgt.

Ich schaue wieder zu Anika. Sie sieht mich nicht an, als sie sich eine Tasse aus dem Küchenschrank holt und zum Kaffeeautomaten geht. Plötzlich habe ich das Gefühl, etwas sagen zu müssen, denn die Stille ist unangenehm, sie ist wie ein Eisblock, der zwischen uns steht. Ich überlege gerade, ob ein schlichtes *Danke* jetzt das Richtige wäre, als sie mir einen kurzen Blick über die Schulter zuwirft.

»Willst du auch einen?«

»Ja, den könnte ich gut gebrauchen«, sage ich matt und reibe mir über die Augen. »Hör zu, was du da für Florian getan hast …«

»Schon gut«, erwidert sie tonlos, als ob sie es bereuen würde, ein Gespräch mit mir begonnen zu haben. Nach dem, was ich ihr gestern alles an den Kopf geworfen habe, eigentlich kein Wunder.

»Es tut mir leid«, bricht es plötzlich aus mir heraus. »Ich war gestern unfair zu dir. Ich war genervt und müde, und ich hätte dir auch einfach sagen können, dass diese Frau vor der Tür gar keine Gelegenheit hatte, ihren Ohrring bei mir zu verlieren. Weil wir … uns nämlich gar nicht so nahe gekommen sind.«

Bei meinen Worten schießt ihr die Röte in die Wangen, und ich kann einen Augenblick lang nur daran denken, wie absolut hinreißend sie gerade aussieht.

»So etwas musst du mir nicht erzählen«, sagt Anika hastig. »Das geht mich eigentlich gar nichts an.«

Ich weiß, dass sie recht hat, und trotzdem wünscht sich ein Teil von mir, es wäre anders.

»Ich will damit nur sagen … ich bin froh, dass du da bist, Anika.«

Mann, das ist schwerer, als ich dachte. Sie wirkt ein wenig überrumpelt, und ich merke, dass ihr skeptischer Blick etwas mit mir macht, dass ich bei ihr nervös werde, obwohl doch normalerweise eher ich derjenige bin, bei dem die Frauen nervös werden.

»Also wegen dieser Sache«, fahre ich unbeholfen fort. »Diese Sache mit deinem Freund. Es tut mir leid. Ich habe einfach überreagiert. Der Schlafmangel, der ganze Stress – ich hätte nicht laut werden dürfen.«

Sie hält ihre Kaffeetasse fest umklammert, bevor sie ihr zartes Kinn entschlossen hebt. »Noah ist nicht mein Freund. Schon lange nicht mehr.«

Ihre Worte schlagen bei mir ein wie eine Bombe, und ich starre sie an. Sie blickt aus ihren riesigen Rehaugen zurück, und plötzlich kann ich nur daran denken, wie gern ich sie jetzt küssen würde. Mein Körper bewegt sich schon beinahe in ihre Richtung, als die Kaffeemaschine zischt und Anika sich zu ihr umdreht.

Als ich eine Stunde später frisch geduscht ins Wohnzimmer trete, sitzt Florian auf dem grünen Fauteuil im Wohnzimmer, den schnarchenden Watson neben seinen Beinen.

»Gut, dass du hier bist, Tom«, sagt er und reibt sich

über die Augen. »Setz dich bitte zu mir.« Sein Tonfall klingt ungewohnt ernst.

Ich nicke und nehme ihm gegenüber Platz.

»Tom, wegen gestern …«, beginnt er.

»Du musst mir nichts erklären«, falle ich ihm ins Wort, da mich seine Hilflosigkeit traurig macht.

Florian holt tief Luft und schüttelt den Kopf. »Darum geht es nicht.« Er stockt. »Nein, es geht doch darum. Um das alles hier.« Er sieht mir in die Augen und greift nach meiner Hand. Ich spüre, wie seine Finger zittern, und es bricht mir fast das Herz, das zu merken.

»Tom, ich bin dir sehr dankbar für das, was du die letzten Monate für mich gemacht hast«, beginnt er, und ich will ihn unterbrechen, er muss mir das nicht sagen, aber er schüttelt erneut den Kopf.

»Unterbrich mich nicht«, befiehlt er streng, und ich fühle mich wieder wie der kleine Junge, mit dem er über Manieren gesprochen hat.

»Mich hat vor ein paar Tagen Gunther angerufen. Er ist jetzt in diesem todschicken, sauteuren Heim, der alte Sack, und lässt es sich dort gutgehen. Eigentlich hätte er mit seiner Hexe dort einziehen sollen, die ist aber mit so einem Yoga-Typen nach Florida durchgebrannt. Egal«, sagt er und atmet tief ein. »Die haben in der noblen Hütte eine Wartezeit von über zehn Jahren, weil alle reichen alten Säcke dorthin wollen. Aber Gunther hat mit der Heimleitung gesprochen, und weil seine zukünftige Ex ja jetzt den Platz nicht mehr braucht, den sie angemeldet hat, hat er die Leitung überzeugt, dass ich ihn bekommen kann.« Er macht eine kurze Pause, und ich versuche zu verarbeiten, was er mir gerade sagt. »Hoffentlich hat er denen nicht erzählt, dass wir jetzt ein schwules Paar sind«, murrt Florian.

»Heißt das, du willst?«, beginne ich, meine Gedanken in einen Satz zu pressen. »Du willst freiwillig ins Heim?« Mir ist, als wäre ein Vorschlaghammer soeben gegen meinen Schädel gedonnert, und ich starre Florian an.

Florian legt seine Hand an meinen Nacken und zieht meinen Kopf zu seinem heran. Er presst die Lippen aneinander. »Ich liebe dich, Tom, das weißt du, oder?«, flüstert er.

Ich nicke stumm und merke, wie mir ganz anders wird, als ich die Tränen in seinen Augen sehe.

»Und das will ich nie, niemals vergessen.« Er schluckt und ringt mit den Worten, und ich fühle den Kloß in meinem Hals. »Ich schätze, was du die letzten Monate für mich getan hast«, macht er nach einer kurzen Pause weiter.

»Aber«, will ich sagen, doch er lässt es nicht zu.

»Unterbrich mich nicht, Junge«, sagt er hart, »denn ich weiß nicht, wann ich meinen Text wieder vergesse. Ich weiß, was du für mich tust, aber ich bin auch kein Idiot. Ich sehe selbst, was mit mir passiert, und ich brauche Hilfe. Und du brauchst ein Leben.«

»Ich habe ein Leben, Florian«, presse ich hervor, es fällt mir schwer, zu sprechen. »Und ich möchte für dich da sein, ich habe es ihr versprochen.«

»Ja, und das bist du«, flüstert er weiter, »und das kannst du dort auch sein. Ich bin schließlich nicht tot, also noch nicht.«

Ich schlucke, und er drückt mir einen Kuss auf die Stirn. Dann lehnt er sich auf dem grünen Fauteuil wieder zurück. »Ich habe heute mit der Kleinen über dich gesprochen. Du bist das Beste, was Greta und ich jemals zustande gebracht haben, und wir haben tolle Dinge gemacht, doch nun ist die Zeit reif«, sagt er und fährt sich mit dem Handrücken über die Augen. »Jemanden zu lieben heißt auch, ihn loszulassen, selbst wenn es schwerfällt. Und du und ich, wir müssen jetzt beide ein bisschen loslassen, Tom.«

ANI

»Ich finde es schade, aber ich verstehe Ihre Entscheidung, Florian«, sage ich und atme mehrmals tief durch, als wir in der Küche sitzen. Ich versuche, einfach weiterzuatmen, einfach weiterzumachen, auch wenn es mir schwerfällt. Watson liegt auf dem Boden und schmiegt sich an Florians Füße.

»Tun Sie nicht so. Sie sind doch froh, mich endlich loszuwerden«, sagt er, und sein Mundwinkel zuckt, als er von seinem Butterbrot abbeißt.

»Ja, ein wenig«, gebe ich zurück und versuche, nicht daran zu denken, was sich wieder alles ändern wird. Es geht viel zu schnell, Florian geht viel zu schnell wieder aus meinem Leben. Wobei er nicht der Einzige ist, den ich vermissen werde. Bei dem Gedanke an Tom setzt wieder dieses hässliche Stechen in meiner Brust ein, das ich nicht spüren will. Das ich nicht spüren sollte, da er nichts weiter als mein Chef ist. »Sie wollen doch nur ins Heim, um diese eine Frau mit der blauen Bluse abzuschleppen«, sage ich nun, um mir nichts von meinen Gefühlen anmerken zu lassen.

Florian grinst. »Erwischt.«

»Dachte ich's mir doch.«

Sein Grinsen wird noch breiter. »Da waren aber noch andere interessante Damen, in meinem Alter legt man sich ja nicht mehr fest, wozu auch. Die Liebe meines Lebens hatte ich schon, jetzt geht es nur noch um den heißen Sex.«

Ich verziehe das Gesicht. »Sie schocken mich noch immer gerne«, sage ich.

Er nickt. »Jede einzelne Sekunde koste ich aus.«

»Wann geht es los?«, frage ich so belanglos wie möglich, obwohl die Stiche in meiner Brust immer stärker werden.

Er überlegt. »In einer Woche, glaube ich.« Dann sieht er mich an. »Jetzt machen Sie nicht so ein Regenwettergesicht, Anika. Sie werden mich doch sowieso besuchen kommen, ohne mich halten Sie es ja nicht mehr aus.«

»Ach, ich werde Sie besuchen kommen?«, frage ich, obwohl ich genau weiß, dass er recht hat. In Wahrheit vermisse ich schon jetzt die Zeit mit dem Alten, ich vermisse die Gespräche mit ihm, genauso wie die Momente mit Tom.

Mein Handy piepst auf dem schwarzen Küchentisch. Noah hat eine SMS geschrieben.

»Was ist das?«, fragt Florian und lugt auf mein Display.

»Eine Nachricht. Privat«, sage ich und ziehe das Handy zu mir heran.

»Herrje, Sie haben mich nackt gesehen«, murrt Florian. »Ich glaube, privat haben wir hinter uns gelassen.«

»Ich habe Sie nackt gesehen, weil Sie Ihren Tod vorgetäuscht haben«, sage ich.

Florian geht mit einer abfälligen Handbewegung darüber hinweg. »Also, wer schreibt Ihnen? Doch nicht etwa schon wieder Ihre narzisstische Mutter?«

Ich schüttle den Kopf. »Nein, die haben Sie gut verschreckt. Es ist mein Ex. Er hat die Rolle bekommen.«

»Jetzt ist das Fernsehen endgültig hinüber«, brummt Florian und sieht mich so eindringlich an, als wären wir bei einem Verhör. »Und was schreibt er noch? Da steht doch noch was.«

»Dass er sich von Clara getrennt hat.«

Florian beißt vom Butterbrot ab. »Ist das die, mit der er Sie betrogen hat?«

Ich nicke, während ich merke, wie wenig mich Noahs Leben inzwischen interessiert, weder sein Job noch seine Beziehung mit Clara.

»Aber Sie gehen jetzt nicht zu dem Dummbeutel zurück?«, fragt er und reibt sich über seinen grauen Bart. »Sie sind nicht so eine Frau. Oder, Anika – sind Sie so eine Frau?«

Ich schüttle den Kopf, denn mein Herz schlägt längst nicht mehr für ihn. »Nein, das bin ich nicht, keine Sorge.«

»Sehr gut, denn der Arsch hat Sie nicht im mindesten verdient.« Er klatscht in die Hände und wirkt plötzlich ganz vergnügt. »Das sollten wir feiern. Meinen Umzug, die Rückkehr von Watson und Ihre Genesung. Lassen Sie uns was trinken gehen, okay?«

Als wir die Bar betreten, ist sie halb gefüllt. Stimmengewirr dringt an mein Ohr, das Licht ist gedämpft, und ein

Kellner kümmert sich um die Gäste. Tom steht an der Bar und mixt einen Cocktail. Bei seinem Anblick gerät mein Herz kurz aus dem Takt. Mit Watson an der Leine marschiert Florian geradeaus an den stehenden Leuten vorbei auf die Bar zu.

»Was machst du denn hier?«, fragt Tom, der zuerst zu Florian und dann zu mir sieht. Als sich unsere Blicke treffen, lächelt er kurz. Ich versuche zurückzulächeln, obwohl sich alles hier nach Abschied anfühlt.

»Einen Martini, geschüttelt, nicht gerührt«, verlangt Florian und setzt sich auf einen freien Barhocker.

»Du sollst keinen Alkohol trinken«, sagt Tom sofort.

»Der ist für sie«, entgegnet Florian und deutet auf mich. »Was kann ich dafür, wenn sie einen auf James Bond macht.«

Ich schüttle nur den Kopf.

»Ein Drink, okay?«, fragt Florian. »Zur Feier des Tages.«

»Weil du ins Heim gehst?«, entgegnet Tom und fährt sich durch seine dunklen Haare. »Stimmt, das sollten wir *definitiv* feiern.« Er versucht, stark zu sein, das sehe ich, aber er wirkt verkrampft, und ich merke, wie nah ihm Florians Entscheidung geht.

»Wir sollten feiern, dass deine Eltern das horrende Pflegeheimgeld bezahlen werden«, grinst Florian und hebt die Hände. »Also lassen wir eine Runde auf sie gehen. Eine Lokalrunde, Kurze für alle!«, schreit er laut, und die Gäste beginnen zu jubeln und zu klatschen.

»Großartig, da hast du mir ja was eingebrockt«, schnaubt Tom, beginnt aber gleichzeitig die kleinen Gläser zu füllen. »Von mir aus, aber danach ist Schluss.« Er stellt die Gläser nacheinander auf ein Tablett und schiebt Florian und mir auch einen Schnaps hin.

Der Alte grinst. »Und dann müssen wir noch über Anis Job sprechen.«

Ich stocke, und auch Tom hält mitten in der Bewegung inne. Bislang habe ich versucht zu verdrängen, was Florians Entscheidung für mich bedeutet. Dass ich nicht nur auf einen Schlag Florian und Tom verliere, sondern auch aus der Wohnung ausziehen muss. Dass es für mich heißt, wieder von vorne anzufangen, mein Leben in die Hand zu nehmen, zu springen und etwas zu verändern.

»Da gibt es nichts zu besprechen«, sage ich und stürze instinktiv den Kurzen hinunter.

Florian lächelt und wendet sich mir zu. »Also, Ani, ich würde Sie bitten, auf meinen Enkel aufzupassen, solange ich weg bin. Ist ein beschissener Job, und er ist auch mies bezahlt, denn Sie kriegen gar nichts außer meinem Dank.« Mit diesen Worten nimmt er das Tablett mit den Schnapsgläsern und verschwindet damit zu den Gästen.

Ich stehe einfach nur da und sehe ihm nach, bevor ich zu Tom schaue, der die Schnapsflasche zur Seite stellt und mich anstarrt.

»Es tut mir leid«, sagt er und reibt sich den Nacken. »Das muss heute einfach zu viel für ihn gewesen sein.«

Ich nicke nur und fühle mich verdammt unwohl. »Ja, es war auch viel.«

»Das Heim, dann Watson«, sagt Tom verlegen, während mehr Leute in die Bar drängen. »Danke nochmals für Watson.«

Ich nicke noch immer und komme mir ziemlich blöd vor, und dann höre ich zum Glück mit dem Nicken auf, greife stattdessen zur Barkarte. »Die Fotos … ich schulde dir noch Fotos von den Cocktails.«

»Stimmt«, sagt Tom und scheint über den Themenwechsel ebenfalls erleichtert zu sein. »Vielleicht kannst du mal am Nachmittag, bevor ich aufsperre, vorbeikommen, dann könnten wir Fotos machen. Also, von den Cocktails.«

»Sehr gerne.«

Eine Frau in einem engen schwarzen Outfit lehnt sich zwei Meter von mir entfernt über die Bar und ruft Tom eine Bestellung zu. Dabei lächelt sie genau wie die Kellnerin letztens Noah angelächelt hat, es ist dieses *gefallenwollende* Lächeln, nur ihres hier ist hemmungsloser.

»Kommt sofort«, sagt er und mixt rasch etwas für sie zusammen. Als er ihr das Glas rüberschiebt, starrt sie ihn unumwunden an. Erst jetzt bemerke ich, dass ihn alle Frauen so anstarren, er ist einfach so beschissen attraktiv und noch dazu Barkeeper.

»Selbstverständlich bezahle ich dich noch den ganzen Monat, das war ja nicht so geplant. Mit Florian«, unterbricht er meine Gedanken in einem ganz sachlichen Ton. Er macht eine kurze Pause und schenkt sich dann einen Whiskey ein. »Willst du auch einen?«

Ich nicke knapp. »Gerne.«

»Hast du schon eine Idee, was du jetzt machst?«, fragt

er, und es ist noch immer seltsam, dieser sachliche Ton zwischen uns, wir hier, jetzt, wo uns bald nichts mehr verbindet, wenn Florian weg ist. Und wir stehen nur da, zwischen den Leuten, die lachen und feiern, und wir lachen und feiern nicht, während Florians seltsame Worte noch immer über uns schweben.

»Vielleicht mache ich eine Fotografenausbildung«, sage ich ohne Umschweife, ohne es wirklich durchdacht zu haben. Ich weiß nicht, was ich machen werde, wenn ich bald hier weg bin. Weg von Florian, der Wohnung und Tom.

»Wenn du dir etwas dazuverdienen willst, ich könnte eine Kellnerin wie dich gut gebrauchen«, meint er nüchtern.

Seine Worte machen etwas mit mir, sie bringen mein dummes Herz dazu, schneller zu schlagen, aber ich versuche, mir nichts anmerken zu lassen. Stattdessen zucke ich einfach nur mit den Schultern. »Ja, warum nicht.«

Und dann stellt er mir den Whiskey hin, und wir stoßen kurz an, wie zwei Fremde, und ich stürze das Zeug hinunter, das in meiner Brust brennt, während ich darüber nachdenke, ob es von der Pflegerin zur Kellnerin eine Degradierung ist, und das Zeug brennt so stark, dass ich zu husten anfange.

»Alles okay?«, fragt er, und ich nicke schon wieder, als der Kellner kommt und ein paar weitere Bestellungen aufgibt. Ich sehe, wie mich Tom aus den Augenwinkeln beobachtet, wahrscheinlich prüft er, ob ich vom Whiskey gleich umkippe, und dann schaue ich zu Florian, der in der Ecke bei ein paar Gästen sitzt und sich blendend unterhält.

Ganz plötzlich drückt alles auf mich ein. Das bisschen Alkohol, Florians Entscheidung, die Leute neben mir. Ich beginne schon wieder zu husten und dränge mich rasch nach draußen, um kurz Luft zu schnappen.

Die schwere Tür fällt hinter mir ins Schloss. Die kühle Nachtluft schlägt mir entgegen, ich ziehe sie gierig in meine Lungen, bevor ich an der Häuserfront nach unten sinke. Von drinnen dröhnen Musik und Stimmengewirr heraus, und ich genieße die Ruhe hier draußen, genieße es, meinen dumpfen Gedanken nachzuhängen, als die Tür aufgerissen wird und Tom plötzlich vor mir steht.

»Anika, ist alles in Ordnung?«, stößt er hervor, und ich bin verwirrt, weil er mir gefolgt ist.

»Ja, klar«, sage ich. »Der Tag war einfach … anstrengend.« Ich versuche zu lächeln, kann es aber nicht.

»Was ist los?«, fragt er besorgt und geht in die Hocke. Sein Gesicht ist meinem ganz nah, und ich kann seinen Duft riechen. Er riecht so unglaublich gut, er riecht zugleich sexy und irgendwie nach Heimat, eine irre Mischung, und ich muss aufpassen, meine Nase nicht an seinen Hals zu drücken.

»Gar nichts«, sage ich, um irgendetwas zu sagen und zucke mit den Schultern. »Ich werde den alten Kerl wohl einfach vermissen.« Ich erwähne nicht, dass ich Tom vielleicht auch vermissen werde und dass ich mehr sein möchte als eine Pflegerin, Fotografin oder verdammte Kellnerin.

Tom betrachtet mich mit seinen dunklen Augen. »Er wird dich auch vermissen.« Seine Stimme klingt plötzlich anders als sonst, und die Sekunden dehnen sich zwischen uns. Ich verstehe nicht, was er mit mir macht, aber er macht ganz viel mit mir. Viel zu viel.

»Woher willst du das so genau wissen?«, frage ich. Es hört sich mürrischer an, als ich wollte, aber die Situation überfordert mich, sein unrasiertes Gesicht so nah vor meinem überfordert mich, und ich will nicht, dass er es merkt.

Tom schweigt einen Moment lang. »Du hast wohl zu viel Zeit mit meinem Großvater verbracht«, meint er dann irgendwann trocken. »Du klingst schon fast wie er.«

»Ich klinge überhaupt nicht wie er«, widerspreche ich.

»Doch«, entgegnet er. »Es fehlt nur noch der Bart.«

»Ich klinge nicht wie er«, wiederhole ich, während sich mein Puls beschleunigt.

Sein Mundwinkel zuckt nach oben. »Mann, bist du stur«, meint er leise. »Zum Glück bin ich durch Florian schon einiges gewohnt.«

»Was soll das denn jetzt heißen?«, frage ich genervt. »Hast du Sorge, dass ich dir als Kellnerin die Gäste vergraule?«

Er lacht auf. »Ganz und gar nicht. Eher das genaue Gegenteil«, seufzt er und rückt näher an mich heran. Dabei hat er diesen Blick, diesen intensiven Blick, der mein Herz schneller schlagen lässt und meine Welt auf den Kopf stellt.

»Aber jetzt bin ich einfach nur froh, dass du keinen

Bart hast«, sagt er sanft. Mein Gehirn kapiert noch gar nicht, was er mir damit sagen will, da legt er schon zärtlich seine Hand auf meinen Hinterkopf und zieht mich zu sich heran, als wäre es das Normalste überhaupt, und mein ganzer Körper beginnt wild zu kribbeln, als würden tausend Schmetterlinge in mir zu tanzen anfangen. Und dann berühren seine Lippen meine Lippen mit so verdammt viel Gefühl, dass mein ganzes Ich zu schmelzen beginnt. Der Kuss ist wunderschön, er ist neu, aufregend und doch irgendwie vertraut, und ich könnte für immer so weitermachen, bis ans Ende meines Lebens.

»Was war das?«, frage ich atemlos, als sich seine Lippen irgendwann wieder von meinen lösen.

Tom hebt die Augenbrauen. »Sag jetzt bloß, Florians Demenz ist ansteckend. Das war ein Kuss.«

»Nein … ich meine …«

»Das wollte ich schon lange tun, viel zu lange«, unterbricht er mich, steht auf und reicht mir die Hand, um mich hochzuziehen. »*Und ich werde es noch lange tun.*« Seine Worte klingen nach einem Versprechen, nach einem herrlichen Versprechen.

Er sieht mich an, während wir uns gegenüberstehen und stumm betrachten. Dann holt er tief Luft. »Das da drinnen in der Bar ist nicht gut gelaufen. Ich bin echt nicht geübt in so was, Ani.« Seine Ehrlichkeit ist unwiderstehlich, alles an ihm ist unwiderstehlich, denke ich, und es ist das Einzige, woran ich denken kann.

»Das macht nichts. Dafür bist du im Küssen gut«, sage ich und schmunzle.

»Ich verstehe das als Aufforderung«, erwidert er rau

und zieht mich zu sich heran, ganz dicht, bis nichts mehr zwischen uns passt, bis seine Lippen wieder auf meinen liegen und tausend elektrische Impulse durch meinen Körper jagen. Die Schmetterlinge hören gar nicht mehr auf zu tanzen und beruhigen sich erst wieder, als der Kuss viel zu schnell vorbei ist.

Tom räuspert sich, ein Funkeln liegt in seinen Augen, und auch er wirkt ganz atemlos. »Das könnte ich die ganze Nacht tun«, erklärt er und grinst.

»Ich auch.«

Er lächelt noch breiter. »Aber zuerst gehst du bitte hinein und sagst Florian, dass zwischen uns alles geklärt ist.«

»Deswegen hast du mich geküsst? Um etwas zu klären?«, frage ich und ziehe die Augenbrauen hoch, als er mir die Tür aufhält. Tom nickt und hält einen Moment inne.

»Klar«, sagt er langsam und greift nach meiner Hand, um sie zu küssen. Sein Blick ist intensiv und so voller Wärme, als er mich dabei anlächelt. »Florian hat mir nämlich gedroht, mich mit seinem Stock zu verprügeln und mich von Watson totbeißen zu lassen, wenn ich mich nicht endlich um *meine ganz eigene Greta* kümmere.«

grafit

Für meine geliebte Frau Insa

Chemnitzer Str. 31, D-44139 Dortmund
Internet: http://www.grafit.de
E-Mail: info@grafit.de

Dieses Werk wurde vermittelt durch die
Literarische Agentur Thomas Schlück GmbH, 30827 Garbsen.
Umschlagfoto: © Claudia Paulussen / fotolia.com
© Nejron Photo / fotolia.com
Druck und Bindearbeiten: CPI – Clausen & Bosse, Leck
ISBN 978-3-89425-441-4
1. 2. 3. 4. 5. / 2016 15 14

2

Martin Calsow

Quercher und der Volkszorn

Kriminalroman

grafit

Der Autor

Martin Calsow wuchs am Rande des Teutoburger Waldes auf. Nach seinem Zeitungsvolontariat arbeitete er bei verschiedenen deutschen TV-Sendern in Köln, Berlin und München. Ein langer Aufenthalt im Nahen Osten führte ihn schließlich zum Schreiben. Martin Calsow gehört der Jury des Grimme-Preises an und lebt heute mit seiner Frau am Tegernsee.

Quercher und der Volkszorn ist nach *Quercher und die Thomasnacht* der zweite Fall um den LKA-Beamten Max Quercher. Weitere Titel sind in Planung.

www.martin-calsow.de

Teil 1

Kapitel 1

Bei Hausham, 29.04., 00:45 Uhr

Am Abend hatte er sich auf die Bettkante gesetzt und die Klinge des Messers poliert. Sein Spiegelbild darin gesehen. Es bewundert. Heute würde er diese Klinge in einen warmen Hals rammen.

Der Frühling war endgültig da. Und damit das Leben. Es kroch die Hänge hinauf, fraß die letzten Schneefelder und gab den Geruch des Bodens wieder frei. Für die nächsten Tage waren hohe Temperaturen angesagt worden.

Toni hatte gewartet, bis seine Eltern eingeschlafen waren, hatte dann seine Ausrüstung überprüft und war um ein Uhr hinaus in die verregnete Nacht gegangen. Er überquerte den Wiesenweg, den am Morgen die Kühe hinuntertrabten, wenn der Bauer sie zur Weide trieb. Die Tropfen klopften an seine Kapuze, gaben ihm einen Laufrhythmus. Noch konnte Toni die Konturen der Bäume und des Waldwegs erkennen, der sich oberhalb der Wiesen befand. Er kannte den Weg, war ihn schon oft hinaufgelaufen. Auf den Berg, der so fest und breit über dem Hof zu liegen schien, der aber hohl und durchlöchert war von den Jahrzehnten des Bohrens, Grabens und Herausreißens. Bis hierher reichten die alten Flöze aus Hausham, dem ehemaligen Bergbaudorf.

Die Riemen seines Rucksacks drückten Toni in die Schultern. Er hatte alles eingepackt. Den Proviant, die Regenplane, die Trinkflasche – und das Nachtsichtgerät. Sein Ziel lag vier Kilometer Luftlinie entfernt. Es würde steil in den Huberspitz hineingehen, dann wieder hinunter durch das Tal und auf der anderen Seite erneut aufwärts. Aber Toni würde nicht die Wege mit dem hellen Kies betreten. Er wählte den Wald.

Er hatte schon mehrere Höhenmeter bewältigt und war dennoch kaum außer Atem. Sein tägliches Training hatte ihm die notwendige Kondition gegeben. Er schob seine Kapuze in den Nacken. Wie ein Hund hob er seine Nase, schnupperte in kurzen Abständen und schloss dabei die Augen. Er konzentrierte sich. Der Geruch der nassen Erde drang in seine Sinne. Die Tropfen plätscherten auf die Blätter der Buchen. Es war das einzige Geräusch. Sonst herrschte Stille. Er stellte sich unter die weiten Äste einer Fichte, schützte sich und das Nachtsichtgerät vor dem Regen und hörte in den Wald hinein. Der Wind kam von Südwesten. Kein Tier würde ihn riechen können.

Er schnallte sich die Gummihalterungen um, die denen einer Tauchermaske ähnelten, und schaltete das Nachtsichtgerät ein. Es summte für einen kurzen Augenblick, dann gab es den Blick auf eine grüne Fläche frei. Das Spiel konnte beginnen. Toni griff nach einer Tüte mit getrockneten Maiskörnern, öffnete sie, darauf achtend, dass er den Inhalt nicht berührte, und schüttete sie unter dem Baum aus. Er kletterte an den abgebrochenen Aststücken der Fichte hinauf und hängte seinen Rucksack neben sich. Dann wartete er.

Dieses Mal dauerte es lange, bis sie auftauchten. In einer Stunde würde es dämmern. Im Winter waren sie bis hinunter zum Dorf gekommen. Der Schnee hatte sie aus dem Wald getrieben. Aber jetzt fanden sie auch weiter oben wieder genug Nahrung. Der Frühling war seine Zeit. Weiter unten hatte man ihn einmal fast entdeckt. Er hatte es im Winter nicht länger ausgehalten, nicht weit hinter der großen Scheune auf die Tiere gewartet und dabei fast das Auto übersehen. Aber dann hatte er es doch noch rechtzeitig entdeckt. Und sich nur den mühsamen Fick eines Slowenen mit der Tochter eines Bauern ansehen müssen. Danach war der Winter für ihn tabu.

Weder sahen sie ihn, noch konnten sie seine Witterung aufnehmen. Es war ein Bock mit zwei Ricken. Er konnte sie schon nach Bucheckern und frischen Samen scharren hören, noch ehe er sie sah. Sie waren jetzt vielleicht zehn Meter von ihm entfernt, kamen Schritt für Schritt näher. Er zog vorsichtig das Messer aus dem Seitenfach des Rucksacks, sorgsam darauf bedacht, kein Geräusch zu erzeugen. Rotwild sieht schlecht, riecht gut und hört noch besser. Er hielt das schwere Werkzeug in seinen Händen. Immer wieder hatte er das geübt. War hinaufgeklettert, auf eine Attrappe hinabgesprungen, hatte den Winkel des Messers variiert, die beste Position für das eigene Gewicht gesucht. Er atmete flach. Der Bock hatte schon zum Sommerfell gewechselt. Dieses war dünner und weniger struppig. Der Spiegel, das Hinterteil, hatte seine weiße Winterfarbe verloren. Die Ricken waren trächtig. Es war ungewöhnlich, dass sie sich so eng mit einem Bock zeigten. Der wiederum rieb seinen Kopf an einer Fichte. Damit markierte er sein Revier. Jetzt hob er den Kopf und sah in Tonis Richtung. Drehte der Wind? Hatte das Tier ihn gerochen? Es reckte seinen langen Hals.

Nach einer zähen Minute drehte der Bock sich zu den Ricken und trabte dann weiter nach vorn – zu Toni mit dem Messer. Es waren noch drei Meter. Toni schloss die Augen, hielt die Luft an. Er würde sich fallen lassen, wenn der Bock direkt unter ihm äste. Dann würde sein Gewicht das Tier auf den Boden drücken, und noch ehe es reagieren konnte, wäre das Messer in seinen Hals gefahren.

Aber etwas anderes geschah.

Der Vogel hatte ihn von Weitem gesehen und mit einem Tier verwechselt. Lautlos war er zwischen den Bäumen entlanggeglitten und erst wenige Zentimeter vor Tonis Gesicht abgedreht. Es war eine Eule, die ihn erschreckte, aufschreien ließ und vom Ast beförderte. Der Bock war daraufhin mit großen Sprüngen hinauf in Richtung Bergkuppe verschwunden – die Ricken im Gefolge. Toni hatte sich abgerollt, war dabei auf einen Fichtenast gefallen. Ein stechender Schmerz schien seinen Kopf explodieren zu lassen. Sein Zorn war übermächtig. Ruckartig sprang er auf, trat gegen den Baum, riss sich das Nachtsichtgerät ab und schrie. Dann atmete er durch. Aber auch nach mehrfachem Schnaufen verließ ihn die Wut nicht. Er musste etwas tun. Etwas mit Blut. Und Schmerz. Und Schreien.

Kapitel 2

Bad Wiessee, Tegernsee, 29.04., 06:35 Uhr

Es war Max Querchers letzter Urlaubstag. Und die ganze Nacht hatte dieser Sauschratz geschrien. Morgen würde seine Arbeit als Ermittler beim Landeskriminalamt in München wieder beginnen. Der Trott, die Mühle würde ihn wieder aufnehmen. Heute wollte er noch einmal seine Ruhe haben. Aber dieser vier Monate alte Scheißer machte ihm einen Strich durch die Rechnung.

Wie die meisten Männer konnte Quercher mit Säuglingen nichts anfangen. Sie schrien, schissen und aßen und schrien … Nie würde heutzutage ein Mann zugeben, dass Kinder in diesem Alter, wenn es gut lief, bedeutungslos, schlimmstenfalls aber nervtötend waren, dachte er gallig. Bis auf die Volltrottel, die mit dem Wickeltuch und dem Nachwuchs darin glückselig wie ein besoffenes Kaninchen durch den Biosupermarkt schlappten.

Quercher drückte das Kopfkissen auf sein Ohr. Aber das Geschrei aus der Küche im Erdgeschoss drang durch Stoff und Daunen, gelangte in sein noch vom wenigen Schlaf müdes Hirn und trampelte auf allen Nervenbahnen herum. Es war eben nicht sein Kind. Es war das Kind seiner Kollegin Arzu.

Vor einem halben Jahr hatte Arzu Nishali ihr Kind unter spektakulären Umständen zur Welt gebracht. Es war ein gesunder Junge. Ihre türkische Familie überschüttete Arzu mit Wärme, Fürsorge und permanenter Anwesenheit. Ein Glück? Arzu war mit der Mutterrolle völlig überfordert gewesen. Vor wenigen Wochen hatte sie Quercher weinend angerufen und gebeten, ihr zu helfen. Er war widerwillig zu ihr gefahren. Ein Chaos hatte ihn begrüßt. Inmitten von Windeln, unbenutzten und benutzten, hatte die heulende LKA-Polizistin und Computerexpertin Arzu gestanden. In seiner Not rief er damals seine Schwester in seinem Heimatort Bad Wiessee am Tegernsee an und fragte um Rat. Zwei Stunden später hatte er Arzu und den Jungen in seinen alten Benz gepackt und war mit den beiden dorthin gefahren.

Er war in einem Anfall von Sentimentalität in das verwaiste Elternhaus gezogen. Es hatte leer gestanden, seit seine Mutter gestorben war. Jeder hatte ihm abgeraten, das Erbe anzutreten. Das Haus war viel zu groß für einen alleinstehenden Mann. Auch wenn die Schwester gleich nebenan lebte. Und es lag zudem sehr einsam am Westhang des Tals. Schien auf der anderen Seite des Sees schon längst die Sonne, war es hier im Winter schattig und mit Schnee ›gesegnet‹ – Wiessee-Sibirien eben.

Aber Quercher war nach der Beerdigung im Tegernseer Tal geblieben, hatte nach und nach seine wenigen Sachen aus der Wohnung in München geholt und sich in seinem Elternhaus eingerichtet. Für seinen Hund, die Schweißhunddame Lumpi, war das ein Glücksfall. Er musste nur die Tür aufreißen und schon eröffnete sich für sie ein einzigartiges Schnüffelparadies in Form des nahen Bergwalds.

Bad Wiessee, dort wo ihn jeder kannte, erst recht nach den Ereignissen vor Weihnachten, war für ihn kein unproblematischer Ort. Hier wurde man seltener von Babygeschrei denn durch das Quietschen eines Rollators geweckt. Er hatte das Tal lange als Gottes Warteraum verspottet. Sein letzter Fall hatte ihn hier in eine Lawine und andere Unannehmlichkeiten gebracht. Dazu gehörten auch ein kompliziert gebrochenes Bein und eine lädierte Hüfte. Die Ärzte in der Rehaklinik unten am See hatten ein künstliches Hüftgelenk empfohlen. Quercher glaubte ihnen kein Wort. Er hatte stattdessen seinen Freund und Arzt Manfred Appel um Rat gefragt.

»Quercher, die zweite Halbzeit läuft für dich schon länger. Du bist eben nicht mehr jung. Ab jetzt heißt es, viel schwimmen und Rad fahren – aber mit einem hohen Lenker. Ist besser für dein Kreuz. Mach die OP. Dann hast du für ein paar Jahre Ruhe – bis entweder ein Herzinfarkt oder ein Schlaganfall kommt.«

»Schon einmal über eine Nebentätigkeit als Kassandra nachgedacht?«, hatte er trotzig entgegnet.

Künstliches Hüftgelenk klang für ihn wie Seniorenwindel. Er war noch nicht so weit. Also blieben die Schmerzen und das Humpeln. Das versuchte er zu verbergen, so gut es ging. Er rauchte regelmäßig Cannabis, denn irgendwann hatten keine der von Manfred verordneten Schmerzmittel mehr gewirkt. Hinzu kam, dass sein Elternhaus scheinbar nur aus engen Stiegen und ebenso engen Räumen zu bestehen schien. Jeder Gang ins Bett war ein persönlicher Weg nach Golgatha – schmerzvoll und langwierig.

Mit der Zeit genoss er die Stille des Elternhauses. Und als ihm der Schnee zu viel geworden war, hatte er die Zeit mit einem Aufenthalt in seinem Haus auf der Insel Salina abgekürzt. Die Wärme dort hatte ihm gutgetan. Kaum war er jedoch wieder zurück, hatte Arzu angerufen.

Das Frühjahr war spät, aber dann mit Macht ins Tal gekommen. Und jetzt war alles laut und chaotisch, wenn Quercher zu Hause war. Diese WG war eine Notlösung, die nun schon fast vier Wochen andauerte. Und mittlerweile war Arzu mit ihrem Mutterglück nicht mehr über-, sondern eindeutig unterfordert. Aber sollte er sie vor die Tür setzen? Die Falle, so fand er jetzt, hatte er sich selbst gebaut. Jetzt suchte Quercher sehnsüchtig die Ruhe. Er konzentrierte sich auf ferne Geräusche, genoss deren Ausklingen. Stille, nur das Pochen des eigenen Blutes im Ohr, war ihm eine Freude.

Er schwang sich stöhnend aus dem Bett, wo ihn schon sein Hund begrüßte. Lumpi bekam das Maximale an Nähe von Quercher, dem notorischen Einzelgänger. Mit ihren acht Jahren auch nicht mehr taufrisch, drückte sie, weise, wie alte Hunde sind, ihr Kreuz durch.

»Danke für den Hinweis, Mäuschen. Versteh schon. Sportstunde.«

Er zog sich eine verschossene Trainingshose und ein T-Shirt an und kraulte den Hund. Dann legte er sich langsam auf den Teppich neben dem Bett und begann mit seinen Yogaübungen. Er ließ das lang gezogene ›Om‹ aus, weil an dieser Stelle Lumpi zu bellen pflegte.

Unten in der Küche fiel etwas um und zerbrach laut.

Er hörte Arzu fluchen, dehnte aber weiter seine Schulterpartie. Er hatte diesen, wie er einst sagte, esoterischen Yogamist immer abgelehnt. Aber in der Klinik hatte ihm eine junge, schöne Therapeutin diese Philosophie nahegebracht. Seither war es für ihn fast eine Sucht, sich jeden Morgen aus der Versteifung und dem Schmerz der Nacht zu lösen. Nach einer halben Stunde auf dem Teppich duschte er, zog sich an und stieg die Treppe hinab – hinein in ein Inferno aus Kreischen und Weinen.

»Guten Morgen.«

Arzu stand an die Kochzeile gelehnt und hatte die Augen geschlossen. Vor ihr saß der Junge in einem Hochstuhl, in dem schon Max Quercher vor über vierzig Jahren gesessen hatte. Der Kleine schrie. Überall auf dem Boden und dem Tisch war gelblicher, nach Karotte riechender Brei verteilt.

Arzu öffnete die Augen. »Es tut mir leid, Max. Aber er will nichts essen. Er spuckt immer wieder alles aus. Das ist so eine neue Marotte von ihm.«

Quercher nickte nur, rieb sich die Augen und machte sich daran, seine italienische Kaffeemaschine in Gang zu bringen. Kaum pfiff und brummte der Automat, verstummte der kleine Ali. Gebannt sah er auf den Dampf, der aus der Maschine schoss – und lachte.

Arzu spürte, dass sie mit ihrem Kind in Querchers Idylle eingedrungen war. Aber sie wollte nicht nach München zurück. Dort wo ihre Familie lebte und nur begierig darauf wartete, aus dem Jungen einen der ihr so verhassten türkischen Prinzen machen zu können.

»Was willst du heute noch machen?«, fragte sie vorsichtig.

Quercher hatte sich die *Tegernseer Stimme* auf seinem Tablet aufgerufen und las.

Er hatte es ihr mehrfach gesagt. Bis Ende der Lektüre wollte er nicht sprechen. Es waren einfache Regeln. Mit all seinen Mitbewohnern hatte es bislang geklappt. Zuletzt hatte er im Münchner Glockenbachviertel mit einem schwulen Barbesitzer zusammengewohnt. Alles war einfach gewesen. Wer kaufte ein? Quercher, weil er gern kochte. Wer putzte? Der Barbesitzer, weil er einen ausgeprägten Hygienefimmel hatte. Und wie lange durften Gäste bleiben? Eine Nacht, männliche wie weibliche. Das Leben konnte unkompliziert sein. Aber nicht mit Arzu, Mutter und Türkin. Da war immer alles komplex.

Sein Telefon klingelte. Er nahm ab, sagte dreimal »Ja«, legte auf und las weiter.

»Ich hatte dich etwas gefragt«, kam es von Arzu.

Quercher sah von der Zeitung auf, atmete durch, blickte in das kreisrunde Gesicht des Babys und sagte: »Ich bin gleich weg.« Er stand auf, schloss eine Schublade auf, nahm seine Dienstpistole heraus und schnipste nach Lumpi. Dann sah er noch einmal zu Arzu und lächelte. »Einfach weg.«

Kapitel 3

München, 29.04., 08:10 Uhr

Zwischen der Moschee des Islamischen Zentrums und der Fußballarena der beiden Münchner Vereine befand sich die Kläranlage Freimann. Und all das wurde vom Trümmerberg mit einem gigantischen Windrad überragt.

Quercher humpelte immer noch, als er von seinem alten Mercedes auf den Eingang der Kläranlage zulief. Nachdem er sich ausgewiesen hatte, begleitete ihn der Pförtner zum ›Rechen‹. Der städtische Angestellte, ein älterer Mann griechischer Herkunft, schien gute Laune zu haben und sich darüber zu freuen, jemandem die Anlage zu erklären. Quercher hatte nicht gefrühstückt und war sich nicht sicher, ob er an Details über eine Kläranlage interessiert war. »In der sogenannten Rechenanlage leiten wir das Abwasser aus München durch einen Rechen. Sehen Sie, da vorn. Das große Teil, das sich dreht. Haben Sie bestimmt schon einmal von der Autobahn gesehen und …«

Quercher nickte. Der Geruch wurde jetzt intensiver.

»Im Rechen bleiben die groben Verschmutzungen hängen.« Der Grieche lachte, als er das verzerrte Gesicht seines Gastes sah. »Damenbinden, Präservative, Steine, aber auch Laub und tote Tiere. So etwas eben. Wissen Sie, das Zeug würde die Pumpen der Kläranlage verstopfen.«

Wie recht er hatte. Nur war es dieses Mal keine Monatsbinde, sondern ein Mann, der vom Rechen durch das große Becken gezogen worden war.

Quercher wurde, aller sonstigen Revierkämpfe zum Trotz, von den Kollegen des Kriminaldauerdienstes und der Mordkommission freundlich frotzelnd begrüßt.

»Tut mir leid, dass ich dich heute Morgen angerufen habe. Ich weiß, du bist noch krankgeschrieben. Aber wir brauchten einen Experten. Scheißjob, was, Max?«, fragte ein dürrer Kollege mit Schnauzbart und schwerer Akne im Gesicht.

»Der Hubi! Bist jetzt hier Abschmecker?«, fragte Quercher genauso rüde zurück und gab ihm die Hand. »Passt schon. Bin nicht mehr krank, aber hatte noch Urlaub. Was haben wir denn?«

Der Dürre zeigte auf einen Körper, der, bis zwei Kollegen von der Spurensicherung ihn herausgezogen hatten, in der trüben Brühe getrieben hatte. Jetzt lag die Leiche auf der Wiese neben dem begehbaren Rechen. Mit Mühe konnte Quercher erkennen, dass die Hände des Leichnams auf dem Rücken gefesselt waren. Hüftabwärts war er nackt. Lediglich am Oberkörper klebte eine verschmierte Lederjacke. Die Augen des Mannes waren weit aufgerissen, der Mund geöffnet. Der Kopf war kahl rasiert.

Hubi erklärte, während seine Kollegen weiter nach Hinweisen und Zeugen suchten: »Mann, circa dreißig, Nationalität unklar, eher deutsch. Grob geschätzter Todeseintritt zwischen ein Uhr und vier Uhr. Keine Schuss-, Hieb- oder Stichverletzungen. Eine Tätowierung an der Brust: das Wort *Dirle* und darunter in altdeutscher Schrift *Bruderschaft*. Die Frühschicht fand ihn bei einem Kontrollgang. Die Herren werden gerade vernommen. Der Typ scheint noch gelebt zu haben, als man ihn in das Klärbecken geworfen hat. Näheres wie immer von der Rechtsmedizin. Wir haben etwas gefunden, das auf einen islamistischen Hintergrund hindeutet. Sonst hätte ich dich ja nicht so früh aus dem Bett geholt. Du wohnst nicht mehr in München, oder?«

Quercher nickte, schwieg aber. Ihm war die übliche Kameradschaft suspekt. Und wie sollte er jemandem wie Hubi erklären, dass er jetzt mit Arzu und ihrem Kind zusammenlebte, sie aber keine Liebesbeziehung hatten?

»Erst einmal brauchen wir seine Identität. Habt ihr was?«, rief Hubi den Kollegen zu, die sich mit der Leiche beschäftigten. Vorsichtig durchsuchten die Männer in den weißen Schutzanzügen die Jacke des Mannes. Kurze Zeit später sahen sie zu Quercher und dem Dürren und schüttelten den Kopf.

»Da sitzen wir aber in der Scheiße«, versuchte es Hubi mit dem nächsten dünnen Scherz.

Regenwände zogen vom Stadion über die Autobahn. Quercher blickte zu den Kolonnen des morgendlichen Berufsverkehrs. Auf vier Spuren stauten sich die Autos. Dann sah er wieder auf das Kläranlagengelände. Was für ein trostloser Ort zum Sterben. Der Rechen war weiträumig mit rotem Flatterband abgeriegelt worden. Die Spurensicherung arbeitete sich langsam um den Tatort herum.

»Und was kann ich jetzt für euch tun?«, fragte Quercher.

Der Dürre griff nach einer Tüte, in dem ein handtellergroßes Metallamulett lag. Es war beschriftet. »Kannst du das lesen? Das ist doch Arabisch, oder so?«

Quercher galt neben ein paar anderen Kollegen vom LKA als Spezialist für alles, was nach Arabern aussah. Er sprach fließend Arabisch, Türkisch und sogar ein wenig Farsi und hatte lange als verdeckter Ermittler im Islamistenmilieu gearbeitet – allerdings nicht hier in Bayern, sondern in Nordrhein-Westfalen.

Nach einem spektakulären Fall vor sechs Jahren, der ihn so ziemlich alle guten Kontakte gekostet hatte, war er hierher zurückgekommen. Dank seines alten Chefs Pollinger, den er nach diesem Termin auf der Krebsstation im *Klinikum rechts der Isar* besuchen wollte.

Quercher hielt die Tüte mit dem Amulett nah an sein Gesicht. Etwas Braunes befand sich am Rand des Schmuckstücks. Er wollte gar nicht wissen, was das war. Leise las er vor: »qul huwa 'llāhu ahad allāhu 's-samad lam yalid wa-lam yūlad wa-lam yakun lahu kufuwan ahad.«

Hubi sah ihn verstört an. »Und das heißt?«

Quercher schüttelte den Kopf. »Nein, Hubi. Nicht was, sondern warum, ist die Frage. Das ist eine Sure, die *Al-Ichlas,* die hundertzwölfte Sure. Warum liegt die hier? Und warum trägt der Typ so etwas?« Quercher übersetzte den Text ins Deutsche. »Sprich: Allah ist einer. Ein ewig Reiner, hat nicht gezeugt und ihn gezeugt hat keiner, und nicht ihm gleich ist einer.«

»Einige Araber nehmen diese Sure als Beschwörung, als gutes Omen und Talisman gegen den bösen Blick. Sie sprechen sehr gut, haben aber einen kleinen Akzent«, rügte eine milde Stimme hinter ihnen.

Quercher und Hubi drehten sich ruckartig um. Vor ihnen stand ein kleiner Mann mit einem roten Turban, der mit einem weißen Tuch umwickelt war. Der Mann schien Bosnier und ein Imam zu sein. Er begrüßte Quercher dennoch auf Arabisch.

Hubi war sich nicht sicher, ob das der Besuch war, den er unbedingt an einer Kläranlage erwartete. Etwas zu ruppig kartätschte er mit einer Frage an den Imam dazwischen. »Wer hat Sie denn hier hereingelassen?«, fragte er.

Der Imam stellte sich mit dem Namen Indurz vor und zeigte auf den Pförtner. »Ich hörte von einem Toten und dass er Muslim sei. Wie Sie wissen, ist unsere Moschee nicht weit. Ich dachte, ich könnte Ihnen helfen.«

Hubi knurrte und zeigte in Richtung des Toten. »Kennen Sie ihn?«

Der kleine Mann ging an das Absperrband.

»Darf er weiter zum Becken gehen?«, fragte Hubi die Kollegen von der Spurensicherung.

Die nickten.

Eindringlich beugte sich der Imam über die Brüstung. Er schien etwas zu murmeln. Nach kurzer Zeit kam er zurück zu den Polizisten und schüttelte den Kopf. »Es ist kein Muslim«, sagte er knapp.

»Was macht Sie da so sicher?«, fragten Hubi und Quercher fast zeitgleich.

»Er ist nicht beschnitten«, antwortete der Imam leise.

Quercher verstand.

Hubi zeigte dem Imam das Amulett. »Das lag hier. Wo gibt es so etwas in München zu kaufen?«

Quercher schmunzelte insgeheim, der Imam lächelte breit. »So ein Amulett gibt es überall dort, wo es Muslime gibt. So wie Sie Kreuze tragen oder neuerdings diese Yin-Yang-Zeichen ... Ich habe für den Mann gebetet. Wenn Sie noch Fragen haben, hier ist meine Karte.«

Formvollendet reichte er beiden jeweils eine Visitenkarte und ging unaufgefordert zum Ausgang der Kläranlage.

»Scheint wohl eher ein lokales Verbrechen zu sein«, murmelte Quercher. »Ich fahre mal ins Büro. Wenn du mich noch brauchst, kannst du mich jederzeit anrufen.«

Hubi sah ihn säuerlich an. »Willst du mir auch eine Visitenkarte geben?«

Quercher lachte. »Dafür bin ich ein zu kleines Licht. Aber beschnitten, falls du es wissen willst.«

Hubi kratzte sich unwillkürlich im Schritt.

Quercher zog seine Jacke aus, als er seinen alten Benz erreichte. Er schüttelte die Nässe heraus, setzte sich dann auf den Fahrersitz und warf die Jacke achtlos neben sich. Lumpi, die bei ihm auf der Vorderbank saß, schnüffelte neugierig daran.

»Ja, ich weiß. Der Geruch gefällt dir«, knurrte Quercher die Hundedame an.

Er setzte zurück und fuhr mit zu hoher Geschwindigkeit aus der Einfahrt heraus, vorbei an den roten Bullis der Kollegen von der Mordkommission. Sein Telefon klingelte, doch er ignorierte es. Wenig später klingelte es wieder. Es gab nur eine Person, die so penetrant war: Arzu Nishali.

»Quercher.«

»Das geht auch freundlicher«, kam es vom anderen Ende der Leitung.

Quercher verdrehte die Augen.

»Du verdrehst gerade die Augen.«

»Nein.«

»Doch.«

»Arzu, lass es. Es ist zu früh am Morgen, um die borstige Ehefrau, die du glücklicherweise nicht bist, zu spielen.«

»Was machst du gerade?«

»Ich habe Sex.«

»Im Ernst?«

»Nein, nicht im Ernst. Mit mir.«

»Igitt. Sag schon.«

»Ich fahre von einem Klärwerk in die Dienststelle.«

»Das ist im Grunde ein Pleonasmus.« Arzu Nishali war Wikipedia auf zwei Beinen. Sie war geradezu süchtig nach Allgemeinwissen. Es war ihre Decke gegen Kälte und Ablehnung, die sie als Frau mit türkischen Wurzeln immer wieder erleben musste, wie sie ihm einmal nach einer langen Nacht verraten hatte.

»Ein was?«

»Gleicher Wortsinn wie ›Ziffer Null‹. Denn, ›Cifr‹ ist arabisch und bedeutet null. Die LKA-Dienststelle ist eine Kloake und somit ein …«

»Ich hab's kapiert. Was möchtest du denn?« Quercher wusste es schon. Arzu, seine Kollegin und neue Mitbewohnerin, langweilte sich.

»Was ist das für ein Fall, zu dem sie dich so früh am Morgen geschickt haben?«, wollte Arzu wissen.

In knappen Worten erzählte er es ihr.

»Kann ich etwas für dich tun? Etwas recherchieren? Der Kleine schläft. Ich war schon einkaufen. Und wenn ich noch einmal den Kinderwagen an der Uferpromenade durch die Rentnerhorden schiebe, greife ich zur Waffe.«

»Nein, ich habe geholfen. Jetzt fahre ich ins Büro und vorher zu Pollinger ins Krankenhaus.«

»Grüßt du ihn von mir?«, bat Arzu.

»Ich bin mir nicht sicher, ob das seinem Heilungsverlauf hilft«, antwortete Quercher und erntete ein Fluchen.

Heute Abend würde er mit Arzu reden müssen. Er war nicht darauf aus, eine Heimstätte für anstrengende Mütter aufzubauen.

Quercher fuhr über den Frankfurter Ring in den Stadtteil Bogenhausen. Es regnete nicht mehr. Zwischen den Wolken stieg die Sonne empor, ließ die Nässe auf dem Asphalt dampfen. Quercher zuckelte hinter einer Tram her und kraulte mit der rechten Hand seinen Hund, der aufrecht und gegen jede Verkehrsregel nicht angeschnallt auf der Beifahrerseite saß.

Mit Mühe fand Quercher in einer Nebenstraße des Klinikums einen Parkplatz, ließ den Hund im Auto und schlenderte über die Straße zum Eingang des Krankenhauses. Hier standen die üblichen Raucher im Bademantel und begafften jeden Neuankömmling. Die Station, in der Pollinger lag, befand sich in der vierten Etage.

Quercher hasste Krankenhäuser. Der Geruch, das Schlurfen der Kranken über den Flur oder die trostlosen Bildmotive an den Wänden – all das war für ihn eine Symphonie des Leids, der er sich ungern aussetzte. Seine Arbeit erzeugte genügend Bilder, die schmerzten. Doch er tat es für Pollinger. Zwei Chemotherapien hatte der alte Mann ertragen. Aus einem Hundertkilomann hatte der Magenkrebs ein hohlwangiges, knapp siebzig Kilo wiegendes Männchen gemacht. Quercher hatte den Besuch Tag um Tag verschoben. Er ahnte, wie sein Freund aussehen würde.

Pollinger hatte ein Einzelzimmer. Er war in dem Trakt untergebracht, der nur den exklusiven, will heißen, zahlungskräftigen Patienten vorbehalten war. Im Zimmer links neben Pollinger lag ein übergewichtiger Araber aus den Emiraten, rechts ein Russe. Deren Sicherheitsleute saßen mit ihren Smartphones in der Hand vor der Tür und langweilten sich.

Quercher klopfte, hörte nichts und trat ein.

Pollinger saß eingesunken in einem Rollstuhl, den Kopf zum Fenster gerichtet. Er schlief. Das Zimmer roch nach Schweiß, scharfem Desinfektionsmittel und fadem Früchtetee. Pollingers linke Hand hing schlaff am Stuhl herunter, eine Infusionsnadel steckte in dem von Blutergüssen übersäten Handrücken. Quercher wollte ihn nicht wecken. Vielleicht, um sich erst einmal von diesem Anblick zu erholen. Pollinger hatte keine Haare mehr. Die Ellenbogen stachen spitz aus einem geblümten Krankenhaushemdchen heraus. Die einstmals kräftigen Beine, die in den Lederhosen, die Pollinger so liebte, wirklich etwas hergemacht hatten, waren dürr wie Streichhölzer. Das Gesicht glich einem Totenkopf.

»Kommst du endlich?«

Quercher schrak auf. Pollingers Stimme war krächzend und leise, aber sie hatte immer noch einen vorwurfsvollen Unterton.

»Ja, ich hatte zu tun«, sagte Quercher und ahnte sofort, dass Pollinger das nicht gelten lassen würde.

»Tote sehen ist das eine, Sterbende das andere, nicht wahr, Max?«

Quercher sah hinaus. »Was sagen die Ärzte?«, fragte er.

Jetzt erst öffnete Pollinger die Augen, drehte seinen dürren Kopf nach links und lächelte leicht. »Mein Magen ist um ein Drittel verkleinert. In meinem Körper fließt so viel Gift, dass ich statt auf den Friedhof auf eine Deponie gehöre. Sie sagen, der Krebs sei weg. Und sie sagen, er kann wiederkommen. Wie Mitarbeiter nach einer Beförderung.«

Quercher grinste. Pollinger war eben immer noch Chef.

»Und wie geht es weiter?«, fragte er.

Pollinger zuckte mit den eckigen Schultern. »Ich soll mich erholen. Wieder ins Leben zurückkehren. Sie sagen es nicht, aber sie wissen, dass ich den Tod gesehen, ihn in mir gespürt habe. Und wenn das einmal so war, lässt er dich nicht mehr los. Ich gehe also bald, suche mir ein Plätzchen und warte. Warte, bis wieder etwas schmerzt oder brennt oder drückt. Dann weiß ich, dass es wieder da ist. Und wenn es gar nicht mehr geht, werden sie die Dosis Morphium erhöhen.«

Quercher verstand. »Was kann ich tun für dich?«

»Lenk mich ab. Das tägliche Gerede über Krankheiten macht mich fertig. Erzähl mir von den Lebenden. Ich habe mir das Wasser aus Wildbad Kreuth kommen lassen.«

Er deutete auf eine Flasche auf seinem Nachttisch, die mit einer rostfarbenen Flüssigkeit gefüllt war.

»Daran glaubst du nicht wirklich?«, fragte Quercher erstaunt.

»Doch, eine Krankenschwester hier kommt aus Kreuth und hat mir davon erzählt. Ich war früher zuweilen dort. Das Wasser wirkt.«

Pollinger spielte auf seine CSU-Nähe an, jener Partei, die in Kreuth alljährlich ihre Klausurtagung mit viel Mediengetöse abhielt. Nicht weit von ihrem Tagungsort entsprang eine alte Quelle mit mineralhaltigem Wasser. Einst schätzten das sogar Könige. Aber mittlerweile war es nicht mehr als eine Tränke für Hirsche und Hunde. Quercher konnte sich nicht vorstellen, dass ausgerechnet sein Chef und alter Freund Pollinger an die vermeintliche Wirkung eines Heilwassers glaubte. Aber Krankheiten veränderten eben, erst recht die, die tödlich sein konnten.

»Und wo warst du heute Morgen? Ist doch gar nicht deine Zeit?« Pollinger stieß auf und hielt sich schmerzverzerrt den Bauch.

Quercher sah weg und erzählte ihm von der Leiche im Klärwerk. Pollinger schien ihm kaum zuzuhören. Mitten in der Erzählung unterbrach ihn der Alte.

»Und noch etwas. Kennst du noch den Anwalt Sareiter?«

Quercher sah ihn erstaunt an. »Ja, der Strafverteidiger. Wieso?«

»Kennst du ihn?«

Quercher nickte. »Das weißt du doch. Wir waren befreundet.«

Pollinger sah aus dem Fenster zu Bauarbeitern, die ein Gerüst an der Innenfassade der Klinik errichteten. »Und seit der Sache mit dem Kind und der Frau vor acht Jahren …«

Quercher unterbrach ihn. »Ja, seitdem hat er sich nicht mehr gemeldet. Er soll sehr zurückgezogen leben. Das Erbe, das er bekam, reicht für mehrere Generationen.«

Pollinger lachte bitter auf. »Sein Leid wohl auch. Er war jedenfalls hier. Sareiter hat mich besucht. Er hat nach dir gefragt und mich gebeten, dich zu ihm zu schicken. Auf meinem Tisch liegt seine Adresse. Es war komisch. Ich kannte ihn ja nur als Strafverteidiger. Er hat sich mit uns und der Staatsanwaltschaft ja schlimme Schlachten geliefert. Ein Hippie war er, oder?«

Pollinger hielt auch in der Krankheit an seinen strengen Vorgaben der Bürgerlichkeit fest. Der Begriff ›Hippie‹ klang in Querchers Ohren so herrlich antiquiert wie ›Haschbruder‹ oder ›Beatnik‹. Tatsächlich konnte sich Quercher erinnern, dass der junge Sareiter damals lange, zu einem Zopf zusammengebundene Haare hatte und eine schwarze Hornbrille trug, als er mit provozierenden Anträgen auf Gutachten die alte Richtergarde zur Weißglut brachte. Sareiter hatte für seine Mandanten, häufig Schwerkriminelle, das Letzte herausholen wollen. Und das war ihm im Laufe der Jahre immer besser gelungen. Sein Ruf war legendär. Das Resultat seiner Arbeit waren Freisprüche am Fließband. Sein Ruhm mehrte sich, die Morddrohungen von aufgebrachten Bürgern ebenfalls. Mehrmals wurden Beschuldigte freigelassen und begingen danach wieder Straftaten. Sareiter ließ das kalt. Die Kollegen im LKA hassten ihn. Einige wurden im Gericht als Zeuge von Sareiter nach allen Regeln der Kunst auseinandergenommen. Auch Quercher war einmal dran gewesen. Obwohl sie Freunde waren. Bis zu der Sache mit Sareiters Frau und dem Kind.

»Ja, Hippie ist gut. Sareiter hat das Recht auch für Täter erstritten, wenn du das meinst. Was will er von mir? Ich meine, erst taucht er ab und jetzt ruft er mich nicht an, sondern erkundigt sich bei dir nach mir während eines Krankenbesuchs?«

»Höre ich da etwa einen beleidigten Tonfall heraus?«, fragte Pollinger spitz.

»Ach was.« Quercher stand auf. Natürlich hatte ihn das getroffen.

»Jedenfalls bittet er dich, so schnell wie möglich bei ihm vorbeizufahren. Er wohnt hier in Bogenhausen, am Isarhochufer. Tu mir den Gefallen und geh hin. Ich habe es ihm versprochen.«

Quercher zog die Stirn kraus.

»Und noch etwas. Er wird dir ein Angebot machen. Sag nicht sofort ab. Sag auch noch nicht zu. Komm wieder her. Und wir reden darüber.«

Quercher verstand nicht. »Was für ein Angebot?« Sein Smartphone brummte. Entschuldigend sah er zu Pollinger, der nur müde winkte. Quercher öffnete die Balkontür, lehnte sich an die Brüstung und drückte den grünen Knopf seines Handys.

Es war Hubi. »Max, die Scheiße verfolgt dich.«

»Das ist mir bekannt. Deswegen rufst du ja an.«

»Sehr witzig. Du hast den Kläranlagenfall an der Backe. Anweisung von oben. Rechtsmedizinisches Gutachten kommt heute Nachmittag. Die Spurensicherung hat den Bericht fertig. Ich habe dir die Akten schon zum LKA in die Maillingerstraße gebracht. Ach ja, da wartet schon jemand auf dich. Sieht nach Ärger aus. Viel Spaß.«

»Aber wieso wir? Ist das was für's LKA?«

Normalerweise legten die Kollegen von der Kripo wenig gesteigerten Wert darauf, dass Mordfälle weitergegeben wurden. Aber Hubi klang nicht verärgert, eher erleichtert, den Fall abgeben zu können. Das roch. Denn das alles war eigentlich nicht Querchers Baustelle.

»Wir haben die Identität des Täters. Sein Auto stand verlassen vor einem Puff in Freimann. Wir haben das Führerscheinfoto mit dem Toten abgeglichen. Wir haben ihn als Stefan Denke, Oberleutnant der Bundeswehr, wohnhaft in München, identifiziert. Gehörte zum KSK, dieser Sondertruppe der Bundeswehr. Wir waren also schon weit. Dafür, dass der Typ heute Morgen nur Treibgut im Klärbecken war. Aber dann tauchte dieser Kerl auf. MAD, Militärischer Abschirmdienst. Der Fall sei nicht mehr relevant für uns. Zeigte uns eine Anweisung aus dem Innenministerium. Ich meine, nicht dass ich mich über zu wenig Arbeit beschwere. Aber …«

»Aber was?«, fragte Quercher, der wusste, dass kein Kollege der Münchner Mordkommission gern einen Fall so einfach abgab. Es hatte etwas von Bevormundung. Und vom Wildern im eigenen Revier.

»Na ja, Max, wir hatten noch nicht einmal irgendeine Bundeswehrdienststelle angefragt oder informiert. Nur wir von der Mordkommission wussten davon. Noch nicht mal der Dezernatsleiter. Aber ich habe damit jetzt nichts mehr am Hut. Den hast du jetzt auf.« Hubi lachte und verabschiedete sich.

Quercher steckte sein Telefon in die Jackentasche und trat zurück in Pollingers Zimmer. Der schlief. Quercher war einen Moment unschlüssig. Er wollte einem Reflex folgen und Pollinger die Sache mit dem Soldaten erzählen, seine Meinung hören. Aber er ließ ihn schlafen, nahm den Zettel mit Sareiters Adresse vom Tisch und verließ leise den Raum.

Ein Pulk Ärzte kam den Gang herunter. Das *Klinikum rechts der Isar* war das Vorzeigekrankenhaus Münchens. Die Ärzte, die hier tätig waren, sahen sich, gleich welcher Fachrichtung, als Elite und gebärdeten sich auch so. Nirgendwo hatte Quercher je so eine stark ausgeprägte Form von Hierarchie erlebt wie unter Ärzten. Eine solche Hackordnung, die kleinen Gesten der Macht und das Ausspielen von Erfahrung und Rang, gab es in seinem Berufsstand schon lange nicht mehr. In der Mitte schritt der Chefarzt, den er kannte. Um ihn herum, wie eine Korona oder ein Schwarm Fliegen, je nach Sichtweise, folgten Ober- und Assistenzärzte. Dahinter, quasi die billige Nachhut bildend, die Famulanten, junge Studenten, die mit blassem Gesicht hofften, nicht vor Patienten und Ärzten vom Chef abgefragt zu werden.

»Herr Quercher, haben Sie einen Augenblick?« Professor Theiss, eine Koryphäe der Onkologie, hatte ihn erkannt. Pollinger besaß keine Verwandten mehr, und so hatte Quercher ihn damals in die Klinik gebracht. Mit einer Handbewegung wies Theiss seine Korona an weiterzugehen und begrüßte Quercher mit einem Lächeln. »Sie waren bei Herrn Dr. Pollinger?«

»Ja, war ich.«

»Gut, wir brauchen Ihre Hilfe. Herr Dr. Pollinger ist austherapiert. Das heißt nicht, dass er sterben wird. Wir haben bei der letzten Untersuchungsreihe keine Hinweise auf weitere Streuungen der Metastasen gefunden. Das ist gut, aber eher zu gut. Wir glauben nämlich nicht, dass ein Krebs in dieser Form und Größe einfach so verschwindet. Der Krebs hat sich, wenn Sie mir diese flapsige Ausdrucksweise gestatten, in die Büsche geschlagen und wartet. Wann er herauskommt, weiß man nicht. Da kommen Sie ins Spiel. Sie können uns und Dr. Pollinger helfen …«

Quercher fühlte sich immer unwohl, wenn er so freundlich in die Pflicht genommen wurde.

»… keine Angst. Sie müssen nicht die Pflege übernehmen. Dr. Pollinger wird in eines unserer Partnerzentren in Oberbayern verlegt. Wir glauben, dass er in der Gegend, die ihm wohl schon immer gut gefallen hat, am besten aufgehoben ist. Er wird in ein Rehazentrum übersiedeln. Aber mir ist wichtig, dass er dort nicht vereinsamt.«

Quercher atmete schwer aus. »Herr Professor, Sie haben meine Telefonnummer. Sie oder Ihre Leute können mich jederzeit anrufen. Ich werde Ferdi Pollinger abholen, wann immer …« Der Professor nickte und rauschte in das nächste Zimmer, wo seine Korona bereits auf ihn wartete.

Quercher ging den Flur entlang, wo sich vor einem Gemeinschaftsraum eine Traube gebildet hatte. Er hörte eine vertraute Stimme, blieb stehen, sah über zwei kleinwüchsige Schwesternschülerinnen aus Vietnam hinweg auf einen Fernseher, der sehr laut eingestellt war.

Eine Journalistin stand auf einer Wiese. Dahinter lag der Tegernsee. Quercher erkannte seine Heimat sofort. Die Frau hielt ein Mikro in der Hand und redete mit einem Mann. Einem Kollegen von Quercher. Das Gespräch war jetzt kaum zu verstehen. Ein Hubschrauber schien in der Nähe zu starten. Der Krach der Rotoren ließ die beiden verstummen. Die aufgewirbelte Luft wirbelte ihre Haare durcheinander. Am unteren Bildrand konnte Quercher lesen, warum die beiden auf der Wiese standen. Grauen kroch seinen Nacken empor.

Kapitel 4

Öd bei Gmund, 29.04., 06:00 Uhr

»Die Erstkommunion hat in den Familien des katholischen Bayern einen hohen Stellenwert. Wenn die Kinder zum ersten Mal die Kommunion empfangen, ist dies für sie eine wichtige Station innerhalb ihres kirchlichen Lebens und auf dem Weg zu Gott. Sie gehen auf eine Reise. Eine Reise, auf der Jesus sie begleiten wird.«

Das waren die einleitenden Sätze des Pfarrers in seiner Einladung an die Eltern gewesen. Eine Woche zuvor, am Sonntag nach Ostern, waren im Tegernseer Tal die Kinder zur Kommunion geführt worden. Danach trafen sich die Familien zu einem ausgiebigen Essen in den örtlichen Wirtshäusern. Großeltern, Onkel, Tanten und enge Freunde überreichten den Kindern statt Geschenken Briefumschläge mit erheblichen Summen. In diesem Jahr hatte eine junge Gemeindereferentin die Idee gehabt, dass die Kinder dieses Geld für einen gemeinnützigen Zweck spenden konnten. Aber das taten nur fünf von zweiundachtzig Kindern aus dem Tal. Die anderen kauften sich lieber Trampoline, Spielekonsolen oder Kleidung. Diese fünf jedoch spendeten das Geld an eine Behinderteneinrichtung. Eine ältere Dame las davon in der Zeitung, war begeistert von der Großzügigkeit der Kinder und lud sie zu einem Tag auf einer Sommerrodelbahn ein. Damit der Ausflug auch eine erzieherische Komponente bekam, wurde ein junger Förster gebeten, mit den Kindern in der Morgendämmerung eine Exkursion in den Wald zu machen. Eines der Kinder wurde krank. Und so waren vier Kinder am frühen Morgen nicht zur Schule, sondern von der Gemeindereferentin Claudia Weber in einem VW-Kleinbus nach Öd, eine kleine Bauernsiedlung nördlich des Tegernsees, gefahren worden. Hier erstreckte sich auf vielen Hektar sowohl eine Rodelbahn als auch ein Klettergarten.

Um sechs Uhr parkte der weiße Kleinbus nach Angaben eines Zeugen, der mit seinem Wohnmobil auf dem großen Parkplatz übernachtet hatte, nicht weit von ihm. Der Zeuge sah nicht, wie der Wagen wegfuhr, da er sich zu diesem Zeitpunkt bereits auf eine Mountainbiketour gemacht hatte. Um acht Uhr erreichte eine slowakische Kellnerin die Gaststätte unterhalb der Rodelbahn. Sie war sich sicher, dass nur das Wohnmobil des Mountainbikers auf dem Parkplatz stand. Der Förster, der aufgrund eines Wildunfalls an der nahen Bundesstraße nicht rechtzeitig zum Ödberg kommen konnte, besaß nicht die Handynummer der Referentin, um sie über seine Verspätung informieren zu können. Auf Höhe des Klettergartens sah er dann um circa halb neun den Körper. Er hielt ihn zunächst für Sperrmüll, eine Matratze, die ›wild‹ in den Wald gekippt worden war. Doch dann erkannte er, dass es sich um den an einen Baum gefesselten Körper einer Frau handelte. Sie war mit dem Bauch zum Baum fixiert worden. Es schien, als wolle sie den neunzig Zentimeter dicken Stamm der Fichte umarmen. Die Hose der Frau war heruntergezogen, der Pullover war über den Kopf geschoben, die Beine waren gespreizt worden. Er rief mehrmals, fühlte den Puls am Hals der Frau und rief dann sofort die Notrufnummer.

Es dauerte eine Viertelstunde, bis der Notarzt sowie eine Streife der Polizei am Tatort erschienen. Der Arzt konnte nur noch den Tod der Frau feststellen. Die Polizei wiederum fand in der Hosentasche der Toten ein Handy. So konnte man schnell ihre Identität feststellen. Es war die Gemeindereferentin Claudia Weber aus dem wenige Kilometer entfernten Gmund.

In ihrer Wohnung trafen Polizeikollegen, die mögliche Angehörige informieren wollten, wenig später auf den Pfarrer Josef Winkel. Der Geistliche fragte die Polizisten nach dem Verbleib der Kinder. So konnte erst um 10:30 Uhr die größte Suchaktion, die das Tegernseer Tal je erlebt hatte, beginnen. Zwei Mädchen und zwei Jungen im Alter von neun und zehn Jahren waren wie vom Erdboden verschluckt. Um zwölf Uhr lief die Meldung im Radio. Zu diesem Zeitpunkt waren nur zwei der Elternpaare über das Schicksal ihrer Kinder informiert worden. Um dreizehn Uhr waren die ersten Satellitenübertragungswagen mit den großen Schüsseln auf dem Dach aus München am Ödberg eingetroffen. Ab vierzehn Uhr wurde dauerhaft auf allen Kanälen darüber berichtet. Vier Kinder waren entführt, die einzige Erwachsene vergewaltigt und bestialisch ermordet worden. Dies Thema schlug jede andere Meldung, die an diesem Tag in den Nachrichten bislang eine Rolle gespielt hatte. Für vier Familien aus dem Tegernseer Tal begann ein Sturz in den Abgrund.

Kapitel 5

München, 29.04., 15:15 Uhr

Constanze Gerass nannte man die ›Maschine‹. Das hatte weniger mit ihrem Aussehen als vielmehr mit ihrer Wirkung zu tun. Seitdem Dr. Ferdinand Pollinger im *Klinikum rechts der Isar* gegen den Krebs und um sein Leben kämpfte, leitete sie kommissarisch das bayerische Landeskriminalamt. Ihr unterstanden die Bodyguards der Ministerpräsidenten, des aktuellen wie auch der gewesenen. Verdeckte Ermittler im Rockermilieu, bei den Nazis oder den Salafisten hörten auf sie, wie auch die Drogenfahnder und die Kriminaltechniker, die aufgrund der Analyse eines millimetergroßen Fadens einen Täter festnageln konnten. Das LKA war da, wenn es überregional und großkalibrig wurde. Wer diese Behörde leitete, konnte in dem entsprechenden Bundesland nicht mehr wirklich weiterkommen. Danach kam nur noch das Bundeskriminalamt.

Aber warum Fürstin in Wiesbaden, wenn man Königin in München war? Das dachte Constanze Gerass, als sie sich auf die erste große Lagebesprechung vorbereitete.

Vier Kinder waren verschwunden. Der Täter besaß, nach ersten Einschätzungen der Mordkommission vor Ort, ein Sexualmotiv. Die Vergewaltigung und der Tod der jungen Frau ließen darauf schließen. Die Leiche war schon auf dem Weg in die Rechtsmedizin. Eigentlich wäre es ein üblicher Sexualmord gewesen. Vielleicht hätte das LKA mit Kriminaltechnik ausgeholfen. Aber mit dem Verschwinden der Kinder hatte das Verbrechen eine andere Dimension erreicht. Doch das allein hätte binnen weniger Stunden noch nicht diesen Aktionismus in allen ermittelnden Behörden erzeugt.

Vor ihr lag ein Schreiben aus der Staatskanzlei. Man wolle sicherstellen, hieß es darin, dass jede Führungskraft, die in die Ermittlungen eingebunden sei, die Bedeutung des Falls verdeutlicht bekäme:

1. der zehnjährige Lukas, Sohn des Eigentümers des Welde-Zeitschriftenverlags
2. die neunjährige Maria von Homstein, Enkelin eines Richters am Landgericht in München
3. die zehnjährige Mathilde, Tochter des Kunstschlossers Sepp Baumschneider aus Bad Wiessee
4. der neunjährige Laurenz, Sohn der alleinerziehenden Supermarktverkäuferin Gundel Viervogel

Man wolle darauf hinweisen, dass jeder noch so kleine Fehler unter den wachsamen Augen der Öffentlichkeit passiere.

Deutlicher konnte man im Frühstadium einer Ermittlung keinen Druck aufbauen. Dieses Schreiben war natürlich nur für den internen Dienstgebrauch klassifiziert worden. Der Information war eine Anweisung des Innenministers gefolgt. Das LKA würde die Ermittlungen mit einem eigenen Team und den Kollegen der Münchner Mordkommission übernehmen, nachdem man die Mordkommission Rosenheim von dem Fall abgezogen hatte.

Bei Taten mit prominenter Besetzung gab es selten mehr als einen Blumentopf zu gewinnen. Der Sohn eines Verlegers war so ein Fall. Der Vater hatte die Macht, jeden Tag die Arbeit der Ermittler öffentlich zu kritisieren und zu kommentieren. Man musste vielmehr die Verantwortung übernehmen, wenn einer der Ermittler etwas übersah oder gar eigenmächtig falsche Entscheidungen traf. Constanze Gerass dachte an einen Anruf ihres Vorgängers Pollinger. Der hatte sie gleich nach Bekanntwerden der Tat am Tegernsee kontaktiert, ihr wortreich erklärt, dass Max Quercher ein ganz hervorragender Kollege sei, vom See stamme und nach seinem Dafürhalten die Leitung der Ermittlungen übernehmen solle. Er wolle ihr aber auf gar keinen Fall in die Arbeit hineinpfuschen. Sie hatte sich freundlich für die Hilfe bedankt und schon beim Auflegen ihre Entscheidung gefällt.

Das Telefon klingelte. Ihr Vorzimmer. »Herr Quercher wäre da.«

»Bitten Sie ihn herein, Frau Naumann.«

Sie hatte ihn noch nie leibhaftig vor sich gehabt. Aber wirklich jeder, der ihr scheinbar oder wahrhaftig wohlwollend Tipps für das neue Amt gab, hatte sie vor Max Quercher gewarnt. ›Eigensinnig‹ war noch das Netteste, was sie gehört hatte. Er überragte sie um zwei Köpfe, bemühte sich aber, nicht zu ihr herunterzusehen. Kräftige Unterarme, ein breites Kreuz und ein etwas zu enges T-Shirt unter einer für sein Alter zu bunten Jacke zeugten von seinen Bemühungen, jung zu bleiben und vor allem zu wirken. Er trug Motorradboots und eine Cargohose. Wirklich ein chronischer Fall von Midlife Crisis. Sie bedeutete ihm, an einem Besprechungstisch Platz zu nehmen. Kaum saß er, kreuzte er seine Arme und steckte seine Hände unter die Achseln. Gerass lächelte innerlich über diese bockige Geste.

»Herr Quercher. Sie verstehen, dass die Zeit drängt. Die vermissten Kinder, der Mord …«

Er nickte. Ohne dass sie es bemerkte, hatte er Gerass von oben bis unten gemustert. Alles an ihr saß am richtigen Platz. Sie besaß keinerlei Ausstrahlung, war wie ein *Leitz*-Ordner. Sie war weder dick noch dünn. Die Haare hatten die Farbe einer vergilbten Tischdecke. Die Fingernägel waren mit farblosem Lack bemalt. Schmuck trug sie keinen. Quercher ordnete Menschen, die er kennenlernte, immer ein Lied zu. So merkte er sie sich besser. Ein Tick. Gerass war kein Song. Gerass war die Warteschleifenmusik eines Callcenters. Sie war einfach nur glatt und ohne Ecken. Aber dann entdeckte er eine kleine rote wunde Stelle an ihrem rechten Daumen. Constanze Gerass biss sich Wunden in den Finger.

Sie fuhr fort. »Dr. Pollinger bat mich, Sie auf diesen Fall anzusetzen. Mir ist seine Vorliebe für Ihre Arbeitsweise bekannt. Wir brauchen Kollegen wie Sie hier in unserem Amt. Noch einmal: Ich weiß von Ihren Erfolgen aus dem letzten Winter. Auch sind mir Ihre Methoden geläufig. Das ist nicht jedermanns Sache. Ich glaube, dass wir bei diesem diffizilen Zusammenspiel der verschiedenen Stellen eine, sagen wir, kompromissbereite und teamorientierte Person benötigen. Damit will ich Ihre fachliche Qualität nicht infrage stellen. Aber der Leiter der Münchener Mordkommission, Langschneidner, bat mich, dass wir den Fall des KSK-Soldaten aus der Kläranlage übernehmen. Ich denke, dass Sie mit Ihrer internationalen Erfahrung hierfür deutlich besser geeignet sind. Die KSK-Einheiten arbeiten nun seit geraumer Zeit in Afghanistan und Sie haben da einige Erfahrungen …«

Quercher hob die Augenbrauen. »Ich war noch nie in Afghanistan.«

Gerass lächelte schmal. »Ich weiß. Aber Ihre jahrelange Arbeit als verdeckter Ermittler im arabisch-islamistischen Milieu könnte ja von Nutzen sein, nicht wahr?«

Gerass wollte Quercher aus dem Büro haben. Er spürte das. Sie hatte gesagt, was sie sagen wollte. Und jetzt wollte sie sich der Entführung der Kinder und der baldig einberufenen Pressekonferenz widmen. Vorher musste sie in einer

Lagebesprechung auf den neuesten Stand gebracht werden. Quercher war jetzt gerade eine Bremse.

»Vielleicht hat der Mord ja etwas mit der Tätigkeit des Ermordeten in Kunduz zu tun? Um es kurz zu machen: Beginnen Sie bitte mit den Ermittlungen.«

»Deswegen sind die Typen vom Militärischen Abschirmdienst im Haus?«

Gerass nickte. »Ja, die Kollegen haben die Identität zweifelsfrei feststellen können. Es handelt sich um Oberleutnant Stefan Denke. Er war vor seiner Zeit beim KSK in einem Fernspäherregiment in Hessen stationiert. Ich teile Ihnen einen Kollegen zu, den Sie sicherlich gut gebrauchen können.«

Quercher war klar, warum Gerass ihn nicht mit dem Fall der entführten Kinder beauftragen wollte: Er kannte ihre Familien. Denn er kam aus dem Tal. Er war nicht für konventionelle Methoden bekannt. All das bedeutete für jemanden wie diese Karrieristin zu viel Risiko. Sie fürchtete, dass er Fehler machen würde und sie letztlich diesen Fehler verantworten müsste.

Sie konnte nicht ahnen, dass er erleichtert war. Anke, seine Schwester aus Bad Wiessee, hatte ihn angerufen, als er auf dem Weg zum LKA gewesen war. Eine der Vermissten war eine Spielkameradin ihrer Tochter Maxima, Querchers Nichte. Erst weinend, dann schreiend und zuletzt flehend hatte sie ihn gebeten, den Fall zu übernehmen. Er hatte sie vertröstet. Hatte behauptet, dass er auf die Auswahl des Ermittlerteams keinen Einfluss habe. Und Gerass spielte ihm nun in die Karten. Es war keine Angst vor Verantwortung. Aber Quercher wusste selbst, dass er kein guter Teamplayer war. Schon jetzt waren zu viele Parteien an dem Fall beteiligt. Und es war noch nicht einmal ein halber Tag seit dem Fund der toten Erzieherin vergangen. Er hatte im Lagezentrum kurz in eine Besprechung hineinhören können. Der Sicherheitsdienst des Verlegers hatte sich bereits gemeldet. Ein ehemaliger BKA-Kollege führte die dortige Truppe. Das Innenministerium hatte einen ständigen Beobachter geschickt. Dazu die Mordkommission aus Rosenheim, die sich natürlich nicht die Fäden aus der Hand nehmen lassen wollte, aber schon jetzt rasiert worden war. Es war ein einziger Kompetenzkampf. Er wusste, dass er mit diesem Fall sich und andere überforderte. Das zumindest redete er sich wie ein Mantra ein.

»Wer hat die Leitung in diesem Fall?«, fragte er leise nach.

»Fritz Gaugenrieder und Julia Dahmer. Sie haben beide schon zusammen in einem ähnlichen Fall gearbeitet, sind mit Sexualstraftaten von Psychopathen vertraut. Gaugenrieder hat langjährige Erfahrung als Profiler.«

Gerass sah auf die Uhr und Quercher erhob sich. Er war, ohne dass sie es wissen konnte, zufrieden. Als er die Tür öffnete, rannte er fast in einen Pulk von wartenden Kollegen, allesamt Leiter diverser Abteilungen im Haus. Dahinter ragte die hagere Erscheinung des Oberstaatsanwaltes Landwehr heraus. Gaugenrieder und Dahmer waren auch dabei. Quercher grüßte und bekam ein Murmeln zur Antwort. Dann sah er Gaugenrieder, der ihm zuzwinkerte. Die Situation hatte etwas von einem Direktorenzimmer einer Schule.

»Frau Direktorin holt den Rohrstock raus, wenn ihr nicht artig grüßt«, kommentierte Quercher prompt.

Lachen von Gaugenrieder, der Quercher im Vorbeigehen in die Seite stieß, Stöhnen von den anderen, ein eisiger Blick von Dahmer – dann stand er vor der Tür. Pollinger hatte seine Leute nie zu sich geholt. Er war hinunter in die Büros gekommen. Aber das war wohl jetzt vorbei.

Gaugenrieder war die richtige Wahl. Quercher kannte ihn gut. Ein unfassbar dicker, aber blitzgescheiter Niederbayer. Galt intern als menschliches Raumspray. Wo immer Stress oder Streit aufkam, konnte Gaugenrieder mit schalen Kalauern und selbstironischen Bemerkungen die Stimmung normalisieren. Mehrere Geiselnahmen hatte ›Moby‹, wie seine Kollegen ihn nannten, auf charmante und unblutige Weise gelöst.

Die Dahmer kannte Quercher auch. Sehr genau sogar. Sie hatte lange bei der Sitte gearbeitet, war für eine Reihe Razzien im Industriegebiet Nord verantwortlich, wo sie mehrere Prominente hatte hochgehen lassen. Gute Frau. Zu dumm, dass er auf einem Sommerfest mit ihr als Letzter geblieben war und sie es in seinem Benz getrieben hatten. Sie hatte mehr gewollt. Er nicht. Wie immer. Ein unlösbares Problem. Daraufhin hatte sie vor zwei Jahren einen kleinen Auftritt in der LKA-Kantine hingelegt und ihn mit Apfelsaft übergossen.

Gerass begrüßte den Staatsanwalt freundlich, die anderen formell, aber höflich. »Bitte, Herr Landwehr. Die Kollegen geben uns eine Übersicht. Herr Gaugenrieder, Frau Dahmer. Was haben wir bislang?« Gerass sparte sich jede Form der herzlichen Ansprache. Sie wollte mit ihrer sachlichen Art jedem Zweifel hinsichtlich ihrer Amtsfähigkeit von vornherein die Luft abdrehen.

Dahmer begann, hielt aber inne und sah kurz zu Gaugenrieder, der nur die Hand hob und sie somit aufforderte, weiterzumachen. »Die Lage: Vier Kinder, zwei Mädchen und zwei Buben, sind im Ort Ostin am dortigen Ödberg verschwunden. Zwei von ihnen sind neun, zwei bereits zehn Jahre alt. Angaben zu den Kindern, Herkunft, Vorlieben, Krankheiten et cetera stehen in diesem Dossier. Wir gehen derzeit von zwei Szenarien aus.« Sie räusperte sich, trank einen Schluck Wasser und sah über den Rand des Glases zu Gerass, deren Gesicht Ungeduld verriet. »Erstens: Die Kinder wurden entführt und an einen anderen Ort gebracht. Vier Kinder, vielleicht weinend und schreiend, fallen auf. Deshalb glauben wir, dass der oder die Täter sie an einen Ort in der Region verbringen werden, um genau das zu vermeiden.« Sie teilte an die Kollegen und an Gerass eine noch dünne blaue Mappe aus, ehe sie fortfuhr. »Zweites Szenario: Die Kinder wurden kurz nach der Entführung getötet und in der Nähe verscharrt.«

Gerass stöhnte leise auf.

»Mehrere Hundestaffeln von uns, von Privatpersonen wie Jägern und Förstern sowie zwei Hundertschaften der Bereitschaftspolizei durchkämmen den gesamten angrenzenden Wald. Wir setzen auch Leichenspürhunde ein. Die Gegend da oben ist ein zusammenhängendes Areal. Die Suche wird bis zum Abend noch einmal mit zwei Hubschraubern der Bundespolizei verstärkt. Diese werden bei Einbruch der Dunkelheit mit Wärmebildkameras weitersuchen. Ebenfalls verschwunden ist der Wagen, mit dem die Kinder zu dieser Rodelbahn gefahren wurden. Ein weißer VW-Kleinbus mit neun Sitzen. Fahndung ist draußen, angesichts der Nähe zur österreichischen Grenze sind die Kollegen sowohl in Österreich und Slowenien als auch in Italien, der Schweiz und Frankreich informiert. Um kurz nach acht heute früh war der Bus nicht mehr da. Die erste Fahndung nach dem Fahrzeug ging um elf Uhr an die Dienststellen, um zwölf Uhr wurde sie auf das benachbarte Ausland erweitert. Sollten die oder der Täter den Bus für die Entführung genutzt haben, sind sie uns vermutlich drei, vielleicht sogar vier Stunden voraus. Zeit genug, das Bundesland zu verlassen. Wir haben alle Nachrichtensender gebeten, das Foto des Wagens in ihre Sendungen aufzunehmen und die Zuschauer hinsichtlich auffälliger Beobachtungen zu sensibilisieren. Bislang haben sich nur die üblichen Spinner gemeldet: Wahrsager, Wichtigtuer und Spaßvögel.« Kriminaloberrätin Dahmer machte eine Pause.

Gerass nickte. »Was gibt es zu der toten Erzieherin?«

Dahmer stockte. Sie war noch nicht ganz fertig mit ihren Ausführungen zu den Kindern, wollte noch etwas von der Betreuung der Angehörigen sagen. Aber sie verstand. Gerass wollte auf der Pressekonferenz die wichtigsten Fakten vorstellen. Das Drumherum würde sie ihren Mitarbeitern überlassen.

»Die Fakten zu der Toten: Opfer ist die zweiunddreißigjährige Gemeindereferentin Claudia Weber. Sie wurde, basierend auf Zeugenaussagen und der ersten Sichtung durch den Rechtsmediziner, zwischen sechs und acht Uhr an einen Baum gefesselt. Der Tatort liegt in einem Waldstück östlich der Sommerrodelbahn Ödberg. Die Frau wurde mit dem Gesicht zum Baum fixiert. Mit einem Kabel wurden ihre Daumen zusammengebunden und an eine Schlinge um ihren Hals verknotet. Jede Bewegung der Hände hatte zur Folge, dass sie keine Luft mehr bekam. Der oder die Täter haben sie dann entkleidet, sind sowohl anal als auch vaginal eingedrungen. Spermaspuren wurden sowohl im als auch am Körper gefunden. Nach dem ersten Befund des Rechtsmediziners vor Ort ist die Frau erstickt. Der Tod trat nach einer ersten Schätzung kurz nach acht Uhr ein. Die Spurensicherung hat den Tatort weiträumig abgesperrt. Allerdings wurde eine Wandergruppe von Senioren durch das Rufen des Försters, der die Leiche fand, an den Tatort geführt. Vierzehn alte Herrschaften haben dort wirklich jede Spur einmal umgewühlt. Nur mit weiteren Kräften der Polizei Miesbach konnten die Herren und Damen aus Osnabrück vom Tatort verbracht werden.«

Gerass unterbrach: »Ist das Zufall, dass der Förster erst später kam? Denn sonst wäre ja vermutlich alles anders gelaufen?«

Dahmer atmete tief ein. »Wir haben seine Angaben überprüft. Es ist wirklich ein Wildunfall geschehen. Der Wagen eines holländischen Urlaubers kollidierte auf dem Weg nach Österreich mit einem Rehbock. Eine Streife der Dienststelle Bad Wiessee informierte den Förster. Der war dann bis acht Uhr mit dem Kollegen zusammen, der den Wildschaden aufnahm. Das Tier musste getötet und abtransportiert werden. Der Mann hat somit ein Eins-a-Alibi.«

Gerass hakte nicht weiter nach und wandte sich wieder dem Fall der getöteten Erzieherin zu. »Spuren?«

Dahmer nickte. »Ja, aber keine offensichtlichen und sofort verwertbaren Spuren. Für uns stellt es sich für den jetzigen Moment wie folgt dar: Der oder die Täter warteten auf die Gruppe, fesselten die Erzieherin, zwangen die Kinder in den Bus, vergewaltigten die Frau und fuhren danach mit dem Bus und den Kindern vom Parkplatz.«

»Warum die Vergewaltigung? Oder anders: Warum entführt man und vergewaltigt und tötet vorher? Das gibt doch keinen Sinn.«

Dahmer hob die Schultern. »Vielleicht blieb ein Täter am Tatort, während der andere die Kinder wegbrachte. Vielleicht hat die Vergewaltigung vor den Kindern stattgefunden. Es ist nach meinem Dafürhalten zu früh, über den Modus zu sprechen.«

Gerass konnte den unterschwelligen Vorwurf nachvollziehen: Sieben Stunden nach der Tat war es wirklich noch viel zu früh, um über den Tathergang zu spekulieren. Das würde sie auch gleich den Vertretern der Presse sagen.

»Gut, so weit. Herr Landwehr? Haben Sie sonst noch irgendwelche Fragen?«

Der schüttelte den Kopf.

»Dann gehen wir mal. Frau Dahmer und Herr Gaugenrieder begleiten mich.«

Je näher Quercher seinem Büro entgegenhumpelte, desto lauter wurde der Krach. Kaum öffnete er die Tür, quoll ihm ein unfassbarer Lärm entgegen. Irgendjemand hatte in seine Dockingstation ein Smartphone eingesetzt und ließ Speed Metal der übelsten Sorte laufen. In dieser Tinnitushölle befanden sich ein Hells Angel und ein Bundeswehroffizier. Der Rocker fläzte sich auf Querchers Stuhl und hatte die Beine auf den Tisch gelegt. Er trug eine schwarze Lederhose, eine mit Stickern übersäte Jeansweste und schwere Boots. Links neben ihm stand der Soldat in einer schlecht sitzenden, grauen Ausgehuniform. Auf dem Kopf trug er ein rotes Barett. Der Sitzende war ZZ Top, der Stehende ein schlecht gespielter Zapfenstreich, dachte Quercher sein Musikspiel durch. Die einzige optische Gemeinsamkeit der beiden bestand im Fehlen der Kopfbehaarung.

Mit einer schnellen Handbewegung fegte Quercher das Smartphone aus der Station. »Guten Tag, ich bin noch im Urlaub. Deswegen bin ich milde. Was machen Sie in meinem

Büro? Wer hat Sie hier hereingelassen? Und wer hört so eine Scheißmucke?«

Prompt antwortete der Soldat zuerst. »Guten Tag, Oberleutnant Brindöpke. Ich bin hier in der Angelegenheit Denke.«

Quercher nickte. »Direkt von unseren engen Freunden des Militärischen Abschirmdienstes.«

Der Soldat schüttelte den Kopf und sah gequält zu dem Rocker, der das amüsiert zur Kenntnis nahm. »Nein, ich bin Feldjäger, in diesem Fall lediglich abkommandiert von meiner Dienststelle.«

Der Rocker grinste. »Äh, und ich bin vom Talibanmusikdienst aus Kunduz in Afghanistan. Ich dachte, die Musik fände hier Freunde.«

Quercher ahnte Schlimmes. »Nicht witzig, DJ-Trottel.«

Beruhigend hob der Rocker die Hand. »Ich bin Hanno vom Dezernat 62. Unser Mäuschen da oben schickt mich. Du kannst bei dem Toten aus der Sickergrube Hilfe gebrauchen. Also bin ich hier. Habe schon ein wenig die Akten sortiert und studiert.«

Das Dezernat 62 war zuständig für die organisierte Kriminalität, kurz OK genannt. Quercher kannte die sonderbaren Typen dieser Truppe. Dieses Exemplar schien sich auf Motorradgangs spezialisiert zu haben und hielt Quercher die Faust hin, die er wohl mit seiner Faust abschlagen sollte.

Quercher verdrehte die Augen. »Hey, Hanno, *Easy Rider* war gestern. Du bist aus der Mode. Und steh von meinem Platz auf. Solche Verrenkungen darfst du im Bikerklub Obergiesing machen.«

Quercher wies den Oberleutnant auf einen Stuhl an der Wand, ließ den Rockerkollegen auf der Fensterbank Platz nehmen und setzte sich an seinen Schreibtisch, ehe er begann: »Also, ich bin wie gesagt noch im Urlaub und werde erst morgen mit der Arbeit zu Herrn Denke beginnen. Wir drei Hübschen werden uns morgen …«, Quercher sah zu Hanno, »… frisch geduscht hier einfinden und unsere Ergebnisse zusammentragen. So wie ich es sehe, sind wir alle froh, wenn sich der Fall schnellstmöglich aufklärt und wir wieder in unsere angestammten Biotope zurückkehren.«

Brindöpke sprach leise. Aber von der ersten Silbe an wusste jeder, dass dieser Mann nur dank seiner Uniform täppisch erschien. »Lieber Herr Quercher, ich bin nicht an Ihren Erholungszeiten interessiert. Der Fall Denke ist kein Resultat einer Wirtshausschlägerei unter inzestuösen Oberbayern um die erste Nacht mit der eigenen Schwester. Oberleutnant Denke war ein Veteran. Das wird Ihnen kein Begriff sein. Aber wenn Sie beide hier irgendwann einmal in Ihrem kümmerlichen Wachtmeisterleben das Wort ›Elite‹ aufgeschnappt haben: Auf diesen Mann traf es zu. Morgen, Punkt sieben, bin ich hier. Und glauben Sie mir, ich bin mein ganzes Leben mit Hampelmännern wie Ihnen beiden konfrontiert worden. Wenn Sie wissen wollen, wer den Oberleutnant getötet hat, müssen Sie ihn verstehen. Das wird Ihnen sicherlich nur schwer gelingen. Aber wenn Sie artig sind, helfe ich dabei. Und jetzt etwas zum Mitschreiben, so Sie das beherrschen: Ich beurteile die Scheiße, nicht den Geruch der Scheiße. Schönen Abend.«

Kapitel 6

Ostin, Tegernsee, 29.04., 20:17 Uhr

»Die objektiv wichtigste Nachricht steht in den Sendungen nicht immer auf dem ersten Platz. Objektive Wichtigkeit ist nicht das Kriterium. Wenn die Welt nur Finanzkrisen und Bilder von Verhungerten zu bieten hat, wird man in Nachrichtenredaktionen nervös. Immer die gleichen Bilder. Da hilft ein Amoklauf. Eine Geiselnahme. Oder ein drohender Hurrikan. Das verspricht Blaulichtbilder. Und Bilder sind das entscheidende Kriterium. Im Boulevardfernsehen gelten die vier großen Ts als Erfolgs- und Quotengarant: T wie Titten, Tiere, Tränen und Tote.«

Diese Binsen plauderte ein Medienwissenschaftler in einem Interview aus. Quercher verzog das Gesicht und schaltete das Autoradio aus. *Die Kinder von Ostin* – so nannten die Journalisten den Fall. Auf dem Heimweg ahnte er, dass angesichts der ansonsten langweiligen Nachrichtenlage dieser Fall das Topthema wäre. Als er in das Tegernseer Tal zurückfuhr, sah er auf Höhe von Moosrain nur die riesigen Lichtmasten des Technischen Hilfswerks am Hang des Ödbergs. Er sah auch das spezielle Licht der TV-Kameras.

Statt in Gmund nach rechts Richtung Bad Wiessee abzubiegen, fuhr er geradeaus. Die Sonne ging hinter den Bergen über Wiessee unter. Goldschlieren schimmerten über dem See. Ohne Menschen wäre das Tal ein wahres Paradies, dachte Quercher. Aber das schloss auch ihn ein. Er lächelte über seinen dämlichen Gedanken.

Wenig später tauchten links und rechts der Straße, die aus dem Tal hinausführte, gigantische Trucks mit Satellitenschüsseln auf dem Dach auf. Dann erblickte Quercher die Meute: Reporter mit ihren bunten Mikrofonschützern, den viel zu großen Thermojacken mit Senderlogo, dem grellen Make-up im Gesicht und nichts wissend, aber immer redend. Ihm fielen Bilder von Kuhfladen und umhersummenden Fliegen ein. Er erkannte die professionell geschulten Kollegen der Polizeipressestelle, die ruhig und geduldig noch die dümmste Frage beantworteten. Immer bedacht, die Situation mit den nach Neuem gierenden Journalisten unter Kontrolle zu halten.

Kurz hinter einer Kuppe war die Straße gesperrt. Niemand sollte zu nah an den Tatort herankommen. Jede noch so kleine Spur konnte von Relevanz sein. Und niemand wusste zu diesem Zeitpunkt, ob nicht vielleicht die Kinder in nächster Nähe aufgefunden werden würden – tot. Diese Bilder wären dann live zu sehen. Bevor irgendjemand die Eltern benachrichtigt hätte.

Quercher fuhr langsam an die Sperre heran. Lumpi sah in die verdutzt blickenden Gesichter der Journalisten, die aus purer Verzweiflung jedes Auto, das auf der Straße fuhr, filmten, und knurrte. Der Hund hatte Geschmack.

Die Polizisten am Ortseingang Ostin schauten misstrauisch zu dem zerbeulten alten Mercedes Kombi hinüber. Da die Dämmerung bereits eingesetzt hatte, leuchtete ein junger Kollege in Querchers Wagen. Der hielt ihm wortlos seinen Dienstausweis vor die Nase. Das Einsatzzentrum war in einem kleinen Hotel kurz vor der Einfahrt zur Rodelbahn eingerichtet worden. Quercher wurde auf einen Parkplatz hinter dem Haus geleitet. Er ließ Lumpi aus dem Wagen, die sofort begann, die Umgebung zu beschnuppern. Für Außenstehende wirkte alles chaotisch. Gruppen von Hundeführern standen mit ihren müden Tieren zusammen und rauchten. Aus einem Lkw des Technischen Hilfswerks wurde eine mobile Küche für die Versorgung der Suchtrupps aufgebaut. Männer fluchten und rannten scheinbar hektisch umher.

Quercher beobachtete Gaugenrieder und Dahmer im Gespräch mit einem Einsatzleiter der Bereitschaftspolizei, kurz BePo genannt. Dahmer entdeckte Quercher, legte entschuldigend die Hand auf die Schulter des Kollegen der BePo und kam mit großen Schritten auf Quercher zu. Lumpi erkannte die Frau und sprang ihr entgegen. Doch Dahmer trat nach ihr, sodass sich die Schweißhündin erschrocken abwandte. Quercher blickte die Kollegin gelassen an.

»Was willst du hier? Das ist nicht dein Ding! Oder willst du dich mit deiner Dreckstöle an der Suche beteiligen?« Dahmer schrie fast. Kollegen drehten sich um, verfolgten das kleine Spektakel. Nichts war schöner für einfache Polizisten, als einen Streit der LKA-Kollegen aus der Ferne zu verfolgen.

»Julia, fahr mal runter. Ich wohne in Wiessee, kenne die Gegend. Vielleicht kann ich euch ja helfen. Und die Lumpi hast du mal sehr gemocht. Können wir das Private …?«

»Verpiss dich, kauf dir morgen eine Zeitung, hör Radio! Dann bist du informiert. Oder willst du bei deinen Eingeborenen im Tal Punkte sammeln?«

Quercher zog hörbar die Luft ein.

Gaugenrieder tauchte hinter Dahmer auf, begrüßte Lumpi, gab ihr ein Stück Bratwurst und hob beschwichtigend die Hände hinter dem Rücken seiner Kollegin. »Der Quercher. Wo hast du die Kinder versteckt?«

Quercher grinste.

Gaugenrieder sah zu Dahmer: »Julia, lass mich mit dem Tegernseetaliban mal ein paar Takte reden.«

Sie sah ihn wütend an, wollte etwas sagen, ging aber schweigend zurück zu ihrem Kollegen von der BePo.

»Was habt ihr?«, fragte Quercher.

»Komm, wir gehen ein paar Schritte. Das Beißholz muss uns nicht beim Quatschen zusehen.«

Sie schlängelten sich an Grüppchen von Helfern vorbei und setzten sich auf einen Stapel Reifen, der sich neben der Wand einer Garage befand. Ein kühler Wind wehte die abgestandene Luft des warmen Frühlingstages weg. Gaugenrieder zündete sich eine Zigarette an.

»Du rauchst noch?«, fragte Quercher und schaute grinsend auf den gigantischen Bauch des Kollegen.

»Sind wir verheiratet?«

»Mir geht es doch nur um dein Überleben. Oder sollen nur noch die Julias und Gerasses dieser Welt das Sagen haben?«

Gaugenrieder zog heftig an seiner Zigarette. »Der Wagen ist schlicht vom Erdboden verschluckt. Es gibt bislang nicht eine halbwegs ordentliche Spur. Niemand hat den Bus im Morgenverkehr gesehen. Verwertbare Spuren sind bis auf den Tatort des Mordes kaum vorhanden. Die Kinder sind wie weggeflogen. Wir selektieren jetzt die Fußspuren der Rentner und des Försters. Damit wir unter Umständen die Abdrücke der Täter bekommen. Aber das dauert. Wenn sie im Wald sind, finden wir sie auch. Da ist schon jetzt jede kleine Hütte überprüft worden. In jedem Hochstand, jeder Senke und selbst in den Baumwipfeln wird gesucht. Viel Zeit bleibt uns nicht. Übermorgen ist der erste Mai. Es soll warm werden. Ganz München wird hier herausströmen. Da oben liegt das Neureuthhaus, das Ausflugsziel der Tagestouristen. Den gesamten Wald können wir nicht absperren. Warum auch? Vermutlich haben die Täter die Kinder in den Bus gepackt und sind über alle Berge. Das hier dient lediglich den Bildern.«

Quercher wusste, was Gaugenrieder meinte. Die Ermittler mussten Aktivität nach außen zeigen. Dazu braucht es als Beleg eben TV-Bilder.

»Und wenn der Mord nur als Vertuschung gedacht war? Wenn beispielsweise der Vater eines Kindes Feinde hat? Erpressung?«

»Ja, liegt auch in unseren Erwägungen. Wir durchleuchten die Familien der Kinder. Aber betreibst du so einen Aufwand, wenn du lediglich ein einziges Kind entführen willst? Zumal du dann ja auch vier Kinder versorgen musst. Es sei denn, du tötest drei!« Gaugenrieder blies den Rauch seiner Zigarette von Quercher weg und kraulte Lumpi, die erwartungsvoll vor ihm saß.

»Kommst du mit Julia klar?«

Gaugenrieder grinste. »Ja, weil ich meine Finger von ihr lasse.«

Quercher verdrehte die Augen. »Meine Güte, soll ich weiter in Sack und Asche herumlaufen? Das ist verdammte zwei Jahre her. Ich bin doch kein Heiratsschwindler.«

Gaugenrieder schlug ihm auf die Schulter. »Iss nicht, wo du scheißt. Weiß sogar dein Hund. Was ist mit deinem Fall? Hab gehört, du watest in Scheiße?«

Quercher grinste. »Na ja, ein KSK-Soldat wurde tot in der Kläranlage gefunden. Er war gefesselt. Klingt nicht nach Suizid. Am Tatort lag ein Amulett mit einer Sure. Mehr gibt's noch nicht. Man hat mir ein illustres Team auf die Nase gedrückt. Einen Feldjäger, der aber irgendwie zum Militärischen Abschirmdienst gehört. Und einen Hanno aus dem 62er-Dezernat. Kennst du den?«

Gaugenrieder zog seine Augenbrauen nach oben und pfiff leise durch die Zähne. »Unterschätz den nicht. Der war vier

Jahre verdeckt bei den Hells Angels. Dann haben die Kollegen zwei Chapter aufgrund seiner Aussagen hochgenommen. Pollinger hat ihm eine neue Identität angeboten. Wollte er nicht. Zwei Mal haben sie ihm das Auto abgefackelt, den Hund vergiftet und Hanno sogar auf der Autobahn von der Straße gedrängt. Auf ihn ist ein Kopfgeld ausgesetzt. Hat ein inhaftierter Rockerchef ausgelobt. Eine Million, wie ich hörte. Hanno ist also Gold wert. Wenn du mal Geld brauchst, einfach in der JVA anrufen und sagen, du hättest da eine Idee. Der kommt bald in ein Austauschprogramm mit dem FBI.«

Quercher lächelte breit. »Wenn ich etwas für euch tun kann, melde dich.«

»Ja, heirate die Dahmer.«

Quercher machte eine Fratze und schüttelte sich.

»Sag mal«, fragte Gaugenrieder, als Quercher sich erhob, »lebst du jetzt wirklich mit Arzu Nishali zusammen?«

Quercher ging wortlos zu seinem Auto. Er war froh, diesen Albtraum nicht aufklären zu müssen. Es war bereits Nacht, als er um den See herum nach Hause zurückfuhr. Die wenigen Minuten der Stille im Auto, nur von Lumpis Schlackern der Ohren unterbrochen, genoss er. Ein Gewitter zog über die Berge. Die Tropfen klatschten auf das Autodach und er musste mehrfach gegen das Aquaplaning ansteuern.

Quercher war klar, dass nicht nur Arzu mit dem Schreihals, sondern sicher auch seine Schwester in seinem Haus auf ihn warten würde. Und tatsächlich: Im Scheinwerferlicht sah er Anke mit einem Ehepaar. Alle rauchten unter dem Vordach. Quercher stieg aus, zog den Kopf ein und grüßte knapp. Seine Schwester warf die Zigarette in eine Pfütze und schoss mit einem Mann auf ihn zu. Die Ruhe war vorbei.

»Guten Abend, Herr Quercher. Ich bin der Baumschneider Sepp. Der Vater von der Mathilde, die sie entführt haben. Die Anke hat uns gesagt, dass Sie …« Er stockte, sein Mut verließ ihn. Das lag nicht zuletzt an Querchers Blick, den dieser seiner Schwester schenkte. Die wenigen Haare des Mannes lagen platt und in Strähnen über seiner Stirn. Der Regen lief über seinen Kopf.

Quercher blieb stehen und sah ihn bewusst fest an. »Es tut mir leid, Herr Baumschneider. Ich kann Ihre Angst verstehen. Aber ich kann Ihnen nicht mehr berichten, als die Kollegen Ihnen gesagt haben. Ich bin sicher, dass man sich intensiv um Sie kümmert. Es wird derzeit alles getan, um die Kinder zu finden.«

Quercher hörte sich selbst reden. Er war erstaunt, wie leicht ihm die Plattitüden der offiziellen Polizeistellungnahme über die Lippen kamen. Aber was hätte er diesem Mann im Regen sagen können? Wer bereit war, eine Frau zu fesseln und sie vermutlich vor den Augen der Kinder zu vergewaltigen und zu töten, der würde den Kindern wohl kaum eine Gutenachtgeschichte vorlesen. Sollte er Baumschneider und Anke sagen, dass die ersten vierundzwanzig Stunden entscheidend waren, weil die Spuren noch verwertbar, die Chance, dass die Täter auf der Flucht in eine Kontrolle gerieten, noch groß genug waren? Dass, wenn die Eltern morgen aufwachen würden, die Chancen sehr viel niedriger wären? Vier Kinder in den Händen eines Psychopathen – das war nicht nur ein Albtraum. Das war nicht enden wollendes Grauen.

Intuitiv legte Quercher dem Mann die Hand auf den Arm und flüsterte fast: »Wir kriegen sie.«

Es sagte es nicht, weil er es glaubte. Er sagte es, weil er das verzweifelte Gesicht von Mathildes Vater nicht mehr länger ertragen konnte. Wortlos ging er an Anke und der Mutter vorbei.

Arzu saß in der Küche und fütterte ihren Sohn. Quercher nickte ihr zu, öffnete die Kühlschranktür, nahm sich ein Bier und trank mit einem langen Schluck. Er hörte, wie Anke das Paar mit tröstenden Worten verabschiedete.

Arzu sah ihn an und sagte nur: »Schöne Scheiße.«

Er nickte und trank erneut.

»Geht es noch unsensibler? Die beiden sind völlig verzweifelt.« Anke stand zitternd vor ihm. Regen tropfte von ihrer Jacke auf den Küchenboden. Sie konnte ihre Wut kaum zügeln. »Du hättest den Baumschneiders etwas mehr Hoffnung geben können. Das ist dein verdammter Job! Auch deine Nichte hätte dabei sein können, wenn sie nicht mit Fieber im Bett gelegen hätte. Sie hatte nämlich auch ihr ganzes Kommuniongeld gespendet. Und wärst du dann auch der coole Bulle? ›Ey, die Kollegen machen ihre Arbeit‹«, äffte sie ihn nach.

Er hörte sich die Suada an, ehe es auch aus ihm herausbrach. »Hast du mit mir bei denen angegeben? Mein Bruder, der Supercop? Der alles weiß, der euch vorher informieren wird? Was soll die Scheiße? Anke, ich bin nicht in den Fall involviert. Das sind meine Kollegen. Und ich würde da niemals herumstochern. Und weißt du, warum? Weil ich das auch scheiße finden würde, wenn ein anderer Kollege in meinen Ermittlungen herumschnüffeln würde. Ich bin kein Spezialist für Entführungen.«

Anke sah ihren Bruder mit einer Mischung aus Verzweiflung und Verachtung an. »Wenn es eng wurde, hast du dich immer verpisst. Immer schön geflüchtet. Bloß kein Risiko für andere. Schön, wenn man keine Verantwortung übernimmt. Servus.« Sie drehte sich wortlos um und verschwand im Regen zu ihrem Auto, das in der Hauseinfahrt stand.

Arzu wischte den Mund des kleinen Alis ab, hob ihn aus dem Hochstuhl und legte ihn sich auf die Schulter. Sie sah Quercher an, der den Kopf schüttelte.

»Was?«, fragte Quercher aggressiv.

Arzu lächelte und hob abwehrend die Hände. »Ich bin auf deiner Seite. Also keif mich nicht an. Aber vielleicht versuchst du, sie zu verstehen. Sie wollte helfen. Jemandem sein Kind wegzunehmen, ist so grauenhaft, dass Menschen ohne Kind es kaum nachvollziehen können. Und das ist kein Vorwurf. Ich hätte es vor wenigen Monaten auch nicht verstanden.«

»Ich habe die Kinder nicht weggenommen!«, rief Quercher trotzig, wohl wissend, wie unlogisch seine Worte waren.

Sie hörten, dass der Motor von Ankes Auto nicht ansprang. Heulend zündete er, aber startete nicht. Quercher verdrehte die Augen.

Arzu hielt ihm Ali hin. »Ich geh raus und helfe ihr!«

Quercher sah den Jungen an, stellte die Bierflasche auf die Anrichte und murmelte dem Säugling zu: »Eins kann ich dir sagen, mein Freund: Frauen sind vor allem Menschen mit Menstruationshintergrund.«

Draußen hatte sich der Regen verstärkt. Von der Haustür konnte er das hell erleuchtete Ostin sehen. Dort würden Gaugenrieder und Dahmer im Schlamm die Spuren davonfließen. Er blickte zu Anke, die auf ihr Lenkrad einschlug und immer wieder startete. Langsam ging er auf den Wagen zu, öffnete die Fahrertür, griff vorsichtig nach ihrem Handgelenk, zog sie sachte heraus und nahm sie in den Arm.

Leise wimmerte sie: »Das hätte auch Maxima sein können.«

»Ja, stimmt. Aber sie lebt. Und du passt auf sie auf. Und ich auch. Und wir finden die Schweine. Das verspreche ich dir.«

Kapitel 7

Tegernsee, 29.04., 20:15 Uhr

Der Verleger sah hinaus auf den See, wo die Menschen segelten, schwammen und angelten. Wo sie sich wie Mosaiksteine in die Seeidylle einfügten. Dort das Glück, hier bei ihm das Unglück. Lukas war verschwunden – aus dem Haus, aus seinem Leben. Man hatte ihn einfach weggenommen. Es war die erste Meldung in den Nachrichten, die gerade das Wetter von morgen präsentierten. Viel Sonne am Alpenrand.

Felix Weldes Familie war vor Jahren aus Berlin hierhergezogen. Der Verlag in München wurde von einer Gruppe auserwählter Speichellecker nach Weldes Vorstellung geführt. Und ebendiese sollten jetzt – wie jede Woche – hier in seinem Haus am Ufer des Sees, südlich von Bad Wiessee, auftauchen. Sie sollten ihre Charts erklären, die sinkenden Auflagen und die sinnlosen neuen Onlineprojekte, mit denen das Sterben seiner Zeitschriften zumindest kaschiert werden könnte.

Sein Vater schaute zu ihm herab. In Öl gefangen, hing er neben ihm an der Wand. Welde Junior, vierundfünfzig Jahre alt, hatte sich schon lange von dem Gedanken verabschiedet, das Werk seines Vaters weiterzutragen. Die Klatschblätter, die Tageszeitungen, die Radio- und Fernsehsenderbeteiligungen. Ihm war das Tagesgeschäft zuwider. Sein Interesse galt der Astronomie. Das war schon immer sein heimlicher Berufswunsch gewesen. Aber der Vater hatte anderes vor. Mit allen Mitteln hatte er Felix Welde in diese Rolle gezwungen. Einen solchen Fehler würde er mit seinem einzigen Sohn nicht begehen. Frei sollte Lukas entscheiden. Kein Zwang. Er liebte sein Kind, dessen Mutter hingegen schon lange nicht mehr. Sie war einst eine bekannte Klatschkolumnistin bei einem seiner Blätter gewesen. Trotz des Altersunterschieds von zwanzig Jahren hatte sie ihn auf einer Verlagsweihnachtsfeier äußerst offensiv für einen Firmenfilm befragt. Ein paar Jahre hatte er sich in Klubs, auf Empfängen und bei Bällen mit ihr gezeigt. Es war ein offenes Geheimnis, dass sie mit einem Filmproduzenten schlief. Enthüllende Fotos von Paparazzi kaufte er über einen Mittelsmann vom Markt. Konfrontierte er sie damit, gönnte sie sich einen Nervenzusammenbruch.

So wie heute. Seit der Polizeiwagen die geschotterte Einfahrt hinauf zu ihrem Anwesen gefahren war, die Kripobeamten mit betretener und mitleidiger Miene von Lukas' Verschwinden erzählt hatten, hatte sie sich eingeschlossen. Zwei Frauen von einem Kriseninterventionsteam und eine von seinem Verlagsgeschäftsführer empfohlene Psychologin saßen stumm im Wohnzimmer. Sie hofften, ihm und seiner

Frau mit Binsenweisheiten so etwas wie Hoffnung geben zu können.

Sein Vater hatte noch Personenschutz gehabt. Für sich selbst, die Mutter, aber auch für ihn und für Felix' Schwester, die jetzt in den USA lebte. Damals in den RAF-Zeiten, als jeder deutsche Verleger Angst haben musste. Aber jetzt war das vorbei. Dachte er. Er hatte für Lukas eine Kindheit unter normalen Kindern gewünscht, integriert in die ländliche Struktur. Lukas machte mit bei den Messdienern, beim Trachtenverein und der Wasserwacht. Niemand fragte nach den reichen Eltern. Man wusste es, hielt sich aber zurück.

Weldes Gedanken kreisten um die Frage, ob er Feinde hatte. Ob ihn jemand erpressen wollte. Aber hätte dann dieser Jemand auch drei weitere Kinder entführt? Was für ein Aufwand! Er würde jede Zahlung leisten. Er wollte Ruhe.

Welde stand an seinem Schreibtisch. Vor ihm ein bronzenes Kreuz, schlicht und ohne die Figur des Jesus. Er streckte seine Hand aus, legte sie auf das kalte Metall und schloss die Augen. Und so machte er einen Deal mit Gott, während er leise murmelte: »Und vergib uns unsere Schuld, wie auch wir vergeben unseren Schuldigern.«

Gundel war ein schlimmer Name. Aber auch der Nachname hatte immer für Spott gesorgt. Viervogel – sie kannte alle Hetzsprüche. Die Marktleiterin hatte ihr freigegeben. »Passt scho, komm halt wieder, wenn's vorbei is«, hatte sie ihr am Telefon gesagt und sofort die Dummheit der letzten Worte begriffen. Gundel konnte das nachfolgende Stammeln kaum ertragen, dankte aber trotzdem.

Laurenz war weg. Wie der Vater. Einfach weg. Gestern war noch alles schön. Heute alles dunkel. Mit rot verweinten Augen sah sie die Wetterkarte auf dem Fernsehbildschirm, die Symbole mit der Sonne. Die wenigen Wolken im Norden. Ihre Wohnung in der Sozialsiedlung Bad Wiessees, oben am Hang über dem Sportplatz, war klein, aber sauber. Sie legte sehr viel Wert darauf, dass alles da war, wo es sein sollte. Auch Laurenz wusste das. Hinter dem Sofa von der AWO hatte sie die Wand mit unzähligen Bildern geschmückt. Fotos von ihr und Laurenz.

Sie hatte die Frau vom Krisenteam wieder weggeschickt. Allein wollte sie sein, vor sich das Handy, bis der erlösende Anruf kommen würde. Das war doch alles nur ein Missverständnis. Langsam drehte sie ihren Kopf zum Fenster.

Draußen in dem schmalen Gartenstreifen stand der rostige Grill, den sie am Wertstoffhof hatte mitnehmen dürfen. Er war noch gut, hatte sie gedacht. Und Laurenz, der sich über jede noch so kleine Anschaffung freute, hatte ihr am Wochenende das Versprechen abgenommen, dass sie demnächst zusammen grillen würden. Nur er und sie. Und gerade weil er sich so über Geld und Geschenke freute, war sie erstaunt gewesen, wie schnell er nach der Erstkommunion bereit gewesen war, seine ›Einnahmen‹ zu spenden.

Sie liebte ihn abgöttisch. Wer liebte sein Kind nicht abgöttisch? Der Vater vielleicht. Sie konnte ihn nicht anrufen und das war gut so. Zweimal war ihr Kiefer von seinen Fäusten gebrochen worden. Er war Schausteller, arbeitete immer wieder, wenn er es musste, für Fahrgeschäfte auf Jahrmärkten oder beim Zirkus. Dort hatte sie ihn kennengelernt. Im Winter, wenn nichts lief, war er nicht zu ertragen gewesen. Dann hatte er sie geschlagen.

Vor drei Jahren war sie heimlich von Chemnitz hierhergezogen, weit weg von Mark Bolen. Ein Jahr hatte sie mit Laurenz in einem Frauenhaus in Leipzig gelebt. Bis ihre Mutter gestorben war und sie mit dem wenigen Geld, das sie geerbt hatte, nach Bayern gezogen war. Kein Eintrag im Internet oder bei der Auskunft. Sie hatte wieder ihren Mädchennamen angenommen. Und auch die Direktorin der Grundschule wusste Bescheid. Niemals würde irgendein Mann Laurenz abholen dürfen.

Essen sollte sie, hatte die Dame vom Roten Kreuz gesagt. Aber sie bekam nichts herunter. Sie rauchte. Zog tief den Rauch ein, behielt ihn in den Lungen, bis sie brannten. Beim

Ausatmen hustete sie, beugte sich nach vorn, bekam Schleim in den Mund, sah auf die aktuelle Zeitung, las, dass in Gmund das Volksfest begann.

Sie konnte nicht einmal schreien.

Kapitel 8

Lenggries, 30.04., 03:40 Uhr

Der Fahrer eines Milchtransporters sah es zuerst. Er kam von Garmisch, fuhr Richtung Lenggries und stutzte, als er auf den Sylvensteinspeichersee blickte. Etwas schwamm auf der Oberfläche, nur wenige Meter von der Deichkrone entfernt. Er stoppte seinen Lkw in einer Parkbucht und stieg aus. Ein Jäger, den der Milchmann anhielt und um Hilfe bat, nahm sein Fernglas zur Hand und erkannte sofort, dass es sich um einen leblosen Körper handelte, der auf dem Bauch schwamm.

Eine Stunde dauerte es, bis Mitglieder der Feuerwehr Lenggries ein Boot zu Wasser gelassen hatten und zu dem Körper gelangten. Mit an Bord war Julia Dahmer. Ein Kollege hatte sie geweckt. Ohne Gaugenrieder zu informieren, war sie mit einem Streifenwagen der Bad Wiesseer Polizei die fünfunddreißig Kilometer zum Stausee gefahren. Das Wasser glich einer Decke, leichte Wellen ließen den kleinen Körper schaukeln. Dahmer sah schon von Weitem, dass es ein Kind sein musste. Das Wasser war hier trübe. Reste von angeschwemmtem Treibholz und von Algen ließen keinen Blick auf den Grund zu. Langsam und still ruderten die Männer näher an den Körper. Dahmer erhob sich, um ihn besser zu erkennen. Das Boot schwankte bedrohlich.

Noch drei Meter. Rote Jacke, blaue Jeans und gelbe Turnschuhe. Das traf auf die Beschreibung eines der vermissten Mädchens zu. Es war Mathilde Baumschneider. Zehn Jahre alt, aus dem Ort Tegernsee, Vater Schlosser, Mutter Hausfrau. Sie hatte das weinende Gesicht des Vaters noch vor Augen. Sie hatten einen gesonderten Raum mit einem Kriseninterventionsteam eingerichtet. Dort war Dahmer kurz vor Mitternacht auf den Vater getroffen. Ein Baum von Mann. Aber in diesem Moment nur ein Mensch, der um seine Fassung rang. Der nicht weinen wollte und es dann doch tat. Vor allen. Schluchzte. So sehr, dass ihm der Rotz aus der Nase lief. Und der vorher eine exakte Beschreibung seiner Tochter gegeben hatte: rote Jacke, blaue Jeans, gelbe Schuhe und vor allem pechschwarze Haare.

Noch zwei Meter. Wieder setzte Regen ein. Jemand fluchte leise. Wie Garn schwammen die Haare auf der Wasseroberfläche, als ob sie einen weiten Kranz um den Kopf bilden wollten. Dahmers Kiefer mahlten. Keine Schwäche zeigen. Sie musste leiten, nicht leiden. Das Boot stieß sachte an den Körper, der sofort zur Seite schwang und sich wieder vom Boot entfernte. Dahmer setzte sich. Ein Feuerwehrmann beugte sich weit über den Rand. Er griff nach einem Arm. Er hatte vorsichtig zugegriffen. Dennoch knickte der Arm in einem 90-Grad-Winkel ein. Das Gummi des Boots quietschte. Erschrocken wich der Mann zurück, sah zu Dahmer und wollte etwas Entschuldigendes sagen.

Dahmers Funkgerät piepste. Sie griff es instinktiv und drückte die Taste. Es war Gaugenrieder. Statt Vorwürfen hörte sie nur die Frage: »Was ist es?«

Kapitel 9

München, 30.04., 07:10 Uhr

Quercher war ohne Frühstück in sein Auto gesprungen. Eine Stunde Autofahrt bis München mit Elektromusik. Die er aber nur in moderater Lautstärke hören konnte, weil der Hund neben ihm saß. Dabei hätte er jetzt, als ihm auf der Bundesstraße ein Mannschaftswagen der Bereitschaftspolizei nach dem anderen entgegenkam, am liebsten Massive Attack so laut aufgedreht, dass die Fenster vibrierten. Er wollte keine Nachrichten hören. Spätestens im Büro würde er das Neueste erfahren. Er hatte bereits jetzt keine Lust mehr zu arbeiten. Der gestrige Tag war schon genug. Genug Kollegenscheiß und Bürokratie. Auf Salina, ›seiner‹ Insel, wartete ein Feld mit Olivenbäumen und Kapernbüschen. Damit würde er nicht reich werden. Aber er wäre weit entfernt von toten Soldaten in Kläranlagen und entführten Kindern. Es widerte ihn nicht an. Das war schon lange vorbei. Es war, und das wollte er sich nicht eingestehen, die Langeweile. Man suchte, jagte und fand den Täter. Aber es ging immer weiter. Etwas war auf dem Weg verloren gegangen. So mussten sich nach Jahrzehnten Ehen anfühlen. Man beherrschte das Spiel, aber es war überschaubar, tausendmal geübt. Und er war gerade Anfang vierzig. Aber stattdessen jetzt schon Oliven pressen und Kapern ernten? In der Sonne sitzen? Aufs Meer schauen und auf den Tod warten? Er war sich nicht mehr sicher, ob er das tatsächlich noch wollte.

Vor der Glastür zum LKA-Gebäude erwartete ihn Feldjäger Brindöpke – ohne Uniform. Quercher nickte kurz. Brindöpke folgte schweigend. Die Büros, an denen sie vorbeikamen, waren meist verwaist. Es schienen größere Einheiten an dem Entführungsfall dran zu sein, dachte Quercher. Der hagere Hubi kam ihnen auf dem Flur entgegen. Der Kollege von der Mordkommission schien Gaugenrieders Team zugeteilt worden zu sein. Denn normalerweise war sein Büro in der Hansastraße, am Rande des Straßenstrichs.

»Servus«, grüßte er und wollte schnell weitergehen.

»Warte mal, Hubi«, rief Quercher.

Hubi sah misstrauisch zu Brindöpke.

»Was habt ihr gestern am Tatort noch gefunden? Ich weiß, steht alles in den Akten. Aber vielleicht kannst du mich ja ein wenig aufhübschen?«

Hubi sah auf seine Uhr, grummelte und lehnte sich an die Wand. »Du wirst es gleich lesen. Wir haben nicht eine wirklich verwertbare Spur gefunden. Also – bis auf die Abdrücke des Opfers selbst.« Quercher verstand nicht. »Keine Spuren anderer Personen? Dann hat er sich selbst gefesselt?«

Hubi zuckte mit den Schultern. »Sieht fast so aus. Ich muss los. Dahmer wird vom See zugeschaltet. Die haben heute Morgen etwas im Sylvensteinspeicher gefunden.«

»Was denn? Eines der Kinder?«

Hubi deutete auf den Soldaten und legte seinen Finger auf die Lippen. »Kann ich nicht sagen. Steht womöglich dann im *Landser.*«

Brindöpke hob nur die Augenbrauen. Kaum war Hubi um die Ecke verschwunden, brummte Quercher eine Entschuldigung.

Aber Brindöpke winkte ab. »Müssen Sie nicht. Ich bin es gewohnt, dass selbst bei anderen staatlichen Organen die Akzeptanz für die eigenen Soldaten fehlt. Bestenfalls sind wir die Trottel mit der Waffe, schlimmstenfalls Babykiller.«

»Kaffee?«, fragte Quercher, als sie vor einem Automaten im dritten Stock standen. Brindöpke schüttelte den Kopf. Quercher füllte trotzdem zwei Tassen und balancierte sie in sein Büro.

Dort angekommen, griff Brindöpke in eine schwarze Ledertasche, legte einen Laptop auf den Tisch und ließ ihn hochfahren. »Herr Quercher, der Tod des Kameraden Denke ist eine diffizile Angelegenheit. Wir müssen da sehr sensibel vorgehen.«

Quercher trank einen Schluck und sah Brindöpke über den Tassenrand genau an. »Sie sagen Tod und nicht Mord.«

Brindöpke nickte. »Oberleutnant Denke gehörte zu einer Spezialtruppe. Viele glauben, dass diese Einheiten eine Art Rambotruppe seien. Alleskönner oder Kampfmaschinen. Das ist nicht unser Verständnis. Diese Männer sind in erster Linie nach psychologischen Vorgaben ausgewählt worden. Sie müssen mental äußerst stabil sein, sich gegen innere Widerstände zur Wehr setzen können. Körperliche Fitness ist sozusagen Grundvoraussetzung.«

»Ich kenne die Textbausteine. Ich war auch bei der Bundeswehr«, wollte Quercher den Werbeslogan seines Gegenübers stoppen.

Brindöpke nickte. »Schon klar. Was genau wollen Sie denn wissen?«

»Ach, nur ein paar Kleinigkeiten, die wir als Kriminaler manchmal so wissen wollen. Was hat Denke vor seinem Tod gemacht? Wo war er stationiert? Was wissen seine Kameraden? Hat er Familie? Wenn ja, wo lebt die? Ist er liiert? Hatte er Streit? Was war sein letzter Einsatz? Mit wem war er befreundet? Kurz: nur ein paar Fragen und dafür keine Werbetexte.« Wir beiden werden keine Freunde werden, dachte Quercher genervt. Aber ihm war klar, dass der Feldjäger nicht hier war, um einen Mord aufzuklären, sondern um die Ermittlungen für sein Amt zu beobachten.

Brindöpke las vom Bildschirm seines Laptops ab. »Stefan Denke, Oberleutnant, im KSK-Kontingent der ISAF-Einheiten Afghanistan. Hier konkret im Norden als leitender Verbindungsoffizier zu den dort operierenden US-Einheiten tätig. Denke hat eine Ausbildung als Fernspäher und war drei Jahre verantwortlich für das Zusammenspiel der ›stillen Truppen‹.«

Quercher runzelte die Stirn.

»Diese Einheiten, vier bis sechs Mann, agierten weit im feindlich kontrollierten Gebiet, spähten aus, analysierten und gaben gegebenenfalls Empfehlungen für ein schnelles Eingreifen gegen terroristische Gruppen. Denke war nicht verheiratet, hatte keine Freundin. Seine Eltern sind beide gestorben. Nur eine Schwester. Sie war schon heute Morgen in der Gerichtsmedizin und hat ihren Bruder identifiziert. «

»Haben Sie sein Umfeld in seiner Einheit befragt?«

Brindöpke schüttelte den Kopf. »Denke ist seit einem Jahr nicht mehr im aktiven Dienst gewesen.«

Quercher stutzte. »Aha, warum?«

»Weil Rambo einen dicken Tumor im Kopf hatte.« Hanno war nahezu lautlos eingetreten und hatte das Gespräch wohl schon einige Minuten lang belauscht.

Quercher sah ihn ärgerlich an. »Schön, dass du Zeit für uns gefunden hast. Noch das Auspuffrohr gereinigt?«

Hanno sah deutlich übernächtigt aus. Er griff, ohne zu fragen, nach einer Tasse Kaffee und trank, verzog aber sofort das Gesicht. »Brr, schmeckt ja wie unteres Ende vom Laternenpfahl. Ich komme aus der Rechtsmedizin.«

Brindöpke sah ihn mit hochgezogenen Augenbrauen an. »Duschen scheint es dort nicht geben. Oder schlafen die da nachts in Formalin?«

Quercher hatte an diesem Morgen wenig Lust auf Frotzeleien. »Hanno, was sagen die Aufschneider?«

»Der feine Herr Soldat erstickte.« Hanno setzte sich auf Querchers Schreibtisch und fasste den Bericht der Rechtsmedizin auf seine Art zusammen. »Seine Lungen waren gefüllt mit dem Brackwasser aus dem Klärbecken. Am Körper selbst finden sich keinerlei Spuren eines Kampfes, keine Hämatome, Kratzspuren oder DNA-Reste unter seinen Fingernägeln – nichts deutet auf einen Kampf hin. Dein Kamerad hat sich in der Scheiße unserer *Weltstadt mit Herz* ertränkt«, erklärte Hanno lakonisch in Richtung Brindöpke.

»Bekomme ich das schriftlich von Ihnen?«

»Ich kann es dir auch in dein rotes Barett reinmalen.«

»Interessant, dass Sie überhaupt schreiben können. Denn der Unterscheid zwischen duzen und siezen ist Ihnen ja auch nicht geläufig.«

Hanno streckte seinen Mittelfinger empor und sah auf sein Smartphone. Permanent gingen Kurznachrichten ein.

Quercher war unentschieden. Würde er sein weiteres Vorgehen auf die Suizidthese ausrichten, bedeutete das weniger Stress und die neue Arbeitswoche würde etwas ruhiger beginnen. Er sah sich noch einmal den Tatort an, der auf Bildern, die an der Wand hingen, markiert worden war.

»Wo hat Denke gewohnt?«, fragte er Brindöpke.

»Zuletzt ist er hier in München gemeldet gewesen – Kirchenstraße in Haidhausen.«

»Waren Sie oder die Kollegen schon da?«

Brindöpke nickte. »Sie haben die Wohnung direkt nach dem Auffinden der Leiche durchsucht, Spuren gesichert, aber nur welche von Denke gefunden. Nicht einmal ein Haar eines anderen Menschen. Dann haben sie einen Laptop und ein Handy sichergestellt.«

»Der Krempel liegt hier bei uns, muss ich mir noch anschauen«, fuhr Hanno dazwischen. »Als wir den Fall bekamen, wurde die Wohnung versiegelt und ein Kollege steht vor der Tür.«

»Dann sollten wir uns da noch einmal umschauen.«

Kapitel 10

München, 30.04., 10:15 Uhr

Das Haus lag nicht weit vom Wiener Platz entfernt. Quercher hatte Brindöpke und Hanno in seinem Auto mitgenommen. Die durchgehende Sitzbank sorgte dafür, dass die drei vorn wie Gockel auf der Stange wirkten. Links und rechts die breitschultrigen Polizisten, in der Mitte, eingeengt und sich sichtbar unwohl fühlend, der Bundeswehroffizier. Lumpi thronte wie Königinmutter auf der Rückbank.

Um diese Uhrzeit war hier kein Parkplatz zu finden. Deshalb manövrierte Quercher den Wagen in eine Hofeinfahrt. Zu Hannos Leidwesen, der auf seiner Seite nicht aussteigen konnte, fluchend über den Sitz rutschen musste und dabei stöhnte und ächzte.

»Ihnen fehlt das Training. Weniger Zweirad, mehr laufen«, kommentierte Brindöpke das unelegante Aussteigen.

»Zum Ficken reicht's«, antwortete Hanno genervt.

»Ja, aber nur allein.«

Quercher musste grinsen. Man hatte beim Militär anscheinend den Humor entdeckt. Erstaunlich.

Der junge Kollege, der vor der Tür stand, grüßte freundlich, als er die Dienstausweise sah, und brach das Siegel.

»Was suchen wir denn?«, fragte Brindöpke leise.

Quercher sah ihn verdutzt an. Stimmt, woher sollte der Soldat das wissen? Auch wenn er bei der Militärpolizei war, so hatte er mit den üblichen Vorgehensweisen bei Ermittlungen wenig Erfahrung.

»Na ja, entweder war es Mord oder Suizid. Für beide Thesen suchen wir Hinweise. Einen Abschiedsbrief, irgendwo versteckt, nur für Eingeweihte. Damit wir nicht den Grund für den Tod herausfinden. Oder eben Spuren der Mörder, so es denn welche gibt. Es geht um Auffälligkeiten. Wir verschaffen uns erst einmal einen Überblick.«

Brindöpke nickte und wollte Quercher folgen, aber Hanno drückte ihn beiseite und ging vor ihm durch die Tür.

Noch nie hatte Quercher die Wohnung eines Mannes gesehen, die so aufgeräumt war. Es roch nach Putzmitteln. Schuhe, nach Größe und Farbe auf einer Filzmatte angeordnet, begrüßten einen schon im Flur. An den Griffen der Türen und Fenster, aber auch auf der Herdplatte der Küche sahen sie die Überreste der Spurensicherung. Ansonsten lag nichts offen herum. Keine Zeitschriften, keine Textilien. Keine Bilder hingen an der Wand. Der Parkettboden glänzte. Es war eine Zweizimmerwohnung mit einer Küche, die anscheinend noch nie benutzt worden war. Quercher reichte Brindöpke Latexhandschuhe und schritt langsam durch die einzelnen Räume. Das war seine Art, sich einer Person zu nähern. Er atmete tief über die Nase ein, schnüffelte dann förmlich, um den Menschen, der hier noch vor wenigen Tagen gelebt hatte, zu erkennen.

Das Wohnzimmer war karg eingerichtet. Ein Glastisch. Noch immer derselbe sterile Duft des Putzmittels. Ein Korb mit gebrauchter Wäsche. Quercher nahm sie heraus. Es war ein Arbeitsanzug, wie ihn Monteure bei der Luftwaffe trugen. Mörtelspuren und weiße Farbflecken waren an Ärmel und Beinen zu sehen. Der feine Soldat schien sich nebenbei mit Renovierungen Geld zu verdienen. Quercher legte den Overall zurück.

Eine Collage von Fotos in einem einfachen Rahmen stand auf einem Regalbrett. Eins zeigte Denke mit einer dunkelhaarigen Frau. Er trug Uniform, sie Bergklamotten. Schien seine Schwester zu sein. Beide schauten ernst. Daneben Denke mit nacktem Oberkörper. Das Foto war irgendwo herausgeschnitten worden. Man sah ihn nur bis zur Brust. Da musste er um die achtzehn Jahre alt sein.

Nichts war auffällig. Langsam ging Quercher weiter.

Vor ihm stand ein Sofa, das aussah, als ob es erst kürzlich erworben worden war. Quercher kniete sich auf den Boden und drückte seinen Kopf in die Polster, was Brindöpke mit einem vor Ekel verzerrten Gesicht kommentierte. Quercher erhob sich, schüttelte den Kopf, ging an dem in einem Schrank suchenden Hanno vorbei und öffnete die Tür zum Schlafzimmer.

Das Bett, ein billiges Stück aus der schwedischen Möbelhölle, war perfekt gemacht. Keine Servicekraft in einem Hotel bekam das so hin, dachte Quercher. Eine Filzdecke saß zentimetergenau auf der Matratze. Der Kissenbezug war schneeweiß, kein Knick, keine Falte war zu sehen. Auf einem klobigen, aus grob behandeltem Holz gefertigten Nachttisch lag ein kleines Buch. Quercher beugte sich nach vorn. Das Buch war in Arabisch verfasst. *Sunzi – Die Kunst des Krieges* las er. Quercher nahm das dünne Werk und konnte einen Stempel auf der zweiten Seite finden, die das Buch als Eigentum einer Universität in Kabul auswies. Denke, anscheinend wie Quercher des Arabischen mächtig, hatte es während seiner Zeit in Afghanistan wohl mitgenommen. Ein Standardwerk für alle Militärstrategen und Berater, das drittklassige Managertrainer dazu benutzten, um ihre Binsenweisheiten für teures Geld unter das mittlere Management zu bringen.

Quercher schloss die Augen. Der Geruch hatte sich verändert. Oder genauer: Ein neuer war hinzugekommen. Er schnupperte wieder, ging auf einen deckenhohen Schrank zu, dessen Schiebetüren mit Lamellen verkleidet waren.

»Ich habe hier ein Bild von ihm mit einer Frau«, rief Hanno aus dem Nebenzimmer und kam zu Quercher ins Schlafzimmer. »Was ist?«, fragte er.

Quercher zeigte auf den Schrank. Er hatte eine Tür zur Seite geschoben. Die Uniformen hingen perfekt auf dem Bügel. In Regalen stapelten sich auf DIN-A4-Größe die Hemden, T-Shirts und Pullover.

»Und, Quercher? So sind die halt, komplette Neurotiker eben.«

Brindöpke war zu ihnen getreten. »Ordnung mag für kaputte Seelen wie Sie sicher ein Grauen sein. Sie hilft aber ungemein.«

Quercher ging wieder in die Hocke. Etwas passte nicht in die Ordnung. Aber was? Er strich mit seinen Latexhandschuhen über die Textilien. Er würde jede Wette eingehen, dass sich nicht ein Hinweis darin befand. Diese Ordnung war nicht nur der Ordnung wegen gewollt. Sie hatte noch einen anderen Zweck. Sie sollte Besucher ablenken. Aber wovon?

»Die Schrauben, die passen nicht«, meinte Brindöpke plötzlich und zeigte auf die Ränder des Schrankraums.

»Sie erkennen also verschiedene Schraubenarten, auch wenn diese im Holz stecken. Sie hätten bei *Wetten, dass ..?* mitmachen sollen«, kommentierte Hanno genervt.

Quercher verstand. Er ließ sich nach vorn fallen und stützte sich auf den Boden des Schranks auf, roch daran und verzog das Gesicht.

»Hanno, hol mir mal ein Messer oder einen Schraubendreher, wenn du einen findest.«

Der Kollege griff an seinen Gürtel und zauberte einen *Leatherman* aus einem Lederetui hervor.

Brindöpke hob die Augenbrauen. »Immer präpariert, wenn mal wieder eine Schraube locker ist?«

Quercher nahm das Werkzeug und montierte das Brett ab. Dann hob er es hoch und wich sofort zurück. »Was für ein Schwein!«, entfuhr es ihm.

Bedeckt von Dutzenden Duftbäumchen, lag der Kadaver einer jungen schwarzen Katze auf einer Eisenplatte. An diese wiederum waren Kontaktdrähte installiert worden, die in einem Kabel mündeten, welches unter dem Schrankbrett verlegt war. Quercher folgte seinem Weg. Fast unsichtbar trat es an der Seitenwand heraus, führte hinter der Fußleiste am Boden hinauf zum Nachttisch. Er erhob sich und erkannte jetzt den Sinn der Konstruktion. Er griff nach der Lampe, drehte sie, öffnete den Boden, der nur notdürftig verklebt war, und fand zwei Batterien, die die Eisenplatte mit Strom versorgten. Nicht sofort tödlich wie der aus der Steckdose. Aber es reichte für schlimme Schmerzen und Panik in einem dunklen beengten Verlies.

Denke hatte jedes Mal, wenn er den Lichtschalter der Nachttischlampe einschaltete, der kleinen Katze in ihrem Schrankkerker einen Stromschlag versetzt. So lange, bis sie verendete. Dann hatte er Duftbäumchen darübergelegt, die Wohnung gesäubert und sich umgebracht oder war seinem Mörder begegnet.

Das kleine Tier war völlig abgemagert. Es war nicht zu erkennen, ob es am Strom, an mangelnder Nahrung oder aus purer Angst verendet war. Auf jeden Fall war ein Typ, der sich so etwas ausdachte, ziemlich krank.

Quercher sah zu Brindöpke. Der schüttelte nur den Kopf.

»Hören Sie«, begann Quercher mit mühsam beherrschter Stimme, »das kann Ihnen doch wohl nicht verborgen geblieben sein. Wer so was macht, der fällt auch innerhalb der Truppe auf.«

Brindöpke sah ihn mit ausdruckslosen Augen an. »Herr Quercher, 185.000 Soldaten gibt es in Deutschland – ein Querschnitt durch die Gesellschaft. Was glauben Sie, wie hoch die Chance ist, dass einer von denen eine psychische Erkrankung hat?«

»Sehr groß, ist doch Einstellungsvoraussetzung bei dem Verein«, kommentierte Hanno die rhetorische Frage und untersuchte den Tierkadaver.

Quercher ließ sich nicht ablenken. »Wussten Sie etwas über mögliche derartige Veranlagungen, gibt es ärztliche Gutachten, psychologische Einschätzungen?«

Brindöpke schüttelte den Kopf.

Quercher wendete sich ab. Er war sich sicher, dass Brindöpke log.

Hanno hatte mit seinem *Leatherman* die Eisenplatte angehoben. »Hier klebt etwas«, erklärte er und beförderte vorsichtig ein kleines Post-it hervor.

Quercher las laut vor. »Mein Land braucht mich nicht mehr. Also gehe ich dahin, wo meine Existenz hingehört. Alles, was mir zusteht, soll meine Schwester bekommen. Sie hat es verdient. Gezeichnet Oberleutnant Stefan Denke.«

»Kein Mann vieler Worte«, kommentierte Hanno trocken.

»Gut, suchen wir hier doch mal nach persönlichen Notizen des Herrn. Dann vergleichen wir die Schrift. Könnte ja sein, dass ein anderer diese Abschiedsnotiz angefertigt hat.«

Hanno kam mit dem Bild der Geschwister wieder. Er klappte den Rahmen auf und tatsächlich war etwas auf die Rückseite des Fotos geschrieben worden.

Vroni und Stefan, Kathmandu, 2001.

Die Schrift schien auf den ersten Blick identisch zu sein.

Brindöpke zuckte mit den Schultern. »Das dürfte es dann wohl gewesen sein. Ich werde einen Abschlussbericht anfertigen und Sie können ihn dann gegenzeichnen. Alles andere wäre wohl Zeitverschwendung. Und geben Sie sich keine Mühe. Ich nehme öffentliche Verkehrsmittel ins Büro.« Grußlos verließ er den Raum.

Als Quercher eine Minute später aus dem Fenster hinaus auf den Bürgersteig schaute, sah er Brindöpke telefonieren. Der Fall schien beendet zu sein, ehe er begonnen hatte. Aber so richtig wollte Quercher das nicht glauben.

»Hanno, ruf bitte die Kollegen von der Spurensicherung an. Sie sollen sich das hier noch einmal genauer ansehen.«

»Warum? Was hoffst du zu finden? Mann, Quercher, der Fall ist durch. Der Typ war ein übles Arschloch, hat sich, um sich noch einmal wichtigzumachen, mit gefesselten Händen in die Kläranlage geworfen. Das ist echt nicht unsere Ebene. Wenn du da jetzt weiter herumfrickelst, nervst du nur unsere neue Chefin. Und die hat gerade wirklich was anderes zu tun.«

»Ich bin nicht dazu da, der Dame gute Laune zu verschaffen. Wo wohnte Denkes Schwester doch gleich?«

»In Innsbruck. Ich habe dir die Adresse und die Telefonnummer schon gemailt.« Hanno stockte. »Da willst du doch jetzt nicht hin? Das sind mindestens zwei Stunden hin und zwei zurück. Ich bin um achtzehn Uhr gedatet. Also, wenn du …«

»Das kann ich auch allein. Kümmere du dich um die Spurensicherung.«

»Okay, ich rufe die Kollegen, bleibe auch noch hier und warte. Wir sehen uns dann morgen. Ich bin erreichbar.« Hanno zeigte auf sein Handy.

Quercher nickte und ging hinunter zu seinem Wagen, vor dem eine Frau mit hennaroten Haaren stand, ein Fahrrad hielt und zeterte. »Ist das deine Karre und dein Köter?«

Er nickte. Im Auto hatte sich Lumpi auf den Fahrersitz gesetzt und die Frau böse angeknurrt. Eine der wenigen Dinge, die er der Schweißhunddame hatte anerziehen können, war das Bewachen des Autos. Jeder, der sich dem Wagen näherte und den Lumpi nicht kannte, wurde mit einem Knurren und Schnappen begrüßt.

»Das ist eine Einfahrt. Wie kann man so asozial sein?«

Quercher sah sie an, entschuldigte sich und wollte einsteigen. Aber die Frau hörte nicht auf zu schimpfen und schob ihr Fahrrad wie eine Barriere vor Quercher. »Da vorn steht ganz breit ein Schild, können Sie nicht lesen?«

Quercher verlor langsam die Geduld. »Was wollen Sie? Mich mit Ihrem Rad zur Strafe überfahren? Soll ich mir die Haare auch wie Pumuckl färben?«

Statt zu antworten, griff sie in ihre braune abgewetzte Ledertasche, zog ein Smartphone hervor, fotografierte Quercher und sein Kennzeichen, ehe sie mit einem triumphierenden Grinsen an ihm vorbeizog. Er verdrehte die Augen. Haidhausen war ein Biotop der Bekloppten. Kaum saß er, begrüßte ihn Lumpi mit einem kurzen Bellen und einem Anstupsen mit der Schnauze.

»Die Dame muss wohl, was?«

Kapitel 11

München, 30.04., 11:55 Uhr

Er entschied sich, seinen alten Freund Sareiter zu besuchen. Denn dort, in der teuersten Wohngegend der generell teuren Münchner Innenstadt, konnte er Lumpi aus dem Auto holen und durch die angrenzenden Maximiliansanlagen rennen lassen.

Quercher überquerte die Prinzregentenstraße oberhalb des gold strahlenden Friedensengels, der über der Isar prangte. An einem Brunnen mit einem kleinen, dicken Jungen aus Bronze setzte Quercher sich und genoss die Frühlingssonne. Lumpi lief umher, begeistert von den vielen Gerüchen, die sie vom Land nicht kannte.

Hier war Natur – wie überall in München – in verdaulichen, lieblichen Häppchen gestaltet worden. Und auf eine sonderbare Weise gefiel Quercher das. Er kannte Natur vielmehr in ihrer wilden, zerstörerischen Form aus seiner Heimat. Dabei war ihm das hier eigentlich genug. Er verließ den Park und überquerte die Straße. Sareiter wohnte in einer Jugendstilvilla nördlich des Friedensengels.

Lumpi lief über eine Hofeinfahrt und blieb bellend an einem gusseisernen Tor stehen, welches zu einem weitläufigen Garten führte. Quercher legte beruhigend die Hand auf den Kopf des Schweißhundes und erblickte einen Mann in einem weißen Anzug. Er schien dort Yogaübungen neben einer großen und sehr alten Eibe zu machen und trug eine weite

Hose und ein sehr enges T-Shirt. Irgendwie passte er in diese Gartenidylle. Fehlte nur noch ein blühender Kirschbaum, dachte Quercher.

Erst als der Mann weit mit den Armen ausholte, um die Hände über seinen Kopf zusammenzuführen, und seinen Kopf zur Seite drehte, erkannte Quercher Dr. Sareiter, Strafverteidiger im Ruhestand. Seine Haare, einst lang und zu einem Pferdeschwanz gebunden, waren abgeschnitten.

Sareiter begrüßte ihn lachend. »Das ist also die Lumpi.« Er hielt seine flache Hand vorsichtig an die Hundeschnauze. Lumpi schnüffelte daran und leckte einmal darüber. Ein Zeichen, dass sie den Mann anerkannte. »Schön, dass du gekommen bist.«

Quercher stand unschlüssig vor dem schlanken, aber muskulösen Juristen. »Gut schaust du aus, Markus.«

»Danke, ich mache ein wenig Sport.« Sareiter deutete auf eine Terrasse, die etwas erhöht im Schatten einer gigantischen Rotbuche lag. »Magst du mit mir etwas essen?«

Quercher nickte. Eine ältere Dame trat aus der angrenzenden Küche und legte das Besteck auf den Tisch.

»Habe von deinem letzten Fall am Tegernsee gelesen. Lief ja großartig. Alle Täter tot, war doch so?« Sareiter griff in eine Schüssel Erdbeeren.

Quercher wollte nicht so einfach plaudern. Er war plötzlich nervös. »Markus, wir haben uns eine Ewigkeit nicht gesehen. Wollen wir nicht einmal klären, warum? Ich fand dein Buch ein wenig … na ja … ein wenig unpassend eben.«

Sareiter hob den Finger, schloss die Augen und ließ einen Sonnenstrahl in sein Gesicht fallen. »Mei, vermutlich war es das!«

Quercher sah Sareiter an.

Sein einstiger Freund hatte ein Buch über Strafrecht und dessen Konsequenzen geschrieben. Er hatte es mit Haut und Haaren verteidigt. Es war quasi seine intellektuelle Verteidigung all jener Fälle und vor allem jener Urteile, die in der Öffentlichkeit wie ein Freibrief für Täter wirkten. Das Buch wurde ein Flop. Danach war Sareiter für Jahre abgetaucht. Vor zwei Monaten hatte er in einem langen Artikel eine Kehrtwende gemacht. Alles, was ihm früher heilig war, hatte er über Bord geworfen. Seine liberale Überzeugung war einer harten Haltung jedem Täter gegenüber gewichen. Aus Saulus war ein böser, wütender Paulus geworden. Zu viele Wendungen für jemanden wie den ehemaligen Strafverteidiger, fand Quercher.

Sareiter lächelte. »Du glaubst, du weißt, was in mir vorgeht, nicht wahr? Sareiter, der einst so strahlende Strafverteidiger, der sich die ganz üblen Fälle genommen hat. Der mit Vorliebe Wiederaufnahmeverfahren an sich zog, der das Recht des Täters mit großer Geste verteidigte. In Talkshows auftrat, ein Buch über seine besten Fälle schrieb. Und dann plötzlich: alles anders.« Sareiter beugte sich zu Quercher über den Tisch, wirkte aber ganz ruhig. »Ja, alles anders. Alles anders, wenn man es selbst erlebt. In den letzten Jahren habe ich alles darüber zusammengetragen, wie unsere Justiz mit Tätern umgeht. Wie unser Rechtssystem ausgehöhlt wird von faulen, inkompetenten und überforderten Justizbehörden.«

»Kurz: Du bist zum Hardliner geworden?«, fragte Quercher erstaunt.

»Nein, ich bin ein Verfechter eines Rechte- und Wertesystems, wie es der Geist des Grundgesetzes verlangt. Ich quatsche keine Law-and-Order-Phrasen von mittelmäßigen Landespolitikern nach. Ich will die Fehler benennen, will, dass die Politik aufhört, der Justiz nur ihr Augenmerk zu geben, wenn mal wieder etwas schiefläuft. Ich will, dass die außer Kontrolle geratene Justiz wieder einen Rahmen bekommt. Das ist kein Schnellschuss, keine Kurzstrecke. Das wird ein Marathon – durch alle Institutionen.«

»Aber, Markus, du bist ganz allein.«

»Falls du einwenden möchtest, dass ich ein wirrer Einzelkämpfer bin, hast du dich getäuscht. Wir sind viele. Ein einflussreicher Kreis, der wie ich denkt und sich ebenfalls wehrt. Der diese Gesellschaft nicht vor die Hunde gehen lassen möchte. Komm mit.«

Sareiter erhob sich und ging ins Haus. In einem großen Raum mit hohen Decken und einem Fischgrätparkett lagen wohlsortiert drei Dutzend Papierstapel. »Das ist mein Werk. Morgen wird es vorgestellt …« Sareiter nahm aus einem Karton ein Buch.

Quercher las den Titel. »Ein Rechtsstaat – Berichte aus der Kloake.« Er runzelte die Stirn.

Sareiter lächelte Quercher an: »Und ich möchte, dass du es präsentierst.«

Quercher wich zurück. »Was soll das? Ich kann so was nicht! Und zudem habe ich es noch nicht einmal gelesen.«

Sareiter lachte. »Das war ein Scherz. Sosehr ich dich schätze: Walter Burgunder, der ehemalige Verfassungsrichter, wird die Laudatio halten. Wir sind eine Gruppe von Anwälten, Professoren, Staatsanwälten, Richtern, Politikern und Wirtschaftsführern. Gemeinsam haben wir in den letzten Jahren all diese Fälle zusammengetragen. Begleitend zum Buch wird es eine Werbekampagne auf allen Kanälen geben. Zudem werden äußerst heikle Akten ins Netz gestellt, damit sich die Bürger, objektiv und nicht gefiltert durch die veröffentlichte Meinung, ein Bild machen können. All die liberalen Gerichtsreporter mit ihren Theorien zum Strafrecht werden sich wundern, was da hochkommt. Es wird nicht aufhören. In zwölf Monaten ist hier Landtagswahl. Das Buch und unsere Kampagne werden einschlagen. Denn noch nie ist in Deutschland so umfassend über faule Richter, verschleppte Verfahren und haarsträubende Gutachten berichtet worden. Wir werden die Politik zwingen zu reagieren. Jede Woche ein Fall – repräsentative Fälle von Justizmurks.«

»Und du glaubst, das reicht?«, fragte Quercher.

Sareiter blätterte in seinem Buch und las aus einem Fall vor, der wenige Jahre alt war. »Schau. Anfang der Neunziger tötet Gerhard B. seine schwangere Frau mit zehn Messerstichen, weil sie einen Liebhaber hat. Ein Gericht entscheidet, dass es kein Mord sei, wenn man seiner Frau auflauert und ihr zehnmal ein Messer in den Leib sticht. Ein Wald- und Wiesengutachter analysiert und spricht von einer ›Tat mit Ausnahmecharakter‹. Der Mann wird zu sieben Jahre Haft wegen Totschlags verurteilt. Sieben Jahre für zwei Menschenleben. Davon sitzt er fünf Jahre ab. Im Februar 1995 kommt er auf Bewährung frei. Lernt draußen erneut eine Frau kennen. Und kaum elf Monate später will diese ihn verlassen. Er schlägt ihr einen Aschenbecher auf den Kopf. Würgt sie. Glaubt, sie sei tot. Er legt sie in eine Badewanne, lässt Wasser ein. Daran stirbt sie dann tatsächlich. Und obwohl er sie von hinten bewusstlos schlug, was für eine Mordanklage reichen könnte, belassen die Richter es wieder bei Totschlag. Sie schicken ihn für dreizehn Jahre in den Knast. Im Gefängnis widersetzt er sich allen Therapieangeboten. An Details der Taten will er sich angeblich nicht erinnern, behauptet sogar, sein zweites Opfer gar nicht getötet zu haben. Bevor er entlassen wird, beantragt die Staatsanwaltschaft nachträglich die Sicherungsverwahrung. Anfang der Neunziger war das noch nicht möglich gewesen. Dafür waren drei mehrjährige Haftstrafen notwendig. Die Staatsanwaltschaft will, dass er im Gefängnis bleibt. Das Gericht lehnt den Antrag aufgrund eines Gutachtens ab. Das besagt, dass nur eine neue Straftat folgen könnte, wenn der Mann wieder eine Beziehung eingehen würde. Sie lassen ihn gehen, mit der Auflage, sich bei einem Bewährungshelfer zu melden, sollte er eine neue Freundin finden. Was sind das für Signale an unsere Gesellschaft, an Frauen, frage ich dich?«

»Aber du weißt doch auch, dass die Zahlen von Gewalttaten in den letzten Jahren zurückgegangen sind, dass Mehrfachtäter seit sechs Jahren deutlich härter bestraft werden und Straftäter den Sicherheitsverwahrungsstatus viel häufiger als früher erhalten.«

Sareiter lächelte maliziös. »Ich muss dir nichts über Politik und Medien erzählen. Jeder Justizminister, vor allem die in den vermeintlich konservativen Landesregierungen, hat ein großes Interesse, dass solche Zahlen in die Bevölkerung sickern. Das Ganze läuft doch so: Man beruhigt die Leute mit scheinbar sinkenden Fallzahlen. Sie sind wie eine Herde Gnus an einer Wasserstelle. Wir kennen die Gefahr, ignorieren sie aber. Dann schießt ein Krokodil heran, reißt eines der Gnus, die für einen Moment wütend und schockiert auseinanderstieben. Aber kurze Zeit später trinken sie weiter. Der Mensch will, solange er nicht selbst betroffen ist, Ruhe und scheinbare Sicherheit. Keiner will sagen, dass jemand, der ein Verbrechen zweimal begeht, es immer wieder tun wird. Gutachter und Psychiater haben vor Gericht mittlerweile den Status von Propheten.«

Sareiter traf einen wunden Punkt. Selbst Quercher waren Gutachter ein Gräuel. Richter verließen sich aus Angst vor einer eigenen Entscheidung häufig auf Gutachten, nur um bei einer erneuten Tat des verurteilten Täters mit sauberen Händen dazustehen.

»Aber das ist ja nicht neu. Psychiater, die den Menschen berechnen können, die alles können, hat es schon im neunzehnten Jahrhundert gegeben, seit Cesare Lombroso die Kopfform vermessen und durch sie auf den Charakter geschlossen hat. Im zwanzigsten Jahrhundert hat Szondi mit seinem Test die Forensiker fasziniert und den Menschen berechnet. Aber dumm nur, dass es eine Fehlerquote gibt. Das nennt man dann Kollateralschaden, wenn ein Kind zerstückelt und geschändet irgendwo auf einer Müllhalde gefunden wird.«

Zwei Stunden lang erklärte Sareiter weiter, schilderte Fälle, berichtete, wer noch mitmachte und was deren Intention war. Danach war Quercher immer noch überrascht. Sareiter trug diese Suada gegen die Justiz mitnichten mit Verve oder irrem Feuer vor. Es war ein ruhiger, sachlicher Vortrag, eher ein Faktenbericht. Hier wusste jemand, was er tat. Zumindest vermittelte er den Eindruck. Burgunder, die Verfassungskoryphäe schlechthin, saß mit im Boot. Das hier war keine rechtspopulistische Salonrevolte. Das war, wenn es richtig angegangen wurde, eine Revolution von innen. Ein Widerstand der Elite gegen das Gestrüpp des föderalen Justizsystems.

»Ich möchte dich im Boot haben. Auch dir steht es gut zu Gesicht, dich privat zu engagieren. Wir werden einen Verein gründen. Du sollst deine Erfahrungen von der Ermittlerseite einbringen. Offiziell. Und vielleicht ist das dann der Weg, um deinen lang gehegten Wunsch, aus dem Polizeidienst auszuscheiden, wahr werden zu lassen. Die finanziellen Mittel hätten wir.« Sareiter blinzelte ihm zu.

»Aha, und inoffiziell?«

»Ich habe mit Pollinger darüber geredet. Er sagt, wir müssen wissen, dass wir uns mit einem übermächtigen Gegner anlegen. Man wird versuchen, uns zu demontieren, zu schwächen. Die Politik wird uns unterwandern wollen. Uns Nazis unterschieben, um uns zu diskreditieren. Dazu brauche ich einen integren Mann, der uns dieses Gesocks vom Hals hält. Und dir vertraue ich. So einfach ist das.«

Quercher wollte sofort reagieren, erinnerte sich aber an Pollingers Worte. »Ich überlege es mir. Du, Markus, ich habe noch einen Termin. Nimm es mir nicht übel.«

Quercher erhob sich und ging mit Sareiter durch das Haus zur Tür. In der Küche klapperte Sareiters Angestellte mit dem Geschirr. Quercher erkannte an den Wänden seine Jugend. Dort hingen Konzertplakate und übergroße Grafiken diverser Plattencover. Es gab keines, das er nicht auch besaß. Und er konnte an ihnen seine eigene musikalische Sozialisation erkennen. Die vier jungen Herren auf einem Zebrastreifen. Das fliegende Schwein über der Battersea Station. Der brennende Zeppelin. Dann das rote Warnzeichen auf braunem Grund. Nur aus diesem Jahrtausend hing nicht ein einziges Plattencover an Sareiters Wand.

»Unsere Musik endet im Jahr 2000«, brummte Quercher leise.

Sareiter grinste. »Ja, seitdem gibt es auch Castingshows.«

Sie passierten ein Bücherregal und Quercher's Blick blieb an einer alten Sammlung von Märchenbüchern hängen.

»Seit wann liest du denn so etwas? Du hast doch keine Kinder?«, fragte er und bemerkte noch im selben Moment, wie unpassend die Bemerkung war. Sareiters Frau war bei ihrem Unfall schwanger gewesen.

»Die sind noch von ihr«, erklärte Sareiter leise.

Die beiden Männer sahen sich lange an. Irgendwann waren sie über eine Schwelle getreten. Und wir haben es nicht einmal gemerkt, dachte Quercher wehmütig. Er verabschiedete sich mit dem Versprechen, bei der Buchpräsentation in der Münchner Innenstadt am nächsten Tag dabei zu sein.

Kapitel 12

Ostin, Tegernsee, 30.04., 17:15 Uhr

Julia Dahmer stand erneut an der Tafel. Wurde geprüft. Und sie hatte wieder das Gefühl, nicht zu genügen. Die zwei Menschen vor ihr sahen sie mit kritischem, forschendem Blick an. Über Dahmers Rücken lief ein Schweißtropfen. Würde sie jetzt das Jackett ausziehen, könnte jeder ihre nass geschwitzte Bluse sehen.

Constanze Gerass hatte sich vor Ort ein Bild von den Ermittlungen machen wollen. An dieser Entscheidung war der Ministerpräsident nicht ganz unschuldig. Kein Drohen. Keine zähen Nachfragen. Er hatte ihr lediglich mitgeteilt, dass er den Fall Ostin für sehr wichtig erachte. Schließlich seien mit dem Sohn des Verlegers auch Personen des öffentlichen Lebens betroffen. Und er hätte als Landesvater eine besondere Verpflichtung den Kindern gegenüber. So stand er in dem kleinen Saal der Gaststätte *Kirchmeier*, den die Gemeinde Ostin für ihre Bürgerversammlungen nutzte, und hörte den Ausführungen der leitenden Ermittlerin Julia Dahmer zu. Der Politiker hatte sich mit Gaugenrieder, Gerass und Dahmer in den hintersten Winkel des Raums verzogen. Dort stapelten sich unter einer großen Karte der Region leere Bierkisten. Es roch feucht und nach abgestandenem Rauch. Den eifrig telefonierenden Polizisten, die vor Bildschirmen und Laptops saßen, drehte der Politiker den breiten Rücken zu. Er wollte keine anderen Führungskräfte dazu anhören. Nur Gaugenrieder und Dahmer sollten ihnen Rede und Antwort stehen. Gaugenrieder hatte geschwiegen und Julia Dahmer den Vortritt gelassen.

Am Morgen hatte sie die Kleidung der kleinen Mathilde im Sylvensteinspeicher gefunden. Irgendjemand hatte sie einer Gummipuppe angezogen. Die Techniker untersuchten sie gerade. Als Dahmer mit der nassen Puppe im Schlauchboot neben den Feuerwehrmännern über den See zum Ufer gefahren war, hatte sie all ihre Kräfte aufbieten müssen, um nicht lauthals zu schreien. Sie hatte ihre klammen Finger in die Metallhalter des Bootes gedrückt. Niemand hatte die weißen Knöchel gesehen. Was war das für ein Mensch, der Kinder entführte, sie auszog, die Kleidung einer Puppe überzog und diese dann ins Wasser warf? Sie würde Profiler aufbieten müssen. Menschen, die sich in die Gedankenwelt eines solchen Täters hineindenken konnten. Sie hatte nicht diese Begabung, hatte auch keine Kinder. Aber sie mochte sie. Sie betrachtete sie als exotische, putzige Wesen, die aus einer anderen Welt stammten. Einer Welt, die noch nichts vom Dreck und Ekel der Erwachsenen wusste.

Vor einer Stunde hatte die italienische Polizei bei Bozen den weißen Transporter identifiziert. Jenen, mit dem die nun tote Erzieherin die Kinder zum Ödberg gefahren hatte. Das Kennzeichen stimmte. Eine Sicherheitskamera an einer Mautstelle hatte den Wagen aufgezeichnet und aufgeweckte Carabinieri hatten sich umgehend bei den deutschen Kollegen gemeldet. Der Verdacht lag also nahe, dass die Kinder nach Italien verbracht worden waren, referierte Julia Dahmer. Leise fügte sie hinzu: »Unklar ist, ob sie leben. Die Kamera konnte leider nur sehr undeutlich den Fahrer aufnehmen. Es handelt sich wohl um einen Mann. Hier warten wir auch auf die Auswertung des fototechnischen Dienstes. Angesichts der Handlungsabläufe …«

»Frau Dahmer, ich will nicht unhöflich wirken. Aber können Sie etwas Verwertbares verkünden, irgendetwas, was ich den Angehörigen sagen kann, die ich gleich im Raum nebenan sehen und trösten muss?«

Der Politiker war gereizt. Seit über dreißig Stunden befanden sich vier Kinder in der Gewalt von Perversen, die Puppen in Stauseen warfen. Er kannte die Gesetze der Medien. Die sonstige Nachrichtenlage war mau. Bilder gab es kaum. Also schuf er welche. Er vor Ort, ernst, aber wissend. Er ins Gespräch mit den Ermittlern vertieft. Er mit dem Arm vor einer Gruppe von Helfern, in irgendeine Richtung zeigend. Er, wie er Angehörige umarmen würde. Dann wäre der Druck raus. Irgendein anderes Thema würde das in diesem Fall überlagern. Und bis dahin mussten Macher- und Trösterbilder her.

Sein Innenminister hatte ihn auf dem Weg zum See im Wagen gebrieft. Nach drei Tagen glaubten Experten nicht mehr an das Überleben. Man würde vielleicht die Leichen sehr bald finden. Das war dann aber nicht mehr die Ebene des Ministerpräsidenten. Bis natürlich auf die Trauerfeier. Die wiederum würde er für tröstende Worte nutzen. Bayern kümmert sich um die Familien. Genau das sollte transportiert werden.

Von all diesen Gedankengängen ahnte Julia Dahmer nichts. »Wir haben Interpol aktiviert. Wir richten den Fahndungsradius auf Italien aus. Auch dort wurden alle Stellen an Bahnhöfen, Flughäfen und Fährstationen sensibilisiert.

»Darf ich Sie nach Ihrer persönlichen Meinung fragen? Was sagt Ihr Bauch, Frau Dahmer?«

Die Ermittlerin zuckte zusammen. Die Frage war manipulativ. Sollte sie eine andere Meinung haben als die offizielle?

»Ich kann Ihnen nur sagen, dass wir alles in unserer Macht Stehende tun, um …«

»Wir haben keinen Bekennerbrief, keine Forderungen. Die Kinder sind einfach weggenommen worden.« Gaugenrieder hatte sie unterbrochen. Nicht weil er sie schwächen wollte, sondern weil er ahnte, dass sich ein Politiker nicht einfach mit irgendwelchen Floskeln zufriedengeben würde. Die würde er schon selbst der Presse gegenüber verwenden.

»Was ist denkbar? Menschenhändler, die die Kinder an Pädophilenringe verkaufen? Unwahrscheinlich. Zu viel Aufwand. Kinder von illegalen Einwanderern oder sozialen Randgruppen sind da das wahrscheinlichere Ziel. Ein oder mehrere abnorme Menschen, die sich an den Kindern vergehen, sie danach töten? Nicht so unwahrscheinlich. Aber auch hier gilt: Warum die Puppe? Das führt zu mehr Indizien, Beweisen. Man kann dabei gesehen werden. Also will uns vielleicht jemand herausfordern? Narzisstische Persönlichkeit, die sich mit dem Staat messen will, quasi ein Katz-und-Maus-Spiel? Dazu passt auch die Vergewaltigung der Erzieherin. Denn auch hier wurden Spuren gelegt. Kurz: Ich glaube, dass wir es mit einem oder mehreren sehr klugen Tätern zu tun haben.«

Der Politiker nickte zufrieden. Gab jedem die Hand. Wünschte alles Gute. Beim Herausgehen griff er nach dem Arm der LKA-Chefin Gerass und zog sie beiseite. »Diese Plattitüdentante ist mir zu weich. Wollen wir hoffen, dass sie das nicht verbockt. Sonst habe ich den Verleger am Hals. Und das wird nicht schön.« Er macht eine Pause. »Für Sie!«

Kaum hatte er den Saal verlassen, hatte Julia Dahmer einen Pappbecher vom Tisch geschlagen. Die Kollegen schauten erschrocken zu ihnen herüber. »Was bist du nur für ein Kameradenschwein, Fritz? Das war ein beschissenes Foul und das weißt du ganz genau! Wenn du die Ermittlungen allein führen willst, bitte.« Sie hatte ihre Hände auf den klebrigen Tisch gestemmt, damit sie nicht ständig mit ihnen herumfuchtelte.

»Julia, ich wollte dir helfen, mehr nicht! Du hast doch gesehen, wie ungeduldig der war. Wir sind unter einem Brennglas. Es geht doch jetzt nicht um Eitelkeiten. Ich sitze mit dir in einem Boot. Wir sind beide auf der Brücke!«

»Komische nautische Vorstellung!« Wo immer diese Kinder waren, es würde für sie noch mehr Qual bedeuten. Deshalb musste sie ihre Befindlichkeit zurückstellen. Keine Zeit für Politik. »Scheiß auf das Arschloch, Fritz. Lass uns weitermachen.«

Der Ministerpräsident wurde hinüber in einen kleineren Raum geführt. War es eben noch laut und emsig wie in einem Bienenkorb, schlug ihm jetzt stille Verzweiflung entgegen. Er befand sich in einem Übungsraum des örtlichen Trachtenvereins. Auf mehreren Tischen lagen Dirndl und Jankerl in Kindergrößen. Der Raum roch nach Schweiß, Angst und abgestandenem Bier. Diskret hatten Zivilpolizisten die Eltern der Kinder hier zusammengebracht. Der Politiker nahm einen Holzstuhl und setzte sich stumm zu den Eltern. Er wollte nicht von oben herab auf sie einreden.

»Ich kann Ihre Angst verstehen. Ich habe ja selbst Kinder. Die sind nun schon älter. Aber man wird die Angst um sie nie verlieren. Wir werden sie finden.«

Es brauchte nicht mehr. Immer Hauptsätze. Das war wichtig im Umgang mit den Menschen. Mit dem Verleger würde er anders reden müssen. Der wartete in seinem Haus am See und hatte sich entschuldigen lassen.

Gundel Viervogel saß allein auf einer Bierbank und knetete ein benutztes Taschentuch. Die Eltern von Maria von Homstein standen abseits, hielten sich gegenseitig fest und starrten mit verengten Augen auf den Politiker. Der Vater arbeitete als Lehrer an einem anthroposophischen Privatgymnasium, die Mutter als Frauenärztin in Tegernsee. Beide waren politisch engagiert und konnten den Ministerpräsidenten kaum ertragen.

Der Vater, Rainer von Homstein, zückte sein Smartphone und filmte die Szene. »Ich will Ihr Versprechen haben«, rief er, »dass Sie unsere Kinder wiederbringen. Sagen Sie das!«

Seine Stimme war ein wenig zu schrill. Er war aufgeregt und versuchte, seine Verzweiflung mit Aggression zu überspielen.

»Schalten Sie doch die Kamera aus, Herr von Homstein. Das hilft uns doch nicht weiter. Ich habe soeben mit den leitenden Ermittlern gesprochen. Das sind die besten Fachkräfte. Die kommen vom LKA. Wir haben die Fahndung auf das europäische Ausland ausgeweitet. Glauben Sie mir, wir tun wirklich alles in unserer Macht Stehende, um das Leben der Kinder zu schützen.«

Der Vater wollte etwas erwidern, sah aber, wie seine Frau leise zu wimmern begann. Er senkte die Kamera und legte ungelenk seine Hand auf die Schulter seiner Frau. Es wurde still.

Der Ministerpräsident erhob sich und ging gemessenen Schrittes auf das Ehepaar zu. »Kommen Sie.« Er streckte seine Hände aus, griff nach den Armen der beiden und zog sie zu den anderen, die sich erhoben hatten. Stumm bedeutete er, dass sie sich an den Händen fassen sollten, was tatsächlich alle taten.

»Ich weiß nicht, wer von Ihnen gläubig ist. Das ist auch nicht wichtig. Lassen Sie uns einen Moment schweigen. Unsere Gedanken sind bei den Kindern. Gott, schütze sie.« Mehr sagte er nicht. Sie schlossen alle die Augen. Der Ministerpräsident zählte stumm bis sechzig.

In diesem Moment trat Julia Dahmer aus dem Gasthof und stand auf der abgesperrten Straße. Sie lehnte sich an einen Brennholzstapel und öffnete eine Energydrinkdose. Das Holz strahlte noch Wärme vom Tag aus und roch intensiv. Sie schloss die Augen und trank das Zeug in einem Zug. Zwei junge Polizisten der Bereitschaftspolizei, die am Absperrband standen und rauchten, beobachteten sie mit Stirnrunzeln, aber auch mit stiller Bewunderung. Wie sie da so stand, eine enge Jeans, die ihre muskulösen Beine betonte, die weiße Bluse, die hochgekrempelten Ärmel, der weite Ausschnitt. An der Hüfte das Holster. Sie hatte ihre Haare nach hinten zu einem Zopf gebunden. Und während sie gedankenverloren das klebrige Zeug hinunterkippte, vibrierte ihr Handy. Eines der Ermittlungsteams, die von München aus operierten, gab ihr die neuesten Ergebnisse der Gerichtsmedizin durch.

»Also, Julia, zwei Dinge. Erstens: Claudia Weber war schon tot, als der Täter sie vergewaltigte.«

Dahmer atmete tief ein und wieder aus. Was konnte das bedeuten? »Das heißt, der Täter hat sie erst getötet?«

»Na ja, sie erstickte. Die Art der Fesselung und ihre Bewegungen führten vermutlich zum Tod.«

Dahmer spürte ihr Blut im Kopf pochen. »Der hat also zugesehen, wie sie langsam erstickte, während die Kinder im Auto warteten? Was für ein kranker Typ!«

»Aber jetzt eine gute Nachricht«, unterbrach der Kollege. Und er begann zu erzählen, dass sie das Sperma in der toten Frau untersucht hätten und dass sie wissen würden, von wem es kam, und sie musste husten und die Getränkedose wegwerfen und zurück zu ihrem Kollegen rennen.

Der Täter, der Claudia Weber so schrecklich vergewaltigt und getötet hatte, wohnte lediglich einen Steinwurf von hier entfernt.

Kapitel 13

München, 30.04., 20:14 Uhr

»Jeden Tag werden in Deutschland acht Menschen erschossen, erwürgt, erschlagen, aus dem Fenster geworfen. Jeden Tag überleben zwölf Menschen einen Angriff auf ihr Leben. Jeden Tag werden fünf Kinder sexuell missbraucht. Jeden Tag werden sechs Frauen vergewaltigt. Das sagt das Statistische Bundesamt. Etwa sechzigtausend Menschen sitzen hinter Gittern, davon sind über neunzig Prozent männlich und mehr als fünfundzwanzig Sexual- und Gewalttäter. Fast jeder von ihnen wird wieder in Freiheit gelangen. Nur dreißig Prozent dieser Sexualstraftäter haben eine Therapie im Knast gemacht. Das heißt: Ihre sogenannte ›Persönlichkeitsstörung‹ wurde konserviert – und angefüttert mit ein paar Knastneurosen. Die Rückfallquote liegt bei über dreißig Prozent. Wir entlassen Zeitbomben.«

Dr. Markus Sareiter setzte sich und genoss den Applaus der Anwesenden. Am Vorabend seiner Buchpremiere hatte er einen kleinen Kreis illustrer Gäste zu sich nach Bogenhausen eingeladen: einen Juraprofessor, den stellvertretenden Polizeipräsidenten der Stadt Frankfurt, den Vorstandschef eines DAX-Unternehmens, einen aus dem TV bekannten Philosophieprofessor und natürlich den vielsprechenden Herausgeber einer renommierten Tageszeitung. Alle hatten ihre gestrafften und dauerlächelnden Ehefrauen mitgebracht. Das Catering von *Käfer*, die Bedienungen alle blond und adrett. So hatte es sich Sareiter gewünscht. Der Abend war schon jetzt ein Erfolg.

Der Herausgeber beugte sich über den Tisch und fragte so, dass auch jeder der anderen die Frage verstehen konnte: »Dr. Sareiter, was kann bestenfalls aus Ihrem Buchprojekt werden?«

Sareiter lächelte. Er hatte die Frage erwartet und lehnte sich zufrieden zurück. »Wenn es gut läuft, elektrisiert es die Menschen. Elektrisiert sie für eine Revolution gegen einen Moloch: Justiz ist heute ein menschenfernes Geschäft. Der Apparat hat sich verselbstständigt. Ihm wohnen Faule und Müde inne, Juristen, die nur abarbeiten, nicht Recht sprechen. Wir lesen von den trägen, arbeitsscheuen Richtern und dem Verwaltungswahnsinn, durch den Beweise und Akten vertrödelt werden. Wir hören von Skandalurteilen, die, wenn von den Medien aufgegriffen, meist mit juristischen Winkelzügen erklärt werden. Die Justiz, so wie wir sie heute kennen, ist ein übel stinkender Dreisatz aus sich selbst versorgenden Gutachterhorden, Sozialtherapeuten und arbeitsscheuen Juristen auf allen Ebenen.«

Eine ältere Dame mit viel Schmuck und einem verbrannten Dekolleté erhob sich und wackelte zu Sareiters Missfallen zur Toilette. Er schwieg und sah die Dame an. Die blieb erschrocken stehen, hielt sich an einer Stuhllehne fest und lächelte verlegen. Ihr Mann schämte sich.

»Sehen Sie …«, Sareiter schaute wieder in die Runde, »… ein Beispiel zur Illustration: Vor fünfundzwanzig Jahren tötete hier in unserem Land ein Mann seine schwangere Geliebte. Zusammen mit einem Freund verscharrte er die Leiche auf einer Müllkippe. Der Fall wurde Jahrzehnte später aufgeklärt. Und der Mann wurde freigesprochen. Die Beweislast war eindeutig. Aber es war angeblich kein Mord. Es war nur Totschlag. Was heißt das für die Bürger? Warte und schweige, so lange du kannst? Irgendwann ist das Töten eines Menschen verjährt? Wer soll das verstehen?«

Die Zuhörer stöhnen und einige nickten heftig. Das war ihre Urangst. Und Sareiter beschrieb sie eindrucksvoll. Der Pöbel musste in Schach gehalten werden, es brauchte drakonische Strafen. Nur so war der ungebildete, der dumpfe Mensch aus der Unterschicht zu beherrschen. Und Sareiter war der Garant dafür.

»Das Buch ist der Anfang. In einer Woche wird es im Handel erscheinen. Von morgen an, parallel zur Präsentation im alten Justizpalast, schalten wir im Radio und im Fernsehen Spots, in denen wir jeden Tag einen Justizskandal beschreiben. Wir werden diese Kampagne bis in das nächste Jahr verstärken, eine Partei wird am Ende stehen, mehr noch: eine Bewegung!«

Kapitel 14

Hausham, an der Ortsgrenze zu Ostin, 30.04., 21:15 Uhr

Der Hof lag auf einem Hügel, kurz oberhalb der Straße, die sich vom See hinauf in die alte Bergarbeitersiedlung Hausham schlängelte. Hier lebten die Schussers. Das Paar kam aus München, hatte dort in heilpädagogischen Stätten mit jugendlichen Intensivtätern gearbeitet und immer von einem Leben auf dem Land geträumt. Renate Schusser hatte mit ihrem Ersparten den Hof gekauft, der sich in einem schlimmen Zustand befunden hatte. Mit ihrem Mann hatte sie trotz fehlender Kenntnis ihre Vorstellung einer sogenannten Permakultur, nachhaltiger und ökologisch sanfter Landwirtschaft, aufbauen wollen. Doch nach drei Jahren am Rande des Tals standen sie kurz vor der Privatinsolvenz. Sie hatten zwei Pflegefälle bei sich aufgenommen. Die elfjährige Marie-Lou mit Downsyndrom, Kind eines Junkies, und Toni Knöchel.

Der Zwanzigjährige aus einem Problemviertel in Nürnberg war schon in seiner Kindheit durch ein besonders aggressives Verhalten gegenüber Mitschülern aufgefallen. Er war immer der Kräftigste. Toni hatte ein zwei Jahre jüngeres Mädchen auf dem Schulhof niedergeschlagen, es trotz des Eingreifens einer Lehrerin am Bein gefasst, über den Schulhof geschleift und dann mit großer Wucht in das Gesicht getreten. Da war er zwölf Jahre alt gewesen. Und das war erst der Anfang. Es folgten Therapien, Rückfälle, eine versuchte Vergewaltigung mit nicht einmal fünfzehn Jahren und Monate in psychiatrischen Einrichtungen. Erst mit achtzehn Jahren schien er sich gefangen zu haben. Gegen Auflagen hatte ein Jugendrichter Toni in die Obhut der Familie Schusser gegeben. Er schien auf dem Land wieder zu sich zu finden, kümmerte sich um die Tiere auf dem Hof, vornehmlich Hühner. Nachts hielt er sogar Wache, um Füchse und Dachse zu verjagen, die um das Haus schlichen. Anfangs kamen die Jugendpfleger einmal im Monat aus München heraus. Nach seinem neunzehnten Geburtstag und einem sehr positiven Bericht der Familie Schusser wollte man dem jungen Mann eine neue Chance geben und versprach, von weiteren Therapiemaßnahmen Abstand zu nehmen. Dazu gehörte auch das Löschen der alten Delikte aus dem Strafregister zu seinem zwanzigsten Geburtstag. Fünf

Jahre waren seit der letzten Verurteilung vergangen und die Tilgung aus dem Strafregister konnte erfolgen. Was Toni nicht wusste, war, dass die Ermittlungsbehörden seine Spermaspuren hatten aufbewahren lassen.

Die Gerichtsmedizin hatte die Spuren in und an der Erzieherin mit denen der üblichen Sexualstraftäter abgeglichen. Anfangs fand man nichts. Aber dank des hohen Personaleinsatzes wurden auch die Jugendstraftäter mitüberprüft. So kam ein Ermittlungsteam, das von München aus agierte, schließlich auf Toni Knöchel. Viel länger allerdings dauerte es, bis ein Richter die aktuelle Adresse des ehemaligen Delinquenten freigab

Gaugenrieder und Dahmer reagierten schnell. Der Leiter der Bereitschaftspolizei, der Leiter des Teams *Verdeckte Ermittlung* sowie der SEK-Leiter in München, der über eine Konferenzleitung hinzugeschaltet war, wurden von Dahmer über den neuesten Stand informiert.

Sie erklärte die Vorgehensweise. »Wir werden da nicht einfach hinfahren können. Sollten die Kinder auf dem Hof sein, müssen wir damit rechnen, dass er sie versteckt hat oder sie bei unserer Ankunft gefährdet. Wir brauchen das SEK hier. Wir observieren sehr dicht, aber unauffällig das gesamte Anwesen, bis der Zugriff erfolgt. Das machen die Zivilstreifen. Die Zufahrtsstraßen müssen jetzt zumindest kontrolliert werden. Keine Hektik. Wichtig sind die Wege vom Hof hoch in die Berge. Der Mann ist sportlich, kennt das Areal und wird uns erwarten. Bislang ist er mit Schusswaffen nicht in Erscheinung getreten. Aber es ist möglich. Also sollten wir uns darauf einrichten. Wir werden einen ersten Zugriffskreis von dreihundert Metern um das Haus in spätestens einer Stunde einrichten. Das SEK wird an allen Punkten, die wir besetzen, Nachtsichtgeräte verwenden. Es ist Neumond. Das heißt, es wird heute Nacht komplett dunkel sein. Ich möchte, dass wir schnellstmöglich Zugriff auf die eingehende und ausgehende Kommunikation haben. Aus München kommt ein Team.«

Der Chef der Bereitschaftspolizei räusperte sich. »Wir haben von den Kollegen aus Sachsen eine neue Technologie. Die setzen Drohnen, also diese Minihubschrauber, bei Demonstrationen ein. Wir haben die seit ein paar Wochen in der Testphase. Die sind auch mit Nachtsichtkameras ausgestattet. Also, wenn Sie wollen …«

Dahmer sah zu Gaugenrieder, der nur grinsend nickte. »Solange sie unbewaffnet sind.«

Der SEK-Leiter machte sich am Telefon bemerkbar. »Müssen wir davon ausgehen, dass der Täter mit den Kindern flüchten wird?«

»Das wissen wir nicht. Wir sammeln gerade alles, was wir über den Typen finden können. Bis Ihr Team bei uns ist, haben Sie ein Dossier.« Sie sah fragend zu Gaugenrieder.

Der nickte. Er würde sich darum kümmern.

»Solange wir die Kinder nicht haben oder zumindest nicht wissen, wo sie sich befinden, brauchen wir den Täter möglichst unversehrt. Wir benötigen den Helikopter mit Wärmebildkamera. Und wenn es geht, sollen uns die österreichischen Hubschrauberkollegen unterstützen, damit wir keine Lücke haben, wenn unserer auftanken muss. Zugrifffreigabe erfolgt nur und ausschließlich von uns. In dreißig Minuten treffen wir uns wieder hier.«

Die Männer strömten auseinander. Es war keine Hektik oder Aufregung zu spüren.

Gaugenrieder sah zu Dahmer, deren Anstrengung er nur an den hektischen Flecken am Hals erahnen konnte. »Rufst du die Gerass an?«, fragte er leise.

Sie nickte und starrte aus dem Fenster in die einsetzende Dunkelheit. »Fritz, das darf nicht schiefgehen.«

Gaugenrieder grinste. »Wäre was für den Quercher.«

Sie schnellte herum. »Warum?«, fragte sie zornig.

»Weil der doch frühpensioniert werden will.«

Sie verzog das Gesicht. »Das blöde Arschloch«, sagte sie leise. Und dachte, dass es gut wäre, ihn jetzt dabeizuhaben.

Kapitel 15

Bad Wiessee, 30.04., 19:34 Uhr

Lumpi liebte das Autofahren. Sie saß dann neben Max Quercher auf dem Beifahrersitz und schaute erhaben aus dem Fenster. Sie war nicht mehr die Jüngste, ließ sich nicht mehr von geifernden Hunden im Nachbarauto an der Ampel irritieren. Stattdessen sah sie mit müdem Blick an dem Kläffer vorbei, was diesen natürlich noch mehr aufregte.

Quercher war auf dem Weg ins Tal und sah zwei Hubschrauber der Bundespolizei auf einer Wiese neben der Straße stehen. Die Piloten unterhielten sich. Sie gehörten, nahm Quercher an, zu den Ermittlungskräften in Ostin, wo man immer noch nach den Kindern suchte.

Er griff nach seinem Telefon, auf dem Lumpi mit ihrem Hintern saß. Nur widerwillig ließ sie sich zur Seite schieben. Seine Schwester hatte gekocht und wartete mit dem Abendessen. Er wollte aber noch einmal in den See springen und eine Runde schwimmen. »Anke, warte nicht auf mich. Es dauert bei mir noch.«

»Okay, wie immer also. Übrigens, ich habe dich zum Maibaumaufstellen eingeteilt.«

»Wie bitte? Das ist doch nicht dein Ernst? Mit den ganzen Dorfdeppen?«

»Red nicht blöd daher. Du selbst bist schließlich auch einer. Und dumm rumstehen ist doch dein Hobby. Mehr verlangen die wohl nicht. Ab und zu musst du halt auch mal mit anpacken.«

»Ich bin noch rekonvaleszent. Ich darf nichts Schweres tragen.«

»Heulsuse, du sollst auch nicht tragen, sondern stemmen.«

Quercher verdrehte die Augen. Nichts war ihm mehr verhasst als diese bierselige Touristeninszenierung bayerischer

Idylle. Aber vielleicht war die Idee seiner Schwester sogar ganz gut. Vielleicht traf er ein paar Bekannte, mit denen er einst in die Schule gegangen war. Allmählich musste er etwas Interesse am Leben im Ort zeigen, wenn er hier länger wohnen wollte. Er ergab sich in sein Schicksal und wollte schon auflegen.

»Warte noch kurz, Arzu will dich sprechen.«

Quercher stöhnte vernehmlich. Die WG-Mitbewohnerinnenmutti wollte bestimmt die neuesten Nachrichten aus dem LKA abfragen. Er hörte sie schnaufend ans Telefon kommen.

»Hallo Arzu, bevor du fragst: Ich weiß nichts von Ostin und den Kindern. Ich habe heute nur tote Katzen weggekratzt.«

»Schön für dich. Aber dein Mittagessen interessiert mich nicht. Und über Ostin weiß ich wohl mehr als du.«

»Toll, na und?«

»Sie haben den Täter.«

Er atmete tief durch. »Woher weißt du das?«

»Von den Kollegen. Kollegen, die keine Katzen essen.«

»Arzu, das ist nicht witzig. Da hat heute einer seine Katze mit Strom zu Tode gequält.«

»Ja, Max. Aber beim Schulfach ›Prioritäten‹ warst du krank, oder? Die haben den Täter und das ist Julia zu verdanken.«

Quercher wusste, dass Julia Dahmer und Arzu befreundet waren. Warum musste immer alles so kompliziert sein?

»Ja, es ist nicht mein Fall. Und ich möchte auch nicht, dass es mein Fall ist. Und dir muss ich wohl nicht sagen, dass ein Täter erst dann ein Täter ist, wenn man ihm …«

»… die Tat nachgewiesen hat. Schon klar.«

»Was weißt du noch?«

»Komm nach Hause, dann erzähl ich es dir. Und überfahr doch noch eine Katze als Nachtisch.«

Er stöhnte und legte auf. Vor ihm führte die Straße von Finsterwald hinunter zum Tal. Er war angekommen.

Das Tal – seine Heimat. Er war hier geboren worden, aufgewachsen, und kaum hatte er das Abitur am Gymnasium in Tegernsee gemacht, war er geflüchtet. Alles – nur keine Idylle mehr. Das hatte sich geändert. Er war zurückgekommen, hatte begriffen, dass es nicht der Ort war, der die Schwierigkeiten machte. Er selbst war es. Seine Bilder, die er im Kopf hatte und die er mit diesem Ort verband, waren das Problem. Aber seit einigen Wochen hatte er seinen Frieden mit dem Tal gemacht. Und jetzt hatte er sogar begonnen, wieder im See zu schwimmen. Das war insofern eine Überraschung für sein Umfeld, als jeder wusste, dass Querchers Vater sich im See ertränkt hatte und seine Leiche nie gefunden wurde.

Während Querchers Reha in einem der ansässigen Zentren hatte er das einer Therapeutin gegenüber erwähnt. Die kam aus dem Osten, kannte kein Mitleid, war aber lebensklug. »Der Körper Ihres Vaters wird nicht mehr da sein. Den haben die Hechte und Welse genommen. Ihr Vater ist nur noch in Ihrem Kopf. Den verwalten Sie, so wirken Sie zumindest, weitestgehend allein.«

Er hatte damals gelacht. Aber am Ende war es genau das. Es war in seinem Kopf.

Quercher hielt an seiner Lieblingsstelle, dem Gut Kaltenbrunn. Hier hatte er das erste Mal eine Frau geküsst. Hier hatte man den unglaublichsten Blick auf das Tal und den dahinterliegenden Blaubergkamm, dem Tor zu den Hauptalpen. Zudem gab es hier den einfachsten Einstieg in den See. Quercher parkte, Lumpi hüpfte aus dem Wagen, schüttelte sich und begann sofort zu schnüffeln. Gemeinsam liefen sie den Hang hinunter zum Wasser. Am Ufer angekommen, sah er rechts in ein Naturschutzareal und links zu einer kleinen Badestelle, wo aber nur vier junge Männer lagen und, dem Duft nach zu urteilen, kifften. Lumpi, die Wasser hasste, legte sich auf Querchers Lederjacke und sah ihm dabei zu, wie er über die Kieselsteine wackelte und die Beine immer wieder vor Schmerz anhob, ehe er mit einem Prusten ins

Wasser glitt. Es war unfassbar kalt, aber er wusste, dass nur wenige Züge genügen würden, um seinen Körper zu wärmen. Gemächlich schwamm er Brust Richtung Süden auf die Berge zu. Nach fünfhundert Metern wendete er, sah zum Ufer und hörte Lumpi bellen. Quercher verharrte, wischte sich das Wasser aus dem Gesicht. Die vier Typen waren aufgestanden und warfen mit etwas. Sollten sie etwa den Hund bewerfen? Er begann zu kraulen. Sofort schmerzte die Hüfte.

Als seine Zehen wieder den Grund berührten, richtete er sich auf. »Ey, was soll der Scheiß?«, rief Quercher.

Die Typen sahen zu ihm, lachten und zeigten ihm den Mittelfinger. Lumpi stand bellend vor ihnen. Irgendetwas war passiert, und bei Lumpi reagierte Quercher ausgesprochen niedrigschwellig. Der Schmerz in seinem Bein war ihm egal. Er stürmte durch das Wasser, den Kerlen hinterher, die aber den Weg hinaufliefen.

Einer von ihnen drehte sich um, spreizte seine Beine und machte mit seinem Becken eine eindeutige Vor- und Rückwärtsbewegung. »Komm doch, Humpelbein.«

Quercher blieb stehen, als ihm klar wurde, dass er die Typen nicht mehr würde einholen können. Er kannte sie nicht, vielleicht kamen sie aus München. Dann sah er zu Lumpi, die jetzt auf ihn zulief und zu seinem Missfallen an ihm hochsprang. Schließlich war er nackt.

»Aua! Du Suppenhuhn! Pass auf, wo du dich festkrallst!«

Er rubbelte sich mit einem T-Shirt ab, nahm das Hemd, das er über einen Holunderbusch gelegt hatte, und zog es an. Dabei versuchte er, halbwegs elegant in die Hose zu kommen, ohne vor seinem fragend schauenden Hund auf die Kiesel zu fallen. Genau das aber passierte. Sein Fuß verhakte sich im Hosenbein. Prompt verlor er das Gleichgewicht. Er fiel auf die Seite, fluchte laut und schloss schmerzverzerrt die Augen. Als er sie wieder öffnete, sah er das Kind.

Es saß in einer Astbeuge und war so vom Ufer aus kaum zu sehen. Quercher erhob sich, zog seine Hose an, schritt langsam über die Kiesel und stellte sich mit Lumpi unter den Baum.

»Hallo«, rief er, denn es schien ihm, dass das Kind sich bewegt hätte.

Es war ein Junge. Kaum älter als zehn Jahre. Er trug eine grüne Regenjacke, darunter war er bis auf eine Badehose anscheinend nackt. Der Junge gab keine Antwort und rührte sich auch nicht.

Verdammt, war das etwa eines der entführten Kinder?, schoss es Quercher durch den Kopf. Sein Handy lag im Auto. Wenn das hier ein Tatort war, durfte er auf keinen Fall mögliche Spuren zerstören. Wind kam auf, wehte über den See, trieb kleine Wellen auf. Quercher fröstelte.

»Mir ist kalt. Dir auch?«

Keine Reaktion.

»Wer bist du denn?«

Stumm.

Er musste handeln. Quercher wandte sich ab, um den Weg hinaufzulaufen. Lumpi aber blieb stehen und bellte kurz.

»Beißt der?«

Quercher schnellte herum. »Nein, das ist ein Mädchen. Die will nur mit dir sprechen. Deswegen bellt sie. Die sagt, dass du dir da oben eine Erkältung einfängst. Die Lumpi ist lieb.«

Der Junge blickte ihn abschätzend an. Er war kreidebleich und musste viel geweint haben. Seine Augen waren verquollen. »Aber du bist nicht lieb. Du willst mich wegnehmen.«

Quercher sah das Kind erstaunt an. »Wie kommst du denn darauf?«

»Mathilde haben sie auch weggenommen.«

Quercher verstand nicht. Er musste den Jungen unbedingt von diesem Baum herunterholen.

»Ich bin von der Polizei. Komm, ich helfe dir.« Quercher ging ganz dicht an den Stamm. »Willst du nicht einmal die Lumpi streicheln?«

Sekunden verstrichen. Der Junge sah zu Lumpi, dann zu Quercher und wieder lange zu dem Hund. Anschließend drehte er sich und rutschte den Stamm hinunter in Querchers Arme. Doch er entzog sich ihm sofort wieder und bückte sich stattdessen zu der Hundedame, die erst einmal zurückwich.

»Du musst vorsichtig sein.« Quercher zog sein Hemd aus. Die Spuren waren ihm jetzt egal. Das Kind hatte blaue Lippen und schien erbärmlich zu frieren. Es war noch nicht Sommer. Kaum ging die Sonne unter, wurde es empfindlich kalt.

»Du musst ihr nur vorsichtig die Hand reichen.«

Und als ob Lumpi ahnte, dass der Junge jetzt Wärme brauchte, ging sie zwei Schritte zu ihm und drückte sich an ihn.

»Wie heißt du?«, fragte Quercher leise.

»Ich bin der Anderl.«

»Aha, und wo wohnst du?«

»Da!«Der Junge zeige auf die westliche Uferseite, wo Bad Wiessee lag.

»Bist du hierher geschwommen?« Quercher wollte wissen, ob jemand den Jungen hierhergebracht, sich womöglich an ihm vergangen hatte. Es dämmerte. Sicher suchten die Eltern schon nach Anderl. Entschlossen griff Quercher, der noch nie Kinder beaufsichtigt hatte, dem Jungen unter die Arme, hob ihn hoch und trug ihn zum Auto. Noch bevor er das Fahrzeug erreicht hatte, war der Junge eingeschlafen. Quercher legte ihn auf den Vordersitz, verfrachtete Lumpi nach hinten, drehte die Heizung an und fuhr nach Bad Wiessee zur dortigen Polizeiinspektion.

Nach den Ereignissen im Winter, in deren Verlauf Querchers hartnäckiges Recherchieren dazu geführt hatte, dass der langjährige Leiter der Bad Wiesseer Polizei in die Frühpensionierung geschickt wurde, hatte man dort einen kompletten Führungswechsel vorgenommen. Seit zwei Monaten wurde die Dienststelle nun von einer Frau geleitet. Diana Wandlinger war aus der Oberpfalz hierher versetzt worden.

Quercher hatte sie kennenlernen dürfen, weil Arzu sie zu einem Abendessen eingeladen hatte. Natürlich ohne ihn zu fragen. Überhaupt meinte Arzu, ein in Querchers Augen seltsames Frauennetzwerk im Ort etablieren zu müssen.

Diana Wandlinger war das, was man eine stattliche Erscheinung nannte. So groß wie Quercher, mit dicken braunen, zu einem Zopf zusammengebundenen Haaren und Schultern wie eine Leistungsschwimmerin. Quercher wusste von den Kollegen, dass sie sie nur ›das Wandling‹ nannten, weil sie so groß und breit war. Es schien sie nicht zu stören.

Die haut dir auch aufs Maul, wenn der Kaffee morgens kalt ist, dachte Quercher anerkennend, als er die Kollegin hinter der Glastür der Polizeiinspektion sah.

Wandlinger öffnete die Tür und schaute ihn fragend an. »Ich denke, du stehst auf Katzen?«

Toll, Arzu, warum stellst du meine Ermittlungen nicht gleich ins Internet, dachte Quercher missmutig. »Den Jungen habe ich beim Baden gefunden. Er heißt …«

Ein junger Polizist bog um die Ecke und rief: »Das ist der Gschwandner Andreas! Die Eltern sitzen hier vorn.«

»Herrgott, schrei nicht so, du weckst den Kleinen auf«, fauchte Wandlinger.

Ein junges Ehepaar trat hinter den Kollegen, schob ihn beiseite und stürmte auf Quercher zu. Erst nachdem er den Jungen behutsam übergeben hatte, bemerkte er, dass seine Arme schmerzten.

Ohne gefragt zu werden, begann die Mutter, eine zierliche Person, zu erklären. »Andreas hat eine kleine Freundin. Das ist die Mathilde vom Baumschneider Sepp. Also die, die entführt wurde. Und jetzt hat er Angst, dass man auch ihn holt. Da ist er heute Abend weggelaufen. Ein Freund von uns ist mit einem Bulli vorbeigekommen, mit einem weißen. Da dachte der Anderl, dass … also, dass er jetzt dran sei. Er ist doch erst sieben Jahre alt.«

Sie weinte. Ihr Mann, der den schlafenden Andreas im Arm hielt, sah betreten auf den Boden.

Eine peinliche Stille trat ein, die aber von der Wandlinger unterbrochen wurde. »Gut, dann wäre der Fall vom LKA ja mal gelöst worden und alle können jetzt Feierabend machen.«

Die Mutter wischte sich über das Gesicht, stellte sich auf die Zehenspitzen und umarmte Quercher. »Bist ein Guter, danke.«

Kapitel 16

Bad Wiessee, 30.04., 22:01 Uhr

Er saß mit seiner Schwester Anke und seiner Untermieterin Arzu auf der Terrasse. Quercher hatte in einem Feuertopf Holzscheite angezündet und jedem eine Wolldecke gegeben. Sie hatten sich einen Rotwein aus Sizilien aufgemacht, aßen Oliven und alle fühlten sich wohl. Arzus Kind Max Ali schlief selig in einer Wiege. Vom Breitenbachtal her zog ein kühler Wind zu ihnen und verscheuchte die Mücken. Das war einer der Vorteile des Lebens am See: Hier wurde es abends nie so stickig und schwül wie in der Stadt. Es war, als ob das Wetter in der Nacht immer aufräumen wollte.

»Du gehst bitte morgen zum Maibaumaufstellen. Das ist wichtig. Das *Schützenstüberl* hat dafür sogar ein Schild gespendet. Mein Mann meint übrigens, in dieser Zeit zum Tauchen gehen zu müssen.«

Anke war mit einem Österreicher verheiratet. Der nutzte jede Möglichkeit, um zum Tauchen zu verschwinden. Das war sein Hobby und es war kostspielig. So sehr, dass die beiden mit ihrer Kneipe immer am Rande der Insolvenz entlangschrappten. Aber Anke war klug genug, ihren Mann, der zudem auch noch der Koch in ihrer gemeinsamen Gaststätte war, gehen zu lassen. Sie wusste, dass viele Köche nach den Jahren in der Küche unzufrieden wurden. Also ließ sie ihm sein Hobby. Das bedeutete zwar mehr Arbeit für sie. Aber umso mehr genoss sie die ruhigen Momente wie jetzt auf der Terrasse. Und sie war glücklich, ihren Bruder hier zu haben. Auch wenn sie ihm das nie sagen würde. Seit dem Tod der Mutter hatte sich Max verändert. Irgendwie suchte er noch seine Rolle. Aber er wollte hierbleiben. Sein Fluchtpunkt Salina war in den Hintergrund getreten, glaubte Anke zu wissen. Die Entführung der Kinder hatte über die gerade erst entstehende Idylle einen Schatten gelegt. Sie hatte gehofft, dass sich ihr Bruder stärker engagierte. Es war eine blöde Angewohnheit, aber sie wollte in ihm noch immer den Helden sehen, der alles im Leben regeln konnte.

»Jetzt füg dich doch einmal ein! Du bist schon wie diese ganzen zugezogenen Preußen hinter ihren gigantischen Hecken. Hier wohnen wollen sie, aber sich in die Gemeinschaft einbringen, das wollen sie nicht. Keinen Handschlag tun sie!«

Quercher kannte das Lamento. Es war eine zwiespältige Diskussion. Einerseits verstand er die Einheimischen. Sie wollten ihre immer mehr auseinanderdriftende Gemeinschaft, die über Tradition, Sprache und Vereine mühsam aufrechterhalten wurde, nicht aufgeben. Aber die jungen Leute gingen früher oder später fort, und immer mehr Alte, die hier ihren Ruhesitz fanden, kamen. Andererseits konnte man als Zugezogener nicht auf Integration hoffen. Man ließ die ›Preissn‹ mitspielen, aber aufgenommen war man damit noch lange nicht. Zumindest nicht in den einfachen Kreisen. Es war ein stilles Ringen um die Vorherrschaft am See. Und den Klugen und Weitsichtigen war klar, dass es nur eine Frage der Zeit war, bis auch hier die Globalisierung mit all ihren Vor- und Nachteilen ihre Spuren hinterlassen würde.

»Was werden sie jetzt tun?«, fragte Anke leise.

Arzu wie auch Max wussten, was sie meinte. Menschen wie Anke, die die Polizeiarbeit nur von außen kannten, konnten sich kein Bild von solchen Momenten machen. Sie kannte Zugriffe nur aus dem Fernsehen, wo Männer mit finsterem Blick und gezogener Waffe Türen eintraten und den Täter überwältigten, die Kinder befreiten und danach als

Helden am Polizeiwagen lehnten und Kaffee tranken. Doch sowohl Arzu als auch Max hatten schon solche Situationen hinter sich. Zugriffe waren ein Grauen. So ziemlich alles konnte trotz guter Vorbereitung, umfassender Aufklärung und genauester vorheriger Analyse schiefgehen. Ging alles gut, war das selbstverständlich. Aber jeder noch so kleine Fehler wurde hinterher von den Medien seziert, wurde als doch vorhersehbar bewertet. Was es für einen Menschen bedeutete, in einen für ihn völlig unbekannten Raum zu stürmen, nicht wissend, was ihn erwartet – ein Schuss, ein Schlag oder eine Explosion –, das konnten sich die wenigsten ausmalen.

Arzu erzählte leise, wie ihr bei einem Zugriff in einer illegalen Spielhölle ein Täter eine Tellermine zugeworfen und geschrien hatte, dass sie aktiviert sei. Es stellte sich heraus, dass es eine Attrappe war, aber Arzu war danach versucht gewesen, den Typen zusammenzuschlagen.

»Ich möchte nicht da oben in Ostin sein«, antwortete Arzu auf Ankes Frage. »Du kannst alles checken, aber du weißt zum Beispiel nicht, ob er allein ist, ob die Kinder an irgendeiner Sprengladung befestigt sind, die bei dem Zugriff auslöst. Vielleicht sind sie auch überhaupt nicht da und er hat sie irgendwo anders versteckt.«

Quercher wollte an diesem schönen Abend nicht an das Grauen dort oben denken. Er fühlte auf sonderbare Weise mit der Dahmer. Er spürte, wie angespannt sie jetzt sein musste. Lief beim Zugriff etwas schief, wurden vielleicht Kinder verletzt. Dann könnte sie ihre Karriere bei der Polizei vergessen.

»Jetzt erzähl uns doch einmal die Katzengeschichte, du Kinderflüsterer«, stichelte Arzu, als sie sah, wie sehr Quercher die Situation berührte.

Er atmete tief durch. Noch vor nicht allzu langer Zeit war er abends mit seinen Fällen allein nach Hause gegangen. Deswegen waren ihm solche Gespräche fremd, wenngleich nicht unangenehm. »Ein Soldat bringt sich auf mysteriöse

Art und Weise um. Erst quält er eine kleine Katze zu Tode, dann steht er auf, zieht sich an, fährt zu einer Kläranlage, legt sich Handschellen an, springt in ein Klärbecken und ertrinkt.«

Anke verzog das Gesicht.

Quercher fuhr fort. »Oder: Er steht auf, wird überwältigt, zur Kläranlage gebracht, gefesselt und hineingeworfen. Und zwar ohne sich dabei zu wehren, wohlgemerkt. Ein Elitesoldat der KSK-Truppen. Keine Hämatome. Nichts.«

»Dann ist der Fall doch klar, was machst du dir noch für Gedanken?«, fragte Anke.

Er wiegte den Kopf, sah hinüber in Richtung des dunklen Waldes und lauschte dem Wind, der durch die Äste fuhr. »Das sagt der Mann vom MAD, den die Bundeswehr geschickt hat, auch. Der Soldat war vorher in Afghanistan gewesen. Ich besuche morgen die Schwester in Innsbruck. Wenn dabei auch nichts herauskommt, schließe ich den Fall tatsächlich ab.«

Sie hörten Sirenen und das entfernte Knattern eines Hubschraubers. Quercher fragte sich, wann der beste Zeitpunkt für einen Zugriff wäre. Er würde ihn am Morgen durchziehen, kurz nach Sonnenaufgang. Der Täter wäre im besten Fall noch im Tiefschlaf. Würde ihm doch die Flucht gelingen, hätten die Ermittler für viele Stunden das Tageslicht. Er war sich sicher, dass sie genauso vorgehen würden. Das alles könnte funktionieren. Wenn der Täter nicht schon einen Schritt voraus war. Dann war alles hinfällig. Dann würden die Kollegen improvisieren müssen oder in eine Falle laufen. Und die konnte tödlich sein.

Kapitel 17

Ostin, 01.05., 04:28 Uhr

In siebzehn Minuten würden sie zugreifen. Jeder hatte seine Anweisungen und Positionen erhalten und war vorbereitet. Gaugenrieder und Dahmer hatten sich Baupläne des Anwesens besorgt. Der Ablauf war gut organisiert, fanden die beiden. Kaum Kompetenzgerangel, alle zogen an einem Strang. In Ostin waren Rettungskräfte in Alarmbereitschaft versetzt worden, die in kürzester Zeit unterstützen konnten. Jeder Zufahrtsweg war doppelt gesichert. Der Kordon war in den letzten Stunden unauffällig dichter gezogen worden. Ein Milchfahrer, der am Abend vorher den Hof für einen kurzen Schwatz angefahren hatte, wurde abgefangen und über die bevorstehende Aktion informiert. Daraufhin fuhr ein Polizist als sein vermeintlicher ›Kollege‹ mit ihm mit. Der berichtete, dass sich die Familie völlig normal verhielt, nichts ahnte. Mit einer Minikamera hatte der Mann schon den Stall und einige Innenbereiche wie den Wohnraum filmen können.

Dahmer hatte sich das Video mehrmals angeschaut. Einmal war Toni Knöchel kurz zu sehen. Er trug einen dunklen Trainingsanzug, sah den fingierten Milchfahrerkollegen mit einem Lächeln an und verschwand dann in den oberen Bereich des Wohntrakts. Für eine Sekunde kamen Dahmer Zweifel. Verhielt sich so ein Kidnapper? Einer, der jeden Fremden fürchten musste?

Jetzt standen die zwei Chefermittler im mobilen Einsatzzentrum und hörten den Funkverkehr der SEK-Einheit. Sie hatten dem Ziel Toni Knöchel mit *Bruch* einen nicht wirklich originellen Codenamen gegeben und sich in drei Gruppen aufgeteilt. Das erste Team, *Alpha*, nahm sich den Wohntrakt vor, das zweite, *Bravo*, würde die Tenne klären, und

Charlie hatte den Stall bekommen. Das war die heikelste Aufgabe. Hier waren fünfzehn Rinder untergebracht.

»Also Kühe«, hatte Dahmer bei der letzten Teambesprechung gesagt und wurde von dem vom Land stammenden Gaugenrieder sanft korrigiert. »Kühe sind es erst, wenn sie gekalbt haben. Und einige von ihnen sind noch nicht so weit. Mit Rindern machst nichts falsch.«

»Nur mit Bullen«, hatte sie schnippisch erwidert.

Er hatte sanft gegrinst.

Wenn eines der Teams Knöchel stellte, würde die Bereitschaftspolizei sofort das Haus nach den Kindern durchsuchen. Im eigentlichen Operationszentrum, einem umgebauten Bus, würde Knöchel erstmals verhört werden. Er sollte so wenig Zeit wie möglich haben, sich eine Lügengeschichte auszudenken. Meist waren Aussagen in den ersten Minuten nach so einem Zugriff die besten und aussagekräftigsten.

Das Anwesen lag auf einem Hügel oberhalb eines kleinen Tals. Die Straße nördlich vom Hof war von Dahmer für den Verkehr gesperrt worden, was aber um diese Uhrzeit nicht weiter auffiel. Südlich trennte nur eine in eine Senke fallende Wiese das Haus vom Bergwald. Hinter den Gebäuden führte ein Weg hinauf zu den ersten kleinen Bergzügen.

Noch lag alles im Dunkeln.

Ab und an hörte man ein Tier im Stall rufen. Die erste Amsel begann zu singen.

Ein Tag wie aus der Touristenbroschüre.

In dreißig Minuten ging die Sonne auf. Das Zwielicht zuvor wäre ideal für den Zugriff und die drei Scharfschützen gewesen, die sich um das Haus herum positioniert hatten. Der vierte Mann hatte sich krankmelden müssen, denn sein Hund hatte ihn gebissen. Die anderen Kollegen, die hätten einspringen können, waren auf einer Fortbildung in Berlin.

Im oberen Stockwerk ging ein Licht an und Sekunden später wieder aus.

»*Alpha*, wer ist das?«, fragte Dahmer, die jetzt länger als vierundzwanzig Stunden auf den Beinen war.

Es rauschte. Dann die Antwort. »Nicht *Bruch*. Scheint Bauer zu sein.«

Warten.

Dahmer sah zu Gaugenrieder, der wiederum auf die Uhr deutete. »Er geht zum Melken. Zeit ist's.«

Dahmers Nerven brannten förmlich.

Der SEK-Leiter funkte sie an. »Wollen wir den haben?«

Dahmer dachte nach. Was, wenn er schrie und Knöchel warnte? Dann entschied sie. »Nehmen, aber still. Ich will nichts hören.«

»Positiv«, kam es zurück

Im Erdgeschoss erhellte ein Licht die Küche. Über die Kamera am Helm des Einsatzleiters, deren Bild direkt in die Einsatzzentrale gefunkt wurde, konnten Dahmer und Gaugenrieder alles live verfolgen. Wie sich der Bauer am Sack kratzte, wie er verschlafen in der Nase bohrte. Das Radio anschaltete. Die Kaffeemaschine aktivierte. Und wie er das Licht wieder ausschaltete.

»Geht er zum Stall, nehmen wir ihn da«, kam es vom SEK-Leiter, der jetzt die Entscheidungsbefugnis für die Einzelheiten des Zugriffs besaß. So war es abgestimmt mit den beiden LKA-Kollegen.

Der Bauer setzte sich eine Mütze auf und schlurfte jetzt über den Hof. Eine Katze huschte vorüber. Er blieb vor dem Tor stehen, reckte sich und ein deutlicher Furz erschall. Dann leuchtete im Obergeschoss wieder ein Licht.

»Wer ist das?«

Pause.

»SEK – bitte kommen. Wer ist das? Bitte identifizieren«, forderte Dahmer ihren Kollegen auf.

»Nach den Plänen ist das wohl Zimmer von Zielperson.«

»Kein Zugriff. Ich wiederhole: kein Zugriff!«, schaltete sich Gaugenrieder ein.

Dahmer sah ihn erstaunt an.

»Wenn er das SEK sieht, reagiert er. Lieber soll er runterkommen, dem Alten helfen und wir greifen im Stall zu. Ohne die Wohnung zu stürmen. Der Bauer wird die Rinder auf die Weide treiben und Knöchel wird melken müssen – oder andersherum. Aber Hauptsache, sie sind vom Haupthaus weg.«

Dahmer verstand. In Räumen zuzugreifen, war immer heikel. Wenn Waffen eingesetzt wurden, konnte es schnell zu Querschlägern kommen, Unschuldige wurden verletzt.

Sie warteten. Wieder ging das Licht in der Küche an. Aus dem Stall hörten sie ein Rufen, ein Pfeifen, so als ob jemand angetrieben wurde. Tatsächlich trieb der Bauer mit einem krummen Stock die Rinder aus dem Stall. Gemächlich trotteten sie über den nicht gepflasterten Hof.

»Simmentaler Fleckvieh«, flüsterte Gaugenrieder, »einfach köstlich!«

Dahmer sah ihn stumm, aber strafend an. Gaugenrieder verzog nur das Gesicht und biss in eine weiche Semmel.

Acht Rinder hatte der Bauer jetzt vor sich, die den Hof nach Süden überquerten. Und noch immer war Knöchel nicht aus dem Haus gekommen.

Dahmer fluchte. »Okay, wenn der Bauer außerhalb des Hofes ist, greift ihr ihn euch«, wies Dahmer jetzt an.

Wieder eine Pause.

»Empfehle, mit Zugriff zu warten, bis *Bruch* kommt«, antwortete der SEK-Leiter.

Die Tiere erreichten einen abschüssigen Feldweg und wurden jetzt schneller. Ihre Glocken, die sie unterhalb des Kopfes an der Wamme trugen, klangen wie ein schlecht dirigiertes Orchester.

In diesem Moment huschte eine Gestalt vom hinteren Teil des Hauses in die Herde hinein und schrie. Der Bauer stutzte und schrie ebenfalls etwas.

»Das ist er!«, rief Dahmer.

»Positiv, Zugriff. Sofort Zugriff«, forderte der SEK-Leiter.

Nur war keines seiner Teams auf der Höhe der Herde. Selbst Team *Charlie* war weiter oberhalb postiert und musste im wahrsten Sinne des Wortes dem Ziel hinterherrennen.

Ein Rind dieser Rasse hatte eine Widerristhöhe von einhundertdreißig Zentimetern und brachte in dieser Phase bis zu sechshundert Kilo auf die Waage – was der Hälfte des Gewichts eines Autos entsprach. Gefährlich waren zudem die aus Traditionsgründen nicht abgeschnittenen Hörner, die sich leicht nach außen beugten.

Der Weg wurde steiler. Während der Bauer am Hof zurückblieb, rannte Knöchel zwischen den Rindern herum. Mal schmiegte er sich an ihre Körper, mal stieß er sie von sich weg, wenn die Rinder zu eng an ihn herankamen. Er schien das nicht zum ersten Mal zu machen. Der SEK-Leiter folgte Team *Charlie*. Die Bilder, die die Kamera an seinem Helm aufnahm, waren jetzt verwackelt und kaum zu erkennen. Sie hörten den Atem des Kollegen, sahen den Lauf seiner Maschinenpistole.

»Zielschützen aktivieren«, rief der Leiter schnaufend.

Prompt kam die Antwort. »Negativ, Ziel bewegt sich zu schnell aus unserem Radius, ist zudem von Tieren abgedeckt. Keine Chance.«

»Wen haben wir da unten, am Ende des Weges?«, fragte Dahmer in den Funk.

»Eine Streife, die etwas östlich steht, und im Wald selbst vier Kollegen der Bereitschaft.«

Gaugenrieder übernahm das Anfunken. »Die sollen ihn rausfischen!«

Die Rinder brüllten jetzt. Das schnelle Tempo gefiel ihnen offensichtlich nicht. Aber die Gefahr des Fallens und die Person in ihrer Herde versetzte sie zusätzlich in Panik und ließ sie noch schneller werden.

Der Streifenwagen fuhr mit Vollgas aus einer Waldschneise, wo die Kollegen ihn bisher gut getarnt versteckt hatten. Sie würden die Herde rammen. Es würde nicht schön sein, aber so konnte es klappen.

Die Herde war noch fünfzig Meter vom Wald entfernt. Und noch immer war kein Zugriff erfolgt oder ein Schuss gefallen.

»Hubschrauber anfordern«, rief der SEK-Leiter.

Dahmer nickte. Nicht weit von ihnen kreiste mit immer schneller werdenden Rotoren ein Helikopter der Bundespolizei.

Noch zwanzig Meter.

Der Polizeiwagen rumpelte über Schlaglöcher und hatte die Herde beinahe erreicht. Doch dann lenkte der Fahrer das Fahrzeug zu nah an die Böschung. Der linke Reifen rutschte ab und riss den Wagen weiter nach links. Dort stand eine Esche im Weg. Mit einem lauten Knall prallte das Auto gegen den Baum, Airbags explodierten. Metall verschob sich quietschend.

»Notarztteam bereitstellen«, rief der SEK-Leiter schrill.

Jetzt hatten die Kühe fast die Wiesensenke erreicht. Der Weg war für wenige Meter von hoch aufragenden Linden gesäumt, sodass sie wie durch einen Tunnel liefen.

Es war nur ein Schatten oder eine Ahnung, aber dem Teamleiter war, als ob die Gestalt die Herde nach rechts verlassen hatte. Er befahl drei seiner Männer, nach rechts zu schwenken und hinter den Bäumen weiterzulaufen.

Aus dem Wald traten vier Polizisten der Bereitschaftspolizei. Sie trugen Helme, Schutzwesten und hatten die Waffen im Anschlag. Einer von ihnen kam von einem Hof im Allgäu und hatte Erfahrung mit Tieren. Er hatte Kontakt zum Operationszentrum. Aber den nutzte er nicht. Stattdessen schoss er gezielt auf das erste Rind und traf tatsächlich den Kopf. Ein zweiter Schuss traf unterhalb in den Hals. Noch zwei Meter, dann knickten dem Tier die Vorderbeine weg und es fiel zur Seite. Das nachfolgende Rind konnte nicht ausweichen und ging ebenfalls zu Boden. Es versperrte jetzt den ganzen Weg und prompt fiel auch das hinter ihm laufende Tier. Das dritte wich nach links in die angrenzende Wiese, die aber von einem Stacheldraht eingezäunt war. Das Tier schrie auf und machte einen gewaltigen Sprung. Und wie von Geisterhand bremsten die anderen Rinder ab. Der Bereitschaftspolizist war nach vorn gelaufen, über das bereits tote Vieh gesprungen und zwischen den Tieren, die sich jetzt gegenseitig schoben und stießen, suchend mit vorgehaltener Pistole herumgelaufen. Auch das SEK-Team war inzwischen da.

Von Toni Knöchel gab es keine Spur.

»Zugriff Haus und Rest – jetzt!«, befahl Dahmer. Ihr Atem ging rasselnd. Wurde das hier ein Albtraum?

Die restlichen Teams stürmten aus ihren Verstecken. Kurze Zeit später hatten sie die Frau des Bauern, den Bauern selbst und auch das behinderte Kind auf dem Hofplatz in Gewahrsam genommen. Dahmer gab den Befehl zum Einsatz der Suchmannschaften. Parallel sah sie die Kollegen links und rechts neben der Herde ausströmen.

»Was ist los? Einschätzung!«

»Er ist vor uns. Ganz sicher. Wir brauchen die Hundeführer. Er ist im Wald.«

Stille.

Dahmer sah zu Gaugenrieder, der die Hände vor sein Gesicht presste und »Scheiße!« stöhnte.

Toni Knöchel hatte nach seiner Zeit im Jugendknast eine Sucht nach Natur entwickelt. Die Enge der Zelle, der schlimme Duft aus Angst, Pisse und Gewalt trieben ihn immer wieder hinaus ins Freie. Jedes Survival- und Waldläuferbuch, das er kriegen konnte, verschlang er. Das hier war sein Revier. Hier kannte er alles. Mit etwas mehr Vorlauf wären die Beamten auch so auf diese Sucht gekommen. Knöchel hatte das alles dezidiert auf seiner Facebookseite erklärt, immer wieder Videos mit Waldläufen und Tricks zum Überleben in der Natur hochgeladen und gepostet. Aber keiner hatte sich um diese Seite gekümmert.

Er hatte sich nach rechts in eine Morastwiese geworfen und zur Tarnung so viel Schlamm wie möglich auf seine Haut geschmiert. Zudem sollte der kalte Schlamm verhindern, dass man ihn vom Hubschrauber aus mit einer Wärmebildkamera erkennen konnte. Dann war er gebückt hinauf in den Wald gelaufen. Er ahnte, dass sie bald mit Hunden kommen würden. Wie ein Tier versuchte er jetzt zu agieren. Den Atem regulieren, Spuren verwischen und schnell vorwärtskommen. Vor ihm lag der Bergwald. Er würde versuchen, unbemerkt zur Gindelalm zu gelangen. Dort hatte der Wirt in einem Schuppen Mountainbikes deponiert. Toni brauchte für die Strecke nicht mehr als eine halbe Stunde. Die Polizisten hinter ihm würden im Wald nicht so schnell vorankommen. Da war er sich sicher.

Toni Knöchel hätte sicher die Alm erreicht. Und wahrscheinlich wäre er mit dem Mountainbike unter den ersten Radfahrern, die am 1. Mai aus der Stadt herausgekommen waren, untergetaucht und hätte vielleicht auch die österreichische Grenze erreicht. So wie es sein Plan vorgesehen hatte. Aber als er auf einer Lichtung angelangte, sah die magen- und darmkranke Bereitschaftspolizistin, die sich hinter einem Holzschober hatte entleeren müssen, wie er auf sie zulief. Sie hockte. Und das war die denkbar schlechteste Position. Aber sie hatte über Funk alles gehört. Obwohl ihr Darm noch immer brummelte, zog sie ihre Hose hoch und drückte sich gegen die Holzwand. Sie öffnete das Holster, zog die Waffe und entsicherte sie. Erste Sonnenstrahlen erleuchteten die Wiese, über die eine Gestalt in ihre Richtung hetzte. Sie durfte nicht schießen, dachte sie. Er sollte unverletzt zu den Fahndern gebracht werden. So hatten sie es bei der letzten Besprechung eingeimpft bekommen. Er würde über einen Drahtzaun wenige Meter vor ihr steigen müssen. Sie war jung und vor wenigen Monaten noch auf der Polizeischule in Bayreuth gewesen. Sie schwitzte. Jetzt erst fiel ihr ein, dass sie über Funk die Kollegen verständigen musste. Sie tat es, aufgeregt, aber leise.

Dann war die Gestalt da. Die Polizistin hatte einen Schlagstock am Gürtel und zog ihn. Der Mann warf sich zu Boden und wollte unter dem Draht hindurchkriechen. Denn darüber, das sah sie erst jetzt, war noch ein feiner Elektrodraht gezogen worden. Sie rannte die vier Schritte auf den

Mann zu, der inzwischen am Boden lag und schrie. Kaum war sie bei ihm angelangt, schwang er seine Beine gegen die ihren. Sie war überrascht und wollte den Schlagstock nach unten ziehen, verlor aber das Gleichgewicht und fiel nach vorn. Der Strom war schmerzhaft, brannte und zwickte. Sie wollte sich wegwälzen. Bloß weg vom Strom! Der Mann hatte sich aufgerappelt, nach ihren Haaren gegriffen und ihren Kopf hochgezogen. Weil sie schreien wollte, öffnete sie unvorsichtigerweise den Mund. Mit einem Ruck drückte er ihr Gesicht nach unten und der Elektrodraht presste sich in ihre Mundwinkel. Ein grauenhafter Schmerz durchfuhr sie. Ihre Zunge schwoll an, die Augen verdrehten sich. Ihr Kopf schien zu zerplatzen. Er zog sie wieder weg, riss einen losen Stacheldraht am Zaun ab und wickelte ihn ihr um den Hals. Ehe sie bewusstlos wurde, entleerte sich ihr ohnehin geschundener Darm um ein weiteres Mal.

Toni Knöchel drehte sich um. Es hatte ihm Spaß bereitet. Jetzt lag nur noch die verdammte Wiese vor ihm. Danach kam dichter Wald. Sein Revier.

Er vernahm ein Geräusch. Es war nicht sonderlich laut, kam aber beständig näher.

Der Hubschrauberpilot hatte seine Eurocopter EC120-Maschine schon über beengteren Plätzen geflogen. Die Wiese war zwar abschüssig, aber landen wollte er ja auch nicht. Er sah die Zielperson am Weidezaun. Sah aus dem Cockpit, wie sie die Waffe der Kollegin an sich nahm. Mit einem Ruck des Joysticks, der sich zwischen seinen Beinen befand, zog er den Helikopter nach unten und gleichzeitig nach vorn. Die Gestalt erstarrte, wollte die Waffe ziehen, bemerkte im Krach des tiefer fliegenden Hubschraubers aber nicht die drei SEK-Männer, die hinter ihm über den Weidezaun sprangen. Mit einem Sprung im Laufen trat einer der drei den Mann in den Rücken. Und Sekunden später hatten sie ihn fixiert. Noch an Ort und Stelle zwangen sie ihn in einen weißen Schutzoverall und in weiße Schuhüberzieher. Sie nahmen mit einem mobilen Gerät seine Fingerabdrücke, funkten sie zum Operationszentrum. Dann setzten sie ihn in den Hubschrauber, flankierten ihn links und rechts und nickten dem Piloten zu.

Während sie an Höhe gewannen, konnten sie einen Notarzt erkennen, der mit einem Koffer in der Hand zu der Kollegin am Zaun lief. Der Gefangene beugte sich nach links, um zu der Frau hinunterzusehen. Er grinste, als er den Arzt sah, der sich um die Bewusstlose kümmerte.

Der SEK-Mann neben ihm grinste ebenfalls, ehe er ihm mit der Faust zwischen die Beine schlug und den Kopf an die Wand drückte.

Sie hatten Antonius Knöchel gefasst.

Kapitel 18

Bad Wiessee, 01.05., 08:38 Uhr

»Ihr habt das Schwein.«

Quercher hörte das nicht zum ersten Mal. Schon als er um sieben Uhr in die Küche gekommen war, hatte Anke das Radio laut aufgedreht und dann exakt das gesagt, was ihm jetzt der Zimmermann Johann Zehetmeier mit großer Freude entgegenrief.

Auf einer Wiese neben der Hauptstraße lag bereits der Baum im Gras. Frauen in ihren traditionellen Gewändern, der Schalktracht, standen in Gruppen zusammen. Noch spielte keine Blasmusik. Es war ein ruhiger Morgen. Zwei Verkaufsstände für Bier und Leberkässemmeln wurden aufgebaut. Bis zum Mittagsläuten um zwölf Uhr musste der Baum stehen. Der Zimmermeister, der dieses Prozedere schon seit Jahren leitete, war die Ruhe selbst. Mit seiner Lederhose, dem wollenen Janker, den Wadenwärmern und den Bergschuhen gab er das prachtvolle Bild eines Paradebayern ab. Auch die anderen, die Quercher noch von seiner Schulzeit kannte, trugen Tracht.

Quercher hatte natürlich nicht die von Anke präferierten Lederhosen angezogen. Die Bewohner des Ortes duldeten das. Nicht nur, weil Quercher mit seiner eigenwilligen Aktion im Winter den Ort vor einem großen Wirtschaftsdesaster bewahrt hatte, sondern weil er ein Einheimischer war. Er hätte auch in einem Zebrakostüm zwischen ihnen sitzen können.

Der Fichtenstamm musste noch präpariert werden. Das erledigten die jungen Männer der Jugendfeuerwehr. Das mehr als fünfundzwanzig Meter lange Holzstück war – natürlich – blauweiß gestrichen worden und lag im Gras. Mehrere Dutzend Männer in kurzen Lederhosen, weißen Leinenhemden und grauen Schafswollwesten standen herum und warteten darauf, es mit schweren Stangen, die am oberen Ende mit Seilen verbunden waren, vorsichtig anzuheben. Das musste mit Bedacht passieren. Denn schon ein leichtes Abrutschen oder ein zu starkes Hin- und Herschwenken des Baumes würde ihn brechen lassen. Das wäre der größte anzunehmende Unfall an diesem Tag. So etwas würde sich in Windeseile im ganzen Tal herumsprechen und die Wiesseer Männer zum Gespött für Wochen machen. Aber dafür gab es Johann Zehetmeier, der die Männer beim Anheben und Ausrichten stundenlang antreiben und wieder bremsen würde. Der Baum würde Meter um Meter in die Vertikale gerichtet werden, zwischenzeitlich von den mit Hanfseilen zusammengehaltenen Stangen gestützt. Es forderte erheblich Kraft und Ausdauer. Und sosehr die Einheimischen die Touristen von auswärts verachteten, so stolz waren sie dann doch, wenn diese ihre kleinen Digitalkameras herausholten und fotografierten.

Quercher saß an einem Biertisch und trank eine Cola. Neben ihm hob der Besitzer eines örtlichen Autohauses an, die Lage in Ostin zu erklären.

»Der Hund redet nicht, haben sie im Radio gesagt. Die Kinder haben sie immer noch nicht gefunden. Ich würd's ja aus ihm rauskriegen.«

Quercher atmete tief ein. Es war mal wieder die Stunde der Lynchjustiz, zumindest der verbalen. Er hatte am Morgen kurz mit Gaugenrieder sprechen können. Tatsächlich hatten sie Knöchel gefasst. Doch der schwieg eisern. Kein Wort brachten sie aus ihm heraus.

Das war das Risiko eines Zugriffs. Man hätte ihn auch so lange observieren können, bis er sie zu den Kindern geführt hätte. Aber das wiederum hätte bedeuten können, dass er sie in dieser Zeit tötete. Und es wäre nicht das erste Mal gewesen, dass ein Täter während einer Observation plötzlich vor den Augen der Polizei verschwand. Insgeheim hofften Polizisten, dass ihre Verhörmethoden zum Erfolg führten. Zumindest hatte man den Täter. Dahmer und Gaugenrieder hatten richtig gehandelt, fand Quercher. Aber das konnte er hier keinem klarmachen.

»Was meinst du, Max? Wird er gestehen und sagen, wo die Kinder sind?«

Quercher sah den Zimmermeister müde an. »Hansi, die Kollegen haben erst einmal jemanden, der mutmaßlich eine Frau vergewaltigt und getötet hat. Mehr nicht. Alles andere ist noch nicht bewiesen.«

Der Kollege Gaugenrieder hatte ihm schonungslos vom fast katastrophalen Verlauf des Zugriffs erzählt. Am Ende hatte er Quercher gebeten, weiter am See die Ohren aufzuhalten. Gaugenrieders Privatthese war, dass Knöchel Komplizen hatte, womöglich von hier. Das war auch der Grund, warum Quercher überhaupt mit den Männern hier saß, sich über Autos und andere Belanglosigkeiten unterhielt. Männer im Oberland, speziell Handwerker, waren die größten Tratschen, wenn sie unter sich waren. Das galt vor allem für die, die bereits morgens mit dem Trinken begannen. Einige von ihnen hier würden den Mittag nicht mehr bei Bewusstsein erleben, so schnell tranken sie schon jetzt ihre Halben leer.

»Was willst du damit sagen? Dass er es nicht war? Der Typ kommt zufällig vorbei und geht über die Frau rüber?«, fragte der Autohändler.

Quercher wiegte den Kopf. »Jedenfalls hilft rausprügeln gar nichts. Du musst ihn überzeugen. Vielleicht haben ihm ja noch ein paar andere bei der Tat geholfen.«

Die anderen Männer am Tisch sahen ihn erstaunt an. »Aber keiner von uns.«

»Warum nicht?«

Ein Kfz-Mechaniker, klein und kräftig, kam nah zu ihm heran. »Mir ist schon klar, dass die Stadt dich versaut hat, aber wir hier lieben unsere Buben und Madel. Wir machen so was nicht.«

Der Tischnachbar, Johann Zehetmeier, schob ihn zurück. »Passt schon, Ribi. Der Max ist einer von uns.«

Eine Frau in der prächtigen Schalkfrauentracht kam mit einem großen Kessel und Papptellern.

»Servus, Maria. Geht's dir gut?«

Quercher freute sich, wenn er die stattliche Frau sah. Sie war auch eine von denen, die mit ihm zur Schule gegangen waren. Maria Strasser war die Leiterin des örtlichen Trachtenvereins, deren Jugendgruppe heute auch eine Aufführung präsentieren wollte.

Es wurden Weißwürste serviert. Die Sonne strahlte zwischen kleinen Schäfchenwolken hindurch. Es duftete nach Wiese und Weißbier, nach Idylle und Abgeschiedenheit. Gegenüber am *Wiesseer Hof*, einem Hotel, hielt ein Reisebus aus Recklinghausen. Rentner, die Popelinjacken in allen möglichen Grautönen trugen, humpelten heraus, zückten ihre kleinen Digitalkameras und kamen in Scharen über die Straße. Quercher kannte das nicht und war überrascht, wie stoisch die Einheimischen den nun folgenden Paparazziüberfall ertrugen.

»Das ist ja wie im Zoo«, murmelte er.

Zehetmeier grinste. »Ja, wir bekommen vom Tourismusamt Geld dafür.«

»Schmarrn«, sagte Quercher ungläubig.

»Nein, natürlich nicht. Aber glaubst du, dass wir das Maibaumaufstellen nur für uns machen? Das ganze Gschwerl aus der Stadt kommt doch bloß zu uns raus, um genau das hier zu erleben.« Er zuckte mit den Schultern. »Solange sie nur knipsen und dumm daherreden, ist es ja gut. Aber schau dir doch die Gratler an, die den Drecksack, der die Kinder entführte, hergebracht haben. Haben in der Stadt nichts mehr reißen können und sind dann zu uns gekommen. Und das Schwein, das verdammte, war ja vorbestraft. Wie eine Krankheit schleppen die uns die Kriminellen hier herein.«

Die anderen nickten beifällig.

Eine kleine blonde Frau schob einen Mann in einem Rollstuhl zu den Männern. Das war Ludwig Steinleitner. Mit ihm hatte Quercher schon die Hälfte seiner Jugend im Cannabisparadies verbracht. Ludwig hatte ein Forsthaus von seinem Vater geerbt. Vor fünf Jahren war der leidenschaftliche Sportler mit seinem Mountainbike gestürzt. Ein Kind war ihm über den Weg gelaufen. Er hatte gebremst, sich überschlagen. Der oberste Halswirbel war gebrochen. Weder Hände noch Füße konnte er bewegen. Die Frau, die ihn unterstützte, war seine Ehefrau geworden. Mehr Liebe ging kaum, hatte Quercher damals bei ihrer Hochzeit beschämt gedacht. Sie wohnten abseits – aus gutem Grund. Gemeinsam hatten sie im Keller ihres Hauses eine veritable Cannabisplantage errichtet.

Aber für ein Pfeifchen war es noch zu früh, bedeutete Quercher Ludwig. Zudem wollte Quercher eigentlich noch am Nachmittag nach Innsbruck fahren. Aber das Weißbier, das er nach den zwei Weißwürsten hinuntergeschüttet hatte, würde diesen Plan zunichtemachen. Also würde sich Quercher später in Ludwigs Garten in eine seiner berühmten Korbschaukeln legen und den Tag der Arbeit still vor sich hin rauchend feiern.

Er wandte sich an den Zimmermann. »Hansi, kommt jetzt wieder die Litanei von den bösen Städtern, die das Gift der Moderne mitbringen?«

In diesem Moment sahen die Männer zu einer kleinen dunkelhaarigen Frau, die missmutig einen Kinderwagen neben einer großen blonden Frau herschob. Arzu und Anke waren gekommen.

»Sag mal, Quercher, uns kannst es sagen. Der Kleine von der Türkin, das ist doch deiner?«

»Und wenn?«, fragte Quercher leise, aber mit drohendem Ton.

Zehetmeier grinste böse. »Mir ist vollkommen wurscht, ob du a Gschlitzte oder a Muselmanin nimmst, aber der Name ist ein Dreck.«

»Was gefällt dir an Max Ali nicht?«

Zehetmeier machte eine Pause. »Na, der erste Name Max. Reicht ja, wenn ein Trottel wie du so heißt.«

Alle lachten.

Ludwig Steinleitner verdrehte die Augen. Quercher glaubte, hinter jedem einfachen Bayern einen versteckten Rassisten zu erkennen. Dabei hatte sich das längst geändert.

»Die Frau vom Inhaber des Supermarkts kommt aus Dresden«, erklärte Steinleitner Quercher, der sich schon wieder beruhigt hatte. »Das ist schlimm für uns hier. Die sind da gottlos und Exkommunisten. Dann lieber Türken.«

Quercher verdrehte die Augen, trank den Rest seines Weißbiers und rülpste.

»Auf geht's«, rief Zehetmeier. »Packen wir es an. Am Mittag steht der Baum.«

Querchers Telefon klingelte. Er griff in seine Hosentasche und sah verwundert auf den Namen, der im Display erschien. »Grüß Gott, Frau Gerass. Es ist Tag der Arbeit. Und ich habe frei.«

»Sind Sie noch nüchtern?«

Ludwig hielt Quercher eine kleine Zigarette hin. Der schüttelte den Kopf.

»Sie müssen ins Büro nach München kommen. Das läuft hier ein wenig aus dem Ruder.«

Kapitel 19

München, 01.05., 13:14 Uhr

Vor Ort hatte er geschwiegen. Gaugenrieder hatte sich als Erster um ihn bemüht. Dann Dahmer. Aber er saß nur da und grinste. Sie alle hatten eine schlimme Nacht hinter sich. In Absprache mit Gerass entschieden die beiden, Knöchel nach München bringen zu lassen. Von den Kindern fehlte jede Spur. Die Pflegeeltern, die parallel verhört wurden, schienen wirklich nichts gewusst zu haben. Die Frau war in Tränen aufgelöst. Immer wieder musste das Gespräch mit ihr unterbrochen worden. Der Mann wollte sofort einen Anwalt haben. Gegen sieben Uhr fand man in Knöchels Zimmer lediglich den Slip der Erzieherin, aber keine weiteren Hinweise auf die Kinder. Sein Handy wurde sichergestellt. Mit diesen Daten konnten die Techniker des LKA zurückverfolgen, ob sich Knöchel am Sylvensteinspeicher aufgehalten hatte, um die Puppe dort hineinzuwerfen. Aber es würde noch dauern, bis man das herausgefunden hatte. Und die Zeit war jetzt der Gegner der Ermittler. Sollte Knöchel allein gehandelt haben, würden die Überlebenschancen der Kinder dramatisch sinken. Aber vielleicht waren sie schon tot und Knöchel wollte sich durch sein Schweigen nur wichtigmachen.

Der Druck war da. Schon am Morgen hatten der Innenminister und kurz danach der Ministerpräsident Gerass und dem Team zu ihrem schnellen Erfolg gratuliert. Jetzt mussten sie von Knöchel den Aufenthaltsort der Kinder erfahren.

Er hatte vier Stunden schlafen dürfen. Seine Anwältin, eine Pflichtverteidigerin, hatte darauf bestanden. Aber noch immer hatte Knöchel nicht gesprochen.

Gerass hatte Dahmer für acht Uhr in die LKA-Zentrale in der Maillingerstraße beordert, um das weitere Handeln abzustimmen. Sie sah die müden, völlig erschöpften Kollegen und fasste sofort einen Entschluss. »Sie haben bislang sehr gut gearbeitet. Das Lob von oben geht ausschließlich an Sie. Wir müssen jetzt alle unsere Kräfte bündeln. Die Politik, die Medien und nicht zuletzt die Angehörigen schauen auf die Vernehmung. Wir werden uns gleich mit den Profilern treffen. Danach werden wir ein Team aus unseren besten Verhörspezialisten zusammenstellen.«

Dahmer verkrampfte. Wollte Gerass ihr den Fall jetzt entziehen?

»Ich weiß, dass Sie die Vernehmungen leiten wollen. Aber ich brauche für die Pressekonferenz heute Mittag ausgeschlafene Leute, die die Fragen der Meute ruhig und souverän beantworten. Kurz: Ich möchte Sie bitten, ein wenig Schlaf zu finden. Um vierzehn Uhr werden wir gemeinsam vor die Presse treten.«

Gaugenrieder reagierte zuerst. »Ich muss da nicht aufs Podium. Julia kann für uns sprechen. Ist doch auch einmal schick, nur Frauen da oben zu haben.«

Dahmer sah ihn zweifelnd an. Aber sie war definitiv zu müde, um noch etwas zu erwidern. Sie wollte einfach glauben, dass sie den Täter hatten.

Gegen dreizehn Uhr, nach gerade einmal drei Stunden unruhigen Schlafs, war sie wieder in die Zentrale gekommen. Der Parkplatz war voll besetzt. Im Amt herrschte trotz des Feiertages eine Stimmung wie in einem Bienenkorb. Der schnelle Fahndungserfolg tat den Kollegen sichtbar gut. Für sie war es die richtige Entscheidung gewesen, den Fall gleich dem LKA zu geben, statt ihn den Kollegen der Kripo zu überlassen. Oftmals wurden wichtige Anfragen zu Technik, Profiling und anderen Spezialgebieten zu spät oder gar nicht gestellt – meist aus purer Eitelkeit. Dieses Mal aber war alles in einem Haus zusammengelaufen.

Dahmer stellte ihr Fahrrad in den Ständer. Sie trug eine kurze Hose, um wenigstens jetzt ein wenig Licht an die blasse Haut zu lassen. Ihr T-Shirt war vom Fahren in der Sonne nass geschwitzt. Sie würde jedoch gleich noch einmal kalt duschen und aus ihrem Spind einen Hosenanzug für die Pressekonferenz nehmen. Es war ihr erster Medienauftritt. Bisher hatten andere ihre Arbeit erklärt. Nicht, dass es ihr viel bedeutete. Aber noch immer war es nicht leicht, sich in dieser männerdominierten Welt der Ermittler durchzusetzen. Zu oft wurde ihr einfach die Butter vom Brot genommen, zogen andere die interessanten Fälle an sich und das Unangenehme wurde auf ihrem Schreibtisch abgelegt. Das wäre nach diesem Fall sicher anders. Diese Chance hatte sie Gerass zu verdanken. Beim alten Pollinger wäre das nicht drin gewesen. Der hatte solche Typen wie Quercher gefordert. Überhaupt Quercher. Sie hatte das alles auch ohne ihn gelöst. Auch wenn Arzu sie immer wieder gebeten hatte, sich bei Quercher zu melden, ihn um Rat zu fragen. Sie hatte das nicht nötig.

Wenn man an den Teufel denkt, ging es ihr durch den Kopf, als sie ihn in seinem alten Mercedes Kombi um die Ecke biegen sah. Sie blickte ihn spöttisch an und wollte schon das Gebäude betreten, als er ihr zurief, doch einen Augenblick stehen zu bleiben.

»Warte, Julia. Ich wollte dir noch was sagen.« Er trug Espadrilles, eine ausgewaschene kurze Armyhose und ein T-Shirt mit dem Aufdruck *Massive.*

»Was gibt es? Ich muss zur Pressekonferenz.«

Er nickte. »Herzlichen Glückwunsch, Julia. Das ist ein toller Erfolg.«

Sie hatte Spott erwartet, irgendeine dämliche Bemerkung, die seinen Neid auf ihren Erfolg mühsam verbergen sollte, aber kein Lob, keine Anerkennung. »Verarschen kann ich mich selbst«, gab sie eine Spur zu harsch zurück.

Quercher stöhnte. Neben ihm saß Lumpi und schaute die beiden mit erhobenem Kopf an.

Julia mochte den Hund. Aber als Quercher ihr Verhältnis beendet hatte, fand sie das Tier schlagartig doof und Querchers Getue aufgesetzt und idiotisch. *Seht her, ich bin der unangepasste Quercher, ich nehme immer meinen Hund mit, weil mir mein Beschützer Pollinger es gestattet.* Das würde nicht mehr lange so sein, dachte sie. Denn Gerass hatte eine Hundeallergie.

»Julia, du gehst da jetzt in einen Sturm. Ich weiß das. Habe ich selbst schon erlebt. Ich will dir nur sagen, dass du gute Arbeit geleistet hast. Und dass dir das keiner nehmen kann. Genieß das jetzt. Aber es geht auch anders. Die, die dich heute nach oben holen, kennen dich morgen nicht mehr. Mehr wollte ich dir nicht sagen. Und wenn es scheiße läuft, also …«

»Warte, lass mich raten: Dann bist ausgerechnet du da? Schmarrn, das warst du nie und das wirst du auch nie sein. Du bist immer allein.« Sie ließ ihn stehen und rannte fast in das Gebäude.

Eine Kollegin kam an ihm vorbei. »Na, will sie nicht mehr? Versteh ich gar nicht.«

»Sehr witzig«, brummte Quercher und beugte sich zu Lumpi. »Du bist die einzige Frau, die mich versteht.«

Lumpi leckte ihm über die Hand.

»Nicht mal das können die anderen, Lumpi.«

Auf den Weg vom See hierher hatte er mit einem Spezl, Robert Bartsch, vom Profilingteam gesprochen. Unter der Hand und begleitet von wüsten Drohungen, falls Quercher die Informationen weitergeben würde, hatte der ihm ein anderes Bild der Ermittlungen geschildert.

Das Profiling hatte anfangs für Quercher den Geruch des Geheimen gehabt. Dabei war die Methodik immer dieselbe: Zuerst besichtigte das Team den Tatort und sammelte alle relevanten Informationen, dann analysierte es den Fall und entwarf mögliche Täterprofile, die es den Ermittlern vorstellte. Doch allen war klar, dass Profiler immer nur Hypothesen erstellen und dann die wahrscheinlichste Theorie herausfiltern konnten. Ihre These zum Fall Ostin war noch nicht abgeschlossen, als Knöchel aufgegriffen wurde.

»Wir haben eigentlich nicht auf einen jungen, isoliert lebenden Einzeltäter getippt. Die Hinweise sprechen unserer Meinung nach eine andere Sprache. Der Tatort: sauber, keine Hinweise. Unsere Erfahrung sagt, dass es sich um einen oder mehrere ältere Menschen handelt. Kein Brief, um sich aufzuspielen, sondern nur eine Puppe in einem Stausee. Auch das spricht für Erfahrung und Präzision. Ganz anders die Vergewaltigung und der Tod der Erzieherin am Tatort. Gewalt, die angewendet wird, um ein Opfer zu überwältigen, spricht im Normalfall für ältere Täter. Wer seinem Opfer wehtut, obwohl es schon unter Kontrolle und gefesselt ist, den schätzen wir eher jünger ein. Daraus lässt sich aber keine Regel ableiten. Eine Einschätzung über Alter und andere Merkmale entsteht immer aus einem Zusammenspiel aller Faktoren«, hatte Bartsch erläutert.

»Und was heißt das?«, hatte Quercher ungeduldig gefragt.

»Dass wir noch abwarten sollten. Der Bär ist noch nicht tot. Aber wir preisen das Fell schon an. Ich wäre vorsichtig.«

Dieses Gespräch hatte Quercher im Kopf gehabt, als er Dahmer angesprochen hatte und sie warnen wollte. Er wusste, dass es gönnerhaft und vielleicht sogar neidisch geklungen hatte. Aber das war Unsinn. Quercher hatte viele Fehler, aber Neid gehörte nicht dazu.

Er nahm Lumpi an die Leine und betrat langsam das LKA. Im zweiten Stock hatte Gerass ihn und fünf andere Kollegen und eine Kollegin zu einem Gespräch gebeten. Sie war unter Druck, in weniger als einer Stunde begann die Pressekonferenz. Sie stand mit dem Rücken zu den Kollegen in einer Ecke, checkte die E-Mails auf ihrem Smartphone und biss sich dabei die kläglichen Reste ihrer Fingerhornhaut weg, bis das Blut wieder hervorkam. Hektisch suchte sie nach einem Taschentuch in ihrer Handtasche, ließ dabei das Telefon fallen und wandte sich dann abrupt um. Die Wut über ihre eigene Ungeduld stand ihr ins Gesicht geschrieben.

Keine gute Idee, denn der Raum war gefüllt mit Verhörspezialisten, die darauf geschult waren, jede noch so kleine

Regung richtig interpretieren zu können. Quercher, bei all seinen Widerborstigkeiten und Alleingängen, gehörte zu dieser Riege. Vernehmen oder verhören – das glaubte jeder der Kollegen zu beherrschen. Um den Zeugen herumgehen, laut werden, auf den Tisch hauen, drohen und das ganze andere Programm aus Film und Fernsehen – das war nicht ihre Welt. Der Kollege, der Quercher gegenübersaß, hatte es vor zwei Jahren geschafft, sich innerhalb von drei Tagen in die Gedankenwelt eines mordenden Neonazis so hineinzudenken, so zu agieren und zu reden, dass dieser ihn als seinen Freund akzeptierte. Quercher hatte vor vier Jahren einem Serienmörder, der Frauen die Brüste abgeschnitten hatte, suggeriert, dass er auch heimlich davon träumte, es mal härter haben wollte. Zum Schluss hatte ihm der Täter jede technische Einzelheit erklären wollen. Eine Kollegin hinter der Scheibe war damals Julia Dahmer gewesen.

»Meine Dame, meine Herren, Sie alle sind mit diversen anderen Fällen beschäftigt. Ich möchte aber unsere besten Kräfte auf den Ostin-Fall konzentrieren. Mir liegt sehr viel daran, dass der junge Mann spricht. Ich muss Ihnen nicht sagen, dass ich jede Form der Gewalt dem Verdächtigen gegenüber ablehne. Wir stehen unter einem gehörigen Zeitdruck. Ich möchte, dass Sie als Team arbeiten. Stimmen Sie sich ab. Wollen Sie nur mit zwei Personen arbeiten? Wer ist der Vertrauensmann? Wer setzt Knöchel wann und wie unter Druck? Oder wollen Sie wechseln? Sie kennen das Spiel besser als ich.«

Keiner erwiderte etwas. Denn Gerass' Satz war aus ihrer Sicht richtig. Die Akten lagen vor ihnen.

Quercher trauerte dem Tag am See hinterher. Draußen schien die Sonne so stark, dass sie die Jalousien herunterlassen mussten. Er sah auf die Uhr. Der Baum stand. Er hätte jetzt in Ludwigs Kräutergarten gesessen, der Musik der verehrungswürdigen Beth Gibbons gelauscht und wäre weggeflogen. Stattdessen musste er sich nun Spermaspuren, Hämatome und Strangulierungsabdrücke anschauen.

Kaum war Gerass verschwunden, übernahm ein kleiner, sehr dünner Mann das Wort. »Um fünfzehn Uhr wird Knöchel von der U-Haft hierher ins Präsidium gebracht. Wer hat nach erster Durchsicht der Akten den besten Zugang zu ihm?«

Quercher hielt sich zurück. Weniger aus Faulheit als vielmehr des Falles wegen. Seiner Ansicht nach stimmte die Tat mit dem Täter irgendwie nicht überein.

Ein sehr junger Kollege mit hörbar fränkischer Herkunft hob den Arm. »Mein Name ist Ben. Ich kenne sein Viertel, bin da aufgewachsen. Er ist nur sechs Jahre jünger. Das könnte funktionieren.«

Alle nickten.

Der kleine Schmale redete weiter. »Ich arbeite gern mit einer Vaterfigur, einer zum Ausheulen.«

Jetzt erst warf Quercher etwas ein. »Also, ich bin Max Quercher. Ich lese, dass Knöchel seinen Vater kannte, ihn zweimal körperlich angegriffen hat, nachdem dieser ihn mehrere Tage in einen Abstellraum eingesperrt hatte. Seine Mutter hat ihn befreit, laut Protokoll ist die aber seit drei Jahren tot.« Er schaute zu der einzigen Frau im Raum, eine ältere, füllige Kollegin, die aus dem Dezernat *Jugendintensivtäter* kam.

Die verstand sofort. »Okay, ich glaube, das bekomme ich hin. Ach ja, ich bin die Maria.«

Während sie das sagte, wurde Toni Knöchel aus seiner Zelle im Untersuchungsgefängnis Stadelheim geführt. Noch in der Zelle hatte man ihm Fußfesseln und Handschellen angelegt. So schlurfte er, flankiert von zwei MEK-Beamten, den Flur der Strafanstalt hinunter und wurde in einen Bulli mit verdunkelten Scheiben gesetzt. Eine junge Polizistin schnallte ihn an. Toni Knöchel grinste. Woher sollte er wissen, dass es sich bei der Beamtin um Liane Schönherr handelte, der Lebensgefährtin ebenjener Kollegin, die mit schweren Halsverletzungen, hervorgerufen durch Stacheldraht, im Krankenhaus Agatharied lag. Stacheldraht, den Knöchel ihr um den Hals gewickelt hatte.

Kapitel 20

München, 01.05., 16:15 Uhr

Ein Verleger konnte natürlich die Themen in seinen Zeitungen bestimmen. Das lief nicht so, wie man sich das als Außenstehender vorstellen mag. Kein Anruf in der Redaktion, keine Anweisung für Reporter. Stattdessen geschah quasi alles in vorauseilendem Gehorsam. *Die verlorenen Kinder von Ostin*, titelten Weldes Blätter, hauptsächlich Boulevardblätter in München und Nürnberg. Auch die Radiosender, an denen er beteiligt war, setzten das Thema auf die Nummer eins. Die Chefredakteure mussten nicht gebeten werden. In Zeiten wie diesen, wo der Journalismus von einer Krise in die nächste stolperte, tat man das schon aus reinem Selbsterhaltungstrieb. So übertrafen sich die Redaktionen mit immer neuen Geschichten. Ohne sich abgesprochen zu haben, wusste jeder die Gesetze der Medien richtig zu deuten.

Welde hatte sich mit der befreundeten Verlegerin aus Berlin verbinden lassen und die Situation klar und nüchtern formuliert. Am Morgen hatte ihn die Polizei mit der Nachricht über den Zugriff geweckt. Seine erste Frage galt seinem Sohn. Er hatte der Polizei noch gratuliert. Dann war er in seine Bibliothek gegangen und hatte am Schreibtisch leise geweint. Geweint, weil er jetzt zwar wusste, dass es keiner seiner Feinde war, der ihm den Sohn genommen hatten, sondern nur ein kleiner, dreckiger Prolet aus Nürnberg. Aber dennoch blieb der Sohn verschwunden. Er hatte noch immer geweint, als seine Frau aufgestanden war und unter der Dusche stand. Die Tabletten zeigten ihre Wirkung. Sie war ruhig – ruhiggestellt.

Die Verlegerin war ihm wohlgesinnt. Sie selbst hatte keine Kinder. Aber sie konnte den Schmerz des Freundes verstehen. Sie hatte ihn nicht nur aus Anstand direkt nach der Tat angerufen, ihr Mitleid ausgedrückt und jede Unterstützung zugesagt, die sie imstande war zu leisten. Und das war, jeder Politiker im Land wusste das, sehr viel. Denn alles, was in ihren Blättern auf der ersten Seite stand, war DAS Gesprächsthema. Und verschwand es dort, wäre es auch kein Thema mehr für die Politik.

»Weißt du, Hilde, der Täter ist zu früh gefasst worden. Wenn der jetzt nicht aussagt, sondern wartet, können wir das Thema vielleicht noch drei oder vier Tage auf die Eins setzen. Dann wird es verdrängt. Und ich muss dir nicht sagen, was das heißt. Die Politiker werden froh sein, wieder über etwas anderes zu sprechen. Vielleicht gesteht er ja. Aber für den Fall, dass er das nicht tut, müssen wir den Druck weiter erhöhen.«

Hilde Hopfner verstand. Die allmächtige Chefin des großen Verlags war jahrelang unterschätzt worden. Aber mittlerweile wusste jeder Hinterbänkler im Parlament, welch grandioses Netzwerk sie in den vergangenen Jahren in der Hauptstadt aufgebaut hatte. Sie war die ungekrönte Königin der Medien.

»Mein lieber Welde, ich glaube, dass wir das Thema nur dann langfristig weiterspielen können, wenn wir es etwas größer, etwas ... sagen wir ... populistischer gestalten. Sind unsere Kinder sicher? Haben wir die Polizei, die das gewährleisten kann? Und was passiert mit den Tätern? Der junge Mann war doch schon vorbestraft, nicht wahr?«

Welde bestätigte das.

»Schau, mein Lieber, ich meine mich erinnern zu können, dass wir da so einen ehemaligen Strafverteidiger in einem unserer Verlage in München unter Vertrag haben. Buchpremiere ist demnächst – oder ist sie heute? Ich weiß nicht genau. Sein Thema: faule Justiz, alles übles liberales Pack, tut nichts. Es wird immer bloß aus Tätersicht geurteilt. Der hat sich jetzt mit einigen prominenten Figuren zusammengetan. Eigentlich bat mich die Kanzlerin, diesen bürgerlichen Zwergenaufstand im Keim zu ersticken. So wie wir es mit den

Euroskeptikern auch gemacht haben. Aber hier liegt eine besondere Situation vor. Der Mann, sagt jedenfalls einer meiner Vertrauten, brennt darauf, in die Talkshows zu kommen. Sollte am Wochenende sonst nichts passieren, werden wir den platzieren.«

Welde dankte ihr. Er sah auf den Kalender. Es war Freitag.

Kapitel 21

München, 01.05., 21:35 Uhr

Die Dame von der PR-Abteilung war so aufgeregt, dass sie stotterte. Ihr Verlagsteam hatte mit der üblichen Buchpräsentation im überschaubaren Kreise gerechnet. Es war Münchens größte Buchhandlung. Hier wollte der Verlag Markus Sareiters Werk vorstellen.

Am Anfang sollte eine Laudatio durch den ehemaligen Verfassungsrichter dem Buch die nötige Aufmerksamkeit geben. Nach einer kurzen Lesung aus dem Buch durch Sareiter höchstpersönlich hätte ein abgehalfterter Moderator der ARD eine kleine Fragerunde mit dem Autor und Verfassungsrichter a. D. geführt. Danach Häppchen und Weißwein an Stehtischen. Zu erwarten waren ein paar Zeitungsberichte, Buchrezensionen sowieso und vielleicht noch ein Hinweis im Radio. Die PR-Dame wäre dafür gut bezahlt worden und hätte sich dann wieder ihrem Lieblingsprojekt, dem Festival *Erotische Geschichten für Frauen ab 50*, widmen können. Aber dann hatte der Autor am Nachmittag der Onlineredaktion eines Boulevardblatts ein Interview gegeben. Es hatte ganz harmlos begonnen.

»Herr Dr. Sareiter, in Ihrem Buch beklagen Sie die Verfilzungen der deutschen Justiz und der Polizei. Sie sehen hier die Politik in erster Linie in der Pflicht. Haben wir ein Justizproblem?«

»Nicht nur das. Der Fall Mollath hat doch gezeigt, wohin uns eine nicht kontrollierte, selbstzufriedene, um nicht zu sagen, fette Justizbürokratie führt. Aber das ist ja nicht der wesentliche Punkt. Mir geht es um das grundsätzliche Verständnis der Bürger zu ihrem Rechtsstaat.«

»Was meinen Sie damit genau?«

»Nun, wer jemals unschuldig in die Mühlen dieses Molochs geraten ist, in dem schlecht ausgebildete Anwälte auf faule und überforderte Staatsanwälte und Richter treffen, weiß, wovon ich spreche. Das Recht dient nicht mehr dem Bürger. Es ist umgekehrt. Wir unterwerfen uns einer kritikresistenten Kaste von Juristen, die das grundsätzliche Rechtsverständnis der Menschen missachten.«

»Sie haben in Ihrem Buch ja diverse skandalöse Fälle aufgedeckt. Dabei geht es Ihnen nicht nur um die ausufernden Rechte der Täter, sondern vor allem um die mangelnde Beachtung der Opfer.«

»Ja, wenn Sie heute Opfer eines Gewaltverbrechens sind, schützt Sie der Staat kaum noch. Ein Kollege formulierte den, wie ich finde, zynischen Satz: ›Wenn das Opfer über den Täter richten darf, beginnt die Barbarei‹. Und genau von diesem Punkt aus hat sich die Kaste der Juristen eingerichtet. Man spricht dem Bürger das Recht ab, zu entscheiden, zu richten, nimmt für sich aber in Anspruch, im Namen des Volkes zu sprechen. Und genau hier liegt der Denkfehler. Diese Juristen sind keine Gottesgeschenke. Sie sind von uns allen eingesetzt worden, um uns vor Unrecht und Gefahr zu schützen. Wir haben als Bürger schon längst die Meinungshoheit über das, was Recht sein soll, abgegeben. Wenn ein Mann eine Frau brutal vergewaltigt, anschließend inhaftiert, in der Haft scheinbar therapiert und wieder freigelassen wird, aber erneut vergewaltigt, dann hat er jedes Recht auf Leben in dieser Gemeinschaft verloren. Recht muss einfach sein, für die Menschen nachvollziehbar.«

»Es gibt einen aktuellen Fall. Vier Kinder sind entführt worden. Niemand weiß, wo sie sich aufhalten – nur der Täter. Der sitzt in einem Verhör und schweigt. Was sagen Sie dazu?«

»Ich sage: Der Staat muss die Kinder schützen. Bislang wurde bei Folter immer mit der Würde des Menschen, dem Schutz des Einzelnen und der körperlichen Unversehrtheit argumentiert. Hier ist akut das Leben von Kindern in Gefahr. Und warum sollte das Leben, oder wenn Sie so wollen, die Würde des Täters höher zu bewerten sein?«

»Wollen Sie sagen, dass Folter legitim ist?«

»Nicht immer. Es gilt, das Mittel der Wahl zu finden. Unser Rechtsstaat hat sich unter dem Eindruck der Naziherrschaft drei Tabuthemen geschaffen – anfangs sicher zu Recht. Euthanasie, und damit Sterbehilfe, gehört dazu. Jetzt werden dank der Medizin die Menschen älter, aber viele leiden am Ende ihres Lebens. Unter menschenunwürdigen Umständen siechen sie dahin. Selbst wenn sie es wollten, dürfte keiner diesem Leben ein Ende setzen. Man nimmt dem Einzelnen das Recht auf Wahlfreiheit, um einer scheinbar größeren Ethikidee zu dienen. Das ist nicht mehr hinnehmbar. Nicht von ungefähr suchen Menschen in der Schweiz bei legalen Sterbehilfeorganisationen Zuflucht vor diesem antiquierten Moralfuror. Das zweite Tabu ist die Strafbemessung. Seit die Psychologie die Herrschaft über Gutachten, Urteile und Haftbedingungen übernommen hat, werden Täter mit zum Teil unfassbaren Verbrechen als heilbar beziehungsweise therapierbar bezeichnet. Das sind Allmachtsfantasien. Die Rückfallquote sei ja so gering. Ich sage: Es darf gar keine geben. Es darf keine Wiederholung geben. Diese Menschen sind nicht für unsere Gemeinschaft akzeptabel. Das dritte Tabu ist die Folter als sehr eng umrissene Möglichkeit, Verbrechen aufzuklären. So wie jetzt im Fall Ostin.«

»Sie sagen als deutscher Strafverteidiger, mit dem Wissen um unsere Vergangenheit, allen Ernstes: Toni Knöchel darf gefoltert werden?«

»Ihre Entrüstung überrascht mich nicht. Doch ich frage Sie, als Bürger dieses Landes: Toni Knöchels Gesundheit ist tatsächlich wichtiger als die Gesundheit der vier unschuldigen Kinder?«

»Also sagen Sie: Ja, foltert.«

»Ich sage: Wenn es keine erkennbare andere Möglichkeit mehr gibt, dann darf gefoltert werden.«

»Ist das etwa eine politische Forderung? Wer soll das glauben?«

»Das ist in der Tat ein Problem, und ich sage, natürlich, die Täter sind Schweine, ich sage, der Typ in der Zelle ist ein Schwein, das ist kein Mensch, und so haben wir uns mit ihm auseinanderzusetzen. Das heißt, wir haben nicht mit ihm zu reden und es ist falsch, überhaupt mit diesen Leuten zu reden, und natürlich kann gefoltert werden.«

Die Redakteurin war zu jung, um zu verstehen, dass Sareiter mit den letzten Worten die legendär-berüchtigten Sätze Ulrike Meinhofs benutzte. Es war Sareiter wichtig, hier eine Linie zu einem größeren, staatlichen Diskurs zu eröffnen. Noch zu Zeiten der RAF wäre der Text in deutschen Redaktionsstuben analysiert worden. Heute blieb nur: Es darf gefoltert werden um der Kinder willen. Hätte es die vier entführten Kinder nicht gegeben, wäre Sareiters Äußerung vermutlich im täglichen Nachrichtenregen als wirre Einzelmeinung untergegangen. Aber schon die Abendzeitungen hatten mit diesem Satz aufgemacht. Die Radiosender zogen nach. Und tatsächlich wurde dann auch in den 19-Uhr-Nachrichten darüber berichtet. Das war vor allem dem Umstand geschuldet, dass es mittlerweile kaum noch Bilder und Storys zu der Entführung gab. Andere Themen drohten nachzurücken. Und so kam die Forderung nach Folter auf die Tagesordnung. Redakteure diverser Fernsehsender wurden in die Buchhandlung im Herzen Münchens beordert. Das schon wartende Grüppchen aus besorgten und interessierten Mittelschichtsbürgern wurde von jungen, ambitionierten Journalisten mit großen Mikrofonen und noch größeren Egos beiseitegedrängt, um Markus Sareiter zu filmen.

Der hatte sichtlich Freude an dem Spektakel, blieb sehr ruhig und souverän, gab nicht den Krawalltäter, sondern den ruhig sezierenden Juristen. Immer wieder betonte er, dass Folter ja nur ein kleiner Aspekt in seinem Werk sei und er sich vielmehr um die faule Justizbürokratie sorge. Sareiter hatte sich lange auf diesen Moment vorbereitet. Er hatte Kameratraining genommen, sich seine Sätze immer und immer wieder vorgelegt, sie so radikal wie möglich, aber gleichzeitig sauber analytisch formuliert. Er wollte nicht als Spinner abgetan werden. Er stand erst am Anfang.

Kapitel 22

München, 01.05., 23:45 Uhr

Er hatte nicht getrunken. Das Essen stand noch vor ihm. Er starrte geradeaus und schien durch den Polizisten hindurchzuschauen. Toni Knöchel war definitiv nicht bei der Sache. Die beiden Kollegen hatten alles versucht. Sie hatten probiert, sich mit ihm anzufreunden, sie hatten ihm Verständnis suggeriert, sie hatten ihm gedroht und ihn zum Schluss sogar angefleht. Denn draußen war die Nacht angebrochen. Und jeder konnte sich ausmalen, was es für die Kinder, so sie denn noch lebten, bedeuten musste, wenn keiner kam, der ihnen etwas zu trinken und zu essen bringen würde. Irgendwo in einem dunklen Loch, dunkel und ohne einen Hinweis nicht auffindbar. Die Beamten ließen diese Bilder nicht an sich heran, aber irgendwo im Unterbewusstsein waberten sie dennoch.

Sie hatten eine Pause machen müssen – auf Geheiß von Knöchels Anwältin. Julia Dahmer stand mit dem Vertreter der Staatsanwaltschaft, einem eher unscheinbaren Brillenträger, und der Anwältin Renate Rieken auf dem Flur.

Die Pflichtverteidigerin wirkte unbedarft und ihre helle Stimme tat ein Übriges. »Wissen Sie, Ihre Beweislage ist verdammt dünn. Laut Aktenlage haben sich Spermaspuren an und in der Toten gefunden. Ein erstes, vermutlich unter Zeitdruck verfasstes Gutachten hat eine Verbindung zu meinem Mandanten geschaffen. Das ist alles. Ach ja, mein Mandant wohnt in der Nähe des Tatorts. Bislang haben Sie keinerlei Spuren oder gar Beweise für eine Verbindung zwischen den entführten Kindern und meinem Mandanten hervorbringen können.«

Dahmer wurde ungeduldig. Ihre Augen waren gerötet. Ihr Kopf schmerzte. Die Angst vor einem Fehler war so groß, dass sie sich auf der Toilette erbrochen hatte. Warum schwieg Knöchel? Seit der Festnahme waren fast vierundzwanzig Stunden vergangen.

»Frau Rieken, es sind seine Spermaspuren. Sie wissen das, ich weiß das. Wollen Sie wirklich die Arbeit der Kollegen in der Rechtsmedizin und dem LKA anzweifeln? Gerade jetzt? Wo wir alle unter Zeitdruck stehen?«

»Nein, ich will eine saubere Untersuchung. Und wenn mein Mandant etwas dazu beitragen kann, werde ich auch auf ihn einwirken. Selbst auf die Gefahr hin, dass er sich belasten könnte, werde ich ihm die Vorteile eines Geständnisses, zumindest aber die Bekanntgabe des Aufenthaltsortes der Kinder nahelegen. Nur eines sollte Ihnen klar sein: Keiner weiß, ob tatsächlich Knöchel die Kinder entführt hat.«

Dahmer lächelte bitter. »Frau Rieken, wir haben Knöchels Handy überprüfen lassen. Er trug es bei sich, als er die Tat beging. Kurz darauf zerstörte er es noch am Tatort. Wir fanden es in einem angrenzenden Bach. Das ist doch kein Zufall.«

»Ich möchte ungern Ihre Arbeit infrage stellen, Frau Dahmer. Aber nach Ihrer Theorie stellt sich der Vorgang doch recht ungewöhnlich dar. Mein Mandant soll noch im Dunkeln durch den Wald gelaufen sein, auf die Gruppe gewartet und dann zugeschlagen haben. Hat er die Frau oder eines der Kinder gekannt? Bisher haben Sie dazu keine Erkenntnisse. Sie haben auch keine Tatwaffe, mit der mein

Mandant die Gruppe bedroht haben könnte. Das Opfer ist gefesselt worden, nach Ihren Aussagen sehr professionell. Woher soll mein Mandant diese Kenntnisse haben? Mir gegenüber hat er geäußert, dass ihm sein Handy auf dem Rückweg zum Hof aus seiner Jacke in den Bach gefallen sei. Kurz: Es war Zufall. Und noch eins: Mein Mandant ist intellektuell überschaubar. Mehrere Gutachten, die im Rahmen seiner ersten Straftat gefertigt wurden, attestieren einen minderbegabten jungen Mann. Diese Tat und die mit Kinderkleidung ausstaffierte Puppe zeigen doch, dass der oder die Täter ganz anders vorbereitet waren und sind.«

Jetzt wurde der Staatsanwalt wach. »Frau Rieken, ich danke Ihnen für Ihre kriminalistischen Hinweise. Dennoch glaube ich, dass Sie unseren Kollegen die Arbeit überlassen sollten. Jeder macht das, was er gut kann. Ihr Mandant wird weiter nach allen rechtsstaatlichen Vorgaben vernommen. Jede Minute, die uns aufhält, kann für die Kinder tödlich sein. Wollen Sie das?«

Das wollte die Anwältin natürlich nicht. Auch sie war die Mutter eines kleinen Mädchens. Aber ihr Berufsethos sah vor, dass sie ihre Emotion von der Aufgabe trennte. »Lassen Sie mich noch einmal mit meinem Mandanten allein reden«, bat sie.

»Herr Knöchel, ich kann Ihr Schweigen nicht deuten. Sie können mir gegenüber sehr offen sprechen. Ich kann und werde Sie nicht belasten. Wir sind ein Team. Was immer Sie mit den Kindern gemacht haben, ist für mich nur insofern wichtig, als eine frühzeitige Erklärung Ihr Strafmaß erheblich mindern würde.«

Die Juristin sah in ein ausdrucksloses Gesicht. In ihrer kurzen Zeit als Anwältin für Strafrecht hatte sie sich eigene Theorien über Straftäter erarbeitet. Gerade bei den jungen Intensivtätern glaubte sie, in den Gesichtern erkennen zu können, ob jemand therapieresistent war, sich also für immer für das Verbrechen und gegen die Gesellschaft entscheiden würde. Sie hätte es keinem anderen, nicht einmal ihrem Mann erklären können. Sie sah in die Augen, sah die Mimik und meinte zu wissen, ob die Person, die sie zu verteidigen hatte, sie anlog, benutzen wollte oder schlicht in etwas hineingeraten war, das nicht mehr steuerbar war. Natürlich gab es auch die, die tatsächlich unschuldig waren. Die das Opfer von schlampigen Ermittlungen, Intrigen oder einer trägen, von sich selbst überzeugten Justiz waren. Aber der Mann vor ihr war schuldig. Das wusste sie. Die Beweislast war erdrückend. Nur was für ein Täter war er?

Es gab für sie zwei Gruppen. Männer, die aus purer Angst die eigene Frau, die sich trennen und die Kinder mitnehmen wollte, töteten. Oder Frauen, die nach Jahren der Demütigung den Gatten vergifteten oder im Bett erschlugen. Nicht, dass sie das billigte, aber sie konnte es bis zu einem gewissen Grad verstehen. In diesen Fällen brach das Verbrechen quasi wie ein Unheil über den Klienten herein. Und dann waren da die anderen. Die, die das Verbrechen suchten, weil es ihnen guttat, weil es sie bestimmte. Renate Rieken vermied allerdings den Gedanken an das Böse. Das war für sie keine Kategorie. Ihre Gedankenspiele basierten auch auf keiner durchdachten Theorie. Sie halfen ihr nur, die Menschen einzuschätzen.

Der junge Mann vor ihr kannte das hier alles. Verhöre waren ihm nicht neu. Es gab sogar Klienten, die diese Momente genossen. Jemand wollte etwas von ihnen, hörte ihnen und ihren Geschichten zu.

Aber Knöchel sagte nichts.

»Herr Knöchel, helfen Sie sich und den Kindern.«

Minutenlang schwieg der junge Mann. Dann öffnete er seinen Mund. »Ich brauche Kopfschmerztabletten«, stieß er hervor.

»Die bekommen Sie. Wo sind die Kinder?«

Er schnaufte. Griff zu seinem Glas, verfehlte es fast. Wasser schwappte über den Rand.

»Ich bin kein Entführer«, brach es aus ihm heraus.

›Entführer‹ mit dem rollenden R der Franken, dachte sie. »Das glaube ich Ihnen. Aber Sie wissen, wo die Kinder sind.«

Er strich sich über die Arme, kratzte sich. Sie sah auf seine Tätowierungen, Runenzeichen, die sie nicht entziffern konnte. Es sollte martialisch wirken, kam ihr bei dem Jungen aber irgendwie deplatziert vor.

Er schüttelte den Kopf. »Ich bin durch den Wald gelaufen. Dann habe ich die Frau gesehen. Ich bin dahin. Da war sie schon kaputt. Ich habe es ihr besorgt. Aber sie war schon kaputt.«

Er schluckte. Knöchel schien das schon Dutzende Male erzählt zu haben. Seine Hauptsätze beschränkten sich auf das Wesentliche. Er starrte auf ihre weiße Bluse, die definitiv die falsche Wahl gewesen war. Sie war eine Nummer zu klein und zog sich zu straff über ihre Brüste.

Es war ein Spiel, dachte sie. Niemand sah zu. Nur ihr Klient. Und irgendwo da draußen saßen die Kinder. Und vielleicht wusste er etwas. Mit einer langsamen Bewegung drückte sie ihren Rücken durch. Der Stoff ihrer Bluse spannte noch stärker. Sie zog langsam das Jackett aus, ließ es hinter sich über die Stuhllehne gleiten. Vielleicht reagierte er. Sie musste ihn emotional berühren.

Er schmatzte leise. Seine Hände drückten gegen das Metall der Handschellen. Unter anderen Umständen hätte sie moniert, dass ihr Mandant derart eingeengt wurde. Aber bei Knöchel schien auch ihr das geboten.

Er atmete schwer. Es schien ihm zu gefallen. »Ich weiß es nicht.«

»Doch, Toni, Sie wissen es. Sie können es sagen.«

Er sah sie mit einem Lächeln an, dessen Bedeutung sie nicht verstand. Genoss er die Aufmerksamkeit? Dann würde er diesen Moment bis ins Unendliche ziehen wollen. Zum tödlichen Nachteil der Kinder. Als Anwältin durfte sie sich nicht mit den Interessen der Ermittler gemeinmachen. Auch wenn sie als Mutter den Schmerz und die Verzweiflung der Eltern sehr nachvollziehen konnte.

»Ich sage nichts.« Dann schloss er die Augen.

Für einen kurzen Moment fühlte sie sich ertappt und wurde dann, ohne es zu zeigen, zornig. »Gut, ich komme morgen früh wieder. Bis dahin werden Sie weiterhin vernommen. Allerdings haben Sie ein Anrecht auf Schlaf. Ich werde das veranlassen. Eine gute Nacht.«

»Was ist mit der Kopfschmerztablette?«

Sie hätte bleiben können, aber ihr Zorn trieb sie aus dem Raum. Noch nie hatte ein Mandant sie so sehr angewidert. Sie brauchte Luft.

Dahmer hatte sie vor der Tür erwartet. »Und? Will er uns helfen?«

Die Anwältin schüttelte den Kopf. »Ich muss darauf bestehen, dass mein Mandant Schlaf findet.«

»Haben Sie ihm geraten zu schweigen?«

»Frau Dahmer, Sie wissen, dass ich Ihnen darauf keine Antwort geben muss beziehungsweise darf. Aber gehen Sie davon aus, dass ich meinem Mandanten sehr deutlich zu verstehen gegeben habe, dass ein Hinweis strafmildernd ausgelegt werden könnte. Nur, Herr Knöchel will nichts sagen.«

Dahmer sah sie unverwandt an, ehe sie antwortete. »Dann werden vier Kinder sterben.«

Kapitel 23

Bad Wiessee, 01.05., 23:55 Uhr

Entgegen der landläufigen Meinung konzentrieren sich Ermittler nicht nur auf die eine heiße Spur. Selbst wenn der vermeintliche Täter gefasst wurde, werden noch andere Hinweise und Theorien verfolgt. Es sei denn, sie widersprechen zu sehr dem aktuellen Ermittlungsstand.

Mark Bolen war kein Widerspruch. Dahmer und Gaugenrieder hatten sich am Morgen aufgeteilt. Dahmer sollte sich federführend um die Vernehmungen mit Knöchel kümmern,

Gaugenrieder blieb bei den anderen Spuren und Hinweisen. Man wollte sich nicht auf die Aussagen des Täters allein verlassen. Nichts konnte eine Vernehmung schneller beenden als Hinweise, die den Täter einwandfrei überführten und eine Spur zu den Kindern ergaben.

Der Vater des neunjährigen Laurenz war einer der ersten nahen Angehörigen, die das Team von Fritz Gaugenrieder durchleuchtete. Marks Akte war eine Handbreit dick. Schon als Teenager war er in seiner Heimatstadt Jena aufgefallen. Körperverletzung, Diebstahl und Betrug – er trat Jugendstrafen an, kam frei, beging wieder eine Straftat. Mehrere Ausbildungen brach er ab. Er wäre unweigerlich in der Gosse gelandet. Aber etwas bewahrte ihn davor. Mark Bolen war außergewöhnlich schön. Sein Gesicht mit den hohen Wangenknochen und den dunklen Augen, einem energischen Kinn und vollen Lippen war von einer schwarzen Lockenpracht umrahmt. Er wirkte wie ein Rockstar aus den Siebzigern. Und auch wenn die jungen Frauen diese Zeit und ihre Mode nicht mehr kannten, verfielen sie diesem Mann zuhauf. So war es auch Gundel Viervogel ergangen. Das Resultat dieser Begegnung war schließlich der kleine Laurenz gewesen. Aber viel mehr als sein gutes Aussehen besaß Mark Bolen nicht. Hinweise aus der Bevölkerung, es hätte in der Wohnung von Viervogel immer wieder Streit mit Laurenz' Vater gegeben, ließen die Ermittler aufhorchen.

An seinem letzten offiziellen Wohnort war der Jenaer vor Wochen zum letzten Mal gesehen worden. Nachbarn wollten bemerkt haben, dass er mit einem Zirkus aus der Stadt gefahren war. So wurden alle registrierten Zirkusveranstalter kontaktiert. Aber niemand kannte Mark. Am späten Nachmittag kam der entscheidende Hinweis. Ein bulgarischer Dompteur, der in München im Krankenhaus lag, weil ihn eines seiner Tiere gebissen hatte, hörte über seinen Bruder von der Suche nach Mark Bolen. Noch im Krankenbett rief er die Hotline der Polizei an. Mark sei mit einer Artistengruppe nach Italien unterwegs. Vorgestern hätten sie sich von Dachau aus aufgemacht. Sie müssten schon südlich der Alpen sein. Daraufhin wurden die italienischen Behörden informiert. Noch war Bolen nur ein Zeuge, kein Verdächtiger.

Auch das Umfeld der anderen Familien wurde ausgeleuchtet. Der Verleger konnte glaubhaft versichern, dass er keine Feinde besaß, zumindest keine, die noch lebten, wie er einem Polizisten gegenüber bitter betonte. Das war natürlich Unsinn. Der Mann bekam jeden Tag körbeweise Post von Menschen, die in seinen Zeitungen gern ihre Weltsicht erklären wollten, den Verleger der Manipulation verdächtigten oder, mehr noch, ihn einer ganz großen Verschwörung zuordneten. Zwei junge LKA-Kollegen müssten die Briefe der letzten Monate erfassen und analysieren, ordnete Gaugenrieder an. Vielleicht ergab sich daraus der Hinweis auf einen beleidigten Leser, der sich an dem Verleger rächen wollte.

Die Familie des Kunstschlossers war weit verzweigt. Hier würde es noch Tage dauern, bis man sich durch die umfangreichen Verwandtschaftsverhältnisse gearbeitet hatte.

Auch die Familie von Homstein wurde routinemäßig befragt. Diese Tätigkeit war für die Beamten besonders unangenehm. Der Großvater, ein Richter in Ruhestand, wollte bei allen Vernehmungen dabei sein. Er traute den Polizisten nicht, das sagte er auch mehrmals. Die wiederum konnten ihre Gereiztheit kaum verbergen. So blieb es bei ein paar Überprüfungen zu Alibis und möglichen Feinden der Familie. So wichtig der Fall genommen wurde, so sehr stießen die Ermittler auch an die Grenze ihrer personellen Kapazitäten. Jeder der Polizisten, die seit zwei Tagen ohne Freizeit und Schlaf an diesen Ermittlungen beteiligt waren, wünschte sich ein schnelles Geständnis von Toni Knöchel. Und sie fragten sich, ob das, was sie jetzt taten, sinnlos sei.

Gaugenrieder hatte sich kurz vor Mitternacht in sein Bett verkrochen und noch einmal Quercher angerufen. Er wollte von einer möglichst wenig in den Fall involvierten Person hören, wie die Vernehmung bislang gelaufen war. Quercher saß gerade im Auto, Lumpi schlief neben ihm auf dem Beifahrersitz, als sein Handy klingelte.

»Bleibst du nicht im Präsidium?«, fragte Gaugenrieder sofort, ohne Quercher zu begrüßen. Die Höflichkeit war längst von der Belastung verdrängt worden.

»Unsere Chefin hat mich nach Hause geschickt. Sie glaubt, dass ich nicht mehr hilfreich sei. Ist mir ganz recht.«

Gaugenrieder rieb sich die Augen. Kein Ermittler, und mochte er noch so ausgebrannt sein, ließ sich gern Aufgaben wegnehmen – auch nicht Max Quercher. »Was war dein Eindruck?«

»Kann ich nicht sagen. Aber für mich wirkt Knöchel nicht wie ein eiskalter Entführer, jemand, der alles bis ins Kleinste plant.«

»Aber die Spuren ...«, wandte Gaugenrieder ein.

»... beweisen nur, dass er am Tatort und in der Frau war. Fritz, ich will dich nicht entmutigen. Es ist auch nur ein kurzer Eindruck. Ich durfte mir eure ersten Berichte anschauen, dann habe ich einen Blick auf den Knöchel geworfen, und das war es auch schon. Anschließend haben dieser Franke und die Mutti vom Jugenddezernat übernommen. Die Namen habe ich vergessen.«

»Kommst du noch vorbei und wir trinken ein Helles?«, fragte Fritz laut gähnend.

»Ich glaube nicht. Schlaf, den wirst du jetzt brauchen. Morgen ist euer großer Tag. Der Knöchel wird gestehen, das Versteck verraten, ein SEK-Team wird die Kinder befreien. Der Verleger wird dir einen lukrativen Job als Sicherheitschef anbieten. Das Leben wird gut.«

Beide lachten. Weil sie wussten, dass es so nicht laufen würde.

Quercher fuhr in das Tegernseer Tal. Die Sommersaison würde bald beginnen. Erste Busse mit Rentnern waren schon unterwegs, luden die alten Menschen aus dem Ruhrgebiet, aus Berlin und dem Osten in der Idylle ab. Quercher konnte es verstehen. Kurz hinter Holzkirchen begann das Paradies. Und selbst jetzt, mitten in der Nacht, war davon noch etwas zu spüren. Er kurbelte sein Schiebedach auf, und sofort strömte der Duft von frisch gemähtem Heu herein. Lumpi hob müde den Kopf, streckte die lange Schnauze nach oben und schnupperte. In der mondhellen Nacht sah Quercher die Kühe, hörte entfernt den Klang der Glocken, die sie um den Hals trugen. Seit er zurückgekehrt war, glaubte er, dass exakt an dieser Stelle die Zeit begann, langsamer zu laufen. So als ob das Schöne und Unschuldige jede Sekunde verdoppeln würden. Das war sentimentaler Unsinn, den er mit niemandem teilte. Aber anders als noch im letzten Jahr hatte er sich seiner alten Heimat jetzt wieder genähert. Es war ein vorsichtiges Herantasten. Auf eine unbestimmte Weise fürchtete Quercher, von diesem Landschaftskitsch überrollt zu werden.

Wieder klingelte sein Handy. *Ludwig* las er auf dem Display. Quercher war müde. Aber ein Absacker mit seinem alten Schulfreund, der einst Lehrer am Gymnasium in Tegernsee gewesen war, konnte nicht schaden. Quercher war daran gewöhnt, nachts wach zu sein. Der Job brachte es mit sich. Und noch vor einem Jahr war er auch privat gern durch die Münchner Klubs gezogen. Die Zeit war vorbei. Und das lag nicht nur an seiner kranken Hüfte. Heute fehlte ihm schlicht die Kraft für die Stadt. Jahrelang hatte er nichts mehr geliebt. Noch nicht einmal, weil die Stadt den klassischen Gegensatz zu seiner Landheimat darstellte. Ihm hatten die kleinen Vorzüge gefallen. Die Anonymität, der Umstand, in Ruhe gelassen und nicht beobachtet zu werden. Dazu kam die Vielfalt. In der Stadt berührten ihn andere Kulturen, nichts war fest, alles war in Bewegung. Aber genau diese Bewegung war ihm jetzt zu viel.

Er hatte noch mit keinem darüber gesprochen. Wer hätte ihn auch verstehen wollen? Arzu? Für seine deutschtürkische Kollegin war Querchers Haus ein Fluchtpunkt geworden. Zudem fühlte sie sich in der Dorfgemeinschaft wohl.

Sie hatte schnell Anschluss gefunden und war zum Abtrainieren der Schwangerschaftskilos einer Frauenyogagruppe beigetreten. Die hatten zunächst etwas verwundert Arzus Tattoo auf dem Rücken bewundert, das das Konterfei Kemal Atatürks zeigte. Aber als sie sich bereiterklärte, auch beim örtlichen Trachtenverein mitzumachen, und nun jeden Mittwochabend im Trachtenheim unterhalb der Kirche in einem geliehenen Dirndl mit Schreinern, Zimmerleuten und Gastwirten tanzte, schien sie endgültig angekommen zu sein.

Quercher hatte sie eines Abends mit seiner Theorie geärgert. Danach seien die familienorientierten und konservativen Türken vom CSU-Familienbild nicht weit entfernt. Zumindest würden sich die Mütter aus dem Prenzlauer Berg, die ihren Mutterkuchen unter Bäumen vergruben, deutlicher von bayerischen Müttern unterscheiden als Arzu.

Arzu hatte gelacht, ein Handtuch nach Quercher geworfen, und beide wussten, dass es stimmte.

Er fuhr am See entlang nach Bad Wiessee und bog direkt hinter dem Ortsschild rechts ab. Die Straße führte hinauf zum Golfplatz. Er musste langsam fahren, keine Laterne beleuchtete den Weg. Plötzlich sah er einen Schatten auf der Straße. Er bremste. Und lachte, während Lumpi, die abrupt geweckt wurde, nach draußen sah und sofort knurrte. Ein Dachs sah geblendet in die Scheinwerfer. Lumpis Jagdtrieb war erwacht und die Hundedame kläffte gegen die Windschutzscheibe. Quercher zuckte kurz zusammen, brummte und beruhigte sie.

Kurze Zeit später saß er im Garten seines Freundes in einer alten, quietschenden Hollywoodschaukel. Steinleitner hatte hier oben vom Hang aus einen perfekten Blick Richtung Osten auf den See. Gegenüber glitzerten die Lichter von Tegernsee und Rottach-Egern. Ein kühler Wind blies über den verwilderten Garten, in dem der ehemalige Lehrer diskret seinen eigenen Hanfanbau pflegte.

Steinleitner war die personifizierte Geduld, fand Quercher. Selbst die wirre Arzu, die derzeit größte Klugscheißerin im Tal, konnte er selbst dann noch aushalten, wenn Quercher schon entnervt aufgegeben hatte.

»Er kann ja nicht weglaufen«, hatte Arzu recht lakonisch und unsensibel im Beisein von Steinleitner gesagt.

Der hatte nur gelacht. Leute wie er machten es Quercher leichter, das neue Lebensumfeld zuzulassen.

Quercher zog an der kleinen Pfeife. Langsam kroch das THC durch die Verästelungen seiner Lunge und hinterließ einen wohligen Schauer. Lumpi lag neben ihm und ließ sich langsam in den Schlaf streicheln.

Ludwig Steinleitner hatte vorgesorgt. Sie wurden unter Cannabiseinfluss extrem gierig nach Schokoladentorte und Weißbier. Sowohl der Kuchen als auch große Mengen Bier standen vor ihnen auf dem Tisch.

»Der Mann, den ihr geschnappt habt, war das nicht«, fing Steinleitner das Gespräch an, nachdem er den Rauch der Zigarette, die Quercher ihm in den Mundwinkel gesteckt hatte, wieder ausgeblasen hatte.

»Aha, unterrichtest du jetzt Kriminalistik oder Alltagsprophezeiungen?«

»Weder noch. Aber wer auch immer die Kinder entführt hat, muss die Gegend kennen.«

»Was du nicht sagst. Warte, und er muss ein großes Auto haben.« Quercher begann zu kichern und legte seinen Kopf auf Lumpis warmen Leib, die sich das auch gefallen ließ. Für Quercher roch die Hundedame wie ein gutes Parfum. Sie besaß nicht diesen üblichen Eigengeruch von Hunden, sondern duftete fast nach einer Frühlingswiese, wie Quercher fand. Gerüche waren für ihn zuweilen wie eine Flucht. Der harzige Duft von frisch geschlagenem Fichtenholz beruhigte ihn. Oder nasser Asphalt im Sommer, eine alte Sonnencreme aus seiner Jugend. Er hätte stundenlang über Düfte und Gerüche sprechen können. Nur gab es keinen, der das hören wollte.

»Ihr habt jetzt also diesen Jungen aus Osten. Ich bin immer wieder erstaunt, wie schnell ihr euch auf einen ganz bestimmten Täterkreis einigt.«

Quercher war zu müde, um darüber zu diskutieren. »Was möchtest du mir sagen, Ludwig? Der, der die Frau vergewaltigt und getötet hat, ist nicht der Täter? Und die Samen in der Frau sind ihr quasi zugeflogen?«

»Nein, das wollte ich nicht sagen. Aber ich finde es nur komisch, dass solche Taten immer einen sexuellen Hintergrund haben sollen.«

Quercher schüttelte den Kopf. »Muss ja nicht sein. Könnte auch politisch sein oder eine schnöde Entführung mit Lösegeld. Wäre alles möglich. Aber dann hätte sich ja mal jemand gemeldet. Einen Bekennerbrief geschrieben oder eine Forderung gestellt. Aber so sind die Kinder schlicht weg. Du kannst dir nicht vorstellen, was wir gerade für einen Aufwand betreiben. Das sind nicht irgendwelche Cops, die einen Supereinfall haben. Für den Fall Ostin wurden allein drei Profiler vom LKA Bayern und vom BKA aus Wiesbaden eingebunden. Die sortieren alle Daten, alles, was an Indizien gefunden wird, jeder noch so kleine feste, nicht austauschbare Hinweis wird von denen zusammengesetzt. Das geht bis hin zu einer weggeworfenen Kippe. Jede DNA wird registriert, zugeordnet und in ein Mosaik eingefügt. Daraus modellieren sie sogenannte Profile über Tathergang, Täter und mögliches Tatmotiv. Die Profile werden mit alten Taten abgeglichen und gehen sogar an Interpol, falls es sich um ausländische Täter handelt. Aber all das hat bisher nichts gebracht. Gar nichts. Dann ist da dieser gnadenlose Zeitdruck. Hinzu kommt, dass Kinder in diesem Alter nicht lange allein leben können. Knöchel müsste Komplizen haben. Jemand, der sie jetzt ernährt, sie nicht sterben lässt. Das glaubt aber keiner. Denn Knöchel ist der klassische Einzeltäter. Also, ohne zynisch zu sein: Irgendwo da draußen«, er holte weit aus, »liegen vermutlich vier Kinderleichen.«

Quercher war zu müde, um zu merken, wie sehr diese Aussage Steinleitner schockierte. Ein Käuzchen war zu hören. Lumpi schlief, träumte und zuckte mit dem Kopf. Beruhigend legte Quercher seine Hand auf den Leib der Hundedame. Die schnaufte, öffnete halb die Augen und legte ihren Kopf in Querchers Schoß.

»Hast du den Sareiter im Fernsehen gesehen?«, fragte Steinleitner nach einer Pause.

Quercher schüttelte den Kopf.

»Der macht jetzt Geld mit seinem Buch auf Kosten der toten Kinder. Du kennst ihn doch auch?«

Quercher nickte langsam. »Wie? Du auch?«

»Indirekt. Aber ihr wart befreundet, nicht wahr?«

»Himmel, ja, der ist halt ein wenig anders. Das ist doch sein gutes Recht. Mal ehrlich, ich muss dir doch nicht erklären, dass seine Thesen auf fruchtbaren Boden fallen.«

»Na ja, der Sareiter ist halt verbohrt«, erwiderte Steinleitner.

Quercher schüttelte den Kopf. »Schau, ich habe mir die Akte vom Knöchel angesehen. Man kann sie so lesen, als sei er auch nur ein Opfer. Man kann sie aber auch so lesen, dass er ein böser Mensch ist und es auch für immer bleibt. Und dann fordert jemand wie Sareiter, dass solche Menschen nicht mehr in die Gesellschaft kommen dürfen. Dass man sie wegsperrt. Knöchel hat nachweislich Menschen geschlagen, gequält und versucht zu vergewaltigen. Der war gerade einige Zeit in der Psychiatrie und kam dann frei. Weil zwei Gutachter glaubten, er sei geheilt. Und ich muss dir doch nicht sagen, wie schwammig Gutachten sein können.«

»Und was, glaubst du, passiert jetzt?«

»Na ja, irgendwann wird Knöchel einknicken, das Versteck verraten und irgendwelche armen Kollegen dürfen dann erstickte oder verhungerte, misshandelte Kinderkörper aus einem Loch ziehen.«

»Hör auf, Quercher. Du bist nicht so kalt.«

Quercher richtete sich auf, Lumpi hob fragend den Kopf. »Weißt du, Ludwig, ich habe mich mit Extremisten, mit Islamisten und mit der organisierten Kriminalität auseinandergesetzt. Da wusste ich immer, woran ich bin. Aber ich habe immer einen weiten Bogen um solche Fälle wie den jetzigen gemacht. Nicht dass Extremisten klüger oder besser sind. Aber dieser pure, kranke Sadismus ekelt mich so an, dass ich nie eine gesunde Distanz zu diesen Fällen hätte. Man hat mich da heute hingerufen. Aber mir wurde schnell klar, dass mich das alles zu sehr anwidert. Es sind Kinder. Die haben mit den perversen Spielen der Erwachsenen nichts zu tun.« Er machte eine Pause. »Morgen ist ein neuer Tag. Und während sie den einen haben, wird sich irgendwo da draußen wieder einer so etwas ausdenken. Nicht genau das Gleiche. Aber wieder werden Kinder Opfer sein. Solange es Menschen, um nicht zu sagen: Männer, gibt.«

Er erhob sich. Seine Worte hatten Quercher selbst in Rage gebracht. Er musste gehen, wollte er seinem Freund nicht zu sehr die Nacht vermiesen.

Kapitel 24

Berlin, 02.05., 09:30 Uhr

Noch in der Nacht hatten ihn Redakteure von drei verschiedenen Talkshows kontaktiert. Keine Ahnung, wer ihnen die Handynummer gegeben hatte. Vielleicht Lorassi, sein PR-Berater. Aber Sareiter fühlte sich geschmeichelt. Er hatte, kaum dass er den frühen Flieger aus München verlassen hatte, seine Homepage mit dem Smartphone geöffnet. Mehr als zweihundert Kommentare waren eingegangen. Er überflog sie, während die anderen Fluggäste an ihm vorbeieilten. Die, die ihn erkannten, zögerten, sahen ihn noch einmal an. Einige nickten ihm aufmunternd zu. Seine Thesen gefielen den Menschen. Er war jetzt der Hardliner, einer, der der Justiz, der Polizei und der Politik die Meinung sagen konnte. Denn er kam ja selbst aus diesem Stall. Er kannte die Missstände.

Sareiter ging weiter in den Warteraum, wo schon die Passagiere für den Rückflug nach München saßen, und öffnete auf seinem Smartphone die Seite von Amazon. Vierundzwanzig Stunden war das Buch jetzt auf dem Markt und stand bereits auf Platz fünfzig der Verkaufscharts.

Kaum wandte er sich wieder dem Ausgang zu, sah er die Kamerateams. Er kannte das aus seiner Zeit als Strafverteidiger. Aber da hatte er immer um Milde für die Täter gebeten. Jetzt war es anders. Jetzt war er die Stimme des Volkes. Es war verführerisch, einfach nur schlicht und plump zu argumentieren. Aber Sareiter wählte einen anderen Weg. Er nannte Zahlen, hatte alle Fakten im Kopf. Er kannte die täglichen Justizärgernisse von freigelassenen Straftätern, die erneut kriminell wurden. Die Geschichten von faulen Richtern, die Verfahren platzen ließen, weil sie sich nicht ins Gericht bemühten. Das alles hatte man schon tausendmal in Boulevardblättern und Sendungen lesen und sehen können. Aber bei Sareiter klang es fundiert, faktenreich und, dank seiner Art der Präsentation, nahezu unglaublich.

Um 10:30 Uhr hatte er einen Termin beim Deutschlandfunk. Danach ging es zu einer Fernsehaufzeichnung am Brandenburger Tor mit diesem widerlichen Pfarrer. Am Abend war er Gast in einer Livesendung bei einem ehemaligen Sportmoderator, der sich jetzt als Talkmaster gerierte.

Die Pressefrau aus Sareiters Verlag, die soeben aus der Economyklasse des Flugzeugs herauseilte, hatte hektische Flecken am Hals. Noch nie hatte sie sich mit so einem Medieninteresse auseinandersetzen müssen.

Das hatte auch ihr Chef, der Verleger von Sareiters Buch, geahnt. Und so hatte Lorassi für ihn ein altes Schlachtross der PR-Branche in Berlin aufgetan, das sich mit solchen Dingen besser auskannte. Seine Angestellte selbst hatte er vorab vorsichtshalber nicht informiert.

Kaum trat diese nun in die Flughafenhalle, ging die Neue auf sie zu, drückte ihr ein Ticket in die Hand und schickte sie postwendend zurück nach München. Nach einem konsternierten Zögern wackelte die Verlagsdame auf direktem Weg zum Check-in-Schalter. Vorher wünschte sie Sareiter noch viel Glück.

Der hatte das Ganze amüsiert beobachtet und stellte sich jetzt den Fragen der Reporter, die ihn im Flughafengebäude bedrängten. Die Neue, Charlotte Ursinus, zog sofort ein Aufnahmegerät aus ihrer Handtasche, um alle Fragen und Antworten von Sareiter zu dokumentieren. Dem gefiel das. Es wirkte zumindest professionell.

Charlotte Ursinus hatte in ihrem dreißig Jahre währenden Berufsleben alles gesehen. Als BILD-Reporterin gestartet, hatte sie sämtliche Stationen des Boulevards durchlaufen und sogar bei Privatsendern moderiert, ehe sie aufgrund des Alters aussortiert worden war. Nach einer Durststrecke, die sie als Geliebte eines Verlagschefs überlebt hatte, konnte sie eine kleine PR-Firma etablieren. Sie kannte die Macher und die Mechanismen. Schmiede das Eisen, solange es heiß ist, war ihr Motto. Schon morgen konnte eine neue Nummer Sareiter und sein irres Buch von der ersten Seite der Aufmerksamkeit verdrängen. Jetzt hieß es, konsequent nachzulegen. Sie brauchte Sareiter für ein paar klärende Worte unter vier Augen.

Nachdem die wichtigsten Medien bedient worden waren, hakte sie Sareiter unter und zog ihn sanft, aber bestimmt hinaus zum Taxistand. Zwei müde und übergewichtige Berliner Polizisten schlenderten auf sie zu.

Ursinus sah die Gestalten im Rücken der Staatsmacht zuerst. Schwarz gekleidet, vermummt und mit schnellen Schritten auf Sareiter zusteuernd – das war die örtliche Antifa. Klar, dass die jungen Linken gegen die Hardlinerthesen aus Bayern angehen wollten. Kaum waren die Autonomen nah genug an Sareiter, flogen die Farbbeutel. Eier klatschten vor ihren Füßen auf den Boden. Die Polizisten, eben noch im Gespräch vertieft, zuckten zusammen, drehten sich um und wollten auf die Vermummten zulaufen, erkannten dann aber, dass sie zahlenmäßig nichts ausrichten konnten. Sie stellten sich vor Ursinus und Sareiter und der jüngere Polizist rief über Funk nach Verstärkung. Einige der Reporter und Kameraleute, die gerade ihr Equipment in die Wagen verstauten, hatten das Spektakel beobachtet und holten ihre Geräte wieder heraus.

»Was wollen die denn von Ihnen?«, rief einer der dicken Polizisten Sareiter zu.

»Meinen Kopf.«

»Na, dann rennen Sie mal«, antwortete der Cop lakonisch.

»Und Sie?«

»Ich lasse mich weiter von denen beschimpfen.«

»Willkommen in Berlin!«, rief Ursinus und schob Sareiter zu einem wartenden Taxi.

Ein Farbbeutel traf Sareiter an der Schulter, ehe er sicher im Inneren des Wagens saß. Der Fahrer, ein Türke, brüllte sofort los.

Ursinus zückte zwei Hunderteuroscheine und zischte, dass er das Maul zu halten habe. Das sei genug für die Reinigung der Polster.

Sareiter behielt das verschmutzte Sakko im TV-Studio an. Auch am Abend saß er mit den roten Flecken auf der Schulter neben dem ihm ergebenen Moderator und erklärte Deutschland, was alles schieflief in der Welt der Justiz.

Da war sein Buch schon auf Platz eins der Amazoncharts.

Charlotte Ursinus hingegen hatte ihr Outfit gewechselt und trug jetzt einen engen Minirock aus Leder. Im Gästeraum des Studios bestätigte sie vierzehn weitere Talk- und Interviewtermine und betete, dass die vier Ostin-Kinder noch möglichst lange verschwunden blieben.

Kapitel 25

Bad Wiessee, 02.05., 08:30 Uhr

Max Quercher schaute aus dem Fenster und fand, dass der Tag perfekt für einen Ausflug nach Österreich war. Für Mai war es bereits außergewöhnlich warm. Nur auf den höchsten Berggipfeln lag noch Schnee.

Der Tegernsee war nur wenige Kilometer von der österreichischen Grenze entfernt. Quercher würde zunächst entspannt mit Lumpi über den Pass, der die beiden Länder trennte, und dann weiter entlang des Achensees nach Innsbruck fahren.

Sein Telefon klingelte.

»Hier ist Pollinger.«

»Ferdi, wie geht's dir? Servus!« Quercher biss sich auf die Lippen. Falsche Frage.

»Gut, Max. Mit einem weggeschnittenen Magen geht's einem gleich besser. Zur Strafe für diese blöde Frage möchte ich heute Nachmittag von dir abgeholt werden.«

»Wie bitte?«

»Ja, vom Bahnhof in Gmund. Ich komme um vierzehn Uhr aus München an und werde in den *Jägerhof* bei euch in Bad Wiessee zur Reha gehen. Und sei so lieb und besorge mir einen Kasten mit Kreuther Heilwasser.«

»Ferdi, also ehrlich, ich weiß gar nicht, ob ich …«

»Das war keine Bitte.«

Quercher stöhnte. »Natürlich, Dr. Pollinger. Was darf es denn sein? Ein Liegewagen oder die Kutsche?«

»Mir reicht dein dreckiges Produkt aus Stuttgart.«

»Da bin ich ja beruhigt, dass ich dich mit meinem Benz abholen darf.«

»Mir wäre auch lieber, die Lumpi käme statt eines mittelmäßigen Mitarbeiters.«

»Also gut, ich bin da, um dich abzuholen. Sag mal, knurrt dir eigentlich noch der Magen? So als Phantomgeräusch?«

Pollinger hatte schon aufgelegt.

Quercher rief seine Schwester Anke an und bat sie, die Flaschen mit dem Heilwasser zu besorgen.

»Bist du irre, Max? Ich soll nach Wildbad Kreuth fahren und zwölf leere Mineralwasserflaschen mit dem Dreckswasser füllen?«

»Für Pollinger, Anke, bitte.«

Schweigen.

»Na gut. Aber du hast ihm schon gesagt, dass das Hokuspokus ist?«

»Ja, aber genauso gut hätte ich ihm sagen können, dass Franz Josef Strauß korrupt gewesen sei.«

Für die meisten Menschen, die nach Italien fahren, ist Innsbruck nur eine Stadt, die für den Fernverkehr ein Nadelöhr darstellt. Sie liegt in einem Kessel, umgeben von den ersten ›wirklichen‹ Bergen der Alpen, wenn man von Norden kommt. Der Inn fließt hier grüngrau hinab nach Bayern. Die olympischen Winterspiele fanden zweimal in Innsbruck statt. Jeder kennt die Skischanze. Aber kaum jemand weiß noch etwas über das ehemalige olympische Dorf.

Genau das war Querchers Ziel. Anders als in München lag die einstige Unterkunft der Athleten aber nicht im Stadtkern, sondern am Rand. Und so leben dort auch die Ausgegrenzten, die Schwachen, die Migranten – und Veronika Denke.

Hier zu ermitteln, ohne die österreichischen Kollegen zu informieren, war heikel. Aber er wollte so wenig Bürokratiewind wie möglich entstehen lassen. Schließlich war es bislang nur eine vage Vermutung seinerseits, dass Veronika Denke ihm mehr sagen könnte über den Toten im Klärwerk.

Er hatte Zeit. Also hielt er auf einem Parkplatz, pfiff Lumpi aus dem Auto heraus, setzte sich auf eine mit Graffiti übermalte Bank und las aus der Akte, die Arzu zusammengestellt hatte. Arzu hatte Quercher gebeten, ihr ein wenig Beschäftigung zu geben. Und so hatte er ihr noch vorgestern den Namen der Dame genannt, die er aufsuchen wollte, damit Arzu möglichst dezent etwas über sie herausfinden konnte.

Veronika Denke gehörte zu der kleinen, aber feinen Gruppe der Extrembergsteiger. Männer und eben seit einigen Jahren auch Frauen, die am Berg und vom Berg lebten. Die sich in immer irrsinnigere Projekte stürzten. Alle Berge waren bestiegen, die höchsten, die schwierigsten, die abgelegensten. Aber Bergsteigen und Rekord waren Geschwister. Und wer davon leben wollte, musste Spektakuläres vollbringen. Etwas, das berichtenswert war und die Sponsorengelder fließen ließ. Jene Gelder, die das Leben und die Expeditionen der alpinen Kleinstunternehmer finanzierten. Es reichte schon längst nicht mehr, einfach nur einen Berg zu erklimmen. Auch die sieben höchsten Berge in einem Jahr hintereinander zu besteigen, war schon zu langweilig. Vielmehr ging es jetzt um Geschwindigkeit und Handicaps. Es mussten zunächst die zwei, dann die drei und irgendwann die vier höchsten Gipfel aller Kontinente sein. Das mochte für Außenstehende absurd klingen. In der Szene aber nahm man das fürchterlich ernst – zuweilen mit tödlicher Konsequenz. Einigen war für einen Rekord jedes Mittel recht. So auch Veronika Denke. Sie hatte sich mit zwei weiteren Frauen vor zwei Jahren an einer spektakulären Besteigung eines Südpolgipfels versucht. Als sie allein ins Basislager zurückgekommen war, hatte sie berichtet, die anderen beiden seien unterhalb des Gipfels erfroren, sie jedoch hätte es geschafft. Das war selbst in der sonst harten und eingeschworenen Szene zu viel des Ehrgeizes. Angehörige der Toten ließen den Vorfall untersuchen. Es kam heraus, dass Denke nicht auf dem Gipfel war und die beiden anderen Frauen wohl im Stich gelassen hatte. Sponsoren verlangten Gelder zurück. Denke, einst gefeiert, war binnen weniger Wochen zu einer Persona non grata geworden. Jeder schnitt sie, ging ihr aus dem Weg.

Arzu hatte sich zu Querchers Missfallen auch über Veronika Denkes Kontostand informiert, und so las er, dass die Bergsteigerin verschuldet war. Aber das war nichts Ungewöhnliches. Viele Bergsteiger vegetierten am Rande des Existenzminimums, nur wenige konnten von ihrem Sport gut leben. Sie verdingten sich dann mit lausigen Vorträgen über Teamorientierung und Durchsetzungsvermögen vor Führungskräften des mittleren Versicherungsmanagements. Oder sie zogen mit Multivisionsshows über die Lande und beantworteten brav die Fragen der verhassten Daheimgebliebenen.

Veronika Denke würde ein Erbe ihres Bruders erwarten können. Aber die beiden, so hatte sie es zumindest Kollegen gegenüber erwähnt, seien zerstritten gewesen und hätten sich lange nicht mehr gesehen. Als Täterin schied sie aus, sie hatte ein Alibi. Zum Tatzeitpunkt hatte sie sich im Landeskrankenhaus einer gynäkologischen Operation unterzogen. Auch das hatte Arzu mit einem Anruf beim leitenden Arzt überprüft.

Quercher sah sich die Bilder der Frau an. Sie war attraktiv, nicht schön, aber auf eine herbe, sehr asketische Art ansprechend. Ihre schwarzen Haare trug sie auf den meisten Fotos zusammengeknotet. Große klare Augen, mehr Falten, als eine Frau in ihrem Alter üblicherweise vorzuweisen hatte. Das Extreme hatte sich in ihr Gesicht eingegraben, wie Frost den Putz an einem Haus rissig werden lässt.

Er war gespannt. Quercher erhob sich, pfiff nach Lumpi, die um ihn herumstreunte, um dann widerwillig ins Auto zurückzuhüpfen. Er öffnete die Fensterscheibe und schloss die Tür nicht ab. Lumpi setzte sich wie eine Königin auf den Fahrersitz und schaute mit ihrer langen Nase erhaben hinaus. Quercher wusste, dass sich niemand in das Innere würde wagen können, wollte er nicht riskieren, dass die Schweißhunddame ungemütlich wurde. Das sonst sehr sanftmütige Tier verstand bei ›seinem‹ Auto keinen Spaß. Lumpi knurrte schon, wenn jemand vorbeiging, und wurden der Türgriff oder gar das Fenster berührt, begann sie, infernalisch die Zähne zu fletschen und zu bellen. Kein Kläffen, eher ein letzter Warnruf, fand Quercher.

Er schlenderte über die Straße, an einer verwilderten und mit Plastikmüll übersäten Grünfläche vorbei auf das Hochhaus zu. Das Gebäude hatte fünfundzwanzig Stockwerke und übersprühte Klingelschilder. Mühsam erkannte er den Namen *Denke*. Quercher ging durch einen tristen Flur, der nach Bier und Urin stank, zum Fahrstuhl.

Die vierunddreißigjährige Veronika Denke war nur eine Zeugin. Mehr nicht. Aber sie war auch die einzige noch lebende Angehörige, die etwas zu dem Toten im Klärwerk sagen konnte. Er ging zum Fahrstuhl. Außer Betrieb. Sein mittlerweile zwar verheilter Beinbruch würde sich unterwegs bemerkbar machen. Noch nie hatte Quercher eine Verletzung erlitten, die ihn so sehr an sein Alter erinnerte. Sein Arzt und Freund in Wiessee war kristallklar in seiner Ansage gewesen. »Das Bein wächst zusammen. Aber eben nicht mehr so schnell. Du bist über vierzig. Ab jetzt sind das alles Hinhaltegefechte. Oben bleiben ist jetzt die Devise. Mach Yoga, stärke deinen Rücken und die Beweglichkeit. Mehr ist nicht drin. Dein Körper ist wie dein alter Benz. Bei guter Pflege hält er noch ein paar Jahre. Aber deine Hüfte ist ein Problem. Ein Problem, das du lösen musst. Sonst gehst du bald wie Quasimodo aus *Der Glöckner von Notre Dame*.« Gut, wenn man solche Freunde hat, dachte Quercher sarkastisch, während er die Treppen nach oben lief.

Sie hatte die Tür nur einen Spalt geöffnet, als er geklingelt hatte. Er war überrascht. Sie war geschminkt, zumindest hatte sie vor einiger Zeit Make-up aufgelegt. Der Lidschatten war schon ein wenig verrutscht, Reste von Lippenstift waren im Mundwinkel zu erkennen. Die Haare wirkten etwas durcheinander. Quercher hatte sein freundlichstes Gesicht aufgesetzt und durfte nach kurzem Zögern und einigen warmen Worten seinerseits die spartanisch eingerichtete Wohnung betreten.

Sie ging voran. Kein Bild hing an der Wand, die Möbelstücke konnte er an einer Hand abzählen. Ein Bett, ein Tisch, ein Stuhl, ein Schrank, eine Miniküche. Das war alles. Auf dem Boden lagen Bücherstapel. Zeitschriften waren ebenfalls fein säuberlich aufeinandergelegt. In einem Raum sah er mit einem flüchtigen Blick durch die offene Tür eine Bergsteigerausrüstung. Aufgerollte Seile, Karabinerhaken, mehrere Rucksäcke, Esspakete in goldglänzenden Verpackungen und einige Metallkisten. Der nächste Raum war komplett leer. Es roch nach Desinfektionsmittel, nach Ordnung und Anspannung.

»Es tut mir leid, dass ich Sie mit Fragen nach Ihrem Bruder belästigen muss.«

Keine Reaktion.

Denke saß auf einem Heizungskörper unterhalb einer großen Scheibe, die den Blick freigab auf ein gigantisches Alpenpanorama im Süden, wo jetzt die Sonne stand und Quercher blendete. Er saß mitten im Zimmer auf einem Stuhl, musste blinzeln und seine Augen zusammenkneifen.

»Wollen Sie etwas trinken?«, fragte sie.

Quercher nickte.

Sie erhob sich und schlenderte zu einer Getränkekiste, nahm eine Mineralwasserflasche heraus und hielt sie ihm hin.

»Wann haben Sie Ihren Bruder das letzte Mal gesehen?«

»Vor zwei Monaten. Er hat mich via Skype angerufen, wollte mich treffen. Dann habe ich nichts mehr von ihm gehört. Bis Ihre Kollegen anriefen. Stefan war bis zu seiner Bundeswehrzeit mein einziger Freund. Dann hat ihn das Militär kaputt gemacht, wenn Sie mich fragen. Wir hatten keine Basis mehr. Ich hatte meine Berge, er seine Kameraden und Waffen. In den letzten vier Jahren haben wir kaum ein Wort miteinander geredet.«

Quercher hatte von Arzu ein Internetprotokoll über Denkes Skypegespräche erhalten. Sie sagte die Wahrheit.

»Werden Sie sich um die Beerdigung kümmern?«, fragte Quercher.

»Wenn die Polizei ihn dann freigibt, schon. Ist ja keiner mehr da. Das kann ich gerade noch für ihn tun. Obwohl ich bezweifle, dass er dasselbe für mich getan hätte.«

»Mit Geschwistern ist es nie leicht. Man sucht sie sich ja nicht aus.«

Denke sah ihn mit spöttischem Grinsen an. »Für eine Familienaufstellung ist es jetzt wohl zu spät, Herr Psychologe.«

»Ihr Bruder war sehr aggressiv zu Tieren.«

»Gut, dass Sie mich daran erinnern. Aber das war mir bekannt.«

»Aha?« Quercher wurde jetzt komplett von der Sonne geblendet. Er versuchte, sich auf die Denke zu konzentrieren.

Sie trug eine extrem kurze Hose und ein weißes T-Shirt, durch das so ziemlich alles zu sehen war. Aber Quercher war der Körper von Veronika Denke nicht geheuer. Er war durchtrainiert, kein Gramm Fett war zu sehen. Die Beine sehnig, an diversen Stellen sah man die weißen Streifen von Narben. Das galt auch für die Arme, Narben am Ellenbogen und am rechten Handgelenk. Die Frau schien den Schmerz zu suchen, fiel es ihm unwillkürlich in den Sinn. Er musste sie aus der Reserve locken.

»Hat er Sie auch gequält?« Quercher sah genau hin.

Zunächst keine Reaktion. Dann schüttelte sie den Kopf.

»Wo waren Sie denn, als Ihr Bruder starb?«

»Im Krankenhaus. Ein Routineeingriff. Aber das wissen Sie wahrscheinlich schon längst. Und nur weil Stefan mal an meinem Geburtstag meine Katze in die Mikrowelle gesteckt hat, werfe ich ihn nicht in die Kläranlage.«

Quercher war beeindruckt. Sie war anscheinend davon ausgegangen, dass man sie verdächtigen würde. Keinerlei gespielte Überraschung. Er erhob sich mit der Flasche in der Hand und ging in der Wohnung umher.

»Das ist aber immer noch eine Zeugenbefragung und keine Durchsuchung?«, fragte Denke und lief hinter ihm her.

Er sah Wanderkarten auf dem Boden, erkannte aber nicht, was die Karten zeigten. Sie schien eine neue Tour zu planen. »Wo geht's hin?«

»Sankt Peter-Ording. Sieht man doch.«

»Warum so unkooperativ? Störe ich Sie?«

»Ich bin kein Freund staatlicher Organe. Das hat was mit meinem familiären Hintergrund zu tun.«

»Ach, weil Ihr Bruder Katzen röstete und beim Militär war, sind wir alle doof. Differenziertes Menschenbild, Frau Denke.« Quercher wusste, wann Schluss war. Die Schwester wollte oder konnte nichts sagen, das Ergebnis war dasselbe. Es war einen Versuch wert gewesen. »Dann lasse ich Sie mal wieder allein. Vielleicht erreichen Sie bei der nächsten Expedition dann auch wirklich den Gipfel!«

Sie sah ihn zum ersten Mal authentisch wütend an. Treffer, dachte er.

Er hatte sich schon fast umgedreht und konnte ihren Fuß nicht mehr sehen. Den Fuß, der gegen sein rechtes Bein trat, genau auf Höhe der Bruchstelle, die gerade verheilt war und die jetzt einen gnadenlosen Schmerz in Querchers Hirn sandte.

Er schrie, krümmte sich und bückte sich hinunter, um reflexartig die getroffene Stelle zu begutachten.

Auch Denke beugte sich hinunter. »Ups, das tut mir leid, ich wollte doch nur vorgehen. Dürfen bei Ihnen in Bayern die Frauen nicht zuerst durch die Tür?«

Quercher humpelte hinaus zum Fahrstuhl, der anscheinend wieder funktionierte. Ein kleiner Araberjunge stand davor und wartete. Er sah Quercher mit aufgerissenen Augen an, der mit schmerzverzerrtem Gesicht auf ihn zuhumpelte.

»Was ist dir passiert?«, fragte er mit starkem arabischen Akzent.

»Das Pferd Mohammeds des Propheten trat mich.«

Der Junge sah ihn noch skeptischer an.

Quercher lächelte. »Ach was, ich bin nur getreten worden.«

»Von einer Frau?«

»Ja.«

»Meine Schwestern treten mich auch.«

»Ja, gewöhn dich dran. Das wird immer so bleiben.«

Quercher humpelte zu seinem Wagen, in dem Lumpi schon mit sehnsüchtigem Blick wartete. Er öffnete die Tür, schaltete sein Handy an und fuhr aus der Parklücke. Sofort blinkte das Telefon und zeigte ein Dutzend nicht angenommener Anrufe an. Die Mailbox musste voll sein. Er stellte auf laut und hörte zu, während er langsam durch das alte olympische Dorf Richtung Autobahn fuhr.

»Hier ist Gerass. Rufen Sie mich bitte sofort zurück, wenn Sie Ihr Handy wieder einschalten.« Pause. »Ich weiß, dass Sie in Österreich sind. Wir brauchen Sie HIER!«

Der nächste Anruf. Pollinger.

»Ich verstehe, dass du Auszeiten brauchst. Aber jetzt solltest du nach München kommen. Ich fürchte, deine Kollegin und ehemalige Beischlafpartnerin hat ein Problem.«

Neuer Anruf. Arzu.

»Scheiße, Quercher! Nimm dein verfluchtes Handy mit. Bist du in einem verdammten Puff oder was? Es ist scheißdringend! Es geht um Julia. Los jetzt. GEH RAN!«

Kapitel 26

München, 02.05., 06:45 Uhr

Constanze Gerass genoss die Ruhe. In wenigen Minuten musste sie dem Innenminister die Katastrophe erklären. Jedes Wort würde dokumentiert werden. Dafür würde sie schon allein aus dem Wunsch, beruflich zu überleben, sorgen. Sie sah hinunter zu den weißen und schwarzen Kleinbussen mit den Satellitenschüsseln auf dem Dach. Die Journalisten warteten auf Beute. Für einen kleinen Moment war sie versucht, den alten Pollinger anzurufen. Aber könnte er helfen? Klar, seine Kontakte waren legendär, seine Methoden zweifelhaft, aber effektiv. Jemand wie Pollinger nutzte so wirre Geister wie den Quercher, um spektakuläre Ergebnisse zu erzielen. Aber alles, wofür Pollinger stand, war so ziemlich das Gegenteil dessen, was ihrem Prinzipienkanon entsprach. Nur: Galt das jetzt noch? Vier Kinder waren seit Tagen vermisst. Darunter der Sohn eines mächtigen Zeitungsverlegers. Sie hatten den Täter – und dann passierte das! Ein Sturm würde losbrechen. Und wo würde dieser Sturm sie hinwehen? Aus dem Amt, das sie gerade kommissarisch übernommen hatte? Jetzt musste alles auf den Tisch, das war ihre Strategie. Selbst wenn ihr oberster Dienstherr riete, es nicht zu tun, würde sie die volle Verantwortung übernehmen.

Das Telefon klingelte. Ihre Sekretärin.

»Der Herr Innenminister.«

»Danke.«

Sie hörte eine schleppende, müde Stimme am anderen Ende, die darum bat, den Fall in kurzen Worten zusammenzufassen. Gerass war sich sicher, dass der Politiker schon längst das ganze Ausmaß der Tragödie von einem Zuträger aus dem Haus hinter vorgehaltener Hand zugeflüstert bekommen hatte. Dennoch blieb sie sachlich. Sie biss ein weiteres Stück Haut von ihrem malträtierten Finger und begann.

»Wir hatten den Täter gestern Morgen um 6:35 Uhr nach einem gelungenen Zugriff in Gewahrsam. Ein MEK-Kommando und Kollegen der Bereitschaftspolizei überführten den Verdächtigen zu uns hier nach München in die Maillingerstraße. Den ganzen Tag vernahmen wir ihn. Er schwieg. Seine Anwältin durfte ihn besuchen – mehrfach. Auch ihr fiel nichts auf. Auf ihre Frage, ob man ihn gut behandeln würde, hat Knöchel positiv geantwortet. Zu Beginn einer weiteren Vernehmung wurde der Verdächtige bewusstlos. Der Notarzt wurde sofort gerufen und kam nach wenigen Minuten. Auf dem Weg in die Notaufnahme fiel der Täter ins Koma. Im Krankenhaus stellten Ärzte eine nicht diagnostizierte, unbehandelte Kopfverletzung fest. Sofort stand, aufgrund einer Mutmaßung des behandelnden Arztes, der Verdacht der Folter im Raum. Der Arzt vermutete einen Schlag. Dieser Schlag hatte eine Anschwellung des Hirns zur Folge, was wiederum zum Platzen eines Gefäßes im Kopf führte. Seit einer halben Stunde operieren die Ärzte in einem Krankenhaus im Westen der Stadt. Die Anwältin will um elf Uhr an die Presse gehen.«

Schweigen am anderen Ende.

Gerass fuhr fort. »Wir haben hier beim LKA jede Vernehmung dokumentiert. Sie alle werden gerade gesichtet.

Alle vernehmenden Kollegen versichern, den Verdächtigen nicht oder nur sehr leicht berührt zu haben. Es soll zu keiner Form von Handgreiflichkeit oder gar körperlichem Übergriff gekommen sein.«

»Wo ist denn da der Unterschied, Frau Dr. Gerass?«, fragte der Innenminister leise.

»Zuweilen versucht ein Verdächtiger, sich zu wehren, zu fliehen oder schlicht zu randalieren. Dann wird er fixiert. Aber genau das ist nicht vorgekommen.«

»Kann es sein, dass er sich die Verletzung selbst zugezogen hat?«

»Das ist auch im Bereich des Möglichen. Vielleicht hat Knöchel sich schon vor dem Zugriff verletzt. Die leitende Ermittlerin Julia Dahmer hatte allerdings eine Untersuchung von Knöchel durch einen Amtsarzt hier im Präsidium vor der ersten Vernehmung aus Zeitgründen abgelehnt. Und der aktuell behandelnde Arzt meint, dass die Verletzung nicht älter als vierundzwanzig Stunden ist. Sonst wäre das Koma früher eingetreten.«

»Was wird die Anwältin der Presse sagen? Können wir auf sie einwirken?«

»Negativ. Sie ist zwar jung. Aber sie sieht auch, dass sie mit diesem Fall richtig groß rauskommen kann. Das wird sie sich nicht nehmen lassen.«

Der Innenminister, selbst Jurist, lachte bitter. »Klar, aus einer Pflichtverteidigerin wird die große Streiterin für Recht und Würde und gegen Folter sowie Willkür.«

»Und wir stehen wieder als die Bösen da.«

»Nein, Frau Dr. Gerass. Eher als die Blöden. Da ist so ziemlich alles schiefgelaufen, was nur schieflaufen konnte. Sie hatten den Täter, haben ihn aber nicht untersucht. Das war der erste Fehler. Der zweite ist, dass wir nicht sagen können, wann und wo er den Schlag bekam. Das gibt Raum für Spekulationen. Ich muss Ihnen nicht sagen, dass wir es bei einem Angehörigen der Kinder mit einem Medienvertreter der größeren Dimension zu tun haben. Hat der Verdächtige irgendeine für Sie wichtige und vor allem positive Aussage vor seinem Wegdämmern getätigt? Wissen Sie etwas vom Aufenthaltsort der entführten Kinder? Kurz: Haben Sie irgendetwas in der Hand?«

Sie hatte bereits registriert, dass der Innenminister von ›wir‹ auf ›Sie‹ gewechselt war. Gerass kannte das schon. Man suchte jetzt einen Schuldigen.

»Nein, Herr Innenminister. Faktisch stehen wir wieder am Anfang. Wir analysieren Knöchels Computer, sein Umfeld, seine Gespräche, seinen Aktionsradius. Aber bislang ist nichts gefunden worden, was uns näher an die Kinder bringt.«

»Wer ist noch einmal die Chefermittlerin?«

»Julia Dahmer, eine sehr kompetente Mitarbeiterin. Ich stütze sie vollumfänglich.«

»Soso, das ist ja honorig. Tun Sie das auch, wenn es heute Abend in den Nachrichten heißt: ›Bayerische Polizei – zu blöd zum Verhören‹ oder ›Koma statt Geständnis – vier Kinder frieren noch immer, weil bayerische Polizei Anfängerfehler macht‹? Ich fliege heute nach Berlin zu einer Talkshow mit dem Sareiter. Ich möchte wenigstens nicht gänzlich mit runtergezogener Hose dastehen. Alles, was jetzt passiert, ist Wasser auf die Mühlen dieses Mannes und all jener, die hinter ihm stehen. In solche Runden geht man nur, wenn man einen Erfolg zu vermelden hat oder den Skalp eines Schuldigen in der Hand hält. Sie kennen doch das Spiel. Ich werde jetzt den Ministerpräsidenten informieren. Sie werden noch vor der Anwältin mit der Presse sprechen. Denn noch können wir das niedrig hängen. Tenor: Verdächtiger entzieht sich Verhör. Derweil finden Sie heraus, wie der kleine Scheißer seine Beule bekam. Es wäre wünschenswert, wenn er sie im Chaos des Zugriffs erhalten hätte. Verstehen wir uns?«

Gerass dachte fieberhaft nach, ob das eine Falle sein könnte. Aber es klang zu verlockend.

Julia Dahmer wollte schreien. Sie fühlte sich, als würde sie in einem Meer treiben, die Lichter einer rettenden Insel sehen und dann feststellen müssen, dass stattdessen ein riesiger Tanker auf sie zusteuerte.

Dahmer neigte nicht zu Panik. Sie liebte das Risiko, sportlich wie beruflich. Aber das hier glich einer Lawine. Noch nie waren die Ergebnisse ihrer Arbeit so sehr ins Licht der Öffentlichkeit gezogen worden wie in diesem Fall. Und die Ergebnisse waren katastrophal. Opfer nicht gefunden, Täter im Koma – und keiner wusste, wer ihn geschlagen hatte. Sie hatte Gaugenrieder sofort angerufen, der am Tegernsee für ein paar Stunden Schlaf gefunden hatte.

»Das kann nur während des Zugriffs passiert sein«, rief er nun zum wiederholten Mal.

Dahmer musste sich beherrschen. Gaugenrieder verstand nicht die Dimension ihrer Wut, ihrer Ohnmacht. Es musste raus. Sie trat gegen den Mülleimer, der mit leeren Joghurt- und Kaffeebechern gefüllt war, sodass sich alles vor ihr auf dem Boden verteilte.

»Fritz, das ist eigentlich wurscht. Wir müssen etwas finden, und zwar schnell. Da ist kein Platz für ›kann‹, verdammt! Wir sind am Arsch, verstehst du? Die werden uns hängen, dich und mich. Wir waren für den Zugriff verantwortlich sowie für den Transport und auch für die Vernehmung. Und wir, du und ich, haben keinen Wert auf eine intensive ärztliche Untersuchung gelegt. Und jetzt liegt das Arschloch auf der Intensivstation und das wenige Hirn, das das Schwein noch hat, weicht gerade auf. Also, Fritz, es wäre fein, wenn du zu unserem Überleben etwas beitragen könntest.«

Schweigen.

Dann: »Julia, ich war hier am See. Du warst in München. Die Untersuchung ist nicht meine Baustelle gewesen.«

Sie wusste es. Fehler haben meist keine Eltern. Sie war jetzt ganz allein. Das spürte sie. Und sie nahm es Fritz Gaugenrieder auch nicht übel. So war das eben. Sie legte einfach auf. Knipste ihn weg.

Jemand klopfte.

Sie konnte nicht gleich öffnen, Tränen standen in ihren Augen. Sie rieb sie weg. Hustete, stellte den Mülleimer auf und spuckte den Rotz aus ihrem Mund in den Eimer. »Ja?«

In der Tür stand eine Kollegin der Bereitschaftspolizei.

»Ja?«

»Ich glaube, dass Sie etwas wissen sollten.«

Dahmer setzte sich an den Schreibtisch. Sie war unendlich erschöpft. Das Letzte, was sie jetzt gebrauchen konnte, war eine junge Kollegin mit Geltungsdrang. »Ja, was denn?«

Die Frau schloss die Tür. Langsam ging sie auf Dahmer zu. Sie griff in eine Tasche ihres dunklen Overalls mit dem bayrischen Wappen auf dem Ärmel und zog ein Handy heraus. Sie tippte ein paarmal auf das Display, ehe sie es Dahmer entgegenhielt.

Die sah einen undeutlichen Film mit miesem Sound. Es war irgendwo in einem Wagen. Sie erkannte Knöchel. Jemand, der ihm gegenübersaß, filmte ihn. Dann erhob sich jemand vor ihm, verdeckte Knöchel. Es waren nur noch Stimmen zu hören. Ein Flüstern, jemand rief etwas. Es klang ärgerlich. Dann ein stumpfer Stoß. Jemand stöhnte. Eine Frauenstimme redete auf jemanden ein. Noch ein Schlag, wieder ein Stöhnen. Ein Flehen. Schreien. Dann brach es ab.

»Was ist das? Und vor allem: Wo ist das?«

Die Kollegin schüttelte den Kopf. »Ich mache viel. Aber meine Existenz werde ich für Sie und diesen Scheißkerl nicht aufs Spiel setzen!«

Sie drehte sich um und ging. Dahmer war fassungslos. Aber sie wusste, dass es keinen Sinn machen würde, diesem Dokument hinterherzulaufen. Auch wenn sie nicht ahnen konnte, dass die Kollegin nur kurze Zeit später das Handy in einen Wagen der städtischen Müllabfuhr warf. Der jungen Frau ging es darum, Dahmer nicht nur zu zeigen, wie es passierte, sondern vielmehr, dass es intern und vorsätzlich passierte. Dahmer würde, wollte sie die Kollegin darauf festnageln, gegen eine Mauer des Schweigens rennen.

Jetzt, wo sie keinen Verdächtigen mehr zum Befragen hatten, würde sie sich wieder auf die anderen Hinweise konzentrieren müssten. Zudem musste nun noch intensiver Knöchels Vorleben durchleuchtet werden. Hatte er Komplizen? Mit wem hing er ab? Hatte er heimliche Verstecke?

Etwas glimmte in ihr. Ein kleines Stückchen Hoffnung inmitten all ihrer Verzweiflung. Sie wollte nicht aufgeben. Als Sportlerin war Julia Dahmer Niederlagen gewohnt. Sie war Marathons gelaufen, kannte die Einsamkeit in so einem Tief und hatte auch Methoden gefunden, sich da wieder herauszuziehen. Sie hatte nur wenige Stunden geschlafen. Die Pressekonferenz, so hatte ihr Gerass gesagt, würde diese allein mit dem Polizeipräsidenten führen. Dahmer war dort nicht nötig, hatte sie fast fürsorglich zu ihr auf dem Flur vor ihrem Büro gesagt.

Dahmer brauchte mit ihrem Rennrad nicht einmal zehn Minuten bis zum Nymphenburger Kanal. Sie setzte sich die Kopfhörer in die Ohren und rannte los. Niemand hätte der schlanken Frau mit den muskulösen Armen und Beinen diese Musik zugetraut. Julia Dahmer hörte Motörhead.

Eine Stunde später stand sie schon wieder unter der Dusche im LKA-Gebäude. Ihre Verzweiflung war einer trotzigen Energie gewichen. Sie würde auch ohne Knöchel die Kinder finden. Fast gut gelaunt und noch mit nassen Haaren rannte sie die Treppe zu ihrem Büro hinauf, wollte sich noch schnell ein Haarband holen. Die betretenen Gesichter derer, die an ihr vorbeigingen, registrierte sie nicht schnell genug. Erst als sie am großen Einsatzraum vorbeihastete, sah sie Gaugenrieder in der Tür stehen. Er hob entschuldigend die Arme.

»Was ist? Warum bist du nicht am See? Geht ihr nicht Knöchels Zimmer durch, seine Freunde – all das Zeug?« Und während sie das fragte, ahnte sie schon, dass etwas nicht so lief, wie sie sich das noch vor einer halben Stunde im Nymphenburger Park vorgestellt hatte. Ihre Idee vom Weiterermitteln zerplatzte wie ein rohes Ei auf Beton. Sie stand da mit ihren nassen und strähnigen Haaren und sah Gaugenrieder beim Sprechen zu, aber sie verstand nichts.

»Julia, hörst du mich?«

Sie lächelte wie unter einer angenehmen Betäubung. »Enthoben«, wiederholte sie das Wort, das er leise zu ihr gesagt hatte.

Er nickte.

»Und wer soll das alles«, sie zeigte auf den Raum mit den herumlaufenden, telefonierenden und lesenden Kollegen, »weitermachen?«

Gaugenrieder sah betreten zu Boden und flüsterte den Namen.

Ganz langsam kroch das Wort in Julia Dahmers Kopf. Sie ließ es sacken.

Dann schrie sie es laut heraus. »Niemals! Nur über meine Leiche. Das lasse ich mir nicht gefallen!«

Kapitel 27

Berlin, 02.05., 22:45 Uhr

Sareiter hatte, nachdem die Berliner Polizei vor Übergriffen durch linke Aktivisten gewarnt hatte, das ursprünglich gebuchte Hotel durch den Kücheneingang verlassen und war in ein Motel gezogen. Das Gebäude glich einem Zylinder, hatte schon bessere Zeiten gesehen und diente meist Vertretern der nahe gelegenen Messe als Unterkunft. Unter ihm der Verkehr, der in die Hauptstadt hinein- und hinausfuhr, über ihm der Stern einer Automarke. Es gab schönere Plätze, aber Sareiter hatte wenige Ansprüche. Seine Vision, das war ihm von Anfang an klar, würde ihm viel abverlangen.

Er hatte nach der Talkshow noch ein Dutzend Interviews geben müssen. Sein Verleger hatte ihn aufgeregt angerufen. Das Buch war jetzt schon auf Platz eins der SPIEGEL-Bestsellerliste. Kein Journalist hatte es vorher lesen dürfen.

Das war eine der Bedingungen Sareiters gewesen. »Ich will den Lesern eine unvoreingenommene Sicht geben, kein Journalist soll seine eitle und linksliberale Meinung darüber ausgießen dürfen«, hatte er noch gestern in der Talkshow vollmundig erklärt. Morgen früh würde das Buch Schlagzeilenthema bei den meisten großen Tageszeitungen sein. Am Nachmittag würden weitere Radio- und Fernsehinterviews folgen.

Jetzt nahm er sich eine Auszeit. Die nächste Phase musste eingeläutet werden. Die Aufregung um das Buch würde nicht mehr lange anhalten. Das Thema Justiz hielt sich nicht so lange in den Schlagzeilen wie zum Beispiel das Thema Migranten. Das wusste er von Klaus Lorassi, seinem PR-Berater im Hintergrund. Der ehemalige Chefredakteur einer Boulevardzeitung kannte alle Möglichkeiten, ein Thema lange am Köcheln zu halten und es auf die Spitze zu treiben. Aber irgendwann war die Luft raus. Aus dem kurzen Hype musste eine Bewegung werden, etwas, was nachhaltig und intensiv genug war, die Menschen zu elektrisieren. Sareiter hatte immer schon den Wunsch verspürt, politisch tätig zu sein, wollte nicht nur reagieren, sondern etwas anstoßen. Anwalt sein, das war eine Reaktion auf etwas. Politik war Gestalten. Das war sein Wunsch.

Er saß in einem Restaurant und starrte versonnen auf die Autos, die sich in die Stadt hineinschoben, als ein sehr kleiner Mann mit einem großen Kopf auf ihn zukam. Er wirkte von Weitem unscheinbar und sein Charisma nahm auch nicht zu, als er direkt vor Sareiter stand.

Erst als seine Stimme erklang, drehte sich Sareiter zu ihm. »Klaus, du bist ja ein Geist.«

»Ja, mehr werde ich für dich auch nie sein. Nur eine Jeannie, ein Flaschengeist.«

Sareiter wies auf den Platz gegenüber. Nach einem kurzen Geplänkel kamen sie zum Kern.

»Was soll der nächste Schritt sein?«, fragte Lorassi.

Aus dem Stehgreif spulte Sareiter sein Programm ab.

Lorassi kannte das. Er würde diese Schwurbeleien auf knackige Kernthesen reduzieren müssen und dabei immer darauf achten, dass der ›Meister‹ sein Werk ja nicht gefährdet sah.

Lorassi dachte immer in Schlagzeilen. Er schwieg scheinbar ergriffen, als Sareiter fertig war, ehe er leise begann: »Kurz: Angriff auf Bürokratiefilz, weg mit Landesfürsten und Kleinstaaterei, Kampf gegen Reformpädagogik, Ausländer härter anfassen und in die Verantwortung nehmen, Schluss mit Steuerirrsinn. Die Erklärung muss auf einen Bierdeckel passen.«

Sareiter nickte. Er war zufrieden, wusste er doch, dass Lorassi mit diesen Thesen würde arbeiten können. Hier einen willigen Journalisten ein Essay schreiben lassen, dort die große Überschrift fabrizieren.

»Was können wir noch tun?«, fragte Sareiter. Er wollte den nächsten Termin noch im Kopf vorbereiten.

»Markus, in vier Wochen heirate ich am Tegernsee. Es werden einige prominente Personen aus dem öffentlichen Leben kommen. Es wäre hilfreich, wenn du dabei sein könntest.«

»Ich bin nicht der Typ für solche Veranstaltungen. Ich stehe für ernsthafte Themen.«

»Schon, aber du solltest dich da auch ein wenig öffnen.«

»Warum am Tegernsee?«, fragte Sareiter. »Ein Dreckstal mit fürchterlichen Menschen. Geht's nicht auch in München?«

Lorassi seufzte. »Meine Frau würde es gern romantisch-bayerisch haben. Im Übrigen kenne ich das Tal. Ich habe da als Kind gewohnt.«

»Na ja, dann weißt du ja, dass dir diese Diebe dort das Geld aus der Tasche ziehen werden, sobald sie für dich den Paradebayern spielen müssen.«

Lorassi grinste bitter. Ja, das wusste er nur zu genau.

Kapitel 28

Bad Wiessee, 02.05., 11:34 Uhr

Arbeit sollte alles besser machen. Das hatte sich Gundel Viervogel immer eingeredet. Sie war, obwohl die Polizei ihr davon abgeraten hatten, wieder in ihren Supermarkt an der Hauptstraße zur Arbeit gegangen, hatte die Waren eingeräumt, an der Kasse gesessen und versucht zu lächeln, wenn jemand mit unbeholfenen Worten bemüht war, sie zu trösten. Meist aber kamen die Menschen nur herein und glotzten heimlich in ihre Richtung. So sah also die Mutter des verschwundenen Jungen aus. Sie spürte die Blicke. Ahnte, was die Menschen dachten. Aber lieber diese stechenden Blicke, als daheimzusitzen und zu warten und zu hoffen und zu weinen und zu verzweifeln.

Eine Kollegin löste sie an der Kasse ab. Gundel Viervogel schritt mit gesenktem Kopf in den Aufenthaltsraum, griff nach der Schachtel Zigaretten und ging hinaus an die Luft. Mit zitternden Händen zündete sie die Zigarette an, zog den Rauch tief ein, bis die Lunge schmerzte. In ihrem Kopf hämmerte es. Ihre Lippen hatte sie zerbissen.

Wo war Laurenz? Sobald ihr der Gedanke an seinen Tod in den Sinn kam, versuchte sie, ihn wegzuscheuchen. Er lebte. Er musste noch irgendwo leben. Eine Mutter spürt doch so was. Dachte sie zumindest. Aber sie spürte nichts. Nur Verzweiflung und Angst. Ob er überhaupt noch hier am See war?

Am Morgen war sie hinaus in den Garten gegangen, weil sie ein Geräusch gehört hatte und dachte, dass er zurückgekommen sei. Aber es war wohl nur ein Fuchs. Als sie barfuß und im Nachthemd wieder in ihre kleine Wohnung gegangen war, war sie über Laurenz' Kettcar gestolpert und der Länge nach hingefallen. Minutenlang hatte sie auf den kalten

Fliesen gelegen, gewimmert und der Rotz war ihr aus der Nase gelaufen.

Hatte Mark ihn mitgenommen? Sie hatte den Polizisten alles über Mark gesagt und war sich sicher, dass sie ihn finden würden. Aber sie glaubte nicht wirklich, dass Mark dahintersteckte. Er hätte nur Laurenz entführt und nicht auch noch die anderen Kinder. Gegenüber dem Supermarkt befand sich die Polizeistation des Ortes. Dort schien normaler Betrieb zu herrschen, vielleicht hatte die Polizei schon aufgegeben. Aber nein, nicht, solange der Sohn des Verlegers noch nicht gefunden war. Der hatte Macht, Geld und Einfluss. Um den kümmerten sich die Polizisten. Ihr hatte man eine ehrenamtliche Kriseninterventionstante an die Seite gestellt. Und sie wusste seit heute, dass sie überwacht wurde. Auf dem Parkplatz des Supermarktes stand ein blauer BMW mit zwei jungen Männern, die immer wegschauten, wenn sie zu ihnen hinüberblickte. Dachten die, dass Mark zu ihr käme? Mit den Kindern?

Heute Morgen war sie während einer Pause zum Auto der beiden gegangen. Sie hatten nicht einmal die Scheibe heruntergedreht, sondern nur ihre Ausweise an die Scheibe gelegt und den Finger auf den Mund gelegt. Sie konnte gerade noch lesen, dass sie von der Kripo Rosenheim kamen. Den Verleger würden sie nicht überwachen, nur beschützen. Sie wurde nicht beschützt, nur verdächtigt. Weil ihr Kind einen kriminellen Vater hatte. Ihr Sohn aber war genauso verletzlich wie das Kind der Reichen. War genauso wichtig.

Sie hatte den ganzen Tag nicht so intensiv an ihren Jungen denken müssen wie in diesem Moment. Jetzt überrollten sie die Emotionen. Sie schwankte und lehnte sich an ein Auto. Ihre Augen füllten sich mit Tränen. Es kroch ein Gefühl in ihren Kopf, das sie nicht kannte: unbändige Wut.

Ihre Schicht war in einer Stunde vorbei. Sie würde in den Wagen steigen und zu den Reichen fahren. Sie wollte wissen, wie die so betreut wurden, was sie alles bekamen, und wollte ihren Teil einfordern. Aber zurück im Aufenthaltsraum konnte sie nur auf dem Stuhl zusammensinken und hemmungslos weinen. Leise, damit keiner der Kunden da draußen gestört wurde.

Kapitel 29

München, 02.05., 15:51 Uhr

Als Quercher auf dem Rückweg von Innsbruck in Bad Wiessee stoppte, hatte Arzu ihn gleich weiter nach München geschickt. Zuerst war er ins LKA gefahren, dann zu Julia.

Er fand sie neben ihrem Bett. Sie hatte gekotzt und war neben dem Erbrochenen eingeschlafen. Lumpi stieß ihre lange Nase gegen den nackten Fuß von Julia. Doch die rührte sich nicht.

Quercher hob sie hoch. Ihr T-Shirt verrutschte, er berührte aus Versehen ihre Brüste. Er zog sie weiter hoch. Öffnete mit einer Hand ihren Mund. Ein Stöhnen. Sie erbrach noch einmal. Er trug sie ins Badezimmer, hielt sie über das Duschbecken, umarmte sie von hinten und presste ruckartig seine Arme gegen ihren Bauch. Ihr Mageninhalt schoss heraus und Quercher bekam diverse Spritzer ab. Er beugte sich weiter nach vorn, drehte den Hahn auf und kaltes Wasser lief aus der Brause. Es war nicht zu vermeiden, dass auch er dabei nass wurde.

Julia stöhnte lauter, wehrte sich plötzlich. Riss die Augen auf. Schlug gegen seine Hüfte.

Ein Schmerz durchzuckte ihn, ließ ihn in die Knie gehen. Gemeinsam rutschten sie an den Kacheln entlang auf den Boden der Duschkabine. Quercher hielt Julia im Arm. Sie weinte.

Eine Stunde zuvor hatte er im Büro von Frau Dr. Gerass gestanden. Sie hatte ihm ruhig und sachlich die Situation geschildert. Eine Situation, in die sie Gerass' Einschätzung nach allein Julia Dahmers Ehrgeiz geführt hatte. Gerass glaubte zu wissen, dass sich Dahmer und Quercher nicht mochten. Und dass sie ihm einen Gefallen tat.

»Sie werden sofort von diesem Suizidfall abgezogen und übernehmen Ostin. Das ist mit dem Innenminister so abgestimmt. Auch wenn Sie als Quertreiber gelten, sind Ihre Qualitäten unbestritten. Deshalb werden Sie das neue Team anführen.«

»Was genau soll Kollegin Dahmer denn falsch gemacht haben? Soll sie den Verdächtigen geschlagen haben?«

»Nein, das hat sie bestimmt nicht. Aber sie hätte ihn besser beobachten lassen sollen.«

»Und diese medizinische Beurteilung hätte Kollegin Dahmer nach Stunden der Ermittlung und ersten Verhören leisten sollen? Interessant. Was noch? Eine Erdnuss wie Supergoof einwerfen und dreimal ums Haus fliegen?« Quercher war sich sicher, dass eine wie Gerass nie Comics gelesen hatte und somit auch den Supergoof nicht kannte.

»Ihr Hang zur Sprechblase ist bekannt, Kriminalrat Quercher. Aber Sie sind nicht hier in meinem Büro, um die Integrität Ihrer Kollegin zu beurteilen und zu verteidigen. Sie sollen den Fall Ostin übernehmen.«

»Wer macht bei Denke weiter?« Es war eine sinnlose Frage, denn er wusste die Antwort bereits.

»Stefan Denke ist nach Überprüfung durch die Rechtsmedizin und nach dem jetzigen und abschließenden Erkenntnisstand durch eigene Hand zu Tode gekommen. Ihr Kollege vom MAD, Oberleutnant Brindöpke, hat dazu mehrere Mails von Denkes Kameraden vorgelegt, in denen Denke nicht nur vage Andeutungen zu einem Freitod macht. Der Fall wurde daher auf Anordnung der Staatsanwaltschaft geschlossen.«

Der Fall war einfach geschlossen worden, ohne dass man ihn zumindest angehört hatte? Das roch, dachte Quercher. »Und wenn ich neue Erkenntnisse in Innsbruck gewonnen hätte?«

»Dann haben Sie bei unseren Nachbarn ohne jede Anfrage nach Kooperation eigenhändig und ohne Rücksprache gegen geltendes Recht verstoßen. Oder lag ein Notfall vor, der Sie in die Hochhäuser nach Innsbruck zog?«

»Vielleicht?«

Gerass sah auf den roten blinkenden Knopf an ihrer Telefonanlage. Lange würde sie sich nicht mehr mit diesem bockigen Mitarbeiter abgeben. Sie wollte nicht bitten. Nicht dass sie zu stolz dazu gewesen wäre. Auf solche männlichen Mätzchen konnte sie verzichten. Aber hier ging es um eine Machtprobe. Quercher wollte nicht. Klar, er konnte nicht viel gewinnen. Mehr als zweiundsiebzig Stunden waren nach der Entführung vergangen, man hatte sich auf Knöchels Täterschaft fokussiert. Selbst wenn andere Spuren weiterverfolgt wurden, so blieb es nicht aus, dass alle, die an diesem Fall beteiligt waren, auf null schalteten. Quercher musste die Kollegen motivieren. Aber er war ein Einzelgänger, keiner für die große Gruppe. Ihr kamen immer mehr Zweifel.

»Wissen Sie, Quercher, Ihre Kläranlagenleiche ist ja ein schön verzwickter Fall. Und wie ich hörte, quälte der Soldat auch Tiere. Da draußen aber sind Kinder, vier an der Zahl. Vielleicht sind sie schon tot, vielleicht auch nicht. Fakt ist, es gibt bislang noch keinen Hinweis auf eine Entführung, einen Brief oder Ähnliches. Das heißt: Wir müssen von einem schrecklichen Verbrechen mit krankem Hintergrund ausgehen.«

Er nickte.

»Und jetzt glaube ich, dass genau da der Hund begraben liegt. Ihnen ist das zu igitt. Der große Quercher, Aufklärer so vieler Politkriminalfälle, will sich nicht die Finger im Psychopathensumpf schmutzig machen. Gibt ja keine große Show. Keinen Lorbeerkranz in der Heimat. Weil sowieso alle erwarten, dass Sie den Fall lösen. Sie sind in Ihrem Tal seit dem letzten Fall ja der Säulenheilige. Und den Ruf will man sich als Schustersohn natürlich nicht verscherzen. Bloß kein Fleck am weißen Heldenhemd.«

Sie wollte ihn provozieren, das wusste er. Aber er reagierte nicht, auch wenn es ihn wütend machte. Er hatte gelernt, Unterstellungen in einer Schublade seines Gedächtnisses zu platzieren und diese Akten wieder herauszuholen, wenn es sich lohnte zurückzuschießen. Noch blieb er ruhig.

Gerass sah seine regungslosen Gesichtszüge und griff zum letzten Trumpf. Sie hatte für diesen Fall schon eine Lösung parat. Das war ihr Geheimrezept bei der Führung: immer einen zweiten Plan in der Hinterhand zu haben, nie improvisieren zu müssen, immer strukturiert und vorausschauend zu agieren und zu planen.

»Ich habe mir das gleich gedacht, dass Sie nicht die Eier dazu haben, den Fall zu übernehmen. Ich zwinge niemanden dazu, obwohl ich es könnte. Ich könnte einfach einen anderen nehmen, sicher nicht so intuitiv intelligent, aber berechenbar. Und jetzt raten Sie mal, wen?«

Quercher schwieg, zuckte aber mit den Schultern.

»Ihren alten Freund Picker. Der kommt extra aus Berlin – eigens vom Bundesinnenminister abgestellt.«

Ihr Ton, das spürte Gerass selbst, war definitiv zu harsch. Speziell jemand wie Quercher mochte so etwas nicht. Aber Stil und Form befanden sich momentan nicht ganz oben auf ihrer Liste. Sie stand unter Druck. Wenn jetzt etwas falsch liefe, wäre der nächste Kopf, der rollen würde, ihrer. Sie selbst wäre nie auf Quercher gekommen. Seine ständige Quertreiberei war ihr zuwider. Aber Quercher war ein Schützling ihres Vorgängers Pollinger. Mit der Beauftragung Querchers hoffte sie, Pollingers Intrigen, die er ihrer Meinung nach noch vom Sterbebett aus spann, zu durchkreuzen. In einer Stunde wollte sie den Medien einen neuen Chefermittler präsentieren. Die Zeit drängte.

Quercher war zu lange in seinem Beruf tätig, als dass er nicht gewusst hätte, wann man eine Schlacht verloren hatte. Diese aber hatte noch nicht einmal angefangen. Denn zum einen würde er Julia niemals so unkollegial in den Rücken fallen, wie Gerass es von ihm verlangte. Zum anderen wollte er nicht noch einmal im Tal ermitteln – das war ihm einfach zu nah. Zu allem Überfluss sollte jetzt auch noch Picker zurück nach München kommen. Picker war mittlerweile Politiker. Zwar nicht offiziell, aber er agierte so. Er würde den Fall nur für sich ausschlachten. Und die erste Amtshandlung wäre ein übles Nachtreten gegen Julia.

Was sollte er tun? Er brauchte eine personelle Alternative. Nur wen?

Vielleicht Gaugenrieder? Quercher würde ihm zuarbeiten. Das glaubte er zu beherrschen. Hauptsache, er selbst musste nicht in der ersten Reihe stehen.

»Frau Dr. Gerass, ich glaube nicht, dass wir zwei Verständnisprobleme haben. Ich weiß meine Berufung durch Sie zu schätzen. Aber das wird nicht helfen. Ich bin in dem Thema nicht drin. Als neuer, starker Mann bin ich der denkbar Falsche. Darf ich dennoch eine Idee unterbreiten? Wenn Sie …«

Gerass fiel eine Akte vom Tisch. Quercher beugte sich nach vorn, um sie aufzufangen, aber der Akteninhalt verbreitete sich auf dem Boden. Quercher wollte sich hinknien, als der Schmerz in seine Hüfte schoss. Für einen Moment wurde ihm schwarz vor den Augen. Er schnappte nach Luft und konnte nicht einmal schreien, nur die Luft scharf einziehen.

Gerass sah von oben auf ihn herab. »Alles in Ordnung?«

Er konnte nur den Kopf schütteln.

Sie weidete sich für einen kurzen Augenblick an Querchers Gesichtsausdruck und verspürte ein warmes Gefühl der Überlegenheit. »Hören Sie, Quercher. Wenn das einer Ihrer dämlichen Versuche ist, sich vor der Arbeit zu drücken, sollten Sie wissen, dass ich Sie höchstpersönlich gesundspritzen werde.«

Er schnappte nach Luft. Verächtlich drehte sie sich zu ihrem Schreibtisch und wählte eine Nummer in Berlin.

Er humpelte wie ein getretener Hund aus dem Büro der neuen Chefin und meldete sich krank. In seinem Büro suchte Quercher nach einer Schmerztablette und schluckte sie gierig ohne Wasser hinunter. Er musste husten. Bekam kaum Luft. Als sein Kopf zu zersprengen drohte, sah er mit tränenden Augen, dass er Besuch bekommen hatte.

Gaugenrieder klopfte ihm auf den Rücken. »Es tut mir leid für Julia, wirklich.«

Quercher behielt seine Antwort für sich. Er hatte sich auf politisches Parkett begeben und war aufs Maul gefallen. Bürointrigen überforderten ihn. Er wollte und konnte das Spiel nicht spielen. Und bei Gaugenrieder war er sich mittlerweile nicht mehr sicher, ob hinter dem jovialen Dicken nicht eine eiskalte Machtsau steckte. Er hatte seelenruhig zugesehen, wie Julia vor die Wand gelaufen war. Keine Warnung, kein gemeinsames Verantwortungübernehmen.

»Wo steckt sie?«

Gaugenrieder zuckte mit den Schultern. Er vermied, Quercher anzusehen. »Sie ist rausgerannt, Gerass hatte ihr gesagt, dass sie sich ausruhen solle.«

»Und wohin?«

Wieder zuckten Gaugenrieders Schultern. Er schwitzte.

Quercher ahnte, was passiert war, und so humpelte er mit beträchtlichen Schmerzen in der Hüfte zu seinem Auto und fuhr zu Julias Apartment. Arzu hatte einen Ersatzschlüssel für Julias Wohnung gehabt, den sie ihm bei seinem Zwischenstopp in Bad Wiessee zugesteckt hatte.

Es konnte nur noch besser werden. Ein Hüftkrüppel und eine Ermittlungsversagerin – beide klitschnass. Julia konnte nicht allein in ihrer Wohnung bleiben. In seiner Not griff er zum Handy, das die Duscheinlage überstanden hatte. Er rief Arzu an, denn die war schließlich mit Julia befreundet und kannte vielleicht jemanden, der sie eine Weile in seine Obhut nehmen konnte.

»Arzu, servus. Ich bin bei Julia.«

»Was ist passiert?«

»Also, ich bin ein wenig nass und meine Hüfte …«

»Was ist mit Julia?«

»Etwas mehr Mitleid mit dem Vermieter, Miss Istanbul.«
»Also?«
»Die Kollegin wollte sich ganz offensichtlich ins Jenseits schießen. Aber ich habe sie zum Kotzen gebracht ...«
»Nicht das erste Mal.«
»... und ihr das Leben gerettet.«
»Und?«
»Helden wurden auch schon mal besser gefeiert.«
»Du hast sie abgeschossen. Du bist der Grund, dass es ihr schlecht geht. Also bitte.«
Sie hatte aufgelegt. Tolle Hilfe. Und dafür ließ er sie bei sich wohnen, diese undankbare Bosporusbratze. Querchers Nerven lagen blank. Mit seiner Hüfte würde er Julia nur unter größten Schmerzen hinunter zum Auto schaffen können.
Nach qualvollen Minuten des Tragens, Absetzens, wieder Tragens saß er schließlich verschwitzt und erschöpft in seinem Benz. Lumpi schnüffelte an der schlafenden Julia und rollte sich dann an ihrem nassen Körper ein. Es schien, als ob sie die Frau wärmen wollte.
Querchers Handy klingelte. Arzu rief wieder an.
»Ich werde Julia mitbringen«, sagte er ohne jede Form der Begrüßung.
»Fein, dann können wir hier ja eine Außenstelle des LKA aufmachen – Pollinger ist auch da.«
Den hatte Quercher völlig vergessen. Sein krebskranker Chef wollte ja im benachbarten Sanatorium *Jägerwinkel* zur Reha einkehren. Und er hatte vergessen, ihn am Bahnhof in Gmund abzuholen. Klar, dass Pollinger ihm gleich einen Besuch abstatten wollte. Und garantiert nicht nur einen. Der Alte würde wieder alles in die Hand nehmen wollen.
Quercher, der Ruhe und Einsamkeit schätzte, Quercher, der soziale Kontakte eher mühsam fand, ausgerechnet dieser Quercher durfte mit einer Kollegin, ihrem dauerschreienden Kind, seiner Exfreundin und seinem alten Chef das Haus teilen.
Er hätte Gerass' Angebot annehmen und sich ein Zimmer in der Stadt nehmen sollen.

Teil 2

Kapitel 30

Bad Wiessee, 21.05., 20:35 Uhr

Die Sonne ging hinter ihnen unter. Die Ostseite des Sees wurde angeleuchtet wie ein Star auf einer Bühne. Auch der Wallberg glühte in gelbroten Farben. Schnee lag schon lange nicht mehr auf seinem Gipfel. Seit Anfang Mai hatte es nicht mehr geregnet, sommerliche Temperaturen waren ins Tal eingekehrt. Die Behörden warnten vor Waldbränden.

Quercher saß in Ludwigs Hollywoodschaukel und kraulte Lumpis Kopf, der in seinem Schoß lag. Hier oben am Hang war Ruhe. Weiter unten, da wo sein Elternhaus im Abendnebel lag, war nur Krach.

Julia hatte mehrere Wochen gebraucht, um sich von ihrer Suspendierung zu erholen. Arzu wie auch Querchers Schwester Anke gaben sich redlich Mühe, sie aufzumuntern. Selbst Quercher versuchte mit zum Teil obskuren Ideen, seine Exfreundin auf andere Gedanken zu bringen. Er war mit ihr in die, wie er sie nannte, ›Todeszone Rottacher Seestraße‹ gefahren und hatte Julia in den dortigen Läden zum Shoppen animiert. Als auch das nicht geholfen hatte, hatte er ein Ass ziehen wollen.

Querchers heimliche Lust waren Düfte. Nie hätte er einem Kollegen davon erzählt. Aber gute Gerüche waren ihm wichtig. Es war in seinen Augen eine herrliche Sinnlosigkeit. Eine Schulfreundin von ihm, Hildegard Bayerschmidt, führte eine kleine, aber feine Parfümerie am See. Minutenlang hielt er Julia Düfte und Flakons vor die Nase, sprühte Parfum auf ihre Handoberfläche oder schwärmte von orientalischen Seifen. Am Ende hatten sie vor der Tür der Parfümerie gestanden und Julias einzige Bemerkung war: »Hattest du was mit der?«

Er verdrehte die Augen. »Ja, die heilige Erstkommunion.«

Die letzte Station war ein Filzladen mit dem sinnfreien Namen *Heimatschön* in Bad Wiessee. Originelle Taschen, Schuhe und Smartphoneschützer gab es dort zu kaufen. Man konnte sich mehr oder weniger witzige Worte daraufsticken lassen. Julia kaufte ein Necessaire.

»Wofür brauchst du das?«

»Tampons!«

»Zu viel Information«, brummte er.

»Und was soll daraufgestickt werden?«, fragte die attraktive Inhaberin.

»Blutsauger!«, antwortete Julia.

Quercher verdrehte die Augen.

Kaum waren sie wieder daheim, verfiel Julia erneut in brütendes Schweigen.

Also musste Pollinger ran. Ganz alter Weiser mit dem Tod vor Augen und somit ultimativer Wahrheitskenner, wie er selbst sagte, hatte er Julia abends ins Gewissen geredet. »Julia, es mag für Sie abgedroschen klingen. Aber wir Menschen profitieren mehr von Krisen und Niederlagen als von den guten Zeiten. Im ständigen Siegen liegt keine Lehre. Man wird ja scheinbar nur bestätigt. Die Niederlage hingegen lädt zum Nachdenken ein, weist einen auf neue Wege hin. Lediglich der Stolz bekommt ein paar Schrammen. Das hält aber jeder aus.«

»Ich habe Fehler gemacht, Dr. Pollinger.«

Der nickte. »Passiert uns ständig. Sie werden diese Fehler nicht noch einmal machen. Es ist bei Fehlern von klugen Menschen, und dazu gehören Sie fraglos, wie bei den Masern: einmal gehabt, nie mehr bekommen. Wichtig ist, dass Sie neue Wege sehen. Und hier ist dafür ein guter Platz. Und noch eins: Hören Sie nie auf Quercher, das wäre fatal.«

Alle hatten gelacht. Quercher hatte hinter Pollingers Rücken Grimassen gezogen.

Einen Tag später hatte Julia mit Arzu Querchers Haus inspiziert, und am Abend hatten sie ihm zu seinem Entsetzen ihre Verbesserungsvorschläge unterbreitet. Ihm war klar, dass an diesem düsteren Haus etwas verändert werden musste. Aber zum einen fehlten ihm die Ideen, zum anderen war er mit seiner maladen Hüfte nicht in der Lage, körperliche Arbeit zu verrichten. Die beiden Frauen hatten Stunden auf ihn eingeredet, bis er schließlich gottergeben zugestimmt hatte.

Ein Fehler!

Schon am darauffolgenden Tag warfen die beiden mit der nur Frauen eigenen Besessenheit alles Unnütze aus dem Haus in einen Container, den sie, ohne Quercher gefragt zu haben, bestellt hatten. Sie waren zum *Sommerhaus*, einem Einrichtungshaus nördlich des Sees, gefahren und hatten munter eingekauft – auf Querchers Kosten. Sie schoben, trugen und stellten alles voll, wie er fand. Am Mittag hatte Julia bis auf ein Tanktop, eine viel zu kurze Hose und ein Kopftuch nichts an. Und genau das ließ Quercher nervös werden. Sex mit der Ex verstieß gegen seine Prinzipien. Niemals aufgewärmt. Aber so, wie sie hier herumlief, war es schwer, nicht zumindest mal hinzuschauen. Er war sich sicher, dass sie das extra machte. Als er sich leise bei Arzu darüber beschwerte, wertete sie seinen Einwand als narzisstische Kränkung eines älteren Mannes mit Hüftschaden.

Am nächsten Morgen war er dann zu seinem Freund, dem Orthopäden Manfred Appel, gegangen und hatte sich weitere vier Wochen krankschreiben lassen. Die Hüfte wurde zu einem ernsthaften Problem, fand der.

Julia hatte ihm einen kurzen Neoprenanzug, einen Shorty, geschenkt. Und so fuhr er am Abend zum See, der wegen der unerwartet hohen Temperaturen dieses Jahr schon außergewöhnlich warm war. Quercher schwamm tausend Meter. Lumpi, die Wasser scheute, blieb im Auto liegen und schlief. Danach fuhr er hinauf zum *Jägerwinkel*, wo sein Chef und Freund Pollinger schon am Empfang wartete, um mit ihm zu Querchers Freund Ludwig Steinleitner zu fahren. Steinleitner hatte für Pollinger Weißbier bereitgestellt. Das war aus magentechnischer Sicht natürlich ein Debakel.

Also verzichtete Pollinger. »Ich habe zwei Flaschen Heilwasser aus Kreuth dabei.«

Quercher verdrehte hinter ihm die Augen.

»Ich bin krebsfrei, mein Lieber, das haben mir die Ärzte bestätigt. Der Magen ist jetzt halt kleiner, na und? Aber nichts spricht gegen den Genuss von drei Flaschen dieses guten Wassers.«

Quercher widersprach nicht, bröselte sich etwas von Steinleitners Kraut in das Zigarettenblättchen, krümelte noch etwas Tabak hinzu und zündete sich das Dope an. Pollinger verzog keine Miene. Wie jeder halbwegs aufgeklärte Mensch wusste er um die segensreiche Wirkung von Steinleitners Pflanzen.

Quercher zog den Rauch tief ein, wartete und blies ihn dann vorsichtig aus. Lumpi schnupperte der Wolke hinterher und steckte ihren Kopf unter Querchers Arm. Minuten später spürte er, wie der Schmerz aus der Hüfte sich verflüchtigte und es ihm deutlich besser ging.

»Dope ist der Sex der über Vierzigjährigen«, kalauerte Steinleitner, dem Quercher die Zigarette in den Mund steckte. »Wie läuft es unten bei euch?«, fragte er, bevor er den Rauch einzog, in seinen Lungen behielt und langsam ausblies.

»Themen, die heute Abend nicht angeschnitten werden sollten: Erstens, zwei Furien bauen um; zweitens, Max, was macht dein Liebesleben?«, stoppte Quercher ihn sofort.

»Was der feine Herr nicht sagt, ist, dass er seit Tagen mit geschwollenen Eiern an der Kollegin Dahmer vorbeihumpelt. Wenn er so weitermacht, ist auch Lumpi gefährdet«, lachte Pollinger.

»Ferdi, Sex ist für dich so weit weg wie für mich Salina. Warum also über unerreichbare Dinge reden?« Quercher legte den Kopf entspannt an die Polster in seinem Rücken und sah hinauf in den tiefblauen und bald nachtschwarzen Himmel.

»Mich interessieren solche Geschichten angesichts meines überschaubaren Bewegungsradius immer. Also, geht da noch was mit der Julia? Die wirkt doch ganz apart …«, fragte Steinleitner.

»Die Frage ist ja, ob sie noch Interesse an einem hüftkranken, alten Mann hat«, stichelte Pollinger, wissend, dass Quercher genau darunter litt.

»Ehe ihr euch noch weiter in meiner temporär begrenzten Bewegungseinschränkung suhlt, erzähle ich euch was. Noch vor einem Jahr bin ich nach langer, durchtanzter und durchschwitzter Nacht mit irgendeiner Namenloser in den Brunnen am Stachus gelaufen und habe den *Moonwalk* getanzt!«

Steinleitner unterbrach Querchers Schwärmerei: »Einziger Wermutstropfen: Die Dame war so jung, dass sie Michael Jacksons Tanz nicht kannte – aber lachte.«

»Unsinn. Und jetzt sitze ich inmitten von Siechenden und Kranken. Das Ganze hat etwas von einem Videoabend im Studentenheim: Unten *Frauen am Rande des Nervenzusammenbruchs*, hier oben *Walking dead.*«

Die Herren kicherten. Ihr Ton war zweifellos hart und rau, aber sie genossen diese Frotzeleien.

»Was macht dein Freund Sareiter eigentlich jetzt? Gründet er eine eigene Partei?«, fragte Steinleitner.

Quercher zuckte mit den Schultern. »Mir egal. Und von ›Freund‹ kann da auch keine Rede mehr sein. Er lädt mich immer zu solchen Veranstaltungen mit Wutbürgern ein. Ich bin da nicht gern. Mir machen Menschen mit einfachen Lösungen immer Angst.« Das Dope ließ ihn schläfrig werden. Quercher nickte ein.

Steinleitner drehte seinen Kopf mühevoll in Richtung Pollinger, der die rosige Flüssigkeit in seinem Glas betrachtete. »Ich habe mich, wie du mich gebeten hast, um Sareiter gekümmert. Er hatte Ende der Neunzigerjahre hier in der Nähe tatsächlich eine Einrichtung für jugendliche Intensivstraftäter gegründet. Das Geld kam von seiner Frau. Da war er noch der ultraliberale Strafverteidiger. Das Ganze ging ein paar Jahre gut, dann gab es immer mehr Druck aus dem Justizministerium. Man wollte die harte Linie, brauchte keine sozialpädagogischen Bergwanderungen, sondern wollte junge Mörder in Handschellen und im Knast. Bevor die Einrichtung geschlossen wurde, kam der Unfall. Seine Frau wurde totgefahren. Er zog sich zurück, ging nach Indien und vor einem Jahr war er plötzlich wieder da.«

Pollinger schwieg. Er hatte erfahren, dass Steinleitner sehr an Sareiter interessiert war. Das hatte er sich zunutze gemacht und ihn darum gebeten, etwas über Sareiter herauszufinden. Quercher hatte er davon nichts erzählt. Pollinger war altes CSU-Gestein. In seiner politischen DNA war die Abwehr jeder Partei, die rechts der CSU hervorkroch, tief verankert. Und Sareiter konnte gefährlich werden. Pollinger war jede Verschärfung des jetzigen Strafrechts zuwider. Wie Quercher glaubte auch er nicht an einfache Lösungen. Die Stimmung in der Republik sah aber Differenzierungen nicht vor.

Seit mehr als drei Wochen waren die Kinder verschwunden. Keiner ging mehr von einer Entführung aus. Das sagten die offiziellen Stellen zwar nicht. Aber es deutete einiges auf einen sexualstrafrechtlichen Hintergrund. Die verschwundenen Kinder waren quasi die Abschussrampe für Sareiters Partei geworden, die sich jetzt *Bürgerfreiheit* nannte. Landesverbände sollten sich gründen. Abtrünnige Abgeordnete aus anderen Parteien schlossen sich ihm an. Das Monster wuchs.

»Was hat er eigentlich in Indien gemacht?«, wollte Pollinger wissen.

»Tantrasex?« Quercher richtete sich auf. »Ferdi, ich bin breit, aber nicht bewusstlos. Findest du das nicht eklig, einen vom Hals ab gelähmten Mann für deine schmierigen CSU-Machenschaften zu instrumentalisieren?«

»Jeder braucht eine Aufgabe«, antwortete Pollinger lakonisch und blinzelte Steinleitner zu.

»Ich komme da auch nicht weiter«, schränkte der ein. »Seine Frau war hier so was wie die gute Seele der Region. Die haben in einem Bauernhaus irgendwo zwischen Autobahn und Tal gewohnt, ich glaube, Weyarn oder Warngau. Dann kam der Unfall.«

Quercher wurde ungeduldig. »Worauf willst du hinaus, Ferdi? Was suchst du? Irgendeine Schmutznummer, mit der man den politisch unliebsamen Feind aus dem Weg räumen kann? Dass du auf deine letzten Tage so sehr Parteisoldat wirst, hätte ich nicht wirklich geglaubt.«

»Spiel nicht den Moralapostel. Dir stinkt seine erzreaktionäre Nummer doch auch. Und das Ganze gemischt mit dieser Drecksyogaruhe, diesem Gutmenschenton. Ich will wissen, wer ihn finanziert. Früher hat das wenigstens der Staatsschutz gemacht, aber mit so was geben die sich nicht mehr ab.«

Quercher atmete tief durch. »Warum macht das nicht der brave Picker?«

»Der kümmert sich immer noch um die entführten Kinder. Er soll aber eine sehr heiße Spur haben, wie du sicherlich weißt.«

»Wer ist Picker?«, fragte Steinleitner.

»Ein Arschloch.«

»Ein Kollege, der den Ostin-Fall leitet«, verbesserte Pollinger.

»Ja, aber eben auch ein Arschloch«, ergänzte Quercher und zog den Rauch wieder tief in seine Lungen.

»Kollege Picker hat dem Herrn in der Hollywoodschaukel unter anderem die Frau ausgespannt, was ihn somit zu einem Intimfeind werden lässt, oder was ist der Fachbegriff dafür?«, stichelte Pollinger.

»Lochschwager, Ferdi, Lochschwager. Und wäre Marille hier, würdest du das niemals so offen aussprechen. Du bellst auch nur, wenn der große Hund hinterm Zaun steht.«

»Marille war deine erste Frau?«, fragte Steinleitner, der den Interna genüsslich folgte. Wann hatte man schon die Chance auf so ein Bullentheater?

»Ja, ich war verheiratet. Meine erste Frau – das klingt ja, als ob noch weitere dazugekommen wären.«

»Womit wir wieder bei Julia angelangt sind.«

»Könnten wir über etwas anderes als meine Libido reden?«

»Max, deine Libido wird hier nicht besprochen. Das wäre ein zu kurzes Kapitel. Es geht um Paarbildung im Alter.« Pollinger versuchte, das Gespräch wieder auf eine sachliche Ebene zu bringen. »Also, was macht der Ostin-Fall? Das wolltest du doch eigentlich wissen, Ludwig, oder?«

Quercher hustete. »Vor allem du, lieber Ferdi, wolltest das eigentlich wissen. Also, Pickers Truppe hat sich auf drei Spuren eingeschossen. Zum einen ist da Mark, der Exmann einer Frau, deren Sohn unter den verschwundenen Kindern ist. Der Typ ist bislang immer noch nicht aufgetaucht. Man hat am Tatort in Ostin in den Resten eines Tempotaschentuchs DNA-Spuren von Mark gefunden. Das ist insofern interessant, als Mark seinen Sohn angeblich wochenlang nicht gesehen hat und somit das Taschentuch schwerlich von seinem Sohn dort liegen gelassen wurde. Das ist nicht viel, aber immerhin etwas. Mark selbst ist allerdings nicht die hellste von drei Glocken, will sagen: Er braucht eher Hilfe beim Klogang. Allein wird er so eine Tat nicht durchziehen können. Obwohl: Man kann auch mit wenig Kapazitäten zum LKA-Chef befördert werden – wenn das Parteibuch stimmt.«

Quercher sah zu Pollinger, der die zweite Flasche mit dem ominösen Heilwasser öffnete und nur milde lächelte. »Das Kälbchen weiß nicht immer, was sich hinter dem Mond zuträgt.«

»Aha, und Quercher ist jetzt das Kälbchen?«, fragte Steinleitner grinsend.

»Eher der Ochs, gern auch der Eber«, korrigierte sich Pollinger. »Die zweite Spur, Max?«

»Nun, Spur Nummer zwei kommt aus Spanien. Dort wurde ein Kinderpornoring von Interpol ausgehoben. Einer der Festgenommenen hat in einer Vernehmung von Filmaufnahmen mit zwei Jungen und einem Mädchen aus Deutschland gesprochen. Eigentlich seien es vier gewesen, eines sei aber beim Transport nach Andalusien verstorben. Das könnte passen.«

Steinleitner riss die Augen auf. »Das ist ja grauenhaft! Um Gottes willen!«

»Ja, aber das ist Routine. Zwei aus der Picker-Truppe fliegen mit Bildmaterial der Kinder nach Madrid und treffen den Zeugen.«

»Was glaubst du?«

Quercher wiegte den Kopf. »Eher unwahrscheinlich. Wenn die Kinder verkauft und noch benutzt – ich bitte diesen Ausdruck zu entschuldigen – werden sollen, geht man erstens vorsichtiger mit ihnen um und legt zweitens nicht so seltsame Fährten wie am Sylvensteinspeicher. Man hat wenig Zeit, verlässt so schnell wie möglich das Land. Aber es könnte eine kluge Ablenkung sein. So bleiben die Ermittlungen erst einmal in der Region. Wer weiß?«

»Und die dritte Spur?«, fragte Steinleitner, jetzt deutlich leiser, beinahe ängstlich, eine noch schlimmere Version zu hören.

»Die hat ein Forensiker vom Bundeskriminalamt aufgebracht. Die Voyeurvariante.«

»Was ist das?«

Pollinger hob die Augenbrauen. »Ein Forensiker? Soso.«

»Voyeurvariante heißt: Der oder die Täter haben die Kinder noch in der Nähe des Tatorts beziehungsweise in der Nähe der Eltern deponiert. Tot oder lebendig. Sie beobachten, wie die Polizei ermittelt, weiden sich daran, mehr als andere zu wissen, quasi den Ermittlern und Eltern die Lösung vor der Nase zu präsentieren, wie eine Katze mit der Maus spielt. Sie ergötzen sich daran, dass vielleicht eine Mutter oder ein Vater jeden Tag an ihrem oder seinem Kind vorbeifährt – oder läuft oder gar neben oder über ihm lebt. So ein Fall ist aus Holland bekannt. Da hat ein Mann ein Mädchen entführt, es in einer leer stehenden Wohnung über den Eltern deponiert. Die Wohnung sollte vom Vater der Tochter renoviert werden. Dieser aber hatte einen anderen

Auftrag vorgezogen und so unfreiwillig dafür gesorgt, dass seine Tochter verdurstete.«

Steinleitner schwieg.

»Vielleicht verstehst du jetzt, warum ich diesen Fall nicht übernehmen wollte? Es ist das eine, sich mit irren Islamisten, mit Immobilienbetrügern, Bankern oder anderen Staatsfeinden anzulegen. Aber sich in die Gedankenwelt von Typen, die Kinder verschleppen, hineinzuversetzen, ist mir zu viel. Sie sind krank, ohne Zweifel. Aber wenn du sie dann festnimmst, wenn sie so wimmernd oder vielleicht auch großschnäuzig vor dir sitzen, sich mit dir verbrüdern wollen, dann wünschst du dir nur noch, ihnen aufs Maul zu hauen. Aber um welchen Preis? Und was würde es bringen? Ich jedenfalls will nicht in diesen Abgrund schauen. Ich bin Polizist geworden, um das Recht zu verteidigen gegen Gier und Hass. Aber gegen Kranke?«

Pollinger sah Quercher, der jetzt die Augen schloss, lange still an. Er kannte ihn seit zwei Jahrzehnten. Aber selten hatte er ihn so klar und gleichzeitig ruhig sein Credo erklären hören wie heute Abend. Pollinger zog daraus jedoch einen anderen Schluss als Quercher: Quercher war in seinen Augen geradezu prädestiniert, sich auf die Fährte der Täter von Ostin zu setzen. Ekel konnte verschiedene Wirkungen haben. Bei einem wie Quercher sorgte er für kühle Distanz. Davon war Pollinger überzeugt.

Sie wollte das Bett. Unzweifelhaft. Das machte ihn an, ließ seinen Schwanz anschwellen.

Er blieb im Türrahmen stehen und verlagerte das Gewicht auf sein anderes Bein, sodass die Dielen knarzten und ihr seine Anwesenheit verrieten.

»Komm her«, sagte sie mit rauer Stimme.

Er lächelte und bewegte sich keinen Zentimeter, genoss das Bild, das sich ihm bot: Sie lag auf dem Rücken. Die Beine hatte sie angewinkelt und breit gespreizt auf die Matratze gestellt. Ihre modulierten, fast sehnigen Beine waren straff mit schwarzem Nylon bespannt, das auf der Mitte ihrer Oberschenkel endete.

Er wanderte mit dem Blick ihren Körper entlang. Über ihre nackte Scham, den erregt angespannten Bauch, die aufgerichteten Brüste, den Hals hinauf bis zum nächsten Fetzen Stoff – ein schwarz-weißes Seidentuch, mit dem sie sich die Augen verbunden hatte. Ihre Arme waren locker nach hinten gelegt und an den Gelenken mit Handschellen an den beiden Bettpfosten befestigt.

Kreuzigungsgestik. Opfergabe.

Als sie die Hände bewegte, schlug das Metall gegen das Holz. Sein Lächeln wurde zu einem Grinsen. Metallschellen. Kein gepolsterter Anfängerquatsch.

Er ging in einem Bogen zum Fußende des Betts. Dabei vermied er jedes Geräusch. Er kannte jede Diele.

Nun hatte er freien Blick. Die Lippen und Vertiefungen glänzten feucht. Noch bevor sie ihre erneute Aufforderung, er solle endlich seinen Arsch zu ihr bewegen, zu Ende sprechen konnte, kniete er auf der Bettkante, presste ihre Knie ruckartig seitlich auseinander und umschloss ihre Klitoris fest mit seinen Lippen. Ihr entfuhr ein spitzer Laut, vor Überraschung, vor Schmerz oder Lust. Reflexartig schnellten ihre Knie zurück, klatschten an seine Ohren, sodass er ihr »Gib's mir hart!« wie durch Watte hörte. Sollte sie bekommen.

Er öffnete seine Gürtelschnalle und die Hose, zog den Stoff mit einem Ruck herunter, streifte die Schuhe ab und kickte sie unters Bett. Sein Schwanz zeigte bereits in voller Größe auf das Ziel.

In einer fließenden Bewegung umgriff er ihre Hüften und drehte sie schwungvoll auf den Bauch. Die Handschellen schlugen hart gegen das Holz und das Metall schnitt in ihre Haut, als sich die Arme durch die Drehbewegung kreuzten und maximal spannten. Er sah, wie sie ihre Hände zu Fäusten ballte, wodurch ein dünnes Rinnsal Blut aus den schmalen Wunden gepresst wurde und über ihre Haut rann.

Dennoch, das Stöhnen klang nach Wollen.

Er hob ihr Becken an und kniete sich hinter sie, hielt inne. Er würde sich niemals sattsehen können an den Tälern und Hügeln ihrer Wirbelsäule, die sich vor ihm wie eine Gebirgskette erstreckten, eine Schlucht zwischen ihren Schulterblättern bildeten und in ihrem dunklen Haaransatz endeten.

Während er mit der linken Hand ihren Bauch umfasste und sie dadurch in Stellung hielt, ließ er seine rechte Hand sachte über ihre Lendenwirbel gleiten und nacheinander in den beiden Kuhlen oberhalb des Kreuzbeins kreisen. Eine ihrer empfindlichsten Stellen, wie er mittlerweile wusste. Sie quittierte seine Berührungen mit einem Stöhnen und streckte sich ihm entgegen. Er führte seinen Zeigefinger an ihrem Steißbein entlang, spreizte mit den übrigen Fingern leicht ihre Pobacken und wanderte mit der Fingerkuppe langsam durch die Pofalte. Unten angekommen überlegte er kurz, den Finger einzutauchen, Feuchte aufzunehmen und oben anzusetzen.

Ein andermal.

Mit beiden Händen fasste er ihre Hüften und stieß sich tief in sie hinein. Die Handschellen gaben Widerstand, ihre Schultergelenke traten hervor, ebenso ihre Rippenbögen. Sie keuchte, aber entzog sich ihm nicht und presste ihre Wange auf die Matratze. Während er sich ein Stück aus ihr herauszog, griff er mit der rechten Hand vorn über ihren Bauch hinweg und ertastete den angeschwollenen Punkt. Er stieß erneut in sie hinein, beschleunigte sein Tempo und ließ seinen Finger kreisen. Wieder und wieder.

»Beeil dich«, stieß sie zwischen feuchten Haarsträhnen hervor.

Er spürte bereits, wie sie sich anspannte und ihn fest umschloss, in sich hineinzog. Als ihr Orgasmus sich Bahn brach, er ihre Kontraktionen spürte und sich ihre Kontrolle auflöste, sie sich ihm hingab, ließ auch er in einem letzten tiefen Stoß los und ergoss sich in ihr, bevor sie unter seinen Händen in sich zusammensank.

Erst dann ging sie, noch tropfend, hinüber zu der Luke im Boden. Die Kinder mussten wach sein, doch sie hörte nichts. Sie öffnete das Verlies, schloss die Augen, um sich an die Dun-

kelheit da unten zu gewöhnen. Dann erst ging sie die Holzstufen hinunter.

Vier Betten. Zwei Körper. Zwei fehlten.

Sie wollte schreien. Hielt sich sofort die Hand vor den Mund. Die Kinder durften nicht wach werden. Sie betastete die Wände, das abgeklebte Fenster. Natürlich! Die tägliche Dosis hatte bei den beiden nicht sofort gewirkt. Sie mussten halbwegs wach durch den Keller geirrt sein, hatten mit ihren verdammten kleinen Fingern tatsächlich das Schloss öffnen und sich durch den Schacht nach oben winden können.

Sie verriegelte das Fenster wieder, schob einen Schrank, der links danebenstand, davor und eilte nach oben. Kaum hatte sie die Luke wieder verriegelt, rief sie ihm zu, dass er sich anziehen sollte.

»Zwei und vier sind entkommen. Los, wir müssen sie finden!«

Er fragte nicht, wie das passieren konnte. Es war schließlich egal. Jetzt mussten die Kinder gefunden werden, ehe sie auf andere Menschen stießen.

Sie griff in ihre Metallkiste und suchte nach der Leuchtspurmunition und dem Revolver.

Er sah sie fragend an.

»Was?«

»Willst du sie wirklich …?«

»Wir müssen sie aufhalten. Wir sind sowieso schon zu weit gegangen. Also?« Sie machte eine Handbewegung in Richtung Tür.

Während er vor ihr aus der Tür trat, lud sie die Waffe mit sicherer Hand.

Sie würde sie finden.

Den Bächen folgen. Such einen Bach, dachte das Mädchen. Ihr Atem ging schnell. Aber sie wollte kein Geräusch machen. Sie fiel, ein hervorstehender Ast bohrte sich in ihren Oberschenkel. Sie wollte schreien, schob sich die Hand in den Mund. Tränen schossen ihr in die Augen. Es brannte. Sie fror. Nicht stehen bleiben. Weiter. Es war ein Instinkt, gar nicht so sehr ein klarer

Gedanke. Sie wusste einfach, dass sie in dem Kellerloch sterben würde. Obwohl sie gar keine Vorstellung vom Sterben hatte. Aber sie würde nie mehr den Opa oder die Oma sehen. Die Ronja, Opas Hund. Der Mann und die Frau, die da hinter ihr herliefen, waren böse. Taten ihr weh. Die hatten ihr den Arm verletzt mit diesen Spritzen.

Weiterlaufen.

Es wurde steiler. Sie versuchte, ihre Beine unter Kontrolle zu halten. Immer schneller wurde sie. Sah nicht den Brombeerstrauch, ihr Fuß hakte ein, sie überschlug sich dreimal, ehe sie benommen liegen blieb.

Das Licht einer Taschenlampe war zu sehen. Sie kamen.

Ihre Verzweiflung wurde übermächtig. Sie sah sich nach allen Seiten um und hätte am liebsten ihre Hände vor das Gesicht geworfen, gewartet. Das Mädchen war müde. Wohin? Sie krabbelte in ihrer Erschöpfung auf allen vieren. Plötzlich sackte ihre linke Hand in eine Mulde, ein Schmerz zog von den Fingern nach oben.

Aber sie verstand. Das war ein Bau.

Maria von Homstein war ein kräftiges Kind, das den Wald kannte. Ihr Großvater hatte sie früh mit zur Jagd genommen. Das Töten der Tiere hatte sie bald nicht mehr schlimm gefunden. Der Alte hatte ihr den Sinn erklärt, in seiner ruhigen und klugen Art. Und so war sie manchmal noch vor der Schule mit hinauf in das Revier gegangen. Sie hatte zu ihrem Opa ein besseres Verhältnis als zu ihren Eltern. Die waren beide berufstätig und hatten nicht viel Zeit für sie. Aber bei ihrem Opa hatte sie alles über den Wald, über die Tiere und ihre Behausungen gelernt. Deshalb wusste sie, dass das vor ihr ein Fuchs- oder Dachsbau war.

Sie schob das modrige, nasse Laub beiseite. Tatsächlich – da war der Eingang. Mit dem Kopf oder den Füßen zuerst? Es war egal. Sie zog sich an Baumwurzeln, die links und rechts des Eingangs herabhingen, hinein. Es roch modriger, eklig. Sie musste die Nase rümpfen, schob sich aber weiter in den Bau.

Die Stimmen kamen näher.

Sie hielt die Luft an.

Jetzt standen sie direkt über ihr. Sie konnte deutlich verstehen, was sie sagten.

Alles an ihr war angespannt.

Sie waren stehen geblieben.

Sie hatte die Lippen leicht geöffnet, um ein- und ausatmen zu können. Dabei geriet Sand in ihren Mund. Sie atmete durch durch die Nase. Wieder Sand. Es juckte im Gesicht. Aber sie konnte sich nicht kratzen, weil ihre Hände eingeklemmt waren. Ihr Kopf schmerzte. Alles schmerzte. Sie wollte weinen.

Dann entfernten sich die Schritte und die Stimmen.

In ihrem Bau wurde es still. Es juckte unerträglich. Sie wollte sich wieder rückwärts zur Öffnung hinausschieben. Es gelang nicht. War sie stecken geblieben? Würde sie jetzt hierbleiben müssen? Mitten im Wald? Sollte sie schreien? Dann würden sie kommen. Ihr Großvater hatte ihr erklärt, dass Fuchsbauten an Hängen auch Wasser aufnehmen konnten. Würde sie hier bei Regen ertrinken? Noch einmal. Mit aller Kraft. Sie presste, aber ihre kleine Hüfte klemmte zwischen zwei Steinen fest.

Sie weinte. Laut. Es war ihr egal. Sie war so allein.

Erst mit Verzögerung spürte sie die Hand an ihrem Fußgelenk. Das Rucken. Jemand drehte sie, schob sie nach vorn und dann ruckartig nach hinten.

»Da bist du ja.«

Kapitel 31

München, 21.05., 21:24 Uhr

»Es ist das eine, ob man sein Kind tot weiß. Das andere, ob man noch eine Hoffnung besitzt.«

Der Verleger macht eine Pause. Reden halten war ihm sonst eine große Freude. Er konnte es, fühlte sich meist sicher. Aber dann sprach er über verlegerische Dinge, über Zeitungen, Geschäfte oder Politik. Heute ging es aber um ihn, um seinen Sohn Lukas. Der seit drei Wochen nicht mehr bei ihm, sondern irgendwo da draußen in der Nacht war. Er war ihm kein guter Vater, dachte Welde. Er, der so viel Einfluss hatte, konnte seinen Sohn nicht beschützen. Er atmete durch und suchte in seinen Gedanken nach Bildern, die ihm die Tränen, die langsam in seine Augen traten, vertreiben konnten. Wie Lukas in sein Zimmer tapste. Wie er auf seinem Bauch einschlief, während er die Zeitung las. Sein ruhiger Atem. Sein Zucken im Schlaf. Die wirren Geschichten, die er mit anderen seines Alters austauschte. Welde liebte es, den Kindern dabei zuzuhören, wie sie Fantasiegeschichten erzählten. Das beruhigte ihn.

Dann fuhr er fort. Denn es war seine Veranstaltung.

Er hatte einen hochkarätigen Freundeskreis aus Politik und Wirtschaft eingeladen. Sie alle waren sicher aus Sensationslust oder purem Mitleid erschienen. Ausgewählte Fotografen würden die Entscheider, wie sie sich selbst gern nannten, ablichten. Das würde den Ostin-Fall wieder mehr in den Fokus rücken. Er hätte verzweifeln können. Die Aufmerksamkeit schien ihm wie Wasser durch die Finger zu gleiten. Die Entführung verlor von Tag zu Tag an Bedeutung. Keine Sondersendungen mehr, nicht einmal ein Zwischenstand hinsichtlich der Ermittlungen wurde vermeldet. Es war, als ob die Entführung von vier deutschen Kindern vor langer Zeit passiert war. Aber es waren weniger als fünfhundert Stunden vergangen. Für jede Stunde, die sie seinem Sohn genommen hatten, würden sie bezahlen, das schwor er sich. Lukas' Zimmer roch noch nach ihm. Heute Morgen hatte Welde eine Stunde auf dem Bett seines Kindes gesessen. In die Stille hineingehört. Aber da war kein Geräusch von Lukas, kein Lachen, kein Kreischen, nichts. Das war sein Tiefpunkt gewesen. In diesem Moment hätte er am liebsten alles abgesagt. Aber er war es ihm schuldig. Er war der Vater.

Welde hatte alles versucht. Hatte sich mit dem Innenminister getroffen. Sogar der Ministerpräsident hatte sich eingeschaltet, aber nicht mehr als beruhigende, eher mitleidige

Worte gefunden. Am Ende war jeder Einzelne von ihnen zum Tagesgeschäft übergegangen. Und auch der Skandal, den diese Ermittlerin am Anfang, als alles noch so frisch und verheißungsvoll war, verursacht hatte, blieb ohne Folgen. Kein internes Disziplinarverfahren war eingeleitet worden. Die Dame war vorläufig suspendiert worden, mehr nicht. Zudem besaß sie auch noch die Chuzpe, nicht weit von ihm am See bei einem Kollegen unterzukriechen. Ihn, die Stütze der Gesellschaft, hatte man im Stich gelassen. Aber das würde sich rächen. Er würde neue Schritte wagen. Der erste war bereits gemacht.

Welde hatte das Restaurant eines befreundeten Großgastronomen im Englischen Garten gemietet. Eine externe Krisenkommunikationsagentur hatte alle Informationen zusammengetragen. Jede Ermittlungspanne wurde analysiert und in einen Zusammenhang gebracht.

Dieser Sareiter war ein kluger Hund. Nicht dass Welde seiner Partei eine Chance eingeräumt hätte. Aber er konnte Sareiter für seine Zwecke nutzen, ihn groß werden lassen und bei Gelegenheit wieder die Luft aus ihm herauslassen. Und jetzt brauchte er ihn. Welde würde nur die einleitenden Worte sprechen und über seinen Schmerz und seine Trauer berichten. Dann würde Sareiter alle Fakten zu der desaströsen polizeilichen Ermittlung der Polizei vorstellen und in einen größeren Zusammenhang bringen. Er, Welde, würde am Schluss nur noch den Scheck übergeben und seine Mitgliedschaft in dieser Partei bekannt geben. Sollten die Herren in der Regierung doch ein wenig zittern.

Kapitel 32

Bad Wiessee, 22.05., 18:58 Uhr

Picker rutschte auf seinem Stuhl hin und her. Er hatte zwei Leute mit der ersten Maschine nach Madrid geschickt. Der

Zeuge war im Staatsgefängnis V, besser bekannt als *Soto del Real*, untergebracht worden. Das lag vierzig Kilometer außerhalb der Hauptstadt und war für seine neuartigen Verwahrformen bekannt. Liberaler und offener sollte es da zugehen, hatte sich Picker, der Chefermittler, von einem Mitarbeiter der deutschen Botschaft sagen lassen. Die spanischen Kollegen waren äußerst kooperativ. Das hatte sicher mit ein paar Telefonaten auf höchster Ebene zu tun, die Picker mit seinem alten Dienstherren, dem Bundesinnenminister, vereinbart hatte. Denn auch die Politik spürte den Druck aus der Bevölkerung, angefacht von den Angehörigen, allen voran dem verdammten Zeitungsboss Welde.

Jetzt wartete Picker auf das Zustandekommen einer Videokonferenz, die ihn mit seinen Kollegen vor Ort in Madrid verbinden sollte. Man hatte in der Turnhalle der Wiesseer Schule auf Anweisung von Picker ein Lagezentrum eingerichtet. Er wollte im Ort präsent sein und auch demonstrieren, dass er die anderen Kinder auf eine indirekte Weise beschützen würde. In den ersten Tagen hatten die Grundschüler noch neugierig am Zaun zur Turnhalle gestanden und die vielen Polizisten bestaunt, die immer wieder hinaus- und hineingingen. Aber nach einer Woche war das Spektakel zur Normalität geschrumpft. Lediglich die Eltern, die am Morgen die Kinder zur Schule brachten, wurden daran erinnert, wie knapp und zufällig es gewesen war, dass ausgerechnet ihr Kind nicht unter den Opfern war. Picker hatte Wert darauf gelegt, dass immer ein psychologisch geschultes Team für alle ansprechbar war, die sich Sorgen machten oder etwas bemerkten, was sie für ungewöhnlich hielten. Mit dem Ergebnis, dass anfangs auch Nebensächlichkeiten zu Auffälligkeiten erklärt und gemeldet wurden. Aber schon am Anfang der dritten Woche wurde den meisten klar, dass die Polizei diese Maßnahme lediglich zur Beruhigung der Bevölkerung eingerichtet hatte.

Die Gefühlslage der Talbewohner war insgesamt sehr gespalten. So kehrte bei einigen, die nicht betroffen waren, ein merkwürdiger Wunsch nach Normalität ein. Picker schien es, als ob man den Eltern der entführten Kinder und der Polizei wortlos die Schuld an der schlechten Stimmung im Tal gab. Andere wiederum solidarisierten sich und machten die scheinbare Inkompetenz der Staatsmacht für die Misere verantwortlich. Das äußerte sich in wütenden Leserbriefen und Foreneinträgen des hiesigen Onlineportals, der *Tegernseer Stimme*. Dort wurden unzählige wirre, aber auch durchaus ernst zu nehmende Thesen und Hinweise gepostet, durch die die Polizei noch mehr unter Druck geriet. Auch aus diesem Grund hatten Picker und der Landrat für den Abend zu einer Informationsveranstaltung im *Gasthof zur Post*, nicht weit vom provisorischen Lagezentrum entfernt, geladen. Picker wollte dort einige Gerüchte richtigstellen und über den neuesten Stand der Ermittlungen berichten.

Aber vorher hatte er noch die Videokonferenz zu absolvieren, von der er sich viel versprach. Neben ihm saß ein Forensiker, der das Gespräch mitverfolgen sollte.

Dieser Fall könnte ihn für immer von dem Makel des letzten Jahres befreien, den er erlitt, als er Max Quercher ein Vergehen anhängen wollte, was dieser nie begangen hatte. Seine politischen Freunde hatten sich anschließend schützend vor ihn gestellt und ihn nach Berlin geholt.

Nun konnte er sich wieder beweisen. Wenn er müde zu werden und zu resignieren drohte, machte er sich mit dem Bild eines Erfolgs munter. Wie er die Reporter auf der Pressekonferenz nur beiläufig erinnern würde, dass Max Quercher diesen Fall abgelehnt hatte. Wie er belobigt werden würde. Wie ihn die Eltern der vermissten Kinder feiern würden.

Picker verspürte den tiefen Wunsch, sich einfach auf den Turnhallenboden zu legen und zu schlafen. Sicher war er außergewöhnliche Arbeitszeiten auch in Berlin gewöhnt. Aber dieser Fall war anders. Er hatte mit der Prominenz und dem öffentlichen Druck durch diese neue Partei eine andere Dimension bekommen. Am Mittag hatten ihm die Kollegen von der Internetfahndung das Bildmaterial der Spanier gezeigt und es für ihn eingeordnet. Gewalt war Picker nicht fremd. Und auch Sexualstraftaten kannte er. Aber diese Bilder waren besonders grauenhaft. Er wusste, dass er mit niemandem darüber sprechen konnte. Auch mit seinem Team nicht. So war er nach der Sichtung des Materials allein hinauf in die Umkleidekabine der Jungen gegangen und hatte sich dort minutenlang auf die Toilette verkrochen. Eine Szene hatte ihn besonders verstört. Jemand hatte Küchengeräte benutzt, um …

»Dr. Picker, wir wären so weit.«

Er sah seine zwei Kollegen in einem grün gestrichenen Raum, fast zweitausend Kilometer entfernt. Einen Nachmittag und einen Abend hatten sie mit dem Zeugen reden dürfen.

»Es ist ein vierundfünfzigjähriger Österreicher. In seinem Pass stand der Name Jörg Kimmritz. Die Kollegen in Wien haben uns noch nichts bestätigt. Aber angesichts seines schmierigen Wiener Dialekts wird Österreich schon stimmen. Er ist klein, untersetzt und hat schütteres Haar. In einer stillgelegten Hotelanlage an der Costa Brava hat er mit Straßenkindern aus Marokko Pornos gedreht – und dabei selbst mitgespielt. Bei seiner Festnahme schien er sich gewehrt zu haben. Er trug mehrere Prellungen, vornehmlich im Intimbereich, davon. Bei unserem ersten Gespräch bat er um Hilfe. Stefan besorgte ihm einen Kühlbeutel, den er auch brav zwischen die Beine legte.«

Picker war zu müde für blöde Späße. Natürlich hatten die spanischen Spezialkräfte bei der Festnahme zugelangt. Jeder, der Kinder hatte, würde das tun. Und so ein Tritt passierte ja auch manchmal zufällig. Aber das war ihm jetzt egal. Er wollte etwas zu Ostin, den Kindern wissen.

»Also, Jungs. Was habt ihr?«

»Die gute Nachricht zuerst. Er hat die Kinder gesehen. Er glaubt auch zu wissen, wo sie sich befinden.«

Pickers Puls raste plötzlich. »Leben sie?«

»Will er nicht sagen. Der will nach Deutschland oder Österreich ausgeliefert werden. Es gibt aber auch ein Auslieferungsbegehren von Marokko. Die dortige Polizei scheint auch schon länger an ihm dran zu sein.«

Picker musste sich beruhigen. War das womöglich der Durchbruch? »Der Hund kann ja viel erzählen. Wo und wann hat er sie gesehen? Hat er Belege? Etwas Stichhaltiges?«

Die beiden Kollegen waren völlig erschöpft. Auch sie hatten die letzten Wochen rund um die Uhr gearbeitet, waren heute Morgen in aller Herrgottsfrühe nach Madrid geflogen und hatten dann in einem Gefängnis ein Verhör unter Aufsicht der spanischen Polizei durchgeführt. Eigentlich wollten sie nur noch schlafen.

»Er kannte die Namen, er wusste, woher sie kamen. Er hat sie vor drei Tagen in einer Villa bei Nizza gesehen, sagt er. Sie trugen keine der Kleidungsstücke, die wir ihm vorgelegt haben. Die beiden Mädchen seien stark geschminkt gewesen. Die Jungs hätten überall am Körper Striemen.«

Der Forensiker wiegte langsam den Kopf. Das klang zu eindeutig, zu sehr nach Drehbuch, fand er, wollte aber noch abwarten.

Picker bohrte weiter, allmählich wurde er ungeduldig. »Und? Was noch?«

»Er wird erst wieder den Mund aufmachen, sagt er, wenn er von uns und der spanischen Justiz in ein Flugzeug nach Deutschland oder Österreich gesetzt wird. Die spanischen Kollegen wollen ihn in einen Trakt mit inhaftierten ETA-Terroristen verlegen. Die fürchtet er wohl.«

»Kann ich verstehen. Was sagt euer Bauch?«

»Schwer zu sagen. In der Pädophilenszene sind einfach viele Schwätzer, viele, die sich aufblasen, wichtigtun. Der will hier weg. Und so ein Wissen kann für den Typen ein Freifahrtschein zurück nach Ösiland sein. Zudem weiß er, was ihm blüht, wenn er zu den Basken kommt. Die haben hier so eine Spezialbehandlung. Da schauen die Wärter weg. Aber am nächsten Tag hat er sein Gemächt im Mund.«

»Lecker«, grinste Picker und drehte sich zu seinem Kollegen um. »Wir brauchen einen Haftbefehl und ein dringendes

Auslieferungsbegehren wegen erheblicher Gefahr im Verzug. Der Zeuge kann …«

Der Forensiker sah ihn zweifelnd an. »Wenn Sie ihn holen, ist das binnen weniger Stunden in der Öffentlichkeit. Und wenn sich der Mann dann als Luftnummer entpuppt, wird das sofort als Fehlschlag interpretiert.«

Picker nickte. Er verstand. Nicht alles, was ermittlungstechnisch sinnvoll war, hatte auch politisch und öffentlichkeitswirksam einen Sinn.

»Ihr bleibt da. Der soll ruhig erst ein wenig von seinen baskischen Freunden bearbeitet werden. Ihr werdet mit den Spaniern zusammenarbeiten, während ich euch die nötige Unterstützung besorgen werde. Und jetzt viel Spaß mit Paella und Rioja.«

Er nickte dem Forensiker zu und beide machten sich zu Fuß auf den kurzen Weg zum *Gasthof zur Post.* Der Abend war angenehm, ein kühler Wind wehte von den Bergen hinab ins Tal. Jemand aus den benachbarten Häusern schien schon zu grillen. Er roch Steaks und Bratwürste. Wie gern hätte er sich mit dem Kollegen jetzt zu einem Bier zusammengesetzt, den Tag Revue passieren lassen. Aber diese verdammte Bürgerversammlung stand ihm noch bevor.

Ihm war das Tal zuwider. Eine üble Mischung aus vertrottelten Ureinwohnern und reichen Lodenträgern, die sich in ihren Landhäusern versteckten. Zudem wohnte hier mittlerweile Quercher, das blöde Arschloch.

Gaugenrieder hatte ihm erzählt, dass der verhasste Kollege mit der Türkin und seiner Vorgängerin Dahmer unter einem Dach wohnte. In Pickers Fantasiewelt entstanden diffuse sexuelle Bilder, die ihn verärgerten, weil sie seinen Neid erzeugten.

Neid war das prägende Gefühl Quercher gegenüber. Er hatte Quercher die Frau ausgespannt, und als diese depressiv daheim lag, war ihm klar geworden, dass er wieder nur den zweiten Platz bekommen hatte. Dachte Picker an Quercher, zogen sich seine Magenwände zusammen, verkrampften sich unmerklich seine Hände und eine schlechte Stimmung schob sich wie ein übler Duft in seine Welt.

Der Forensiker bemerkte es. »Sie glauben nicht, dass die Täter von außerhalb kommen?«

Picker wies auf eine Bank, die an einem Bach stand. »Wir haben noch ein paar Minuten. Ich will es Ihnen erklären.«

Er kramte in seiner Jacke nach zwei Dosen eines Energydrinks und bot dem Forensiker eine an. Der lehnte dankend ab und zündete sich einen Zigarillo an.

Ein Mann in einem grünen Janker kam den Weg herauf. Sein Gesicht war gerötet. Er schien getrunken zu haben. Es war ein Frührentner, den jeder im Ort wegen seiner dämlichen Kommentare in einschlägigen Kneipen kannte. Die alkoholisierte Art des Dorftrottels. Er sah die beiden Ermittler auf der Bank, erkannte Picker, den er schon auf Bildern in der Zeitung gesehen hatte, und nahm all seinen Mut zusammen. »Muss ich da hingehen oder höre ich da nur wieder Gerede für die Weibsbilder?«, fragte der angetrunkene Mann eine Spur zu aggressiv.

Picker war genervt. »Sie können auch daheimbleiben und RTL 2 schauen. Ist ein freies Land.«

»Schlau daherreden könnt ihr. Aber die Kinder bringt ihr net zurück.«

»Guter Mann, wir tun unser Bestes.«

»Einen Scheißdreck tut ihr. Den Toni habt ihr fast totgeprügelt. So sieht's aus. Ich kenn den. Das war kein Schlechter.«

Der Mann schaute ihn herausfordernd an, aber Picker hielt dem Blick stand. Wenige Sekunden später hatte sich der Mann getrollt.

Picker zerdrückte seine Dose und warf sie in den Bach.

»Diese Menschen hier sehen das Böse immer außerhalb des Tals«, versuchte der Forensiker zu erklären.

»Ach was, die haben fürchterliche Angst vor allem, was von außen kommt: Asylbewerber, Preußen, neue Technik, eine andere Partei. Insofern passt es nicht in ihr Weltbild, dass der oder die Täter aus den eigenen Reihen kommen könnten.«

Der Forensiker nickte. »Es ist das Wesen der kleinen Welten wie hier im Tal, sich gegen außen zu verbünden. Wir, die Polizei, sind nicht ihre Freunde. Wir sind Gegner. Wir kommen aus der Stadt, wo alles anders und schlechter ist.«

Sie sahen, wie ein Kleinbus auf einem Parkplatz hielt und vier Frauen in schwarzer Tracht ausstiegen.

»Wenn wir glauben, dass diese Menschen unsere Arbeit unterstützen, sind wir auf dem Holzweg«, sagte Picker mit mühsam unterdrückter Wut in der Stimme. »Diese Bürgerveranstaltung ist doch nur Makulatur. Ich werde nett sein, erklären. Aber am Ende lasse ich die Bombe platzen. Ich will dieses Dreckstal umkrempeln, jeden Stein will ich hier hochheben, die Vorgeschichte eines jeden Mannes im geschlechtsfähigen Alter erfahren. Die denken, wir sind dumpfe Bullen, die brav vor sich hinarbeiten. Aber ich werde ihren Starrsinn brechen!«

Der Forensiker schwieg. Er hatte diese Emotionalität nicht erwartet. Aber auch er glaubte längst nicht mehr daran, dass der Täter von außerhalb kam. Die Frage war nur, wie man das örtlichen Würdenträgern und Einwohnern erklären sollte. Denn er ahnte, dass Picker hier ein Exempel statuieren wollte.

Sie stemmten sich von der Bank hoch und schritten zum schräg gegenüberliegenden Haus.

Der große Saal im *Gasthof zur Post* war zu klein. Zu viele Menschen wollten von den Ermittlern wissen, ob es noch Hoffnung für die vier Kinder gab. Es war eine Veranstaltung, die der Landrat des Kreises angeregt hatte. Denn anders als in den Medien war die Entführung der Kinder hier im Tal noch längst nicht von der Tagesordnung verschwunden. Und ein Landrat, der wie ein kleiner Fürst regierte, spürte solche Stimmungen.

Es hatte mit einem Unterstützerkreis aus besorgten Müttern angefangen. Frauen, die die Kinder von gemeinsamen Schulausflügen, aus dem Trachtenverein oder von der Wasserwachtjugend kannten. Sie fühlten mit den Eltern, ahnten, dass ihre eigenen Kinder nur durch einen Zufall verschont worden waren. Etwas, was in dieser Form nur auf dem Land entstehen konnte, bahnte sich seinen Weg: Solidarität mit den Opfern. Aus der Fürsorge, die teils unbeholfen war – einige wollten Kleider oder Geld spenden – und teils sehr rührend, wurde langsam Wut gegen die Ermittler. Dann kam Maria Strasser. Die Vorsitzende des Wiesseer Trachtenvereins, selbst Mutter eines Sohnes und einer Tochter, hatte einen Unterstützerkreis organisiert. Das war insofern interessant, als er alle Talgemeinden einschloss. Jene Orte, die sich gegenseitig meist nicht den Dreck unter den Fingernägeln gönnten, schlossen sich mit großer Vehemenz an. Sie stellten eigenmächtig Suchmannschaften auf und riefen im Internet, in Zeitungsanzeigen und Radiointerviews den Fall immer wieder in das Gedächtnis der Mitmenschen.

Als die letzten großen Wagen der Polizei, die Suchmannschaften und Hubschrauber verschwunden waren, weil man »sich jetzt auf die Feinarbeit konzentrieren wollte«, als am Tatort nur noch weggeworfene Pappbecher und Tüten von Fast-Food-Ketten im Straßengraben lagen, wussten auch die Unterstützer, dass sie ihre Strategie ändern mussten. Vor wenigen Tagen waren zwanzig Frauen in Tracht im Landratsamt Miesbach aufgetaucht und hatten nach einer lautstarken Diskussion den Landrat zu einer Informationsveranstaltung in Bad Wiessee gedrängt.

Alle Besucher wurden von Polizisten vor der Tür durchsucht, was die sowieso schon angespannte Stimmung deutlich anheizte. Die Menschen waren mehrheitlich in Tracht gekommen. Keine Tracht, wie sie die Zugezogenen aus der Stadt bei *Loden Frey* in München erstehen, nicht das billige Zeug »für das Oktoberfest«, sondern »a Gwand, a gscheit's«. Sie trugen es mit Stolz, und selbst der Verleger war so gekleidet, ebenso die Familie des Kunstschlossers Baumschneider. Mehr als drei Dutzend trugen die Tracht der Schalkfrauen, jene traditionelle Kleidung, die nur zu besonderen Anlässen hervorgeholt wurde. Meist prachtvoll und mit teurem Silber und Gold ausgestattet, trugen sie an diesem Abend nur eine rote Nelke und keinen Hut. Für Eingeweihte ein Zeichen, denn diese Art der Aufmachung wurde nur für Beerdigungen empfohlen.

Der Verleger, tags zuvor noch groß in Form bei seiner Spendengala in München, hatte neben der Strasser Maria an der Tür vor den beiden Polizisten gestanden, als die großgewachsene Frau nur leise zischte: »Long mi net o, oder du kriegst a Fotzn.« Ein Wink des Landrats reichte und man ließ die beiden passieren.

Vorn in der ersten Reihe saßen die Angehörigen wie Ankläger. Ihre Gesichter waren verschlossen. Es musste ihnen unglaubliche Kraft abverlangen, sich hier und heute allen anderen Mitbürgern zu präsentieren. Aber auf eine sonderbare Weise fühlten sich die Verkäuferin Viervogel wie auch die von Homsteins aus Rottach-Egern gut beschützt von den Trachtlern in den Reihen hinter ihnen. So als ob ein Wall aus Menschen den Wellen an Information und Desinformation Einhalt gebieten würde. Alle waren da. Eltern wie Großeltern. Nur Weldes Frau war daheimgeblieben. Sie hatte sich unwohl gefühlt und sich mit einem schweren Beruhigungsmittel ins Bett gelegt. Auch Arzu und Querchers Schwester waren gekommen – ohne Julia. Zu nah war der Fall noch für sie, außerdem wollte sie Gaugenrieder, dem alten Kollegen, nicht begegnen. Aber die beiden Frauen hatten versprochen, ihr alles haarklein zu berichten.

Gaugenrieder war als Sprecher ausgewählt worden. Er kannte die Talbewohner besser, sprach ihren Dialekt. Neben ihm saßen auf dem Podium der Landrat, die Polizeichefin von Bad Wiessee und Picker mit dem Forensiker. Links von ihnen, an einem Extratisch, versammelten sich die fünf Talbürgermeister, so als ob sie zwischen Ermittlern und Bürgern stehen würden.

Psychologen und ein externer Medienberater des Innenministeriums hatten den Termin hastig vorbereitet. Sie ahnten den Zorn der Menschen und hatten schon einen Fragen-und-Antworten-Katalog für den Abend erstellen lassen. Gaugenrieder ließ eine Karte an die Wand projizieren. Der junge Kollege, der den Beamer betätigte, tat sich schwer. Das Publikum wurde unruhig. Gaugenrieder begann zu reden und sehr schnell kamen spontan Fragen aus dem Publikum.

Nach gut einer Stunde war die Luft im Raum abgestanden und heiß. Die Menschen tranken ihr Bier, diskutierten leise untereinander. Der Abend drohte zu zerfasern, bis Picker noch einmal das Wort ergriff.

»Wir werden von morgen an für alle männlichen Talbewohner einen freiwilligen Gentest durchführen. Der Test wird dann sukzessive auf die umliegenden Gemeinden im Landkreis ausgeweitet. Wir wollen damit sicherstellen, dass der oder die Täter nicht hier im Tal wohnen.«

Die Aussage schlug ein wie eine Bombe, plötzlich schrien alle wild und unkoordiniert durcheinander.

Die Strasser Maria erhob sich. »Wenn keiner von den Mannsbildern etwas zu verheimlichen hat, geht er hin.«

»Was soll das? Und wenn es eine Frau ist?«, fragte einer von hinten laut.

Einige lachten leise.

»So was macht keine Frau«, erwiderte Strasser entrüstet.

Gaugenrieder versuchte zu beruhigen. »Wir haben hier Herrn Dr. Liebler, einen Forensiker vom Bundeskriminalamt. Dieser Experte versucht, sich in das Tatverhalten zu versetzen. Sie haben das sicher schon einmal im Fernsehen gesehen. Vielleicht geben Sie ihm eine Chance, die Hintergründe zu erklären.«

Es wurde nur langsam ruhiger. Der Forensiker erhob sich und ging mit dem Mikrofon um die Tischreihe herum. Er wollte eine Verbindung zu den Menschen haben, sie erreichen. Frontalinformation war ihm zuwider. Aus den Erfahrungen in anderen Fällen wusste er, dass die Wachsamkeit der Bevölkerung immer aufrechterhalten bleiben musste.

Wer wach war, sich als Teil der Ermittlungen sah, beobachtete seine Umgebung anders. Was er den Menschen nicht verraten würde, war, dass er den Raum mit kleinen Kameras aufnehmen ließ. Jeder hatte am Eingang seinen Ausweis zeigen und sich in eine Liste eintragen müssen. Vielleicht hatte sich der Täter eingeschlichen, um etwas über den Stand der Ermittlung zu erfahren oder sich am Leid der Angehörigen zu ergötzen. In einem kleinen umgebauten Lkw hinter der Gastwirtschaft beobachteten drei seiner Kollegen die Leute. Schauten, wer schwitzte, wer vielleicht heimlich Aufnahmen mit dem Handy machte, wer unruhig wurde, wer sich nur auf die Eltern konzentrierte.

»Eine Idee, die wir verfolgen, ist etwas spekulativ. Aber damit ist sie nicht unwahrscheinlich. Sie geht davon aus, dass der oder die Täter sich noch mit den Kindern hier im Tal befinden. Diese Tätergruppe neigt dazu, die Kinder in der Nähe der Eltern zu verstecken – meist lebend …« Er räusperte sich, weil er wusste, wie sehr diese letzte Bemerkung die Eltern schmerzen musste. »Wir können aber nun einmal nicht mit einem Schlag jedes Haus hier im Tal aufgrund dieser Theorie durchsuchen lassen. Das werden Sie verstehen. Zu Recht gibt es den Grundsatz von dem Schutz des Privateigentums.« Wieder eine Pause, damit sich diese Aussage in den Köpfen der Zuhörer festsetzen konnte.

Schon kam der erste Widerspruch. »Durchkämmt die Häuser. Wer nichts zu verbergen hat, macht die Tür schon auf.«

Zustimmendes Gemurmel. Aber auch entrüstete Ausrufe. Wieder wurde es laut, was Picker insgeheim gefiel.

»Sosehr das wünschenswert wäre: Weder ist das rechtlich möglich noch haben wir die Kapazitäten dafür. Aber Sie alle können uns helfen. Schauen Sie genauer hin. Gehen Sie in die Keller Ihrer Mehrfamilienhäuser, klingeln Sie beim Nachbarn, wenn Sie ihn lange nicht mehr gesehen haben. Rufen Sie uns an, wenn Sie Verdächtiges beobachtet haben. Wenn Menschen, denen Sie das nicht zuordnen können,

Kinderkleidung oder -nahrung kaufen, wollen wir das wissen. Gehen Sie, wenn Sie jetzt wandern, zu jeder Hütte, jeder Alm hier im Umkreis. Tun Sie sich organisiert mit anderen Menschen zusammen und suchen Sie nach Vorgabe der Polizei einzelne Hänge ab. Das alles kann helfen. Und wenn wir nur einen Schuh, eine Strumpfhose oder einen Schlüssel finden, hilft uns das. Ihr Engagement ist uns wichtig.«

Für einen Moment schien das Publikum von dieser Aufforderung positiv bewegt worden zu sein. Doch dann erhob sich der Vater der kleinen Mathilde. Seine Frau hatte ihn noch am Arm gezogen, ihn gebeten sitzenzubleiben, aber er schüttelte sie wie ein lästiges Insekt ab.

»Ich kann euer Getue nicht mehr ertragen! Seit drei Wochen schafft ihr hier rum. Und wenn der feine Verleger – nichts für ungut, Herr Welde – nicht auch betroffen wäre, dann würdet ihr den Fall doch schon längst zu den Akten legen. Sprecht es doch aus. Ihr lasst diesen Toni ins Koma fallen und jetzt wisst ihr nicht mehr weiter! Ihr habt nicht einen blassen Schimmer, wo die Kinder sein können. Ihr habt alles nach 08/15 durchgezogen und jetzt steht ihr da und habt keinen Plan mehr. Ihr stochert doch im Nebel!« Sein Kopf, sowieso schon einem Ochsen gleichend, war gerötet.

Die uniformierten Polizisten, die am Rand des Saals standen, wurden unruhig. Würde der Baumschneider sich zusammenreißen können? Jetzt erhoben sich auch andere und riefen wild durcheinander. Die Stimmung drohte zu kippen. Gaugenrieder sah besorgt zum Landrat, der wiederum von seinem jungen Referenten gedrängt wurde, den Saal durch den Hinterausgang zu verlassen. Noch schüttelte der Politiker mit dem Kopf, schaute aber schon einmal in Richtung Tür.

Gaugenrieder rief laut gegen die Männer an. Picker kratzte mit dem Fingernagel über das Mikrofon. Der scharfe Ton einer Rückkopplung durchzog den Raum. Alle sahen nach vorn.

Picker räusperte sich. »Ich glaube, da ist einiges nicht klar geworden. Hier noch einmal für alle zum Mitschreiben: Es gibt den begründeten Verdacht, dass der Täter aus euren Reihen kommt, in einem eurer Häuser wohnt, die Kinder in einem eurer Keller, auf einem eurer Dachböden oder einer eurer Almen oder in einer eurer Zweitwohnungen versteckt hat. Statt das Maul aufzureißen, solltet ihr froh sein, dass wir euch von morgen an erneut mehrere Hundertschaften an Bereitschaftspolizei ins Tal schicken, die jeden EURER Steine umdrehen. Ich will die Kinder. Ich nehme keine Rücksicht auf Befindlichkeiten.«

Eine Sekunde war es still, dann riefen die Leute wieder wild durcheinander, forderten Entschuldigungen, aber Picker blieb ungerührt einfach stehen.

Plötzlich war da der Schrei.

Er kam von weiter hinten. Alles drehte sich um. Zwei Frauen hatten sich erhoben. Gaugenrieder reckte den Kopf, wies mit einem Kopfnicken einen der Beamten am Rand an nachzuschauen.

Das war aber nicht mehr nötig. Eine der Frauen hatte ihn erkannt. Sie hatte ihn hochgehoben, sodass jeder der mehr als dreihundert Bürger ihn sehen konnte.

Das war Lukas Welde, der Sohn des Verlegers.

Der Junge wurde, ehe die Polizisten sich versahen, nach vorn gereicht. Jeder strich ihm über den Kopf. Picker rief Befehle. Die Beamten sollten sofort draußen nach den anderen Kindern schauen. Welde senior war aufgesprungen und zwischen den Stühlen zu seinem Kind gestolpert.

So hockte er mit dem Jungen, der einen weißen Ganzkörperanzug trug, vor einer Stuhlreihe, weinte, schluchzte und streichelte seinem Sohn über das Gesicht. Einige Männer waren ebenfalls nach draußen gestürmt, um mit der Polizei bei der Suche nach den anderen Kindern zu helfen. Aber die Straße vor dem Gasthof war leer.

Nachdem die Eltern der noch vermissten Kinder das erfahren hatten, sahen sie still auf den Vater mit seinem Sohn.

Sie sagten es nicht. Aber jedem war klar, was sie dachten. Warum nicht mein Kind?

Welde bekam nichts davon mit. Er bemerkte auch nicht, dass der Mund seines Sohnes weit geöffnet war. So, als wolle er etwas sagen. Aber es kam kein Ton über seine Lippen.

Kapitel 33

Listerhütte, 22.05., 22:43 Uhr

»Was macht dich so sicher?«

»Es ist die Dosis. Alles, was er erlebt hat, wird er nicht mehr abrufen können. Ich erkläre es dir noch einmal.«

Er hatte gar kein Interesse daran. Er wollte, dass sie das machte. Und dass sie auch das Wissen darüber behielt. Er hatte den Plan, sie war für die Durchführung zuständig. Das war der Deal.

»Eine manifeste retrograde Amnesie, also eine ›Was war da los? Ich weiß von nichts‹-Situation kann man nur durch eine Zerstörung oder zumindest eine gravierende Beeinträchtigung des limbischen Systems des Gehirns auslösen. Oder mit einer tiefen Narkose – keine oberflächliche Sedierung. Bei Kindern ist das immer etwas schwierig. Die Drecksbälger vertragen noch nicht so viel wie die fetten erwachsenen Eltern.«

Er kannte ihren Hass auf Kinder. Das war das Entscheidende gewesen. Aber dennoch ängstigte es ihn auf eine sonderbare Art und Weise.

»Es bleiben also zur dauerhaften Sedierung mit Gedächtnisverlust nur die üblichen Benzodiazepine wie Midazolam oder Propofol. Das ist übrigens das Zeug, auf das Michael Jackson so stand.«

»Schon klar, und an dem er verreckte.«

»Bleib ruhig. Nach dem Erwachen aus einer solchen Narkose fühlt man sich meist sehr fit und happy. Allerdings löst Propofol eine antegrade Amnesie aus. Man vergisst also die neuen Din-

ge, aber nicht den Moment, in dem man die Infusion bekommen hat. Deswegen haben wir sie schon im Wagen weggeschossen. Mit einem anderem Mittel, das man nicht so oft und nicht in so einer hohen Dosis verabreichen darf. Aber es hat für die erforderlichen zwölf Stunden gereicht. Alles, was wir jetzt geben, kann über mehrere Tage verabreicht werden. Nur: Irgendwann ist auch da Schluss. Du hast gesehen, was passiert, wenn der Organismus dieser Gören anders reagiert. Zwei und vier haben schlicht schneller abgebaut. Und wir haben den Alarm der Geräte nicht gehört. Aber jetzt sind sie ja wieder da. Wichtig ist nur, dass dich niemand gesehen hat.«

Er nickte. »Die waren alle drin. Ich schob ihn vor mir her in der Wirtschaft, er konnte mich nicht sehen. Dann nahm ich ihm die Maske ab und schubste ihn in den Flur. Der Rest war ein Selbstläufer.«

Sie grinste zufrieden und erleichtert. Viele der Schritte auf der Gegenseite waren ihnen bekannt. Er hatte dann meist schon einen entsprechenden Plan. Jetzt aber hatten sie improvisieren müssen. Stundenlang hatten sie den Ort nach Videokameras durchsucht. Irgendeinen Volltrottel gab es ja immer, der privat eine Kameraaufnahme von seinem tristen Heimatort ins Netz stellte. Die Fahrt zum Gasthof war risikoreich gewesen, aber unglaublich wirkungsvoll. Der einzige Haken war, dass man jetzt die Ermittlung wieder auf das Tal einschränken würde. Mit ein wenig Glück aber würde sich auch das lösen lassen. Seit drei Tagen lief ein bettelndes Kind vor dem Mailänder Dom herum – in den Kleidern von Nummer vier. Er hatte sie in einem Container einer Mailänder Hilfsorganisation deponiert. Nicht einmal zwei Stunden später waren die Kleider verschwunden. Vielleicht stieß darauf jemand im Rahmen der Ermittlungen.

Sie liebte seine Ideen. Leider musste sie wieder die Kinder versorgen. Aber wenn sie endlich schliefen, würde sie ihm etwas Besonderes bieten. Das Bett war frisch bezogen.

»Was machen wir mit Toni?«

Er sah sie erstaunt an. »Was meinst du?«

»Ist es klug, darauf zu warten, ob er wieder erwacht?«

Er lächelte nachsichtig. »Ich muss dir doch nicht erklären, was irreparable Hirnschäden bedeuten. Der Junge ist nur noch intellektueller Brei. Der kann, sollte er jemals erwachen, nicht einmal allein aufs Klo gehen.«

Sie nickte. Es war ihr Spiel. Sie stellte die Fragen nach kritischen Situationen. Er antwortete, hatte in der Regel eine Idee. Wenn nicht, entwickelten sie sie gemeinsam. Es war ein ständiger Prozess. So hatten sie auch Unvorhersehbares bewältigt. Und so würden sie auch mit dem Mädchen umgehen. Mit Nummer vier. Die Namensgebung war auch so eine Idee von ihm. Er wollte keinerlei emotionale Beziehung zu den Kindern aufbauen. Von Anfang an bekamen sie nur Nummern. Nummern waren sachlich, ließen keinen Raum für Gefühle. Sie benötigte die Nummern, um ihren Wünschen Einhalt zu gebieten. Sie würde Kindern gegenüber nie Wärme entwickeln. Sie waren schwach, forderten Aufmerksamkeit, wenn sie einfach das Maul halten sollten, und waren zu nichts zu gebrauchen. Zuweilen entwickelte sie einen richtigen Ekel, wenn sie an den Geruch ihrer kleinen schwitzigen Hände dachte. Wenn sie unbeholfen waren, konnte sie kaum an sich halten, ihnen nicht wehzutun. Noch konnte sie sich beherrschen. Weil die Zahlen halfen. Aber kamen die Namen ins Spiel, verkrampften ihre Hände und sie brauchte viel Kraft, um ihre Fantasie zu kontrollieren. Wie lange noch?

Sie mussten weg.

Kapitel 34

München, 23.05., 09:45 Uhr

Picker wurde fast wahnsinnig. Weldes Sohn hatte man tatsächlich in dasselbe Krankenhaus wie den komatösen Toni Knöchel überstellt. Welde senior kannte den dortigen Klinikchef gut. Es war sein Wunsch gewesen. Aber der Junge war ein Zeuge, da sollte der Alte wenig mitentscheiden dürfen. Sollte das Kind wieder in der Lage sein zu sprechen, konnte es die Polizei mit seinen Hinweisen womöglich zu den anderen Kindern führen.

Er fuhr mit Gaugenrieder hinaus ins Klinikum Großhadern. Schon von Weitem sahen sie auf dem Parkplatz und im Eingangsbereich des Krankenhauses die Reporter. In zwei Stunden sollten sie eine Pressekonferenz geben. Gerass war am Morgen ganz aus dem Häuschen gewesen. Sie hatte Picker in ihr Büro bestellen lassen, wo auch schon ein Vertreter des Innenministeriums wartete. Picker genoss den Auftritt sichtlich. Am Nachmittag würde der Ministerpräsident am Rande einer Plenarsitzung die besonderen Ermittlungserfolge Bayerns hervorheben können.

»Was immer Sie an Unterstützung von uns brauchen, Picker, Sie bekommen es. Wenn der kleine Lukas lebt, dann kann man auch für die anderen hoffen«, hatte er ihm leise zugeflüstert.

Auch Gerass war nahezu euphorisch gewesen. »Das war nicht mehr zu erwarten«, hatte sie gesagt. Und in Pickers Richtung: »Gute Arbeit. Mit Ihrem Druck, innerhalb des Tals suchen zu lassen, dem Gentest und dieser Bürgerversammlung haben Sie den Täter aus dem Konzept gebracht. Das war es. Da bin ich mir sicher.«

Alle hatten genickt. Gaugenrieder hingegen blieb still. Denn es gab einen kleinen Haken.

Auf dem Rücken des Jungen hatte ein Papier geklebt. Sie hatten nicht verhindern können, dass es einige der Menschen in der Gastwirtschaft lesen konnten. Welde hatte die Schrift als die seines Sohnes identifiziert.

Wir haben euer Gält bekomm. Ihr habt Junge von Värleger. Jetzt Ruhe. Anders Kinder weg.

Das war natürlich eine Finte. Sie hatten weder Kontakte zu den Entführern gehabt noch irgendwelches Lösegeld übergeben. Das war absurd. Aber nun war es in der Welt. Genauer: in der virtuellen. Jemand aus dem Ort hatte diese Nachricht dem Onlineportal *Tegernseer Stimme* zugeschickt und dort wurde prompt gefragt: *Sonderbehandlung für Millionäre?* Binnen weniger Stunden waren Hunderte von Kommentaren eingegangen. Wurde erst noch spekuliert, stand für viele schnell fest, dass die Polizei wohl mit zweierlei Maß vorging. Noch ehe Picker vor die Presse treten und die neuen Erkenntnisse in einer Pressemitteilung geraderücken konnte, war diese Theorie in ganz Deutschland zu einem Gesprächsthema geworden.

Gaugenrieder hatte noch früh am Morgen in Bad Wiessee die anderen Eltern getroffen. Welde hatte sein Anwesen als Besprechungsort angeboten. Aber die Betroffenen hatten abgelehnt. So waren sie in der Polizeistation zusammengekommen. Auch dort warteten die Kamerateams und die Reporter, fotografierten in die Autos der Eltern, bis es zwei Handwerkern aus Wiessee zu bunt wurde. Sie fuhren in Schrittgeschwindigkeit, aber ohne zu bremsen, haarscharf mit einem Kleinbagger an der Meute vorbei. Im Windschatten des Fahrzeugs waren die Eltern dann durch das Tor der Polizeistation gekommen und hatten sich mit Gaugenrieder getroffen. Ihre Gesichter offenbarten Misstrauen und Feindseligkeit. Die Saat schien schon jetzt aufzugehen.

»Ich versichere Ihnen, dass wir das nie tun würden. Glauben Sie diesen Verbrechern nicht. Die wollen genau das erreichen. Zwietracht zwischen den Opfern und der Polizei säen.«

»Woher sollen wir das wissen?«, unterbrach ihn Sepp Baumschneider, der Vater der kleinen Mathilde.

»Der Text ist zu offensichtlich in einem osteuropäischen Slang geschrieben. Niemals würden wir nur für ein Kind zahlen. Das ist doch wohl klar!«

Baumschneider saß mit verschränkten Armen neben seiner Frau, deren Augen rot geweint waren. »Herr Gaugenrieder, ich schließe bei diesem Fall gar nichts mehr aus. Ihr habt euren einzigen Zeugen ins Koma geprügelt.«

»Hören Sie, das ist reine Spekulation«, unterbrach Gaugenrieder sofort.

Aber Baumschneider ließ sich nicht beirren. »Warum nur? Wusste der etwas? Und jetzt dieser Brief. Und das Kind vom Herrn Welde spricht kein Wort – angeblich. Das alles sollen wir schlucken?« Er erhob sich und beugte sich zu Gaugenrieder. »Einen Scheiß werden wir tun! Ihr glaubt, dass euch nur der feine Millionär unter Druck setzen kann. Aber ihr habt euch getäuscht. Ihr seid hier auf dem Dorf. Da halten die Leut zusammen.«

Er hatte den Polizisten noch zwei Sekunden hasserfüllt angeschaut und dann mit seiner Frau den Raum verlassen. Auch die von Homsteins waren mit hinausgegangen, obwohl die Mutter, Luise von Homstein, fand, dass man Gaugenrieder ruhig noch etwas hätte zuhören können. Aber das äußerte sie erst leise und weinend im Auto, während sie im Blitzlichtgewitter der Fotografen zurück nach Rottach-Egern fuhren.

Gundel Viervogel war als einzige Betroffene in der Polizeistation von Bad Wiessee geblieben.

Picker hatte zunächst geschwiegen und dann auf sie eingeredet.

Irgendwann hatte sie ihn mit einer kleinen Handbewegung unterbrochen. »Ich habe keinen Menschen, der mir hilft. Ich habe kein Geld, mit dem ich meinen Sohn freikaufen könnte. Ich bin allein. Da sind nur Sie, diese Menschen da draußen und ich. Und irgendwo ist mein Sohn. Bringen Sie ihn zurück.«

Dann war die kleine, aber zähe Person aufgestanden und hinausgegangen. Vorbei an den Reportern, hinein in den Supermarkt, wo noch vor wenigen Wochen alles in Ordnung war.

Die Reporter liefen ihr hinterher. Aber kaum hatten sie den Flur erreicht, erschien ein junger Fleischergeselle, der mit großer Geste zwei sehr lange Fleischermesser schliff. Man wich zurück und verstand.

»Wir reden erst mit dem behandelnden Arzt«, wies Picker Gaugenrieder an, der das Auto in die Tiefgarage des Klinikums lenkte.

Kurz darauf saßen sie in einem Besprechungszimmer vor einem Schreibtisch. In einem Leuchtgerät lagen Röntgenbilder von einem Kopf. Darunter standen die Buchstaben L und W. Picker verstand, dass es sich um den Kopf des kleinen Welde handelte.

»Nun, wir sind noch mitten in den Untersuchungen«, begann der Arzt. »Lukas ist rein äußerlich, bis auf ein paar sekundäre Verletzungen, unversehrt.«

»Aha, was sind das für Verletzungen? Sind die dokumentiert worden?«

Der Arzt nickte. Er drehte seinen Computerbildschirm in Richtung der beiden Polizisten. »Hier am Oberschenkel. Brandmale. Nicht wirklich schlimm. Schon verheilt. Hämatome an Rücken und Hals. Und noch ein paar weitere am Arm von einer falsch gesetzten Spritze, was insofern wohl seltsam ist, als die Person, die Lukas sedierte, offensichtlich ihr Handwerk verstand.«

Gaugenrieder notierte eifrig mit. Das war eine echte Neuigkeit und sehr hilfreich.

»Nun zu den eigentlichen Schädigungen und Beeinträchtigungen. Wie Sie ja schon wissen, ist die Artikulationsfähigkeit des Jungen unterbrochen. Kurz: Er kann sich weder mitteilen noch reagiert er. Zudem scheint er einen erheblichen Hörverlust erlitten zu haben. Sein Kiefer ist in Permanenz geöffnet. Er ist apathisch. In seinem Blut fanden wir manifeste Hinweise auf eine ständige Sedierung.«

Picker konnte es nicht glauben. Sie hatten einen Zeugen, der aber nicht sprach und nichts verstand – und zu allem Übel auch noch den Mund nicht zubekam. Was war das hier? Eine Schnitzeljagd mit Sonderübungen? Das war doch kein Zufall. Jemand spielte mit ihnen.

»Wie kann das passieren? Was ist da vorgefallen?«, fragte Gaugenrieder leise.

Der Arzt erhob sich und ging zu dem Leuchtgerät. »Die Kiefersperre erklärt sich optimal durch eine Lähmung des Nervus mandibularis, das ist der dritte Ast des fünften Hirnnerv, des Nervus trigeminus. Hier …« Er zeigte auf das Skelett des Kopfes. »Der versorgt nämlich alle für den Mundschluss zuständigen Muskeln, den Musculus masseter, den Musculus temporalis und den Musculus pterygoideus medialis.«

Das war das Problem, wenn man mit diesen verdammten Klinikaffen sprach. Anders als die gut geschulten Gerichtsmediziner brabbelten diese Pfeifen ständig in ihren lateinischen Begriffen und keiner verstand etwas.

»Geht's womöglich auch ohne großes Latinum?«, fragte Picker angesäuert.

Der Arzt lächelte milde. »Ja, Bildung ist ein knappes Gut.« Er fuhr fort: »Die Hirnnervenschädigung könnte durch das Medikament der Entführer ausgelöst worden sein. Wir suchen noch nach einem Mittelnachweis. Das wird nicht leicht, Ihnen aber wohl sehr wichtig sein. Hat bestimmt auch keinen lateinischen Namen.«

»Verstanden, Dr. Mabuse«, murmelte Picker leise.

»Die Stummheit lässt sich gut mit dem Phänomen des totalen Mutismus erklären. Das ist – kurz und ohne Latinum gesagt – eine überwiegend durch Schockerlebnisse ausgelöste, häufig mit Depressionen einhergehende Sprachlosigkeit oder Kommunikationsstörung, die besonders im Kindes- und Jugendalter auftritt.«

»Und daher die Apathie?«

»Ja, infolgedessen sind durchaus auch apathische Zustände denkbar.«

»Nach wie vielen Tagen kann man damit rechnen, dass sich sein Zustand ändert? Ich meine, er wird ja nicht mehr sediert, ist in seinem häuslichen Umfeld und wieder bei seinen Eltern.«

»All das kann theoretisch ewig andauern oder aber reversibel sein«, erwiderte der Arzt.

»Könnten die Entführer diesen Zustand bewusst herbeigeführt haben?«, fragte Gaugenrieder.

Der Arzt schüttelte den Kopf. »Man kann ihn innerhalb einer Therapie billigend in Kauf nehmen, aber ihn derart punktgenau hervorzurufen, ist kaum möglich. Allerdings bin ich kein Ermittler, das werden meine Kollegen aus der Rechtsmedizin sicher besser beurteilen können. Fest steht, dass hier professionell gehandelt wurde, das Sedieren muss jemand vollzogen haben, der sich auskennt.«

»Warum?«, fragte Picker und biss sich ein Stück Fingernagel ab.

»Weil der Junge sonst tot wäre.«

»Sind nicht irgendwelche anderen Hinweise am oder im Körper gefunden worden, die uns eine Idee davon geben könnten, wo der Junge untergebracht wurde?«

»Schauen Sie, wir wissen, dass Lukas äußerst lichtempfindlich ist. Ich glaube, dass er lange in Dunkelheit oder künstlichem Licht verbracht hat. Zudem ist der Rücken erheblich von Druckstellen belegt. Er scheint viel gelegen zu haben. Des Weiteren wurde er an Händen und Füßen fixiert. Aber es waren keine sehr harten Fixierungen, also weder Metall noch Plastik, was Einschnittstellen auf der Haut hinterlassen hätte. Ihre Kollegen haben bereits Haar-, Speichel- und Hautproben bekommen. Noch können wir Ihnen keine Stuhlproben geben. Auch Urinproben sind nicht angefallen. Bekommen Sie aber.« Leise fügte er hinzu: »Was auch immer der Junge erlebt hat, er wird es garantiert nie mehr vergessen. Daran wird keine Therapie dieser Welt etwas ändern können.«

Picker nickte und erhob sich. »Wir werden neben dem normalen Wachschutz auch zivile Kollegen in Ihrem Haus postieren. Sie sollten das wissen. Es ist mit der Klinikleitung abgestimmt. Täter neigen dazu, sich dem Risiko auszusetzen und ihrem Opfer noch einmal in einem vermeintlich geschützten Bereich aufzulauern. Das Opfer soll sich nie sicher fühlen!«

Der Arzt hatte sich ebenfalls erhoben, war um den Tisch herumgegangen und hatte Picker in die Augen gesehen. »Sie müssen das Schwein kriegen.«

Picker konnte sich den Zynismus nicht ersparen. »Ist doch sicher nur ein kranker Mensch.«

Kaum hatten sie das Krankenhaus verlassen, klingelte Pickers Handy.

»Wir haben etwas aus Italien.« Es war eine Kollegin von der SoKo Ostin.

»Was?«

»Carabinieri haben eine rumänische Bettlersippe am Dom in Mailand hochgehen lassen. Das Übliche. Man fand Schmuck und andere Wertgegenstände.«

»Was hat das mit unserem Fall zu tun?«

»Eines der Kinder trug die Jacke und die Hose von der kleinen von Homstein.«

Sie standen im Stau auf dem Mittleren Ring. Umso übler wurde seine Laune, als ein Streifenwagen mit zwei jungen Kollegen neben ihm auftauchte und die beiden zu ihm hinübersahen.

Er telefonierte ungeniert weiter. »Was haben die Italiener gemacht? Sind die Scheißrumänen noch in Haft?«

Die junge Frau am anderen Ende wurde kleinlaut. »Nein, die Familie konnte nachweisen, dass der Schmuck zur Aussteuer für eine der Töchter gehört.«

»Klar, bevor sie auf dem Straßenstrich verhökert wird. So ein Bullshit. Und jetzt sind die wieder unterwegs, oder was?«

Im Streifenwagen neben ihm wurde das Fenster heruntergelassen, eine Kelle kam zum Vorschein. Ihm wurde von einem sehr jungen Mann in Uniform bedeutet, dass er rechts in eine Baustelleneinfahrt zu fahren habe.

»Was zum Teufel …? Herrgott!«

Gaugenrieder streckte seinen Dienstausweis aus dem Fenster, doch der junge Kollege schüttelte nur den Kopf, wies auf die Einfahrt hin.

»Die Italiener haben die Sippe wieder laufen lassen? Wie haben sie das mit der Kleidung denn herausbekommen?«

»Über das Fernsehen. Ein Fernsehteam hat eine italienische Polizeistreife begleitet. Das Material wurde ausgestrahlt und ein in München lebender Italiener hat es gesehen. Der kannte die Klamotten der Kinder aus einer der Sondersendungen im deutschen Fernsehen. Also hat er sich von Mailand bei uns gemeldet und wir sind der Sache nachgegangen. Die Kollegen in Mailand allerdings hatten die Familie schon gehen lassen. Aber wir haben von ihnen genug Material bekommen. Die Fotos wurden eben ausgewertet. Es wäre ein verdammter Zufall, wenn ein Kind dieselbe Kleiderkombi tragen würde wie das entführte …«

»Moment, warten Sie!« Picker hatte den Wagen in der Einfahrt für die Baufahrzeuge gestoppt, war mit dem Handy aus dem Wagen gesprungen und auf den Kollegen zugelaufen. »Pass auf, du kleiner Scheißer! Hier ist mein Dienstausweis. Wir sind vom LKA, und wenn du Dimpfelmoser jetzt so freundlich wärst, uns unsere Arbeit machen zu lassen, hätten wir alle einen glücklichen Tag.«

»Das mag ja sein, Herr …«, der junge Polizist las den Namen vom Ausweis, »… Herr Picker vom Landeskriminalamt. Aber auch für Sie gilt die Straßenverkehrsordnung.« Er sprach mit einem deutlich hörbaren Dialekt aus Franken.

»Was willst du werden, du Nürnberger Würstchen? Bulle des Monats? Geh mir nicht auf den Sack, sonst …«

Gaugenrieder ging dazwischen.

Picker drehte sich weg und telefonierte ungerührt weiter. »Was haben die Italiener jetzt gemacht?«

»Ach, Sie wären dann wieder so weit? Ja, also die Mailänder Kollegen haben eine Sonderfahndung nach der Sippe laufen. Sie gehen in die Vororte, wo sich die Illegalen meist aufhalten.«

»Müller und Grobender sollen gleich von Madrid nach Mailand weiterfliegen. Ich will da Leute vor Ort. Ich traue den Nudelfressern nicht. Die würden die Gören auch diesem fetten Berlusconi verhökern, wenn der Bock auf Kinder hätte.« Picker beendete das Gespräch und setzte sich wieder zu Gaugenrieder in den Wagen.

Wieder klingelte sein Telefon.

Es war Gerass. Picker stellte den Lautsprecher seines Handys an. Der Italiener, der sich aus Mailand gemeldet hatte, war mit seinem Wissen an die Presse gegangen. Prompt wurde von einem italienischen Sender der Verdacht geäußert, dass eine Zigeunersippe die Kinder entführt hätte.

»Das ist doch Unsinn, Picker, oder? Wenn das so wäre, dann können wir uns den ganzen Aufriss um den freiwilligen Gentest sparen. Das ist rechtlich im Grenzbereich. Was wollen Sie machen?«

Picker sah zu Gaugenrieder.

Der zuckte nur mit den Achseln. »Ich glaube, dass man uns den Jungen quasi als Knochen hingeworfen hat. Die sind mit den anderen Kindern schon in Italien«, mutmaßte er.

»Also?« Gerass' Stimme hallte durch das Wageninnere.

»Nun, vom Tegernsee nach Mailand braucht's fünf Stunden hin und fünf zurück. Ein Katzensprung. Aber ich bin mir sicher, dass die Kinder im Tal sind. Wenn wir uns jetzt zurückziehen, wird es für die Bewohner, aber vor allem für die Täter so aussehen, als ob wir ihren Vorgaben folgen würden. Das wäre fatal. Ich will das ganze Programm«, forderte Picker.

Was sollte er auch sagen? Sie hatten über das rumänische Kind, das in den Kleidungsstücken der kleinen von Homstein aufgetaucht war, bislang noch keine näheren Informationen bekommen. Stattdessen kamen laufend einzelne bruchstückhafte Nachrichten herein, die sie erst einmal sortieren mussten. Aber der Druck der Öffentlichkeit würde jetzt ins Unermessliche steigen. Der Fall wurde immer unüberschaubarer. Picker aber musste etwas liefern. So wie es jetzt schien, war das kein Einzeltäter. Und wenn doch, dann war er sehr mobil und legte ständig falsche Spuren.

Picker hatte sich festgelegt. »Wir ziehen das jetzt durch.«

Kapitel 35

Bad Wiessee, 23.05., 08:59 Uhr

Julia Dahmer war um sechs Uhr, noch vor Sonnenaufgang, hinauf in den Wald gelaufen. Sie nannte es ihren ›Übungshang‹, ein fast zugewachsener Forstweg mit umgestürzten Bäumen, den sie mit gleichbleibender Geschwindigkeit bezwang. Schnurgerade war sie den Semmelberg, der immerhin eintausendeinhundert Meter hoch war, hinaufgerannt und anschließend durch den Bergwald wieder hinabgesprintet. Gut anderthalb Stunden später war sie am Anwesen eines bayerischen verurteilten Fußballpräsidenten vorbeigekommen und wandte sich dann Richtung Prinzenruhe, einer Lichtung mit Blick auf den See und die Gemeinde.

Es war Lumpi, die sie als Erste bemerkte. Der Hund bellte und lief auf sie zu, sprang an Dahmer herauf und winselte glücklich.

»Was machst du denn hier?«, fragte sie Quercher, der in einer kleinen Hütte für müde Rentner saß und einen Kaffee aus einer mitgebrachten Thermoskanne trank

»Dumm rumsitzen wie ein alter Mann eben.«

»Aha, schmerzt die Hüfte?«

»Ja, und mehr will ich davon auch nicht erzählen.«

Sie lächelte. »Du bist ein echter Morgenmensch, Quercher.«

Julia hatte ihre Aversion gegen Quercher aufgegeben. Nicht nur, weil er sie zu sich geholt hatte, was ihr viel bedeutete. Denn sie wusste um seine Liebe zur Einsamkeit und rechnete ihm hoch an, dass er sich stillschweigend mit seiner aktuellen Wohnsituation arrangierte. Denn mit ihr, Arzu, ihrem Sohn und seit einigen Tagen nun auch Pollinger, der sich gern selbst einlud, wenn er zwischen den Behandlungen Zeit fand, glich sein Zuhause zuweilen einem Irrenhaus und war laut und hektisch. Selbst Lumpi wurde das häufig zu viel. Die alte Hundedame verkroch sich dann in ihrem Bastkorb und rollte sich ein.

»Setz dich, ich muss mit dir reden.«

»Schon gut, Max. Ich bin bald weg und fall dir nicht mehr zur Last.«

»Unsinn, ich fürchte, dass ich dich bitten muss zu bleiben.«

Sie sah ihn mit einem erstaunten Gesichtsausdruck an. Was wurde denn das jetzt?

Quercher hatte sich am Abend zuvor von Arzu und seiner Schwester die neuesten Entwicklungen im Fall Ostin erzählen lassen. Kurz bevor er sterbensmüde in sein Bett fallen wollte, hatte er eine SMS von Steinleitner erhalten. Dessen neuestes Hobby war Markus Sareiter. Er hatte sich in den Kopf gesetzt, den Rechtspopulisten, der durch die Entführung der Kinder einen ungeheuren Auftrieb bekam, genauer zu durchleuchten.

Obwohl ihm die Augen zufielen, hatte Quercher Steinleitner zurückgerufen. »Was ist so wichtig?«

»Kennst du die Geschichte von deinem Freund Sareiter?«

»Findest du nicht, dass das auch noch morgen ein Spitzenthema für einen Cannabisabend sein könnte?«

»Der Sareiter steckt in der Sache mit drin.«

»Ludwig, in welcher Sache?«

»Du hast das von seiner Frau gehört?«

»Die ist vor Jahren bei einem Unfall zu Tode gekommen oder so. Deswegen ist Sareiter auch nach Indien gereist. Wieso?«

»Das war nicht irgendein Unfall. Seine Frau starb nicht weit von hier. Sie fuhr von diesem Heim für schwer erziehbare Jugendliche in Holzkirchen nach Tegernsee. Die Sareiters wollten dort ein Haus beziehen. Kurz hinter Warngau wurde sie von einem Wagen bedrängt. Es waren vier junge Männer aus Rottach-Egern, die von einer Party in München heimkamen. Der Fahrer versuchte mehrfach zu überholen, schaffte es zunächst nicht, zog dann aber in einer lang gezogenen Kurve an ihr vorbei. Er touchierte sie leicht. Sie konnte nicht gegenlenken. Der Wagen brach aus, sie kam von der Fahrbahn ab und landete kopfüber in einer Wiese. Die Jungs hielten an, gingen zu dem Wagen, glaubten, dass die Fahrerin tot wäre. Einer von ihnen klaute die Handtasche, ehe sie, ohne Hilfe zu rufen, wegfuhren. Die Unfallstelle lag so, dass sie von der Straße nicht einsehbar war. Ein Bauer, der Holz schlagen wollte, fand die Frau am nächsten Morgen.«

Quercher hatte die Geschichte noch nie gehört. »Okay, das ist schlimm. Aber was ist dann passiert, dass Sareiter sich so verändert hat?«

»Jetzt kommt ja erst das Entscheidende. Die Jungs waren allesamt aus reichem Hause hier am Tegernsee. Der Jugendrichter verurteilte die Herren zu einer Bewährungsstrafe. Und das, obwohl der Fahrer und einer der Insassen schon vorher straffällig geworden waren. Sareiter legte als Nebenkläger Berufung ein. Das nächsthöhere Gericht wies sie aber ab. Und jetzt rate bitte mal, wer der Richter an diesem Gericht war?«

»Keine Ahnung. Sag schon, ich will schlafen.«

»Georg von Homstein.«

»Von Homstein, wie das entführte Kind?«

»Genau, wie das kleine Mädchen. Georg von Homstein ist der Großvater der kleinen Maria. Und das ist noch nicht alles. Der Großvater ist mit den Eltern der vier Jungs aus dem Unfallwagen im *Lions Club Tegernsee* tätig. Das aber kam erst später heraus, als Sareiter schon in Indien war.«

»Du meinst, da ist eine Seilschaft aktiv gewesen? So nach dem Motto ›Wir bringen unsere Kinder nicht in den Knast‹?«

»Ja, klar.«

»So, und nun? Was ist deine Theorie?«

»Das ist eine alte Rechnung, die von Sareiter aufgestellt wird. Er will sich an dem alten von Homstein rächen.«

Quercher atmete tief durch, ehe er müde antwortete: »Ludwig, sei so lieb und geh schlafen.«

Julia Dahmer schwieg. Schwieg, weil sie überlegen musste, ob sie sich mit dem Fall, der ihr so brutal aus den Händen gerissen worden war, noch einmal auseinandersetzen wollte. Und warum ihr Quercher diese Story erzählte.

»Max, warum erzählst du mir das?« Sie erhob sich, dehnte ihre Beine an einem Holzzaun, was Quercher die Möglichkeit gab, ausgiebig ihren Po zu bewundern. Sie drehte ihren Kopf so, dass sie es bemerkte.

Sofort stand er ebenfalls auf. »Warte, ich bin noch nicht fertig. Ich habe bis heute Morgen auch gedacht, dass das nur Steinleitners Spinnereien sind. Aber dann fiel mir etwas ein, was ich bei einem Besuch vor einigen Wochen in Sareiters Bücherregal entdeckte.«

»Lass mich raten: ein Buch mit dem Titel *Kindesentführungen für Dummies* oder *Rache für Einsteiger.«*

»Sehr witzig. Nein, Märchenbücher!«

Sie drehte sich nun ganz zu ihm um. »Hör auf mit dem Scheiß. Ich bin dir sehr dankbar, dass du mich hierher gebracht hast. Das hat mir gutgetan. Ich werde auch bald wieder verschwinden, dir nicht mehr auf die Nerven gehen. Aber komm mir nicht mit so was. Was soll das? Ich bin aus dem Fall raus. Das ist dir als gefühltem Frührentner vielleicht wurscht. Ehrgeiz für die Sache ist bei dir ja nicht mehr vorhanden. Aber mich hat das sehr verletzt. Und ich weiß bis heute, dass ich den Fall gelöst hätte. Nur komme ich jetzt nicht mit so einem Miss-Marple-Scheiß um die Ecke. Märchenbücher! Rache für die tote Frau und so. Du beleidigst meinen Intellekt, du, du … Märchenonkel!«

Quercher fand ihre Wut ungemein sexy. Aber wenn er ihr das jetzt gesagt hätte, wäre sie wohl vollends ausgeflippt. Er brauchte sie. Denn noch hatte er nur eine Ahnung. Eine Spur, die bislang niemand ins Auge gefasst hatte. Auch vielleicht, weil sie so absurd war.

Sie wollte loslaufen. Er hielt sie fest. »Fertig mit der I-will-survive-Nummer, Gloria Gaynor? Dann würde ich wenigstens gern zu Ende reden. Diese Wegrennerei ist echt kindisch.«

Sie blieb stehen und sah ihn auffordernd an.

»Kennst du das Märchen vom Rattenfänger in Hameln?«

»Von!«

»Was?«

»Es heißt Rattenfänger von Hameln, nicht in Hameln.«

»Mir egal, aber dann kennst du es ja.«

Sie nickte. »Ein Mann kommt nach Hameln, verspricht, die Stadt von Ratten zu befreien, wird nicht entlohnt und nimmt daraufhin alle Kinder mit. Zwei kommen wieder. Eines taub, das andere blind. In eine Höhle sollen sie gegangen sein.«

»Genau. Und wer kam gestern wieder?«

Sie verstand nicht.

»Na, der Sohn vom Verleger Welde. Stumm und nicht fähig zu beschreiben, wo er festgehalten worden war.«

Sie sah ihn mit großen Augen an. »Kommt da noch etwas? Irgendetwas, was nach Logik riecht, nach Hinweis oder gar Beweis? Andernfalls sollten nach deiner Theorie so ziemlich alle Märchenbuchbesitzer, die von einem der Angehörigen der entführten Kinder geärgert oder verletzt wurden, verdächtig sein. Kein besonders überschaubarer Verdächtigenkreis. Aber vielleicht fragst du bei der NSA an, ob sie dir die Daten zusammenstellt.« Sie trabte los.

Quercher humpelte hinterher. »Julia, jetzt hör doch mal zu.«

»Nein, Max. Jetzt hörst du mir mal zu. Im Gegensatz zu dir bin ich nicht der bunte Hund vom LKA mit Narrenschutz. Ich habe keinen Pollinger, der auf mich achtgibt. Ich muss mich in wenigen Tagen wieder auf der Leiter nach oben kämpfen. Ich habe kein beschissenes Haus auf einer Insel. Ich muss für mich allein sorgen.« Sie erhöhte das Tempo und nur Lumpi lief mit, während Quercher atemlos innehielt und sich an die Hüfte fasste.

»Und was ist mit Sex?«, rief er ihr hinterher.

Aber sie blieb nicht stehen, sondern hob nur ihren Arm und zeigte ihm den Mittelfinger.

Kapitel 36

Listerhütte, 23.05., 13:05 Uhr

Noch eine Woche. Dann war alles vorbei. Sie standen am Tor zu einer anderen Welt. Beide konnten ihr altes Leben abstreifen wie einen zu eng gewordenen Mantel und ein neues Leben beginnen. Sie hatte anfangs nicht gewusst, wie sehr diese Geschichte sie verändern würde. Diese letzten Tage würden noch einmal spannend und anstrengend werden. Keine Fehler. Diese Woche war der Höhepunkt. Der Gipfel des Angriffs auf die da unten.

Nummer drei hatte jetzt mehr als zwei Wochen kein Licht gesehen. Kein Sonnenstrahl war auf die Iris getroffen, nicht einmal das Licht einer funzeligen Lampe. Alles war nachtschwarz für Nummer drei.

Sie zog ihren Overall über, setzte ihre Gesichtsmaske auf und öffnete die Luke. Mit vorsichtigen Schritten ging sie in den Keller hinunter. Es roch nach Urin, Schweiß und Angst. Die drei schliefen fest, sonst hätten die Maschinen längst Alarm geschlagen. Sie ging zu Nummer drei, löste die Fixierungen, penibel darauf bedacht, weder Haut noch Stoff zu berühren. Ihre Haare waren kein Problem. Aber der Teufel ist ein Eichhörnchen, sagte sie sich immer, wissend, wie schnell irgendwo etwas hängen bleiben konnte, was Rückschlüsse auf sie zuließ. Sie umfasste den Hals des Kindes. Das musste sie sich gönnen, sie genoss diesen kurzen Moment. Ein Zudrücken, nur wenige Augenblicke lang – und das Leben wäre verflogen. Nicht einmal mehr die Augen hätte Nummer drei noch geöffnet.

Mit einem Rest an Verstand griff sie mit der rechten Hand nach der linken und zog sie vom Hals weg. Sie schnaufte. Hob den Körper hoch, vorsichtig bemüht, dass die Augenmaske des Kindes nicht verrutschte. Sie hatte Klebeband vorgeschlagen, aber er meinte, dass der Kleber Spuren hinterlassen würde und so wieder ein Hinweis sei. Als sie die Nummer drei hinaus an die frische Luft trug, strömte ein warmer Wind vom Gipfel herunter über die Wiese zur Hütte, kräuselte das Wasser im Holztrog und nahm den Duft der Gräser mit. Sie schmiss das Kind mit einem Schwung auf die Pritsche des Wagens.

Sie zog die Plane über die Ladefläche, ging zurück in die Hütte und warf die Luke wieder in das Schloss. Dann zog sie die Tracht an. Das Tal würde Besuch bekommen. Und der Besuch hatte ein Geschenk dabei.

Kapitel 37

Rottach-Egern, 23.05., 16:45 Uhr

Die Eventhalle lag am südöstlichen Zipfel des Sees. Hier würden heute Abend mehr als zweitausend Menschen zu seiner Veranstaltung kommen. Er hatte bewusst diesen Ort für die Gründung der Partei gewählt. Denn es war der Ort der entführten Kinder. An diesem Fall wollte er exemplarisch die Inkompetenz der juristischen und polizeilichen Strukturen beschreiben.

Sareiter hatte jetzt drei Wochen lang Deutschland bereist und Lesungen gehalten, die dank seines Präsentationstalents und seiner geschliffenen Sprache den Charakter von Taufmessen in Brasilien besaßen. Er war in Talkshows, Diskussionsrunden und Konferenzen aufgetreten, hatte sich gestritten und konnte mit seiner Wut gegen linke Sozialromantik und verfilzte Bürokratie jeden Abend neue Mitglieder für die Partei gewinnen. Schon jetzt lagen ihm über sechzigtausend Mitgliedsanträge vor. Mit seiner vorausschauenden Art hatte er Personal aus anderen Parteien abgeworben und sein eigenes Team frühzeitig zusammengestellt, sodass Chaos vermieden und sein Zeitplan eingehalten werden konnte.

Er sah auf sein Handy. Wann kam diese verdammte SMS? Draußen heulten plötzlich Polizeisirenen auf. Der Stress der letzten Wochen hatte auch bei ihm Spuren hinterlassen. Wenig Schlaf und permanente Aufmerksamkeit forderten ihren Tribut. Er stand in der noch leeren Halle und trank einen Ingwertee. Während Angestellte Stuhlreihen aufbauten, den Boden reinigten und umtriebig um Sareiter herumwerkelten, trat eine ältere Dame auf ihn zu.

»Herr Sareiter, mein Name ist Inge Krabbe. Ich würde Sie gern zwei wichtigen Befürwortern Ihrer Ideen vorstellen.« Die Frau mit den kurzen blonden Haaren im Garconschnitt trug ein grünes Kostüm aus grobem Stoff, das knapp die Knie bedeckte. Hohe Stiefel reichten über die Waden.

Klassische Kampfrüstung, dachte Sareiter. Er war solche Kontaktaufnahmen in letzter Zeit gewohnt. Entweder waren es reiche Eigenbrötler, die sich mit seinen Zielen zuerst identifizierten, dann aber gern »noch bessere Ideen wie die Todesstrafe« einbringen wollten. Dafür waren sie auch bereit, einen hohen Spendenbetrag zu überweisen. Oder es kamen welche, die wilde Verschwörungstheorien formulierten. Diese Dame roch jedoch etwas anders.

»Gern, aber ich muss noch an meiner Rede arbeiten. Geht es auch ganz kurz?«

Sie nickte, lächelte und zeigte mit dem Finger zu einem Seitenausgang, der auf einen Parkplatz führte. Er folgte ihr. Ihm war ein wenig unbehaglich zumute, aber dennoch wollte er keine Schwäche zeigen. Was, wenn ihm ein politischer Gegner …

In diesem Moment erhielt er einen Schlag in den Nacken. Der Schmerz war atemberaubend. Er fiel nach vorn, suchte Halt, fiel in eine Pfütze. Wieder ein Schlag. Jemand übergoss ihn mit einer roten Flüssigkeit, die stank und sofort in seine Augen lief. Es brannte. Er versuchte verzweifelt, sich aufzuraffen. Aber wieder trafen ihn Schläge und Tritte. Der letzte schenkte ihm die gnädige Bewusstlosigkeit.

Nicht mehr als zehn Minuten konnte er dort gelegen haben. Vorbeischlendernde Handwerker, die ihn sahen, riefen die Polizei und Sanitäter.

Es war ein Überfall, so viel stand kurze Zeit später fest. Die Internetseite der Partei war zudem gehackt worden, ein Bekennerbanner hatte sich über die Startseite gesetzt. Dort hieß es, man habe sich erstmals gegen den neuen reaktionär-faschistischen Populisten Sareiter zu Wehr gesetzt. Man wolle nicht mehr tatenlos zusehen, wie er und seine Gefolgsleute ungestraft Stimmung gegen Migranten, junge Delinquenten und liberale Rechtsstaatlichkeit machten. Ab heute sei Krieg, hieß es am Schluss von der bis dato unbekannten Gruppe *Aktion gegen Populismus* aus Bielefeld.

Sareiter erlitt Prellungen, Schürfwunden und Verstauchungen. Sein Gesicht war stark lädiert. Aber mit Schmerzmitteln und dem Wissen um die Kraft der Bilder würde er am Abend ungewaschen auf die Bühne treten. Zweitausend Zuschauer würden ihm frenetisch zujubeln, und da die Veranstaltung zudem zeitgleich live im Internet übertragen wurde, kämen noch ein paar Millionen Zuschauer hinzu. Besser hätten die jungen Revolutionäre Markus Sareiter nicht helfen können.

Kapitel 38

Bad Wiessee, 23.05., 16:55 Uhr

Arzu war sofort Feuer und Flamme. Hätte Quercher erzählt, dem wahren Kennedy-Mörder auf der Spur zu sein, sie wäre genauso ernsthaft mit ihm in die Ermittlungen eingestiegen. Er beschützte sie, er und Pollinger. Und so wie Quercher ihr wie ein älterer Bruder war, empfand sie Pollinger als einen milden Ersatzvater. Pollinger liebte im Gegensatz zu Quercher auch ihren Sohn. Er konnte sich an dem kleinen Wurm, wie er ihn nannte, kaum sattsehen.

Tatsächlich hatten die Behandlungen, aber auch die Erholung von der Arbeit Pollingers Gesundheitszustand verbessert. Pollinger selbst allerdings schwor noch immer auf das

Heilwasser. Der alte Mann nutzte jede Gelegenheit, zwischen den Behandlungen zu Quercher zu gehen, wo er ihn an der Tür meist mit einem kurzen Gruß abfertigte und sofort weiter zur Wiege von Max Ali schlenderte. Sobald das zerknautschte Gesicht von Querchers Chef über dem Baby erschien, hörte der Kleine auf zu schreien. Der alte Kriminalbeamte ließ einen dauerhaften Brummton aus den Tiefen seines Leibes erklingen und Max Ali lächelte sofort. Nur bei einem einzigen anderen Wesen erzielte Pollinger einen ähnlichen Effekt: bei Lumpi. Wenn Pollinger vorbeikam, nahm er zunächst den Kleinen, brummte vor sich hin, setzte sich aufs Sofa und rief leise nach Lumpi. Die Hündin hüpfte neben ihn, drückte sich an seinen Körper und senkte dann langsam die Augenlider. Erst schlief der Hund ein, dann das Baby und kurz danach Pollinger. Fanden das die Mutter und Julia erst kurios, gewöhnten sie sich schnell an dieses Ritual. Pollinger garantierte den Restbewohnern des Hauses mindestens eine Stunde völlige Ruhe.

So konnte Arzu jetzt auch Querchers Ausführungen auf der Terrasse hören, ohne einen Blick auf ihr Kind werfen zu müssen.

»Wir müssen außerordentlich vorsichtig vorgehen. Klar, ich muss dir nicht sagen, dass wir keinen offiziellen Ermittlungsauftrag haben. Aber mich interessieren Sareiter und sein Hintergrund. Vielleicht fällt dir was ein, wie wir uns ein paar Informationen verschaffen, ohne …« Er sah Arzu sehr ernsthaft an. »… viel Wind zu machen. Schön leise und diskret. Der Mann ist vermutlich sowieso unter Beobachtung der üblichen staatlichen Stellen. Dazu ärgert er das politische Establishment in Bayern zu sehr.« Quercher sah durch die geschlossenen Fenster zu Pollinger, der genau für dieses System stand, aber im Wohnzimmer friedlich vor sich hin schnarchte.

»Gut, in einem Punkt muss ich Julia recht geben. Die Märchennummer ist nicht wirklich ein Spitzenhinweis. Ich bin jetzt nicht so im Rapunzelthema drin …«

»Es ist der Rattenfänger. Der Rattenfänger von Hameln.«

»Ich stelle mir gerade bildlich den Ermittlungsrichter vor, der den Haftbefehl für Sareiter ausstellen soll. ›Euer Ehren, der Mann wird dringend verdächtigt, nach den Vorgaben der Gebrüder Grimm ein übles Verbrechen …‹«

»Arzu, verschone mich damit. Mir kommt es einfach komisch vor, dass ausgerechnet dann vier Kinder entführt werden, während der feine Herr Sareiter seine Hardlinerkampagne fährt. Mehr ist es nicht. Vergiss die Märchennummer. Ich will einfach wissen, was Markus in den Jahren gemacht hat, als er untergetaucht war. Und wer heute so mit ihm zusammenarbeitet. Ich will mehr über seinen letzten Fall als Rechtsanwalt wissen. Alles eben, was uns ein besseres Bild von ihm verschafft. Die Zeit drängt nicht. Es sieht ja nicht gerade nach Fluchtgefahr aus bei dem Herrn Freizeitpolitiker. Der will ja ganz groß hinaus.« Quercher merkte, dass Arzus anfängliche Begeisterung für den Fall zu erlahmen drohte. Er sah sie aufmunternd an. »Vielleicht schauen wir uns erst mal die möglichen Motive der Entführer an. Erstens: ein Triebtäter, der mit den Ermittlern und den Opfern spielen will. Ist dir irgendein Fall bekannt, wo ein Sexualstraftäter eine derart durchdachte Tat begeht? Nein. Selbst wenn es sich um eine Gruppe handelt, ist so ein perfides Spiel nicht bekannt. Es setzt eine lange Beobachtung des Tatorts, der möglichen Opfer, der Unterbringung der Opfer und der ganzen scheinbaren Hinweise voraus. Also unwahrscheinlich. Zweitens: eine Entführung, um etwas zu erpressen. Selbst bei den dümmsten Kriminellen hat sich herumgesprochen, dass sich Entführungen selten lohnen. Zu groß ist der Ermittlungsdruck, zu groß die Wahrscheinlichkeit, bei der Geldübergabe beschattet und entdeckt zu werden. Drittens: Rache. Kein Trieb hindert den Täter. Geld spielt eine untergeordnete Rolle. Er kann die Kinder lebend, aber genauso gut auch tot zurückgeben. Rache ist ein sehr langlebiges Gefühl, das kann man noch Jahre später auskosten. Und jetzt frag mich noch einmal, warum ich auf Sareiter komme.

Sareiter kennt sich am Tatort aus. Er wohnte nicht weit von hier. Er ist zumindest einem Menschen gegenüber, nämlich dem Großvater der kleinen von Homstein, sehr von Rachegefühlen erfüllt.«

Arzu wiegte den Kopf. »Also, nehmen wir einmal an, Sareiter lässt tatsächlich Kinder entführen, um sie mehr oder weniger halbwegs gesund nacheinander wieder freizulassen. Der Mann ist pausenlos unterwegs. Wie sollte er das denn steuern?«

Quercher atmete tief ein. Da war die Lücke in seiner Theorie. Sareiter musste Komplizen haben. Und wenn einer kein Teamplayer war, dann Sareiter. Nicht umsonst war er Anwalt geworden. Er wollte immer und stets allein glänzen. Und niemals hätte er sich mit gewöhnlichen Kriminellen abgegeben. Aber andererseits hatte er mit seiner Frau ein alternatives Projekt für Jugendstrafgefangene in Holzkirchen aufgezogen. Das war schon lange her, aber zumindest hatte er damals und auch in seiner Zeit als Strafverteidiger genug Kontakt zu dieser Klientel gehabt.

Arzu bemerkte seine Unsicherheit. »Deine Theorie hat Löcher groß wie Scheunentore. Warum ist keiner aus der SoKo Ostin bei der Überprüfung der Angehörigen auf diese Spur gekommen?«, fragte sie.

»Du fragst die Eltern. Vielleicht noch die Geschwister der Eltern. Aber mal ehrlich, wer kommt denn auf so eine Spur …«

»… außer dem Instinktbullen Quercher?«, spottete Arzu.

»Wir brauchen etwas mehr Informationen aus seiner Zeit als Anwalt«, ignorierte Quercher Arzus Stichelei. »Vielleicht liegt da ja der Schlüssel. Außerdem wüsste ich gern, mit wem er so telefoniert. Auch das bitte diskret!«

Arzu schmunzelte. Quercher ahnte, dass sie längst einen Plan ausheckte, dessen Details er lieber nicht wissen wollte. Arzu Nishali nahm es mit dem Datenschutz nicht sehr genau. Das war noch freundlich formuliert.

»Ich werde mich noch einmal mit dem Unfall seiner Frau beschäftigen. Ich glaube, dass uns da mein alter Freund Appel weiterhelfen kann. Der war damals als Rettungsarzt vor Ort. Das zumindest sagte mir Steinleitner.«

Arzu sah zu Pollinger, der sich kurz schlaftrunken und etwas desorientiert umsah, dann aber wieder die Augen schloss. »Nur eins will ich wissen: Was reizt dich daran? Bist du genervt, dass sie dich von diesem Kläranlagenselbstmord abgezogen haben?«

Quercher streckte sich, trank langsam aus seiner Teetasse und schwieg. Irgendwo knallte es zweimal. Es klang für Quercher wie Schüsse. Berufskrankheit, dachte er. Vermutlich Jäger, die in der beginnenden Abenddämmerung oben in den Bergen auf Wild geschossen hatten.

»Versteh mich nicht falsch, Max. Ich mach alles für dich. Das weißt du. Aber du hast echt wenig in der Hand. Und noch vor einigen Wochen warst du nur scharf darauf, von dem Fall nicht mehr als nötig mitzubekommen.«

Er atmete durch. Polizeisirenen hallten durch das Tal. Sollte er ihr erzählen, wie er Andreas, den kleinen Freund von Mathilde, wiedergetroffen hatte? Jenen Jungen, den er am See in Kaltenbrunn aufgegriffen hatte? Vor ein paar Tagen war der Kleine an der *Aral*-Tankstelle im Ort zwischen den Autos auf ihn zugelaufen, hatte ihn umarmt und geweint. Mehr nicht. Nicht dass Quercher so etwas umwarf. Aber dann hatte Andreas ihn angesehen und ihn gebeten, ihm seine Freundin endlich wiederzugeben. Seine Mutter hätte ihm erzählt, dass Quercher ein Held sei und so etwas könne.

Er hatte die letzten Tage erst richtig gespürt, wie ein solcher Fall, den er sonst routinemäßig behandelt hätte, eine ganze Region komplett verändern konnte. Gerade jetzt, wo er sich in Bad Wiessee wieder ein wenig heimisch fühlte. Natürlich waren Arzu und das Kind, Julia und jetzt auch der alte Pollinger eine Belastung für den nach Einsamkeit gierenden Quercher. Aber diese Lebensumstände waren andererseits herrlich zusammengeschustert. Nicht nach Plan. Eine Idylle mit vielen Ecken und Kanten. Ihm gefiel das. Und was hinzukam, er aber niemals offen aussprechen würde: Ihm gefiel Julia.

Immer mehr Polizeisirenen waren zu hören.

Pollinger stand mit dem Kleinen im Arm in der Tür zur Terrasse. »Mir wäre nach Kuchen – und dem jungen Mann hier nach Milch, glaube ich.«

Arzu erhob sich und streckte die Hände nach ihrem Sohn aus.

»Bevor ihr zwei Privatermittler den neuen Politstar auf illegale Art und Weise durchleuchtet, gebe ich ein wenig Futter. Drinnen auf dem Sofatisch liegt eine umfangreiche Dateisammlung über Sareiter.«

Quercher sah den Alten mit großen Augen an.

Pollinger deutete auf die Klappe, die für Lumpi in der Tür eingefasst worden war. Sie stand offen. Pollinger hatte eine Spielzeuguhr aus Stoff hineingeschoben und so das Gespräch der beiden munter mitverfolgt. »Ich hatte Magenkrebs, keinen Hörsturz. Und wenn ich es höre, hören es andere vielleicht auch. Also seid das nächste Mal bitte etwas diskreter.«

»Und wer hat deine Privatdateiensammlung zusammengestellt?«, fragte Quercher, wohl wissend, dass einer wie Pollinger niemals seine Quellen verraten würde.

»Ihr seid nicht die Einzigen, die sich um den Anwalt kümmern. Er ist auch bei anderen auf dem Radar erschienen.«

Quercher ahnte, dass politische Kreise in München und Berlin ihre Finger im Spiel hatten. Er würde mit der Quellenlage vorsichtig umgehen müssen.

Während er aufstand, klingelten sowohl sein als auch Arzus Handy. Zudem tönte auch noch das Festnetztelefon im Wohnzimmer.

Sofort begann Max Ali zu schreien.

Quercher verdrehte die Augen. Er nahm ab. »Anke? Was ist denn? Hier klingelt es gerade Sturm. – Wer? Die kleine Mathilde? – Soll ich kommen? – Ja, okay. Klar, wir fahren sofort los.«

Er legte auf und sah Arzu, die den Kleinen gerade an ihre Brust gelegt hatte, und Pollinger mit aufgerissenen Augen an. »Eines blind, das andere stumm. Wie im Märchen. Dieses verdammte Arschloch!«

Kapitel 39

Bad Wiessee, 23.05., 16:51 Uhr

Es war lediglich eine große Gruppe, die sich auf dem Parkplatz vor der Turnhalle eingefunden hatte, keine Demonstration. Die Beamten konnten vielleicht hundert Väter und Mütter mit ihren Kindern sehen. Viele trugen die örtliche Tracht der Schalkfrauen, andere hatten nur ihre Alltagskleidung an. Der Anlass war das Entscheidende, hatte Maria Strasser, die Initiatorin, gesagt. Der Bayerische Rundfunk war mit einem Kamerateam erschienen, auch Vertreter der Printpresse waren zugegen. Hier hatte Welde senior seinen Einfluss geltend gemacht. Am Abend würde er auf dem Podium neben Sareiter in Rottach-Egern stehen. Jetzt war er noch bei seinem Sohn im Klinikum. Aber Weldes Frau war erschienen, groß, blond, mit einem kurzen Rock, High Heels mit lippenroten Sohlen. Ein wenig zu overdressed für den Anlass, wie einige Mütter leise zischten.

Autofahrer hätten glauben können, dass es sich um den Beginn einer Klassenfahrt handelte. Aber die vielen Polizisten, die zum Schutz der Gruppe und sicher auch zum Schutz des Lagezentrums herumstanden, durchkreuzten diesen Eindruck.

Maria Strasser hatte sich im letzten Augenblick etwas, wie sie fand, Spektakuläres ausgedacht. Aus dem örtlichen Blasmusikchor war ein Basstrommler gekommen. Fünfundzwanzig Tage waren seit der Entführung inzwischen vergangen. Und so schlug der junge Mann mit den vielen Pickeln auf den Wangen fünfundzwanzigmal auf seine Trommel, so laut er konnte. Dann las eine Mutter den Namen eines der verschwundenen Kinder vor, nannte das Alter, die Namen der Eltern, der Geschwister. Danach folgte eine Pause. Und wieder wurde getrommelt und ein weiterer Name verlesen. Das wollte man mehrfach wiederholen. Danach würde man sich schweigend trennen und morgen wieder zusammenfinden.

Julia stand ein wenig abseits. Damit sie die Kollegen, die sie kannten, nicht unbedingt sahen. Die Gegensätze stachen ihr förmlich in die Augen. Einerseits diese Idylle ringsherum: Bergwälder, ein im Licht der Sonne schimmernder See, das gegenüberliegende Seeufer glühte in Goldgelb. Und andererseits der krasse Kontrapunkt: Eltern, die das Grauen in die Öffentlichkeit tragen wollten. Die nicht still abwarten wollten, bis ein traurig schauender Polizeichef im Blitzlichtgewitter das eigene Versagen auf irgendetwas Schicksalhaftes schieben würde. Die sich bemerkbar machen wollten.

Julia kannte das nur zu gut. Die Bilder von einem Tatort, an dem ein Mensch zu Tode gekommen war. Die kleinen Grableuchten, die Teddybären, die Briefe der Geschwister, nach wenigen Tagen eingeweicht vom Regen und dann von einem Bauhofmitarbeiter frühmorgens, wenn es keiner sah, heimlich entsorgt.

Sie lehnte an der Mauer und schaute in ihr Smartphone. Sie musste diese Gedanken vertreiben. In einer Woche wollte sie wieder in der Maillingerstraße beim LKA anfangen. Sie brauchte die Arbeit, etwas, was ein Gerüst war.

Als Julia ihren Blick gedankenverloren in Richtung See wandte, fiel ihr das Mächen auf, das in dem Gewusel von Menschen keiner wahrzunehmen schien. Es trug einen weißen Overall. Julia sah genauer hin. Das Mädchen saß auf einem grünen Campingstuhl mit Holzarmlehnen. Das war schon seltsam. Aber was sie am meisten irritierte: Das Kind trug eine Augenbinde!

Jetzt hatte auch einer der Polizisten, die auf der anderen Straßenseite die Besucher der Mahnwache zurückhielten, das Mädchen entdeckt. Er rief seinem Kollegen etwas zu und wollte die Straße queren, als ein Lkw ihm den Weg versperrte.

Es waren nur wenige Sekunden. Aber genau jetzt verstand Julia.

Das Mädchen. Die Augenbinde. Der weiße Overall. Sie stieß sich von der Mauer ab und rannte los.

»Nicht anfassen!«, schrie sie.

Der Lkw war vorbeigefahren. Dicht dahinter folgte ein weiterer Transporter. Dennoch machte der Polizist einen Schritt auf die Straße.

Kind – kein Licht – Absicht der Entführer – Polizist nimmt Augenbinde ab – Kind wird blind.

Das waren die Gedanken, die ihr in den Kopf schossen. Julia war schon fast auf der Höhe des Polizisten und rief ihm ihren Namen zu. Nur sah sie nicht nach rechts, wo ein Rentner mit seiner Frau im Schritttempo fuhr. Julia konnte noch springen, prallte auf die Kühlerhaube, wurde nach vorn geschleudert und blieb am Bürgersteigrand hängen – einen Meter vom Stuhl mit dem Mädchen entfernt. Jemand schrie. Ihr Rücken schmerzte. Neben ihr standen zwei Beine. Sie sah hinauf, erkannte, dass der Polizist das Mädchen anfassen wollte, und schlug dem Kollegen mit aller Kraft in die Kniekehlen. Der sackte zusammen, griff nach ihr.

Sie schrie. »Lass los, ich bin eine Kollegin, verdammt! Auf gar keinen Fall das Kind anfassen. NICHT!«

Sie griff in ihre Jackentasche, um ihren Dienstausweis zu zeigen. Der Polizist reagierte sofort und zog seine Waffe. Sie warf ihm ihren Ausweis vor die Füße, während sie beschwichtigend auf den Kollegen einredete. Der steckte nach endlosen Sekunden die Waffe wieder weg, reichte ihr die Hand und half ihr auf die Beine.

Hinter ihnen kamen immer mehr Menschen über die Straße gelaufen. Der Rentner, der mittlerweile aus dem Auto gestiegen war, schrie wütend, was aber gerade keinen kümmerte.

Julia erklärte in schnellen Worten, wer das Mädchen sein könnte und dass auf gar keinen Fall jemand das Kind anfassen sollte. Und tatsächlich stellten sich drei der Polizisten wie ein Wall um den Campingstuhl.

»Einen Arzt, schnell!«, rief sie, als der Rentner sie von hinten unsanft an der Schulter packte.

»He, Sie haben mein Auto kaputt gemacht. Das bezahlen Sie.«

Es lag am Adrenalin, das wegen des Sturzes und der Aufregung noch durch ihren Körper strömte. Sie drehte sich ruckartig um, packte den Alten am Hals und stieß ihn in Richtung seines Autos. »Geh da jetzt wieder rein und stirb. Du nervst, Opa.«

»Hallo?« Das Mädchen schien wach zu werden.

Die Straße war komplett blockiert von Demonstranten, Polizisten, die hilflos versuchten, Ordnung in das Chaos zu bringen, und Passanten, die wissen wollten, was geschehen war.

Jemand schrie laut auf. Julia drehte sich um und sah einen breitschultrigen Mann, der sich mit aller Gewalt einen Weg durch die Menge bahnte. Es war der Vater des Mädchens. Der Vater von Mathilde Baumschneider, die ihm fünfundzwanzig Tage lang einfach weggenommen worden war.

Quercher hatte Julia geholfen, aus dem Rettungswagen zu steigen. Sie wollte in kein Krankenhaus, sondern fühlte sich noch in der Lage, zu Querchers Freund, Dr. Appel, zu fahren. Dort saß Quercher nun mit ihr im Behandlungsraum, während sich Appel die Röntgenbilder ansah, auf die er bestanden hatte.

»Alles okay, es scheinen nur Prellungen und Abschürfungen zu sein. Glück gehabt, Julia. Beim Quercher wäre jetzt alles kaputt.«

Der verzog angesäuert das Gesicht. Aus irgendeinem Grund lief es nicht richtig rund für ihn. Denn statt Mitleid für seine kranke Hüfte erntete er von seinem Umfeld nur Spott.

»Du hast jedenfalls intuitiv richtig gehandelt. Das war sehr klug von dir, Julia«, lobte Appel, während er auf den Schürfwunden eine rote Flüssigkeit verschmierte.

»Was hätte mit Mathilde passieren können, wenn sie Licht gesehen hätte, Manfred?«

»Komplette Erblindung. Wenn man aus vollkommener Dunkelheit ungeschützt ins grelle Licht tritt, wird man geblendet. Das kennt ihr.«

Julia zog sich ihren Pullover wieder über, der an mehreren Stellen große Löcher von ihrem Unfall aufwies. So sah sie fast noch besser aus, fand Quercher.

»Hauptgrund dafür ist eine massive starke Überreizung der sogenannten Ganglienzellen der Netzhaut. Wenn die Entführer das Mädchen nur immer mal wieder im Dunklen eingesperrt haben, sieht das nicht so schlimm aus. Dann adaptiert sich das Auge nach etwa einer halben Stunde an die neuen Lichtverhältnisse. Aber sollte das Mädchen sehr lange im Dunklen gewesen sein, wäre sie, wie gesagt, höchstwahrscheinlich sofort erblindet.«

»Und sollte Mathilde lange Zeit im Dunklen verbracht haben, wird sie auch nicht viel dazu sagen können, wo und wie sie untergebracht war«, seufzte Julia.

Appel schüttelte den Kopf, während er sich die Hände wusch. »Bei längerem absolutem Lichtmangel kommt es außerdem zu einem gestörten Tag-Nacht-Rhythmus und neben der zeitlichen auch noch zu einer räumlichen Desorientierung.«

»Kann man das therapeutisch wiederherstellen?«

»Du meinst, mit Hypnose und anderem Firlefanz?«, antwortete Appel spöttisch. Er war kein Freund alternativer Ansätze. »Drei Wochen in völliger Dunkelheit wären eine echte Katastrophe, denn vor allem bei jüngeren Kindern können Rachitissymptome auftreten. Das sind juckender Hautausschlag, Unruhe und Schwitzen. Das verminderte Kalzium bewirkt eine gesteigerte Erregbarkeit der Muskeln, bis hin zu sehr starken generalisierten Krämpfen. Von Spätfolgen wie Knochenerkrankungen und natürlich auch den psychischen Belastungen und Traumata will ich gar nicht erst sprechen.«

»Äußerlich machte sie, so sagte es zumindest der Rettungsarzt, einen wenig verwahrlosten Eindruck«, wandte Quercher ein.

»Na ja, das ist auch ein Hinweis. Wer immer so etwas tut, in so einer professionell ausgeführten Art und Weise, muss einen medizinischen, ich gehe sogar so weit zu sagen, einen kinderärztlichen Hintergrund haben. Sonst sterben die dir ganz schnell weg. Das sind keine Erwachsenen, die viel über ihren Willen steuern können. Wer diese Kinder sediert hat, muss sich extrem gut mit Beruhigungsmitteln auskennen. Aber das kann euch wohl wurscht sein. Ihr habt mit dem Fall ja nichts mehr zu tun.«

»Ist es möglich, Zustände wie Stummsein und Blindheit willentlich mit Medikamenten zu erzeugen?«, fragte Julia.

Appel wiegte den Kopf. »Das vielleicht nicht. Aber beides kann als Nebenwirkung auftreten. Und wer das schon einmal im klinischen Bereich erlebt hat, wird wissen, mit welcher Dosis diese Nebenwirkungen zu erzeugen sind.«

Er schrieb für Julia ein Rezept, das sie in der Apotheke direkt unter seiner Praxis einlösen sollte. »Die haben das vorrätig.«

Quercher blickte Julia fragend an. »Bist du okay? Ich würde mit Manfred gern noch ein Männerproblem besprechen«, grinste er.

Julia verstand. »Ich warte am Wagen. Aber Orthopäden sind keine Urologen, Max, das weißt du schon?«

Quercher zog eine Grimasse und wartete, bis sie die Tür hinter sich geschlossen hatte.

»Ihr scheint euch zu mögen«, stellte Appel lakonisch fest. »Habt ihr Sex?«

»Nein. Ja. Also – äh, hatten wir. Jetzt nicht mehr. Aber schön, dass du nachfragst.«

»Was sollte die Bemerkung mit dem Urologen? Bekommst du keine Erektion mehr? Ich habe dir gesagt, lass die Finger von jüngeren Frauen, die fordern dich zu sehr. Das stresst dich. Erst recht mit der Hüfte.«

»Himmel, lass mich mit meiner Hüfte in Ruhe! Es passt schon noch alles.«

Appel lächelte. »Sieht sie aber anscheinend anders. Kommst du zu früh?«

»Manfred!«

»Kollege Ernst, vom anderen Ende des Ortes, empfiehlt Vakuumpumpen, sehr diskret. So etwas muss heute keinen Mann mehr belasten.«

Quercher brauchte dringend einen Themenwechsel. Er war zu jung für Altherrenhumor und solche Probleme. Und er wollte von Appel mehr über die Hintergründe des Unfalls von Sareiters Frau erfahren. Schließlich konnte er nicht einfach so bei seinen Kollegen der Polizeidienststelle Bad Wiessee erscheinen und nachfragen.

»Okay, Manfred. Was sagt dir der Unfall von Markus Sareiters Frau vor einigen Jahren?«

Appel sah ihn fragend an. »Puh, das ist lange her. Ich war noch Rettungsarzt, ehrenamtlich, wie du weißt.«

»Ja, bekommst von mir auch ein Sternchen. Heute gehst du allerdings stattdessen segeln.«

Appel setzte sich hinter seinen Schreibtisch und versuchte sich zu erinnern. »Das war im Winter oder Spätherbst. Schlimmes Wetter jedenfalls. Wir kamen kurz vor Sonnenaufgang an den Unfallort. Ein Bauer hatte uns gerufen. Ich war todmüde, aber hellwach, als ich die Frau sah. Warte, ich such sie in meinem System. Der Eintrag wird noch drin sein.«

Er tippte sich an seinem Computer durch seine Patientendatei, wo er auch seine Rettungseinsätze dokumentiert hatte. »Ah, da! Warte … Also, die Frau hing, das weiß ich noch, kopfüber in ihrem Gurt. Und wenn man kopfüber hängt, werden bis zu zwei Liter Blut in den Kopf verlagert, was den Blutdruck gefährlich erhöhen kann. Vor allem Menschen mit ohnehin erhöhtem Blutdruck können dabei Schlaganfälle oder Hirnblutungen erleiden. All dies kann – je nach Schweregrad – letal enden. Das war hier der Fall.«

»Sie war schwanger und mit ihrem Tod starb auch das Kind«, ergänzte Quercher.

»Aber nein. Durch die Umverteilung des Blutes beim Kopfüberhängen wird bei Schwangeren die Plazenta vermindert durchblutet. Das kann zu einer vorzeitigen Plazentalösung und einem Spontanabort führen. Oder, wenn die Minderdurchblutung zunächst noch teilweise kompensiert werden kann, zum intrauterinen Fruchttod.«

Quercher hasste es, wenn Appel sich in seinen medizinischen Fachbegriffen suhlte. »Man kann doch so was auch einfach erklären, oder, Manfred?«

Appel schaute pikiert. »Natürlich stirbt auch das Kind nach dem Tod der Mutter. Aber hier lag ein sogenanntes HELLP-Syndrom vor. Dies ist eine weitgehend unklare Komplikation ab dem sechsten Monat mit erhöhten Leberwerten und einem reduzierten Blutplättchengehalt. Das Ganze führt zudem zu einer verstärkten Blutungsneigung. HELLP wird häufig erst spät erkannt und führt oft zu irreversiblen Durchblutungsstörungen von Plazenta und Fötus. Risikofaktoren sind Diabetes und Rauchen. Und die gute Frau hat ein nicht erkanntes Zuckerproblem gehabt. Kurz und für dich schlichten Geist gesagt: Das Kind war schon vorher tot, weil falsch diagnostiziert wurde. Die Frau trug eine tote Leibesfrucht mit sich herum.«

»Das muss doch dann später beim Prozess gegen die Jungs, die den Unfall verursacht haben, eine Rolle gespielt haben?«

Appel nickte. »Natürlich. Die Gutachterin von der Rechtsmedizin konnte das nach einer Obduktion einwandfrei feststellen.«

»Das wird Sareiter etwas anders gesehen haben. Denn so sind es ja ›nur‹ ein Unfall mit Fahrerflucht, unterlassene Hilfeleistung und der Raub der Handtasche gewesen.«

»Na ja, das mit der Handtasche war merkwürdig, wenn ich mich recht erinnere.«

»Wieso?«, fragte Quercher.

»Der Sareiter hatte angegeben, dass sie fehlte. Die Jungs haben das auf Anraten ihres Anwalts aber nie zugegeben. Irgendwann fand man die Handtasche in einem Mülleimer in Rottach-Egern. Es spielte aber für den Prozessausgang kaum eine Rolle. Das Gutachten von der … verdammt, wie hieß sie noch? … Also jedenfalls, das Gutachten war entscheidend.« Er suchte im Internet nach dem Namen der Gutachterin. »Mist, wie heißt sie bloß? Heute praktiziert sie drüben in Tegernsee, direkt neben dem Rathaus. Die ist doch die Schwiegertochter von meinem *Lions*-Freund.«

»Aha, klar, dass du in dem Verein jetzt auch mitmachst.«

»Ja und? Ich werde sogar im nächsten Jahr die Präsidentschaft übernehmen.«

»Und danach die Weltherrschaft?«

Appel erhob sich. »Im Gegensatz zu dir muss ich mir immer noch Überbeine und gerissene Menisken anschauen. Noch Fragen?«

Quercher stand mit einem leichten Stöhnen auf und humpelte Richtung Ausgang, während Appel schon im nächsten Behandlungszimmer verschwand.

Plötzlich wurde die Tür noch einmal aufgerissen und Appel rief quer durch den Warteraum: »Luise Lausinger hieß sie! Aber sie hat mittlerweile geheiratet. Jetzt ist sie eine von Homstein. Das ist die Mutter von der …«

Quercher hob eilig die Hand und legte beschwörend den Finger auf den Mund. Appel zuckte gleichgültig mit den Schultern und warf die Tür wieder ins Schloss.

Kapitel 40

München, 23.05., 20:54 Uhr

»Sie können jetzt zu Ihrem Kind.«

Josef Baumschneider ging jeden Tag mit Metall um. Er bog es, schlug darauf ein, schnitt es oder riss es ab. Seine

Unterarme waren gewaltig. Umso erstaunlicher war es, wie er seine schwieligen, von alten und neuen Narben zerfurchten Finger über die Wange seiner Tochter führte. Seine Frau hatte sich auf die Bettkante gesetzt. Die Jalousien waren heruntergezogen. Die Schwestern hatten hastig UV-Lampen besorgt, sodass der Raum in ein bläuliches Licht getaucht war.

Mathilde war kurze Zeit später aufgewacht. Die Ärzte hatten das Blut des Mädchens analysiert und Rückstände von Beruhigungsmitteln gefunden. Das Kind war die letzten Wochen wohl künstlich ernährt worden, so wie Lukas, der Sohn des Verlegers. Und wie man es auch mit Komapatienten auf der Intensivstation des Krankenhauses Großhadern machte.

Trotz der Strapazen konnte Mathilde schon wieder sprechen. Draußen wartete bereits Gaugenrieder mit psychologisch geschulten Kollegen, die sanft die ersten Fragen stellen wollten. Aber jetzt gehörte Mathilde erst einmal den Eltern. Und sie berichteten Mathilde leise, was in den letzten Wochen passiert war. Erzählten davon, was die Katze, die Mathilde so liebte, alles angestellt hatte. Und von ihrem kleinen Bruder, der sich freute, sie wiederzusehen. Es waren Familiengeschichten, die sich wie eine warme Wolke um Mathilde legten. Die Eltern spürten, dass Wochen und Monate vergehen würden, ehe der Horror aus ihrem Kopf weichen konnte. Aber die Eltern waren da. Das reichte.

Langsam verstrichen die Minuten, bevor die Eltern sich wieder losreißen konnten.

Sepp und Jutta Baumschneider waren mit zwei Autos gekommen. Denn die drei Wochen der Entführung hatten auch sie verändert. Hatten sie sich in den ersten Tagen noch gegenseitig gestützt, kam der erste Streit in der zweiten Woche auf. Denn ursprünglich hatte der Vater zugesagt, Mathilde und die anderen Kinder in den Klettergarten von Ostin zu begleiten. Noch am Abend vor der Entführung hatte er seiner Frau versprochen, bei der Gruppe zu bleiben. Aber als er mit seiner Tochter am Morgen schon im Auto gesessen hatte, wurde er von einem Kundenanruf überrascht. Er solle doch bitte sofort kommen, man sei unzufrieden mit der Arbeit seiner Angestellten. Ohne es seiner Frau zu erzählen, hatte er Mathilde der nicht weit von ihnen entfernt wohnenden Gundel Viervogel übergeben. Nach einer Woche war es aus der Mutter herausgebrochen, als er sie beim Abendbrot zur Geduld mahnte. Sie hatte leise in der Küche geweint und Sepp hatte das besorgte und fragende Gesicht seines Sohnes gesehen. Sachte hatte er sie beruhigen wollen, aber das Gegenteil erreicht. Sie hatte ihn angeschrien, ihn beschuldigt, den Tod der Tochter verschuldet zu haben. Seine Faulheit, sein Job – das alles hätte das Verschwinden verursacht. Er hatte den verstörten Kleinen ins Bett gebracht, sich wieder an den Tisch gesetzt und wortlos den Vorwürfen seiner Frau zugehört. Noch in der Nacht war er in das kleine Büro seiner Werkstatt gezogen und schlief seitdem dort auf einer harten Pritsche. Niemand im Betrieb hatte gewagt, etwas zu sagen. Kam er am Morgen vor dem Frühstück kurz nach Hause, lag sie noch im Bett, unfähig aufzustehen. Dort blieb sie, bis er wieder zur Arbeit gegangen war. Wie ein Gift hatte sich Sprachlosigkeit in die Familie geschlichen. Und niemand war da, dieses Gift zu beseitigen.

Selbst jetzt, wo Mathilde wieder zurück war, konnten die beiden nicht zueinanderfinden. Jutta Baumschneider hatte für ihren Mann nur noch Verachtung übrig. Die Liebe war wie eine Jahreszeit einfach gegangen.

Kapitel 41

Gmund, 23.05., 21:45 Uhr

Picker ließ sämtliche Zugänge ins Tegernseer Tal dichtmachen. Über vierhundert Polizisten waren im Einsatz. Es war die größte Einzelaktion der bayerischen Polizei dieser Art seit den Terrorzeiten der RAF. Picker hatte wie ein Feldherr im Hinterland bei Miesbach und Kreuth diverse Polizeieinheiten in Mannschaftswagen gebündelt, die jetzt alle Straßen kontrollierten. Überall bildeten sich kilometerlange Schlangen, bis zur Autobahn im Norden staute sich der Verkehr. Zwei Hubschrauber wurden eingesetzt, die mit Wärmebildkameras die Bergwälder rings um den See absuchten. Meldeten sie Bewegungen, wurden sofort Geländewagen der Polizei hinaufbeordert. Meist aber waren es nur verspätete Wanderer und Forstarbeiter. Bei dieser Gelegenheit wurden auch prompt mehrere illegale Flüchtlinge in einer Berghütte entdeckt und ein örtlicher Gemeindemitarbeiter mit seiner Geliebten im Auto aufgescheucht. Und zweimal versuchten Menschen sogar, sich der Kontrolle zu entziehen. Sofort wurden die Autos verfolgt und die Personalien der Insassen festgestellt.

Gleichzeitig begannen Gruppen von Hundeführern, punktuell und scheinbar zufällig bei Hausbewohnern zu klingeln und sie zu fragen, ob sie das Haus betreten und durchsuchen dürften – natürlich auf rein freiwilliger Basis. Das Justizministerium hatte in letzter Minute mit schweren Bedenken und auf Druck des Ministerpräsidenten zugestimmt. Der hatte lapidar erklärt, dass Klagen nicht ausbleiben würden, aber dass es das Gebot der Stunde sei, auch unorthodoxe Maßnahmen zu ergreifen. So sei Bayern, manchmal etwas rustikal, aber dabei erfolgreich. Was er nicht sagte, war, dass darüber hinaus Telefonüberwachungen stattfanden. Schon seit Tagen wurden alle Handys, die sich im Umkreis vom Tatort in ihr Netz eingewählt hatten, überprüft. Jetzt wurden zudem Krankenhäuser und Zulieferer für Anästhetika angefragt, und wenn die Informationen nicht freiwillig geliefert wurden, spielte man die Identität der nicht kooperierenden Stellen an die Presse weiter. Kurze Zeit später erhielt die Polizei dann, was sie wollte.

Picker wollte in den nächsten fünf Tagen einen bislang nie vorgekommenen Ermittlungsdruck auf das Tal ausüben. Am nächsten Morgen würde in verschiedenen öffentlichen Gebäuden der ›freiwillige‹ Gentest durchgeführt werden. Bis zum Wochenende würden zehntausend Männer kontrolliert worden sein.

»Ich will ein Kurzprofil von jedem männlichen Talbewohner. Jedes nur leichte Sexual- oder Gewaltdelikt ist von Interesse. Der oder die sitzen hier und lachen sich über uns tot.«

Picker brauchte dringend Schlaf, seine Augen waren rot gerändert. Der Magen brannte. Seit gestern pfiff es in seinem Ohr. Er bemerkte selbst, wie reizbar er wurde. Das war nicht gut, aber er konnte es kaum unterdrücken.

Gaugenrieder erkannte, dass sein neuer Kollege eine Auszeit brauchte. »Okay, der Test ist gut vorbereitet. Du brauchst jetzt Ruhe. Fahr nach München und leg dich ins Bett. Ich übernehme die Nacht hier und du kommst morgen früh halbwegs erholt wieder.«

Picker wollte schon widersprechen. Aber vielleicht war das genau das Richtige. Er atmete durch und nickte. Nachdem er die Akten auf einen Haufen gelegt und sein Laptop zusammengeklappt hatte, zeigte er auf sein Smartphone. »Ich bin jederzeit erreichbar. Ich bleibe in der Nähe. Vielleicht gehe ich ins Kino. Irgend so etwas.«

Gaugenrieder nickte und schlug ihm leicht auf die Schulter. »Geh saufen oder ficken.«

Früher hatte Picker sich tatsächlich in solchen Situationen in sein Auto gesetzt, war nachts nach Nürnberg oder eine andere entfernt gelegene Stadt gefahren und hatte sich dort in einem Bordell ablenken lassen. Aber jetzt? In diesem Dreckstal gab es nicht einen einzigen Schuppen, der so etwas versprach.

Nach München würde es zu lange dauern. Er brauchte bei den Kontrollen bestimmt zwei Stunden und würde lieber morgen früh zu der anberaumten Pressekonferenz nach München fahren.

Auf dem Weg zu seinem Auto, das vor einer Pension im Ortskern von Bad Wiessee lag, fand er auf einer Mauer einen

Packen mit gelben Lokalzeitungen. Er blätterte ein Exemplar durch und fand zu seiner Freude Privatanzeigen von Prostituierten. Ohne lang zu überlegen, rief er eine Nummer im benachbarten Miesbach an.

Er hatte nicht viel erwartet, als er nach zwanzig Minuten an der Tür einer Wohnung in einem Mehrfamilienhaus klingelte. Aber schon am Telefon war er positiv überrascht gewesen. Es war eine Einheimische, keine dieser dreckigen Huren aus dem Ostblock, wie er sie abfällig nannte. Nichts Aufregendes, einfacher Hausfrauensex, aber sie ließ ihm die Zeit, die er brauchte.

Sie bot ihm zunächst sogar etwas zu essen an. So kam er mit ihr ins Gespräch und es stellte sich heraus, dass sie tagsüber als Krankenschwester im benachbarten Klinikum Agatharied in der Notaufnahme arbeitete. Sie war geschieden, der Sohn in einem Internat. Das war nur möglich, indem sie auf diese Art ihr karges Gehalt aufbesserte. Nichts Körperliches war ihr fremd. Dank ihres Berufs war ihr jede Flüssigkeit, die der menschliche Körper ausschied, bekannt. Als sie beide nach dem Essen stumm an einem kleinen weißen Resopaltisch gesessen hatten, hatte sie ihr fadenscheiniges Sommerkleid geöffnet. Er hatte seinen verschwitzten Kopf zwischen ihre Brüste gesteckt und sich dann über sie geworfen. Er kam zwar nicht. Aber es war für ihn okay.

Er bezahlte sie gut und lag vor Mitternacht wieder in seinem Bett in der Wiesseer Pension. Er roch noch nach der Krankenschwester.

Kapitel 42

Bad Wiessee, 23.05., 23:39 Uhr

»Im Jahre 1284 ließ sich zu Hameln ein wunderlicher Mann sehen. Er hatte einen Rock von vielfarbigem, buntem Tuch an und gab sich für einen Rattenfänger aus, indem er versprach, gegen ein gewisses Geld die Stadt von allen Mäusen und Ratten zu befreien«, las Arzu vor.

Julia konnte es nicht fassen. Sie hörte seit vermutlich fünfundzwanzig Jahren zum ersten Mal wieder ein Märchen. Im Schneidersitz saß sie vor dem Sofa, ein Tegernseer Bier in der Hand. Ihr Körper schmerzte. Aber der Alkohol und eine Schmerztablette von Appel wirkten allmählich. Neben ihr auf dem Sofa hockte Pollinger in einem Trainingsanzug mit dem schlafenden Max Ali im Arm. Quercher hatte am Esstisch Platz genommen und über den von Arzu zusammengetragenen Informationen über die neuesten Entwicklungen des Ostin-Falls gebrütet. Daneben lag die Akte, die Pollinger ihm überlassen hatte. Quercher kannte mittlerweile jeden Satz des Märchens.

»Die Bürger sagten ihm diesen Lohn zu und der Rattenfänger zog sein Pfeifchen heraus und pfiff. Da kamen alsbald die Ratten und Mäuse aus allen Häusern hervorgekrochen und sammelten sich um ihn herum. Als er nun meinte, es wäre keine zurückgeblieben, ging er aus der Stadt hinaus in die Weser; der ganze Haufen folgte ihm nach, stürzte ins Wasser und ertrank. Als aber die Bürger sich von ihrer Plage befreit sahen, reute sie der versprochene Lohn und sie verweigerten ihn dem Mann, sodass dieser verbittert wegging …«

Natürlich war das hier alles grenzwertig. Und natürlich war der wahre Grund für Querchers plötzlich auftauchende Ermittlungswut nicht nur einer Eingebung geschuldet. Pollinger hatte ihm in den letzten Jahren immer schon verrückte Aufträge, scheinbar harmlose Ermittlungen aufs Auge gedrückt. Und immer hatte der Alte richtiggelegen. Nie hatte Quercher dabei auf Anhieb Pollingers wahre Beweggründe durchschaut. Und auch jetzt war es möglich, dass Julia und er dem Alten bei einer Intrige gegen den aufkommenden Politstar behilflich sein sollten. Außerdem – und das war vermutlich wichtiger – behielt Pollinger so den Ostin-Fall, den er als kranker LKA-Chef nicht betreuen konnte, auf eine sehr hintersinnige Weise weiter im Auge. Arzu zapfte zudem ihre kleinen Infokanäle an. Und so wusste das Quartett mittlerweile von allen Schritten Pickers und Gaugenrieders Bescheid.

»Am 26. Juni kehrte er jedoch zurück in Gestalt eines Jägers erschrecklichen Angesichts, mit einem roten, wunderlichen Hut, und ließ, während alle Welt in der Kirche versammelt war, seine Pfeife abermals in den Gassen ertönen. Alsbald kamen diesmal nicht Ratten und Mäuse, sondern Kinder, Knaben und Mägdlein vom vierten Jahre an, in großer Anzahl gelaufen. Diese führte er, immer spielend, zum Ostertore hinaus in einen Berg, wo er mit ihnen verschwand. Nur zwei Kinder kehrten zurück, weil sie sich verspätet hatten; von ihnen war aber das eine blind, sodass es den Ort nicht zeigen konnte, das andere stumm, sodass es nicht erzählen konnte. Einige sagten, die Kinder seien in eine Höhle geführt worden und in Siebenbürgen wieder herausgekommen. Es waren ganze hundertdreißig Kinder verloren.«

»Sollen wir uns jetzt etwa auf eine Massenentführung vorbereiten?«, fragte Julia nach einer Sekunde der Stille.

Quercher hob den Kopf. »Julia, das ist doch Unsinn. Was ist die Geschichte in ihrem Kern?«

Sie schloss die Augen und zählte auf. »Mann bietet sich für Dienstleistung an. Stadt ist einverstanden. Er liefert. Wird von Stadtoberen nicht bezahlt. Kommt wieder. Nimmt Kinder mit. Zwei kehren zurück – eines blind, das andere stumm.«

Quercher schüttelte den Kopf. »Noch kürzer!«

Arzu schaltete sich ein. »Mann liefert, Offizielle bezahlen nicht. Mann nimmt Rache. Entführt Kinder.«

Quercher atmete schwer die Luft aus den Lungen. »Zwei Kinder werden auf die im Märchen genannte Art und Weise zurückgebracht …«

»Na ja, nicht ganz. Mathilde ist nicht blind«, wandte Arzu ein.

Pollinger grinste. Er hatte nicht mehr geglaubt, so etwas zu erleben. Er saß hier und in seinem Arm war das junge

Leben. Um ihn herum sehr angenehme Kollegen, irgendwie auch seine Kinder. Der Krebs war still geworden. Exakt vor zwei Monaten hatte er sein Testament geschrieben, hatte sich mit seinem Tod, qualvoll und lang, arrangiert. Und jetzt hatte ihm das Universum, der liebe Gott oder der blanke Zufall eine Nachspielzeit gegeben. Der Anlass war betrüblich. Aber so war das in seiner Branche eben. Was hatte er in den stressigen Jahren seines Berufslebens geschuftet, wie oft im Büro geschlafen. Seine Ehe war darüber in die Brüche gegangen. Aber die Familie, wie er das LKA manchmal nannte, war dageblieben. Und jetzt hatte er sozusagen eine Zweigstelle hier am Tegernsee aufgebaut. Was hatte er schon zu verlieren? Er hatte keinen Enkelsohn, doch dafür lag jetzt dieser dicke Fratz mit seinen pechschwarzen Haaren in seinen Armen, getauft auf eine unsinnige Namenskombination. Aber so war das Leben. Unvorhersehbar, wild und eckig – nie glatt und weich. Genau das hatte er noch einmal spüren wollen.

Er sah zu Julia, bemerkte schmunzelnd, wie sie Quercher gefallen wollte. Verstand sie, weil er Querchers Führungsqualitäten und sein Charisma kannte. Quercher wäre sein natürlicher Nachfolger gewesen. Statt dieser Aktenfresserin Gerass, die so langweilig war, dass man kaum bemerken würde, wenn sie nicht mehr atmete. Quercher hatte Instinkt, war dickköpfig wie eine sardische Ziege und konnte begeistern. Eine Schande, dass dieser verdammte Beamtenapparat so einen nicht nach oben kommen, ihn stattdessen mit aussichtslosen Fällen verhungern ließ. Pollinger wusste, dass der Krebs nur auf eine neue Gelegenheit wartete, irgendwo in einem Organ schlummerte, sich versteckte. Vielleicht war es ja sein Vermächtnis, seine Mitarbeiter so gut ausgebildet zu haben. Quercher brauchte eine feste Burg, dachte Pollinger versonnen.

»Wird er oder sie es euch so leicht machen? Legt der Täter oder die Täterin nicht eher Spuren, um Zeit zu gewinnen?«, fragte er leise in Richtung der Frauen. »Übrigens, sehr schön vorgelesen, Arzu. Das haben Sie wirklich beeindruckend gemacht«, lobte er sie. Nie würde er Julia und Arzu duzen. Er nannte sie zwar beim Vornamen, siezte sie aber konsequent. Das Duzen war etwas, was man sich bei ihm verdienen musste.

Arzu strahlte und fragte: »Und wenn das Märchen nur dazu dient, Zeit zu schinden? Und warum sprechen Sie überhaupt von einer Täterin? Sareiter ist männlich.«

Pollinger lächelte. »Andersherum wird eine Frage daraus. Warum gehen wir nur von Männern aus? Wer, und ich will da gar keine feministische Diskussion entfachen, kann mit Kindern in der Regel ganz gut? Wem vertrauen Kinder am meisten? Und bitte, trennen Sie sich jetzt von dem Bild, dass Sie hier von mir mit meinem neuen Freund vor Augen haben. Ich bin jenseits von Mann und Frau.«

Jetzt grinste Quercher, denn ihm war nicht entgangen, wie Pollinger Julia durch die Knopfleiste ihrer Bluse auf die Brüste gestarrt hatte. Er konnte es verstehen, schließlich kannte er sich da aus. Aber Pollinger sollte hier nicht den sexuell befreiten alten weisen Mann mimen, der alte Schwerenöter.

»Sag mal, Ferdi, dieses Dossier über Sareiter, das hier vor mir liegt, woher kommt das? Wer hat das erstellt? Ich meine, hier sind Daten zu seinen Mandanten, seinem Privatleben. Das sieht aus wie eine Geheimdienstakte!«

Pollinger winkte Arzu, die sofort aufstand und ihren Sohn aus seinen Armen nahm. »Wenn du dir mal die Kaliber anschaust, die Sareiter verteidigt hat, wirst du sicher verstehen, dass man an diversen Stellen ein Auge auf ihn geworfen hat. Serbische Waffenhändler. Mauerschützen. Dazwischen viel organisierte Kriminalität bis hin zu mafiösen Verbindungen. Das Ganze lief bei ihm unter liberaler Rechtsordnung. Erstaunlich nur, dass Vermögenswerte in erheblicher Größenordnung entstanden sind. Wir wissen das, weil wir die Aussagen mehrerer Zeugen dazu haben. Es sind zweistellige Millionenbeträge über Sareiters Konten geflossen. Nur wissen wir nicht, wo sich das Geld heute befindet. Ich glaube, dass der trauernde Sareiter seinen Aufenthalt in Indien für eine umfangreiche Verschleierung seines Vermögens genutzt hat. Bis vor einigen Monaten war auch ein Team des Bundeskriminalamtes mit dem Herrn beschäftigt. Seit dieser sich aber in die politische Arena begeben hat, ruht deren Arbeit. Angewiesen wurde das von höchster Stelle.«

Quercher verstand das nicht. »Aber die müssen doch ein Interesse daran haben, dass Sareiter auf die Schnauze fällt?«

Pollinger streckte sich, denn das lange Sitzen auf dem Sofa behagte seinem Rücken nicht. Er griff zu einem Glas mit seinem geliebten Heilwasser. »Das würde nur der Fall sein, wenn man seinen Theorien nicht würde folgen wollen. Aber eine Justizreform, so wie sie Sareiter fordert, kann durchaus für viele Rechtskonservative interessant sein. Auf ›normalem‹ politischem Weg sind solche Dinge nicht zu machen. Manchmal braucht man dazu eben einen radikalen Seiteneinsteiger wie Sareiter. Der wiegelt die Massen auf, die etablierten Parteien übernehmen auf Druck der Öffentlichkeit scheinbar zähneknirschend die Forderungen in einer leicht abgewandelten Form und der Initiator wird irgendwann mit belastendem Material konfrontiert. Das alles nennt sich politisches Geschäft.«

Julia war überrascht. Sie kannte Pollinger vom LKA als Kriminalisten. Da war er jovial, sicher auch zuweilen hart und unnachgiebig aufgetreten. Aber nie hatte sie ihn so zynisch und kalt über Politik und deren Zusammenhänge reden hören. Natürlich war das Amt des LKA-Chefs vor allem auch ein politisches Amt. Aber langsam dämmerte es ihr, dass sie sich hier nicht in irgendeinem kleinen Klub ausrangierter Polizisten befand. Pollinger machte selbst Politik. Die Frage war: Für wen?

»Das ist ja alles schön, Herr Pollinger«, wandte sie ein. »Aber zwei Fragen bleiben: Was ist das Motiv? Und wie soll Sareiter das alles machen? Als Mathilde freigelassen wurde, befand sich Sareiter in Rottach-Egern und hat von irgendwelchen Volltrotteln aufs Maul bekommen. Und als Lukas gestern auftauchte, war er in Berlin. Nachweislich. Wir sahen ihn in einer Fernsehsendung, und zwar live. Am Tag der Entführung weilte er in München. Er hat ein einwandfreies Alibi. Arzu wird sich jetzt mit seinem Handy auseinandersetzen …«

»Das ist nicht nötig«, unterbrach Quercher gallig, »in diesem Dossier werden sowohl Mails als auch Telefonnummern aufgelistet. Da hat jemand eine wunderschöne Rundumüberwachung auf die Beine gestellt.«

Arzu, die Max Ali in sein Bettchen gebracht hatte, kam mit einem Babyfon in der Hand zurück. »Dann wissen wir doch nur eins sicher: Er führt nicht selbst aus. Jemand übernimmt das für ihn.«

Julia nickte. »Die Kollegen Picker und Gaugenrieder gehen davon aus, dass der oder die Täter aus dem Tal stammen müssen. Deswegen drehen sie ab morgen überall jeden Stein um. Wir sollten sie in ihren Bemühungen vielleicht eher unterstützen, als davon auszugehen, dass die beiden einen Fehler machen. »

Quercher konnte Julias Loyalität ihren Kollegen gegenüber gut verstehen. Nach dem Fall war vor dem Fall. Es gab immer ein Rückspiel und in einer Behörde wie dem LKA war man, wie in jedem Unternehmen, von Netzwerken abhängig. Wer da nicht mitspielte oder gar Kollegen verriet, konnte schnell unter die Räder geraten, wurde gemieden und torpediert. Da wurden Beweise zurückgehalten, Gerüchte in die Welt gesetzt und man wurde blockiert, wo und wie man nur konnte.

So etwas hielt man bloß mit einem Sturschädel aus, wie Quercher ihn besaß. Julia würde in einem Meer aus Neid und Intrigen untergehen.

Arzu stellte das Babyfon neben sich auf den Tisch. »Dein Freund und Kollege Gaugenrieder hat weniger Probleme mit der Loyalität. Ich habe mir mal eine Mail vorgenommen, die von Gaugenrieders Rechner ›zu mir kam‹.«

Quercher hob abwehrend die Hand. »Das ist jetzt nicht klug …«

Pollinger lächelte. »Arzu, bitte. Sie lesen so schön vor. Nur zu.«

Quercher stöhnte, während Julia unbeteiligt saß.

»Kollegin D. zeigt sich der Situation nicht gewachsen«, hob Arzu an. »Der Druck ist zu groß, dadurch werden entscheidende Schritte nicht durchgeführt. Erfolg gefährdet. Empfehle dringend, stärkeren Entscheidungsträger zu beordern.« Arzu hielt Julia die Mail vor die Nase.

Die schüttelte nur den Kopf und fragte leise: »Wann hat er das geschrieben?«

»1. Mai, 22:30 Uhr.«

»Dieser fette Wichser.« Julia erhob sich, riss die Terrassentür auf, zog sie wieder hinter sich zu und starrte draußen in den Sternenhimmel.

»Glückwunsch, Arzu. Du verstehst es, Menschen auf deine Seite zu ziehen«, ätzte Quercher leise.

Kapitel 43

Listerhütte, 24.05., 06:40 Uhr

Sie hatte sie geweckt. Nach und nach waren sie aus der Dämmerung ihres Bewusstseins zurückgekommen, hatten sich umgesehen.

Es hatte lange gedauert, bis sie verstanden hatten, dass sie nicht mehr daheim waren. Nummer zwei hatte gewimmert. Nummer eins dagegen war stumm geblieben. So wie ein Tier, das begriffen hatte, was ihm drohte. In starrer Erwartung. Sie hatte sich nicht mehr verkleiden müssen. Langsam gewöhnte sie die beiden wieder an das Tageslicht. Anders als Nummer drei durften sie sich ohne Augenbinde zunächst nur im fahlen Abendlicht aufhalten. Jetzt erlaubte sie ihnen, auch im stärker werdenden Morgenlicht ihre Augen zu öffnen.

Es war seine Idee gewesen. Nie hätte sie den beiden noch einmal so etwas wie diese Aussicht gegeben. Hier oben war kein Ton zu hören. Nicht das nervige Geläute der verdammten Kühe, die irgendwelche vertrottelten Bauern hier hochtrieben. Kein Auto. Keine sich durch die Landschaft labernden Rentner in Funktionsjacken. Nichts. Nur Wind. Licht. Wasser. Bäume.

Alles, was diese Stille, diese Erhabenheit störte, brachte sie durcheinander, machte sie zornig, ließ sie »über die Grenzen gehen«, wie es er so schön formuliert hatte. Er war ihr Grenzwächter. Er hielt sie zusammen, wenn sie auseinanderzubrechen drohte. Er las die Scherben auf, die sie zerbrach. Er war ihr Korrektiv. Schon immer. Als sie damals zu ihnen kam, fremd und ängstlich, war er es, der ihr alles erklärte. Der Verständnis hatte, wenn sie ihre Wut nicht zügeln konnte. Sie hatte lange gebraucht, um zu verstehen, was sie ihm dafür geben konnte. Dabei war es so einfach. Sie gab sich hin, suchte in seinem Kopf nach seiner Lust. Es war ein Geschäft auf Gegenseitigkeit. Jeder tat das, was er am besten konnte. Er hatte den Auftrag an Land gezogen. Sie vollzog. Er dachte. Sie führte aus. Es war ein Miteinander. Die Zeiten der Einsamkeit waren vorbei. Er war wieder bei ihr. Wie damals. Und wenn das hier alles geklärt war, würden sie weggehen. Dorthin, wo sie niemand verriet. Wo alles so war, wie sie es sich vorstellten und wünschten.

Die Hütte war ideal. Sie lag jenseits der Wanderwege, kaum einsehbar von anderen Hängen. Auch deswegen konnte sie die beiden an lange Leinen binden und von der Tränke aus über die Wiese gehen lassen. Tatsächlich rannte das Mädchen los und wurde abrupt zurückgeworfen, als das Seil sie brutal an ihr Schicksal erinnerte.

Sie hatte sich auf die Bank gesetzt, das Jagdgewehr lag auf ihren Beinen. Eine Idylle, wie sie fand. Sieben Monate hatten sie für die Vorbereitung gebraucht. Jetzt waren es nur noch wenige Stunden. Alles hatte bald ein Ende. Sie hatten die finstersten Winkel ihrer Seele geöffnet und dabei ein Monster geschaffen, fand er. Aber sie konnte das Schlechte nicht sehen. Er wollte es so schnell wie möglich wieder wegsperren, das Monster. Sie dagegen hätte am liebsten gleich den nächsten Auftrag angenommen. Er hatte ihr davon erzählt. Zwei Kinder eines Großbankers. Sie hatte die Unterlagen gesehen. Ein Mädchen mit schwarzen Locken. Ein Junge mit einem Lachen, das sie ihm schnell ausgetrieben hätte. Doch er hatte es bemerkt. Und den Auftrag abgelehnt. Sie spürte, dass sie ihm Angst machte. Aber das war gar nicht nötig, solange er bei ihr blieb. Ihm hatte sie alles zu verdanken. Er hatte sie zurückgeholt, als sie am Boden lag. Als ihre Geister sie auffressen, sie vernichten wollten.

Jemand hatte unten am Kiesweg zur Hütte den Kontakt ausgelöst. Sie öffnete auf ihrem Smartphone eine App und sah einen Wagen, den sie kannte.

Es wurde Zeit, das Video im Netz zu aktivieren.

Sie zog an der Leine und die beiden Kinder zuckten zusammen. Langsam zog sie die Leine zu sich. Die beiden erhoben sich und sahen sie mit großen aufgerissenen Augen an.

Sollten sie sich ihr Gesicht ruhig einprägen. Es war egal. Denn diese beiden würden sterben.

Kapitel 44

München, 24.05., 09:45 Uhr

Der Saal im Polizeipräsidium war zum Bersten gefüllt. Auch als zwei Polizisten die Schwingtüren schließen wollten, versuchten sich weitere Reporter in den Raum zu drängeln. Auf dem Flur schrien die Zuspätgekommenen. Es war stickig aufgrund der Wärme der Fernsehkameras und Scheinwerfer sowie der Ausdünstungen der Menschen. Zu allem Übel schien die Sonne auch noch kräftig in den Raum hinein.

Gerass war zwar angespannt, aber auf eine freudige Art und Weise. Die Entführer hatten binnen vierundzwanzig Stunden zwei Kinder wieder freigelassen. So etwas, das hatte ihr Picker gesagt, war ein Zeichen von Schwäche. Die Entführer wollten den Ballast loswerden. Es wäre alles nur eine Frage der Zeit, bis auch die anderen Kinder freikämen. Der Täter müsse aus dem Tal stammen, anders wäre es logistisch gar nicht zu schaffen gewesen, die Kleinen so kurz hintereinander exakt dort wieder laufen zu lassen. Die rigiden Kontrollen an den Ein- und Ausfahrtstraßen hätten ein anderes Vorgehen kaum zugelassen.

Sie genoss Pickers Zuversicht. Er zeigte nicht die aufgeregte Schwäche seiner Vorgängerin. Gaugenrieder hatte ihr noch am frühen Morgen per SMS alles über Pickers nächtlichen Besuch in Miesbach mitgeteilt. Ein guter Mann, der Gaugenrieder, aber eben nur für die zweite Reihe, von der aus er Nachrichten stecken konnte. Nie wieder würde sie sich nur auf einen Chefermittler allein verlassen.

Picker war aus Bad Wiessee gekommen, hatte rechts neben ihr Platz genommen. Dazu waren noch der Staatsanwalt und ein Vertreter des Innenministeriums erschienen. Diesmal roch es nach Erfolg. Da fehlten natürlich auch die Hyänen nicht.

Die ersten fünfzehn Minuten verbrachte sie damit, die Ermittlungserfolge der Polizei in den Vordergrund zu stellen. Auf der Leinwand hinter ihr erschienen Bilder von Lukas aus dem Krankenhaus. Der Vater hatte sie freigegeben. Nicht zuletzt, weil verschiedene Bildjournalisten sich illegal Zutritt zum Klinikum verschafft hatten, um den Kleinen abzulichten. Der Verleger, jahrzehntelang selbst gern Abnehmer solcher Fotos für seine Gazetten, kannte die Mechanismen. Dem war nur zu begegnen, wenn man die Bilderflut selbst regelte. Den anwesenden Journalisten wurden mehrere Bilder von Lukas ohne und mit Eltern zur Verfügung gestellt. Das Veröffentlichungshonorar sollte der Opferorganisation *Weißer Ring* gestiftet werden.

Bevor Gerass Fragen erlaubte, ließ sie noch ein kleines Statement des Verlegers einfließen, der die Entführer bat, auch die anderen Kinder freizulassen. Kameras surrten, Reporter waren glücklich. Noch vor der Mittagszeit diese Fülle an Bild- und Informationsmaterial – der Tag lief gut für die Pressemeute.

Die Fragen der Journalisten stellten meistens den kritischen Teil einer solchen Veranstaltung dar. Aber Picker reagierte souverän, als er nach den harschen Ermittlungsformen im Tegernseer Tal befragt wurde.

»Das ist nötig und das wird von den allermeisten dort auch unterstützt. Es wird immer Quertreiber und Besserwisser geben. Die schauen wir uns dann auch genauer an.«

Einige lachten, andere verdrehten die Augen. Sie wussten, worauf Picker anspielte. Nachdem die Bürgermeister rund um den Tegernsee am Abend zuvor wütend gegen die geplanten Gentests protestiert hatten, hatte Picker einen der Herrn, der mit Lederhose und Gamshut einen Paradebayern darstellen wollte, vor laufender Kamera zum Gentest eingeladen und ihm sogar einen Wattestab entgegengestreckt, den dieser ihm empört aus der Hand schlug.

Aber der bisherige Erfolg gab Picker recht. Wenn zwei Kinder lebten, dann galt das wohl auch für die anderen beiden. Für einen Moment wirkte es so, als hätte der Fall schon sein Happy End erreicht. Die ersten Reporter machten draußen auf dem Flur vor dem Pressesaal bereits ihre Aufsager für die Nachrichtensender.

Dann brach der Tumult los.

Ein junger Onlinejournalist hatte sich bemerkbar gemacht, seinen Laptop, den er auf dem Schoß trug, in die Höhe gehalten und gerufen. Gerass bat um Ruhe und klopfte auf ihr Mikrofon. Nach und nach betrachteten immer mehr Journalisten, was auf dem Bildschirm des Kollegen zu sehen war. Gerass erhob sich und klatschte in einem Akt der Verzweiflung in die Hände.

»Schließen Sie den Laptop an den Beamer«, rief der Journalist von hinten.

Gerass sah zu Picker, der blass neben ihr saß und nickte.

Wenig später flimmerte unfassbares Bildmaterial von der Leinwand im Saal des Polizeipräsidiums.

Kapitel 45

Bad Wiessee, 24.05., 11:13 Uhr

Arzu stand vor Julia und Quercher. Sie erklärte. Etwas, was sie besonders gern tat und womit sie so ziemlich jedem auf den Nerven herumtrampelte.

Julia und Quercher hatten vor, sich an die Fersen von Sareiter zu heften. Dieser war noch in Rottach-Egern, wie Arzu wusste. Sie hatte in dem Hotel, in dem er abgestiegen war, unter falschem Namen angerufen. Jetzt erteilte sie Quercher und Julia letzte Instruktionen, wie sie es nannte. Denn in der Nacht hatte sie sich mit Sareiters Kommunikation auseinandergesetzt.

»Alles, was er schreibt, in welcher Form auch immer, ob SMS oder Mail, Twitter und vermutlich auch Brieftaube, ist harmlos. Da werden neue Parteifreunde nett begrüßt, wird die Putzfrau für einen anderen Termin bestellt, einer Freundin zum Geburtstag gratuliert. Nichts deutet auf irgendetwas Unregelmäßiges hin, kein Code, keine versteckte Nachricht via Chiffre. Und genau das ist seltsam. Der Mann gründet eine Partei und nicht eine verdammte Nachricht ist brisant. Entweder hat Sareiter ein Sonarsystem wie Wale in einer Nasennebenhöhle und wir können es nur nicht hören, oder aber er hat einen ganz neuen Trick.«

»Also, was schlägst du vor?«

Arzu grinste. »Opi Pollinger und ich sind ja mit Max Ali hier schwer festgenagelt. Also würde ich vorschlagen, dass das Ehepaar Quercher-Dahmer sich in guter alter Kriminalistenmanier ins Auto setzt und dem feinen Herrn Anwalt ein wenig auf die Füße schaut. Ach, und hier ist das Dossier, das ich dank des kleinen Schreihalses heute Nacht noch einmal durchgesehen habe. Schaut euch bitte die letzten Mandanten an. Von da an hat er nämlich seine Kommunikation umgestellt. Nummern und Smartphones ausgetauscht. Selbst seine Laptops, beruflich und privat, sind zerstört worden.« Sie reichte Julia die Unterlagen.

Die nahm sie mürrisch an. »Vier Tage«, hatte sie zu Quercher gesagt. »Mehr werde ich dafür nicht opfern. Ich wollte eigentlich noch einmal in den Bergen klettern gehen.«

»Aber bevor ihr euch an Sareiter hängt, solltet ihr noch ein paar andere Details zur Kenntnis nehmen.«

»Na?«

»Vor einigen Jahren verunglückte Sareiters Frau. Das Gutachten sagte aus, dass das Baby schon tot war. Ferner wurden am Auto der Frau auch keine Spuren der gegnerischen Partei, also der Jungs vom Tegernsee entdeckt. In Sareiters Vorstellung aber waren die Jungs und speziell der Fahrer die Hauptschuldigen.«

»Das wissen wir schon, Arzu!«, drängte Quercher, der Arzus Neigung zum Herumschwafeln kannte.

»Ruhig, Brauner, der Richter am Landgericht München, der die Revision des ersten Urteils nicht zuließ, war Großvater von Homstein. Aber jetzt ratet mal, wer die Gutachterin beim ersten Urteil war?«

Quercher wusste es dank Appel schon. »Luise von Homstein, die Schwiegertochter des Richters.«

Julia sah ihn erstaunt an. »Nettes Herrschaftswissen, Max. Wann hättest du uns diese Information zukommen lassen?«

»Nachher im Auto, wenn dir langweilig geworden wäre.«

Sie stieß ihn zur Tür.

»Soll ich euch noch ein Pausenbrot machen?«, fragte Arzu gehässig.

»Ja, einen Joghurt für mich, einen Giftbecher für Quercher.«

Quercher grinste. »Pollinger hat die Lumpi mitgenommen, Arzu?«

Sie nickte, stand in der Tür und war einfach glücklich. Ermittlungsarbeit von daheim aus – sie konnte sich nichts Schöneres vorstellen.

Das Beschatten von Personen war Julias und Querchers Kerngeschäft. Beide hatten zusammengerechnet schon ganze Tage in einem Auto oder einer Wohnung verbracht, um Verdächtige zu beobachten.

Nun standen sie auf dem Parkplatz gegenüber dem Hotel, in dem Sareiter abgestiegen war. Julia saß am Steuer, Quercher las auf dem Beifahrersitz weiter in den Akten, die Pollinger zur Verfügung gestellt hatte.

»Da, schau her. Der Kollege Gaugenrieder und Sareiter – einträchtig vereint beim Essen.«

»Ach, wieso?«, fragte Julia und versuchte, einen Blick in die Akte zu werfen.

»Aufs Hotel schauen, junge Frau. Ich lese, Sie bewachen.«

»Sehr witzig. Sag schon.«

»Gaugenrieder ermittelte in einem Drogenfall. Und Sareiter verteidigte. Und hier sitzen sie bei einem Abendessen in einem Dönerladen in Kempten.«

»Und?«

»Nichts. Hier hat er noch ein paar andere Kollegen aus dem LKA getroffen. Sareiter war und ist noch immer ein guter Netzwerker. Er hat sich zwar mit uns angelegt, aber er war auch privat immer sehr fair. Anwälte neigen ja dazu, uns in die Pfanne zu hauen, wenn sie die Gelegenheit haben. Aber Markus war nicht so.«

»Du hast Freunde!«

»Der ist nicht mein Freund. Seit er in Indien war, hatte ich keinen Kontakt mehr zu ihm.«

»Wollen wir jetzt vielleicht mal ins Hotel gehen?«, fragte Julia ungeduldig.

»Wir müssen damit rechnen, dass er mittlerweile jemanden hat, der aufpasst, dass er nicht beschattet wird. Er scheint ja noch bei der Morgentoilette zu sein«, antwortete Quercher und zeigte auf den Parkplatz des Hotels, wo Sareiters Wagen stand.

Nicht weit von ihnen riss ein Bagger mit seiner Schaufel ein Loch in eine Hausruine. Zwei Männer spritzten aus großen Schläuchen Wasser auf die Baustelle, um den Staub zu binden.

»Das war das alte Posthaus. Davor war ein guter Italiener drin. Wie hieß der noch?«, fragte sich Quercher.

»Ist die Familie Quercher dort zum Pizzaessen eingekehrt? Möchtest du in Kindheitserinnerungen schwelgen?«, fragte Julia spitz.

»Nein, die Familie Quercher hatte für so etwas kein Geld. Aber der Laden war sehr gut. Doch die Rottacher haben dem Besitzer schwer zugesetzt. So lange, bis er freiwillig aus dem Pachtvertrag ausgestiegen ist.«

»Wieso wollten sie den nicht haben? Angst vor der Mafia?«

»Nein, aber irgendwelche Hinterwäldler wollten eine Bierschwemme haben, einen Schweinsbratenladen eben. Heute wäre so etwas nur in irgendeinem Drecksnest noch möglich, aber nicht mehr am See mit den vielen Touristen.«

»Können wir jetzt trotzdem mal reingehen?«

»Ich merke schon, die Geschichte der Gastronomie im Tal ist nicht so deins.«

Sie stiegen aus und querten die Straße. Julia schlenderte scheinbar ziellos zwischen den Autos herum, um dann an Sareiters Wagen einen Sender anzubringen, den Arzu ihr mitgegeben hatte. So konnten sie Sareiter auch dann orten, wenn sie ihn auf der Straße wegen unklarer Verkehrsverhältnisse verlieren würden. Arzu hatte diese kleinen Gerätschaften von München zum Tegernsee mitgebracht. Es war ihre Art, sich mit dem Mutterdasein zu arrangieren. Im Kinderzimmer hatte sie einen Schreibtisch mit diversen Laptops belagert. Im Keller, den Quercher nicht besonders schätzte, weil er als Kind dort zu viele Stunden allein zur Strafe verbringen musste, lötete, testete und spielte Arzu an den kleinen Ortungsgeräten herum.

Sie fanden Sareiter im Frühstücksraum des Hotels mit einer Dame. Sein Gesicht war geschwollen – das Resultat des gestrigen Überfalls. Das Ganze hatte in den Medien wohl nicht den großen Nachhall erzeugt, wie Sareiter sich das gewünscht hatte, dachte Quercher. Und Prügel hatte er allemal verdient. Julia und Quercher warteten in einer versteckten Nische der Lobby, bis er den Tisch verließ, an der Rezeption bezahlte und hinaus auf den Parkplatz ging. Anschließend fuhren sie in weitem Abstand hinter ihm her. Sareiter hatte einen schwarzen Passat, nichts Auffälliges. Hier wollte jemand volksnah sein. Wer wusste schon, dass er Millionen auf dem Konto hatte. Er fuhr Richtung Bad Wiessee am See entlang, weiter hinaus aus dem Tal.

Staub wirbelte auf, als Sareiter, der sich vier Wagen vor Julia und Quercher befand, plötzlich nach links Richtung Finsterwald abbog. Auf der linken Seite, kurz vor einer Kreuzung, lag der *Feichtner Hof*, eine Gaststätte mit einem feinen Biergarten. Sareiter blinkte und fuhr auf den Parkplatz. Quercher bog nach rechts ab und parkte auf dem Grundstück einer Malerei.

Kaum hatte er den Motor abgestellt, hastete Julia schon los. Quercher hatte Mühe, ihr zu folgen. Sie huschten in einen Antiquitätenladen, der direkt gegenüber dem Biergarten lag, und betrachteten scheinbar interessiert die Ausstellungsstücke, während sie hinüber zu Sareiter sahen. Der hatte sich im Biergarten an einen Tisch in die Sonne gesetzt und eine Bestellung aufgegeben. Kurz darauf kam die Bedienung mit einem Tee. Er trank und schaute sich dabei mehrfach um.

»Wir müssen irgendwie näher an ihn heran«, meinte Julia verärgert.

»Mich darf er keinesfalls sehen. Aber dich kennt er nicht.«

Sie nickte, verließ den Laden und wechselte die Straßenseite. In diesem Moment sah sie, wie die Bedienung an Sareiters Tisch kam und ihm etwas sagte. Sareiter erhob sich und ging in die Gastwirtschaft. Julia folgte ihm und bemerkte, wie Sareiter hinter der Theke ein Festnetztelefon in die Hand nahm. Es war ein äußerst kurzes Gespräch. Er bedankte sich bei der Bedienung, ging hinaus und setzte sich auf seinen Platz. Nervös sah er sich um. Dann wechselte er den Tisch. Es schien, als würde er der Sonne folgen. Kaum saß er, tastete er mit seiner rechten Hand unter den Tisch. Er suchte etwas. Julia konnte aber nicht erkennen, was es war.

Die Bedienung stellte sich direkt vor Julias Sichtfeld. »Wollen Sie einen Platz?«

Julia schüttelte den Kopf. »Nein, ich suche die Toiletten.«

Die Bedienung zeigte mürrisch in den Schankraum. »Aber nur für Gäste!«

Kaum war die Sicht wieder frei, sah Julia Sareiter nicht mehr. »Verdammt«, fluchte sie leise und rannte auf den Parkplatz. Sie konnte noch erkennen, wie der Anwalt in seinen Wagen gestiegen war und losfahren wollte. Aber Quercher hatte bereits reagiert, war zu seinem Auto zurückgehastet und hatte auf sie gewartet.

Sareiter fuhr westwärts Richtung Tölz. Er schien es eilig zu haben. Vier Autos trennten sie. Da wenig Verkehr herrschte, konnten sowohl Sareiter als auch Quercher und Julia den Kontrollpunkt der Polizei an der Bundesstraße schnell passieren.

»Was macht er?«, fragte Quercher, als er in eine Rechtskurve zog.

»Kann ich nicht sehen.«

Vor Sareiter fuhr ein Müllwagen, den dieser mehrfach zu überholen versuchte. Doch erst im vierten Anlauf schaffte er es. Jetzt wurde es für Quercher und Julia schwierig, denn die Müllabfuhr hielt so auf der Straße, dass sie warten mussten. Zwischen ihnen und dem Müllwagen befanden sich noch drei Fahrzeuge. Aber sie konnten sehen, dass Sareiter einige Hundert Meter vor ihnen auf Höhe eines Einrichtungshauses gehalten hatte. Er stieg aus und ging zu einem Abfalleimer am Straßenrand. Nachdem er sich umgesehen hatte, warf er etwas hinein und rannte zurück zu seinem Passat.

»Was war das?«, fragte Julia.

»Vielleicht das Grundgesetz?«

»Sehr witzig. Los, du musst den Müllwagen überholen. Sonst ist das, was Sareiter soeben entsorgt hat, weg.«

»Und wenn es nur Dreck war? Wir verlieren ihn. Und so schnell finden wir ihn nicht wieder. Der hat ja schließlich keine Homepage mit seinen Tourdaten. Und wer weiß, ob Arzus Sender wirklich funktioniert.«

Julia schüttelte den Kopf. »Dann sieh zu, dass du hinter ihm bleibst. Hast du eigentlich Schnecken getankt? Wenn du weiterhin so langsam unterwegs bist, hole ich dich mit dem Tretroller ein.«

Sie öffnete die Tür, rannte heraus und lief im Spurt an den drei Autos vorbei. Als einer der Männer vom Heck des Müllwagens sprang und auf den Abfalleimer zulief, rief Julia ihm etwas zu. Aber der Mann reagierte nicht. Er wollte den schwarzen Eimer leeren und drückte bereits einen Hebel am Heck des Wagens, als Julia den Griff der Tonne festhielt und sie wieder zurück auf den Boden zog. Der komplette Müll, den eine Familie in zwei Wochen angehäuft hatte, übergoss sich über sie. Der Mann schrie. Eine Frau im Auto hinter dem Müllwagen hupte und gestikulierte.

Julia ließ das kalt. Sie erklärte dem Mann, dass sie nur schnell etwas suchte.

Da lag es – unter Bananenschalen und zwei Windeln. Ein schlichtes kleines Handy. Sie steckte es ein und wollte gehen, als der Müllmann ihr mit sehr deutlichen Worten zu verstehen gab, dass der Abfall hier nicht liegen bleiben könnte.

Mittlerweile hatte sich eine lange Schlange gebildet. Noch immer hupte die Frau. Quercher kam die Straße hochgehumpelt, blieb am Seitenfenster der Autofahrerin stehen. Er zeigte ihr seinen Dienstausweis.

»Zwei Möglichkeiten, gute Frau. Entweder Sie fahren ohne Zetern um diesen Lkw herum. Oder Sie bekommen eine kostenpflichtige Belehrung über das rechtmäßige Betätigen der – Achtung, wichtiges Wort – WARN-Hupe.«

Dann half er Julia, den Müllmann zu beruhigen.

Dank des Sensors und halsbrecherischer Fahrmanöver konnten sie Sareiter wieder orten. Sein Auto stand jetzt auf dem

Parkplatz des Klosters Reutberg, das eine Gastwirtschaft besaß.

Kaum hatten sie den Klosterberg bestiegen, sahen sie im Hinterhof zwei schwarze Limousinen. Vorsichtig betraten sie das Lokal, aber Sareiter war verschwunden. Sie durchquerten den Gastraum im Erdgeschoss und gingen in den ersten Stock. Aber auch hier keine Spur von Sareiter.

»Verdammt, sollen wir am Auto auf ihn warten?«, fragte Julia genervt.

Quercher tippte eine SMS an Arzu. Sie sollte das Kennzeichen der Limousinen bei den Kollegen im LKA identifizieren. Nicht offiziell, natürlich.

Wenige Minuten später kam die Antwort. »Welde Fahrzeugpark«, las Quercher laut vor. »Sareiter trifft also den Verleger. Irgendwo hier sind sie.«

Im letzten Moment sahen sie Sareiter auf sich zukommen. Er war ein paar Hundert Meter von ihnen entfernt und hatte sie noch nicht gesehen. Hinter Quercher und Julia lag eine Kapelle, die wohl sein Ziel war. Sie erreichten gerade noch rechtzeitig die Tür und stolperten in das kühle Innere des Kirchenbaus. Es roch nach altem Weihrauch und abgestandener Luft.

»Wohin?«, flüsterte Quercher.

Julia zeigte auf einen Beichtstuhl. Er sah sie verdutzt an. Aber sie hatten keine Zeit. Julia öffnete die Tür, die zum Platz des Pfarrers führte, und beide zwängten sich hinein. Sie musste auf seinem Schoß sitzen. Quercher hatte ein schlechtes Gefühl. Er war schon lange ohne Glauben, aber eben katholisch aufgewachsen. Das war ein echtes Sakrileg. Vor allem, weil Julia ihren Po auch noch zurechtrückte und er seine Arme aus Platzgründen um ihre Hüften schlingen musste.

Schon hörten sie Schritte, die auf dem Marmorboden hallten. Es waren zwei Männer, die flüsterten. Julia versuchte, an dem muffig stinkenden Vorhang vorbeizuschauen.

Tatsächlich – da saßen Sareiter und Welde einträchtig auf einer Holzbank und sprachen leise miteinander. Es dauerte nicht länger als eine Minute. Die beiden Herren erhoben sich, drückten einander, klopften sich leicht auf die Schulter und gingen in einem Abstand von wenigen Augenblicken wieder hinaus.

Max und Julia verharrten noch einen Moment, ehe sie sich aus dem engen Beichtgestühl schälten. Vorsichtig öffneten sie die Tür der Kapelle und schauten sich um, bevor sie wieder in die grelle Sonne des Klosterinnenhofes traten. Sareiter und Welde waren nicht mehr zu sehen.

»Warum treffen sich die beiden hier? Die brauchen doch keinen konspirativen Treffpunkt. Ist doch kein Geheimnis, dass der Verleger den Sareiter bei seiner Partei unterstützt?«, fragte Julia.

»Gemeinsames Beten vielleicht?«, spottete Quercher.

»Vielleicht gestanden sie einander ihre Liebe? In diesem Räumen ging es in der Vergangenheit sicher nicht immer züchtig zu. Frag mal die Ministranten.«

»Ich war Ministrant. Mich hat nie einer angepackt«, antwortete Quercher säuerlich.

»Hattest vielleicht damals schon deinen Hüftschaden. Der Herr Pfarrer war eben wählerisch. Also ernsthaft, was sollte das Treffen hier?«

Quercher zuckte mit den Schultern. »Wir fahren jetzt erst einmal zurück, geben Arzu das Handy aus der Mülltonne und lassen Sareiter einen guten Mann sein. Denn eins ist doch klar, der Mann agiert äußerst seltsam. Erst lässt er sich in einem Gasthof auf dem Festnetz anrufen. Und dann schmeißt er sein Handy in einen Mülleimer, kurz bevor er geleert wird.«

»Wir sollten an ihm dranbleiben«, meinte Julia skeptisch. »Der weiß von uns noch nichts. Das Handy schaue ich mir gleich im Auto an.«

Sie blickten vom Kloster hinunter auf den Parkplatz. Eine der Limousinen stand neben Sareiters Wagen. Daneben unterhielt sich Sareiter mit einem Mann in einem Anzug. Sie schienen aufgeregt zu sein. Kurz darauf ging der Unbekannte mit einem Gerät um Sareiters Auto von Sareiter herum, kniete sich in den Kies, sah unter den Wagen und erhob sich wieder.

»Verdammt, der hat den Sender gefunden!«, fluchte Julia.

Quercher stöhnte. »Wo hast du ihn befestigt?«

»Wie es Arzu mir gesagt hat. Direkt im rechten Radkasten. Wo hätte ihn denn Herr Superschlau angeschraubt?«

»Warum nicht gleich auf dem Dach oder auf der Windschutzscheibe?«, höhnte Quercher. »Komm, lass uns was essen gehen, bis die da unten weggefahren sind. Bringt jetzt auch nichts mehr, Sareiter weiter zu beschatten.«

»Sag mal ... Das war doch eine Erektion, die du im Beichtstuhl hattest? Ich hab's genau gespürt.«

Quercher verdrehte die Augen. »Das waren meine Autoschlüssel. Und wenn, kann man ein schöneres Kompliment machen?«

»Ja, kann man!«, entrüstete sich Julia. Ihr Telefon vibrierte. »Arzu, was gibt's? – Ja, ich musste es ausschalten. Wir waren beichten. – Nein, das verstehst du nicht als Muslimin. – Was? Okay, wir kommen nach Wiessee.«

»Was ist los?«, fragte Quercher, der sich schon auf das Essen gefreut hatte.

»Wir sollen den Fernseher einschalten. So etwas hätten wir noch nicht erlebt.«

Kapitel 46

München, 24.05., 13:15 Uhr

Die technische Gruppe des Landeskriminalamts war eine sehr gut ausgestattete Einheit. Informatiker und Bildanalytiker hatten in den vergangenen Stunden fieberhaft das Bildmaterial gesichtet und auf Besonderheiten überprüft.

Picker, der jetzt mit Gaugenrieder im Sichtungsraum saß, starrte auf die Bilder, obwohl er sie seit dem Desaster am Morgen bestimmt schon hundertmal gesehen hatte.

Der Film startete mit einer Großaufnahme von Mathilde.

Ein Bildanalytiker kommentierte leise: »Sie trägt schon die Augenmaske. Dann wechselt die Person, die die Filmaufnahmen gemacht zu haben scheint, die Straßenseite. Man sieht und hört jetzt die Gruppe der Demonstranten. Die Person mischt sich unter die Menschen. Keiner dreht sich zu ihr um. Das heißt: Keiner scheint die Kamera zu bemerken. Sie musste also sehr klein und irgendwo am Kopf oder am Körper befestigt sein. Und keiner scheint die Person zu grüßen.«

Plötzlich war ein Schreien zu hören. Die Kamera wurde ruckartig herumgedreht. Man sieht, wie die Menschen auf die andere Straßenseite rennen.

»Hier fährt die Kamera hinauf zu den Bergen, dann wieder auf einen Polizisten. Da sind Sie zu sehen, Herr Picker, wie Sie mit den Armen wedeln. Da stolpern Sie …«

Picker sah den älteren Kollegen wütend an.

Der zuckte nur mit den Schultern. »Ist ja auch etwas unübersichtlich.«

Dann kam ein Schwenk über den Parkplatz vor der Turnhalle.

»So, jetzt bitte aufpassen! Das ist meiner Meinung nach das Interessante.«

Die Person ging auf ein Auto zu. Öffnete eine Tür. Nie waren die Hände zu sehen. Auf dem Rücksitz schlief ein Junge, nicht älter als vier Jahre, in einem Kindersitz. Sein Mund stand offen. Die Kamera ging ganz nah an das Gesicht des Kleinen. Man hörte ihn atmen, sah die vom Schweiß verklebten Haare, die kleinen Lippen. Ein Klicken. Ein Gurt wurde gelöst. Das Kind wachte auf. Große Augen schauten in die Kamera, blinzelten wegen der Helligkeit. Langsam wurde aus dem verschlafenen Gesichtsausdruck ein ängstlicher. Tränen. Das Kind rief nach der Mutter. Die Kamera zog sich zurück.

»Sehen Sie hier: Da ist der Rückspiegel, dort die Seitenspiegel. Überall könnte die Person zu sehen sein. Aber das passiert nicht. Deshalb ist das auch kein Zufall. Die Person muss das entweder genau geübt oder instinktiv gespürt haben. Es ist auch kein Schnitt zu erkennen. Das heißt, man hat diese Szene ungekürzt ins Netz gestellt. Auch wenn das in diesem Zusammenhang etwas unpassend klingt: Das ist faszinierend.«

Gaugenrieder hob beschwichtigend die Hand. Er spürte, dass Picker solche Bemerkungen nicht schätzte, und sah zu den EDV-Experten. »Wissen wir schon, von wo die Person das Material ins Internet gestellt hat?«

»Die Kollegen arbeiten noch daran. Dürfte aber vermutlich länger dauern. Der wird das über diverse Proxys gelenkt haben …«

Picker sah den Bildanalytiker verärgert an.

»Das sind digitale Umwege, die man nur sehr schwer zurückverfolgen kann«, beeilte sich der Kollege zu erklären.

»Zeugenbefragungen?«, wandte Picker sich leise an Gaugenrieder.

»Keiner kann sich erinnern, keiner hat was gesehen. Doch, zwei Zeugen haben eine Beschreibung gegeben. Die trifft aber auf dich zu. Mann, der stolpert und so. Haben wir nicht weiterverfolgt.«

Der Analytiker schmunzelte still. Picker blieb ruhig – noch.

»Die Familie des Jungen im Auto ist natürlich völlig fertig. Ich muss dir nicht sagen, wie sehr die Leute im Tal jetzt unter Strom stehen. Direkt vor dem Lagezentrum läuft der Täter frei herum. Und keiner tut was. Jeder hat das gesehen und jeder hat das auch so verstanden, wie der Täter es verstanden wissen wollte. ›Ich bin hier. Ihr kriegt mich nicht. Ich bin mächtiger als ihr alle. Und wenn ich es will, klaue ich noch mehr von euren Kindern.‹«

Picker erhob sich abrupt. »Die sollen mal alle schön das Maul halten, diese Trachtentrottel! Ohne Demo hätte es nicht so einen chaotischen Ablauf gegeben. Und eins sagen ich dir, der Täter ist denen bekannt. Ich wette, dass einige den Typen erkannt haben, aber nicht reden wollen. Diese ganze Talscheiße kann ich nicht mehr hören.«

Es hatte alles so gut ausgesehen. Zwei Kinder wie aus dem Nichts frei. Die guten Presseberichte. Nach dem tiefen Fall von der Dahmer konnte er all das bis zu dem Auftauchen dieses verdammten Videos als seinen Erfolg verbuchen. Und was hieß das schon, so ein Video? Nur dass einer sich sehr sicher fühlte. Das bedeutete aber meistens auch, dass er Fehler machte. Alles eine Frage der Zeit und des Drucks.

»Was hat die Ringfahndung gebracht?«, fragte Picker entnervt.

Gaugenrieder schüttelte den Kopf.

Was war das? Ein verdammter Geist? Kommt und geht und keiner sieht ihn? Als der Verlegersohn plötzlich in der Gastwirtschaft auftauchte – das war schon seltsam genug. Aber das war am Abend gewesen. Jetzt kam das Schwein tagsüber. Der will sich mit mir anlegen, dachte Picker.

Die Holztür zum Sichtraum wurde aufgestoßen. Ein Mann mit einer schwarzen Hornbrille und fettigen Haaren kam herein.

»Was?«, blaffte ihn Picker an.

»Wir wissen, wo das Video hochgeladen wurde.«

»So schnell?«

»Ja, das ist wirklich seltsam.«

»Und, lassen Sie uns an Ihrem Wissen teilhaben?«

»Nicht weit vom Tatort.«

»Ah, also per WLAN von einem Laptop?«, fragte Gaugenrieder dazwischen, um seine Technikkenntnisse zu demonstrieren.

»Nein, von einem Computer.«

»Was?«

»Ja, vom Büro des Bürgermeisters in Bad Wiessee.«

Kapitel 47

Listerhütte, 24.05., 16:54 Uhr

Eine letzte Aktion. Dann war Schluss. Er hatte gemerkt, wie schnell etwas außer Kontrolle geraten konnte. Aber die erste Tranche des Geldes war inzwischen eingegangen. Schon damit konnten sie ein neues Leben beginnen.

Er lehnte an der Holzwand der Hütte, saugte den Geruch des Harzes ein und schaute hinüber zu den Schneespitzen des Alpenhauptkamms. Wie konnte sie so übersteuern? Bis zu diesem Zeitpunkt hatten die Kinder sie nicht erkennen können. Aber irgendetwas in ihr ließ sie leichtsinnig werden. Er hätte mit allem umgehen können. Ein blöder Wanderer, der den falschen Weg genommen hat, ein Waldarbeiter, ein Jäger. Was auch immer. Aber die Kinder an Stricken hinauszuführen auf eine Wiese, mit verklebtem Mund? Das war einfach zu viel. Und sie hatte ihnen die Augenklappen abgenommen.

»Stecken wir sie oben in den Wassertank von der Hütte und packen noch sieben oder acht Ratten dazu.« Das hatte sie allen Ernstes gesagt. Damit musste Schluss sein. Sie war ein nicht mehr kalkulierbares Risiko geworden.

Es würde nicht schön werden. Aber was war schon schön? Am Sylvensteinspeicher wurde der Staudamm erneuert. Er hatte die Firma, welche die Streben aus Österreich lieferte, ausfindig gemacht. Der Beton würde in Kürze in die Formen gegossen werden. Dann würde die Entdeckung der Kinderleichen für Jahrzehnte bis zur nächsten Sanierung warten müssen. Er hatte einmal gelesen, dass frühere Baumeister häufiger lebendige Tiere in Bauwerke einmauerten, um so ein Opfer darzubringen. Ihm gefiel die Vorstellung. So hatte dieser finale Akt noch etwas von einem Ritus.

Sie fand das zu unspektakulär und hatte ihm vorgeschlagen, sie den Tieren im Wald zu überlassen. So wie die Zoroaster, von denen er ihr erzählt hatte. Diese persische Religionsgemeinschaft hatte noch bis in die Siebzigerjahre des letzten Jahrhunderts ihre Toten den Vögeln dargeboten. Die Leichname wurden in speziellen Türmen bestattet und nur die Vögel kamen durch kleine Öffnungen hinein und nagten das Fleisch der Körper ab. Nach Wochen wurden die Knochen dann in den Hütten der Angehörigen verbaut.

Es hatte sie fasziniert. »Vielleicht kommen wir eines Tages zurück und nehmen die Knochen mit.«

Spätestens da wurde ihm klar, dass er mit ihr nicht mehr arbeiten konnte. Sex ja, aber gemeinsames Arbeiten war unmöglich. Er war ein Wagnis mit ihr eingegangen. Sie unter Kontrolle zu halten, war mittlerweile die eigentliche Arbeit. Ihn selbst berührte der Tod nicht. Er hätte sich oft gewünscht, dass es anders wäre. Aber Gefühl bedeutete bei ihm nur Trieb. Ihm fehlte das, was andere ›Anteilnahme‹ nannten. Quälen war nie sein Ziel. Es war ein Mittel, um etwas zu bekommen. Mehr nicht. Nur: Sie genoss es. Und noch konnte er sich in sie hineinversetzen. Als er am Morgen hinauf zur Hütte gekommen war, wusste er, dass sie die Kinder an der Leine hinausgeführt hatte. Sich daran geweidet hatte. Zwar hatte sie die Kinder schon wieder im Keller verschwinden lassen, aber er hatte die Leinen gesehen, die Striemen an ihren Beinen bemerkt.

Wie sehr sich der Wert eines Lebens ändern konnte, dachte er, während er auf eine Biene starrte, die um ihn herumsummte. Eben noch sorgten ihre Kinderleben dafür, dass enorme Geldsummen den Besitzer wechselten. Wenn dann alles geregelt war und man sie nicht mehr brauchte, war so ein Leben Ballast. Seine Kontaktleute hatten ihm angedeutet, dass er die zwei Kinder auch hätte verkaufen können. Aber ihm schien das Risiko zu groß.

Beton war sicher – auf Jahre.

Kapitel 48

Bad Wiessee, 24.05., 18:33 Uhr

»Trink das und die Hüftschmerzen verschwinden.«

Pollinger hielt Quercher ein Glas mit dem rostroten Wasser vor die Nase. Während er und Julia Sareiter überwacht hatten, war Pollinger mit Lumpi und dem Kind zu einer vermeintlichen ›Heilquelle‹, die nur er und die Frau von Querchers Doktorfreund, Gaby Appel, kannten, gewandert.

»Der Knobl Toni, ein Bauer aus Wiessee, hat uns den Ort verraten. Nicht weit von der Stelle, wo du im Winter diese Wachsleiche ausgegraben hast.«

»Ich habe sie nicht ausgegraben. Das war der Birmoser Andi.«

Dahmer kannte die Geschichte von Arzu. »Ist das der Fall mit der geilen Amerikanerin?«, fragte sie süffisant.

»Ja«, antwortete Quercher kurz angebunden.

»Ich musste beim Knobl natürlich ein wenig nachhelfen, damit er redet. Habe ihm ein paar Ster Buchenholz abgekauft.«

»Für wen?«, fragte Quercher.

Pollinger sah ihn erstaunt an. »Na, für dich. Ich bekomme noch dreihundert Euro von dir.«

»Ich heize nicht mit dem Ofen. Auch wenn du dich im Winter deines Lebens befindest, haben wir bald Sommer.«

»Holz kann man gar nicht früh genug besorgen.«

Dahmer grinste, obwohl sie sich elend fühlte. Dass Sareiter den Sender an seinem Auto entdeckt hatte, würde Ärger bedeuten. Arzu hatte Material des LKA verwendet. Und das war zurückzuverfolgen. Zumindest wenn Sareiter und die Mitarbeiter des Verlegers das wollten. Quercher war es egal. Aber sie hatte noch vor, beim LKA etwas zu werden. Musste sie das stärker betonen?

Sie sah zu Pollinger, der sich ihre Geschichte von der Verfolgungsjagd bis zum Kloster schweigend angehört hatte. Er war noch längst nicht auf dem Damm, wie Julia fand. Auf seinem Kopf waren zwar schon wieder erste Haare zu sehen und seine Haut sah längst nicht mehr so wächsern aus. Aber er war noch immer sehr mager und wirkte alt. Niemand glaubte, dass er auf den Chefsessel des LKA zurückkehren würde.

Das Telefon des alten Mannes klingelte. Umständlich griff er in seine Jacke, fischte es heraus und sah auf das Display. Er grinste, erhob sich und ging hinaus auf die Terrasse.

»Was ist denn jetzt mit dem Bürgermeister?«, fragte Quercher die Frauen.

Arzu hatte ihnen das vom Täter im Netz verbreitete Video gezeigt und Julia war inoffiziell von den Kollegen gesteckt worden, dass das Filmmaterial vom Computer des örtlichen Bürgermeisters hochgeladen worden war.

Julia war sich sicher, dass er damit nichts zu tun hatte. »Der Typ ist sauber, glaube ich. Natürlich haben die den schon vorher durchleuchtet. Den Gentest hatte er auch schon hinter sich. Aber Picker hat sein Haus jetzt natürlich trotzdem durchsuchen lassen. Ohne Durchsuchungsbefehl. ›Gefahr in Verzug‹ und so. Die Frau des Mannes hat dabei einen Schwächeanfall erlitten. Na ja, jedenfalls verhören sie den Bürgermeister nun in Miesbach.«

»Nicht hier im Lagezentrum?«

»Nein, es gab wohl Hinweise, dass einige aufgebrachte Bürger das Zentrum stürmen wollten.«

»Wegen Pickers Inkompetenz?«, fragte Quercher spöttisch.

»Nein, um sich den Täter zu holen«, antwortete Julia knapp.

Arzu und Quercher schüttelten den Kopf. Sie sahen hinaus zu Pollinger, der sein Gesicht der Abendsonne entgegenreckte.

Er beendete sein Telefonat und kam wieder herein. »Wir bekommen Besuch. Wenn Sie noch für eine Person mehr decken würden, Arzu?«

Quercher sah ihn fragend an. »Mögen Euer Gnaden dem Personal noch mitteilen, wer mit der Kutsche vorbeikommt?«

Pollinger sah ihn mit traurigen Augen an. »Frau Dr. Gerass, die derzeitige Leiterin des Bayerischen Landeskriminalamtes. Und statt einer Kutsche bringt sie wohl zwei Kollegen von der Internen mit.«

Julia und Arzu wurden fast zeitgleich blass.

Pollinger hob beruhigend die Hand. »Die beiden Hausschnüffler bleiben im Auto. Das habe ich mit ihr besprochen. Aber sie will dennoch mit uns reden.«

Als das alte LKA mit dem neuen LKA an einem Tisch saß, schenkte Quercher Wein ein und seine Vorgesetzte trank tatsächlich mit Vergnügen. Er hätte dieser Maschine maximal Diesel zugetraut.

»Meine Damen, ich weiß, wie reizvoll es erscheinen mag, mit solch zweifellos bemerkenswerten Kollegen wie Max Quercher und Dr. Pollinger zusammenzuarbeiten. Sicher hat Herr Quercher in der Vergangenheit erhebliche Ermittlungserfolge mit einem zuweilen unkonventionellen Vorgehen erreicht. Ich kann Sie jedoch nur davor warnen, sollten Sie noch über weitere Karriereschritte innerhalb des LKA nachdenken.«

»Drohen Sie?«, fragte Julia leise.

Gerass lächelte. »Nein, ich empfehle. Meine Erfahrungen in der Zusammenarbeit mit Männern wie Max Quercher ist die, dass man ihnen folgt, sie den Ruhm ernten und das Fußvolk, also Sie oder ich, auf jeden Fall Frauen, die Drecksarbeit machen dürfen.«

Quercher runzelte die Stirn. »Es wäre mir lieb, Frau Gerass, wenn Sie, solange Sie sich in meinem Haus befinden, nicht in der dritten Person von mir sprechen würden.«

»Das lässt sich einrichten«, gab Gerass kurz zurück.

»Was werfen Sie uns denn genau vor?«, wollte Arzu wissen.

»Dr. Sareiter, den wir hier alle am Tisch wohl genauestens kennen, fand an der Unterseite seines Wagens einen Ortungssender. Dank externer Hilfe konnte er das Ortungsgerät zu einem in der Nähe befindlichen Auto zurückverfolgen. Das Auto ist ein alter Mercedes Benz und gehört Max Quercher. Und jetzt beleidigen Sie bitte nicht meinen Intellekt. Sie beschatten den derzeit bekanntesten Rechtspopulisten der Republik. Einfach so, quasi als Beschäftigung in der faden Zeit der Suspendierung beziehungsweise der Krankentage. Dass Kollegin Nishali Ihnen das Gerät widerrechtlich innerhalb Ihres Erziehungsurlaubs zur Verfügung stellt, reicht für die Einleitung eines Disziplinarverfahrens. Was da am Ende auf Sie zukommt, wissen Sie: vorzeitiges Ausscheiden aus dem Dienst unter Kürzung der Pensionsansprüche. Ein für Sie, Herr Quercher, nicht unwichtiges Detail.«

Gerass saß am Ende des Tischs wie eine böse Rachegöttin. Das gefiel ihr. Pollinger ließ sie gewähren. Das wiederum machte Gerass stutzig. Sie hatte mit mehr Widerstand gerechnet.

»Lassen Sie mich auch zu Ihnen, Dr. Pollinger, ein Wort sagen. Mir steht es nicht zu, Ihnen Vorschriften zu machen. Gleichwohl führe ich, wenngleich auch vorerst kommissarisch, die höchste bayerische Polizeieinheit. Verantwortung, das wissen Sie alle, heißt, nicht nur auf Pressekonferenzen und gegenüber der Politik den Kopf hinzuhalten. Verantwortung bedeutet, dem Rechtsstaat in jeder Hinsicht zu folgen. Ich werde hier kein Rechtsseminar halten. Aber gerade in diesen Zeiten, in denen Menschen zu Recht und zu Unrecht befürchten, ausgehorcht zu werden, lege ich sehr viel Wert darauf, dass mein Name, mein Verantwortungsbereich nicht in Verbindung mit Ihren, sagen wir, Grauzonenmethoden gebracht wird.«

Pollinger stand gemächlich auf und nahm eine seiner Rostwasserflaschen aus einer Holztrage. Diese hatte Quercher von Toni Birmoser, dem Cousin des verstorbenen Schreiners, als Dank für die Aufklärung des Falls im Winter bekommen.

»Ich darf Ihnen, werte Kollegin, dieses Heilwasser empfehlen. Es wirkt bei Entzündungen ebenso wie bei Blähungen. Vielleicht ist das alles Nonsens. Vielleicht aber auch nicht. Ich habe, seitdem ich von meinem Krebsfreund in meinem Innern weiß, gelernt, in Optionen zu denken. Wie heißt es so schön: Was heilt, hat recht.«

Gerass sah ihn entgeistert an. Kam jetzt eine philosophische Betrachtung eines senilen, todkranken Mannes?

»Nein, keine Angst, Frau Dr. Gerass. Der Krebs war im Magen, nicht im Kopf. Ich teile Ihre Einschätzung voll und ganz. Unkonventionell zu sein, ist ja meist nur eine Ausrede, weil man offiziell nicht weiterkommt. Die einen nutzen Wanzen, die anderen benehmen sich wie welche. Wo ist da die Grenze?«

»Worauf wollen Sie hinaus?«

»Mir ist klar, dass Ihnen die Querverbindung zwischen unserer Arbeit und der Politik nicht so geläufig und manchmal auch nicht sehr geheuer ist. Ja, ich würde sogar so weit gehen zu behaupten, dass es Sie anwidert. Beide Bereiche, so glaube ich aus Ihren Worten herauszuhören, müssen strikt getrennt sein.«

Sie nickte, jetzt etwas unsicher, weil sie noch immer nicht wusste, ob Pollinger provozieren oder wirklich etwas Substanzielles von sich geben wollte.

»Nun, unser allseits geschätzter Kollege Picker hat ja derzeit noch Rückendeckung. Ich betone das Wort ›noch‹. Denn sich gegen die Bewohner des Tegernseer Tals in derart harscher Weise zu richten, birgt Risiken – für alle Beteiligten.« Er sah Gerass lächelnd an. »Und damit will ich das Thema Karrieremöglichkeiten gar nicht weiter vertiefen. Das hier ist Oberbayern. Hier ist Gottes Land. Und in Gottes Land ist nichts schmutzig. Aber Picker tut so, als sei das hier eine einzige Kloake. Und das bei einer sehr dünnen Faktenlage, liebe Kollegin. Weder hat er einen Verdächtigen – und jetzt lassen wir einmal den bedauernswerten Bürgermeister aus Bad Wiessee außen vor, der, da bin ich mir sicher, noch heute Abend wieder seine Frau pflegen kann. Noch hat Picker auch nur den leisesten Schimmer, wo die anderen zwei Kinder zu finden sind. Er ist quasi immer noch dort, wo diese Kollegin da drüben das Spielfeld verlassen musste.« Er deutete auf Julia.

Gerass wollte etwas einwenden.

Aber Pollinger hob nur seinen knochigen Arm. »Ich habe zeit meines Lebens nie das Unmögliche ausgeschlossen. Ich sprach ja bereits über Optionen. Markus Sareiter ist so eine Option.« Er machte eine Pause. »Und eine weitere Option ist, dass die Entführer Informationen aus dem Ermittlerbereich haben. Wie sonst sind solche Vorgehensweisen wie in den letzten Tagen zu erklären?«

Gerass erschrak innerlich. Der Gedanke an einen Maulwurf in den eigenen Reihen war ihr nicht fremd. Ein Mitarbeiter des Innenministeriums hatte sie auch schon unter zwei Augen darauf angesprochen. Sie hatte es vehement verneint. Aber es war nicht unmöglich.

»Vielleicht Humbug wie das Wasser hier, vielleicht aber auch eine bislang nicht in Augenschein genommene Spur, die uns alle heilt«, unterstrich Pollinger.

»Wollen Sie allen Ernstes, dass ich die drei Kollegen hier weiter gegen den in allen Zeitungen vertretenen Politstar Sareiter ermitteln lasse? Der hat einen der größten Verleger des Landes auf seiner Seite.«

Pollinger lächelte. »Ja, und der wiederum hat eine Frau, die schwer kokainsüchtig ist.«

Schweigen legte sich über die Runde. Das war Pollingers Ass. Und Gerass war schlau genug, keinen Bluff zu vermuten. Es war in Polizeikreisen längst bekannt, dass das exaltierte Verhalten der deutlich jüngeren Frau Weldes auf Drogenkonsum zurückzuführen war. Aber wer sollte Welde damit drohen?

»Frau Dr. Gerass, ich schlage Ihnen eine Arbeitsteilung vor. Die drei Musketiere da drüben werden aufgrund unserer Weisung ermitteln. Sie nehmen den Faden wieder da auf, wo das BKA ihn vor einiger Zeit hat fallen lassen. Das sollten die Kollegen in Wiesbaden zwar wissen, aber das können wir dort ja mit einiger Verzögerung platzieren. Die drei hier werden in den nächsten Tagen etwas, lassen Sie es mich so sagen, professioneller agieren. Sie selbst sind ohne Wissen, werden von mir aber gleichwohl informiert. Sollte das Ganze den unwahrscheinlichen Weg in die Öffentlichkeit finden, stehe ich dafür gerade. Der bayerischen Staatsregierung liegt sehr daran, dass rechtspopulistische Phrasendrescher nur in der eigenen Partei vorkommen.«

»Das ist alles ganz wunderbar von Ihnen ausgedacht worden, Herr Dr. Pollinger. Aber ich kann dafür kein grünes Licht geben.«

Gerass wusste, dass sie hart am Wind segelte. Pollinger war noch immer offiziell Leiter des Landeskriminalamtes. Es käme einer Palastrevolution gleich, sich seinen Anweisungen zu widersetzen. Aber auch dem Alten war klar, dass Gerass nicht in etwas hineingezogen werden wollte, was sie nicht kontrollieren konnte. Also gab er ihr ein letztes Zuckerlein.

»Die drei werden ohne polizeiliche Unterstützung agieren. Offiziell werden sie suspendiert. Nur wir zwei wissen, dass sie für uns tätig sind. Es wäre nicht das erste Mal, dass wir so etwas machen. Also, die Herrschaften geben Dienstausweis und Waffe ab, werden aber weiter ermitteln. So können Sie, liebe Frau Dr. Gerass, sicherstellen, dass Informationen nicht an die Entführer gehen und gleichzeitig eine weitere, ungewöhnliche Spur verfolgt wird. Sie haben also alles Mögliche getan.«

Kapitel 49

Stuttgart, 25.05., 20:35 Uhr

»Wenn Sie abends nach Hause kommen und auf eine Herrenrunde treffen, die sich widerliche Kinderpornos ansieht, muss lediglich der Besitzer des Bildmaterials mit einer Strafe rechnen. Und wenn der Mann nicht vorbestraft ist und es sich um weniger als vielleicht zehn Bilder handelt, wird das Verfahren gegen eine geringere Geldstrafe eingestellt. Das ist unsere aktuelle Rechtsprechung. Generell bekommen solche Menschen nur maximale Strafen von bis zu zwei Jahren. Auch wenn sie im Bundestag sitzen.«

Das Publikum stöhnte auf. Sareiter hatte leichtes Spiel. Wenn es um Kinderpornografie ging, waren die Menschen hellwach. Denn das deutsche Recht war in diesem Beriech äußerst lax, trotz vieler Bemühungen in den letzten Jahren.

»Lassen Sie mich einen Kollegen, den Oberstaatsanwalt Peter Vogt, zitieren: Offensichtlich ist unserer Gesellschaft die körperliche Unversehrtheit unserer Kinder nicht so viel wert wie eine Tafel Schokolade. Denn schließlich drohen bereits bei einfachem Ladendiebstahl in Deutschland eine Geldstrafe oder Freiheitsentzug von bis zu fünf Jahren. Erst 2004 ist der Besitz von kinderpornografischem Material strafrechtlich aufgewertet worden. Bis dahin war es mit dem Fahren ohne Fahrerlaubnis vergleichbar, was bis zu ein Jahr Freiheitsstrafe bedeutet, jetzt hat es das gleiche Strafniveau wie Sachbeschädigung, nämlich bis zu zwei Jahre«, ergänzte Sareiter sarkastisch.

Das Publikum schüttelte ungläubig den Kopf.

Er war völlig durchgeschwitzt, als er die Bühne unter dem tosenden Beifall der mehr als dreitausend Zuschauer verließ. Die Arbeit aber war noch nicht getan für diesen Abend. Er würde nach einer kurzen Dusche und einem Kleiderwechsel im Hotel mehrere hochrangige Vertreter des deutschen Geldadels treffen. Hier in Schwaben hatte sich ein Freundeskreis zusammengeschlossen, der Sareiters Arbeit bewunderte und ihn im nächsten Wahlkampf finanziell unterstützen wollte. Diesen galt es, heute Abend noch ein wenig zu unterhalten. Der Fahrdienst eines deutschen Autobauers holte ihn hinter der Halle ab, um ihn zum Hotel zu fahren. Neben ihm saß sein Sprecher Klaus Lorassi.

»Ich brauche knackige, klare Sätze zu unserem Programm«, wies Sareiter ihn an. »Sinngemäß: Auf drei Säulen steht unser Programm. Denkbar einfach. Gegen Bürokratie, gegen Justizfilz, für mehr Verantwortung und Leistung. Das Programm wendet sich an die Leistungsträger aller Schichten. Es ist antiliberal und besitzt den Gedanken einer Volksgemeinschaft. Ja, schreib ruhig ›Volksgemeinschaft‹. Das wird der Aufreger. Da beißen sich die Journalisten dran fest, werden wieder die Faschismuskeule schwingen. Das bringt uns Zulauf.«

Sareiter sah das Hotel. In fünf Minuten würde er bereit sein. Kaum hatte die schwere Limousine vor dem Eingang geparkt, war er grußlos hinausgesprungen, hatte nicht einmal zur Rezeption gesehen und war zu einem leeren Konferenzsaal geeilt. Unter einer der Reihen mit aufgestapelten Stühlen war ein Handy mit Paketband befestigt worden. Sareiter riss es ab und steckte es sofort in seine Tasche. Kaum hatte er sein Hotelzimmer betreten, fing das Telefon an zu summen. Er nahm den Anruf an, setzte sich auf sein Bett und hörte zu. Dann klopfte es plötzlich an der Tür. Sareiter runzelte irritiert die Stirn und legte das Handy auf dem Kissen ab. Noch immer leuchtete das Display. Als er sich erhob, rutschte das Telefon auf den Teppich.

Der Mann roch. Aber er sah trotz der verfilzten Haare gut aus. Ein Frauentyp, fand Sareiter.

»Sie kennen mich nicht. Ich bin Mark Bolen. Die suchen mich. Und Sie müssen mich verteidigen.«

Sareiter konnte es nicht glauben. »Sind Sie mir gefolgt? Woher wissen Sie, dass ich hier bin?«

Hektisch zog er den Mann in sein Zimmer. Was hatte der Typ von ihm mitbekommen? Sareiter spürte Angst. Er war zwar gut trainiert. Aber dieser tätowierte Kerl strahlte eine fast greifbare Aggression aus. Sein kräftiger Körperbau und die schwieligen Hände, die er jetzt unsicher aneinanderrieb, strömten jene verzweifelte Wut eines in die Enge getriebenes Tieres aus, dachte Sareiter verächtlich.

Seine Stimme war dunkel. »Ich habe nicht weit von hier auf dem Frühlingsmarkt gearbeitet. Dann kam mein Bild im Fernsehen. Und die anderen auf der Kirmes haben mich erkannt. Mir glaubt doch keiner. Ich bin der Vater von Laurenz, dem entführten Jungen.«

Sareiter hatte sich inzwischen wieder auf sein Bett gesetzt und sah aus wie ein Schuljunge, der beim Masturbieren überrascht wurde.

»Ich hab Sie im Fernsehen gesehen und dann in der Halle heimlich beobachtet, und da war ich sicher, dass der Sareiter mir helfen tut. Gegen die Justiz verteidigen und so, gegen die, die mich wieder in den Bau bringen wollen. Bin einfach Ihrer dicken Karre hinterher mit einer Vespa. Von einem Freund.«

»Ich werde Sie nicht verteidigen. Ich mache das nicht mehr. Und ich mache das erst recht nicht, wenn ich abends auf meinem Hotelzimmer so bedrängt werde.« Sareiter erhob sich, um nicht weiter von unten nach oben schauen zu müssen. »Gehen Sie, bitte. Ich gebe Ihnen die Nummer eines Freundes, der ist auch Strafverteidiger. Der ist sicher besser. Glauben Sie mir.«

»Nein, nein. Das reicht mir nicht. Ich will von Ihnen verteidigt werden. Wenn ich da hingehe, dann wimmelt der mich bestimmt ab.«

»Was soll ich denn jetzt tun für Sie? Ich kann doch nicht …«

»Rufen Sie Ihren Freund an. Sehen Sie, da liegt doch das Telefon.« Der Mann bückte sich, um es aufzuheben.

Sofort sprang Sareiter nach vorn. Plötzlich war er völlig hektisch, fast von Sinnen. »Geben Sie her, das gehört mir!«, kreischte er.

Sofort wich der Mann zurück. Sareiter sah, dass das Display des Handys immer noch leuchtete. Jetzt wurde die Panik zur Verzweiflung. Nur dreißig Sekunden. Länger nicht.

»Gehen Sie bitte vor die Tür. Ich bitte Sie.« Es war ein irrer Vorschlag, aber in der Not kam Sareiter nichts anderes in den Sinn.

Tatsächlich drehte sich der Mann um und verließ das Zimmer. »Ich stehe draußen und warte.«

Kaum war die Tür verschlossen, drückte Sareiter den Anruf weg und wählte eine neue Nummer. Und es war nicht die der Polizei. Als er aber danach vor die Tür trat, um mit seinem Besucher zu reden, war der Flur leer.

Der Mann, der sich als Mark Bolen ausgegeben hatte, hatte das Hotel über den nicht überwachten Seitenausgang verlassen. Von dort war er bis hinunter zum Bahnhof zu Fuß gelaufen, hatte eine Tüte mit einer Perücke in den Mülleimer geworfen und sich in den letzten Zug nach Ulm gesetzt.

Kurz bevor er dort in den Bahnhof einfuhr, bekam er eine SMS. *Danke, Hanno. Dafür hast du eine Tankfüllung frei.*

Der Mann grinste. Er schrieb nur einen Satz zurück: *Juli, für dich mache ich alles.*

Kapitel 50

Bad Wiessee, 25.05., 22:04 Uhr

Picker rieb sich die Augen. Um dreiundzwanzig Uhr wollte Maria ihn noch empfangen. Dann musste sie ins Bett, wie sie ihm am Telefon gesagt hatte. Seit zwei Tagen, genauer Nächten, war er jetzt zu ihr gefahren, hatte sich die Seele und den Frust aus dem Leib gevögelt. Maria war einfach wunderbar dafür. Wie ein Schwamm saugte sie alles in sich ein und zum Schluss lag er mit seinem Kopf zwischen ihren großen Brüsten, roch ihren süßen Schweiß, schlief wohlig ein. Und auch wenn es nur eine Stunde war und sie dafür viel zu viel verlangte, war es ihm das wert. Denn gerade lief nichts so, wie er wollte.

»Noch einmal: Der oder die Täter sind während der Mittagspause der Rathausangestellten in das Büro des Bürgermeisters eingedrungen, haben den Computer manipuliert und sind völlig unerkannt wieder verschwunden. Keiner hat sie gesehen, keiner hat etwas bemerkt. Na, toll! Ein Hoch auf die bayerische Kommunalpolitik.«

Er wusste, dass sein letzter Satz wenig Sinn machte und die Kollegen genauso ratlos waren wie er, aber er war frustriert. Der Bürgermeister war unschuldig und jetzt hatte er einen Feind mehr. Denn an Kooperation mit dem Ortsvorsteher war nicht mehr zu denken. Gaugenrieder wusste, dass sich der Mann einen Rechtsanwalt genommen hatte, und der würde jetzt mehr über die genauen Inhaftierungsgründe wissen wollen. Das bedeutete noch mehr Druck.

Aber auch die übrigen Spuren wurden dünner. Der Gentest war schleppend verlaufen. Noch nicht einmal ein Drittel der männlichen Bevölkerung war dem Aufruf gefolgt. Es würde Tage dauern, alle Männer zu kontrollieren. Die Bereitschaftspolizei hatte schon mehr als dreihundert Wohnungen und Häuser im Tal durchsucht – eine großartige Leistung, denn einige standen die meiste Zeit im Jahr leer, waren Immobilien von Menschen aus anderen Teilen der Republik. Die wiederum mussten umständlich ausfindig gemacht und um Erlaubnis gefragt werden.

Die rumänische Familie, die in Mailand mit den Kleidungsstücken eines der Kinder gesehen worden war, war unauffindbar. Sie schien das Land verlassen zu haben.

Das belastete Picker weniger. Denn nach wie vor glaubte er, dass die Kinder nicht weit von hier im Tal untergebracht worden waren. Aber auch die ersten zaghaften Versuche von Befragungen mit Lukas und Mathilde waren ergebnislos verlaufen. Die Wochen der Gefangenschaft schienen beide völlig traumatisiert zu haben. Lukas hatte zwar den Mund, den er bei seinem Auffinden permanent geöffnet gehalten hatte, wieder geschlossen. Aber dabei blieb es auch.

Die SoKo Ostin hatte mehr als dreitausend Hinweise aus der Bevölkerung erhalten. Noch war das Thema in den Medien präsent. Es war nicht mehr jeden Tag an erster Stelle in den Nachrichten, aber sobald ein wichtiger Hinweis neue

Polizeiaktionen hervorrief, wurde zumindest noch in Bayern darüber berichtet. Einerseits hoffte Picker, dass das mediale Interesse versickerte. Das hätte den Vorteil, dass sie ruhiger arbeiten konnten. Andererseits würden die Menschen dann aber weniger aufmerksam auf Geschehnisse achten, die mit der Tat zusammenhängen könnten.

Zudem hatte sich die Berichterstattung selbst geändert. Jetzt wurde immer mehr die Hilflosigkeit der Behörden in den Vordergrund gestellt. Verleger Welde hatte sich am Abend zuvor in einer deutschen Talkshow eloquent, aber in der Sache hart über die, wie er fand, dilettantische Arbeit der Ermittler geäußert.

Morgen wären vier Wochen seit der Tat vergangen. Mittlerweile waren sie sich sicher, dass es sich angesichts der vielfältigen Hinweise um mehrere Täter handeln musste. Nur eines konnten weder Polizisten noch Forensiker erklären: Warum hatten die Täter die Kinder drei Wochen lang festgehalten, dann zwei davon kurz hintereinander freigelassen, um sich jetzt wieder absolut still zu verhalten? Das ergab keinen Sinn, es fand sich kein Muster. Doch dadurch stellte sich sowohl bei den Ermittlern als auch bei den Bürgern im Tal das Gefühl ein, dass genau das ein Muster war. Das nicht Vorhersehbare. Wie hatte es der Forensiker so schön gesagt: »Die Tat und die Täter sind präsent, aber nicht als erklärbarer Vorgang und als gehetzte Kriminelle, sondern als Agierende, die die Abläufe bestimmen.«

Das BKA aus Wiesbaden hatte internationale Kontakte zur Verfügung gestellt. Der Fall wurde den Kollegen von Interpol und dem FBI im Detail geschildert, in der Hoffnung, im Ausland ein ähnliches Tatprofil zu finden. Aber sie hatten bisher keine Antwort bekommen.

»Was haben wir noch, Gaugenrieder?«, fragte Picker ungeduldig.

Der schüttelte nur müde Kopf. »Nichts. Fahr ruhig nach Hause. Ich bleibe hier und mache Stallwache. Dafür komme ich morgen erst gegen Mittag.«

Das war Picker nur recht. So konnte er es noch rechtzeitig zu Maria schaffen.

»Herr Picker, da wollen Sie zwei Slowaken sprechen.«

Picker drehte sich verärgert um. Ein junger Kollege stand verlegen vor ihm. Er war vom Einbruchsdezernat zur SoKo abgestellt worden. »Um was geht es?«

»Die sind schwer zu verstehen. Ich glaube, sie wollen was zur Aussage bringen. Eine Streife hat sie kontrolliert, als sie auf dem Weg in die Heimat waren. Sie haben keine Arbeitserlaubnis. Aber sie wollen stattdessen etwas zur Entführung sagen.«

Picker sah spöttisch zu Gaugenrieder, der schon aufgestanden war. »Lass mal, wir kümmern uns schon drum. Fahr du nach Hause.«

Picker nickte dankbar und ging hinaus. Er sah nicht, wie sich die zwei Slowaken mit dem Kollegen versuchten zu unterhalten. Ihre Deutschkenntnisse waren mangelhaft. Sie waren auf der Rückreise in ihre Heimat bewusst auf die Streife zugefahren, obwohl sie zu befürchten hatten, wegen ihrer unerlaubten Tätigkeit als Waldarbeiter eine Strafe zu bekommen. Abends, in einem Bauwagen, den der Waldbesitzer den beiden auf einem Parkplatz als Unterkunft zur Verfügung gestellt hatte, hatten sie im slowakischen Fernsehen etwas über die Entführung in Deutschland gesehen. Und kurz darauf hatte einer von ihnen in einem Wald südlich vom See Kinder beobachtet, die an einer Leine befestigt waren.

Die Slowaken konnten nicht ahnen, dass der junge Polizeibeamte mit seinen Kindern wenige Tage zuvor in einem Waldkindergarten gewesen war. Dort hatten sie auf einer Almwiese ein Spiel mit Bändern gespielt, an das er sich nun erinnert fühlte.

Der Beamte wollte den Slowaken nicht noch mit einer fehlenden Arbeitserlaubnis kommen. Also notierte er die Aussage, bedeutete den beiden aber, dass sie sich schnell wieder in die Slowakei aufmachen sollten.

Kurz nachdem Picker vom Parkplatz des Lagezentrums zu seiner Teilzeitprostituierten gefahren war, verließen mit den beiden Osteuropäern die ersten wirklich konkreten Hinweise Deutschland.

Kapitel 51

Bad Wiessee, 25.05., 23:12 Uhr

»Du hattest was mit Hanno? Das ist ja wohl das Letzte.« Quercher war ehrlich sauer.

»Können wir auf den Fall zurückkommen?«, bat Arzu, der es fürchterlich peinlich war, Julia Dahmer in diese Situation gebracht zu haben.

Julia hatte den volltätowierten Rocker, mit dem Quercher für ein paar Tage an dem Kläranlagenfall gearbeitet hatte, angerufen und um Hilfe gebeten. Sie brauchten jemanden, der zuverlässig war und gerade verdeckt ermittelte. Also hatte Julia ihn ins Spiel gebracht, Quercher allerdings nicht erzählt, woher sie ihn so gut kannte. Das wurde erst offensichtlich, als Arzu unvorsichtigerweise die letzte SMS von Hanno laut vorgelesen hatte. *Juli, für dich mache ich alles.*

»Mann, Max. Ich hab mit Hanno ein paar Ausflüge gemacht.«

»Klar, put your hands around my engine, boah, ich zeig dir mein Rohr. Klasse Niveau.«

»Vielleicht entspannst du dich mal? Du bist beim LKA ja auch kein unbeschriebenes Blatt.«

Quercher schüttelte den Kopf und sah zu Arzu.

Die versuchte, die Aufmerksamkeit wieder auf die Ergebnisse des eindeutig nicht zulässigen Lauschangriffs zu lenken. »Also, ich habe mir jetzt beide Handys angeschaut. Das erste aus der Mülltonne sowie das, das wir im Hotelzimmer mit Hannos Hilfe hacken konnten. Ich fand ein Sammelsurium von Zahlen und Buchstaben vor. Dadurch wurde mir eines schnell klar: Hier kommuniziert jemand ausschließlich über Algorithmen. Und das auf einer sehr anspruchsvollen Ebene.«

Sie sah Julia und Quercher lobheischend an. Aber stattdessen kam nur ein Naserümpfen.

»Arzu, keine Nerdvorträge. Ich hatte in Mathe immer eine Fünf«, nörgelte Quercher ungeduldig.

»Warum überrascht mich das nicht? Ihr wisst aber schon, was ein Algorithmus ist?«

Stille.

»Ein Algorithmus ist eine Rechenvorschrift oder noch einfacher: eine Anleitung. Quasi wie eine Bauanleitung bei IKEA. Bei Computern ist es eben eine Programmiersprache. Die kann sehr schlicht sein, aber eben auch sehr, sehr anspruchsvoll. So wie diese hier. Hier kommuniziert und verschlüsselt jemand gleichzeitig. Normalerweise geschieht das nacheinander. Man hat einen Code, dem zum Beispiel unser Alphabet zugrunde liegen kann. Aber hier ist das nicht der Fall. Hier bekommst du einen Algorithmus und du …«

»Arzu, komm. Was ist das Besondere? Ich will keine Nachhilfe in Informatik.«

»Sareiter bekommt Anweisungen. Nicht umgekehrt. Verstehst du, was das heißt, Max?«, mischte sich Julia ein.

Quercher verstand nicht mal das.

»Okay, bislang war deine Theorie, dass Sareiter ein böses Schwein ist und Kinder entführen lässt. Jetzt stellen wir fest, dass er Anweisungen bekommt. Dass er ausführt. Und das ist schon einmal ein sehr wichtiger Hinweis. Wissen wir, woher die Algorithmen kommen?«, fragte Julia in Richtung Arzu, die eigentlich gern ihr gesamtes Informatikwissen ausgebreitet hätte.

»Nur teilweise. Das letzte Signal stammt aus der Schweiz. Genauer gesagt aus Zürich. Was das für Anweisungen sind, weiß ich nicht. Denn der Code ändert sich ja quasi mit der Eingabe. Dazu müsste ich in Sareiters Kopf schauen, der diese Nachrichten wie eine normale Mail lesen kann, so wie er das vorher erklärt bekommen hat. Schaut, ich zeige euch einen Text aus einer Studie.«

Sie drehte den Laptop und die beiden lasen still für sich.

Afugrnud enier Sduite an enier Elingshcen Unvirestiät ist es eagl, in wlehcer Rienhnelfoge die Bcuhtsbaen in eniem Wrot sethen, das enizg wcihitge dbaei ist, dsas der estre und lzete Bcuhtsbae am rcihgiten Paltz snid. Der Rset knan ttolaer Bölsdinn sien, und du knasnt es torztedm onhe Porbelme lseen.

Quercher lächelte müde. »Toll, ist sogar für Julia zu einfach. Und was sagt mir das?«

»Diesen Text verstehst du noch. Man ging in dieser Studie davon aus, dass es reicht, den ersten und letzten Buchstaben richtig zu setzen, um einen Text lesen zu können. Aber das stimmt nicht. Nur wenn der Text vorhersehbar und die Silben zusammenbleiben, ist er lesbar. Versetze ich sie, wird er fast unlesbar. Und so macht es der Verschlüssler mit den Zahlen. Man kann sie nur verstehen, wenn man weiß, was sie eigentlich aussagen sollen. Und wenn sie einen Rhythmus beibehalten.«

»Aha, jetzt hab ich immerhin die Hälfte verstanden«, gab Quercher zu.

Arzu ließ nicht locker. »Das sind Kaufanweisungen. So verschlüsseln beispielsweise Investmentbanker ihre Insidergeschäfte. Kauf diese Aktie, denn ich weiß, dass sie steigen wird. Verkauf dort. Oder besser: Wette darauf, dass die Aktie fallen wird, denn ich weiß, dass sie das tun wird. Es sind Anweisungen für Optionsgeschäfte. Jemand hilft beim Manipulieren.«

»Unsinn, Sareiter hat genug Kohle. Der muss keinen Insidergeschäften von windigen Bankern folgen.«

»Na ja, das galt für einen Fußballpräsidenten hier in der Nachbarschaft auch«, wandte Julia ein.

»Ist doch was ganz anderes. So kommen wir nicht weiter. Was haben wir noch? Arzu, du wolltest doch die letzten Fälle von Sareiter auftreiben. Gibt's da vielleicht was?«, entgegnete Quercher genervt.

Arzu schüttelte den Kopf. »Sareiters Anwaltstätigkeit endete mit seinem Verschwinden nach Indien vor acht Jahren. Drei Fälle waren noch offen. Sein letzter Mandant war ein lettischer Autohändler. Der ist mittlerweile in Riga von einem Konkurrenten in Batteriesäure ertränkt worden. Damit wäre das ja gelöst«, kalauerte Arzu und erntete einen bösen Blick von Quercher. »Nummero due ist ein italienischer Pizzabäcker aus München, dem eine Verbindung zur 'Ndrangheta, der kalabrischen Mafia, vorgeworfen wurde. Er wurde freigesprochen und lebt noch.«

»Fein, wissen wir wo?«

Julia nickte. »Ja, Effnerstraße 193 in München.«

»Aha, das ist ja super. Dann sollten wir …«

»Max, das ist das Hospiz. Der Mann ist seit drei Jahren dement und liegt seit einigen Wochen im Sterben.«

Quercher war müde. Sie hatten die letzten Tage jeden Stein rund um Sareiter herumgedreht. Der Mann war nahezu klinisch rein. Seine Mandanten waren Querchers letzte Hoffnung gewesen. Er rieb sich die Augen. Vielleicht war das alles ein Schuss in den Ofen.

»Und der dritte Mandant war ein Jürgen Meschede aus dem Allgäu, warte, ich habe ihn gleich. Aus Leutkirch im Allgäu, genau.«

»Und was war mit dem?«

»Drogenhandel im großen Stil.«

»Der Sareiter hatte ja einen feinen Kundenkreis. Lettische Autoschieber, italienische Mafia, Allgäuer Drogenbarone.«

Arzu grinste. »Na ja, im Allgäu liegt nur sein Heimatort. Seine Mutter lebt noch dort. Die Drogen hat er in Kunduz in Afghanistan bei seinen Kameraden vertickt.«

Quercher hatte nur mit halbem Ohr zugehört. Er stand vor dem Kühlschrank und suchte nach einem *Tegernseer Spezial*. Wenn die zwei Frauen im Bett waren, würde er sich noch ein Pfeifchen genehmigen.

Es dauerte lange, bis er nachfragte. »Was sagtest du, wo war er noch genau?«

»Wer jetzt?«, fragte Julia genervt, die wusste, dass Quercher schon auf sein Cannabis wartete. Sie war angefressen, dass er ihr nie etwas anbot. Noch immer hielt er sie schön auf Distanz, war gleichzeitig aber eifersüchtig auf Hanno. Wie sollte man ihn nur verstehen?

»Der Soldat.«

»Kunduz, der war bei diesen Sondereinheiten.«

»›Sondereinheiten‹ ist der falsche Ausdruck, Arzu. Die gab es bei der SS.«

»Ist doch das Gleiche.«

»Unsinn!«

Quercher betrachtete das Foto, das auf dem Laptopmonitor prangte, und glaubte, sich versehen zu haben. »Ist das dieser Meschede?«

»Ja, bei irgend so einer Verhandlung. Ist ein Pressefoto. War ein echter Wirbel damals. Weil Elitesoldat und Drogen.«

»Wie Denke«, murmelte er.

»Und Herr Meschede ist ausnahmsweise noch lebendig. Zumindest neigte er nicht zum Säurebad oder zur Demenz«, ergänzte Julia.

»Hat Sareiter den erfolgreich verteidigt?«

Julia überflog die Prozessakten, die sie im Dossier von Pollinger gefunden hatte. »Ja und nein. Er ist zu einer geringfügigen Strafe verurteilt worden, aber danach aus den Streitkräften ausgeschieden. Hat dann in München bei einer Securityfirma gearbeitet. Hier ist ein Zeuge aufgeführt, der wohl in Kunduz vor Ort war. Der sagt aus, dass es sich nicht um eine gewerbsmäßige Verteilung von Drogen gehandelt habe. Das war letztlich der mildernde Faktor. Meschede hat Ecstasy ins Lager gebracht und dort unter den Kameraden verteilt.«

»Das ist die Geschichte von der Krähe, die der anderen kein Auge auspickt. Der Zeuge ist vermutlich auch nur Konsument.«

»Nö«, murmelte Julia. »Der ist beim MAD ein hohes Tier.«

»Wie heißt er?«, fragte Quercher

»Oberleutnant Brindöpke.«

Quercher schreckte auf. »Das gibt's doch nicht! Das ist doch kein Zufall!«

»Was?«, fragte Julia abwesend.

»Ich hatte doch diesen Fall in der Kläranlage vor vier Wochen. Da ist ein Bundi namens Denke, so ein KSK-Soldat, in einer Sickergrube ertrunken. Oder ertränkt worden. Halb nackt und geknebelt. Zudem lag da noch ein Hinweis mit arabischen Worten. Sehr seltsamer Tod. Ich bin an den Fall nur gekommen, weil ich Arabisch spreche. Gerass hat den Fall aber nach wenigen Tagen eingestellt und meinte, ich solle die Entführung übernehmen. Und im Übrigen sei es Suizid. Mir war es letztlich egal. Ich fand auch keine Hinweise, dass es sich nicht um Suizid gehandelt hat. Damals kam dieser Brindöpke vom MAD und sollte mir bei den Ermittlungen helfen.« Er stockte.

»Ja, und?«

»Verdammt, ich weiß auch nicht. Aber das ist doch kein Zufall, dass da ein toter Elitesoldat im Teich liegt, und jetzt stoßen wir schon wieder auf einen von diesem Verein. Wie Denke ist auch dieser Meschede KSK-Soldat und der wurde von Sareiter verteidigt. Sareiter, das haben wir ja jetzt schon herausgefunden, scheint die Tat selbst nicht zu begehen. Aber vielleicht hat er Helfer? Wenn jemand so etwas wie die Entführung der Kinder durchziehen kann, dann Leute von einer solchen Spezialeinheit.«

»Die dann unter so auffälligen Umständen in einer Kläranlage den Tod finden? Klingt irgendwie nicht realistisch. Das ist ja wie das Legen einer Spur. Warum sollte Sareiter das tun?«

Quercher hob die Schultern. »Auf jeden Fall fahre ich morgen früh ins Allgäu. Ich will mir den Ecstasydealer mal anschauen. Du müsstest nach München zu dieser Securityfirma fahren, um ein wenig über Jürgen Meschede zu erfahren. Das könnte ein Schlüssel zu Sareiter sein. Er benutzt auffällig viel Sicherheitsequipment. Codes und Einweghandys.

Das riecht sehr nach Schmalspurrambos aus Afghanistan mit Hang zum schnellen Geld.«

»Und warum fährst du nicht nach München und ich ins Allgäu?«, fragte Julia säuerlich.

»Ich kann besser mit Frauen.«

Julia und Arzu verdrehten die Augen.

»So viel zu Fremdbild und Selbstbild«, stöhnte Julia.

Kapitel 52

Zürich, 26.05., 09:01 Uhr

Die Bank lag zwischen Bleicherweg und Genferstrasse und hatte sich auf private Vermögensverwaltung spezialisiert. Er hatte sich, obwohl er sicher war, dass die Polizei nicht informiert worden war, noch in der Nacht auf das Dach eines benachbarten Gebäudes gelegt und die Umgebung beobachtet. Er wollte sicherstellen, dass nicht ein Team der Kantonspolizei um die Bank herum postiert war oder postiert werden würde. Doch alles war sauber.

Er ging an einer bronzenen Statue vorbei in das Gebäude. In großen goldenen Lettern prangte der Name der Bank über der Tür.

Er trug einen etwas zu weiten Anzug, einen Hut und seine Haare waren ebenfalls nicht echt. Es würde schwierig werden, ihn anhand der Kamerabilder zu identifizieren.

Der Handel mit Gold war das Hauptgeschäft dieser Bank. Und heute sollte sie lediglich eine Tranche, die online bestellt und bezahlt werden würde, auf eine Bank nach Chennai in Südindien beordern. Zusammen mit den Diamanten, die er in Antwerpen hatte verkaufen können, würde das Geld dort über verschiedene Banken quer durch den Subkontinent verschickt werden und zum Schluss in Pakistan ankommen. Es würde nicht mehr nachzuvollziehen sein, wer das Edelmetall und die Steine wann und wo erworben hatte.

Es würde ein Leben fern jeden Elends sein. Die neuen Pässe lagen in Delhi bereit. Die Vita für sie beide war perfekt. Sie waren ein österreichisches Ehepaar, das nach Australien ausgewandert war und jetzt die Welt bereiste. Es war eine Wiedergeburt.

Er hieß jetzt Richard Buchheitler, in Klagenfurt geboren, hatte zehn Jahre in Durban, Australien, gelebt und würde bald auf einer Segeljacht von Südindien aus zu den Seychellen segeln. Nur mit ihr. Keine Wesen, die sie quälen konnte. Und jeden Tag Sex. In achtundvierzig Stunden würden sie von Mailand Malpensa nach Kapstadt fliegen. Ihre Tickets hatten sie, die Pässe lagen in der Hütte, Ersatzpapiere in einem Schließfach im Innsbrucker Bahnhof. Er hatte an jedes Detail gedacht. In zwei Tagen war alles vorbei. Eine Stunde blieb er in den Kellerräumen der Privatbank. Dann war die Arbeit getan. Er klappte den Laptop zu, steckte die USB-Sticks in seine Hosentasche und verließ wenig später das Gebäude.

Er hatte gerade in einem Café am Zürichsee einen Espresso bestellt, als das Telefon klingelte. Der Anruf kam aus Deutschland. Er erkannte die Vorwahl sofort. Vom Grossmünster läutete es zwölfmal, sodass er nicht sofort verstand, was der andere sagte. Er bat ihn, alles noch einmal zu wiederholen. Dann beendete er das Gespräch, legte einen Zehnfrankenschein auf den Tisch und hastete zurück zum Bahnhof.

Er würde die Kinder schnell beseitigen müssen.

Kapitel 53

Leutkirch, 26.05., 10:25 Uhr

Arzu hatte ihm die Adresse besorgt. Rita Meschede lebte auf einem umgebauten Bauernhof außerhalb der Kreisstadt Leutkirch. Das hier war Schwabenland. Zwar lag die Grenze zu Bayern nicht weit entfernt im Osten. Aber man spürte hier bereits die Eigenart des Nachbarbundeslandes. Quercher hatte das Gefühl, in eine frisch geputzte Wohnung hineinzufahren. Er hatte Ankes Auto genommen und Julia seinen Benz zur Verfügung gestellt. Es kam ihm und wohl auch Lumpi so vor, als wären sie in einer fahrenden Keksdose unterwegs. Anke hatte sich diesen rosafarbenen Fiat 500 vor drei Monaten vom Munde abgespart und war sehr stolz darauf. Quercher hatte versprechen müssen, dass die Hundedame mit ihren scharfen Krallen nur auf einer Decke im Fond sitzen bleiben würde.

»Du bezahlst jeden Kratzer. Sonst kommt die Lumpi in den Topf«, hatte Anke ihm noch mit auf den Weg gegeben.

»Alles so sauber hier in Schwaben, was, Lumpinchen?«, redete er mit seinem Hund, während er über die Dörfer fuhr. Erst als er zum Hof von Rita Meschede kam, änderte sich das perfekte Erscheinungsbild der Umgebung etwas. Windspiele hingen an alten Dachbalken und Balkonen. Wilder Wein wuchs an den Mauern hinauf. Die Einfahrt benötigte dringend eine Teerschicht. Schlaglöcher, groß wie kleine Teiche, ließen Quercher Slalom fahren.

Sie saß draußen in der Sonne an einer Töpferscheibe und formte mit lehmnassen Händen einen Krug. Ihre Haare waren schlohweiß und von einer beeindruckenden Stärke, sodass sie nur mühsam von einem Tuch gebändigt wurden. Ihre Wangen waren rot, die Unterarme sehnig. Sie schien viel an der Luft zu sein, dachte Quercher, als er aus dem Wagen stieg.

»Grüß Gott, Frau Meschede. Ich bin der Max Quercher. Wir hatten telefoniert.«

Sie lächelte und wies mit dem Kopf auf die sich drehende Scheibe vor ihr. »Ich kann Ihnen leider nicht die Hand geben.«

»Natürlich. Den Hund lasse ich wohl besser im Wagen?«

»Kein Problem. Hier sind nur Katzen und die wissen sich schon zu wehren.«

Lumpi sprang glücklich aus dem Auto, schüttelte sich und begann sofort, schnüffelnd die Umgebung abzulaufen. Wenige Meter entfernt spreizte sie ihre Beine, pinkelte und schaute dabei scheinbar beschämt zu Quercher und der Frau.

Quercher blickte Rita Meschede entschuldigend an. »Die lange Fahrt. Und sie ist eine ältere Dame.«

Rita Meschede grinste. »Ich weiß, wovon Sie sprechen.«

»Entschuldigung. Das war nicht …«

»Immer noch kein Problem. Sie suchen also den Jürgen? Warum?«

»Ein Freund von mir hat ihn verteidigt. Und ich wollte mit ihm über die Zeit nach dem Prozess sprechen. Ich arbeite für das LKA und möchte eine Dissertation über Drogenkonsum in Einsatzgebieten der Bundeswehr fertigen.«

Sie stoppte die Drehscheibe, wischte sich die Hände an einer roten Schürze ab und sah ihn misstrauisch an. »So? Und Jürgens Verteidiger gab Ihnen meine Adresse?«

»Nein«, lächelte Quercher sein charmantestes Lächeln. »Ich hatte Akteneinsicht. Und so kam ich auf Sie. Ihr Sohn hat leider keine feste, aktuelle Adresse mehr. Die Anschrift hier ist sein letzter Eintrag.« Er räusperte sich.

»Oh, verzeihen Sie, möchten Sie etwas trinken? Ich habe noch Hollersaft aus dem letzten Jahr. Kommen Sie.«

Sie erhob sich und ging in die niedrige Küche des Bauernhofs. Zwei Katzen strichen um ihre Beine, als sie zum Kühlschrank ging. Ohne auf sie zu achten, griff sie nach einer Flasche mit Bogenverschluss, goss den Saft in ein Glas und gab noch ein wenig Wasser dazu. Quercher nahm das Getränk dankbar an.

»Jürgen wohnt hier nicht mehr. Ich habe keinen Kontakt mehr zu ihm.«

»Ach?«

Lumpi kam herein und wurde sofort von einer der getigerten Katzen angefaucht. Der Hund ignorierte sie und schnüffelte einfach weiter unter dem Tisch und den Stühlen.

»Ja, nach dem Prozess und seinem Geständnis wurde er unehrenhaft entlassen. Ich habe ihn dann noch einmal gesehen. Nach der Haft war er Türsteher in München. Aber das weiß ich nur von seinen alten Freunden hier aus dem Ort. Das war alles sehr seltsam. Sie haben ihn gedrängt, auszusagen und andere Kameraden zu belasten. Das ist alles hinter den Kulissen passiert. Die haben Leute aus Potsdam und aus Bonn geschickt. Ich kann dem Militär nichts abgewinnen. Aber Jürgen war am Anfang so begeistert.«

Neben dem Herd prangte ein altes Symbol der Achtzigerjahre. Ein Schwert, das zu einem Pflug verbogen wurde. Die Ikone der Pazifisten. Das Bild war vergilbt von all den Jahren des Rauchs in der Küche.

»Unvorstellbar, dass ausgerechnet hier ein Mitglied einer militärischen Eliteeinheit aufgewachsen ist«, sagte Quercher und wies auf das Poster.

Rita Meschede lächelte. »Ja, Abgrenzung ist eine starke Kraft. Als mein Mann noch lebte, wurde hier in der Küche heftig gestritten. Jürgen war Sportler, liebte die Berge und wollte unbedingt zu den Gebirgsjägern. Wochenlang redete mein Mann damals auf ihn ein, aber Jürgen unterschrieb trotzdem. Mein Mann konnte es ihm bis zu seinem Tod nicht verzeihen. Sie redeten von da an kein Wort mehr miteinander. Auch als Jürgen in Afghanistan war, schwiegen sie. Es war schlimm.«

Quercher setzte sich ungefragt. Hinter ihm an der Wand über der Sitzecke hingen Bilder aus vergangenen Jahren, glückliche Menschen, die in die Kamera lachten.

»Kein Bild von Jürgen in Uniform?«

»Sie sind ein guter Beobachter, Herr Quercher. Er war hier immer willkommen. Aber er musste seine Uniform ausziehen. Wissen Sie, mein Vater war bei der Wehrmacht. Das hat mir gereicht. Der unterdrückte Zorn, die nächtlichen Schreie, weil der Krieg ihn nie mehr verlassen hatte. Ich habe immer dagegen demonstriert. Aber …« Sie schwieg und blickte nachdenklich hinaus auf die welligen grünen Felder, wo ein Traktor seine Bahnen zog und die erste Gerste erntete.

»Ja?«, forschte Quercher.

»Ach, das war ein blöder Gedanke.«

Er schwieg.

Sie schien sich selbst einen imaginären Ruck zu geben. »Er war irgendwie von Anfang an anders. Als würde er gar nicht zu uns gehören. Das klingt ziemlich hart, ich weiß. Aber er ist eben …«

»Ja?«

»Wir haben es mit dem verdammten Ritalin probiert, mit Yoga, mit Homöopathie. Nichts half. Erst das verdammte Militär …« Die Erinnerung daran schien sie sehr traurig zu stimmen. Tränen schwammen in ihren Augen. »Jürgen wollte so sein wie sein Freund.«

Quercher wollte eigentlich auf Sareiter zu sprechen kommen. Aber das wäre jetzt ungeschickt gewesen. »Wo ist sein Freund denn jetzt?«

Rita Meschede zuckte mit den Schultern. »Ich weiß es nicht. Ich bin hier doch völlig abgeschieden. Seit Jürgen aus Afghanistan wieder zurück ist, habe ich kein Internet mehr und auch kein Handy. Ich will das ganze Elektronikzeug nicht im Haus haben. Die Katzen mögen das nicht.«

Quercher überlegte, welches Lied er dieser Frau zuordnen könnte. Er entschied sich für *We shall overcome*.

Sie goss heißes Wasser über ein bereits benutztes Teeei, wartete und nahm dann den Becher zwischen ihre Hände. »Was habt ihr Männer nur mit Waffen? Warum müsst ihr nur immer den starken Mann markieren? Sie sind doch garantiert auch zur Polizei gegangen, weil Sie eine Waffe haben wollten.«

Er lächelte. »Im Gegenteil. Ich mag Waffen nicht besonders. Sie sind laut und stinken nach Öl.«

»Aber bei *Räuber und Gendarm* waren Sie bestimmt immer auf der guten Seite, oder?«

Er wiegte den Kopf. »Eher nicht. Da wo ich herkomme, spielte man mit meiner Schwester und mir nicht so gern.«

Sie nickte. »Mit Jürgen spielten die Kinder auch nicht. Nur Stefan. Die zwei, genauer die drei, waren unzertrennlich.« Sie erhob sich, beugte sich an Quercher vorbei zur Wand und nahm die Fotocollage herunter.

Ihre großen, warmen und weichen Brüste wurden von keinem BH gehalten, rochen nach Schweiß und irgendwie auch nach Honig, dachte Quercher.

»Schauen Sie, das sind sie.«

Quercher sah zwei Jungen, braun gebrannt, blauäugig und blond. Es hätte ein Werbefoto der Hitlerjugend sein können. Die beiden sahen sich verblüffend ähnlich.

»Mir tat sein Freund, der Stefan, so leid.«

»Stefan?« Quercher sah erneut auf das Foto. »Warum tat er Ihnen leid?«

»Die Familie war schlimm. Stefans Vater war Jäger. Ganz übel. Der hat die Katzen hier in seinem Revier abgeknallt. Und Stefan musste den Tieren dann immer das Fell abziehen. Der Vater war auch bei der Bundeswehr. Seine Frau, Stefans Mutter, hat ihn für einen anderen Offizier verlassen. Der Alte hat danach noch einmal geheiratet. Eine Jägerin. Noch übler. Die hatte eine Tochter.«

Querchers Kopf schwirrte. »Sagen Sie, wie hieß Stefan mit Nachnamen?«

»Warum? Denke, Stefan Denke.«

Kapitel 54

Bad Wiessee, 26.05., 12:17 Uhr

Arzu konnte sich die Algorithmen nicht erklären. Pollinger saß ihr gegenüber, vor sich sein Rostwasser, und versuchte, der EDV-Technikerin zu folgen. Das war insofern putzig, als Pollinger zwar die im LKA verwendete Technik kannte, aber noch immer von der ›Internetzmaschine‹ sprach, wenn er das Internet meinte, und sich heimlich von Querchers Schwester ein Smartphone mit besonders großen Tasten hatte besorgen lassen.

»Sie können das also nicht wie üblich entschlüsseln?«, fragte er und sah in Arzus verzweifeltes Gesicht.

Sie wollte unbedingt einen kompetenten Eindruck machen. Nur dank Querchers Nähe war sie überhaupt in den Dunstkreis des alten LKA-Chefs gekommen, der den Status eines Mythos bei den Kollegen besaß. »Pollinger unterscheidet von Gott nur, dass Gott weiß, dass er nicht LKA-Chef ist«, hatte Quercher mal mürrisch, gleichwohl aber auch bewundernd gesagt. Daran musste Arzu denken, als sie das aus der Mülltonne gefischte Handy vor Pollinger auf den Tisch legte und das Plastikgehäuse auf der Rückseite öffnete.

»Bei beiden Handys war nicht nur eine Security App eingerichtet, die abhörsichere Codes nutzt«, erklärte sie. »Sareiter und der Typ am anderen Ende haben auch nicht über den normalen Telefonstandard GSM telefoniert.«

»Sondern?«

»Na ja, die Alternative wäre internetgestütztes Telefonieren, das sogenannte *Voice over IP.*«

»IP?«

»Internet Protocol, das ist so was wie eine andere Sprache.«

»Aha.« Pollinger trank mit tiefen Zügen.

»Aber das ist hier nicht der Fall. Sareiter nutzt eine Verschlüsselung, die wir sonst nur von Militärs und Geheimdiensten kennen. Er telefoniert auch nicht richtig. Er nimmt Codes auf und gibt Codes weiter. Er ist quasi ein lebender Briefkasten.«

Während sie Max Ali in ihren Armen wiegte und sein Brabbeln völlig ignorierte, zeigte Arzu nach links, wo ihr Rechner stand. Sie schaute gebannt auf ein schnell laufendes Programm auf dem Bildschirm. Sie hatte die Daten in den Rechner eingegeben, um zu sehen, wie schnell sie sich knacken lassen würden. Das hing im Wesentlichen von der Speicherkapazität der Chips ab, die der Hersteller in die Telefone eingebaut hatte.

»Wissen Sie, Dr. Pollinger, die haben keine Allerweltstelefone benutzt, sondern teure, sehr teure Maßanfertigungen.«

Pollinger stutzte. »Mag sein, dass der Neupolitiker Sareiter ein Paranoiker ist und Angst vor Abhörangriffen hat. Aber so einen Aufwand zu betreiben für ein wenig Rechtspopulismus?«

Arzu lächelte. »Na ja, andere marschieren auf die Feldherrenhalle oder jagen Ausländer aus national befreiten Zonen.«

»Danke für die historische Belehrung.«

Das war ein feiner Warnschuss, den Arzu sofort als solchen erkannte. »Sein System setzt voraus, dass auch der andere Gesprächspartner mit so einem Telefon arbeitet. Es gibt noch eine Besonderheit: Sareiter braucht keine Netzverstärker, also Funkmasten, die normalerweise von seinem Telefon angesteuert werden. Das lässt nur einen Schluss zu.« Sie machte eine bedeutungsschwere Pause.

»Brauchen Sie eine Fanfare, Arzu?«, fragte Pollinger spöttisch.

»Gern. Sareiters Kontakt nutzt vermutlich ein iridiumgestütztes Handy.«

»Ein Teufelskerl«, grinste Pollinger.

Arzu kam sich ein wenig auf den Arm genommen vor. Es war klar, woher Quercher seinen Sarkasmus hatte. »Diese Geräte brauchen keine Funkmasten auf der Erde. Sie kommunizieren direkt mit Satelliten. Und das könnte die Schwachstelle sein, die wir uns jetzt zunutze machen können. Seit der Terroranschlagswelle Anfang des Jahrtausends haben auch wir vom LKA von den Amerikanern die Möglichkeit erhalten, Daten von diesen Satelliten zu bekommen. Das ging, wie Sie ja wissen, meist auf kleinem Dienstweg. Ich habe jetzt eine Anfrage laufen, wer, wann und wo in diesem Tal und im Radius von sieben Kilometern darum herum in den letzten fünf Wochen die Satelliten aktiviert, also mit Iridiumhandys telefoniert hat.«

Arzu hatte einen guten Draht zu einer US-Mitarbeiterin im Konsulat in München. Die beiden tauschten sich regelmäßig über technische Neuerungen aus. Und Arzu musste auch keine schriftlichen Anträge stellen, um an Infos zu kommen. Das war zwar keine Einbahnstraße und Arzu hatte im Gegenzug schon häufiger Daten über Verdächtige der deutschen Polizei weitergegeben, aber so lief das Geschäft nun einmal.

Pollinger hakte diesbezüglich auch nicht nach. »Aber die Codes, von denen Sie sprachen … Was sind das für Codes, die von Sareiter empfangen und weitergeschickt werden?«

»Auch das lasse ich gerade bei meinen Freunden in München checken.«

»Arzu, ich bat Sie, ausschließlich nicht offizielle Dienstkanäle in Anspruch zu nehmen. Sie gelten als suspendiert. Jeder, der mit Ihnen zusammenarbeitet, macht sich strafbar. Hören Sie damit auf.« Pollinger wurde ärgerlich, wenn seine Anweisungen nicht beachtet wurden.

Arzu sah ihn entrüstet an. »Wieso offiziell? Das machen meine Freunde vom *Chaos Computer Club.* Alles brav zivil.«

Pollinger stöhnte. »Geben Sie mir den Jungen. Wir Männer brauchen frische Luft.«

Mittlerweile war der alte Mann geübt, den fünf Monate alten Säugling anzukleiden und in einen Kinderwagen zu setzen. Arzu sah ihm nach, wie er die Straße hinauf in das Breitenbachtal lief. Ein dürrer Mann ohne Haare, mit einem breiten Hut und einem grünen Janker, der um seinen Körper schlotterte. Er sah so schwach und gebrechlich aus, dass man kaum glauben konnte, dass er immer noch brandgefährlich war.

Sie wandte sich um und sah auf ihren Rechner. Sie hatte Mails erhalten.

Contact 2 I-Corps duration 0428-0524-Arsearch.

Arzu verstand. Es ging darum, welcher Anschluss wo auf die Satelliten Zugriff genommen hatte. Sie ging die Nummern durch und markierte die Mehrfachtreffer. Eine Ziffernfolge fiel ihr sofort ins Auge und beunruhigte sie sehr: die Handynummer von Gaugenrieder, Julias Exkollegen im Ostin-Fall. Der scheint es ja nötig zu haben, dachte sie.

Außer der von Gaugenrieder konnte sie vier weitere Nummern ausmachen. Das war nicht überraschend. Iridiumhandys brauchten ein störungsfreies Umfeld, keine Schluchten, Bäume oder Berge, die den Weg zum Satelliten störten. Auch deswegen wurden sie vornehmlich auf Erdölplattformen, in der Arktis oder der Wüste genutzt. Das war ihr Kalkül gewesen. Jetzt ging es um die Ortsbestimmungen.

Ihr Telefon klingelte.

Es war Quercher. »Du musst nach Traunstein!«

»Ja, schön von dir zu hören. Ich habe da was ...«

»Arzu, du musst nach Traunstein.«

»Warum fährst du nicht?«

Querchers Stimme wurde leise. Er war kaum zu verstehen. »Ich bin hier bei Rita Meschede noch nicht fertig. Sie will mir was Wichtiges über die Familie von Denke sagen.«

»Max, ich habe ein Kind, schon vergessen? Warum fragst du nicht Julia? Die ist doch ratzfatz in Traunstein.«

»Julia war erst in München und ist jetzt auf dem Weg nach Innsbruck. Ich habe sie dorthin beordert. Sie soll sich noch einmal Denkes Schwester vornehmen.«

»Warum?«

»Arzu, hör auf mit dieser Fragerei. Du bist wie ein Kind. Mach es einfach.«

»Wir sind nicht im Dienst, Herr Quercher.« Sie sah förmlich, wie er die Augen verdrehte.

»Bitte! Ich glaube, dass Denke und Sareiter zusammenhängen.«

»Scheiße! Und warum soll ich nach Traunstein fahren?«

»Du musst in ein Krematorium und verhindern, dass da eine Leiche in den Ofen geschoben wird.«

»Was? Ich habe Max Ali. Wie soll das deiner Meinung nach gehen?«

»Du musst es irgendwie verhindern, nur nicht offiziell. Das gäbe zu viel Ärger.«

»Bist du irre? Soll ich da den Brenner abstellen, oder was?«

»Fahr hin, lass dir was einfallen.«

»Und wen genau soll ich vor den Flammen der Ewigkeit bewahren?«

»Weiß ich noch nicht. Vielleicht Stefan Denke?«

Kapitel 55

Listerhütte, 26.05., 11:38 Uhr

Das waren die letzten Dosen. Dann war Schluss. Endgültig. Wie sie dalagen. Nebeneinander. Ihre Münder leicht geöffnet. Sie hatte sie in all den Wochen angewidert gepflegt, dafür gesorgt, dass sie sich nicht wundlagen und nicht verdursteten. Die Eltern der Kinder wären stolz gewesen, dachte sie zufrieden. Sie baute auf, sie schuf etwas. Und sie zerstörte auch etwas. Das war es, was ihr so gefiel. Sie hatte ihnen neue Kleider gekauft und sie ihnen im Schlaf übergezogen, hatte dem Mädchen die Haare gewaschen (und einzelne ausgerissen) und hatte sie dann geflochten. Jetzt betrachtete sie die beiden still, wie sie in dem durch die Luke einfallenden Sonnenlicht lagen, hier unten in dem nach Feuchtigkeit riechenden Keller.

Das Mauerwerk schien förmlich zu schwitzen. Es war alt und vor Jahrzehnten errichtet worden. Vermutlich war es schon häufiger ein Versteck für Menschen gewesen. Sie hatte beim Präparieren des Kellers unter den Dielen alte Reichsmarkscheine und eine zerbrochene Uhr gefunden. All diese Dinge hatten keinen Wert. Aber einst mussten sie jemandem so wichtig gewesen sein, dass er sie hier versteckte. So wie sie diese Kinder. Wenn die Sonne unterging, würde er kommen, die beiden in die Kisten legen und mit ihr zu dem Betonwerk fahren. Ein Arbeiter würde ihnen helfen, mit Aussicht auf viel Geld und ohne Ahnung, dass er kurze Zeit später ebenfalls im Beton versinken würde. Seine Art zu töten, war so still, so würdevoll. Sie hingegen liebte das Spiel. Ihre Finger umfassten einen Zeh des Jungen, drückten zu. Mit der anderen Hand griff sie nach einer Zange.

Ihr Telefon klingelte. Sie musste sich konzentrieren.

Kapitel 56

Innsbruck, 26.05., 13:45 Uhr

Der Typ steckte mit dem Kopf vornüber in einem Kleidercontainer. Julia überlegte, ob sie ihn davon abhalten sollte, Textilien, die definitiv für andere bestimmt waren, zu klauen. Aber sie war in Österreich. Sie hatte kein Mandat. Und sie sollte diese Frau befragen. Unterwegs hatte sie die Nummer, die Quercher ihr durchgegeben hatte, mehrfach angerufen. Aber immer war die Mailbox angesprungen. Als sie schon wieder am See angekommen war und zu Arzu fahren wollte, weil sie sinnlose Reisen nach Österreich hasste, nahm Veronika Denke ab. Ihre Stimme klang verschwommen, irgendwie zu langsam. Aber sie war einverstanden, Julia zu treffen.

Julia suchte auf dem Klingelschild nach Denkes Namen, fand ihn aber nicht. Als ein Bewohner das Haus verließ, trat Julia ein. Quercher hatte ihr das Stockwerk genannt. Sie fuhr in dem nach Urin riechenden Fahrstuhl nach oben. Als sie ausstieg, wäre sie fast in einen Handwerker in weißen Klamotten gelaufen. Sie entschuldigte sich und schob sich an ihm vorbei. Es sei die letzte Wohnung auf der Südseite, so Quercher am Telefon. Er hatte dermaßen leise gesprochen, dass sie mehrmals nachfragen musste.

Ihr kam ein kleiner Junge entgegen und sprach sie auf Arabisch an. Sie lächelte, signalisierte ihm aber, dass sie ihn nicht verstand. Im Flur stand die Luft. Im Licht der Sonnenstrahlen, das von draußen hereinfiel, tanzten Staubflocken. Hinter einer Tür hörte sie ein Schaben. Ein Hund schien dort an der Wand zu kratzen.

Julia blieb vor der gelb lackierten Tür mit dem Spion in der Mitte stehen und klingelte. Ein Dreiklang zerriss die Stille. Der Junge sah sie an und schüttelte den Kopf.

Nichts rührte sich.

Sie klingelte erneut. Wieder der Dreiklang. Aber noch etwas. Ein Geräusch, als ob jemand Möbel verrücken würde. Dann Schritte. Die Tür wurde geöffnet. Vor ihr stand eine Frau in einem Bikini. Ihre Haut glänzte. Sie pustete sich eine Strähne aus dem Haar.

»Ja?«

»Guten Tag, sind Sie Veronika Denke?«

»Ja, und Sie sind die Dame aus München, die wegen meines Bruders noch etwas wissen will?«

Julia nickte. Denke zeigte in das Innere der Wohnung und ging voraus.

»Haben ich Sie beim Sonnenbad gestört?«, fragte Julia mit Blick auf den Balkon, wo ein Stuhl mit einem Handtuch stand.

»Ja, ich genieße noch einmal die Sonne. Ich bin bald in der Finsternis.«

So wie sie es sagte, klang es bedrohlich, fand Julia unwillkürlich. Vom Parkplatz vor dem Hochhaus quoll Lärm herauf. Jemand schrie. Ein anderer brüllte zurück. Irgendwo war noch ein Radio zu hören.

»Ach? Stimmt ja, Sie sind Extrembergsteigerin. Wo geht's denn hin?«

»In die Antarktis. Da ist jetzt kein Licht. Wir wollen die erste reine Frauengruppe sein, die den Weg im antarktischen Winter zum Pol schafft.«

»Warum macht man das?«

Denke schien solche Fragen schon öfters gehört zu haben. »Warum macht man es nicht?«

Julia lächelte. Ihr war nicht nach Bergsteigerphilosophie zumute. Von ihr aus sollten diese Freaks auf jeden Berg, über jeden Pol klettern. Sie sollten nur nicht jene, die zu Hause blieben, mit ihrem hastig zusammengeschusterten theoretischen Überbau belästigen.

Etwas stimmte hier nicht. Die Möbel waren mit Tüchern abgedeckt. Ein paar Umzugskisten standen noch auf dem

Boden. Auf einer der Kisten lag der Autoschlüssel einer Mietwagenfirma. Das Kennzeichen war mit Kugelschreiber auf eine Plakette geschrieben worden. Warum benötigte Veronika Denke einen Mietwagen? Zwei große Boxen aus Aluminium, wie Särge aufeinandergestapelt, verdeckten den Weg zum Badezimmer. Vermutlich Expeditionsausrüstung, dachte Julia.

Sie sah sich um. »Hier riecht es irgendwie streng, oder? Nach Desinfektionsmittel.«

»Ja?« Denke ließ die Frage einfach stehen.

»Sagen Sie, haben Sie Fotos von Ihrem Bruder?«

»Warum?«

»Ich benötige sie zur Identifizierung.«

Denke sah sie lächelnd an, trat einen Schritt vor und zog ihr Bikinioberteil aus.

Julia ging einen Schritt zurück.

»Ich habe meinen Bruder bereits in der Gerichtsmedizin identifiziert. Die haben den Leichnam schon vor fünf Tagen freigegeben. Das hat mir der Bestatter in München bestätigt. Mein Bruder wurde eingeäschert. Und was genau wollen Sie jetzt identifizieren?« Denke zog langsam ihre Bikinihose aus und schob sie über den Boden zu den Kartons.

Julia blieb stehen, wollte sich nicht einschüchtern lassen. Denkes Körper war an vielen Stellen vernarbt. Es war wegen der Bräune der Haut nicht auf Anhieb zu erkennen gewesen. Aber entlang ihrer Oberschenkel zogen sich an der Außenseite lange Narben bis zur Hüfte empor. Unter dem Bauchnabel erkannte Julia noch zwei Narben. Ihr Blick blieb an der völlig rasierten Scham hängen. Der Schamhügel war von einem riesigen Tattoo, dem Maul eines Drachen, umgeben.

In Julias Hosentasche vibrierte ihr Smartphone.

»Hatten Sie einen Unfall, Frau Denke?«, versuchte Julia, das Thema zu wechseln und das Summen zu übertönen. Gleichzeitig trat sie einen Schritt beiseite und schaute hinaus auf das Panorama der im Süden glänzenden Berge.

»Ja, mein Vater überfuhr mich mit dem Auto.«

Julia sah sie bestürzt an. »Was?«

»Er hat mich übersehen – beim Zurücksetzen. Beine und Hüfte gebrochen. Ich lag monatelang in einem Gipsbett.«

Das Summen in Julias Hose erstarb.

»Das tut mir leid.«

»Muss es nicht.« Veronika Denke griff in eine Umzugskiste und zog einen zusammengefalteten roten Seidenbademantel heraus. Obwohl sie ihn fest in der Taille zuzog, blieb eine Brust sichtbar. »Der Unfall zwang mich zu trainieren. Ich machte danach viel Sport. Wir wohnten im Allgäu. Während die anderen spielten, musste ich in diesem dämlichen Korsett hängen. Mein Bruder brachte dann Kröten und steckte sie in das Korsett, wo sie herumkrochen.«

»Ja, Geschwister können böse werden«, ergänzte Julia ausweichend.

»Haben Sie Geschwister?«

Julia nickte. »Einen Bruder.«

»Lieben Sie ihn?«

Sie zögerte. »Mal so, mal so.«

»Einmal hat er mir sogar eine Katze hineingesteckt.«

Wieder summte es in Julias Hose.

Denke sah sie auffordernd an. »Wollen Sie nicht rangehen?«

»Nein, erzählen Sie mir doch etwas von Ihrem Bruder. Warum haben Sie sich nicht so verstanden?«

»Wer sagt das?«, fragte Denke plötzlich ein wenig zu schrill.

»Mein Kollege, der Sie vor einigen Wochen besucht hat.«

Denke trat einen Schritt nach vorn. Julia wich zurück in Richtung der Aluboxen, bis sie mit dem Rücken zum Badezimmer stand. Unwillkürlich suchte sie mit ihrer Hand den Türgriff. Sie war unbewaffnet. Und Denke, die Bergsteigerin, wirkte ausgesprochen durchtrainiert. Julia fand den Griff, drückte ihn herunter.

Denke kam wieder näher. »Ich liebte meinen Bruder. Er hat …«

Julia öffnete einem Impuls folgend die Tür. Es war irrational, aber sie glaubte, dass Denke dort etwas verbarg. Mit einem kurzen Blick sah sie ins Bad. Sie erstarrte. Fluchte innerlich. Sie riss den Kopf zurück und sah noch das Gerät vor sich. Dann war alles weg.

Wieder summte es in ihrer Hose.

Kapitel 57

Rottach-Egern, 26.05., 13:34 Uhr

Er hatte das Gesicht einer Ratte und das Wesen einer Eidechse. Er war behände, witterte jede Gefahr und konnte sofort seine Position wechseln. Sareiters PR-Berater Klaus Lorassi war ein Paradebeispiel für einen Münchner Schmock. Einer, der mit jedem gut konnte, solange es nützlich war, und auf jedem Medienevent sein Gesicht in die Kameras hielt. In drei Tagen würde die Ratte heiraten. Zum zweiten Mal. Diesmal war es eine verhungerte Sportmoderatorin, die sich heute bereits zweimal übergeben hatte, um in das weiße Kleid hineinzupassen. Und obwohl Sareiter bis über beide Ohren in Terminen steckte, hatte er zugesagt, dem großen Feiertag seines Knechts beizuwohnen und ihn mit seiner Anwesenheit zu schmücken.

Die feine Gesellschaft würde im *Bauer in der Au,* einer Gastwirtschaft hoch oben über dem Tegernsee, feiern. Sareiter hatte versprochen, eine Rede zu halten. Danach – man hatte vom befreundeten Forstwirtschaftsminister eine Genehmigung erhalten – würde ein Feuerwerk *die Bergwelt bis nach Österreich illuminieren,* wie es in der Einladung hieß. Ein Shuttleservice, *einheimische Kutschengespanne mit urigen Originalen aus dem Tal,* sollte die Gäste zu der einstigen Alm hinaufbringen. Die würden dann den Gasthof für sich haben, während für die einheimischen Besucher der Wirtschaft im Garten ein Zelt aufgebaut werden würde. Lorassi hatte sich nicht davon abbringen lassen, obwohl Sareiter ihm abgeraten hatte.

Hier im Tal kam das Protzige nicht so gut an, wenn es so unverpackt, so deutlich erschien. Reich konnte man sein, man musste es nur geschickt in Loden und Geldgeschenke verkleiden. So war man auch bei den Alteingesessenen angesehen. Und dann konnte man sein Eigenheim auch anders gestalten, als die Bauordnung es vorschrieb. Solange etwas vom Tisch der Reichen abfiel, war alles gut bei den Einheimischen, hatte er ausgeführt.

Sareiter saß auf seinem Balkon im besten Rottacher Hotel, der *Überfahrt*, direkt am See, und blickte in den sogenannten Malerwinkel. Gegenüber sah er den Riederstein mit seiner kleinen Kapelle. Ein weißes Ausflugsboot mit einer Heerschar Rentner zog seine Bahn zum Anleger in Rottach. Auf dem Parkplatz vor dem Hotel stand eine Großfamilie aus den Emiraten. Vier komplett verschleierte Frauen und drei dicke Jungen machten Fotos mit ihren Tabletcomputern.

Dieser Teil des Sees, mit seinem perfekten Kitsch aus Bergpanorama, bayerischen Land- und kleinen Bootshäusern, entsprach am stärksten der Vorstellung von Idylle aller Zugereisten. Araber und Russen hatten den Einheimischen hier Häuser für viel Geld abgekauft. Meist waren es dann genau jene Tegernseer, die den Ausverkauf der Heimat am lautesten beklagten.

Sareiter war mit sich zufrieden. Zum ersten Mal seit Jahren fühlte er sich nahezu glücklich. Alles war bislang genau so gelaufen, wie er es sich vorgestellt hatte. Seine Idee hatte sich nach wenigen Wochen von einer Privatinitiative zu einer Bewegung entwickelt, die zumindest von einigen Parteien ernst genommen wurde. Die ersten prominenten Mitstreiter waren auch schon da: ausrangierte Minister und Senatoren, Funktionäre, nuschelnde TV-Journalisten auf der Suche nach einem politischen Austragshäuserl – das war die Bandbreite. Doch das konnte nur der Anfang sein. Er selbst wollte den Salon, die Talkshows, eben den großen Auftritt.

Lorassis Hochzeit war so ein Auftritt. Die Gästeliste war genau nach Sareiters Geschmack. Vorstände, ein Intendant,

Meinungsmacher wie Programmchefs und Chefredakteure würden kommen. Leider auch das übliche Arsenal an Münchner D-Promis. Welde hatte abgesagt, was angesichts des Gesundheitszustands seines Sohnes verständlich war.

Sein Telefon klingelte. Lorassi.

»Markus, servus. Kennst du einen Pollinger? Dr. Ferdinand Pollinger?«

»Ja, das ist der Chef des bayerischen Landeskriminalamtes. Aber der ist schwer krank. Wieso?«

»Mein Spezl aus der CSU-Landtagsfraktion sagt, der Pollinger sei hier am See auf Kur. Und das wäre sicher ganz geschickt, den auch einzuladen.«

»Ohne jeden Zweifel. Guter Mann. Ich kenne ihn. Da freu ich mich.« Sareiter legte auf. Doch im selben Moment klingelte sein zweites Telefon. Er sah auf das Display und hob erstaunt seine Augenbrauen.

Kapitel 58

München, 26.05., 13:38 Uhr

Ihr Chefermittler Picker sucht seit Tagen eine Teilzeitprostituierte in Miesbach auf. Wir haben dazu mehrere Hinweise und eine eidesstattliche Aussage der Frau, Maria Z. Wie stehen Sie als kommissarische Leiterin des LKA dazu?

Constanze Gerass las den Fragenkatalog, den ihr die Redaktion des größten deutschen Boulevardblatts in der Nacht zugeschickt hatte. Sie spürte, wie die Haut unter ihrem Hals zu kribbeln begann – ein deutliches Zeichen ihrer Nervosität und Aufregung.

Das konnte Picker nicht getan haben!

Es brauchte nicht viel Fantasie, die Überschrift vor sich zu sehen, die in Kürze an Millionen deutschen Frühstückstischen zu lesen sein würde: *Ostin-Kinder noch immer verschwunden – Ermittler im Bordell!*

Das wäre natürlich nicht ganz richtig. Schließlich handelte es sich ja um eine Teilzeitnutte. Aber Trennschärfe war vom Boulevard nicht zu erwarten. Sie musste die Anfrage mit dem Innenministerium absprechen. In vierundzwanzig Stunden würden sie drucken, hatte der Redakteur am Telefon gedroht. Dann wäre Picker geliefert. Sie konnte ihn nicht halten. Wieder, wie nach der Suspendierung von Dahmer, hatte sie das Gefühl, dass alles, was sie verantwortete, ins Rutschen kam.

Wie konnte Picker so was nur machen?

Sie hatte ihn einbestellt, ohne die Gründe zu nennen. Er hatte zweimal nachgebohrt, wurde mürrisch, sagte, er hätte zu tun. Aber ihre Stimme gab ihm unmissverständlich zu verstehen, dass es ernst war.

Sie überflog die nächste Frage. *Die Prostituierte Maria Z. behauptet, dass der Ermittler Picker ihr gegenüber wichtige Details zum Entführungsfall der Ostin-Kinder offengelegt hätte. So wüsste sie, dass Telefone aller Talbürgermeister abgehört wurden. Wie stehen Sie dazu?*

Sie hatte nur ein unzureichendes Netzwerk in Politik und der Polizei. Das würde ihr nicht helfen. Wer könnte ihr nun einen Rat geben? Sie schmeckte Blut in ihrem Mund und bemerkte erst jetzt, dass sie den Fingernagel ihres Daumens endgültig abgerissen hatte. Sie suchte nach einem Taschentuch, als ihr Blick auf einen Zettel mit der Telefonnummer ihres Vorgängers fiel.

Sollte sie sich diese Blöße tatsächlich geben?

Doch Stolz brachte sie nicht weiter. Also wählte sie Pollingers Nummer. Ohne Umschweife erklärte sie ihm den Sachverhalt.

Er hörte schweigend zu, ehe er leise Anweisungen gab. »Ich benötige die Personalakte von Gaugenrieder. Ich benötige alle Anschlüsse, die der Kollege gewählt hat. Und ich benötige die Prozessakte Meschede im gesamten Umfang. Schicken Sie Picker, nachdem Sie ihn lediglich über die Anfragen informiert haben, zu mir. Ich löse das Problem. Das wäre alles. Und eines noch: Machen Sie sich keine Sorgen. Es gab schon Schlimmeres.«

»Was jetzt genau?«, fragte sie gequält.

»Schauen Sie in Querchers Personalakte.« Er lachte.

Kapitel 59

Bad Wiessee, 26.05., 14:12 Uhr

»Also brennt die Leiche gerade, oder was?« Quercher war sauer. Arzu hatte es verbockt, fand er.

»Mann, Quercher. Was soll ich machen, wenn die den am Vormittag in den Ofen schieben? Stefan Denkes Körper wurde vor fünf Tagen auf Beschluss der Münchner Staatsanwaltschaft freigegeben. Dann kam er nach Traunstein. Ein Amtsarzt hat die Leiche noch einmal geprüft. Dann ging sie in den Ofen. Dein Geistesblitz kam vierundzwanzig Stunden zu spät. Asche zu Asche …«

»Ja, doof nur, dass wir auch nicht an die Beweissicherungsstücke vom Tatort in der Kläranlage kommen. Wir sind ja noch suspendiert.« Quercher sah genervt zu Pollinger und drückte die Wiederwahl seines Smartphones. Wieder sprang die Mailbox von Julia Dahmer an. »Wieso geht die blöde Kuh nicht an ihr Telefon?«

Er hatte Julia mit Bedacht nach Innsbruck geschickt, weil sie vielleicht einen besseren Zugang zu Veronika Denke bekam als er. Aber seit zwei Stunden war ihr Telefon tot. Genauer, jetzt fuhr es Richtung Deutschland. Das konnte Arzu mit einer einfachen Abfrage nachvollziehen.

»Vermutlich hat sie sich nicht in das österreichische Netz eingewählt oder das Handy versehentlich auf lautlos gestellt. Du weißt doch, wie das ist. Schließlich bist du der größte Ignorant, was Kommunikation angeht«, erklärte Arzu.

Pollinger saß mit dem kleinen Max Ali auf dem Arm auf der Terrasse und streckte das Gesicht in die Sonne. Er sog das Licht förmlich ein, während der Kleine selig schlief. »Was hat die Hippietante aus dem Allgäu denn erzählt, Max?«, fragte er mit geschlossenen Augen.

Quercher hatte sich etwas Weißbrot gekauft und tunkte es in eine Pfütze sizilianisches Olivenöl ein. Wenn ihm etwas zuwider war, dann das fette bayerische Essen. »Das ist eine Reise in die Dunkelheit. Schön festhalten. Also, die Hippiefrau, wie du sie nennst, Rita Meschede und ihr Mann haben einen Sohn mit ADHS. Der Junge wächst im konservativen Leutkirch in einer zweifellos linksliberalen Familie auf. Er findet zwei Spielkameraden im Ort: Stefan und Veronika Denke. Veronika ist ein Pflegekind und ebenfalls leicht psychisch gestört. Das verbindet die beiden. Stefan ist der Chef – von Anfang an. Was er sagte, wurde gemacht. Damit entsprach er seinem Vater, einem Bundeswehroffizier der ganz üblen Sorte. Der Typ war Jäger, quälte die Kinder, indem er vor ihren Augen Katzen erschoss, sie zwang, das Wild auszunehmen. Wenn sie nicht gehorchten, mussten sie beim Hund in der Hütte schlafen. Stefan Denke, so hat es jedenfalls Rita Meschede erzählt, schien das aber ganz gut überstanden zu haben. Er ging wie sein Vater zur Bundeswehr, machte dort erst bei den Gebirgsjägern, dann bei den Spezialtruppen wie der KSK Karriere. Seine drei Jahre jüngere Schwester studierte in München Medizin, brach das Studium ab, kam in die Extremsportszene, sammelte ein paar Rekorde ein und wurde zumindest in der kleinen Szene bekannt, war aber regelmäßig in Behandlung bei diversen Psychotherapeuten. Jürgen Meschede ist ihr verfallen – von Kindesbeinen an. Er liebte sie, ging wie Stefan auch zur Bundeswehr, kam damit aber nicht so gut klar wie Veronikas Bruder. Die Wege der drei trennten sich. Dann kam es vor acht Jahren zu einem Prozess. Jürgen Meschede wurde vorgeworfen, bandenmäßig Drogen nach und von Afghanistan, wo er stationiert war, zu liefern. Das Urteil fiel sehr milde aus. Denn wer sagte für ihn aus?«

»Natürlich Denke!«, antwortete Arzu.

»Und wer hat Jürgen Meschede verteidigt?«

»Markus Sareiter«, riet Pollinger leise.

Quercher nickte, tunkte erneut etwas Brot in das Olivenöl und goss sich einen kühlen Weißwein in ein Glas.

»Okay, und was ist jetzt deine Theorie? Bislang kennen sich ein paar Leute. Ein Anwaltschmock und zwei Babymörder aus Afghanistan. Mehr nicht«, meinte Arzu kritisch.

Ehe Quercher antworten konnte, schüttelte Pollinger seinen kahlen und mageren Kopf. »Frau Nishali, mit dem Begriff ›Babymörder‹ haben Sie jetzt wirklich danebengegriffen. Ihren privaten Pazifismus in allen Ehren, aber Sie sollten als Beamtin des bayerischen Staates ein wesentlich besseres Bild von unserer Truppe am Hindukusch haben. Und des Weiteren lassen Sie ein wichtiges Detail außer Acht: Es gibt einen dritten Mann, wenn Sie mir diese cineastische Anspielung erlauben.«

»Und der wäre?«, fragte Quercher erstaunt.

»Was wissen wir über die Entführung der Ostin-Kinder bislang? Ist das eine klassische Entführung mit Sexual- oder Erpressungshintergrund?«

Quercher schüttelte mit vollem Mund seinen Kopf und wollte etwas einwenden.

»Max, sei ein Vorbild. Essen und sprechen gleichzeitig ist nicht pädagogisch sinnvoll.«

Quercher sah Pollinger gequält an. »Jemand spielt mit uns, will Macht demonstrieren.«

»Genau, aber bringt die Kinder mehr oder weniger heil zurück. Er bekommt nichts dafür, sondern vergrößert nur das Risiko, geschnappt zu werden, je länger er noch zwei Kinder bei sich hat und wartet. Warum sollte er das tun?«, ergänzte Pollinger.

»Also gut, nehmen wir einmal an, Denke oder Meschede und die Schwester entführen vier Kinder. Und nehmen wir einmal an, jemand wie Sareiter profitiert davon. Das sind doch dann deine drei Leute. Oder worauf willst du hinaus?«, fragte Quercher unwillig.

»Ich frage mich, warum das Risiko, geschnappt zu werden, so bewusst in Kauf genommen wurde. Doch nur, wenn man am Ende geschnappt werden will. Oder wenn man immer weiß, was die Ermittler gerade denken und wo sie stehen.«

»Du glaubst immer noch an einen Maulwurf in Pickers Team?« Quercher blickte zu Pollinger, der nicht zu Verschwörungstheorien neigte. Aber der alte Mann leitete noch bis vor einem halben Jahr das LKA und kannte seine Leute besser, als Gerass es vermutlich jemals tun würde.

»Arzu, ich möchte Sie bitten, sich die Telefonate der Ermittler um Picker und die von Picker selbst genau anzuschauen. Gab es da Auffälligkeiten? Ich meine, Sie erwähnten so etwas?«

Arzu nickte. »Fritz Gaugenrieder nutzt ein Iridiumtelefon. Das ist wirklich sehr ungewöhnlich, weil er ja eigentlich sein Diensthandy hat. Ich habe mir seine Anrufe angesehen. Er hat auffällig oft mit Sareiters Presseheini gesprochen. Das könnte ein Hinweis sein. Bei den anderen Kollegen hingegen ist gar nichts Auffälliges, zumindest nicht auf den ersten Blick. Ich muss euch ja nicht sagen, dass in einer vierzigköpfigen SoKo immer irgendeiner dabei sein kann, der plaudert, der andere Interessen hat. Das genau zu durchleuchten, schaffen nur die Sympathieträger von der Internen Ermittlung. Die Gerass hatte doch welche dabei. Sollen die sich doch darum kümmern.«

Pollinger versuchte, sich zu erheben. Doch er war zu schwach und fiel mit dem Kleinen im Arm wieder zurück in den Sitz. Es war ein Bild des Jammers, fand Quercher. Pollinger hatte in sechs Monaten die Hälfte seines Körpergewichts eingebüßt.

»Vielleicht tut sie das schon«, ächzte Pollinger.

»Ferdi, jeder kann so eine Ratte sein. Auch und vor allem Picker, die alte Drecksau. Dem traue ich es am allermeisten zu. Und solange wir nicht offiziell ermitteln, sondern als scheinbar Suspendierte im Sumpf herumstochern, ist das alles sowieso Murks. Wir müssen die Denke-Spur verfolgen.«

Quercher konnte seinen Hass gegenüber seinem alten Widersacher nicht unterdrücken. Picker hatte ihn vor einem halben Jahr schon kaltstellen wollen. Vor einigen Jahren hatte er ihm seine Frau genommen. Er war ein übler Intrigant. So ziemlich das Gegenteil von Max Quercher – fand jedenfalls Quercher.

»Gut, dass du den Kollegen Picker ansprichst. Du wirst von heute an mit ihm zusammenarbeiten.«

Es klingelte an der Tür. Arzu wollte aufstehen, aber Pollinger hob nur den Finger und schüttelte den Kopf. »Ich öffne den Menschen gern die Türen, war immer schon eine Passion meinerseits.«

Quercher schüttelte den Kopf. »Ferdi, das ist nicht witzig.«

»War auch nicht als Witz gemeint.« Pollinger streckte seine Hand aus und Quercher zog ihn aus dem Stuhl. Er war federleicht. Mit einem leichten Stöhnen ging er zur Tür. »Komm mit, der Herr Chefermittler mit Hang zur käuflichen Liebe steht vor der Tür.«

Kapitel 60

Zwischen Innsbruck und Tegernsee, 26.05., 15:30 Uhr

Er hatte nicht viel Zeit, um Julia Dahmer zu töten. Er würde Fehler machen. Aber das kalkulierte er mit ein. Früher oder später würden sie wissen, wer das zu verantworten hatte. Diese Polizistin war nicht der erste Hinweis auf die anstehende Jagd. Sie würden es herausfinden. Bis dahin musste er Zeit gewinnen. Danach würden sie untertauchen, verschwinden, für keinen Menschen mehr erreichbar sein.

Die andere Seite hatte das Angebot erhöht. Sie wollten die anderen zwei Kinder. Und sie wollten sie in Ostin. Da wo alles angefangen hatte. Keine schlechte Idee. Er würde in der Nacht die Kisten deponieren, dann oben an der Hütte Veronika abholen und nach Mailand fahren. Von dort würde der Flieger sie in ein anderes Leben bringen. Bis dahin musste er cool bleiben, Ruhe bewahren.

Es war wie mit einem bissigen Hund, der fürchtete, dass man ihm den Knochen vor der Nase wegschnappen wollte. Ihr lief das Wasser förmlich über die Lefzen, als sie die betäubte Polizistin in ihrem Wagen sah. Jetzt wartete sie in seinem Auto auf ihn.

Er hatte den Wagen präpariert und in einen Forstweg gefahren. Den Platz hatte er mit Bedacht gewählt. So schnell kam hier keiner hoch. In der Nähe verlief auch kein Wanderweg. Nur ein Jäger würde sie finden können. Aber es war Schonzeit. Zumindest für das Wild, dachte er vergnügt.

Es war noch genug Restbenzin im Tank. Der Motor würde nicht mehr als fünfzehn Minuten laufen. Aber das würde reichen, um sie mit Kohlenmonoxid zu vergiften. Der Wagen der Polizistin war ein alter Benz. Er schien ihr nicht zu gehören. Der Dreck im Innenraum sowie die Musikrichtungen auf den herumliegenden CDs deuteten auf einen Mann als Besitzer. Er schien einen Hund zu haben. Überall klebten borstige braune Haare.

Er stellte auf Umluft. Auf den ersten Blick wäre es ein Suizid. Er hätte sie auch im Achensee versenken können. Aber es war noch hell, er wäre zu leicht dabei zu sehen. Er drehte den Zündschlüssel um, streifte den Ganzkörperoverall ab, ließ den Wagen mit der bewusstlosen Polizistin zurück und verließ den Waldweg mit seinem eigenen Auto.

Jeder Mensch reagiert auf Narkotika anders. Die einen benötigen nur eine Baldrianpastille und schlafen sofort ein, andere nehmen zwei Schlaftabletten und sind noch halbwegs fit. Julia Dahmers Körper reagierte trotz seines geringen Gewichts kaum auf derartige Mittel. Sie hatte ihr Bewusstsein schon wiedergewonnen, als sie über den Schotterweg gefahren wurde.

Sie roch es nicht. Aber sie hörte es. Der Motor lief. Sie konnte sich kaum bewegen. Ihre Hände waren mit einem

Plastikkabelbinder an das Lenkrad gefesselt worden. Ihr Atem ging rasselnd. Unendlich langsam drehte sie ihren Kopf. Das hintere Fenster war ein Stück heruntergekurbelt worden. Ein Schlauch blies blauen Rauch in das Innere des Wagens. Der Türhebel war eingerastet. Sie konnte ihn nicht öffnen. Dafür brauchte sie die Hände.

Sehr langsam begriff sie. Jemand wollte sie töten!

Sie durfte keine Minute länger im Auto bleiben. Sie musste an den Hebel der Tür kommen. Sie hielt die Luft an. Hustete. Der Rauch brannte in ihren Bronchien, in der Lunge. In ihrem Kopf schien ein Zug gegen eine Mauer zu fahren. Ein brutaler Schmerz stach hinter ihren Augen. Ihr wurde übel. Das Lenkrad würde sich nicht lösen lassen. Sie hob ihr rechtes Bein aus dem Fußraum des Wagens, zwängte es über die Mittelkonsole und trat mit der letzten Kraft, die sich noch in sich verspürte, gegen die Windschutzscheibe. Nichts tat sich. Dahmer drehte verzweifelt das Lenkrad, an dem sie fixiert war, nach rechts, hob wieder den Fuß, trat jetzt aber mit der Spitze ihrer Sneakers gegen die Scheibe. Ein unerträglicher Schmerz schoss in ihren gesamten Körper. Sie sah Sterne, alles um sie herum schien zu schwanken. Sie würde in wenigen Sekunden das Bewusstsein verlieren.

Aber als sie ihre schmerzverzerrten Augen wieder öffnete, sah sie die Risse. Sie ignorierte den Schmerz und trat noch einmal zu. Querchers Benz war ein altes Modell. Und die Scheibe hatte schon vor langer Zeit einen Steinschlag abbekommen. Deshalb ließ sie sich aus ihrer Verankerung drücken. Frische Luft strömte herein. Sie beugte sich über das Armaturenbrett, so weit sie konnte. Querchers Schlampigkeit in Autofragen hatte ihr das Leben gerettet.

Jetzt erst fiel ihr ein, wie sie den Wagen ausmachen konnte. Sie beugte den Kopf zum Zündschloss und drehte mit dem Mund den Schlüssel um. Der Wagen ruckelte. Dann erstarb der Motor.

Sie sah sich um. Kein Werkzeug. Stattdessen eine dämliche Hundedecke und unzählige CDs im Fußraum, in der

Ablage und auf dem Armaturenbrett. Am Rückspiegel hingen Ketten mit dem magischen Auge und anderen komischen Symbolen, die Quercher in der Welt zusammengesammelt hatte. Keine Hilfe, der Mann, dachte sie. So würde sie hier nicht wegkommen. Der Magen machte sich bemerkbar. Mit einem plötzlichen Ruck erbrach sie sich über der Mittelkonsole, bis nur noch saure Flüssigkeit ihren Mund füllte. Sie atmete ein und aus. Die Bergluft tat ihr gut. Wie kam sie hier heraus? Wo war sie? Sie lauschte. Irgendwo da unten war eine Straße. Sie konnte den Verkehr hören. Es war eine Chance. Sie könnte, wenn sie die Handbremse lösen würde, den Wagen hinunterlenken und auf der Straße zum Stehen kommen.

Sie dachte nicht lange nach. Die Handbremse in einem Mercedes war eine Fußbremse, eine der schönen Eigenheiten des alten Benz, den Quercher so liebte und der schon jetzt ausgesprochen ramponiert war. Sie löste die Bremse mit ihrem linken Fuß. Dann drückte sie mit ihrem Knie den Schaltknüppel auf Leerlauf und tatsächlich rollte der Wagen. Sie sah in die Spiegel, drehte erst sachte, aber dann immer hektischer das Lenkrad, denn der Benz nahm Fahrt auf. Es wurde steil. Die Reifen knirschten. Sie konnte die Fußbremse kaum kontrollieren. Der Wagen schoss über eine Rinne, die ein Wildbach in den Boden gefräst hatte, hob kurz ab und setzte scheppernd wieder auf. CDs flogen im Wagen herum. Julia sah die Straße, trat jetzt unmittelbar vor sich in den Fußraum und drückte mit voller Wucht auf die Bremse. Das Auto rutschte über den Asphalt und blieb dann stehen. Das Heck des Wagens befand sich noch auf der Fahrbahn. Doch der vordere Teil hing bedrohlich über der Bankette. Unter Julia gähnte ein Abgrund.

Sie schnaufte durch. Sah sich um, um sich zu orientieren. Sie kannte sich hier nicht aus. Der säuerliche Geruch des Erbrochenen neben ihr stieg ihr in die Nase.

Julia schaute auf die gelben Zeiger der Uhr im Armaturenbrett. Es war später Nachmittag und es würden noch genug

Autos kommen. Dann hörte sie von der linken Seite her ein leises Brummen, das allmählich zu einem Dröhnen anschwoll. Ein Motorengeräusch. Es musste ein schwerer Wagen ein. Noch sah sie ihn nicht. Der Benz begann zu schaukeln. Julia beugte sich nach vorn und sah unterhalb des Abhangs einen Wildbach. Das würde nicht gut gehen, schoss es ihr durch den Kopf. Wieder sah sie nach links. Jetzt erkannte sie den Lkw. Es war ein Holztransporter, der den Berg herunterkam. Julias Wagen stand direkt in einer Kehre. Der Lkw-Fahrer würde ihn erst im letzten Augenblick sehen können.

Als der Mann den Mercedes entdeckte, bremste er in mehreren Abständen. Doch seine schwere Ladung drückte. Julia hörte, wie die großen Reifen quietschend Halt auf dem Asphalt suchten. Dann kniff sie die Augen zusammen und erwartete den Aufprall.

Kapitel 61

Holzkirchen, 26.05., 13:16 Uhr

Das Kind schrie. Es warf die Hände in die Luft und war durch nichts zu beruhigen. Das Mädchen wollte partout nicht in das Auto steigen. Die Mutter sah sich verzweifelt um. Neben ihr fiel eine prall gefüllte Tasche mit Milchtüten und Konserven um. Eine der Dosen rollte dem Kind vor die Füße. Es trat danach. Die Mutter kniete nieder, griff nach der Konserve, die unter einem benachbarten Auto lag, und krabbelte zurück. Das Mädchen schrie noch immer. Als sich die Mutter wieder erhoben hatte, hatte sich das Kind an der Autotür festgekrallt.

Das Parkhaus des Einkaufszentrums war zwar gut besucht, aber alle Kunden schienen ausschließlich mit sich selbst beschäftigt zu sein und wollten möglichst schnell ihre Besorgungen erledigen. Die Frau, attraktiv, aber überfordert, sah sich kurz um und holte dann aus. Für einen Bruchteil hielt das Kind inne. Das war der Moment, den die Mutter nutzte, um das Mädchen in den Wagen auf den Kindersitz zu bugsieren.

Fritz Gaugenrieder hatte schräg hinter der Frau geparkt und alles verfolgt. Doch das Kind war ihm egal. So wie es ihm auch egal war, dass es, obschon es bereits angeschnallt war, noch zwei weitere Schläge von der Mutter ins Gesicht bekam.

Ihm schenkte schließlich auch keiner Mitleid.

Fritz Gaugenrieder sah in den Rückspiegel und schloss sofort die Augen. Seit geraumer Zeit konnte er sein Gesicht nicht mehr ertragen. Die Haut war grobporig, von seinem Kinn kaum noch etwas zu erkennen. Fließend ging das Gesicht in den Hals über. Dort, wo Pickel, die er aufgekratzt hatte, eiterten. Seine dünnen Haare, die nur noch einen Kranz bildeten, waren fettig. Strähnen hatte er über die beginnende Glatze gelegt. Aber das, was ihn am meisten abstieß, waren seine Augen. Er hatte einst warme braune Augen gehabt. Aber mittlerweile hatten sich kleine Hautwülste über sie geschoben.

Es gab nichts, was ihn attraktiv erscheinen ließ, glaubte er. Er hätte dagegen ankämpfen, sich wehren können. Aber ihm war im wahrsten Sinne die Luft ausgegangen.

Lungenfibrose war das Krankheitsbild. Langsam würde er ersticken. Das Gewebe in seiner Lunge verkrustete, wurde hart wie Beton. Seit Monaten nahm er Cortison und wurde fetter und aufgeschwemmter und unansehnlicher.

Es war einfach so über ihn gekommen. Kein Arzt konnte die wahre Ursache erklären. Er müsse es akzeptieren. Aber wie sollte das gehen? War er mit seiner Hässlichkeit nicht genug gestraft?

Seine Resignation schlug irgendwann um. Es waren noch wenige Jahre, die er halbwegs normal leben konnte. Die würde er nicht verschwenden.

Er sah ihn im Seitenspiegel. Die Ratte kam zwischen den Autos hindurchgewieselt. Gaugenrieder hatte aus guten

Gründen das große Parkhaus des Einkaufszentrums gewählt. Hier würde sich niemand an ihn und Lorassi erinnern.

»Das ist der Stick. Ich möchte Sie bitten, weiterhin für Informationen zur Verfügung zu stehen. Aber ich bin mir sicher, dass Sie das angesichts Ihrer Situation sowieso berücksichtigen werden.«

Aus dem Autoradio kamen die Resultate einer Sportveranstaltung. Gaugenrieder antwortete nicht, sondern hörte der Moderatorenstimme zu.

»Sie machen das, was ich will. Verstehen Sie? Ihnen bleibt nichts anderes übrig.«

Gaugenrieder hielt auch diese Demütigung aus. Er hatte nichts mehr zu verlieren.

Kapitel 62

Achenpass, 26.05., 15:17 Uhr

Das Quietschen kam näher und wurde ohrenbetäubend. Es zischte, Metall knirschte.

Dann war es still.

Noch einmal ein gewaltiges Zischen. Eine Fahrertür wurde aufgestoßen. Jemand fluchte. Erst als die Stimme direkt neben ihr war, öffnete Julia die Augen. Der Tiroler Fahrer war kreidebleich. Sie wies mit einem Blick auf ihre gefesselten Hände. Er griff in die Seitentasche seiner Hose, holte ein Messer hervor und durchschnitt den Kabelbinder.

Sie wollte nur aus dem Auto heraus und drückte den Mann, der auf sie einredete, mit der Fahrertür beiseite, fiel auf den Asphalt und schrie und weinte und wimmerte. »Ein Telefon! Haben Sie ein Scheißtelefon? Ich bin Polizistin. Schnell!«

Ihre Haare wurden von einer extrem warmen Windböe zerzaust. Föhn, dachte sie noch. So schön eigentlich. Nur jetzt passte es nicht. Sie schluchzte. Als sie auf dem Handy des Lkw-Fahrers Querchers Nummer tippte, wunderte sie sich, dass sie die Ziffernfolge auswendig kannte.

»Quercher. Mann, Julia! Wo warst du?«

»Klappe, Max. Hör gut zu. Veronika Denke hat die Kinder von Ostin entführt. Ich habe die Kleidung der Kinder bei ihr in der Wohnung gesehen. Dazu Bilder vom Tatort. Von den Ermittlern. Von mir. Sie ist es. Sie ist flüchtig mit einem Wagen. Ich gebe dir ihr Kennzeichen durch. Ich habe den Schlüssel mit dem Kennzeichen in ihrer Wohnung gesehen. Wir brauchen eine Großfahndung. Sie muss hier in einem Radius von nicht mehr als fünfzig Kilometern sein.«

»Das Kennzeichen, bitte«, forderte Quercher, ohne nach ihrem Befinden zu fragen.

»Kennzeichen deutsch. Martha für München, Cäsar, Anton, drei, vier, zweimal die Null.«

»Wo bist du?«

Sie drehte sich zu dem Lkw-Fahrer um. »Wo sind wir hier?«

»Achenpass, genau zwischen Deutschland und Österreich. Da drüben ist die Grenze.«

»Hast du es gehört?«

»Ja. Wie geht es dir, Julia?«

»Scheiße! Die Drecksschlampe wollte mich mit den Autoabgasen aus deinem Benz töten.«

»Und, was ist mit dem Auto?«

»Arschloch!«

»Nein, ehrlich, funktioniert es noch?«

»Ja, warum?«

»Bist du einsatzfähig oder brauchst du einen Arzt?«

Sie erhob sich von der Straße. Ihr Kopf schmerzte noch immer. Sie hustete. Alles tat weh. Doch wenn sie jetzt aufhörte, würde sie zusammenbrechen, dachte sie. Also schön den Adrenalinspiegel oben behalten.

»Ich bin bereit. Aber deine Karre hat nicht mehr viel Sprit. Und deine Windschutzscheibe ist weg.«

»Man kann dir auch nichts anvertrauen.«

Sie ahnte, warum er so ruppig mit ihr redete. Sie hätte es auch getan. Nichts heranlassen. Weiter, immer weiter. Sie waren der Schlampe verdammt nah. Und sie, Julia Dahmer, vom Dienst suspendiert, weil man ihr die Ermittlung nicht zutraute, hatte es herausgefunden. Sie würde den Fall lösen.

»Ich gebe dir jetzt Arzu. Sie führt dich zu einem Ziel, nicht weit von dir. Das ist eine Hütte. Du beobachtest nur. Kein Zugriff. Nur Lage sondieren, mit uns sprechen und auf die Kollegen vom SEK warten. Letztlich glauben wir, dass die Hütte leer ist. Aber du solltest das noch einmal checken.«

»Ich denke, wir sind noch suspendiert.«

»Während du an meinem Auspuff geschnüffelt hast, sind hier ein paar Dinge passiert.«

»Erleuchte mich, Max.«

»Später. Wir haben zwar so schnell wie möglich das SEK-Kommando angefordert. Die sind aber erst in einer Stunde im Tal. Ich vermute, dass wir sie eher hier unten für einen möglichen Zugriff brauchen. Arzu sagt mir gerade, dass du nur zehn Minuten von der Hütte entfernt bist. Wir glauben, dass Veronika dort war. Das ist die alte Jagdhütte ihres Vaters. Nicht unwahrscheinlich, dass die verschwundenen zwei Kinder dort waren. Wir haben den Ort in Dokumenten von Denkes Eltern gefunden. Die Hütte ist das perfekte Versteck für die Kinder.«

»Okay, ich fahre dahin. Nur solltest du wissen, dass in Denkes Wohnung zwei große Aluminiumboxen waren. Ich glaube, dass die Kinder darin sind.«

»Und warum hast du uns von dort aus nicht angerufen?«, fragte Quercher ärgerlich.

»Max, die hat mich betäubt! Direkt nachdem ich die Bilder im Badezimmer gesehen habe. Warum hast du die beim ersten Besuch nicht entdeckt? Hatte die Dame sich für dich auch so nackig gemacht?«

»Was, nackig? Nein, bei mir ... ist doch auch egal.«

»Gut, ich mach mich auf den Weg. Informiere die Kollegen. Nicht dass sie jetzt mit Blaulicht hierherfahren. Ich glaube, mein Lebensretter hat sie nämlich mithilfe seines Autofunks schon informiert.« Sie sah zu dem Lkw-Fahrer, der erstaunt nickte. »Hat er.«

»Ich sag's Picker.«

»Was? Wieso denn ausgerechnet dem Mistkerl? Dann fällt doch alles auf!«

Quercher lachte. »Sei so nett und bedenke deine Wortwahl. Dein Nachfolger sitzt gerade neben mir.«

Kapitel 63

Rottach-Egern, 26.05., 16:15 Uhr

»Quercher, du bist ein Arschloch.«

Picker sah ihn wütend an. Es war ein Tag der Demütigungen. Alles war ihm entglitten. Erst hatte er sich von Gerass erklären lassen müssen, dass die Geschichte mit der Maria in Miesbach aufgeflogen sei. Dass er übermorgen in ganz Deutschland der ›Puffpolizist‹ wäre. All das hatte sie ihm in einem kalten, distanzierten Ton vorgeworfen. Dann hatte sie geschwiegen. Er hatte angefangen zu schwitzen, hatte sich kratzen wollen, überall am Körper, so sehr warf ihn das aus der Bahn.

Die letzten drei Wochen waren schlimm gewesen. Aber er stand so nah vor einem immensen Erfolg hier in diesem verdammten Tal. Doch jetzt wurde ausgerechnet sein Intimfeind Quercher zu seinem letzten Strohhalm. Quercher schien die ganze Zeit in dem Fall ermittelt zu haben. Mit Wissen von Gerass und natürlich vom alten Pollinger. War ja klar, dass der seinen Ziehsohn wieder ins Spiel brachte.

Jetzt saß er neben Quercher, der seinen dämlichen Hund kraulte und sich über seine Besuche bei Maria lustig machte. Sie warteten auf dem Parkplatz eines Getränkemarktes nahe einer Kreuzung, die Veronika Denke würde nehmen müssen, sollte sie Querchers These folgen.

Er hatte es Picker erst ruhig, dann schreiend erklärt. »Sie geben die Kinder zurück. Sicherlich nicht unbeschadet, weil das ihre Härte unterstreicht. Aber sie lassen sie leben. Keine Spur von sexueller Gewalt. Den ersten Jungen in einer Bürgerversammlung, das Mädchen auf offener Straße. Wie kannst du das toppen? Denn die Täterin will ja Geschichte machen, will zeigen, wie schlau und wie überlegen sie uns ist. Wie macht man aus dieser sowieso schon ungewöhnlichen Entführung ein Spektakel?«

Picker hatte nur den Kopf geschüttelt. »Sie bringt die Kinder wieder dahin, wo sie entführt wurden. Nach Ostin.«

»Schwachsinn. Ein viel zu großes Risiko. Niemals!«

Sie warteten in einem grünen BMW. Picker saß auf dem Fahrersitz, Quercher auf dem Rücksitz mit Lumpi. Nach Information der Münchner Mietwagenfirma war der Wagen, den Veronika Denke fuhr, ein blauer VW-Transporter. Auch von ihr hatten sie jetzt Fotos und eine gute Beschreibung bekommen. Rund um den See waren Zivilstreifen im Einsatz, fuhren an neuralgischen Verkehrspunkten vorbei oder blieben dort unauffällig stehen. Auf Querchers Bitten hatte Picker Gaugenrieder zu Pollinger geschickt. Der Kollege wirkte höchst unerfreut, hatte Picker erstaunt erzählt. Quercher ließ sich nichts anmerken. Arzu würde sich darum kümmern.

Picker hatte sich von einem Schnellrestaurant zu Querchers Unwillen eine Tüte Fast Food geholt. Hektisch schaute er über sein Smartphone immer wieder ins Internet, ob schon eine Meldung über seine Prostituiertengeschichte aufgetaucht war.

»Wie wäre es mit *Der Bumsbulle geht steil* oder *Picker, der geile …*«

»Es reicht, Quercher! Halt's Maul. Ich hab's jetzt verstanden. Du bist witzig.«

»Ja, und du am Arsch.« Quercher wollte sich nicht zu sehr in seiner Genugtuung suhlen. Picker war am Ende, glaubte er. Auch wenn Pollinger versprochen hatte, sich um die Angelegenheit zu kümmern. Niemals würden die Zeitungsheinis die Finger von dieser Story lassen. Es sei denn, die Polizei hätte heute einen Erfolg, der alles in den Schatten stellte. Quercher fühlte sich sicher. Sein Gespür hatte ihn nicht getäuscht: Veronika Denke steckte hinter der Entführung.

»Weißt du, Picker, was ich mich frage: Was war oder ist mit Veronika Denkes Bruder? War er der, dessen Asche gerade im Traunsteiner Krematorium in eine Urne gesteckt wurde? Oder war das Jürgen Meschede?«

»Wenn du recht hast, war das klug ausgedacht. Veronika Denke ist die einzige Angehörige, identifiziert den scheinbaren Bruder. Ein Bundeswehrtyp … dein … wie hieß er noch?«

»Brindöpke.«

»Ja, genau. Brindöpke, der den Denke ja ziemlich gut wegen des Meschede-Prozesses kannte, übt Druck aus, deine Ermittlungen werden eingestellt und Denke kann ein neues Leben beginnen. Aber mit welchem Geld?«, fragte Picker und biss in einen Cheeseburger.

Lumpi streckte ihre Nase weit nach vorn zum Fahrersitz.

»Aus, Lumpi, davon wird man hässlich«, maßregelte sie Quercher grinsend und zog die Hundedame zurück.

Picker reagierte nicht. Er brauchte Quercher jetzt. Also hielt er seinen Hass im Zaum. »Willst du die Dahmer das ganz allein machen lassen?«

»Ja, warum nicht? Da oben ist kein Mensch mehr. Der oder die Täter wissen, dass wir sie kennen. Sie wissen, dass wir die Hütte sofort recherchiert haben. Im Nachlass der Eltern wurde der Hinweis auf die Hütte vermerkt. Also werden sie sie geräumt sowie die Kinder eingeladen haben und auf der Flucht sein.«

»Die Dahmer ist unbewaffnet.«

»Aber sie sichert nur die Hütte, damit nicht irgendein Trampel Spuren verwüstet. Nichts Aufsehenerregendes. Sie muss keinen abknallen. Geht auch ohne Waffe!«

»Hm«, sagte Picker mit vollem Mund. »Lieber ein Mensch, der dich verurteilt …«

»Jaja, als sechs, die dich tragen. Kenne ich. Sie weiß, dass sie nicht zugreifen, sondern lediglich das Objekt beobachten und aufs SEK warten soll.«

»Also, die zwei Kollegen, die du mir genannt hast, sind über Denke informiert. Wir würden versuchen, die Hütte weiträumig abzuriegeln. Das ist nur nicht möglich, wenn du keine Hubschraubereinsätze haben willst. Wir haben nicht so viele Zivilbeamte.«

»Picker, wenn es diese Denke geschafft hat, die Kinder so lange und so erfolgreich zu verstecken, sie zu sedieren, ohne dass sie dabei sterben, dann kann die auch mehr. Aber vor allem: Dann macht sie das nicht allein. Meine Vermutung ist, dass einer aus unseren Kreisen ihr hilft. Und wenn wir jetzt hier Großalarm geben, ist sie weg. Sie wird das Tal kennen und genug Fluchtwege gefunden haben.«

»Wie kommst du darauf, dass ihr jemand von uns geholfen hat?«, fragte Picker erstaunt.

Quercher zuckte nur mit den Schultern. »Im Grunde hat sie oder haben die euch die ganze Zeit vorgeführt. Ihr macht Ermittlungsdruck. Sie bringen Kinder exakt an Orte, wo sich Polizisten auf den Füßen stehen. Ihr macht einen Gentest, nichts passiert.«

»Aber wie passt das mit Toni Knöchel zusammen?«

»Ach ja, der Typ, der die Referentin vergewaltigt hat. Keine Ahnung. Vielleicht hat er ihnen geholfen?«

Neben dem BMW schob eine ältere Frau einen Wagen mit Getränkekisten zu ihrem Auto. Sie öffnete den Kofferraum und versuchte angestrengt, die Kisten hineinzuheben. Es gelang ihr nicht.

Quercher sah es und drückte seinen Fuß gegen den Fahrersitz in Pickers Rücken. »Greif mal zum Äußersten und hilf der Frau.«

»Ich muss essen. Im Übrigen bist du der Gute.«

Quercher stieg murrend aus dem Auto. Seine Hüfte schmerzte. Dennoch bot er der Dame freundlich seine Hilfe an. Ihr Auto stand direkt neben der Ampel an der Kreuzung.

Quercher hob die Kiste mit dem Tegernseer Bier an. Prompt stach es in seinem Rücken. Er fluchte.

»Soll ich Ihnen helfen?«, fragte die alte Dame besorgt.

Quercher schüttelte den Kopf. Aus den Augenwinkeln sah er Picker, der mit vollem Mund hinter der Windschutzscheibe des BMW grinste.

Die zweite Kiste war mit Eineinhalbliterflaschen Wasser gefüllt. Wie sein Freund Appel empfohlen hatte, ging er in die Knie und stemmte die Kiste aus dem Bauch heraus. Jetzt zwickte es in der Leiste. Kaum hatte er den Kofferraum der Dame geschlossen, betastete Quercher seinen Körper.

Die Frau sah es und blickte ihn mitfühlend an. »Ja, Leistenbruch. Das kann gefährlich werden, das drückt auf die Samenleiter. Mein Mann hatte solche Schwierigkeiten ...«

Quercher lächelte gequält. So genau wollte er es gar nicht wissen.

Er drehte sich zur Seite. Und da stand der Wagen. Ein blauer Bulli. Das Kennzeichen stimmte.

Aber hinter dem Steuer saß nicht Veronika Denke. Da saß ein Mann.

Ein Mann, der Quercher sehr bekannt vorkam.

Kapitel 64

Listerhütte, 26.05., 16:43 Uhr

Die Alm lag gut geschützt auf einem Plateau. Julia hatte den Wagen an der Straße stehen gelassen und war zu Fuß hinaufgegangen, nicht über den Forstweg, sondern querfeldein auf einem alten Pfad der Waldarbeiter. Arzu hatte ihr dazu geraten, als sie sich die Satellitenbilder angesehen hatte. So war sie von der Hütte aus nicht zu sehen.

Der Föhn blies jetzt heftiger. Die fedrigen Wolken am Himmel zogen mit großer Geschwindigkeit von Süden nach Norden. Fichtenzapfen fielen von den Bäumen und der

Wind mit seiner Mittelmeerluft drückte noch mehr auf die Kondition, machte den Aufstieg zu einem Kraftakt.

Julia nahm die Anstrengung positiv. So würden das Kohlenmonoxid und die Reste des Betäubungsmittels aus ihrem Körper weichen. Der Kopfschmerz allerdings war geblieben. Sie sah auch etwas verschwommen. Nach einer halben Stunde hatte sie, völlig durchgeschwitzt, einen Hang erreicht, der sich unterhalb der Hütte entlangzog. Reste von Zweigen waren aufgeschichtet, boten ihr einen Sichtschutz. Julia wusste, dass sie sich knapp auf österreichischer Seite befand. Aber sonst war ihr die Gegend unbekannt. Sollten die Kinder hier untergebracht gewesen sein, wäre das schon clever gewesen. Denn die Ermittler hatten den Suchradius nur bis zur Grenze gezogen. Julia war sich sicher, dass sich die übrigen zwei verschwundenen Kinder längst irgendwo da unten im Tal befanden.

Die Wände der Hütte waren gemauert. Nur das Dach bestand aus Holz und war überdies geschindelt. Julia schätzte die Maße der Hütte auf acht mal vier Meter. An den kurzen Seiten gab es zwei mit Holzläden verriegelte Fenster, auf der Längsseite nur jeweils eins. Aber auch die waren verschlossen. Es schien tatsächlich keiner da zu sein. Sie sah zumindest keinen Wagen.

War das überhaupt die richtige Hütte?

Sie löste sich aus ihrem Versteck und ging gebückt auf das Gebäude zu. Kaum zehn Meter von der Holztür entfernt, vernahm sie ein Geräusch, hörte Stimmen. Sie sah auf ihr Handy, hatte jedoch keinen Empfang. Wohin? Sie spurtete über die Wiese in einen kleinen Holzverschlag, der hinter dem aufgeschichteten Brennholz lag, und hielt die Luft an. Es roch nach Diesel. Sie fuhr zusammen, als ein Generator nicht weit von ihr ansprang und mit Getöse Strom für das Haus lieferte. Sie sah durch zwei Löcher hinaus. Wieder dumpfe Stimmen. Gerassel. Mehr nicht. Jemand öffnete die Tür des Haupthauses.

Das konnte nicht sein!

Unwillkürlich suchte Julias Hand Halt. Und nach etwas zum Zuschlagen.

Kapitel 65

Bad Wiessee, 26.05., 16:43 Uhr

»Und da sind Sie ganz sicher, Arzu? Das ist keine leichte Behauptung, keine vorlaute These? Schauen Sie mich an. Ich habe Ihren Sohn immer brav gepflegt.«

Sie wusste bei Pollinger nie, ob er es ernst meinte oder sie auf den Arm nahm. Sie saßen wieder einmal in Querchers Wohnzimmer. Aber Pollinger ließ keinen Zweifel daran, dass dieses Haus quasi sein Reich war. Wieder trank er dieses verdammte Wasser, von dem sie glaubte, dass darin Kolibakterien Poolpartys feierten. Heute Morgen hatte sie Pollinger dabei erwischt, wie er dem Kleinen einen mit dem Rostwasser benetzten Finger in den Mund steckte.

Sie war sich sicher. »Zweimal stand er vor der Privatinsolvenz. Der Gute ist in finanziellen Fragen in etwa so erfolgreich wie Griechenland.«

»Höre ich da typisch türkische Ressentiments gegenüber den Ländernachbarn heraus?«

»Dr. Pollinger, ich bin im untürkischen Altötting zur Welt gekommen.«

»Ach? Da haben Sie aber wirklich Glück gehabt.«

»Stimmt, hätte ja auch Tuntenhausen sein können.«

»Also gut, der Mann kann nicht mit Geld umgehen. Was noch?«

»Er hat in der Tat mehrfach Kontakt zu Stefan Denke gehabt. Auch fand ich Hinweise, dass er sich in den vergangenen drei Monaten im Internet mehrere Hausobjekte auf Phuket in Thailand angesehen hat. Zufall?«

»Quercher hat ein Haus auf Salina in Italien. Das will nichts heißen.«

Arzu sah den alten Mann verärgert an. »Bin ich eigentlich die Einzige, die keine Immobilie irgendwo in der Sonne besitzt oder kaufen will?«

»Vielleicht reicht es ja irgendwann für eine Parterrewohnung in Altötting, Arzu. Was noch?«

Er war fordernd. Etwas in Pollinger war aufgeflammt. Er war wie ein Schweißhund, der eine Fährte aufgenommen hatte. Ohne mit ihr darüber zu reden, hatte er sich eine Stunde lang mit Gerass und danach mit zwei anderen Personen unterhalten. Jetzt wollte er wissen, was sie herausbekommen hatte.

»Überraschen Sie mich mit einem Motiv, Arzu.«

Sie schwieg. Erst nachdenken, riet ihr Quercher immer. Ihr Gegenüber war nicht irgendein Kollege, dem sie ein paar Thesen an den Kopf hauen konnte. Quercher hatte sie gewarnt. »Wenn du mit Pollinger arbeitest, schlägt ganz schnell der Wind um. Und er kann sehr, sehr ungemütlich werden. Nie laut, aber schneidend böse.« Ihr Mund war trocken. Was hatte Quercher angedeutet? Kein Sexualdelikt. Sie atmete durch.

»Erstes Motiv: Er braucht Geld. Deswegen macht er mit. Er hat die letzte Insolvenz mit einem üblen neuen Kredit vermieden. Sein Ausgabeverhalten steht in einem krassen Widerspruch zu seinen Einnahmen. Er weiß nicht so viel wie die anderen. Das ist auch gut so. So kann er wenig Täterwissen entwickeln. Er will Geld. Wenn er liefert, kann er gehen. Einfaches Spiel. So wie sie bislang völlig dunkle Wege der Kommunikation benutzt haben, werden sie auch mit ihm kaum gesprochen haben. Vielleicht läuft das über einen Mittelsmann. Sein zweites Motiv: Geltungssucht. Er weiß, dass er nie in der ersten Reihe stehen kann. Ist kein Typ dafür, ihm fehlt Charisma.«

»Glauben Sie, er ahnt, dass wir ihm auf den Fersen sind?«

Sie schüttelte den Kopf.

»Trauen Sie sich eine improvisierte Vernehmung unter solchen improvisierten Umständen zu?«

»Mit dem? Verdammt, das wird eine harte Nuss. Der weiß schließlich, wie der Hase läuft.«

»Sie sind auch keine Anfängerin, oder?«

Dieser alte Sack wusste genau, welche Knöpfe er drücken musste.

»Gut, dann hole ich mal Ihren Kollegen Fritz Gaugenrieder herein.«

Kapitel 66

Rottach-Egern, 26.05., 16:51 Uhr

Später Nachmittag, sonniges Wetter. Das bedeutete am Tegernsee vor allem Stau. Tausende Wanderer, Tagesausflügler mit Funktionskleidung in gedeckten Farben, waren seit den frühen Morgenstunden unterwegs, hatten teures Bier und Fertigessen vom Discounter in den Almen und Berggasthöfen verspeist und sich wild und frei gefühlt. Jetzt saßen sie allein oder zu zweit in ihren Autos und krochen um den See herum.

Der blaue Transporter stand in der Blechlawine drei Fahrzeuge vor ihnen. Quercher war so unauffällig wie möglich zu Picker zurückgelaufen, der hatte den Wagen sofort gestartet und wenig später hatten sie den blauen Bulli wieder eingeholt.

»Zugriff organisieren?«, fragte Picker.

»Noch nicht. Das ist nicht Veronika Denke. Das ist ihr verdammter Bruder. Ich bin mir hundertprozentig sicher. Wer immer das in der Kläranlage war, es war nicht Stefan Denke. Aber die Frage ist, ob der Typ vor uns die Kinder hat oder ob er zu ihnen fährt.«

»Also, was jetzt, Quercher?« Picker wurde nervös.

Konnte das sein? Vor wenigen Stunden noch der Arsch der Republik und jetzt das hier. Er war mit existenziellen Ängsten zurück ins Tal gefahren, weil Gerass ihn angewiesen hatte. Auf der Autobahn hatte er sich die Schlagzeile vorgestellt, die Häme der Kollegen, seiner Feinde. Die Stellung in Berlin beim Innenminister wäre er los. Er war für eine Sekunde versucht gewesen, seinen Wagen in einen Lkw zu lenken.

Aber der Wunsch zu überleben war größer gewesen.

Und jetzt fuhr er diesem Bulli hinterher – mit seinem schlimmsten Feind beim LKA an seiner Seite. Quercher hätte das nicht machen müssen, dachte er. Hätte wieder allen Ruhm für sich einheimsen können.

Quercher rief Arzu an. Die Mailbox sprang an. Er wählte Julias Nummer. Das Gleiche. Waren die Frauen bescheuert? Er schickte eine SMS an Arzu.

Picker wiederum hatte das Lagezentrum noch nicht über die neue Situation unterrichtet. »Dir ist schon klar, dass wir schwer am Arsch sind, wenn uns der Täter vor unseren Augen entwischt?«

»Mann, Picker, chill mal!«

»Hast du ›chillen‹ gesagt? Quercher, du hast eine kaputte Hüfte. Aber du sprichst wie ein Teenager.«

Querchers Smartphone brummte. Eine SMS von Arzu: *Sitze mit Gaugenrieder zusammen. Nicht jetzt!!*

»Verdammt! Madame trinkt Kaffee mit deinem Kollegen Gaugenrieder, statt mir zu helfen.«

Mittlerweile hatten sich die Fahrzeuge weiter in den Ortskern von Rottach-Egern vorgeschoben und standen an einer Ampelkreuzung. Picker und Quercher konzentrierten sich auf den Bulli vor ihnen. Würden sie gemeinsam über die Grünphase kommen?

Quercher sah die vielen Menschen auf den Straßen. Ein Zugriff wäre hier nicht denkbar. Jemand wie Denke war bewaffnet, konnte als Exsoldat mit Waffen umgehen. Selbst wenn das SEK rechtzeitig eintraf, wäre es ein immenses Risiko. Er hoffte, dass Denke irgendwo außerhalb des Tals gestoppt werden könnte.

Eine Polizeisirene war zu hören. Das Geräusch kam näher.

»Verdammt, der darf nicht glauben, dass wir ihn erkannt haben!«, zischte Quercher und sah zu Picker. »Hast du die Kollegen alarmiert?«

Picker antwortete nicht.

»Scheiße, bist du wahnsinnig?«

Die Ampel sprang um. Ausgerechnet die drei Autos, die sie von Denkes Bulli trennten, bogen ab. Dann sahen sie das Blaulicht von mehreren Wagen auf der Straße, die sich vor ihnen um den See schlängelte. Das konnte nicht wahr sein. Der Bulli bremste. Sie hatten jetzt freie Sicht auf die Rückbank des Transporters und erkannten die zwei großen Aluboxen. Waren darin die Kinder? Und wenn, lebten sie noch?

»Fahr nicht so dicht auf. Der kennt mich vermutlich!«, warnte Quercher noch.

In diesem Moment ging die Tür des Bullis auf.

Er trug einen schwarzen Overall, einen schwarzen Helm und eine Sturmmaske. Kaum ausgestiegen, riss er die Seitentür des Wagens auf und zog zwei Benzinkanister aus dem Inneren heraus. Gebannt starrten Picker und Quercher auf den Mann, unsicher, was sie tun sollten.

»Was macht der?«, fragte Picker leise.

Denke drehte die Kanister auf und goss den Inhalt in den Wagen. Hinter ihnen hupten Autofahrer, doch Denke ließ sich nicht beirren. Mittlerweile lief ein breiter Strahl Benzin aus dem Bulli auf die Straße. Denke öffnete den zweiten Kanister.

»Verdammt, der will den Bulli anzünden!«, rief Quercher.

Die Menschen auf den Bürgersteigen blieben stehen und gafften, einige lachten. Ein älterer Herr mit Hut schimpfte. Denke zuckte nicht einmal zusammen. Stattdessen griff er in seinen Overall. Er zog eine Maschinenpistole hervor und zielte auf das Auto neben ihm. Es ratterte kurz und klang wie ein Feuerwerkskörper. Die Menschen schrien. Die Reifen des Autos schienen förmlich zu explodieren. Ein Zischen folgte. Picker griff nach seiner Dienstwaffe, die in der

Mittelkonsole lag, und wollte hinausspringen. In diesem Moment drehte sich Denke um. Er hatte sich die Maschinenpistole umgehängt und zog eine neue Waffe, diesmal eine Pistole. Es war eine Aktion von vielleicht einer Sekunde. Er hob den Arm und drückte ab. Und im nächsten Moment zersprang die Windschutzscheibe des BMW. Quercher war instinktiv nach rechts gerutscht, hatte nach dem Türgriff gesucht und sich dann auf die Straße fallen lassen. Pure Angst überfiel ihn. Er hatte keine Waffe und versteckte sich hinter dem Wagen. Denke würde nicht vor ihm haltmachen. Seine Hände schrappten über den Asphalt. Auf dem Bürgersteig lag eine Frau über ihrem Kind und schrie. Er sah in die aufgerissenen Augen des Mädchens.

Dann stand Denke plötzlich vor ihm. Jetzt bin ich dran, dachte Quercher. Er sah Denke ins Gesicht, sah nur die Augen, die ihn durch die Schlitze der Sturmmaske fixierten.

Denke hob wieder den Arm.

Kapitel 67

Listerhütte, 26.05., 16:50 Uhr

Es war Veronika Denke. Sie hatte die beiden Kinder aus dem Haus gezogen, sie an Seile gebunden und auf die Wiese vor dem Haus geschubst. Der Wind wehte jetzt stürmisch über den Hauptkamm. Laub, Äste und Heu flogen in der Luft umher.

Die Kinder hatten sich auf der Wiese aufgerichtet, taumelten und fielen wieder auf die Knie. Sie wimmerten und riefen nach etwas, was Julia im Schober nicht verstand. Veronika Denkes Haare hingen ihr im Gesicht. In ihrer linken Hand trug sie eine Schrotflinte, in der rechten die zwei Seile, an denen die Kinder gefesselt waren. Immer wieder zog sie daran, wie ein Teenager, der seinen Hund widerwillig ausführen musste. Die Kinder waren nicht geknebelt.

Fünf Meter lagen noch zwischen ihnen. Julia hatte blind nach hinten gegriffen und eine verrostete Säge ertastet. Sie war lächerlich klein. Aber immerhin hatte sie etwas in der Hand. Als sie sie jedoch näher zu sich ziehen wollte, verhakte sie sich und zog einen Rechen von der Wand. Der schepperte mit einem satten Knall auf den gefliesten Boden.

Im nächsten Moment wurden mit einem ohrenbetäubenden Getöse drei Bretter neben Julia pulverisiert, das Schrot durchschlug das Holz und streute durch den engen Raum. Julia hatte sich in die linke Ecke des Raums neben Säcken mit Düngemittel gehockt und hoffte verzweifelt, nicht getroffen zu werden. Ein zweiter Schuss folgte. Er kam Julia näher und ließ Holzsplitter auf sie regnen. Zwei weitere Schüsse. Veronika Denke musste nachladen.

Julia wollte nicht wieder das passive Opfer sein. Sie hatte an diesem Tag schon einmal den Tod vor Augen gehabt. Das war genug. Sie war wütend, fast absurd zornig. Du hattest deine Chance, Schlampe, dachte sie, stürzte mit aller Macht gegen die in ihren Angeln hängende Tür und warf sich in Veronikas Richtung. Die hatte sich auf einen Holztrog gestellt und suchte in ihrer Jacke nach weiteren Patronen.

Julia hatte den Abstand aus dem Holzschober falsch eingeschätzt. Sie hatte nicht genug Vorsprung. Veronika Denke ließ, wie ihr Bruder es ihr erklärt hatte, in drei fließenden Bewegungen die Patronen in den Lauf plumpsen, lud durch und richtete die Waffe erneut auf Julia. Das ist nah genug für Schrot, dachte Julia Dahmer noch, in ihrer Hand die rostige kleine Säge.

Kapitel 68

Rottach-Egern, 26.05., 16:57 Uhr

»Lassen Sie mich gehen. Dann werden die Kinder nicht brennen.« Er hielt den Lauf seiner Maschinenpistole in die Luft.

Quercher erhob sich langsam. Er sah, wie Picker beide Hände gegen seinen Bauch presste. Blut pulsierte zwischen seinen Fingern hervor. Er war bleich und stand unter Schock. Er brauchte sofort Hilfe. Sonst würde er hier sterben.

»Denke, das ist ein Tal. Das wissen Sie. Sie sind Soldat. Es ist vorbei.«

»Sie sind Quercher, nicht wahr?«

Überall lärmten jetzt Sirenen.

Die Menschen krochen in Todesangst aus ihren Autos, in Hauseingänge und Geschäfte. Die Straße war bis auf die Polizisten plötzlich leer.

»Ja, bin ich. Und Sie sind nicht tot. Sie sind Stefan Denke.«

Sie standen sich jetzt gegenüber. Es waren endlose Sekunden. Hinter und vor ihnen war die Straße mittlerweile von Polizeiwagen abgesperrt.

»Wir brauchen einen Notarzt«, rief Quercher laut. Und dann, zu Denke gewandt: »Lassen Sie meinen Kollegen gehen. Er wird sonst verbluten. Das ist doch gar nicht Ihre Absicht.«

Statt zu antworten, zog sich Denke die Maske vom Kopf. Er hatte geschwitzt. Sein Gesicht glänzte. Tatsächlich besaß er eine erstaunliche Ähnlichkeit mit dem Mann aus der Kläranlage.

Denke nickte. »Die Leute dürfen ran. Aber sie dürfen Ihren Kollegen nicht versorgen. Erst wenn ich es sage.«

Quercher drehte sich kurz nach hinten. Er sah die Rettungskräfte und winkte sie herbei. Ein stämmiger Sanitäter ging mutig voran, gebückt folgte der Arzt.

Denke schnippte mit den Fingern: »Mitkommen!« Dann ging er langsam rückwärts und tastete sich mit der linken Hand an seinem Transporter entlang. Als er die Tür erreicht hatte, griff er nach einem Benzinkanister. »Deal des Tages. Hier, Sie Superheld. Sie übergießen sich mit Benzin. Und zum Dank wird Ihr Kollege überleben.«

Quercher schloss die Augen. Wäre er erst einmal mit Benzin getränkt, dürfte nicht ein Schuss fallen. Sonst würde das hier alles in die Luft fliegen. Und im Bulli waren die Kinder in den Aluboxen.

Quercher öffnete die Augen wieder, nahm den Kanister und goss sich das Benzin über den Leib. Es brannte und stank. Als der Kanister leer war, schleuderte er ihn auf die Straße. »Und jetzt?«

Denke nickte dem Rettungsarzt zu, der sofort begann, Picker zu versorgen.

Dann blickte er Quercher an: »Sie werden es nicht glauben, aber ich weiß alles über Sie. Dass Sie Anfang vierzig sind. Sie leben in Bad Wiessee, waren mit einer Marille verheiratet, die depressiv in München-Solln lebt. Derzeit wohnen Sie in Ihrem Elternhaus mit einer Kollegin namens Arzu …«

»Danke, ich habe es verstanden. Sie haben Ihre Hausaufgaben gemacht. Und was hilft es? Sie sind am Arsch, reden wir doch offen. Sie sind schließlich Soldat. Das halten Sie doch aus.«

Denke sah sich um. Als geübter Schütze erkannte er, wie sich überall Polizisten des SEK auf Dächern und Garagen platzierten. »Sie könnten recht haben. Wir sind ja in Bayern. Da gibt der Minister schon mal den Befehl zum finalen Rettungsschuss.«

»Und dann sind Sie im Kampf gefallen? Glauben Sie an so einen Quatsch?«

Denke grinste müde. »Ach, nein. Das ist alles scheiße. Am Ende ist man einfach tot. Da ist es wurscht, ob man in einer Kläranlage ersäuft oder von einem 762-Millimeter-Präzisionsgeschoss den Kopf weggeblasen bekommt. Aber man sollte es seinem Gegner schwer machen. Immer.« Er griff in seinen Overall und zog ein Metallei heraus, das Quercher sofort als Handgranate erkannte. Denke zog den Zünder und hob die Granate hoch, sodass die sie beobachtenden Schützen und Einsatzleiter sie sehen konnten. Dann steckte er seine Hand samt der Granate in die Hosentasche. So war es den Schützen nicht möglich, in irgendeiner Weise zu reagieren. Würden sie ihm in die Hand schießen, könnte man die Granate nicht mehr rechtzeitig entschärfen.

»Warum haben Sie die Kinder nicht früher zurückgegeben?«

»Ah, verstehe. Der feine Polizist will, kurz bevor der Täter stirbt, ein Geständnis bekommen. Aber da müssen Sie sich ein wenig mehr anstrengen. So einfach wird das nicht.«

In Querchers Tasche brummte das Handy.

Denke schaute sich prüfend um und stieg dann in den Bulli, um besser auf die andere Straßenseite sehen zu können.

Quercher nutzte die Gelegenheit. Er sah die Nachricht, die auf dem Display aufleuchtete, nur eine Sekunde. Aber das reichte. In diesem Moment sprang Denke wieder zu ihm auf die Straße und wollte die Waffe auf ihn richten.

»Denke, geben Sie mir die Handgranate. Es geht um Ihre Schwester!« Quercher reichte ihm sein Handy.

Es dauerte Sekunden, bis Stefan Denke verstand. Noch heute Vormittag hatte alles so gut ausgesehen. Wie hatte das passieren können? Was hatte er einst gelernt? Was du in der Vorbereitung schwitzt, blutest du nicht im Gefecht. Wo hatte er einen Fehler gemacht?

Er schaute um sich. Sah an einem Haus eine Lüftlmalerei. Eine Frau, fast barbusig, saß auf einer Wolke, rechts von ihr ein Hirsch und links ein Hund mit langen Ohren.

»Das ist ein Schweißhund. So einen habe ich. Das ist der Himmel für uns hier. Nackte Frauen, Hirsche und Hunde«, störte Quercher seine Gedanken. Er hatte Denkes Blick verfolgt.

»Ach ja? Interessant. Es gibt keinen Himmel, Quercher. Nur Höllen!« Er gab Quercher das Handy zurück. Dann drehte er ihm den Rücken zu und ging mit einer Hand in der Hosentasche zu seinem Bulli. Er setzte sich ans Steuer, legte eine CD ein und drehte laut auf. Es war das *Adagio for Strings* von Samuel Barber. Anschließend legte Denke beide Hände aufs Steuer und zählte langsam bis zehn.

Quercher rannte um sein Leben.

Kapitel 69

Listerhütte, 26.05., 16:53 Uhr

»Ich werde dich nicht töten. Ich könnte das. Aber ich werde es nicht tun«, sagte Veronika Denke leise, als sie mit der Schrotflinte vor Julia Dahmer stand.

»Es ist vorbei, Veronika. Einfach vorbei!«

Veronika ging langsam auf sie zu, blieb erst wenige Zentimeter vor Julia stehen, bohrte ihr den Lauf der Flinte in den Bauch. Julia erstarrte. Sie hatte so viele Selbstverteidigungstechniken erlernt, immer wieder geübt. Aber jetzt, wo die Situation da war, konnte sie nicht reagieren.

»Ich wollte ihn. Und er wollte das Geld. So einfach war das.«

»Welches Geld?«, fragte Julia.

Die wiederum schob den Lauf des Gewehrs etwas weiter nach unten. Jetzt zielte sie auf Julias Schambein. »Den Schuss könntest du überleben. Ich weiß das. Nur Kinder, so wie die da drüben, das wird nichts mehr.«

Julia sah in Veronikas Augen, die erschöpft und müde wirkten. Obwohl sie eine Flinte in der Hand hielt, schien alles Überlegene an ihr verschwunden zu sein. Das Spiel war für sie vorbei. Was blieb, war nur noch die Frage, wer überlebte. Die Kinder hatten sich inzwischen von der Hütte wegbewegt, saßen jetzt auf der Wiese. Nicht weit dahinter, doch das wusste Julia nicht, senkte sich eine Kalksteinwand dreißig Meter in die Tiefe.

»Keiner muss sterben. Niemand«, flüsterte Julia und blickte zu den Kindern.

»Doch. Jeder muss sterben!« Veronika drückte ab.

Nichts passierte.

Denke hatte das falsche Kaliber geladen. Aber Julia konnte nicht reagieren. Sie war regungslos.

Veronika Denke ging drei Schritte zurück, näher zu den Kindern. Sie lächelte.

Dann rannte sie los. Vorbei an Laurenz, der im Gras saß und sie ängstlich anschaute. Vorbei an Maria von Homstein, die aufgestanden war und weglaufen wollte, aber immer wieder auf ihre Knie fiel nach so vielen Tagen und Nächten ohne Bewegung.

Veronika lief, blieb stehen, warf die Waffe in die Luft, ging zwei Schritte nach vorn. Die Waffe erreichte ihren höchsten Punkt in der Luft, fiel dann in einem Bogen hinab und verschwand hinter der Abbruchkante. Es dauerte zwei Sekunden, bis Julia den Aufprall auf hartem Stein hörte.

Veronika Denke sprang in die Sonne, die hoch über den Berggipfeln im Westen stand. Das Seil, an dem die Kinder befestigt waren, hielt sie fest in der Hand.

In diesem Augenblick begriff Julia.

Die Kinder standen wenige Meter auseinander und sahen dem Sprung zu. Bis sich das Seil, an das sie gebunden waren, spannte. Es riss die beiden sofort von den Beinen.

Julia rannte los.

Die Kinder wurden mit einem Ruck vom Gewicht der Frau in Richtung Kante gezogen. Sie schrien, versuchten, sich im Gras festzuhalten. Noch fünf Meter Julia sprang nach vorn. Sie erreichte den Jungen, griff nach dem Seil, wurde mitgeschleift und schrappte mit ihrem Gesicht über den Kalkstein. Sie bekam die Hände nicht frei. Sie rutschte zu schnell. Verzweifelt drehte sie ihren Körper. Sie sah in die aufgerissenen Münder der Kinder, wurde erneut herumgewirbelt, stemmte ihre Hacken in die Wiese. Vor ihr, kurz vor der Abbruchkante, sah sie in einem Sekundenbruchteil einen Baumstumpf. Julia stieß mit aller Kraft gegen das Holz. Dann ruckte etwas.

Veronika Denke hatte bei ihrem Absprung das Seil noch in der Hand. In der Luft aber fiel es über ihren Kopf. Und bevor es sich wieder straffte, lag es wie eine Schlinge um ihren Hals. Instinktiv hatte sie nach oben gegriffen, um den ersten Ruck abzufangen. Ihr Körper prallte fünfzehn Meter unterhalb der Kante gegen die Kalkwand, stieß erneut ab, um wieder dagegenzufallen. Ihr rechter Arm war sofort aus der Schulter gekugelt worden. Aber durch die vom Seil zugepresste Kehle kam kein Laut, nur ein Ächzen. Mit der linken Hand suchte sie Halt im Fels, der hier brüchig war. Zwei Meter unter ihr war von ihr selbst beim Klettern ein Karabinerhaken in den Stein geschlagen worden. Da musste sie hin. Denn würde sie das Seil dort herumwickeln können, könnte sie die Spannung herausnehmen und sich befreien. In der Seitentasche ihrer Weste hatte sie ein Messer. Sie müsste nur mit der rechten Hand hineingreifen. Die aber gehorchte nicht.

Warum fielen diese verdammten Kinder nicht über die Klippe? Dann würde sie sich mit ein wenig Glück vom Seil befreien und fliehen können.

Julia blickte über die Kante und sah Veronika Denke am Fels. Sie drehte sich um. Die Kinder lagen weinend im Gras und wimmerten. Das Seil war immer noch stramm. Aber sie hatte Halt.

Sie versuchte, sich an die Namen zu erinnern. Das mussten Laurenz und Maria sein.

»Laurenz, he, schau mich an. Ich brauche deine Hilfe.«

Der Junge stierte zu dem Mädchen.

»Maria, komm. Steh auf. Komm zu mir.«

Sie musste ihre eigene Panik besiegen. Einen Menschen, der an einem Seil hing, konnte sie nicht allein festhalten. Maria wankte tatsächlich zu ihr. Und dann folgte auch der

Junge. Ihre kleinen Hände umfassten das Seil. Und Julia zählte bis drei.

Veronika Denke hatte noch eine Armlänge. Das Seil hatte jetzt etwas Spiel. Noch eine halbe Armlänge. Der Haken war fast erreicht. Dann kam der Ruck. Sie wurde hinaufgezogen, nicht viel mehr als vielleicht anderthalb Meter. Aber es reichte. Veronika Denke hatte keine Zeit gehabt, ihre gesunde Hand wieder nach oben zu reißen. Das Seil schnitt in ihren Hals, drückte den Kehlkopf zu. Sie steckte ihre Finger in das Seil. Aber es spannte schon zu fest. Ihre Augen schienen ihr aus dem Kopf gedrückt zu werden. Das Gesicht lief erst rot, dann blau an. Einen Ruck noch und das Seil rutschte über den gebrochenen Kehlkopf, direkt unter das Kinn. Das Letzte, was Veronika Denke aus ihren tränenden Augen sehen konnte, waren ihre geliebten Berge.

Julia hatte das Seil mithilfe der Kinder um den Baumstumpf wickeln können, nach der Säge, die neben ihr im Gras lag, gegriffen und das Seil zwischen ihnen und Veronika getrennt. Der Baumstumpf hielt den Druck und das Gewicht aus. Sekundenlang lag sie mit den Kindern im Gras. Ihr Brustkorb hob und senkte sich schnell.

Maria stupste sie an. »Sind wir frei?«

Julia nickte, griff nach dem Mädchen, streichelte ihren Arm und nahm auch den Jungen zu sich. Die beiden zögerten nicht. Es war die erste Zärtlichkeit nach Wochen.

Dann zog Julia ihr Handy aus der Hosentasche. Sie hatte wieder Empfang und tippte eine kurze SMS an Quercher.

Kapitel 70

Bad Wiessee, 27.05., 17:12 Uhr

»Du ziehst eine Schneise der Zerstörung durch das Tal, Max Quercher. Geht es eigentlich auch ohne Trümmer, ohne Tote?«

»Hab ich mir nicht ausgesucht!« Quercher saß an seinem Küchentisch und ließ sich von Manfred Appel, seinem Freund und Arzt, begutachten.

»Du riechst immer noch wie eine Tankstelle. Bist du jetzt auf Schnüffeln umgestiegen?«

Alle lachten. Jeder hier kannte Querchers Vorliebe für Cannabis. Constanze Gerass, Julia und Pollinger saßen Quercher gegenüber und ließen sich von Arzu in schillernden Farben ihre Vernehmung von Gaugenrieder schildern.

»Ich hab geblufft. Habe ihm gesagt, dass wir sein Telefon abgehört hätten. Dass die Denkes von ihm erzählt hätten. Dann sprudelte er wie ein kleiner Bergbach. Alles purzelte aus ihm heraus. Jemand habe ihm immense Summen auf sein Konto überwiesen. Er habe Denke oder andere nie gesehen. Er sollte nur die neuesten Ermittlungserkenntnisse in eine Datenbank eingeben. Die Codes hat er uns überlassen. Dass Picker allerdings zu dieser Teilzeithure ging, war nicht geplant. Aber die Information, dass er dort war, die hat wiederum Gaugenrieder weitergegeben. Er war also nur Werkzeug und hat von der Planung und Durchführung der ganzen Aktion eigentlich nichts mitbekommen.«

Quercher stöhnte, als Appel ihm erneut eine Wunde säuberte, die ein Sanitäter in Rottach am Vortag nur notdürftig versorgt hatte. Obwohl ihm der Notarzt geraten hatte, sich sofort in das Krankenhaus nach Agatharied fahren zu lassen, war Quercher lieber zur Listerhütte gefahren und hatte Julia eingesammelt. Sie war seltsam distanziert gewesen. So, als sei die Qual und Angst der vergangenen Stunden nicht wirklich von ihr erlebt worden. Sie hatten nüchtern über die Denkes gesprochen. Aber Julia hatte nicht viel zu ihrer Diskussion beigetragen. Sie war zu skeptisch. Gerass hatte ihr sofort angeboten, den Fall offiziell wieder aufzunehmen, aber sie hatte abgelehnt. Picker lag zur selben Stunde in einem Krankenhaus und wurde notoperiert. Sie wussten immer noch nicht, ob er durchkommen würde.

Gerass sah Hilfe suchend zum Hausherrn. Und Quercher verstand. Die Ermittlungen mussten zu Ende geführt werden. Pollinger hatte ihn, bevor Gerass in sein Haus kam, mit Nachdruck darum gebeten. Er hatte zähneknirschend zugestimmt. Aber er war nicht zufrieden. Es fehlte etwas.

Gerass sah ihn grübelnd an. »Wir haben die Täter. Wir haben alle Kinder. Das ist ein großartiger Erfolg, Herr Quercher. Das ist Ihr Verdienst und auch der von Arzu Nishali und Julia Dahmer.«

»Alles richtig. Aber wir haben keinerlei Motiv. Die Denkes sind tot. Gaugenrieder hat keine Ahnung. Es gibt keine wirkliche Spur zu Sareiter. Kurz: Der eigentliche Drahtzieher ist noch nicht gefasst.«

»Warum sollten die Geschwister nicht alleinige Täter sein?«, fragte Arzu.

»Also, hier zum Mitschreiben. Die Denkes waren keine wirklichen Geschwister, sondern ein komisches Liebespaar. Veronika kam als Pflegekind zu den Denkes. Der Vater hatte wohl beide Kinder über Jahre körperlich misshandelt. Seit Veronika sechzehn war, hatte sie therapeutische Hilfe. Sie war schon früh auffällig. Quälte Tiere, hasste Kinder. Es war eine Kanalisierung, wie ihre Therapeutin mir heute beschrieben hat. Sie wurde gequält und gab ihre Ohnmacht an schwächere Wesen weiter. Das erfüllte sie mit Leben. Es gab ihr eine Position in ihrer Werteskala.«

»Die hat dir das einfach so gesagt?«, fragte Julia ungläubig.

»Na ja, sie hat uns Akteneinsicht gewährt«, wich Arzu ein wenig aus.

»Freiwillig?«, fragte Gerass jetzt leise.

»So gut wie«, antwortete Arzu.

»Sie hat ja ihre eigene Patientin damals verraten«, ergänzte Quercher ungeduldig.

»Was, woher weißt du das?«

»Veronika Denke hat der Therapeutin von ihrer Misshandlung erzählt. Die wiederum hat es der Polizei gesteckt. Es gab ein Verfahren. Das war, als die Denke vierundzwanzig Jahre alt war, mitten im Studium. Das Ganze ging mächtig schief. Der Vater starb kurz vor der Hauptverhandlung, hatte aber genug Zeit, sein Testament ändern zu lassen. Die Kinder erbten nichts. Alles ging an eine seltsame Stiftung. Selbst die Hütte musste Stefan Denke aus der Erbmasse herauskaufen. Das war insofern heikel, als Denke selbst ziemlich pleite war. Er musste sich das Geld leihen. Und jetzt ratet mal, von wem? Beziehungsweise wer dieses Erbe als Notar verwaltet hat? Genau: Markus Sareiter. Aber das ist noch kein Beweis. Man darf ja jemanden kennen und Geld leihen. Kommt sogar bei Bundespräsidenten vor. Sareiter hatte dann mit Stefan Denke wieder Kontakt, als es zur Verhandlung mit Jürgen Meschede kam. Da kam auch Gaugenrieder ins Spiel.«

»Aber was willst du denn?«, fragte Julia müde. »Alle haben ihr Motiv. Stefan Denke wollte weg und brauchte Geld. Veronika hat mitgemacht, weil sie Kinder hasste, ärztliche Kenntnisse hatte und Stefan abgöttisch liebte. Und Gaugenrieder hat sich einspannen lassen, weil er alle Ermittlungsschritte kannte, von Pickers Nuttennummer wusste und geglänzt hätte bei der Rückkehr der übrigen Kinder. Warum einen weiteren Verdächtigen suchen?«

Quercher zog sich sein Hemd wieder an.

»Willst du nicht ein wenig Heilwasser haben? Das hilft bestimmt«, meinte Pollinger.

Quercher schüttelte den Kopf. »Die waren nur Instrumente. Woher kam das Geld? Wer hat die drei letztlich zusammengebracht?«

»Sareiter? Der hat sich nun wirklich sehr seltsam aufgespielt, seine Nummer mit dem Handy im Mülleimer, die Sache in Stuttgart …«, warf Arzu ein.

»Wir müssen den Typen unter Druck setzen. Wenn er wirklich daran beteiligt war und ist, fehlt ihm jetzt die Insiderquelle, Gaugenrieder. Er weiß, dass er jetzt quasi blind ist. Das ist unsere Chance. Wo ist er heute Abend?«

»Noch hier im Tal. Er wird sich mit einigen Leuten von der CSU treffen«, antwortete Pollinger leise und kraulte Lumpi. »Und übermorgen ist er *Im Bauer in der Au*. Sein Pressefuzzi Lorassi heiratet da oben.«

»Hm, dann besuchen wir ihn doch einfach dort. Er wird da oben ja nicht fliehen«, meinte Quercher.

»Nein, denn ich werde auf ihn aufpassen«, sagte Pollinger lächelnd.

»Was?«

»Ich bin für übermorgen eingeladen. Um zwanzig Uhr geht meine Kutsche an der Söllbachklause.«

Fünf Personen sahen den alten Mann erstaunt an.

»Was denn? Entschuldigt bitte, wenn es Menschen gibt, die meine Bedeutung erkennen. Ich habe auch schon ein Hochzeitsgeschenk.« Er deutete auf eine Holzkiste mit Wasserflaschen. »Kreuther Heilwasser soll in der Hochzeitsnacht Wunder wirken. Ach ja, Quercher, du kommst bitte mit. Ich möchte mit dir unterwegs noch meine Rede durchgehen.«

»Rede? Ist das dein Ernst? Und warum soll ich dabei sein? Soll ich mich um die Kutsche oder die Pferde kümmern?«

»Stallarbeiten täten dir und speziell deiner Hüfte gut. Warum nicht? Vorher möchte ich dich aber noch um einen Hausbesuch bitten.«

Kapitel 71

Buch, oberhalb des Tegernsees, 27.05., 19:51 Uhr

Quercher hatte eine Flasche Wein, Käse, Brot und sündhaft teuren Schinken in einen großen Korb eingepackt und war mit Julia nach Buch hinaufgefahren. Die Bauernschaft lag oberhalb Bad Wiessees. Sie parkten neben einem Hof und gingen die letzten vierhundert Meter auf einer steilen Teerstraße zu einem Aussichtspunkt. Lumpi, die die Schießerei am See erstaunlich gut überstanden hatte, lief voran, kroch unter einem Stacheldraht hindurch und sprang auf eine Wiese, bis sie die ersten Kühe sah. Die Hündin hatte mit den Viechern schon schlechte Erfahrungen gesammelt. Sofort kehrte sie um und trottete neben Julia den Berg hinauf.

Sie waren erschöpft. Die vergangenen Stunden waren von Tod und Angst geprägt gewesen. Jetzt, wo das Adrenalin in ihren Körpern abebbte, begriffen sie, wie nah sie dem Ende gewesen waren. Quercher wollte ablenken. Sie waren noch nicht fertig mit ihren Ermittlungen. Und er brauchte Julia.

Noch immer wehte ein warmer Wind über die Alpen. Das Westufer des Sees leuchtete im Abendlicht. Letzte Segelboote zogen über das Gewässer. Kuhglocken läuteten mit jeder Bewegung der Tiere. Irgendwo in der Ferne war Blasmusik zu hören. Außer ihnen war kein Mensch zu sehen. So spät kam hier keiner mehr hoch.

Quercher breitete eine Decke aus und öffnete für Julia den Wein. Die nahm das fast teilnahmslos hin. Lumpi schnupperte am Essen und bekam ein Stück Schinken, das sofort in ihrem Rachen verschwand.

»Es sitzt noch in deinen Knochen, nicht wahr?«, fragte Quercher leise.

Sie nickte und kraulte Lumpi am Hals. »Weißt du, Max, es ist ja nicht mein erster Einsatz. Und ich war, genau wie du, schon oft in schwierigen Situationen. Aber das hier war anders. Diese Geschwister wollten mein Leben wegwerfen. Einfach so. Ich meine, die kannten mich nicht. Ich war nur im Weg. Auch die Kinder. Du hättest das sehen müssen. Die Alte hat die Kinder regelrecht mit Lust gequält. Das werden die nie wieder los. Es war so ...« Sie suchte nach dem richtigen Wort.

»Böse?«, versuchte Quercher zu ergänzen.

Sie sah ihn an und nickte stumm. Er goss ihr ein Glas Chardonnay ein. Sie tranken, während sie auf den See schauten. Julia entspannte sich jetzt ein wenig und streckte sich auf der Decke aus. Ihr Glas stellte sie auf ihrem Bauch ab, dann schloss sie die Augen.

Quercher betrachtete sie. »Seit zwanzig Jahren bin ich mit dem Bösen konfrontiert worden. Immer wieder. Und kein Psychologengewäsch, keine Gespräche können dich beruhigen. Du musst eine Haltung dazu finden. Aber ich bin in dieser Hinsicht der denkbar schlechteste Ratgeber. Es hatte ja seine Gründe, warum ich nach Salina umziehen wollte. Aber wenn Kinder bedroht werden, hat das natürlich eine besondere Qualität.«

Er laberte. Das war ihm klar. Aber was sollte er sagen? Solche Menschen zu bekämpfen, war ihr Beruf. Genau deswegen hat man ihn gewählt. Wer damit nicht fertig wurde, musste gehen – oder Pillen schlucken. Das war eben so.

»Weißt du, Max, ich bin siebenunddreißig Jahre alt. Familie? Fehlanzeige. Feste Bindung? Nada. Mein Leben läuft so dahin. Und dann sehe ich diese Eltern, sehe, wie sie um ihre Kinder bangen. Wie sie alles für sie tun. Weil sie eine Ahnung von dem haben, was das Böse anrichten kann. Aber wer schützt mich? Wer kämpft für mich? Wenn ich einen Fehler mache, werde ich kaltgestellt und muss zurück ins Glied – bestenfalls. Habe ich Erfolg, ist der auch wieder schnell vergessen. Und weitaus schlimmere Verbrechen folgen.«

Quercher schnitt Brot ab, legte einen intensiv duftenden Käse darauf und fütterte Julia, die sich das auch gefallen ließ.

»Was ist die Alternative?« Ihm war unbehaglich zumute. Kam nun die Ich-will-ein-Kind-Torschlusspanik-Nummer? »Wir sollten jetzt erst den Fall abschließen, bevor du irgendwelche Entscheidungen triffst.«

Sie drehte ihren Kopf zu ihm. »Na, hast du Angst, dass ich mit dem Kinderwunsch komme?«

Er hob die Augenbrauen.

»Max, wenn ich ein Kind will, dann bist du der definitiv Letzte, an den ich denken würde. Sei unbesorgt. Dein Kind hat vier Beine und komische Ohren.« Sie schaute in Lumpis Richtung, die ihren Kopf schieflegte und beide treu ansah.

Er grinste etwas befangen, weil er wie alle Männer über diese zweifelhafte Aussage einerseits froh war, andererseits auch enttäuscht. Aber eine Diskussion darüber war jetzt nutzlos, würde den Moment zerstören.

»Wer leitet künftig die Ermittlungen?«

Quercher atmete tief durch. Julia hatte das Gespräch wieder in die richtige Bahn gelenkt. »Gerass selbst. Gaugenrieder ist ja so weit geständig. Aber niemand weiß, wer die Entführung initiierte. Es ist seltsam. So, als ob sich Zellen unabhängig voneinander organisiert hätten – fast wie bei Al Kaida. Keiner scheint etwas vom anderen gewusst zu haben. Die Denkes hatten zu Gaugenrieder keinen Kontakt und umgekehrt. Pollinger hat recht mit dem dritten Mann. Der Dritte ist der Rattenfänger. Verstehst du? Der hat die Fäden in der Hand.«

»Und du denkst an Sareiter. Aber wir haben nichts gegen ihn vorliegen. Er schmeißt seine Handys weg. Das ist noch nicht einmal ein Vergehen gegen Umweltauflagen. Kein Staatsanwalt würde weitergehende Ermittlungen genehmigen. Solange Gerass' Mannschaft nicht offiziell eine Verbindung zwischen Denke, Gaugenrieder und Sareiter findet, ist der Mann sauber.«

Quercher grinste. »Probier mal den Käse. Das ist ein Pecorino aus Sizilien. Unfassbar köstlich. Der hat Safran und Pfeffer beigemischt bekommen.«

»Max, bitte. Wir waren bei Sareiter.«

»Heute Abend machen wir noch genau den Hausbesuch, um den Pollinger mich bat.«

»Das ist doch nicht dein Ernst? Ich soll schon wieder heimlich ermitteln?«

Er grinste. »Ja, aber erst bei mir.«

Sie erhob sich. »Die Masche läuft bei deinen halbwüchsigen Mädchen aus den Münchner Klubs. Aber nicht bei mir. Nichts ist so fad wie aufgewärmter Sex.« Sie blickte zu ihm herab.

»Unsinn, Julia. Da weiß man, was man hat.«

Sie reichte ihm die Hand. »Komm hoch, du Picknickvögler. Das ist wirklich nicht zu fassen. Hinterher klagst du noch über deine Hüfte. Sag mir lieber, wo wir hinfahren.«

Quercher war ehrlich enttäuscht. »In deinem Alter sollte man dankbar sein, wenn noch solche Avancen kommen.«

Sie lachte und packte die Lebensmittel wieder ein. »Wer wüsste das besser als du? Also, wo findet dein ominöser Hausbesuch statt?«

Quercher rollte die Decke zusammen. »Schon mal Brautjungfer gewesen?«

Kapitel 72

München, 27.05., 21:55 Uhr

Arzu hatte kein gutes Gefühl. Ausgerechnet Pollinger würde heute Abend auf Max Ali aufpassen. Querchers Schwester Anke schaute zwar auch nach dem Rechten. Aber der Kleine war noch nicht einmal ein halbes Jahr alt. Immerhin ließ sich ihr Sohn seit Kurzem problemlos mit der Flasche füttern.

Nachdem sie mit dem Zug nach München gefahren war, stand sie jetzt im Hauseingang einer Wohnanlage für Arschlöcher – auch ›Gated Community‹ genannt. Hier lebten reiche Menschen, die Angst haben mussten, dass arme

Schlucker sie besuchten. Das Unangenehmste am Reichsein musste die Angst vor Verlust sein, dachte Arzu. Sie sollte das Apartment öffnen. Der Nummerncode zur Wohnanlage war ein Kinderspiel gewesen. Aber jetzt musste sie die Haustür aufbekommen. Und das war um einiges schwieriger. Die Tür war mit einem biometrischen Verfahren gesichert. Aber sie hatte die notwendigen Gerätschaften dabei. Wo blieben bloß Quercher und Julia?

Die Tür summte auf.

»Da schau her. Ein Apartment, wie man es sonst nur aus der Werbung kennt«, wisperte Arzu leise.

»Sollen Alleinerziehende allein ermitteln?« Plötzlich stand Quercher im Türrahmen, gemeinsam mit Julia.

»Das ist also das Reich des Happy Media Couples Lorassi«, staunte Julia und schloss die Tür hinter ihnen.

»Es gab eine Zeit, da hat man dem Türöffner noch Respekt bezeugt.«

»Toll, Arzu. Wenn es beim LKA mal nicht klappt, gehst du zum Schlüsseldienst«, lästerte Quercher, als er durch die Wohnung schlich.

»Warum müssen wir uns jetzt eigentlich den weißen Designschrott des PR-Pudels anschauen? Ich bin alleinerziehende …«

»Ja, Arzu. Das wissen wir. Aber du musst auch mal die Brust wieder einstecken und raus auf die Straße«, ätzte Quercher weiter.

Sie trat nach ihm. »Bekomme ich eine ernsthafte Antwort?«

»Weil man, um zu Schmidt zu kommen, manchmal Schmidtchen befragt. Wir kommen an Sareiter momentan nicht mehr ran. Pollinger erzählte, dass der nach dem Überfall in Rottach-Egern Polizeischutz bekommen hat. Vor seinem Haus in Bogenhausen stehen Kollegen – selbst wenn er wie im Moment gar nicht da ist. Nur Lorassi ist bislang unbeobachtet geblieben. Obwohl Kollege Gaugenrieder ja sehr gern mit ihm telefoniert hat. Und so dachte der Herr Pollinger: Fahrt doch mal nach Schwabing und schaut, ob sich dort ein paar Einrichtungsideen für das rückständige Tal finden.«

»Und was genau suchen wir? Den großen Plan? Eine Schatztruhe mit allen Geheimnissen?«, nörgelte Arzu, die offensichtlich keine Lust verspürte, illegalerweise in Lorassis Designparadies herumzuschnüffeln.

»Mann, Arzu. Jetzt denk mal wieder wie eine Ermittlerin. Die Denkes sind tot. Gaugenrieder sitzt. Uns fehlt aber immer noch die Person, die die anderen gesteuert hat. Der Kopf, der Rattenfänger.« Quercher betrat das Schlafzimmer.

Arzu sah Julia verständnislos an. »Mit Ratten hat er's, oder?«

Über dem Bett ein Spiegel, an der Wand daneben das Foto einer Frau mit endlosen Beinen, lediglich bekleidet mit einem Bustier.

»Das ist wohl die zukünftige Frau Lorassi. Braucht jedenfalls keine Leiter im Haushalt«, kommentierte Julia, die Quercher ins Schlafzimmer gefolgt war.

»Schon klar, dass ihr zwei einen Hang zum Bett habt. Aber es wäre hilfreich, wenn ihr mehr nach Datenspeichergeräten wie Handys, Computern oder Tablets schauen könntet. Oder seid ihr tatsächlich auf der Suche nach Einrichtungsideen in dieser Hedonistenhölle?«

Quercher drehte sich zu Arzu um. »Hör mal, Miss Istanbul. Mir ist klar, dass dir ein Bild der Kaaba in Mekka fehlt oder anderer Orientkitsch. Aber es soll Menschen geben, die nicht nur alles auf irgendwelche Datenspeicher packen. Es gab da mal was, das hieß Papier. Irre, oder? Könnte ja auch hier im Schlafzimmer sein.«

Julia öffnete ein kleines Bettschränkchen und staunte. »Was man so alles in menschliche Körper stecken kann.« Sie deutete auf eine beachtliche Anzahl unterschiedlicher Sexspielzeuge.

»Medienleute halt.« Quercher zuckte mit den Schultern.

»Hüftprobleme scheinen sie nicht zu haben«, sagte Arzu und zeigte auf eine Konstruktion, die entfernt an eine Affenschaukel erinnerte.

»Ein Sling Seat«, erklärte Julia lakonisch.

»Was du so weißt!«, bemerkte Quercher.

Die Wohnung hatte nur vier große, ganz in Weiß gehaltene Räume. Ein Schlaf-, ein Wohn- und ein Esszimmer sowie einen Sportraum mit diversen Kraftgeräten. Eine riesige Fensterfront gab den Blick frei über die Münchner Innenstadt bis zur Frauenkirche. Der obligatorische Grill stand verloren und vermutlich nie benutzt auf der Terrasse.

Minutenlang durchsuchten sie das Apartment. Aber nirgendwo war der Hauch eines elektronischen Geräts zu finden. Kein Computer. Nichts.

»Was hat Lorassi vorher gemacht?«, fragte Julia.

»Er war Chefredakteur bei einem Boulevardblatt. Dann ist er zum Fernsehen gekommen, hat dort erst eine Talkshow produziert und später irgendeinen dieser Digitalkanäle gegründet. Damit ist er auf die Schnauze gefallen, hat fast Insolvenz anmelden müssen und sich dann als PR-Berater verdingt. So ist er zu Sareiter gekommen. Das ist jetzt zwei Jahre her. Im Tal gab es mal einen Lorassi, glaube ich. Aber in einem ganz anderen Zusammenhang. Egal.«

»Eben noch pleite und dann kann sich der Herr in Schwabing ein Penthouse in einer beschissenen Gated Community leisten?«, fragte Julia.

»Das Apartment gehört Sareiter«, antwortete Arzu, die die Adresse der Wohnung herausgefunden hatte.

Quercher hatte sich erneut über den Inhalt des Schränkchens neben dem Bett gebeugt. »Da, dieses komische gebogene Ding. Das ist kein Dildo. Das ist ein Designertelefon.«

Arzu trat näher. Sie trug wie die anderen Latexhandschuhe und griff nach dem Gerät.

»Wo das wohl schon steckte?«, witzelte Quercher und handelte sich einen äußerst giftigen Blick von Arzu ein.

Die Technikerin überflog die gewählten Nummern im Speicher und überspielte sie mithilfe der Bluetooth-Verbindung auf ihr eigenes Telefon, fand aber erst einmal nichts Spektakuläres.

»Der hat lediglich Sareiter und zwei andere Nummern angerufen.«

»Dann mal los, Frau Arzu vom Amt. Zu wem gehören die unbekannten Nummern?«

»Moment, das kann ein wenig dauern. Vielleicht macht ihr erst mal eure Arbeit. Derweil kümmere ich mich um die Telefonate des Sexdödels aus Schwabing.«

Quercher ging die wenigen Bücher durch, die in einem Regal an der Wand standen.

Die junge Dame des Hauses schien viel Esoterik und harmlose Erotik mitgebracht zu haben. Der Hausherr stand auf Bildbände. Bei einem blieb Quercher hängen. Es war ein Märchenbilderbuch.

Er zog es aus dem Regal und blätterte es durch. Zu jedem Märchen waren kleine Post-its mit Daten und Geldbeträgen eingeklebt.

»*Die kluge Bauerntochter*, 100K – 210512 – 190913, *Der Zaunkönig und der Bär*, 450K – 090813-021213«, las Quercher.

Quercher zählte grob vierzehn Post-its. Er setzte sich auf einen weißen Designerstuhl und blätterte langsam von Notiz zu Notiz. »Julia, schau mal. Was ist das? Ganz intuitiv. Was meinst du?«

Sie sah auf die Post-its und brauchte nicht lange für eine Antwort. »Das sind Bestechungsgelder. Hinter jedem Märchennamen steckt eine Person. Auf dem Zettel sind die Bestechungszeiträume und die Kohle notiert, die der feine Herr zahlt. Aber wen besticht jemand wie Lorassi? Politiker? Industrielle? Wir sollten ihn damit konfrontieren.«

Quercher runzelte die Stirn. »Wir haben dieses Beweisstück nicht offiziell. Das wird uns jeder Richter als unzulässig um die Ohren hauen. Wir müssen das schon selbst herausfinden.«

Julia stand vor dem Regal und prüfte weitere Bücher. »Du, schau mal«, sagte sie. »Die Bücher hat ihm Sareiter geschenkt. Hier ist auch eine Widmung von ihm drin. *Für L. – mit dem ich die Ratten aus der Stadt vertreibe. M. S.*«

»Da ist wieder der Rattenfänger. Sag ich doch«, erwiderte Quercher.

»Lorassi ist Sareiters Instrument. Der macht für ihn die Bestechungen, das Weitertragen der Informationen. Der ist sein Kurier und …«

Arzu kam herein. »Ich möchte ja nicht drängeln. Aber diese zwei Nummern sind beide aus Bad Wiessee. Die eine ist von Gaugenrieder. Und die zweite ist eine sogenannte geschützte Nummer, die nur gefährdeten Personen gegeben wird. Ein Relikt aus der Terroristenzeit.«

»Und wem gehört sie?«

»Welde, dem Verleger.«

»Woher weißt du das denn jetzt?«, fragte Julia ungeduldig.

»Ich habe sie einfach angerufen. Und er war derjenige, der sich gemeldet hat.«

»Gib mir mal das Telefon.« Quercher drückte die Wahlwiederholung.

»Ja? Mit wem spreche ich?«

»Maximilian Quercher, Landeskriminalamt. Und Sie kennen wir jetzt auch.«

Es klickte. Der andere hatte aufgelegt.

Zwanzig Minuten später fuhren die drei in Ankes Auto über die Ostumfahrung zurück zum See. Arzu saß auf dem Rücksitz und rief Pollinger an, bei dem ständig besetzt war.

»Was macht der Alte da bloß? Mit wem quatscht der denn die ganze Zeit?«, fragte sie ungeduldig und legte entnervt wieder auf.

»Warum haben Lorassi und Welde zusammengearbeitet? Nur wegen der Parteisache? Das glaube ich nicht«, dachte Quercher laut.

In diesem Moment klingelte Arzus Telefon. Es war Pollinger. Arzu aktivierte den Lautsprecher an ihrem Handy.

»Meine Lieben, war Ihr Ausflug in die große, böse Stadt erfolgreich?«

»Herr Pollinger, wie geht es meinem Sohn?«

»Der kleine Max schläft hier brav. Die Kollegin Gerass und ich konnten den kleinen Schreihals vereint zum Schlafen überreden.«

Quercher war genervt. Sein Haus entwickelte sich langsam zu einer Außenstelle des LKA. Jetzt genoss auch noch die blöde Gerass ihren Feierabend in seinem Wohnzimmer. »Sag mal, Ferdi, wen lädst du noch so ein? Findet die nächste CSU-Klausur bei mir daheim statt?«

»Sicher nicht, du warst noch nie ein guter Gastgeber. Aber statt hier den Schlechtgelaunten zu geben, könntest du mich ruhig ein wenig über deinen Einstieg im Hause Lorassi aufklären.«

Quercher erzählte widerwillig.

»Das ist ja interessant. Meine Nachfolgerin Frau Gerass konnte in der kurzen Zeit jedoch schon deutlich Handfesteres vorweisen, wenn ich das mal so salopp sagen darf. Denke verfügte über erhebliche Geldsummen in der Schweiz. Wir haben seine Konten gefunden. In seinem Bulli entdeckten die Kollegen mehrere USB-Sticks und haben sie schon ausgewertet, während ihr Märchenbücher gelesen habt.«

»Ferdi, Lorassi hat Leute bestochen.«

»Ja klar. Der macht PR. Und dreimal darfst du raten, wer das Geld von ihm bekommen hat?«

»Keine Ahnung.« Quercher sah sich um. Auch Julia und Arzu zuckten mit den Schultern.

»Journalisten natürlich. Das war uns schon vorher klar. Wenn du die BKA-Unterlagen besser gelesen hättest, wüsstest du das ebenfalls. Der hat so ziemlich jeden Ressortleiter und Nachrichtenchef im deutschen TV und Printjournalismus auf seiner Rechnung. Und? Was ist daran jetzt neu? So macht man das, wenn man eine Partei in der Öffentlichkeit als seriös positionieren möchte. Dann braucht es wohlmeinende Kommentare und eine gezielte Berichterstattung. Aber ein Aspekt ist viel wichtiger, der …«

Die Verbindung brach zusammen.

»Scheiße, wer ist das?«

Zwei schwarze Limousinen waren dicht aufgefahren. Eine überholte sie und setzte sich vor Quercher.

Der bremste und wollte nach rechts ausweichen. Aber da tauchte ein drittes Fahrzeug auf.

Das Auto vor ihm aktivierte das Warnblinklicht, schaltete es wieder aus und blinkte rechts.

Quercher blieb gar nichts anderes übrig, als dem Auto zu folgen. Sie waren eingekreist.

»Ruf die Kollegen. Da will uns jemand …«

Arzu schüttelte den Kopf. »Keine Chance. Wir haben keine Verbindung. Die stören uns mit einem Sender.«

Langsam rollten sie auf einen Rastplatz. Sie hielten zwischen zwei großen Lkws aus Polen in einer Parkbucht.

Aus der ersten Limousine stiegen zwei Männer in Anzügen aus und kamen auf sie zu. »Herr Quercher?«

Quercher öffnete das Fenster auf der Fahrerseite. »Was soll der Scheiß? Zu welchem Verein gehört ihr denn? CIA oder was?«

»Dr. Welde möchte Sie sprechen. Er sitzt im Wagen hinter Ihnen. Wenn Sie uns bitte folgen würden.« Der Mann riss die Autotür auf und wies nach hinten.

»Keine Chance, wenn, gehen wir alle drei!«, rief Julia.

Der Mann schüttelte den Kopf. »Ihre Kollegin fährt mit dem Wagen hinter uns her. Sie, Frau Dahmer, kommen mit uns.«

»Woher kennt der eure Namen?«, fragte Arzu verwirrt.

»Seien Sie unbesorgt. Herr Dr. Welde hat denselben Weg wie Sie und fährt nach Bad Wiessee. Sie können einfach hinter uns herfahren, während er mit Herrn Quercher und Frau Dahmer spricht.«

Quercher nickte. Aber Arzu wusste, dass sie sofort Pollinger anzurufen hatte.

Alles roch nach Reichtum. Das Leder, Weldes Parfum. Quercher konnte sich nicht erinnern, jemals in einem Maybach gesessen zu haben.

»Guten Abend, Herr Quercher. Es tut mir leid, Sie auf diese Weise zu einem Gespräch einladen zu müssen. Aber die Umstände zwingen mich dazu.«

»Die Umstände nennt man ›Entführung‹, Herr Welde. Das gilt auch für Menschen mit Geld. Klingt komisch, ist aber so.«

Welde sah ihn belustigt an, als wäre er ein Tier, das putzige Dinge tut. »Ich möchte nicht mit Ihnen streiten. Dazu ist das Thema zu ernst.«

»Was wollen Sie von uns?«

»Sie haben von Lorassis Telefon aus angerufen.«

»Ja, und damit sind Sie sicher nicht einverstanden gewesen, nicht wahr? Dumm gelaufen.« Quercher schlug auf den Busch. Er hatte nichts in der Hand. Dass Lorassi und Welde miteinander telefonierten, war kein Verbrechen in diesem Land.

Welde sah hinaus in die schwarze Landschaft, wo im Mondschein Kühe auf den Weiden standen. »Sie wissen es. Damit ist der Deal tot. Ist er sowieso. Die Kinder sind ja wieder frei.« Seine Stimme wurde düster. Er schien mit etwas zu kämpfen.

»Herr Dr. Welde, es wäre gut, wenn Sie sich uns gegenüber öffnen würden. Es macht jetzt sowieso keinen Sinn mehr zu schweigen.« Quercher ahnte, dass hier Karten auf dem Tisch lagen, die ihm weiterhelfen und zu dem ominösen dritten Mann, dem Rattenfänger, führen würden.

»Wir haben die Kinder freigekauft.«

Julia saß auf dem Beifahrersitz und drehte sich jetzt abrupt um. »Wer ›wir‹?«

»Die Entführer meldeten sich bei meinem Sicherheitschef Udo Lost. Sie wollten einen Mittelsmann, Sareiter. Der hat dann mit ihnen verhandelt. Die Überweisungen, die Punkte, an denen die Kinder zu erwarten seien. All das. Erst sollte es nur mein Sohn sein. Ich habe dann, also …« Er stockte. In wenigen Sekunden war aus dem selbstsicheren Verleger ein unsicheres, von leisen Schluchzern geschütteltes Männchen geworden. »Als Lukas da war, wollten sie mehr Geld haben. Ich war dazu bereit. Ich habe Konten in der Schweiz, meine Reserven. Das Geld war also nicht zurückzuverfolgen. Ich hatte Angst, dass es in der Öffentlichkeit so aussehen würde, als ob ich nur meinen Sohn retten wollte. Also habe ich für alle gezahlt.«

»Wie viel?«, fragte Quercher.

»Fünfundneunzig Millionen Schweizer Franken, dazu noch Tranchen in Gold und Diamanten, die unserer Familie seit Jahrzehnten gehörten.«

Julia grinste. »Und die der deutsche Staat nie in Ihrer Steuererklärung vorfand.«

»Das sind doch jetzt Petitessen«, rief Welde gequält.

»Klar, um nicht von Peanuts zu sprechen.«

Welde atmete schwer. Er wusste, was auf dem Spiel stand. Jeder hätte Verständnis für ihn aufgebracht, wenn er für alle das Lösegeld gezahlt hätte. Aber er schien tatsächlich erst seinen Sohn freigekauft und dann nur auf Druck der Entführer mehr Geld zur Verfügung gestellt zu haben. Das war nicht mehr ganz so edel. Aber letztlich war das dann auch egal. Für die Ermittler war das ein Super-GAU. Jemand hatte Kontakt mit den Entführern gehabt. Das war immer der Schlüssel zum Erfolg. Die Polizei hätte besser überwachen, zurückverfolgen und zugreifen können.

»Ich weiß, dass Sie mein Handeln falsch finden. Aber nach dem, was mit Toni Knöchel passierte, was Ihre Kollegin da versaut hatte, war ich mir sicher, dass die Polizei so eine Geldübergabe ebenfalls in den Sand setzen würde. Am Ende wären die Kinder tot und die Täter verschwunden gewesen. Ihnen ist doch der Fahndungserfolg wichtiger als das Wohl meines Sohnes.« Welde hatte für einen kurzen Moment wieder zu seiner alten Härte und Angriffslust gefunden.

Jetzt wurde auch Quercher sauer. Er konnte das selbstgerechte Wesen des Verlegers kaum ertragen. Zudem machte ihm die Enge des Autos zu schaffen. »Herr Welde, Ihr Sohn ist stumm, Mathilde Baumschneider zumindest vorerst blind. Wenn meine Kollegin, die ja angeblich alles versaut hat, nicht gewesen wäre, nicht ihr Leben eingesetzt hätte, wären die anderen Kinder auf bestialische Weise getötet worden. Sie haben leichtfertig das Leben der Kinder aufs Spiel gesetzt. Von mir bekommen Sie keine Absolution. Vergessen Sie es.«

»Ich habe meinen Sohn geschützt. Sie haben keine Kinder. Sie wissen nicht, wovon ich spreche. Mit meinem privaten Vermögen habe ich, anders als Sie und Frau Dahmer, den Kindern von Talbewohnern geholfen. Das ging nicht ohne Schmerzen. Sicher. Aber alle Kinder leben.«

Julia hatte bislang wenig gesagt. Aber jetzt platzte ihr der Kragen. Wie konnte es Welde wagen, sich zum Gönner und Helfer zu stilisieren? Das schien sein Plan zu sein. Denn mit dem Anruf aus Lorassis Wohnung glaubte er, dass die Polizei seinem Egotrip auf die Schliche gekommen sei. Jetzt wollte er sich das publizistische Alibi verschaffen.

»Herr Welde, schön, was Sie da versuchen. Aber momentan gehen wir davon aus, dass Sie nicht nur als Zeuge, sondern auch als Verdächtiger im Ostin-Fall gelten. Sie haben Wissen, das eigentlich nur Täter haben können.«

»Ach, kommen Sie, Frau Dahmer. Ich bin von den Entführern kontaktiert worden. Das kann ich einwandfrei dokumentieren. Lost hat den Kontakt zu Sareiter hergestellt. Alle Schritte sind belegbar. Und jetzt kommen Sie mir mit so einer Verdächtigung? Sie sind schon einmal gescheitert.« Sein Ton war gefährlich.

Quercher verlor zunehmend die Lust an diesem Gespräch. Das sollte Gerass übernehmen. Er wollte den dritten Mann. Welde war es nicht. Aber wer war dann der verdammte Rattenfänger?

»Wieso haben Sie eigentlich Kontakt zu Sareiters Pressechef, Klaus Lorassi, aufgenommen? Ein weiterer Mitwisser war doch ein Risiko für Sie, oder?«, fragte Quercher leise.

»Sareiter war nur der Mann, den die Entführer nannten. Den Hauptteil hat der Klaus in die Wege geleitet.«

»Der Klaus? Kennen Sie sich denn so gut?« Quercher war überrascht.

»Natürlich. Ich kenne Lorassi. Der war bei einem meiner Blätter angestellt. Guter Mann. Etwas schwierig im Umgang mit Geld.«

»Ach? Und dem vertrauen Sie Ihre Millionen als Lösegeld an?«

»Um Gottes willen, nein. Das hat Sareiter übernommen. Nein, Klaus darf nie Zugriff auf Geld haben. Seit seiner Pleite mit *Securitel* ist er nicht mehr geschäftsfähig.«

»Was ist denn *Securitel*?«

»Schon lange her. Klaus hat in seiner Zeit als Ressortleiter Nebengeschäfte getätigt. Das war Anfang der Neunziger. Da hat er während des Internetbooms viel Geld in eine Sicherheitsfirma für Handys gesteckt. Telefone, Iridium. Sein Themenschwerpunkt als Journalist war ja Kriegsberichterstattung. Da hat er Kontakte zu Bundeswehrführungskräften gehabt, bis weit hinauf ins Ministerium. Denen wollte er dieses abhörsichere Telefon schmackhaft machen. Das Geschäft platzte, ich bekam Wind davon. Er wurde abgefunden und musste ohne großes Getöse gehen, der Pizzabäckersohn. Alles sehr professionell. Ich regele meine Personalfragen immer so.«

»Sagen Sie, Lorassi ist aber nicht etwa mit dem alten Lorassi aus Rottach-Egern verwandt, der damals die dortige Pizzeria besaß?«, fragte Quercher. Der Gedanke war ihm erst jetzt gekommen.

Welde nickte. »Ja, die Pizzeria an der nördlichen Hauptstraße. Lorassis Vater ist schon vor Jahrzehnten gestorben. Danach war ein bayerischer Gasthof in dem Haus, jetzt wird es abgerissen.«

Der Wagen stand an der Kreuzung vor dem Eingang zum Tal. Geradeaus leuchteten die Berge des Hauptkamms im Mondlicht. Quercher fiel es wie Schuppen von den Augen. Er sah zu Julia, die ihn ebenfalls wissend anblickte.

Sie hatten den Rattenfänger gefunden.

Kapitel 73

Bad Wiessee, **Bauer in der Au**, *29.05., 23:25 Uhr*

Klaus Lorassi hatte seinen Janker ausgezogen und stand auf dem Tisch. Große Schweißflecken hatten sich unter seinen Achseln gebildet. Auch sein Gesicht war nass.

Er sah mit geweiteten Augen in die Gästereihen, die an Tischen mit weißen Decken saßen oder in Gruppen an der Tür standen und rauchten. Um ihn herum tanzten einige Damen etwas angestrengt im Freestyle zur Musik, die eine populäre Band aus dem Tal spielte. Auch seine junge Frau war darunter.

In Lorassis Lederhose, die er wie die meisten hier bei *Loden Frey* in München gekauft hatte, drückte sein Smartphone gegen seine Leiste. Er wollte es aus der Tasche ziehen, ließ es aber sein. Hier oben gab es so gut wie keinen Empfang. Und heute war es ihm auch egal. Er heiratete. Da konnte man auch mal nicht erreichbar sein. Zudem saß sein wichtigster Klient ja da unten am Tisch, mit einigen CSU-Granden im Gespräch. Darunter war auch dieser krebskranke LKA-Chef, den er noch kurzfristig eingeladen hatte. Die Partei brauchte den Zuspruch der Polizeiführung. Wenn es sein musste, dann kam halt auch dieser Tod auf zwei Beinen zu seiner Hochzeit. Sein Hochzeitsgeschenk allerdings war grenzwertig gewesen. Dieser Pollinger hatte seiner Frau ein Holztragerl mit dreckigem Wasser in die Hand gedrückt. Das sei Heilwasser, hatte der Typ grinsend behauptet. Links von Sareiter und Pollinger hatten zwei Senderchefs Platz genommen, die ihn noch vor wenigen Jahren nicht einmal bei seinem Promiitaliener in Bogenhausen gegrüßt hatten. Jetzt lachten sie ihm zu, applaudierten. Klaus Lorassi war da, wo er immer hinwollte: oben.

Die Musik verstummte, die Band brauchte eine Pause.

Lorassi stieg vom Tisch und setzte sich neben seine Frau, die ihn stolz ansah. Er hatte Abstriche machen müssen. Sie war, wie er Sareiter einmal gesagt hatte, nicht die hellste Glocke im Turm. Aber sie machte Dinge, die nur Frauen in ihrem Alter oder noch jünger konnten. Keine langen Diskussionen. »Die ist naturgeil, verstehst du? Ist gar nicht böse gemeint«, hatte er Sareiter zugeraunt. Der hatte ihn ausdruckslos angesehen und lediglich stumm genickt. Der Yogafanatiker weiß nicht, wovon ich spreche, hatte Lorassi noch gedacht. Sie war genau das, was er wollte. Sie war der Neuanfang.

Mit seinen neunundvierzig Jahren wollte er noch einmal durchstarten. Damals, als alles um ihn herum zusammenbrach, seine Investments, seine Visionen, da hatte er schon an Selbstmord gedacht. Aber dann war ihm eines Morgens auf dem Viktualienmarkt Sareiter über den Weg gelaufen, gerade aus Indien heimgekehrt. Sie kannten sich aus Lorassis Zeit als Gerichtsreporter. Er hatte sogar noch über den Unfall von Sareiters Frau berichtet. So kamen sie zusammen. Sareiter, der sich als großer Denker und Lenker sah und jetzt versuchte, die alten Männer von der CSU um den Finger zu wickeln. Als ob solche Hinterzimmergespräche in diesen Zeiten noch etwas bringen würden. Heute war das Plakative, das Bild entscheidend. Auch deswegen war die Hochzeit hier exklusiv an eine Zeitung und einen Sender aus Köln verkauft worden. Seine neuen Freunde aus Show und Politik hatten ihn vor der Kamera als ihren engsten Freund bezeichnet. Er war sich der Falschheit dieser Worte durchaus bewusst. Aber darum ging es ihm nicht. Er musste seine Position fest verankern. Immer und immer wieder musste dieselbe Botschaft in die Köpfe der Entscheider und Mächtigen kommen. Lorassi, der Regenmacher. Der Mann, der selbst solche wirren Männer wie Sareiter in das rechte Licht rücken konnte.

Lorassi hatte für alles gesorgt. Er ließ sich nicht lumpen. Diverse Kutschen hatten die Gäste aus dem Tal zum *Bauer in der Au* hinaufgebracht. Auf jedem Kutschbock hatten zwei gestandene Männer im taltypischen Outfit gesessen, so hatte es sich seine Frau gewünscht. Zwei Trachtengruppen hatten am frühen Abend getanzt. Burschen mit langen Peitschen hatten das berühmte Goaßlschnalzen präsentiert.

Neben dem Haupthaus hatte Lorassi ein Zelt mit Biertischen und Grill für die Darsteller und Bediensteten aufbauen lassen. Dort saßen auch die Männer, die für das Feuerwerk zuständig waren. Damit die Geschosse den trockenen Wald nicht entzündeten, war auch noch ein Löschzug der Freiwilligen Feuerwehr Bad Wiessee heraufbeordert worden. Dreihunderttausend Euro würden Lorassi die drei Tage Hochzeit kosten. Doch das war es allemal wert.

In einer halben Stunde war das Feuerwerk dran. Er sah aus dem kleinen Butzenfenster hinter sich. Es war angesichts der Hitze und der Körperausdünstungen beschlagen. Lorassi wischte es frei. Und erschrak.

Vor ihm tauchte das Gesicht eines Mannes auf. Er kannte ihn nicht. Es musste einer vom Personal sein. Aber er trug keine Tracht und sein Gesicht war seltsam bemalt. Scheu grüßte Lorassi und drehte sich sofort wieder um. Zu viel Kontakt mit der Basis war auch nicht gut.

Die Musik setzte erneut ein. Fünf Frauen, davon zwei von ihnen bekannte, jedoch vorwelke TV-Darstellerinnen, tanzten etwas, was sie erotisch fanden.

Diese Talbewohner konnten extrem giftig werden, wenn sie sich von einem Stoderer, einem Städter, schlecht behandelt oder gar übervorteilt sahen. Untereinander gönnten sie sich zwar den Dreck unter den Fingernägeln nicht. Aber wenn es gegen die außerhalb des Tals ging, war man sich meist einig.

Lorassi, Sohn eines italienischen Vaters und Gastronomen, wusste das nur zu genau. Sein Vater hatte eine Pizzeria im Tal gehabt. Sie lief gut in einer Zeit, in der Pizza für die hiesigen Hinterwäldler noch exotisch war. Das war in den Siebzigern. Doch die Pizzeria war auch einigen ein Dorn im

Auge gewesen. Lorassis Vater hatte sie nur gepachtet. Und die Alten und Sturen im Dorf wollten wieder eine bayerische Gastwirtschaft haben. So hatten sie versucht, ihn mit Auflagen kleinzukriegen. Lorassi war damals noch ein Kind von neun Jahren gewesen und hatte nicht helfen können. Am Ende starb sein Vater an einem Herzinfarkt.

Bis heute hatte der Sohn das nicht verwunden. In Gedanken war er jetzt bei seinem Vater. Wenn er das hier sehen könnte! Wie die Talbewohner ihm in den Arsch krochen, nur weil er sie mit Geld vollstopfte! Er hatte sie für seinen Vater bezwungen.

Er sah zu Sareiter und ihre Blicke trafen sich. Sie lächelten. Für einen kurzen Moment einte sie der Gedanke des Angekommenseins.

Wieder drehte sich Lorassi zum Fenster. Jemand hatte lachend nach draußen gezeigt. Die Scheibe war noch immer beschlagen. Er erkannte nur flackernde Lichter.

Eine Bedienung, in ein Dirndl gepresst, hastete durch den Raum, steuerte schnurstracks auf die Musiker zu und beugte sich zu dem Sänger. Kurze Zeit später erhoben sich die vier Männer, griffen nach ihren Instrumenten und folgten der Bedienung, ohne ein Wort an das auf Musik wartende Publikum zu richten.

Lorassi hatte Durst. Er suchte nach einer Serviererin, fand aber keine. Er fluchte leise. Alles musste er selbst machen. Er stützte sich auf den Tisch und schob sich aus der Enge der Bank hinaus auf die Tanzfläche.

In dieser Sekunde, in der er sah, wie ihm zwei seiner Freunde zujohlten, wie Sareiter nach draußen blickte, wie seine Frau ihre Zunge in das Ohr eines Tischnachbarn steckte, wie es trotz fehlender Musik noch furchtbar laut zuging, in diesem Moment erlosch im ganzen Raum das Licht.

Kapitel 74

Bad Wiessee, 29.05., 23:05 Uhr

Julia stand schweigend neben Quercher. Sah zu, wie er mit der Maria, dem Hans, dem Peter, dem Xaver, dem Quirin und der Anita sprach. Mit allen war er irgendwann zur Schule, zum Firmunterricht oder zu was auch immer gegangen. Sie, die aus der Stadt kam, kannte so etwas nicht.

Es war mitten in der Nacht. Auf dem Großparkplatz in der Ortsmitte standen sechs Männer und Frauen im Schein der Laternen. Handwerker, kleine Geschäftsleute, Pensionsbesitzer und Bauern. Sie waren das Rückgrat des Tals, agierten als Vorsitzende, Initiatoren und Schrittmacher der hiesigen Gruppen wie der Feuerwehr aus Gmund, dem Trachtenverein in Kreuth oder den Gebirgsschützen aus Rottach-Egern.

Querchers Rede dauerte nicht länger als zehn Minuten. Und Julia wollte nicht glauben, was sie da hörte. Der LKA-Polizist Quercher, der Jahrzehnte für diesen Rechtsstaat gekämpft hatte, wollte jetzt den Volkszorn hinauf in den Berggasthof tragen?

Freitagnacht. Normalerweise fuhren nur noch wenige Menschen um diese Uhrzeit auf der Straße um den See. Aber jetzt bogen ein Dutzend Autos hinauf nach Buch. Aus der asphaltierten Straße wurde ein Waldweg. Aber Querchers Mercedes, dessen Windschutzscheibe fehlte, wackelte und rumpelte im Konvoi brav mit. Auf einer Lichtung stoppten die Wagen. Die Männer und Frauen stiegen aus und begannen schweigend mit den Vorbereitungen. Quercher, dem sie einen Lodenumhang zuwarfen, schmierte sich wie alle anderen das Gesicht schwarz. Auch ihm war mulmig zumute, als er sah, wie sieben Gebirgsschützen ihre alten Flinten aus dem Kofferraum nahmen, zwei Bauern Sensen und Äxte an die anderen verteilten. Aber das musste jetzt sein. Es war nicht mehr zu stoppen. Das hier war kein Mummenschanz. Hier standen die Menschen, die noch eine Rechnung offen hatten.

Er sah die Eltern der kleinen Mathilde, die Baumschneiders aus Wiessee, die von Homsteins, deren Kind erst vor wenigen Tagen gerettet worden war. Inmitten junger Burschen in Tracht stand Gundel Viervogel. Sie alle hatten von dem Haberfeldtreiben gehört. Sie wollten dem Rattenfänger in die Augen sehen.

Der Älteste, einen Hut mit zwei großen Hahnenfedern auf dem Kopf, rief alle zusammen. »Lasst uns gemeinsam den Schwur tun.«

Julia weigerte sich, ihr Gesicht zu bemalen. Es war ihr eine Spur zu archaisch.

»Erklär mir das hier«, forderte sie Quercher auf, dem ein Flachmann gereicht wurde.

Er trank einen kleinen Schluck Obstler, ehe er Julia antwortete. »Das Haberfeldtreiben ist ein Rügegericht. Dorfjustiz ohne Gewalt. Wenn du so willst, ist es das, was Sareiter eigentlich wieder möchte. Justiz vom Volk für das Volk. Die Menschen haben das hier im Oberland schon seit Jahrhunderten so gemacht – das letzte Mal vor einigen Jahren gegen einen Bauernpräsidenten. Eine Dorfgemeinschaft tut sich zusammen, umstellt das Haus eines Betrüger, Ehebrechers oder eines Diebs. In Reimen beschreiben sie sein Vergehen und fordern, dass er das Dorf verlässt. Sie drohen, ohne sein Haus zu betreten oder ihn körperlich zu attackieren. Es ist aber nicht nur ein Brauch. Es ist ein Ausstoß aus einer Gemeinschaft.«

Kapitel 75

Bad Wiessee, Bauer in der Au, *29.05., 23:35 Uhr*

Lorassi hatte eine Sekunde. Dann brach die Hölle los. Draußen hämmerten Menschen gegen die Wände und Türen. Die Gäste sahen sich erst ungläubig an und lachten verhalten, dann suchten sie Lorassi mit ihren Blicken. Gehörte das zur Show? War das womöglich wieder eine dieser seltsamen Taltraditionen wie Goaßlschnalzen und Draan, das Spiel mit der Peitsche und das Tanzen der Kinder?

Man mochte es ja gern rustikal. Aber einige der anwesenden Gäste waren schon recht betrunken und riefen laut in den Raum, beklagten den ›Showstopper‹ und forderten sofort Bier für alle.

Lorassi stürmte zur Tür und blieb wie erstarrt stehen. Im Terrassenbereich, wo Bierbänke und Tische für die wenigen Raucher unter den Gästen aufgestellt worden waren, standen eng aneinandergereiht Männer mit langen Lodenmänteln und Hüten. Dutzende Fackeln erleuchteten ihre geschwärzten Gesichter. Das allein war noch nicht Furcht einflößend. Doch die Männer und Frauen hielten Flinten und scharfe Werkzeuge in ihren Händen.

Das war doch so nicht mit dem Eventmanager besprochen worden? Lorassi konnte sich nicht erinnern. Er hatte schon zu viel getrunken.

Er musste vom Ruß der Fackeln husten, als er laut fragen wollte, was das denn jetzt sei. Eine Peitsche knallte. Und er spürte, wie die Männer sich zwar immer noch schweigend, aber dennoch näher an ihn drückten, ihn weg von der Tür schoben. Wie in einem Mahlstrom wurde er vom Haus fortgeführt, hinaus zu der großen Wiese, die vor dem Gasthof lag. Auch hier sah er überall Menschen mit Fackeln.

Panik ergriff ihn.

Aber die Kerle standen wie eine Wand um ihn herum. Sie hielten Forken aus Holz in ihren Händen. Es gab nur einen Weg nach vorn.

»Das ist kein Spaß, ihr verdammten Bauerntrampel! Ich zahl euch. Geht wieder in euer Zelt!« Er kreischte förmlich. Es war ihm egal, was dieses Drecksvolk jetzt von ihm hielt. Sie sollten gehen. Das war seine Hochzeit. Und sie machten ihm Angst.

Vielleicht fünfzig Meter von ihm entfernt stand ein Mann auf einem Hänger. In einem Halbkreis um ihn herum hatten sich Männer und Frauen postiert.

Wie ein Gerichtssaal, schoss es ihm durch den Kopf.

Jetzt hatten sie Sareiter neben ihn geschubst. Lorassi sah die nackte Angst in seinem Antlitz.

»Klaus, das ist ein Haberfeldtreiben! Es wird uns nichts passieren. Aber die scheinen irgendetwas zu wissen. Woher?«, zischte Sareiter.

Nur zögernd war er Lorassi gefolgt. Und auch nur, weil dessen neu angetraute Frau ihn inständig darum bat. Er solle auf Klaus aufpassen, der neige zu Dummheiten.

Doch kaum war Sareiter hinaus in die Nacht getreten und hatte die schwarzen Gesichter gesehen, wusste er, was ihn erwartete.

Im Haus drängelten sich alle an die Fenster. Niemand wollte sich das Spektakel entgehen lassen. Aber niemand kam heraus. Wie Tiere spürten alle instinktiv, dass das hier kein Event war, sondern blutiger Ernst. Im Haus waren sie sicher.

Pollinger hatte sich über einen Hinterausgang um das Haus geschlichen. Zwei Männer wollten ihn wieder hineindrängen. Er raunzte sie in tiefstem Oberbayerisch an und erklärte, dass er zu Quercher gehöre und dass sie ihn zu ihm bringen sollen. Er sei der Chef.

»Hast du das unter Kontrolle?«, fragte er Quercher, der neben Gundel Viervogel stand und die Szenerie verfolgte.

»Wann hatte ich das je?«

Pollinger klopfte fragend auf seine Hüfte, um Quercher stumm nach einer Waffe zu fragen. Der schüttelte nur den Kopf.

»Ausgerechnet ein Haberfeldtreiben! Das hätte ja von Sareiter selbst kommen können«, flüsterte Pollinger vorwurfsvoll.

»Genau deswegen lasse ich es zu. Er soll sehen, wie seine Vorstellung von Volksjustiz aussehen kann.« Ein Trommeln ertönte, immer von einem kurzen Schlag auf eine Pauke unterbrochen. »Die Menschen im Tal haben es verdient. Sie sind von dem Rattenfänger lange genug gequält worden.«

»DEM Rattenfänger? Ich sehe da vorn zwei Männer stehen, die sich gerade in die Hose pieseln.«

»Abwarten.«

Gundel Viervogel fühlte sich so allein wie selten zuvor. Jetzt hätte sie einen Menschen an ihrer Seite gebraucht. Sie griff nach Querchers Hand und er ließ sie gewähren, ohne hinzuschauen. Ihre Hand war schwitzig und kalt

Lorassi und Sareiter befanden sich inzwischen auf dem Weg, der an der Wirtschaft vorbei weiter in die Berge führte. Vor ihnen stand der Mann mit dem Federhut und hob die Hand. Ringsum wurde kein Wort geredet.

Dann erhob der Mann seine Stimme. Sie war dunkel und klar. »Familie Baumschneider?«

Ein lautes Ja aus zwei Mündern folgte.

»Familie Homstein?«

»Hier.«

»Familie Viervogel.«

Gundel sah unsicher zu Pollinger, der sie aufmunternd anlächelte.

»Hier!«, rief die kleine Frau in die Nacht.

»Familie Welde?«

Stille.

»Familie Welde?«

Das Knacken der verbrennenden Fackeln und das Scharren von Schuhen waren zu hören.

»Familie Welde?«

»Is ned do!«, rief ein Mann.

»Is des wahr?«

Und plötzlich riefen alle wie auf ein geheimes Signal: »Ja, wahr is!«

»Nachad treibt's zua!«

Ein infernalischer Krach, erzeugt mit Holzratschen, Kuhglocken, Ketten und anderen Werkzeugen, erfüllte die Lichtung, ließ jeden hier erschauern, der so etwas noch nicht erlebt hatte.

Das Tal wusste, was Welde getan hatte.

Der Mann mit dem Hahnenhut hob wieder die Hand. Nur langsam kehrte die Stille zurück.

In tiefstem Bayerisch hob der Mann auf dem Hänger an: »Quercher Max, komm her. Erklär denen, was du uns erklärt hast.«

Quercher musste über die etwas pathetischen Worte seines Schulfreundes Johann Zehetmeier schmunzeln. Aber das, was jetzt kam, war nicht mehr lustig. Er war kein Typ für Reden. Aber es musste sein. Er schob sich an den Männern vorbei und kletterte auf den Hänger, auf dem mittlerweile auch Sareiter stand.

»Max, was soll das?«, fragte ihn Sareiter ungläubig.

Der beugte sich zu ihm und flüsterte leise in sein Ohr. »Geh da runter und pass auf deinen Pressemann auf.«

Sareiter verharrte kurz, dann kletterte er von dem Hänger herunter und ging zurück zu Lorassi.

»Vor vier Wochen sind vier eurer Kinder entführt, gequält und gefoltert worden. Es hätte jeden treffen können. Jede Familie, jeden Bruder, jede Schwester. Nur den Sohn vom Welde, den haben sie sich vorher ausgesucht. Weil er das Geld brachte, das sie so dringend brauchten. Die zwei, die das gemacht haben, sind tot. Der eine hat sich in Tausende Teile gesprengt, die andere Frau hängt.«

»Nachad treibt's zua!«, rief der Hahnenhutmann und wieder setzte der Krach ein.

Quercher hob die Hand.

Nach einer gefühlten Ewigkeit trat erneut eine angespannte Ruhe ein.

»Sie haben den Tod gewählt. Nicht wir.« Quercher wartete und sah auffordernd in die Runde.

Langsam, aber immer stärker setzte der Krach als Zustimmung der Menschen ein.

»Wir von der Polizei hatten einen Verräter in den eigenen Reihen. Auch der ist gefunden worden. Aber einer ist noch frei. Da unten steht er. Es ist der Lorassi Klaus. Seinem Vater haben wir böse nachgestellt. Ihr wisst es. Ich weiß es. Der Klaus weiß es. Sein Hass war so groß, dass er zurückkam ins Tal. Sich sein Recht holen wollte. Und er nahm eure Kinder. Bezahlte die Denkes und andere. Wir haben die Beweise. Sagen Sie es!« Er sah hinunter zu Lorassi, der mit aufgerissenen Augen dastand.

Es wurde still.

Lorassis Kopf wanderte gehetzt umher, blickte in die Gesichter. Und dann schrie er es heraus, hielt sich nicht mehr zurück. »Ja, das alles ist wahr! Ich habe eure Kinder genommen! Ich habe dafür bezahlt, damit man sie euch wegnimmt. Damit ihr das Leid spürt. Damit ihr an eurer fetten und selbstzufriedenen Art zerbrecht! Ihr, die ihr so stolz auf euer beschissenes Tal seid! Das euch jedoch nicht gehört. Aber ihr tut so, als ob ihr bestimmen dürft, wer hier lebt und wer nicht. Wie ihr meinen Vater, meine Familie aus dem Tal gedrückt habt! Uns kleinen Scheißitakern habt ihr's besorgt, was?«

Lorasssi spuckte die Worte förmlich aus. Seine Gedanken folgten keinem logischen Rahmen mehr. Er war verloren, das wusste er. Aber jetzt wenigstens wollte er es diesem Talpack noch einmal ins Gesicht schreien.

»Aber ich bin über euch gekommen wie der Rachegott. Die Denkes waren mein Werkzeug. Und ich bin der Gott der Zerstörung, eure Nemesis …«

Er brach zusammen und begann zu wimmern.

Regen setzte ein. Erst kleine Tropfen. Dann immer mehr. Die Leute zogen ihre Schultern hoch, aber keiner suchte Schutz. Die Flammen der Fackeln zischten.

Quercher setzte wieder an. »Und wer schützte ihn? Da steht der Sareiter Markus. Der mit seinem Hass, seiner Wut auf uns, auf die Polizei und die Richter das Feuer legte. Der an uns vorbei mit den Entführern verhandelte, der das Geld von Welde nahm und es diesen Entführern gab. Der mit Mördern verhandelte. Der eine denkt, der andere fordert auf, wieder einer hilft und die anderen führen aus. Da steht einer, der glaubt, dass er das Recht sei. Eure Kinder sind wieder da. Aber diese beiden werden gerichtet. So wahr ich hier stehe. Allerdings nicht von uns, sondern von einem anständigen Gericht. Denn wir sind nicht wie die beiden.« Er machte eine Pause, sah die skeptischen Blicke. Dann schrie Quercher: »Is des wahr?«

Es dauerte einen Augenblick. Aber dann kam aus den Dutzenden Kehlen, aus dem Mund von Gundel Viervogel wie aus den Mündern der Baumschneiders und von Homsteins: »Ja, wahr is!«

Lorassi schaute vom Boden aus hinauf in hasserfüllte Gesichter. Er musste weg. In diesem infernalischen Brüllen sprang er mit großer Wucht gegen die Wand aus Männern, die sofort einen Schritt beiseitetraten. Er stolperte, fiel auf den Weg, riss sich die Hände an den Kalksteinen auf, sah in der Seitentasche eines jungen, schmächtigen Burschen ein Hirschhornmesser stecken und griff danach. Im nächsten Moment hatte er es in der Hand und wedelte damit herum. Die Männer wichen noch weiter zurück.

Klaus Lorassi rannte los. Vorbei an all den Menschen mit ihren rußgeschwärzten Gesichtern und den Fackeln und den Mistgabeln. Sein Schädel hämmerte. Die Lungen pumpten. Alles schmerzte. Er rannte vorbei an dem letzten Mann, erkannte nur schemenhaft, dass es der Pfarrer aus Gmund war, der seine Gemeindereferentin Claudia Weber noch immer betrauerte.

Lorassi rannte um sein Leben, glaubte er.

Aber das war ein Irrtum.

Auf Höhe einer Kapelle, vielleicht zweihundert Meter vom Gasthaus entfernt, stand Constanze Gerass. Quercher hatte das SEK, das sich noch im Tal befand, alarmiert. Sie hatten sich im weiten Umkreis der Gastwirtschaft postiert. Gerass hatte ihm vertraut – zum ersten Mal. Auch wenn sie das Spektakel durch ein Fernglas mit Widerwillen verfolgt hatte. Sie glaubte, dass Quercher das Richtige tat.

Lorassi stoppte abrupt. Plötzlich schossen ihm wie eine wilde Diashow die Bilder seiner Zukunft durch sein Hirn. Die TV-Berichte, die Artikel, der Prozess, der tiefe Fall zurück in die Bedeutungslosigkeit. Zwei Meter vor der LKA-Leiterin zog Klaus Lorassi das Messer und setzte es an seinen Hals.

»Ich habe freies Schussfeld«, flüsterte einer der SEK-Männer über Funk in Gerass' Ohr.

Die nickte nur und klickte zweimal mit dem Funkgerät.

Statt seines Lebens verlor Klaus Lorassi durch die Macht eines Geschosses zwei seiner Finger. Es waren, wie Gerass dachte, als sie ihn im Rettungswagen betrachtete, ausgerechnet die Finger für den Schwur.

Kapitel 76

Bad Wiessee, 28.06., 19:45 Uhr

»Heute ist dein letzter Tag in Freiheit!«

Sie hatten den Tisch abseits der Buden gewählt. Hinter ihnen erhob sich der Sonnenbichl, eine Skiabfahrtsstrecke. Jetzt hatten die Wiesseer hier ihr Waldfest aufgebaut, das der örtliche Skiverein jedes Jahr auf eigene Rechnung und unter tatkräftiger Mithilfe aller Mitglieder organisierte. Mit Bier, Fleisch und viel Blasmusik war es ein Fest der Bewohner von Bad Wiessee und nicht der Münchner. Die allermeisten trugen Tracht, ohne dass es den seltsamen Geruch des Wiesn-Faschings besaß. Es gehörte hierher.

Noch immer waren die Menschen im Tal nicht über die Kindesentführungen hinweggekommen. Wie eine Krankheit oder ein Landsknechtheer im Dreißigjährigen Krieg war plötzlich das Böse über sie hereingefallen.

Quercher, Arzu und Pollinger hatten sich Brathähnchen und drei Maß Bier geholt. Im Sommer konnte selbst der Weintrinker Quercher nicht Nein zum Tegernseer Bier sagen, und sogar Pollinger genehmigte sich eine Maß. Unter dem Tisch saß Lumpi, die streckte von Zeit zu Zeit ihre lange Nase über den Tischrand in der Hoffnung, dass etwas für sie abfallen könnte.

»Eine Hüftoperation ist kein Freiheitsentzug, Arzu«, grummelte Quercher. Morgen würde sein Freund Appel ihn in einem Krankenhaus im benachbarten Bad Tölz operieren. »Und von jetzt an möchte ich keine faden Witze über künstliche Hüftgelenke mehr hören«, befahl er. »Mich interessiert vielmehr, wo eigentlich Julia bleibt.«

»Die hat noch ein Date«, lächelte Arzu.

Pollingers Kur war offiziell beendet. Der Krebs war aus seinem Körper verschwunden – vorerst, wie sein Arzt sagte. Pollinger war überzeugt, dass das Kreuther Heilwasser der Grund für die Genesung war. Mit diesem Glauben allerdings befand er sich in der Minderheit.

»O nein, was wollen die denn hier? Ferdi, hast du die eingeladen?«

Pollinger nickte nur.

Gerass und Picker kamen langsamen Schrittes hinauf zu den Tischen. Quercher hatte seinen Kollegen nicht mehr gesehen, seitdem Denke ihn angeschossen hatte. Picker war hager, er musste im Krankenhaus unglaublich Gewicht verloren haben.

»Servus, Herrschaften«, grüßte er leise. Dann nickte er stumm Quercher zu, der ihn eine Spur zu feindselig ansah. »Was?«, fragte Picker.

»Nichts, was soll sein? Setz dich, du schmale Ziege. Hast dir gleich das Fett absaugen lassen?«

»Ja, klar. Ich kann aber wieder zunehmen. Du wirst von morgen an der Hüfthumpel sein.«

»Schön, dass mein OP-Termin jedem Idioten im LKA bekannt ist«, schimpfte Quercher in Richtung Arzu.

»Es interessiert die Menschen, wenn der alte Elefant ins Dickicht geht, um zu sterben«, verteidigte sich Arzu.

»Der alte Elefant gibt dir gleich was mit seinem Rüssel.«

Pollinger sah die beiden mit väterlicher Strenge an und wandte sich an die aktuelle Leiterin des LKA. »Frau Kollegin, was machen die Ermittlungen?«

Gerass hatte sich neben den alten Pollinger gesetzt und ihm die Hand gereicht. »Das weiß der Kollege Quercher. Er hat vorgestern Abend mit Lorassi in der JVA Stadelheim gesprochen.«

»Hat er endlich den Mund aufgemacht? Erstaunlich, dass ein PR-Mann so lange schweigen kann.«

»Er hatte einen schlechten Anwalt, der ihn anwies, erst den Mund zu halten. Aber jetzt wollte er unbedingt Quercher sprechen. Lorassi hat jetzt einen neuen Anwalt.«

Arzu sah ihn völlig überrascht an. »Ich denke, du warst gestern in der Röhre wegen deiner Hüfte?«

Auch Pollinger hatte nichts davon mitbekommen.

»Ja und? Vom MRT ging es dann zur JVA. Das hatte einen ganz einfachen Grund. Ich muss euch nicht sagen, wer ihn jetzt verteidigen will?«

Arzu sah ihn erstaunt an. »Nein, das kann nicht sein. Etwa Markus Sareiter?«

Quercher nickte. »Er ist zwar selbst auch Zeuge in dem Verfahren. Aber das Landgericht hat zum jetzigen Zeitpunkt nicht einen wirklich triftigen Grund gefunden, ihn deshalb nicht als Anwalt zuzulassen und stattdessen einen anderen zu suchen. Beide sind sich einig. Sareiter hegt Lorassi gegenüber keinerlei Rachegefühle. Er rief mich heute Morgen an und bat mich um ein Gespräch. Er sagte, dass Lorassi ihn zwar als Bauernopfer benutzen wollte. Aber das sei ja seine eigene Schuld gewesen.«

»Und was ist mit den illegalen Lösegeldern von Welde? Da hat Sareiter ja mitgeholfen«, erkundigte sich Arzu.

»Was soll schon sein? Das ist der Staatsanwaltschaft sicher ein Ermittlungsverfahren wert. Aber das ist nachrangig. Erst geht es um die Hauptschuldigen. Zwei sind tot. Die Denkes. Lorassi sitzt, ebenso Gaugenrieder.«

»Es wird aber keine Anklage wegen Bandenbildung oder so etwas geben. Zuerst hatte er uns seine Kontakte zu Lorassi ja verschwiegen. Aber jetzt ist Gaugenrieder uns gegenüber vollumfänglich geständig, sehr kooperativ. Da wird es halbwegs glimpflich abgehen. Er hat Dienstgeheimnisse verraten, ohne zu wissen, wohin die gehen. Allerdings hat er dafür Geld angenommen«, ergänzte Gerass.

»Damit ist er aus dem Polizeidienst raus und die Pensionsansprüche gehen flöten. Na ja, das ganze Programm eben. Wenn es gut läuft, springt eine Bewährungsstrafe für ihn raus«, erklärte Pollinger.

»Dem alten Sareiter wäre das wieder ein schlimmes Beispiel für die lasche Justiz«, spottete Quercher.

»Jetzt aber zu Lorassi. Erzählen Sie den Kollegen, was Sie gestern bereits mir berichtet haben«, meinte Gerass und nickte Quercher aufmunternd zu.

Arzu und Picker rückten näher heran.

»Lorassi war pleite. Richtig pleite. Völlig überschuldet. Er brauchte Geld. Er kannte Jürgen Meschede aus seiner Zeit als Kriegsreporter in Afghanistan. Der hat den Plan mit seinem Freund Denke und dessen Schwester ausgeheckt. Dumm nur, dass Denke eine neue Identität suchte. Er tötete Meschede, ließ es wie einen Anschlag von Islamisten aussehen und war fortan von der Bildfläche verschwunden. Lorassi und Denke agierten dann fast unabhängig voneinander. Die haben sich nie mehr gesehen, sich nicht abgesprochen. Es war eine Geschäftsbeziehung in den Tiefen des Internets und der Mittelsmänner. Wir wären nie von Denke zu Lorassi und umgekehrt gekommen. Lorassi steuerte über seine ominösen Iridiumhandys Sareiter, Gaugenrieder und Welde. Denke gab nur kurz vorher bekannt, was er plante. Das war schon gut gemacht, aus strategischer Sicht, natürlich.«

An ihrem Tisch kamen die Baumschneiders vorbei. Sie lebten noch getrennt. Aber Anke hatte ihrem Bruder erzählt, dass sie in einer Familientherapie seien. Quercher nickte beiden lächelnd zu.

Verleger Welde hatte für das Waldfest spenden wollen. Man hatte es einstimmig abgelehnt. Die von Homsteins waren aus Rottach gekommen, setzten sich zu Gundel Viervogel und begrüßten dann die Baumschneiders. Niemand glotzte. Es hatte sich nichts verändert in diesem Tal. Nur für einen Augenblick war etwas Gefährliches hineingekommen. Und das Tal, so glaubten einige, hatte sich gewehrt. Mehr nicht.

Das Haberfeldtreiben hatte zu keinem Nachspiel geführt. Auch wenn einige der prominenten Gäste in der Hütte das vehement gefordert hatten. Eine Bedrohungslage bestand nach Überzeugung der Staatsanwaltschaft nicht. Lediglich Ruhestörung.

»Und wo kommt jetzt die Idee vom Rattenfänger ins Spiel?«, fragte Gerass.

»Lorassis Mutter war eine Deutsche. Sie las ihrem Sohn Märchen vor. Vor allem in der Zeit, als der Vater hier im Tal so übel gemobbt und auch der Sohn in der Schule gehänselt wurde, flüchtete sie mit ihm in die Welt der Märchen. Der Rattenfänger hat ihm natürlich am besten gefallen. Es ist ein Gleichnis für unbezahlte Rechnungen, für Rache und Genugtuung. Das war Lorassis Wunsch: wieder ins Tal zu kommen und Rache zu nehmen. Ihm war klar, dass wir auch auf Sareiter kommen würden. Das war sein Schutzschild.«

»Warum?«, fragte Arzu.

»Lorassi hatte Denke angewiesen, nur Weldes Kind zu entführen. Die Enkelin von Richter Homstein war ein Zufall. Aber mit einem Schlag hätte auch Sareiter ein Motiv haben können. Deshalb hat Lorassi Sareiter für die Verhandlungen mit den Entführern einspannt. Lorassi wusste, dass auch Sareiter mit den Bewohnern aus dem Tal noch eine Rechnung offen hatte, dass er den Richter von Homstein und dessen Schwiegertochter, die Gutachterin, hasste. Ein komplexes Spiel. Und fast hätte es geklappt. Es wäre nie zu Lorassi zurückzuverfolgen gewesen. Er war der Mann im Hintergrund. Sareiter schien viel eher infrage zu kommen. Aber in seiner Obsession schenkte Lorassi seinem Mentor und Klienten Sareiter vor der Entführung eine sehr teure Märchensammlung.«

»Aber das war doch überhaupt nicht nötig. Er ist ein Risiko eingegangen. Wozu?«, fragte Arzu.

»Ja, als ob er unbewusst nun doch eine Spur legen wollte. Weil er sich für so unschlagbar hielt, weil der Plan scheinbar so wasserdicht war. Das vermute ich aber nur. Das war der Haken. Ich sah die Sammlung in Sareiters Bibliothek. Markus besitzt ja sonst nur Juristenliteratur.«

Quercher sah hinunter zum Parkplatz. Da stand Julia. Zusammen mit einer anderen Person, die er aber nicht erkennen konnte. Verdammt, brauchte er jetzt etwa auch noch eine Brille?

»Da ist Julia mit Hanno«, rief Arzu.

Wenig später saß zu Querchers Missfallen nicht nur Julia, sondern auch der verdeckt ermittelnde Rocker mit ihnen am Tisch.

»Entschuldigt, aber wir hatten noch einen Termin beim US-Konsulat. Das hat länger gedauert«, erklärte Julia.

Quercher pfiff spöttisch durch die Zähne. »Lass mich raten. Du fährst mit dem Wischmopp hier auf einer Harley durch den Westen der USA. Route 66 und so. Den Wind durch die Haare und um den Kopf blasen lassen.«

Hanno schlug Quercher auf die Schulter. »Und wenn ich auf Männer stehen sollte, kommst du dann auch mit?«

»Wenn Männer, Hanno, dann welche, die täglich und nicht nur wöchentlich duschen.«

Hanno nahm abrupt Querchers Kopf und drückte ihn unter seine Achselhöhle, die dank einer Lederweste frei lag.

Quercher war auf die überraschende Bewegung nicht gefasst. Er wollte sich wehren. Aber beim Drehen zog es wieder in seiner Hüfte. Schmerz durchflutete ihn. Er löste sich aus der Umklammerung und hielt sich mit verzerrtem Gesicht die Hüfte.

Julia sah Hanno vorwurfsvoll an. »Nichts ist mit Route 66«, erklärte sie Quercher dann. »Wir sind bei einem Austauschprogramm des FBI in Quantico, Virginia. Dafür brauchten wir Papiere, die wir im Konsulat erhielten. Und bei mir wird Hanno auch die Dusche als neuen festen Anlaufpunkt kennenlernen.«

Quercher nickte ihr resigniert zu. Er sah den Hang hinauf. Auf der Wiese saß Steinleitner in seinem Rollstuhl, daneben stand seine Frau und breitete eine Decke aus.

Stöhnend erhob sich Quercher. »Ich verlasse mal diesen Hygienestammtisch.«

Kaum stieg er mit Lumpi die Wiese zu Steinleitner hinauf, fragte Gerass, was er da wolle.

»Er wird sich den Kopf mit Cannabis in gigantischen Mengen zudröhnen«, spekulierte Arzu.

Jetzt schüttelte Constanze Gerass resigniert den Kopf.

Er hatte Steinleitner aus dem Rollstuhl gehoben und auf die Decke gelegt. Steinleiters Frau ging zu den Buden hinunter. Bald lagen die beiden Männer auf der Abfahrtswiese und rauchten ein Pfeifchen. Der Schmerz, den Quercher noch eben verspürte, verschwand und wurde durch ein angenehm leichtes Gefühl der Orientierungslosigkeit ersetzt. Quercher hielt Steinleitner die Pfeife an den Mund und wartete, bis sein Freund einen tiefen Zug genommen hatte.

»Nächste Woche wird Toni Knöchel beerdigt«, erzählte Steinleitner leise.

Quercher nickte. »Der falsche Mann am falschen Ort. Schlimm.«

»Der hat die Gemeindereferentin einfach zufällig gesehen und die Gelegenheit genutzt?«

»Ja, Stefan Denke hatte die Fessel an ihrem Hals so gelegt, dass sie bei der kleinsten Bewegung sterben musste. Ein grausamer Tod. Er wollte keine Zeugin und es musste nach einem Sexualdelikt aussehen. Dann kam der Knöchel. Das war schlicht Zufall. Eine halbe Stunde früher und er hätte Denke entdeckt. Alles wäre anders verlaufen. Aber für die Gemeindereferentin macht das keinen Unterschied. Sie ist tot. Sie war schlicht ein Opfer.«

»Was für ein Scheiß. Wofür?«

»Für Ruhm und Geld und Rache. Wie immer.«

Quercher dachte an Julia und hätte sie jetzt gern hier gehabt. Ihre spröde Art hatte ihm gefallen. Aber das Kapitel war geschlossen. Stattdessen saß er hier mit einer kaputten Hüfte und einem vom Hals abwärts gelähmten Mann. Und natürlich mit Lumpi, der einzigen Frau, die es länger mit ihm aushielt, dachte er.

»Statt einfach diese Idylle zu genießen«, flüsterte Steinleitner.

Quercher blies einen Kringel in die Luft, verfolgte, wie er in den Himmel stieg und immer breiter wurde, bis er sich auflöste. Wieder hielt er dem Freund die Pfeife entgegen. »Was für eine Idylle?«

Steinleitner nickte in Richtung des Sees, der im letzten Licht des Tages grün wie Karibikwasser schimmerte.

»Was hat man davon, wenn man noch nicht einmal Sex hat?« Quercher sah zu Steinleitner und beide begannen zu lachen. So laut, dass es sogar die Kollegen an den Biertischen hörten und nur die Köpfe über die albernen Kiffer schütteln konnten.

Nachwort

Es gibt viele Täler in Bayern. Aber wenn man in Oberbayern vom ›Tal‹ spricht, ist meist das Tegernseer Tal gemeint. Die Bewohner sprechen mit großem Stolz und Ehrfurcht von ihrer Heimat. So, als seien sie es gewesen, die das Tal in seiner ganzen Naturschönheit erfunden hätten. In diesem Selbstbewusstsein werden kritische Untertöne zuweilen überhört.

Gern werde ich auf Lesungen, aber auch im privaten Kreis aufgefordert, ›mal was Lustiges, Nettes über das Tal zu schreiben‹. Eine schwierige Aufgabe für einen Krimischreiber. Idylle, natürlich oder inszeniert, gibt es im Tegernseer Tal genug. Aber ich wollte diesen Ort in einem Ausnahmezustand beschreiben, wenn aus dem Nichts das Böse hereinbricht. Befeuert werden sollte das von den derzeit gerade in Mode kommenden Populisten, die auf komplexe Fragen unserer Zeit gern schlichte, meist falsche Lösungen anbieten. Das sind die Rattenfänger.

Aber das Recht ist eben nicht schlicht. Wir wünschen uns Gerechtigkeit. Aber, so glaube ich, die gibt es nicht. Es gibt nur ein Annähern. Nichts wird das Leid der Opfer jemals löschen können, die Tat ungeschehen machen, keine Selbstjustiz und – kein Volkszorn.

Ich habe vielen Menschen zu danken. Stellvertretend für alle Helfer und Ratgeber möchte ich Dr. Philip Ahrens, Pathologe am Klinikum Lüneburg, nennen, der mir wichtige Hinweise geben konnte. Ohne jede Hemmung konnte ich ihm Fragen stellen wie: »Ich brauche mal wieder deine Hilfe. Wenn eine schwangere Frau in einem verunglückten Wagen kopfüber mehrere Stunden hängt, was passiert dann mit ihr?«

All jenen, die mir ihr Wissen, ihre Geduld und vor allem ihre Zeit schenkten, danke ich sehr. Mein Schreiben wäre ohne euch nichts.

Euch Grafitis möchte ich namentlich nennen und danken: Gudrun, Jana, Alexander und Ulrike.

Das Schreiben ist etwas Einsames. Am Ende verliere ich zuweilen den Bezug zum Buch selbst. Ich bin dann auf Hinweise meiner Leserinnen und Leser angewiesen. Gern tausche ich mich mit Ihnen/euch aus. Wer mich hören will, wie ich aus diesem und meinen anderen Büchern lese, kann mich auch auf Veranstaltungen kontaktieren. Die Lumpi bleibt allerdings daheim!

Der erste Fall für Max Quercher

Martin Calsow

Quercher und die Thomasnacht

ISBN 978-3-89425-423-0
Auch als E-Book erhältlich

Die Rückführung eines nach Jahrzehnten entdeckten toten Soldaten vom Tegernsee in die USA – keine große Sache für den LKA-Beamten Max Quercher, den nur noch dieser eine Auftrag von seiner heiß ersehnten Frühpensionierung trennt.

Vor Ort beschleichen ihn Zweifel, ob der Fall tatsächlich so einfach ist: Denn dass sich ausgerechnet der Mann, der die Leiche entdeckt hatte, bei einem Arbeitsunfall enthauptet haben soll, ist Quercher zu viel des Zufalls.

Als er zum Unmut der einflussreichen lokalen Politprominenz beginnt, die Vergangenheit der Dorfgemeinschaft zu durchleuchten, haben sich seine Gegner längst formiert. Und was anfing wie ein Routineauftrag, entpuppt sich für den sturköpfigen Max Quercher als ein Kampf ums nackte Überleben …

»Gegen Max Quercher ist Schimanski so spießig wie eine mit Wolle umhäkelte Klorolle, die einen hinter der Heckscheibe anlacht.«
Kerstin Halstenbach, Stadtspiegel Herten

»Ein Kriminalroman, der jede Zeile wert ist. Fantastisch geschrieben, sehr spannend umgesetzt und dabei realitätsnah.«
www.buchtips.net

»Ein Krimidebüt der Extraklasse.« Recklinghäuser Zeitung

»Man wird fragen dürfen, ob der Buchmarkt eigentlich noch ein Mehr an Regionalkrimi verkraften kann. – Er kann. Gesetzt den Fall, er kommt so engagiert recherchiert, so süffig erzählt, so temporeich getaktet wie dieser daher.« Lars von der Gönna, WAZ Kultur

»Ein Regional- oder Dorfkrimi, klar. Aber was für einer!«
WDR 5 Mordsberatung

grafit

Thrill von Marc-Oliver Bischoff

Tödliche Fortsetzung

ISBN 978-3-89425-398-1, auch als E-Book erhältlich

Ausgezeichnet mit dem ›Friedrich-Glauser-Preis 2013‹ in der Sparte ›Bestes Krimidebüt‹

Zwanzig Jahre ist es her, dass Martin Kanther ein gefeierter Bestsellerautor war. Doch die in seinem Roman beschriebenen Morde glichen den Taten eines realen Serienmörders bis ins Detail. Als Kanther in Verdacht geriet, folgte der soziale Absturz. Nun erhält er eine ungewöhnliche Anfrage. Per E-Mail erreicht ihn die Bitte, ein Manuskript gegenzulesen. Kanther staunt nicht schlecht, denn er erhält die Fortsetzung seines eigenen Romans.

Als plötzlich auch in der Realität das Morden von Neuem beginnt, steht schon bald Polizeipsychologin Nora Winter mit ihren Kollegen von der Frankfurter Kripo vor Kanthers Tür …

»Ein Buch, durch das sich der Leser wie Säure frisst.«
Mitteldeutsche Zeitung

Die Voliere

ISBN 978-3-89425-420-9, auch als E-Book erhältlich

Nachdem die Rechtmäßigkeit der ›lebenslänglichen Sicherungsverwahrung‹ vom Europäischen Gerichtshof infrage gestellt wurde, soll Psychologin Nora Winter die Entlassungsfähigkeit von drei verurteilten Gewaltverbrechern begutachten.

Doch bei diesem Thema kochen die Emotionen hoch: Während die Politik die Männer unabhängig von Noras Einschätzung freilassen will, sehen selbst die Täter dem Leben in Freiheit mit Angst entgegen. Auch das Dorf, in dessen Nähe die drei einquartiert werden, hat sein Urteil schon gefällt. Als die Situation eskaliert, befindet sich Nora mittendrin …

»Bei diesem Buch liegen die Lobredner hundertprozentig richtig. Es ist richtig gut.« Westfälische Nachrichten

grafit